우리말 최초의 **동화집·설화집**

조선동화대집과 설화교육

우리말 최초의 **동화집·설화집**

조선동화대집과 설화교육

신원기

보고사
BOGOSA

머리말

우리는 이야기 속에서 태어나고, 이야기를 하며 살아가고, 이야기를 남기고 사라진다. 호랑이는 가죽을 남기고 사라지고, 사람은 이름을 남기고 사라진다. 동물은 가죽으로 자신의 빛깔을 남기고, 인간은 이름으로 자신의 향기를 남긴다. 이름으로 향기를 남긴다는 말은, 그 이름과 관련된 이야기를 남긴다는 말이다. 그래서 어떤 존재가 사라져도, 그 존재의 이야기는 계속해서 세상에 남아 있다. 이야기는 우리의 시작이고 진행이고 결말이다.

바리데기, 당금애기, 설문대할망, 환웅, 웅녀, 단군, 주몽, 혁거세, 알영... 우리 이야기는 신화로부터 출발한다. 그리고 우리말로 기록된 이야기의 시작은 『조선동화대집(朝鮮童話大集)』으로부터 출발한다. 이승엽(李昇燁) 님의 배려로, 해석과 주석을 덧붙인 『조선동화대집』을 2009년에 출판했다.

올해 2월에 『조선동화대집』을 새로 찍어야 한다는 연락이 와서, 그동안 생각했던 부족한 점을 보충했다. 일단 찾아보기를 만들었고, 관련 논문 5편을 보충했고, 어휘 풀이도 몇 군데 손을 보았다. 그리고 해당 이야기가 앞선 시기 재담집이나, 후대 채록된 설화집에 실려 있는가를 꼼꼼히 살폈다. 문학의 개성과 보편성, 新意論과 用事論이 다시금 화두로 떠올랐다.

『심의린의 동화 운동 연구』로 박사학위를 취득한 김경희 선생과 우연히 연결이 되어, 심의린(沈宜麟) 선생의 5남 심양택(沈洋澤) 님을 직접 뵌 적이 있었다. 당신의 아버님, 즉 심의린 선생에 대한 여러 가지 일화를 말씀해 주셨다. 전쟁 와중에 서울을 떠나지 못했고, 여러 가지 사정으로 북쪽이라는 누명을 썼고, 끝내는 부산의 감옥에서 쓸쓸히 세상을 떠나신 것이었다. 시대와 이념의 희생자. 심의린 선생은 억울하게 가셨어도, '심의린'이란 이름은 오래도록 우리들의 이야기 속에 남을 것이다.

모레면 백중(百中)이다. 지금은 보기 어렵지만, 옛날에는 백중놀이를 했다. 머슴들은 먹고 마시면서 신명을 풀어냈으며, 주인들은 이를 후원함으로써, 상생(相生)하는 모습을 보여주었다. 상생은 소통이고, 소통은 행복의 출발점이다. 오늘, 오랜만에 고개 들어 하늘을 보았다. 산등성이 위쪽으로 갈맷빛 소나무와 함께, 천천히 흘러가는 흰 구름 몇 송이와 함께, 하늘은 그 맑고 푸르름을 한껏 뽐내고 있었다. 하늘도 소나무, 흰 구름과 함께 상생할 때 더욱 아름답다. 나의 삶이, 너의 삶이, 우리의 삶이 아름다워지려면, 상생과 소통의 가치를 실천하고, 있는 것과 있어야 할 것의 융합을 지향해야 한다.

우아하고 숭고한 삶을 지향한 시간이 어느덧 知天命을 넘어섰다. 이제 서서히 오래된 나무가 되어간다. 바람이 불 때마다, 나는, 가지 많은 나무처럼 흔들린다. 흔들리는 나를 위해 버팀목이 되어 준 많은 분들을 기억하며 살아가야 한다. 故 이신성 교수님, 故 이동영 교수님. 한태문 교수님. 학부, 석사, 박사 과정의 선생님들이시다. 이 분들에게 배운 人性・禮儀・學問을, 나는 평생 갈고 닦아야 할 의무가 있다. 혼자 갈고 닦기에는 적적하여, 하강진, 황병익, 이순욱, 서형오, 정훈식, 백순구, 이런 선후배님들과 배움과 가르침을 함께 하고 있다.

곁에서 항상 힘이 되어주는 사람들, Derek 교수님, 달식・경섭・용수・형환・상현, 호준・영동 후배, 종길・왕대 형님께 감사의 말씀을 올린다. 그리고 사랑하는 딸 아들, 지현・지명・지혁이가 올해 중고등학생이 되었다. 건강하고 올곧게 자라주어서 고맙고, 아름답고 행복한 삶을 위해 함께 노력하리라고 다짐한다.

여러 가지 어려운 사정에도 불구하고, 출판을 쾌히 허락해 주신 보고사 김흥국 사장님과 편집부 이경민 님께 고마움을 표하며, 故 이신성 교수님께서 항상 하신 말씀을 떠올리며 머리말을 갈무리한다.

積善之家 必有餘慶.

檀紀 4350年(2017年) 9月 3日.
人乃天의 배움터에서 신 원 기 쓰다.

차 례

일러두기

1. 이 책은 1937년 한성도서주식회사(漢城圖書株式會社)에서 발행한 『조선동화대집(朝鮮童話大集)』 4판본을 저본으로 함.
2. 원문의 형태를 살려서 표기함을 원칙으로 하되, 의미가 통하지 않을 경우에는 각주로 뜻을 밝힘.
3. 현대 맞춤법에 현저히 벗어난 경우는 고쳐 표기하고, 각주로 원문의 형태를 밝힘.
4. 원문 각주는 하나도 없고, 모든 각주는 역해자가 붙인 것임.
5. 원문에서 거의 모든 한자어는, 한자로 먼저 표기되고 다음에 한글 음을 붙여 놓았기 때문에 특별한 경우를 제외하고는 한자를 밝히지 않았음.
6. 문맥을 부드럽게 하기 위하여 띄어쓰기와 적당한 문장부호를 사용했음.
7. 옛말을 무조건 현대어로 바꾸기보다는 아름다운 우리말을 살려 쓰자는 바람으로 가능한 한 원문의 낱말을 원형대로 보이려 했음.
8. 어휘 및 내용 풀이를 위해 심의린의 『조선어사전』(1925), 이기문의 『속담사전』(1986), 서울대학교 동아문화연구소의 『국어국문학사전』(1989), 한글학회의 『우리말큰사전』(1991), 한국정신문화연구원의 『한국민족문화대백과사전』(1991), 민중서림의 『漢韓大字典』(1999), 국립국어연구원의 『표준국어대사전』(2000) 등의 자료를 참고함.

※ 가독성(可讀性)보다 원문을 살림.

① 의성어, 의태어는 원문의 형태를 살림.

예) 떨걱, 깡통깡통, 빠죽, 쫑깃쫑깃, 게, 치우락더우락, 덤석, 왱왱, 헐근씨근, 똑, 우둑우둑, 외외, 들석들석, 쑤구럭쑤구럭, 노굴노굴, 쭝긋, 절벅절벅, 껑청, 빨족, 똥굴동굴, 포곤포곤, 발족, 빨쪽, 탈삭, 덥석, 절걱, 어물어물, 께에, 털석, 깍, 척끈척끈, 늠을떡, 몽착, 겁석겁석, 아실랑아실랑, 빨쭉, 버썩, 끔적끔적, 할낏할낏, 살몃살몃, 쫄끔쫄끔, 털석털석, 왈칵, 헐근헐근, 펄석, 꺽꺽, 할깃할깃 등.

② 현대어 표기에 어긋나더라도 의미가 통하면 그대로 둠.

예) 닫혀지며(닫히며), 두었더면(두었더라면), 여쭈은즉(여쭈니), 커길래(커기에), 말으시고(마시고), 알어라(알아라), 사시랴오?(사시려오?), 가련하야(가련하여), 말으시오(마시오), 하였거던(하였으면), 어찌할려고(어찌하려고), 출발코저(출발하고자), 가졌길래(가졌기에), 줄려고(주려고) 등.

※ 다음 경우를 제외하고는 원형을 살려 표기함.

* ㅅㄱ, ㅅㄷ, ㅅㅂ, ㅅㅈ → ㄲ, ㄸ, ㅃ, ㅉ
* 각색(各色) → 각종(各種)
* 내종(乃終)에 → 나중에
* 동모(同侔) → 동무
* 면상(面上, 面像), 얼골 → 얼굴
* 산양 → 사냥
* ᄋᆞ히(兒孩) → 아이
* 여호[狐] → 여우
* 자미(滋味) → 재미
* 작란(作亂) → 장난
* 작만(作滿) → 장만
* 재조(才操) → 재주
* 천정(天井) → 천장
* 하나님, 하느님 → 하느님

논문
論文

『조선동화대집』의 내용과 문학교육적 가치에 대한 고찰

1. 들머리에

『조선동화대집(朝鮮童話大集)』은 심의린(沈宜麟)이 1926년에 한성도서주식회사(漢城圖書株式會社)에서 발행한 책이다. 『개벽(開闢)』이란 잡지와 방정환이 발행한 잡지 『어린이』에 광고가 실리기도 한 책이다.[1)]

저자 심의린은 청송 심씨(青松沈氏) 시조(始祖) 홍부(洪孚)의 21세손으로[安孝公派 豊德公(荀)派] 한지(翰之)를 할아버지로, 능설(能卨: 1860년생)의 둘째 아들로 1894년에 서울에서 태어났다. 아버지 능설은 독자(獨子)였고, 의린은 의동(宜東: 1881년생), 의린(宜麟: 1894년생), 의봉(宜鳳: 1897년생), 의붕(宜鵬: 1906년생)의 네 아들 중 차남이었다. 의린은 생원(生員) 서충순(徐忠淳)의 딸 달성(達城) 서씨(徐氏)와 혼인하여, 22세에 아들 원택(源澤: 1915년생), 28세에 아들 순택(淳澤: 1921년생)을 두게 된다.

의린은 1917년 한성고등보통학교 사범부를 나와 교육자의 길을 걸었다. 교육자이면서 조선어연구회에 가입하여 한글 연구에 몰두하여 많은 업적을 남겼다. 1950년 6·25를 맞아 7월에 서울대학교 사범대학 부속중학교를 의원 면직하였으며, 6·25때 좌경 학생을 도왔다는 혐의로 체포되어 1951년 부산형무소에서 수감 중 죽었다.[2)]

---

1) 방정환, 『어린이』 45호, 개벽사, 1926, 표지에서 두 번째 쪽. ; 방정환, 『어린이』 58호, 개벽사, 1928, 표지에서 다섯 번째 쪽. ; 『개벽』 12월호, 개벽사, 1934, 102쪽.

2) 박형익, 『심의린 편찬 보통학교 조선어사전』, 태학사, 2005, 11~13쪽.

『조선동화대집(朝鮮童話大集)』의 정확한 제목은 『담화재료(談話材料) 조선동화대집(朝鮮童話大集)』이다. 겉표지 앞쪽은 가로쓰기로 오른쪽에서부터 차례로 1.0~1.2㎝ 크기의 검은색 글씨로 '談話材料'라고 되어 있고, 2.0~2.5㎝의 빨간색 글씨로 '朝鮮童話大集', 0.8~1.0㎝ 크기의 빨간색 글씨로 '沈宜麟編纂'이라고 되어 있다. 표지 그림은 겉표지 앞쪽과 뒤쪽에 걸쳐, 숲 속에서 혀를 내민 채 웅크리고 있는 호랑이의 전신이 그려져 있다. 그리고 겉표지 뒤쪽에 세로 쓰기로 '京城漢城圖書株式會社發行'이라고 0.5㎝ 크기의 빨간 글씨로 출판사가 표시되어 있다.(京城과 發行은 다른 글씨보다 약간 작다.)

본문은 세로쓰기의 국한문체(國漢文體)인데, 한자어는 거의 한자로 표기하고, 한글 토씨를 작은 글씨로 오른쪽에 덧붙이고 있다. 책의 쪽수를 차례로 보면 겉표지, 속표지 1쪽, 서(序) 2쪽, 목차(目次) 6쪽, 본문 280쪽, 출간 사항 1쪽이다. A5판(가로 약 15㎝, 세로 약 22㎝)의 크기로, 약 300쪽에 66편의 이야기가 수록되어 있다. 그리고 본문 280쪽에 해당 본문의 이야기가 종결되고 난 후, 제일 끝 부분에 '談話材料 朝鮮童話大集 終'이라고 하여, 66편의 이야기가 280쪽으로 끝남을 분명히 밝히고 있다.

『조선동화대집』의 이야기가 66편인지 83편인지에 관해서도 연구자에 따라 다르다. 이는 『조선동화대집』에서 〈바보 모집〉과 〈호랑이 모집〉은, 하나의 제목에 각각 10화, 9화의 이야기로 구성되어 있기 때문이다. 이를 두 편으로 처리하면 66편, 각각의 이야기를 모두 독립된 편수(19편)로 처리하면 83편이 된다. 논자는 『조선동화대집』의 이야기를 66편(篇) 83화(話)의 이야기로 할 것을 제안한다. 그 이유는 첫째, 『조선동화대집』의 차례에 66편의 제목이 나와 있기 때문이다. 둘째, 동아일보(1926년 11월 4일 목요일) 3쪽에 실린 신간 소개에 『조선동화대집』의 이야기를 '六十六種童話(66종 동화)'라고 밝히고 있기 때문이다.[3] 셋째, 19편의 이야기에는 서사 구조를 갖춘 이야기도 있지만, 서사 구조를 갖추지 못한 재담 수준의 이야기도 있기 때문이다. 그래서 논자는 『조선동화대집』에는 66편(篇) 83화(話)의 이야기가 실려 있는 것으로 본다.

본문 280쪽에 66편의 이야기가 실려 있는 『조선동화대집(朝鮮童話大集)』은 우리말 최초의 동화집(童話集)이자 설화집(說話集)이다.[4] 하지만 지금까지 그 존재나 내용, 특징에 관한 소개가 거의 없었다. 이 책은 조선총독부에서 일본어로 간행한 『조선동화집』(1924년), 학예사에서 출판한 박영만의 『조선전래동화집』(1940년)과 함께 식민지 시기의 '3대 전래동화집'이라 불리며, 오늘날 간행되는 각종 전래동화집의 원전이라 여겨진다.[5]

그래서 지금까지 설화집이나 설화 연구논문의 참고문헌으로 자주 거론되었지만, 그 실체를 알 수 없었다. 논자 역시 이 책의 존재와 내용, 특징 등이 너무도 궁금하던 차에 우연히 이 책을 접하게 되었다. 반가운 마음에 이 책을 여러 번 읽어 보니 이 책의 가치는 최초라는 수식어 외에도 여러 가지를 찾을 수 있었다. 또한 동화집이나 설화집 자체의 자료적 가치뿐 아니라 문학교육의 계획과 실행에도 많은 시사점을 엿볼 수 있었다. 이에 본고에서는 『조선동화대집』의 내용, 의미, 특징 등을 전체적으로 살펴보아 그 문학교육적 가치를 고찰하고자 한다.

---

3) 朝鮮童話大集(沈宜麟) 編纂. 六十六種童話 少年少女가 一讀할만한 童話集.

4) 당시는 아직 민담이 학문으로 정착되기 전이었기 때문에 동화(童話)라는 이름으로 발표되었다고 한다.(한국정신문화연구원, 『한국민족문화대백과사전』 20, 한국정신문화연구원, 1991, 459쪽.) 그리고 1920년부터 본격적으로 사용된 동화라는 용어는 아동을 위한 설화라는 개념으로 받아들여야 한다고 한다.(최인학, 『한국설화론』, 형설출판사, 1991, 92쪽.) 따라서 전래동화를 전래민담, 전래설화 등으로 볼 수 있고, 동화집을 설화집으로 볼 수 있다.

5) 박영만 지음, 권혁래 옮김, 『화계 박영만의 조선전래동화집』, 한국국학진흥원, 2006, 39쪽.

2. 『조선동화대집(朝鮮童話大集)』의 내용과 특징

2.1 각편(各篇)의 내용과 의미

『조선동화대집』에 실린 66편의 작품 내용을 간단히 살피면 다음과 같다.

1. 은혜(恩惠) 모르는 호랑(虎狼)이

함경북도(咸鏡北道) 백두산(白頭山)에 사는 호랑이가 세상 구경하러 길을 떠났다가, 함정에 빠지게 된다. 호랑이는 마침 지나가던 스님에게 애걸하여 살아난다. 살아난 호랑이는, 사람이 만든 함정에 빠졌다면서 스님을 잡아먹으려 한다. 칡넝쿨도 호랑이에게 스님을 잡아먹으라고 한다. 스님은 토끼에게 한번 더 물어 보자고 한다. 토끼는 함정 있는 곳으로 가서 처음대로 해 보라고 한다. 호랑이가 함정에 갇히자, 토끼는 스님에게 안녕히 가시라고 한다. 〈토끼의 재판〉 이야기.

2. 멸치의 꿈

동해(東海) 바다에 멸치가 삼천 년 동안 도(道)를 닦았다. 하루는 좋은 꿈을 꾸어, 가자미를 시켜 해몽(解夢) 잘하는 서해(西海)의 망동이에게 편지를 보낸다. 멸치는 동해에 도착한 망동이를 잘 대접하고 해몽을 부탁한다. 꿈에 하늘에 올라도 보고, 지하에 떨어져도 보고, 남의 걸음을 걸어도 보고, 흰눈이 날리기도 하고, 춥고 덥고 하였다고 한다. 망동이는 멸치가 용(龍)이 되어 용문(龍門)에 올라갈 꿈이라고 한다. 가자미는 이 말을 듣고, 멸치가 낚시에 걸려 석쇠에 굽히는 꿈이라고 한다. 이 말을 들은 멸치는 화가 나서, 가자미의 따귀를 쳐 두 눈이 한편으로 몰리게 한다. 이것을 보고 꼴뚜기는 미리 눈을 뽑아 꽁무니에 찼다. 메기는 대가리를 밟혀 넓적하여져서 기가 막혀 웃다가, 입이 귀 뒤까지 찢어진다. 병어는 메기의 입이 찢어진 것을 보고 '호호' 웃어 입이 그만 뾰족하게 된다.

3. 푸른 보자기

홀로 된 부인이 아들 하나를 데리고 가난하게 살았다. 어느 날, 그 부인은 어떤 부인에게 머리에 쓰면 보이지 않는 푸른 보자기를 얻는다. 그 후부터 날마다 그 보자기를 쓰고, 마음대로 물건을 가져와서 넉넉하게 살게 된다. 하루는 보자기를 담뱃불에 조금 태웠는데, 구멍 난 부분을 다홍 헝겊으로 막는다. 하지만 이 다홍 헝겊 때문에 부인은 가게 주인에게 잡히게 된다. 부인은 가게 주인에게, 어떤 부인이 푸른 보자기를 주었다고 하면서, 그 부인이(도깨비가) 자기 물건을 해치면, 그 사람 집에 불을 놓아 죽이겠다고 했다고 한다. 가게 주인은 이 말을 듣고 부인을 놓아 준다.

4. 도깨비 돈

어느 노인이 도깨비와 친하게 지냈다. 하루는 노인이 도깨비에게 무엇이 무서우냐고 물어 보니, 짐승 피가 무섭다고 한다. 도깨비도 노인에게 뭐가 무서우냐고 해서, 노인은 돈이 무섭다고 한다. 그 후, 노인은 소피를 얻어다가 도깨비가 올 때 던지자, 도깨비는 놀라 달아난다. 화가 난 도깨비는 노인을 놀라게 하려고 돈을 한없이 던져, 노인은 부자가 된다.

5. 호랑(虎狼)이를 잡은 도적(盜賊)

여러 날 굶은 범 한 마리가 마을로 내려와, 어느 집에서 아이가 범보다 꽉쥐를 무서워한다는 것을 안다. 꽉쥐는 곽재우(郭再祐)의 와전(訛傳)인데, 무서운 장군이어서 아이 울음을 그치게 할 때 곽재우가 온다고 하여 내려온 말이다. 호랑이는 꽉쥐가 무엇인가 하여 외양간으로 들어가는데, 소도둑이 호랑이를 송아지인줄 알고 올라탄다. 호랑이는 자기 등에 탄 것이 꽉쥐인 줄 알고 죽기 살기로 뛴다. 동이 틀 무렵, 소도둑은 호랑이를 탄 것을 알고, 호랑이도 사람이 탄 것을 안다. 도적은 달아날 생각으로 나무 가지를 잡고 기어올라간다. 호랑이 역시 나무를 올라오기에, 도적은 나무 가지로 호랑이 눈을 찌르니, 호랑이는 꽁무니를 위로 하여 막대를 막으며 기어오른다. 도적은 호랑이의 불알을 보고, 끈으로 묶어 잡아당기며 호랑이를 때린다. 호랑이는 아파서 뛰어 내리다 공중에 매달려 죽는다. 〈호랑이와 곶감〉 유형의 이야기.

6. 당나귀 알

어느 향촌(鄕村)에 정직하지만 무식한 농부가 있었다. 하루는 부인이 백목(白木) 한 필을 주며, 장에 가서 팔고 무엇이든 사 오라고 한다. 장으로 간 농부는 수박을 당나귀 알이라고 하는 말을 곧이듣고, 삼십 전에 사온다. 농부는 아내에게 수박을 주며 아랫목에 이불로 덮어두면, 삼칠일 만에 당나귀가 나온다고 한다. 삼칠일이 되어 보니, 수박이 썩었으므로 농부는 뒷동산에 버린다. 마침 그곳에 있던 당나귀 새끼가 놀라 달아난다. 농부는 알에서 당나귀가 나온 줄 알고 쫓아가서 잡아온다. 진짜 당나귀 임자는 자기 당나귀를 이리저리 찾아다니다가, 농부 집에 자기 당나귀가 있는 것을 보고 달라고 한다. 농부는 당나귀 알에서 나온 자기 당나귀라고 하여, 당나귀 임자는 동네 사람을 불러서 간신히 찾아간다.

7. 바보 사위

어느 늙은이 내외가 무남독녀의 배필로 바보 사위를 얻었다. 한 집에 사는데, 바보 사위는 장인과 장모가 시킨 일을 한번도 바로 한 적이 없었다. 하루는 장인이 사위를 불러서 뚝배기와 갓을 사오라고 시킨다. 걱정이 된 부인은 바보 남편에게, 뚝배기는 물을 부어보고 새지 않는 것을 사고, 갓은 써 보고 머리에 맞는 것을 사오라고 한다. 가게에 간 사위는 뚝배기를 써보다가 깨어 값을 물어주고, 갓에 물어 부어 따귀를 맞는다. 이 사실을 알게 된 장인은 화가 나서 사위를 내쫓는다.

8. 개구리 신선(神仙)

어느 나라 귀족(貴族)의 딸 금애(金愛)가 보석 반지를 연못에 빠뜨린다. 마침 개구리를 보고 반지를 꺼내 달라고 한다. 개구리는 금애와 함께 먹고 자게 해준다면, 반지를 꺼내 주겠다고 한다. 금애는 싫었지만, 반지가 급하여 그렇게 하겠다고 하여 반지를 되찾는다. 반지를 얻은 금애는 개구리를 내버리고 자기 집으로 간다. 개구리는 금애의 집으로 가서, 약속대로 금애와 함께 밥을 먹는다. 그리고는 함께 잠을 자자고 하자, 금애는 이제 그만 가라고 하면서 방문을 닫는다. 모두 잠든 밤에, 개구리는 금애 머리맡에 와서 신선으로 변한다. 그리고는 금애와 함께 하늘로 가려 했는데, 약속을 지키지 않아서 혼자 하늘로 간다면서 공중으로 올라간다. 〈개구리 왕자〉 이야기.

9. 금(金)방망이 은(銀)방망이

옛날에 욕심 많고 불효하는 형과, 정직하고 효성스러운 아우가 있었다. 어느 날 아우는 나무를 하다가 어두워서 빈집에 들어간다. 밤이 되어 도깨비들이 와서, 방망이로 금과 은을 나오게 하며 여러 가지 장난을 한다. 아우는 무서워서 개암을 깨무는데, 도깨비들은 개암 소리에 집이 무너지는 줄 알고 달아난다. 아우는 금방망이 은방망이, 금덩이 은덩이를 가지고 와서 부자가 된다. 형은 아우의 이야기를 듣고 자기도 똑같이 한다. 하지만 도깨비들은 놀라지 않고, 오히려 형이 자신들의 보물을 빼어갔다고 하면서, 방망이로 두들겨 형을 뱀장어처럼 만든다. 이후부터 형은 몸을 마음대로 쓰지 못하고, 아우한테 가서 평생을 얻어먹고, 옛날의 잘못을 후회하다가 죽었다.

10. 이오성(李鰲城)

이항복(李恒福)은 어릴 때부터 도량이 크고 생각이 깊었다. 부친이 좁쌀 두 되를 세어놓아라고 하자, 저울을 이용해 수를 계산한다. 그리고 벼룩을 잡겠다고 송곳으로 장판을 찔러, 새 장판을 버리기도 한다. 또 이웃의 징 만드는 집에 가서 날마다 징을 하나씩 훔쳐 오다가, 뜨거운 징이 항문에 끼여 혼이 나기도 한다. 어느덧 모은 징이 한 독이나 되자, 징장이를 불러서 주며 저축하며 살라고 한다.

11. 효자(孝子)의 도움

옛날에 홀로된 노모(老母)를 지성(至誠)으로 모시는 효자와 효부(孝婦)가 있었다. 모친이 병이 들어 병세가 악화되자, 내외는 천지신명께 기도를 드린다. 어느 날 효자는, 스님으로부터 모친의 병에는 자기 아들을 삶아 먹이면 된다는 말을 듣는다. 효자와 효부는 아들을 삶아 모친에게 드리니, 모친은 정신을 차리게 된다. 얼마 후에 자기 아들이 집으로 들어오자, 부부는 깜짝 놀란다. 효부가 아이 삶던 솥을 열고, 큰 산삼(山蔘)이 든 것을 본다. 부부는 천지신명의 도움을 알고 감사한다.

12. 네모진 보석(寶石)

어느 가난한 사람이 네모난 보석을 얻게 된다. 한 모는 쌀이 나오고, 한 모는 옷이 나오고, 한 모는 돈이 나오고, 한 모는 미운 사람을 보고 죽으라면 죽게 된다. 이 사람은 보석으로 부자가 되더니, 교만하게 되어 인심을 잃는다. 하루는 이 사람 집에 불이 났는데도, 아무도 도와주지를 않아 재산을 전부 태운다. 그래도 반성하지 않고, 동네 사람들이 모인 곳에서 보석을 보여

준다. 쌀과 옷과 돈을 나오게 하자, 구경하던 사람 하나가 한 모는 어떤 것이냐고 묻자, 교만한 부자는 죽으라면 죽게 되는 것이라고 한다. 그러자 구경하던 사람이 교만한 부자를 죽으라고 하여, 부자는 죽고 만다.

13. 외쪽의 꾀

어느 시골 양반의 집에 외쪽이라고 하는 하인이 있었다. 하인을 소처럼 부리는 이 양반이, 어느 날 과거를 보려고 외쪽을 데리고 서울로 간다. 주인은 하인에게 밥도 주지 않고 심부름만 시키지만, 외쪽은 수단껏 밥과 팥죽을 먹는다. 양반은 낙제를 하고, 외쪽이 등에 무슨 글을 써서 집으로 먼저 내려 보낸다. 외쪽은 내려가는 길에, 자기를 죽이라고 된 글을, 자기를 사위 삼으라는 글로 바꾼다. 집으로 돌아온 양반은 외쪽을 상자에 넣어 나무에 매달아 놓고, 다음날 강물에 빠뜨려 죽이려고 한다. 외쪽은 새벽에 만난 노파에게, 자기처럼 매달리면 눈병이 낫는다고 속여 노파를 상자 속에 들어가게 한다. 주인 양반은 노파가 든 상자를 강에 던지고, 외쪽은 다시 주인집으로 간다. 놀라는 주인에게 수궁에 갔다 왔다면서, 양반댁 가족 모두를 강으로 데리고 가서, 물 속으로 들어가게 한다. 외쪽은 마지막에 들어가려는 주인 딸을 붙잡고는 부부가 된다. 외쪽을 학대하던 주인 양반은, 도리어 외쪽의 흉계에 빠져서 온 집안 식구가 물귀신이 되고 딸까지 빼앗긴다.

14. 착한 아우

마음씨 나쁜 형과 착한 아우가 함께 살았다. 어느 날 형에게 눈을 찔려 한 눈 애꾸가 된 아우는, 뒷산 나무에 목을 매고 죽으려 한다. 그때 나무 밑으로 뛰어온 호랑이들로부터 눈을 떠게 하는 샘물 이야기와 금(金)독 은(銀)독 이야기를 듣게 된다. 아우는 호랑이 말대로 시력을 되찾고 금은을 얻어 부자가 된다. 형이 아우에게 와서 그 말을 듣고는 자기 눈을 스스로 찌르고, 그 나무를 찾아 올라가 호랑이를 기다린다. 그런데 호랑이가 와서는 나무 위로 올라와 형을 잡아먹으려다가, 아우의 말을 잘 들으라면서 사라진다.

15. 부자(富者) 되는 법(法)

어느 시골에 농부가 있어 열심히 일하여 부자가 되었지만, 이웃에 인색하여 '꿀돼지'라 불린다. 그 동네에 또 한 농민이 있는데, 꿀돼지만큼 열심히 일하지만 항상 가난하다. 어느 날 농민은 꿀돼지를 찾아가 부자가 되는 방법을 말해달라고 한다. 그러자 꿀돼지는 술 한 동이와 돼지고기 한 마리를 가져오면 가르쳐준다고 한다. 이튿날, 농민이 가져온 술과 안주를 실컷 먹은 부자는, 큰 나무 밑으로 농민을 데려 간다. 그리고는 농민에게 나무 위 높은 곳으로 올라가서 한 손으로 매달리라고도 하고, 또 두 손을 다 놓으라고도 한다. 농민은 기가 막혀, 두 손을 놓으면 죽는데 왜 그러냐고 소리를 지른다. 꿀돼지는 돈이 들어오면 나무 가지 잡듯 잡아야 하고, 돈 없으면 죽는 것과 같다고 한다. 부자 되는 법을 깨달은 농민은 꿀돼지에게 감사한다. 무엇이든지 자기 손의 것을 내어 놓으면 들어오기는 매우 어려운 일이라는 이야기.

16. 곰과 멧돼지

수백 년 묵은 한라산(漢拏山)의 곰과 백두산(白頭山)의 멧돼지가 우연히 만나, 사람 모습으로 세상 구경을 가기로 한다. 하루는 어느 촌락에 들어가 마을 사람들을 괴롭히는 큰 게와 싸워 제물이 될 뻔한 색시를 구해준다. 그 이튿날 곰과 돼지는 길을 가다가 내를 만나 거북으로 변하여 물을 건너간다. 중간 쯤에서 다른 거북을 만났는데, 이 거북은 건너 산의 게가 크게 다쳤다고 해서 치료하여 주려 간다고 한다. 곰과 돼지는 이 거북을 따라가서, 어제 싸워 다친 큰 게를 완전히 조각을 낸다. 그리고는 다시 동네로 가서 게를 죽여 없앴다고 하고, 소 두 마리를 잡아 달라고 하여 먹고 길을 떠난다.

17. 오작교(烏鵲橋)

옥황상제(玉皇上帝)의 딸 직녀(織女)는 견우(牽牛)와 결혼을 한다. 결혼한 견우와 직녀는 상제의 명령을 듣지 않아서 남극과 북극으로 귀양을 가고, 일년에 한번 칠석(七夕)날에만 만나게 된다. 칠석날 만난 견우와 직녀는 은하수(銀河水)를 사이에 두어 건너지 못하게 되어 슬픔의 눈물을 흘린다. 이 눈물은 지상의 홍수가 되고, 지상에서는 이를 막기 위해 까막까치로 하여금 은하수에 다리를 놓게 한다. 칠석날 아침비는 견우 직녀가 만난 기쁨의 눈물이고, 저녁비는 견우 직녀가 이별하는 슬픔의 눈물이라고 한다. 〈견우와 직녀〉 이야기.

18. 별주부(鼈主簿)

사해(四海) 용왕(龍王) 중에 '광덕왕(廣德王)'이라 하는 용왕이 병이 들었는데, 토끼의 간을 먹어야 낫는다고 한다. 이에 별주부가 육지로 가서 토끼를 용궁으로 꾀어 온다. 토끼는 자신이 속아 온 것을 알고는, 자신도 용왕 일행을 속인다. 자신은 영물이라 간을 넣고 빼고 할 수 있는데, 지금은 몸에 간이 없다고 하여 육지로 다시 나온다. 육지에 도착한 토끼는 화가 나서 거북의 뺨을 아주 세게 때리고, 그 때부터 거북의 목이 들락날락하게 되었다고 한다. 판소리 〈토별가〉, 고소설 〈토끼전〉 유형의 이야기.

19. 두건(頭巾) 쓴 고양이

어떤 사람이 고양이 한 마리를 사랑으로 길렀다. 어느 해에 그 주인이 병이 들었는데, 쥐 천 마리를 먹어야 낫는다고 한다. 환자와 가족은 쥐 천 마리 얻을 의논을 하지만 방법이 없어 운명할 일을 걱정하고 있었다. 그때 고양이는 주인의 은혜에 보답하기 위해, 상인(喪人)의 두건을 쓰고, 쥐들에게 자신이 상을 당했으니, 조문하러 오라고 한다. 쥐들은 의심 없이 조문을 오는데, 고양이는 일일이 답례가 곤란하니, 모일(某日) 모시(某時)에 훈련원(訓練院)으로 한번에 조문을 오라고 한다. 약조한 날에 쥐무리가 모이자, 고양이는 다른 고양이 수십 마리와 함께 쥐를 잡아 주인의 병을 낫게 한다.

20. 유복자(遺腹子)의 효성(孝誠)

어느 유복자가 모친 사후에 산에서 우연히 작은 돌부처를 얻는다. 그 부처를 자기 집 후원에다 모시고 부친이라 일컬으며, 혼정신성(昏定晨省)을 분명히 한다. 유복자 부부가 부처 받들기를 살아있는 부친과 같이 하는데, 하루는 친구가 와서 유복자가 없음을 알고 담뱃대로 부처의 두상을 치고 간다. 잠시 후 유복자가 와서 부처를 보니, 얼굴에 피를 흘리고 있어, 원인을 알아보고 친구의 소행임을 알게 된다. 유복자는 그 친구를 불러, 말다툼 끝에 죽이고 만다. 자수한 유복자는 효성이 지극하다 하여 사형을 면하고, 수년 후 풀려났다는 이야기.

21. 장승(將丞) 해몽(解夢)

해몽 잘하는 사람이 있었는데, 장난 잘하는 세 청년이 거짓으로 장승꿈을

꾸었다고 하며 해몽하는 사람을 찾아간다. 해몽자(解夢者)는 장승꿈을 꾸었다는 첫 번째 청년에게 먹을 일이 생긴다 하고, 두 번째는 낙상(落傷)할 염려가 있다 하고, 세 번째는 화재(火災)가 있을 것이라고 하여 모두 맞춘다. 세 청년이 그 이유를 물었더니, 해몽자는 장승을 만들고 나서는 고사를 지내고, 장승을 세워 두면 넘어갈 것이고, 장승이 길가에 굴러다니면 불을 땔 것이기 때문이라고 한다. 세 청년은 거짓 꿈인데 해몽이 되냐고 하자, 해몽자는 꿈은 평소에 생각한 것이기 때문이라고 한다.

22. 소년(少年) 군수(郡守)

옛날에 한 소년이 큰 지방의 군수가 되었는데, 하리배(下吏輩)들이 군수의 나이가 어리다고 말을 잘 듣지 않았다. 하루는 석공에게 돌로 만든 갓을 만들라고 하여, 돌갓을 하리배들에게 씌워 잘못을 반성하게 한다. 하지만 그 후에도 늙은 아전들은 여전히 군수를 자기들 손아귀에 넣으려 했다. 어느 날 군수는 수수밭을 지나다가 수숫대를 끊어오게 하여, 늙은 아전들에게 부러뜨리지 말고 소매 속에 넣으라고 한다. 늙은 아전들이 할 수 없다고 하자, 소년 군수는 일년 자란 수숫대도 마음대로 못하면서, 십칠 년이나 자란 자기를 소매 속에다 넣으려고 하느냐면서 훈계를 한다. 그 후로는 모든 하리배들이 소년 군수를 무서워하고 존경하며, 공손하게 복종했다는 이야기.

23. 악독(惡毒)한 범

옛날 어느 산촌에 과부가 아들 딸 남매를 데리고 어렵게 살아갔다. 하루는 떡장사를 하러 가다가 범을 만나, 떡도 먹히고 몸도 먹히고 만다. 과부를 먹은 범은 재주를 넘어 사람 모양을 하여 과부 집을 찾아간다. 어린 남매를 꾀어 집 안으로 들어간 범은 남매를 잡아먹으려 한다. 남매는 범을 피해 높은 나무 위로 올라간다. 몇 번의 시도 끝에 범은 나무를 오르게 되고, 남매는 하느님께 동아줄을 달라고 빌어 하늘로 올라간다. 이것을 보고 범도 동아줄을 빌어 하늘로 오르는데, 갑자기 동아줄이 끊어지며 수수깡 밭에 떨어져 죽는다. 하늘에 올라간 아들과 딸은 해님과 달님이 된다. 〈해와 달이 된 오누이〉 이야기.

24. 다람쥐의 보은(報恩)

강원도(江原道) 산촌(山村)에 한 늙은 부부가 자녀 없이 어렵게 살고 있었다. 하루는 마누라가 족제비에게 물려 가는 다람쥐를 구해준다. 족제비에 물린 다람쥐는 얼마 후에 살아나서 늙은 부부와 함께 산다. 그 다람쥐가 한 일 년쯤 지나더니, 그것이 자라나서 또 새끼를 치고 또 그것이 새끼를 쳐서, 불과 십 여년 동안에 여러 백 마리가 된다. 어느덧 두 늙은이는 점점 노쇠(老衰)하여 다람쥐들을 먹여 살리지 못하게 되어, 다람쥐들에게 산으로 돌아가라고 한다. 집을 나간 다람쥐 무리는, 얼마 후에 곡식을 물어와서 여러 말이 된다. 늙은 부부는 다람쥐의 보은에 기뻐한다. 늙은 부부가 몇 해를 다람쥐의 도움을 살다가 죽자, 다람쥐들은 늙은 부부의 유언대로 뒷동산에 산소 자리를 판다. 마을 사람들이 늙은 부부를 매장하여 주었더니, 다람쥐들은 산소에서 제(祭)를 지낸 후에 산으로 들어갔다.

25. 원숭이 재판(裁判)

이리와 여우가 산길을 지나다가 길가에서 고기 한 덩이를 같이 얻었다. 서로 혼자만 먹으려고 시비가 붙어, 원숭이에게 재판을 부탁한다. 원숭이는 고기를 똑같이 나누어야 한다면서, 칼로 잘라 저울에 달아보고 무거운 쪽을 잘라 먹고, 또 달아 잘라 먹기를 여러 번하여 고기는 점점 작아져갔다는 이야기.

26. 바보 모집(募集)

(1) 닭의 알 낙태(落胎)

어느 성미 급한 사람이 매일 알을 낳는 암탉을 보고, 뱃속에 알이 많이 들었을 것으로 여겨 암탉의 배를 가른다. 뱃속에 달걀이 없자, 너무 놀라게 해서 잡아 낙태를 했다고 생각한다.

(2) 인력거(人力車) 삼등(三等)

촌에서 살던 사람이 처음 서울에 와서 삼등 차표로 일등 객차를 타다가 혼이 난다. 경성역(京城驛)에 내려서 인력거를 타는데, 삼등 생각이 나서 인력거 아래층 발 놓는 데에 타려고 한다. 인력거꾼이 위층에 타라고 하여도, 그 사람은 삼등이 좋다면서 올라가지 않는다.

(3) 우표(郵票) 여행(旅行)

산골짜기에서만 살던 사람이 세상 구경을 하고 싶어서, 얼굴에 우표를 붙이고 옷가슴에 금강산 여행이라 붙인다. 그리고는 우편소 소포계를 찾아 가서 보내 달라고 하니, 소포계원이 정신병자는 가라고 말한다.

(4) 전신선(電信線) 응용(應用)

어떤 사람이 다른 지방에 갔다가, 여러 날이 되어 옷이 더럽게 되어, 새옷을 갈아입고 벗은 옷은 집으로 보내려 하였다. 이 사람은 급한 편지는 전보를 응용하니, 자기도 전봇줄을 직접으로 응용하겠다면서, 벗은 옷을 전봇줄에 매달아놓는다. 얼마 있다가 나와서 매달아 놓은 옷이 없어진 것을 본다. 다른 사람이 가져 간 줄은 모르고, 벌써 집에 도착한 줄 알고 기뻐한다.

(5) 총각(總角)의 독서(讀書)

나이 많은 총각이 늦게 글을 배우고자 하여, 부친(父親)에게 글 배우는 법을 물어 보니, 선생 하라는 대로만 하라고 한다. 총각은 이 말을 듣고, 즉시 서당(書堂)을 찾아가서 선생님께 글을 배운다. 하지만 필요한 말, 필요 없는 말 가리지 않고 무조건 따라한다. 심지어 선생이 총각의 뺨을 치자, 총각도 선생의 뺨을 친다. 마침 부친이 와서 그 아들을 나오라고 하니, 총각은 글 배우기가 참 힘들다고 말한다.

(6) 두 술장사

술장사 둘이 술을 팔러 가다가 한 곳에서 만났다. 술장사가 둘 다 술을 좋아하나, 감히 자기 술을 먹지는 못하고 있었다. 그러다가 한 술장사가 자기 돈 한푼으로 다른 술장사의 술을 사 먹자, 다른 술장사도 그 한푼으로 술을 사먹는다. 한푼이 왔다갔다하면서 술이 서로 다 팔렸다. 두 술장사는 술도 많이 먹고 외상도 없다고 말한다.

(7) 집 찾기

시골 사람 하나가 처음 서울에 와서 숙박할 집을 정한 후, 집을 못 찾을까 염려하여 대문 옆에 사람 모습을 그려 놓고 나갔다. 볼일을 다 보고, 사람 모습 그린 집을 찾아 들어갔더니, 주인이 다른 사람이었다. 시골 사람은 집은 맞는데 주인이 바뀌었다고 말한다.

(8) 아는 것이 병(病)

시골 양반이 하인을 데리고 서울로 오는데, 하인을 보고 서울이란 눈만 감아도 코를 베어 가는 곳이니 조심하라고 한다. 하지만 하인은 주인 몰래 말을 팔고서는, 한 손에는 코를, 한 손에는 말고삐를 쥐고 있었다. 양반이 뭐하냐고 묻자, 하인은 어느 놈이 고삐를 끊고 말을 가져갔다고 한다. 하인이 상전을 속여도 양반은 알지 못한다.

(9) 도적(盜賊)에 놀라

어떤 사람이 한번 도적놈에게 혼이 난 뒤로는 다시 문 밖을 나가지 못했다. 어느 날 친구가 몽둥이를 가지고 다니라고 하자, 그 사람은 몽둥이까지 빼앗긴다고 말했다.

(10) 못난이 특징(特徵)

못난이는 말이 분명하지 못하고, 실실 웃으며, 침을 흘리며, 멀거니 보며, 딴짓을 잘하며, 몸이 흐느저흐느적하며, 남의 눈치와 자기의 욕되는 것을 모르는 것이 특징이다. 그러므로 못난이를 검사할 적에는 '눈, 입, 몸, 말'을 주의하여 보면 안다.

27. 돌 두꺼비

돌이는 부잣집 아이고, 두꺼비는 가난한 집 아이였는데, 둘은 친형제나 다름없이 지냈다. 돌이는 두꺼비의 가난을 면해주려, 자기 집 은탕기(銀湯器)를 훔쳐 돌이로 하여금 찾게 한다. 그 후로 두꺼비는 신기한 복술(卜術)을 한다고 소문이 나서, 문복(問卜)을 하여 넉넉하게 지낸다. 그때 마침 중국 황제가 옥새를 잃고 찾지를 못해 두꺼비를 부른다. 두꺼비는 걱정 속에 날을 보내다, 구멍 뚫린 버들 잎사귀를 보고 '유공엽(柳孔葉)'이라고 말했는데, 공교롭게도 옥새 가져간 사람이 유공엽이었다. 그는 두꺼비를 찾아가 옥새를 연못에 넣었다고 한다. 두꺼비는 옥새를 찾아주고, 다시 돌그릇 속에 든 두꺼비를 알아맞추어, 많은 상을 받아 조선으로 와서 돌이와 함께 부귀를 누렸다는 이야기.

28. 오성(鰲城)의 도깨비 길들이기

옛날에 조선에서 청나라에 사신을 갔다 올 때에, '산해관(山海關)'이라 하는 사관(使館)에서 숙박을 했는데, 갔다 오는 사신마다 도깨비에게 홀려서 혼이 났다고 한다. 오성 이항복(李恒福)은 이를 듣고, 마음을 굳게 가지면 아무 일이 없을 것이라고 한다. 그 때에 금남(錦南) 정충신(鄭忠信)이 이 말을 듣고, 장담할 것이 아니라 겪어보고 말씀하시라고 하자, 오성은 자기를 부족하게 보느냐고 크게 꾸짖는다. 금남과 오성은 여러 날만에 산해관에 당도하였고, 그날 밤에 오성은 공중에 매달린 다리를 꾸짖어 물리친다. 얼마 후에 어떤 노인이 오는데, 오성이 보니 돌아가신 자기의 부친이었다. 오성은 부친과 새벽닭이 울 때까지 이야기를 나눈다. 오성은 부친을 보내고 뜰을 거닐었는데, 사실은 연못을 거닐고 있었다. 금남이 오성을 보고 도깨비에게 단단히 속았다고 하자, 오성은 산해관 도깨비는 이렇게 길들인다고 대답했다는 이야기.

29. 반쪽 사람

옛날에 다리만 둘이고 머리, 몸통은 다른 사람보다 반이 적은 반쪽이라는 아이가 있었다. 어머니는 반쪽이를 불쌍히 여기지만, 부친과 형은 병신이라고 싫어한다. 반쪽이가 십여 세가 되니, 힘이 보통 사람보다 몇 배나 세어, 토끼를 잡다가 바위를 차서 동네 인가(人家)를 부순다. 이에 화가 난 형이 반쪽이를 뒷동산 소나무에 감아 놓자, 반쪽이는 소나무를 뿌리째 뽑아 짊어지고 자기 집으로 내려온다. 반쪽이는 나이가 이십이 되자, 건너 마을 사는 부잣집 딸하고 혼인을 하겠다고 한다. 어머니가 만류하자, 반쪽이는 밤에 색시를 냉큼 업어 올 것이라고 한다. 어머니는 깜짝 놀라 형을 부잣집에 보내어, 반쪽이가 딸을 업어 갈 것이니, 단속을 잘하라고 한다. 부잣집 식구와 하인들은 색시를 지키느라 며칠이나 밤잠을 설친다. 피곤에 지쳐 식구와 하인들이 모두 잠든 날 밤에, 반쪽이는 식구와 하인들을 여러 가지 방법으로 묶어 놓고, 딸을 이불에 말아 둘러메고 나온다. 반쪽이는 집으로 돌아와서 색시를 내려놓고, 재주를 한번 넘더니 잘 생긴 남자가 된다. 모친과 형은 기뻐하고, 색시도 기뻐하며 반쪽이와 부부가 되었다는 이야기.

30. 놀부(乶夫)와 흥부(興夫)

옛날에 놀부와 흥부라는 형제가 있었다. 형 놀부는 성질이 흉악했고, 아우 흥부는 천성이 공손하고 후덕(厚德)해서, 재산을 놀부에게 모두 빼앗겨 가난하게 지내도, 형을 탓하지 않는다. 어느 해 삼월에 홍부는, 뱀을 피하다가 다리를 부러뜨린 제비를 고쳐주고, 박씨를 얻어 부자가 된다. 놀부가 이 사실을 알고 일부러 제비 다리를 부러뜨리고 고쳐 주고는, 박씨를 가져 오라고 한다. 다음 해에 제비가 준 박씨를 심은 놀부는, 박 속에서 나온 굿중패, 초라니, 걸인, 병신, 강도 등으로 인해 집까지 잃고 만다. 그 후 놀부는 홍부에게 가서 머리를 숙이고 얻어먹다가 죽는다. 〈방이설화〉, 판소리 〈박타령〉, 고소설 〈홍부전〉 유형의 이야기.

31. 늙은 아비를 내다 버린 사람

어느 산촌(山村)에 무도(無道)한 농민(農民)이 있는데, 어렸을 때부터 부모의 걱정거리였다. 어느덧 자기 부친이 늙어 병이 들어, 대소변을 방에다 하고 맛있는 음식을 찾는다. 그러자 이 사람은 병든 부친을 지게에 묶어 놓고, 아들 갑득(甲得)이를 시켜 강변에 지게와 함께 버리라고 한다. 늙은이는 이것을 알고 대성통곡(大聲痛哭)하지만, 갑득이는 아비를 회개하도록 할테니 안심하라고 한다. 갑득은 할아버지를 강변에 두고 지게를 가지고 집으로 온다. 갑득의 아비는, 갑득이가 지게를 가지고 온 것을 보고 왜 가져 왔느냐고 하자, 아들은 다음에 아버지가 또 늙고 병들면 져다가 버리려고 가져왔다고 한다. 그 아비는 아들의 말을 듣고 자신의 행동을 반성하고, 할아버지를 모시고 오라고 한다. 고려장(高麗葬)과 관련된 이야기.

32. 토목공이(土木公伊)와 자린고비[自能高比]

춘천(春川)에 토목공이라고 하는 영악(獰惡)하고 인색한 부자가 있었다. 또 충주(忠州)에 자린고비라고 하는, 영악하기가 토목공이 이상 가는 사람이 있었다. 토목공이의 아들과 자린고비의 딸이 결혼을 한다. 토목공이 부부는 며느리가 간장을 종지에 가득하게 떠놓은 것을 보고, 밑바닥에 깔리게 놓으라고 훈계를 한다. 그러자 며느리는 밑바닥에 깔아 놓으면 숟가락으로 자주 긁게 되어, 숟가락이 닳고 종지를 기울여 먹기 때문에 두 가지 손해가 난다고 한다. 며칠 뒤, 자린고비가 딸을 보러 사돈집에 왔는데, 토목공이와 부채를 누가 더 아끼는지 이야기한다. 저녁 밥상에 자반 조기 찌개가 나오자, 자린고비는 자기는 조기를 천장에 매달아 놓고 쳐다보며 반찬을 한다고 말한다. 토목공이는 이 말을 듣고 자린고비에게 가끔 가르침을 달라고 한다.

33. 호랑(虎狼)이 모집(募集)

(1) 시골 어느 여자가 바구니를 끼고 나물을 캐러 갔다가, 바위 밑에서 강아지같이 생긴 짐승 너덧 마리를 보고 쓰다듬어 준다. 그러다가 자기 얼굴에 물방울이 떨어지는 것을 이상히 여겨 쳐다보니, 큰 호랑이의 입에서 흘리는 침이었다. 호랑이가 자기 새끼를 쓰다듬어 주는 것을 보고 침을 흘린 것이다. 여자는 혼이 나서 바구니를 버리고 집으로 뛰어가고, 호랑이는 나물 바구니를 여자 집에 가져다 준다. 호랑이도 자기 새끼를 사랑하는 사람은 해치지 않는다는 이야기.

(2) 어떤 산촌에 사는 농부가 밭에서 돌아오다가, 새끼를 데리고 있는 어미 호랑이를 만난다. 어미 호랑이는 사람을 잡아먹으려고 냅다 뛰어 온다. 농부는 마침 옆에 있는 나무 위로 올라간다. 어미 호랑이도 곧 나무 위로 기어오른다. 농부는 다급하여 바지를 벗어 기어오르는 호랑이 대가리에다 뒤집어씌운다. 호랑이는 앞이 보이지 않아 허우적거리다가, 바지를 뒤집어 쓴 채, 밑으로 떨어진다. 그 때 마침 새끼 호랑이들이 사람이 떨어진 줄 알고, 어미 호랑이를 먹는다. 농부는 굵은 나무 가지를 꺾어서 새끼를 모두 죽인다는 이야기.

(3) 어떤 사람이 호랑이를 많이 잡으려고, 강아지 한 마리를 긴 노끈에 매어 기름칠을 하여 가지고, 호랑이 많은 산으로 올라가서 나무에 붙들어 매어 둔다. 조금 후에 호랑이 떼가 지나가다가 이 강아지를 보고, 한 놈이 강아지를 널름 삼킨다. 강아지는 기름칠을 한 까닭에 미끄러워서 통째로 뱃속에 들어간다. 다른 호랑이들이 화가 나서 소리를 지르고 달려들 때에, 이 호랑이가 같이 싸움을 하는 바람에, 강아지는 똥구멍으로 튀어나온다. 다른 호랑이가 이 강아지를 삼키고 다시 싸움하는 바람에, 또 똥구멍으로 튀어나오고, 또 다른 호랑이가 삼키니, 또 튀어나오고 하여 노끈이 여러 호랑이의 입과 똥구멍을 꿰게 되어, 호랑이를 많이 잡았다는 이야기.

(4) 병정(兵丁) 하나가 어디 가서 술을 많이 먹고 취하여 산고개에서 잠이 든다. 그 때에 마침 호랑이 한 마리가 지나가다가, 이것을 보고 잡아먹으려고 와서 냄새를 맡는다. 호랑이는 죽은 사람이나 술 취한 사람은 잡아먹지 않는 까닭에, 술이 깬 후에 잡아먹으려고, 개천에 가서 꼬리에 물을 적셔 병정의

머리를 적셔준다. 병정은 정신을 차려, 호랑이가 꼬리로 자기 머리를 적시고 있는 것을 알게 된다. 그때 병정은 한 꾀를 생각해 내고는, 호랑이가 와서 병정의 머리를 적시려할 때에, 힘을 다하여 나팔로 호랑이 똥구멍을 찌른다. 호랑이는 깜짝 놀라 나팔이 똥구멍에 박힌 채로 달아난다. 병정은 호랑이 똥을 뒤집어써서 머리카락이 다 빠져 버리고, 호랑이는 똥구멍에 나팔이 박혀, 죽을 때까지 뛰뛰 불고 돌아다녔다는 이야기.

(5) 오지독 장사가 짐을 지고 산길을 가다가 큰 호랑이를 만나, 너무 급해서 독 속으로 들어간다. 호랑이는 어찌 성미가 급하고 입이 크든지 독을 통째로 삼킨다. 이 사람은 호랑이 뱃속에 들어가서 성냥으로 촛불을 켠다. 그리고 너무 심심해서 담배를 피고 불을 떨었더니, 호랑이는 뱃속이 뜨거워서 이리 뛰고 저리 뛰고 야단이다. 또 배가 고파 주머니에서 칼을 꺼내서 고기를 저며 먹으니, 호랑이는 아픔을 이기지 못하여 울부짖다가 죽는다. 독 장사는 호랑이 뱃속을 다 저며 먹고, 배부르게 며칠 동안을 지내다가 나왔다는 이야기.

(6) 호랑이 한 마리가 먹을 것을 찾다가, 사람을 물어가지고 새끼들을 주려고 간다. 이 사람은 물렸으나 생명에는 관계가 없으므로, 까무러쳤다가 정신을 차려서 그대로 업혀 간다. 호랑이는 깊은 산 어느 굴 앞에 이 사람을 놓고 새끼 호랑이를 부른다. 그러자 강아지만한 놈들이 대여섯 마리 뛰어나온다. 어미 호랑이는 새끼들에게 이 사람을 맡겨 놓고, 또 다른 곳으로 사냥을 간다. 이 사람은 이 때를 놓치지 않고, 새끼 호랑이를 모두 죽여버리고 나온다. 어미 호랑이가 갔다가 와서 새끼들이 죽은 것을 알고, 이 사람을 쫓아간다. 이 사람은 호랑이가 쫓아오는 것을 보고, 낭떠러지로 뛰어내리다가 소나무 가지에 얹히고, 호랑이는 같이 쫓아 뛰어내리다가 칡넝쿨에 네 발이 빠져서 공중에 매달린다. 이튿날 나무꾼들이 올라오다가 이것을 보고, 포수를 불러서 호랑이를 잡게 하고, 사람은 구해낸다는 이야기.

(7) 시골 선비가 서울 와서 과거를 보고 내려가다가, 날이 저물어 산골의 어느 빈 집에 들어간다. 밤중에 호랑이가 중방 밑으로 들어오려고 구멍을 뚫으며, 꼬리를 밀어 넣어 속에 무엇이 있는가 검사를 하고 있었다. 선비는 그 꼬리를 두 손으로 잔뜩 붙들고, '이여차!'하며 잡아끌었다. 호랑이는 놀라 '어

홍!'하며 꼬리를 당긴다. 선비와 호랑이는 '이여차!', '어홍!'하며 야단이더니, 마침내 호랑이는 꼬리 껍질이 벗겨져 달아난다. 날이 밝은 후, 선비는 길을 떠나 한 고개를 넘으려 한즉, 사람들로부터 고개 마루에 붉은 꼬리 가진 호랑이가 있어 넘어 가지 못한다는 말을 듣는다. 선비는 어젯밤의 호랑이라고 여겨, 가졌던 꼬리 껍질을 휘두르며 '이여차!'하니, 호랑이가 달아났다는 이야기.

(8) 어떤 아이가 산에서 노는 것을, 호랑이가 보고 쫓아와서 내리 덮었다. 이 아이는 호랑이 다리 사이로 들어가서, 어쩔 줄을 모르다가 불알을 보고, 불알 밑을 살살 긁었다. 호랑이는 시원해서 가만히 있자, 이 아이는 한 손으로 불알을 긁으면서, 한 손으로는 노끈을 꺼낸다. 노끈의 한 끝은 불알을 매어 놓고, 한 끝은 나무에 붙들어 매어 놓는다. 그리고는 후다닥 달아났더니, 호랑이는 이것을 보고 쫓아오다가, 그만 불알이 잘라져서 죽었다는 이야기.

(9) 산촌에 사는 어느 여자가 도끼를 가지고 관솔을 쪼개고 있었다. 그때 외양간의 소가 공연히 놀라서 식식거린다. 여자가 이상해서 가까이 가서 보니, 호랑이가 외양간 구멍으로 들어오려고 앞발을 넣어서 긁고 있었다. 여자는 가졌던 도끼로 호랑이 앞발을 자른다. 그러자 다른 호랑이와 싸우는 소리가 들렸다. 이튿날 나가보니, 앞발 잘린 호랑이와 다른 호랑이가 함께 죽어 있었다. 앞발 잘린 호랑이가, 같이 왔던 다른 호랑이가 자기 앞발을 자른 줄 알고 달려들어 싸우다가, 두 호랑이가 기진(氣盡)하여 죽은 것이었다.

34. 사냥꾼의 소원(所願)

옛날에 산 속에서 사냥을 하며 어렵게 사는 늙은이 내외가 있었다. 하루는 이 사냥꾼이 함정에 빠진 사슴을 구해주는데, 사슴은 자신이 선녀라고 한다. 이 사실을 알게 된 사냥꾼의 아내는 남편에게, 선녀한테 기와집을 요구하라고 한다. 사냥꾼은 사슴을 찾아가 아내의 말을 전하자, 사슴은 기와집을 준다. 마누라는 다시 세간을 장만해 달라고 하여, 사슴은 많은 세간을 사냥꾼 내외의 기와집에 가득하게 한다. 또 다시 마누라는 남편에게 사슴을 만나 하인을 달라고 말하라고 한다. 이 말을 들은 사슴은 사냥꾼에게 그렇게 하겠다고 대답한다. 하지만 집에 돌아온 사냥꾼은, 모든 것이 사라지고 옛날처럼 쓰러져 가는 초가집에 마누라 홀로 울고 있는 것을 본다. 욕심이 과하면 후회해도 소용없다는 이야기.

35. 똑같은 재주

옛날에 어떤 나라에 한 농부(農夫)가 아들 사형제(四兄弟)를 두고 살았다. 하루는 아들을 모두 불러가지고, 각자 재주에 따라 자신의 재산을 나누어 주겠으니, 삼년 동안 재주를 배워오라고 한다. 이 말을 듣고 네 아들은 집을 떠나서, 재주를 배워가지고 삼년 후에 돌아온다. 맏아들은 훔치는 재주를 배웠다고 하고, 둘째 아들은 아무리 멀리 있어 보이지 않는 것이라도 알아내는 재주를 배웠다고 하고, 셋째 아들은 백발백중(百發百中)하는 총쏘기를 배웠다고 하고, 넷째 아들은 무엇이든 감쪽같이 꿰어 매는 재주를 배웠다고 한다. 그때 마침, 그 나라의 공주가 이무기에게 잡혀간다. 임금은, 누구라도 공주를 찾아오면 사위로 삼고 나라의 절반을 주겠다고 한다. 이 소문을 들은 사형제는 공주를 구하러 간다. 먼저 둘째 아들이, 공주는 이무기에게 잡혀 동해(東海) 바다 속 섬에 있다고 한다. 여러 날 만에 그 섬에 도착한 사형제는, 맏아들이 감쪽같이 공주를 훔쳐오고, 따라 오는 이무기를 셋째 아들이 총을 쏘아 죽이게 된다. 이무기가 배에 떨어져 배가 부서지자, 넷째 아들이 배를 꿰매어 공주와 함께 돌아온다. 임금은 크게 기뻐하여 나라의 절반을 사형제에게 나누어 준다. 사형제는 그 후에도 항상 화목하게 서로 도와 잘 살았다. 〈대적퇴치설화(大賊退治說話)〉 유형의 이야기.

36. 짐꾼의 꾀

옛날에 전라도(全羅道) 나주(羅州)의 수령(守令)이 경성(京城) 재상(宰相) 집에, 나주(羅州) 소반 수십 개를 짐꾼을 시켜 보냈다. 짐꾼은 동작강(洞雀江) 건너 모래 사장에서 쉬다가, 실수로 지게를 넘어뜨려 소반을 절반이나 깬다. 짐꾼은 실의에 빠져 있다가, 한 꾀를 생각해 낸다. 그리고는 재상댁에 가서 큰 소리를 질러 반말로 청지기를 부른다. 이에 화가 난 청지기가 짐꾼의 뺨을 때리게 되고, 뺨을 맞은 짐꾼은 소반 짐을 짊어진 채로 넘어진다. 짐꾼은 재상에게, 나주 수령이 자신을 시켜 소반을 보냈는데, 청지기 때문에 거의 다 깨었다고 말한다. 그러면서 자신이 재상에게 소반을 받았다는 편지를 받지 못하면, 나주 원님에게 맞아 죽을 것이므로, 그냥 재상 댁에서 지금 죽는 게 낫다고 한다. 재상은 짐꾼의 형편이 가엾어서 잘 받았다는 회답을 써 주었다는 이야기.

37. 김득선(金得仙)의 후회(後悔)

고아인 득선(得仙: 선녀를 얻다)이 포수의 위협으로부터 사슴을 구해주고, 사슴의 도움으로 선녀와 결혼하여 산다. 하지만 사슴의 충고를 지키지 못하고 선녀옷을 빨리 내어주는 바람에, 선녀는 다시 하늘로 올라가버린다. 〈선녀와 나무꾼〉 유형의 이야기.

38. 콩쥐 팥쥐

콩쥐가 계모에게 학대받다가 하늘로 올라가는 이야기. 계모는 자기가 낳은 딸 팥쥐에게는 쉬운 일을, 전처가 낳은 딸 콩쥐에게는 불가능한 일을 시킨다. 콩쥐의 아버지가 죽은 후에, 계모의 학대는 더 심해진다. 콩쥐는 여러 어려운 일을 자라, 검은 암소, 참새떼 등의 도움으로 해결한다. 계모의 학대가 더욱 심해진 어느 날, 이 빠진 낫으로 수수밭을 매던 콩쥐는 선녀가 내려준 동아줄을 타고 하늘로 올라간다. 이를 보고 팥쥐도 동아줄을 달라고 하여 하늘로 오르다가, 중간에 수수밭으로 떨어지고 만다. 수수가 붉은 것은 팥쥐의 피 때문이라고 한다.

39. 옹기(甕器) 장사

옹기 장사가 등짐 장사로 살아가는 자신의 신세를 한탄하다가 부자가 될 궁리를 한다. 옹기 하나를 일원에 사서 팔면 이원이 되고, 다시 그 이원이 사원이 되고, 사원은 팔원, 팔원은 십육원 등등 이런 식으로 생각을 한다. 옹기 장사는 곧 많은 돈을 벌 것 같은 생각에, 덩실덩실 춤을 추다가 자신의 옹깃짐 지게 작대기를 발로 차서, 옹기를 모두 깨고 만다.

40. 완고(頑固) 양반(兩班)

이장천(李長川)이라는 세상 물정 모르는 사람의 이야기. 과거 시험에서 일어나는 부정과 한문만 아는 선비에 대한 비판적 시각을 엿볼 수 있다. 이장천은 한문은 잘하지만 사리가 어두워 다른 사람들의 웃음거리가 된다. 서울로 과거보러 가서 들창을 벽장인 줄 알고, 옷을 잃어버린다. 그리고 과거장에서 대신 써준 글값으로 받은 돈을, 강가 모래에 '여기 돈을 감추어 두다.'라는 패를 써 놓아서 잃어버린다. 비 오는 밤에 마루에서 소변을 누다가 빗소리를 오줌 소리로 착각하고, 집에서 당나귀를 타고 나가서 도로 자기 집으로 와서는, 자신에게 말을 하는 부인과 딸을 버릇없는 여자라고 한다. 친구 집에서 잘 때, 가려운 자기 다리 대신 가려움증 앓는 다른 사람의 다리를 긁어 소동을 일으키기도 한다.

41. 달떡

금돌이라는 큰 아이가 어린애의 달떡을, 반달을 만들어 준다, 삼각산을 만들어 준다 하면서, 자꾸 뺏어먹는다. 그런데도 어린 아이는 순진해서 반달 모양, 삼각산 모양만 좋아하지, 떡이 줄어든 것은 모른다는 이야기.

42. 두 개의 구슬

형제 우애담. 어렸을 때 부모를 잃은 가난한 형제가 힘들지만 우애 있게 살다가, 어느 날 금은 보화가 나오는 구슬을 얻게 된다. 부자가 된 형제는 재산을 나누다가, 구슬은 나눌 수 없다는 것을 안다. 그래서 구슬보다는 우애가 먼저라고 서로 말하면서, 구슬을 원래 있던 자리인 개천에 도로 가져다 놓자고 한다. 형제는 구슬을 가져다 놓으러 갔다가, 똑같은 구슬을 하나 더 얻어 나누어 가지게 된다.

43. 혹 달린 늙은이

〈혹부리 영감〉 이야기. 정직한 혹부리 영감은 도깨비에게 혹을 노래주머니라고 하여, 금은 보패를 받고 혹을 떼게 된다. 이를 듣고, 욕심 많은 혹부리 영감도 도깨비를 찾아가 혹을 떼고 금은 보패를 얻으려고 한다. 하지만 혹이 노래주머니가 아니라는 사실을 알게 된 도깨비들로부터, 도리어 혹을 하나 더 달게 된다.

44. 문자(文字) 잘 쓰는 남자(男子)

목서방(木書房)이라 하는 사람이 있었는데, 문자가 아니면 말을 하지 못했다. 장인 집에 묵게 된 어느 날, 호랑이가 장인을 물어 갔다. 목서방은 문자를 써서 장인을 구하자고 했지만, 아무도 이 말을 해석하는 자가 없어서 장인은 호랑이의 밥이 되고 말았다. 그 집 식구가 이것을 알고 관청에 고소했는데, 목서방은 볼기를 맞으면서도, 옥중에 있으면서도 문자를 썼다. 심지어 몇 달 동안 옥살이 후에 풀려나면서도, '更不用文字(갱불용문자)하리이다.[다시는 문자를 아니 쓰리이다]'로 말했다. 아는 것이 병이라는 경우를 보여주는 이야기.

45. 오리 먹고 알 먹어

옛날에 숙맥인 어떤 군수가 오리를 많이 길렀는데, 셀 때 모두 몇 마리인지를 헤아리지 않고 한 쌍씩 짝만 맞추어 수를 헤아렸다. 하루는 하인이 오리 한 마리를 훔쳐서 삶아 먹었다. 군수는 쌍을 맞추어 세다가 쌍이 틀리니까, 하인을 때리며 오리를 잡아먹지 않았냐고 나무랐다. 하인은 다시 오리 한 마리 삶아 먹고, 군수에게 다시 세어보라고 했다. 군수는 쌍이 맞는 것을 알고는, 하인에게 사과하며 오리알 열 개를 주었다.

46. 토끼의 지혜(知慧)

여러 날 굶주린 토끼가 인가 근처에서 콩을 먹다가 덫에 걸리게 된다. 토끼는 마침 지나가던 왕파리에게 부탁해서, 왕파리 떼를 자신의 몸에 들끓게 한다. 얼마 후에, 사람들이 와서 토끼 몸에 붙은 파리 떼를 보고, 죽은 지 오래된 것으로 생각하여, 토끼를 풀어서 다른 곳에 가져다 놓는다. 토끼는 목숨을 구하고 파리에게 감사한다. 위급한 경우를 당해도, 침착하면 위기를 벗어날 방법이 있다는 이야기.

47. 말하는 남생이

욕심 많은 형이 착한 아우를 구박하여, 부친이 남겨 준 재산을 혼자 차지하고 노모의 부양도 아우에게 미룬다. 어느 날 동생은 산에서 나무를 하다가, 자신의 말을 따라 하는 '말하는 남생이'를 얻어 부자가 된다. 형은 아우의 남생이를 뺏어다가 장터로 가서 돈을 벌려다가, 남생이가 말을 하지 않아 사람들에게 욕만 얻어먹는다. 화가 난 형은 남생이를 죽여 버린다. 아우는 죽은 남생이를 자기 집 후원에 묻어주고 화초를 심는데, 여기서 자란 나무에서 금은 보패가 열린다. 이 말을 들은 형은, 그 나무 가지를 꺾어다 자기 집에 심는다. 나무가 자라 흙과 모래가 쏟아져 형의 집은 묻혀 버린다. 형은 아우의 집으로 가고, 아우는 자기 재산을 형에게 나누어 준다.

48. 삼인(三人)의 학동(學童)

어떤 시당에 항상 코를 훌쩍이는 '코훌쩍이'와 머리가 헐어 있는 '머리헌놈', 눈이 짓물린 '눈병쟁이'라는 학동 셋이 있었다. 선생이 세 아이의 병을 고쳐주기 위해, 꼼짝 않고 공부만 하는 아이가 있으면 상을 주겠다고 한다. 세 아이는 상을 타고자 자기 버릇을 참았지만 도저히 견디기 힘들었다. 그래서 코훌쩍이는 활 쏘는 시늉을 하여 코를 닦고, 머리헌놈은 사슴 뿔 이야기를 하며 머리 가려운 데를 눌렀고, 눈병쟁이는 두 아이의 말이 듣기 싫다며 손과 머리를 흔들어 눈에 앉은 파리를 쫓는다. 선생은 이것을 보고, 상품을 모두에게 나누어 준다.

49. 염소의 환갑(還甲) 연회(宴會)

옛날에 염소가 자기 어머니의 환갑에 여러 짐승을 초청하여 잔치를 열었다. 너무 많은 짐승들이 와서, 나이 차례로 자리를 정하기로 했다. 그러자 여우가 본 것, 간 곳, 아는 것이 많고 나이도 많다고 스스로 말하면서 상석에 앉는다. 그때 거북이 갑자기 통곡을 하자, 여러 짐승들이 이유를 물어 보았다. 거북은 자기 아들이 은하수 옆에 은행나무를 심다가 죽었는데, 그 나무에 싹이 나서 몇 천년을 자라 지금 옆에 있는 나무가 되었다면서, 아들 생각이 나서 운다고 한다. 여러 짐승들은 여우를 쫓아내고 거북을 상석에 앉힌다. 여우가 얕은 꾀로 좌중(座中)을 속이려다가, 의뭉한 거북에게 망신을 당한 이야기.

50. 두 형(兄)의 회개(悔改)

옛날에 삼형제가 살았는데, 두 형은 욕심이 많고 막내 아우는 착하고 정직했다. 부모가 세상을 떠난 후, 두 형만 재산을 나누어 가지고 아우는 쫓겨나서 가난하게 살아간다. 어느 날 아우는, 발을 다친 늙은 중을 간호해 주고, 그 보답으로 자리 한 잎, 바가지 한 짝, 젓가락 한 매를 받는다. 아우가 자리를 펴 보니 궁전이 되고, 바가지를 제치니 음식이 나오고, 젓가락을 굴리니 하인이 나온다. 두 형이 장사를 하다가 손해를 보고 서로 다투다가, 마침 궁전이 된 동생 집으로 들어와 시비를 가려 달라고 한다. 두 형이 자기를 알아보지 못하므로, 아우는 손해도 똑같이 나누어야 한다고 말한다. 두 형이 간 후, 아우는 가난한 모습으로 형을 찾아가지만 냉대를 당한다. 그때 아우가 다시 자리, 바가지, 젓가락으로 부유하게 되자, 형들이 지난날의 잘못을 반성한다. 형들은 아우의 좋은 말을 듣고 반성하고 회개하여, 삼형제가 화목하게 살게 된다.

51. 꾀 있는 여우

호랑이가 여우를 잡아먹으려 하자, 여우는 너무 놀라 오줌을 싸게 된다. 호랑이가 여우에게 냄새가 고약하다고 나무라자, 여우는 오히려 여러 짐승들이 자기의 향기로운 냄새를 맡고자 한다고 말한다. 그러면서 자신의 위엄 때문에 다른 짐승들이 냄새 맡으러 함부로 나오지 못한다고 한다. 그리고 호랑이에게, 무엇을 모르고 자기를 능멸했지만 처음이라서 용서한다고 한다. 호랑이가 의심스러워하자, 여우는 함께 산 속을 돌아다녀 보자고 하여, 호랑이를 따라오게 한다. 과연 여러 짐승들이 여우를 보자마자 도망을 하므로, 호랑이 역시 여우를 무서운 짐승으로 알고 달아난다. 산 속의 짐승들은 호랑이를 보고 달아났지만, 호랑이는 이것을 알지 못하고 여우에게 속는다. 고사성어(故事成語) '호가호위(狐假虎威)'와 관련된 이야기.

52. 떡보의 실언(失言)

술 잘 먹는 사람과 떡 잘 먹는 사람이 친하게 지냈다. 어느 날 술꾼이 떡보에게 남자는 술을 적당히 먹어야 한다고 하자, 떡보는 떡을 끊고 술을 먹겠다고 한다. 며칠 후에 술꾼을 만난 떡보는 술을 다섯 개 먹었다고 하여 무안을 당한다. 그 다음에는 꿀을 안주로 했다고 하여 핀잔을 듣고, 또 다음에는 떡판에서 술을 먹었다고 하여 놀림을 당한다. 무슨 일이든지 실상이 없는 일을 겉으로 꾸며서 거짓말을 하면, 자연히 탄로(綻露)나는 법이라는 이야기.

53. 푸른 구슬과 붉은 구슬

욕심 많은 형에게 재산을 모두 빼앗긴 아우가, 길에서 수수 이삭을 줍는다. 아우는 그 수수로 떡을 만들어 장에 팔러 가는 길에, 배고픈 할머니를 만나서 그 떡을 드린다. 할머니는 감사하다면서, 건너 산 큰 나무 밑에 푸른 구슬과 붉은 구슬이 있는데, 푸른 구슬만 가지고 가서 마당에 던져 보라고 한다. 아우는 푸른 구슬을 가지고 와서 마당에 던졌더니, 황소가 한 마리 나왔다. 아우는 푸른 구슬을 자꾸 던져 소를 많이 얻어 부자가 되었다. 형이 이 소문을 듣고 아우에게 와서, 그 까닭을 묻고는 자기도 큰 나무를 찾아간다. 그리고는 푸른 구슬과 붉은 구슬 두 개를 가지고 온다. 집으로 온 형은 푸른 구슬을 던져 황소 한 마리를 얻는다. 그리고 붉은 구슬을 던져보니, 큰 호랑이가 나와서 황소를 삼키고 달아난다. 욕심 많은 형은 이상하게 생각하며, 붉은 구슬을 한번 더 던졌더니, 역시 큰 호랑이가 뛰어나와서 형을 삼켜버린다. 어진 아우를 박대한 욕심 많은 형이, 천벌을 받아 생명까지 잃어버린 이야기.

54. 자리 다툼

토끼, 거북, 두꺼비가 서로 높은 자리에 앉으려고 다투는 이야기. 토끼는 잘 뛰니 상좌(上座)에 앉겠다고 하고, 거북은 신분이 귀하다고 상좌를 차지하려고 하고, 두꺼비는 물과 육지를 마음대로 다닐 수 있으니 상좌에 앉겠다고 한다. 그러자 토끼는 제일 얌전한 자가 상좌에 앉기로 의견을 내어, 자신은 술집 근처만 가도 술 냄새를 견디지 못하니, 자신이 제일 얌전하다고 한다. 거북은 여름에 밀밭만 지나도 취한다고 하자, 두꺼비가 갑자기 눈이 돌아가고 팔 다리를 꼬며 게거품을 흘린다. 토끼와 거북이 놀라서 두꺼비를 정신이 들게 하니, 두꺼비는 술 이야기만 들어도 그렇게 취한다면서 자신이 상좌에 앉는다. 꾀 있는 토끼도, 의뭉한 거북도 두꺼비에게 상좌를 빼앗기고 만다.

55. 천도(天桃) 얻은 효자(孝子)

어느 시골에 효성이 지극한 아이가 있었는데, 우연히 그 부친이 병이 들어 약을 써도 효력이 없었다. 정성이 부족하다고 생각한 아이는, 깊은 산 속에서 기도를 드리다가 이상한 옷을 줍게 된다. 그 옷 주인은 선녀였는데, 아이가 옷을 찾아주니 고맙다면서 소원을 말하라고 한다. 아이는 아버지가 병중에 있어서 좋은 약을 얻고 싶다고 하자, 선녀는 천도(天桃) 두 개를 가져다준다. 아이의 아버지는 천도를 먹고 병이 낫게 된다. 지성(至誠)이면 감천(感天)이라는 이야기.

56. 개와 범

개가 냇가에서 호랑이에게 잡아먹히게 되자, 물고기를 많이 잡아먹게 해주겠다고 한다. 그리고는 호랑이에게 얼음을 뚫고 꼬리를 담그고 있으라고 해서, 호랑이는 개의 말대로 한다. 얼마 후에 호랑이는 꼬리가 묵직하다고 하자, 개는 물고기가 와서 꼬리에 매달려서 그렇다고 한다. 한참 후에 호랑이 꼬리가 얼음에 붙자, 개는 주인에게 눈치를 주어 호랑이를 잡게 한다. 개도 오래 되면 지혜가 생긴다는 이야기.

57. 떡보의 성공(成功)

옛날에 중국에서 재주를 비교하러 사신을 조선으로 보냈다. 조선에서 보낼 사람을 구하지 못하고 있을 때, 성질도 둔하고 글도 모르는 뱃사공 떡보가, 죽기 전에 떡이나 실컷 먹어보자고 자원을 한다. 압록강에서 떡보를 만난 중국 사신은 떡보에게 손가락으로 둥근 모양을 만들어 보이자, 떡보는 네모를 만들어 보인다. 다시 사신이 손가락 세 개를 보이자, 떡보는 다섯 개를 보인다. 이번에는 사신이 수염을 쓰다듬자, 떡보는 배를 문질러 보인다. 그러자 중국 사신은 조선의 뱃사공까지 이렇게 유식하니, 조선 사람과 재주를 비교할 수 없다고 하며 중국으로 돌아가려 한다. 조선의 대관이 곡절을 묻자, 중국 사신은 자신이 손가락으로 하늘은 둥글다고 하니 떡보가 땅은 모가 졌다고 했고, 삼강을 아느냐고 하니 오륜까지 안다고 했으며, 자신이 수염을 쓰다듬어 염제신농씨(炎帝神農氏)를 아느냐고 하니, 떡보는 태호복희씨(太昊伏羲氏)까지 안다고 배를 만졌다고 말했다. 이번에는 떡보에게 대답한 의미를 물어 보았다. 떡보는 중국 사신이 둥근 떡을 먹었다 하기에, 자신은 네모난 떡을 먹었다고 했으며, 세 개를 먹었다 하기에 다섯 개를 먹었다고 했으며, 맛이 좋다고 하기에 배가 부르다고 했다고 말했다. 우습고도 운수가 좋은 떡보 이야기.

58. 군수(郡守)와 어린 아이

옛날에 흉악한 원님이 있었는데, 어느 해 겨울 좌수(座首)에게 참외를 구해오라고 한다. 좌수는 근심에 쌓여 있는데, 그 아들이 사정을 듣고는 자신이 해결하겠다고 한다. 아들은 원님을 만나, 아비가 참외는 구했는데 독사에 물려 누워있다고 하다. 원님은 이렇게 눈 오는 계절에 무슨 독사가 있겠냐면서 화를 내자, 아들은 속여서 죄송하다고 한다. 그러면서 이 추운 때에 참외는 어떻게 있겠냐면서 원님도 백성을 속이면 안 된다고 말한다. 원님은 아이의 말에 반성하며 자신의 잘못을 깨닫는다.

59. 거짓말 잘하는 아이

옛날 어느 곳에 거짓말 잘하는 아이가 있었다. 하루는 이웃의 생원이 나무하러 가는 그 아이를 보고, 거짓말을 하여 자신을 속여보라고 한다. 그 아이는 자기는 거짓말하지 않는다면서 산으로 간다. 그 아이는 산에서 생원의 부인이 나물을 캐고 있는 것을 보고, 생원이 체하여 위급하다고 하자, 부인은 집으로 뛰어간다. 아이는 부인보다 빨리 생원에게 와서는 생원의 부인이 범에게 물려갔다고 말한다. 생원과 부인은 중간에서 만나 아이에게 속은 것을 알게 된다. 며칠 후 아이가 생원을 만나 인사를 하자, 생원은 아이를 나무라고, 아이는 거짓말을 하라고 해서 했는데 무슨 죄가 되냐고 반문한다. 생원은 아무 말도 못하고, 아이를 조롱하려다 속은 것을 후회한다는 이야기.

60. 천치(天痴) 신랑(新郎)

산촌에서 자란 아이가 서울로 장가를 가서, 처가에서 맛있는 음식을 먹고는 그것이 장김치라는 것을 안다. 그리고 장김치가 마루 탁자 가운데층에 있다는 것을 알고, 모두 잠든 밤에 김치 항아리를 찾는다. 김치를 떠 먹을 그릇이 없어서 한 움큼 쥐고 꺼내려 하였으나, 주먹이 구멍에 걸려 뺄 수가 없다. 마침 대머리 장인이 더워 문지방을 베고 자고 있었는데, 바보 신랑은 장인 머리가 목침인 줄 알고 김치 항아리를 매다 치게 된다. 항아리가 깨어지고, 장인 이마도 깨어지는 한바탕 소동이 벌어진다. 미신을 좋아하는 주인 마누라는 고사를 지내지 않아서 이런 일이 생겼다면서, 내일 고사를 지내자고 한다. 신랑은 자다가 일어난 것처럼 하여 모른 체 한다.

61. 쌍꿩의 보은(報恩)

옛날에 어느 시골 한량이 서울로 과거를 보러 가다가, 구렁이가 꿩 두 마리를 잡아먹으려 하는 것을 보고, 활을 쏘아 구렁이를 죽이고 꿩을 구해준다. 다시 길을 떠난 한량은 하루 종일 걷다가 어느 강변(江邊)에 이르러, 경성으로 가는 배를 타게 된다. 어두워지자 배는 산벽(山壁) 아래 대어 놓는데, 산벽 위에는 절이 있다. 한량은 피곤하여 잠이 들고, 낮에 한량에게 죽은 수구렁이의 짝인 암구렁이가 때를 놓치지 않고 한량에게 달려든다. 한량 덕택에 목숨을 건진 두 마리 꿩은, 암구렁이가 한량의 목숨을 노려 계속 따라 가는 것을 알고는 자신들도 암구렁이를 따라온다. 그래서 암구렁이가 한량을 공격할 때,

절의 큰 종을 울려 한량을 잠에서 깨어나게 한다. 종소리에 일어난 한량은 달려드는 구렁이를 삿대로 물리친다. 이튿날 아침에 한량은, 종 아래 죽어있는 두 마리 꿩이 자기가 구하여 준 꿩인 것을 알고, 의리 있는 꿩이 자신의 목숨을 구했다는 것을 알게 된다. 〈은혜 갚은 꿩〉 또는 〈은혜 갚은 까치〉 유형의 이야기.

62. 술 나오는 구슬

옛날에 어느 노인이 자녀 없이 홀로 고양이와 개 한 마리와 함께 세월을 보내고 있었다. 그 노인은 술을 좋아했는데, 어느 가을밤에 술을 마시다가 우연히 어떤 노인을 만났는데, 그 노인으로부터 술 나오는 구슬을 얻는다. 구슬을 얻은 노인은 술을 마음대로 먹고, 술장사를 하여 많은 돈을 모으게 된다. 술 나오는 구슬이 있다는 사실을 안 어떤 사람이, 어느 날 그 구슬을 훔쳐가자, 고양이와 개가 구슬을 찾아 나선다. 물 건너 동리 어느 집에 그 구슬이 있다는 것을 알고, 고양이는 구슬을 물고 나오고, 개는 강을 헤엄쳐 건너오다가, 고양이의 실수로 구슬을 강에 빠트리고 만다. 그 때에 마침 천렵(川獵)하는 사람들이 고기를 잡아 창자를 꺼내 버리는데, 개와 고양이는 그 속에 구슬이 든 것을 보고 몰래 물고 와서 주인에게 준다. 〈개와 고양이[犬猫爭珠]〉 유형의 이야기.

63. 여우의 변화(變化)

어느 농촌(農村)에 한 사람이 있는데, 여우를 잡으려고 통방이(덫)를 놓았다. 하루는 늙은 여우가 통방이에 걸린 것을 보고 잡으려고 왔는데, 여우는 그 마을 생원님으로 변하여 그 사람을 꾸짖는다. 그 사람은 여우를 생원으로 알고 풀어주고, 곧 그 생원이 여우가 변한 것이라는 것을 안다. 그 후에 정말 그 동리의 생원이 새벽에 길을 가다가 통방이에 빠져서 사람 살리라고 소리를 질렀다. 통방이 임자가 이 소리를 듣고 나와서 예전처럼 생원이 통방이에 빠져있으므로, 여우인 줄 알고 생원을 몽둥이로 몹시 쳤다. 생원은 계속 소리를 지르고, 동리 사람들이 와서 생원을 구해준다. 통방이 임자가 늙은 여우에게 두 번이나 속았다는 이야기.

64. 세도(勢道) 재상(宰相)과 한량

북촌(北村)에 사는 병조판서(兵曹判書)가 벼슬 청탁에 시달리다가, 자기를 속이면 벼슬을 시켜주겠다고 한다. 여러 사람이 벼슬 얻을 욕심으로 재상(宰相)을 속이려 하지만 뜻대로 되지 않는다. 그 때에 남촌(南村)의 어느 가난한 한량이 재상을 찾아가, 오는 길에 기러기 한 마리가 큰 독만 한 앵도(櫻桃)를 떨어뜨렸다고 한다. 그러자 재상은 그렇게 큰 앵도는 없다고 한다. 한량은 계속 앵도 크기를 줄여 가다가 도토리만 하다고 하니, 재상도 인정한다. 그러자 한량은 여름에 기러기가 있을 리 없다면서, 자신이 재상을 속였다고 한다. 한량이 재상을 속이고 군수(郡守) 벼슬을 얻어, 백성도 잘 다스리고 가난도 면하게 되었다는 이야기.

65. 완고(頑固) 학자(學者)님

어떤 시골에 글만 알고 세상 물정 모르는 학자가 있었다. 그때 경인선(京仁線) 철도가 개통되었는데, 신기하게 여겨 구경 오는 사람이 많았다. 그 시골의 한 사람이 기차를 타 보고, 이 학자에게 이야기를 하니, 학자는 미친 소리 하지 말라면서 곧이듣지 않았다. 이 사람은 그렇지 않다고 하여, 학자와 다투는 판에 그 학자의 친구가 왔다. 두 사람의 다툼을 듣고, 친구는 내일 함께 기차를 보러 가자고 한다. 기차를 본 학자는, 요귀라고 하면서 귀신 쫓는 진언(眞言)을 외운다. 그때 갑자기 기차가 김을 토하며 큰 소리를 내자, 학자는 깜짝 놀라 정신을 차리지 못한다. 두 사람은 학자가 도깨비한테 홀렸다면서 데리고 간다는 이야기.

66. 두꺼비의 보은(報恩)

옛날에 어떤 홀아비가 어린 딸과 가난하게 살고 있었다. 하루는 두꺼비 한 마리가 부엌에 들어오자, 딸은 두꺼비에게 밥 한 덩이를 준다. 그 후로 두꺼비는 끼니 때마다 밥을 얻어먹고 솥뚜껑만 하게 자란다. 어느 해에 홀아비가 병이 들어 의사에게 보이니, 의사는 인삼과 녹용을 많이 먹어야 회복된다고 한다. 딸은 값비싼 인삼과 녹용을 살 수 없어 눈물로 날을 보낸다. 한편, 그 동리의 곡식 창고에서는 해마다 여자 아이 한 명을 제물(祭物)로 바치는 제를 지냈다. 마침 제를 지내는 때가 되어, 여자 아이를 사러 다니는 것을 딸 아이가 보고, 자신을 판다. 딸 아이는 자신을 판 돈으로 인삼과 녹용을 사서 부친에게 먹여, 부친은 며칠 만에 회생한다. 드디어 제일(祭日)이 되어 딸 아이는 창고로 가는데, 두꺼비도 따라 간다. 창고에서 두꺼비가 큰 들보만한 지네를 물리친다. 두꺼비의 보은(報恩)으로 여자 아이도 살게 되고, 부녀(父女)가 다시 만나게 되고, 동리(洞里)가 편안하게 된다. 〈은혜 갚은 두꺼비〉 유형의 이야기.

2.2 내용과 의미에 나타난 특징

2.2.1 독자(讀者) 지향(指向)의 이야기

『조선동화대집』은 제목 앞에 '談話材料'라고 표기되어 있다. 그리고 본문 마지막 쪽에, 모든 이야기가 끝났음을 표시하는 글에도 '談話材料 朝鮮童話大集 終'으로 되어 있고, 출간 사항을 표시한 뒤쪽 항목에도 책 이름을 '談話材料 朝鮮童話大集'이라고 밝히고 있다. '담화(談話)'는 현재의 사전적 의미로는, 서로 이야기를 주고받음, 어떤 문제에 대한 견해나 태도를 밝히는 말, 둘 이상의 문장이 연속되어 이루어지는 말의 단위 등으로 쓰인다.[6] 하지만 당대 심의린이 편찬한 사전에 담화는 이야기라고 풀이되어 있다.[7] 따라서 '談話材料'는 '이야기 재료'인 것이다. 그렇다면 동화(童話)에 이미 '화(話)' 즉 '이야기'의 의미가 있는데, 왜 앞에 또 이야기를 붙인 서명을 제시했을까?

'담화재료' 『조선동화대집』은, 『조선동화대집』이 '이야기의 재료'라는 의미로 읽을 수 있다. 즉 '담화재료'는 '이야기 재료'인데, '이야기'보다 '재료'에 가중치가 있다. 이야기를 모았다면 『조선동화대집』이면 될 것인데, 모은 이야기를 재료로 쓴다는 의미가 강하기에 '담화재료'를 제목 앞에 붙인 것으로 볼 수 있다.

『조선동화대집』이라는 이야기 재료를 가지고 무엇을 할 것인지는 서

6) 국립국어연구원, 『표준국어대사전』, 두산동아, 2000, 1426쪽.

7) 박형익, 『심의린 편찬 보통학교 조선어사전』, 태학사, 2005, 77쪽. '담화(談話): 이약이'

문에 나타난 심의린의 진술로 확인할 수 있다. 심의린은 서(序)에서 소년 제군에게 참고를 제공하기 위해 이 책을 편찬했다고 했다.[8] 즉 『조선동화대집』은 소년을 위해, 읽는 사람을 위해, 독자를 고려하여 이야기를 편찬했다고 볼 수 있다. 읽는 사람은 듣는 사람이 될 수도 있고, 학습자가 될 수도 있다. 따라서 『조선동화대집』은 읽는 사람, 듣는 사람, 독자(讀者), 청자(聽者), 학습자(學習者)를 위한 재료임을 발행 목적으로 했다는 것을 알 수 있다.

심의린의 생애를 보면, 출간 당시(1926) 보통학교 훈도(訓導)였다. 1925년에는 『보통학교 조선어사전』을 편찬했고, 이후에도 조선어 독본과 교과서 교육용 음반을 제작하는 등 우리말 교육에 헌신하고 있음을 알 수 있다.[9] 심의린의 이러한 교육적 헌신은 『조선동화대집』의 편찬에도 그대로 이어지고 있다고 보아야 한다. 그는 교사의 입장에서 설화 자체의 전달도 중시했지만, 교육적으로 학습자에게 도움이 되는 동화집, 또는 설화집을 만들고자 했던 것이다. 이야기 자체의 내용 지향보다는 이야기를 읽는 독자 지향을 취했다고 할 수 있다.

이러한 독자 지향의 이야기 전달 방식은 본문에서도 확인된다. 서사적 텍스트의 소통 과정은 '실제작자 → [내포작자 → (화자) → (피화자) → 내포독자] → 실제독자'로 요약될 수 있다.[10] 실제작가와 실제독자는 서사적 텍스트의 외부에 존재한다. 즉 실제작자와 실제독자는 엄격한 의미로 보면 서사적 소통의 장에서 제외되어 있다. 내포작가 또한 독자와 직접적인 의사소통을 할 수 없기에 화자(話者)[서술자]의 목소리를 통

8) 심의린, 『조선동화대집』, 한성도서주식회사, 1926, 2쪽. '졸자(拙者)가 소년 시대에, 얻어들은 바와 읽어 본 바 중에서, 본래부터 우리 조선(朝鮮)에 유행되던 동화로, 적당할 듯한 재료(材料) 몇 가지를 취택(取擇)하여 모아서, 소년 제군(諸君)에게 참고에 공(供)코저, 차서(此書)를 편찬하였습니다.'

9) 박형익, 『심의린 편찬 보통학교 조선어사전』, 태학사, 2005, 12~13쪽.

10) S. 리몬-케넌 저, 최상규 역, 『소설의 시학』, 문학과지성사, 1992, 129쪽.

해서 무언가를 말할 수 있다.11)

『조선동화대집』에서는 서술자의 다층적인 목소리가 여러 곳에서 나타난다. 이야기 전달 방식이 '-하였습니다'의 형태가 아니고, '-하였다고 합니다'의 형태를 보이는 경우가, 66편 중 35편이나 된다. 이 35편의 이야기는 '-하였습니다'의 형태로 내용이 전개되다가, 마지막에 '-하였다고 합니다'의 형태가 나타난다. '-하였습니다'가 내용의 전달적 서술자라면, '-하였다고 합니다'는 내용의 논평적 서술자라고 할 수 있다. '-하였다고 합니다'의 논평적 서술자는 이야기가 끝난 뒤, 이야기 내용의 바깥에서 이야기 내용에 대한 논평을 하는 경우도 있는데, 30편의 이야기에서 이를 볼 수 있다.

그리고 어떤 이야기에는 논평에 '나'가 직접 제시되어 내포작가가 말하는 듯한 인상을 주기도 한다.

> 도깨비가 있을 것 같으면, 나도 한번 속여볼 터인데, 도무지 볼 수가 없으니 웬일인지 모르겠습니다. 아마 없는 것을 못 생긴 사람들이 도깨비를 보았느니, 도깨비한테 홀렸느니 하는 것이 아닌지 모르겠습니다.12)(밑줄 논자)

이처럼 『조선동화대집』에는 서술자[話者]의 목소리가 다층적인데, 이는 서술자의 피화자[聽者]를 향한 목소리가 강한 것으로 볼 수 있다. 따라서 『조선동화대집』의 소통 과정은 청자(聽者) 지향, 독자 지향을 드러내고 있다고 할 수 있다. 야콥슨은 언어의 전달 체계가 발신자, 수신자(聽者), 메시지, 관련 상황, 약호 체계, 접촉 등의 여섯 요소로 이루어진다고 보았다.13) 그리고 전달이 청자(聽者)[독자, 수신자]를 지향할 때는 능

11) 오탁번 · 이남호, 『서사문학의 이해』, 고려대학교 출판부, 1999, 196~197쪽.
12) 심의린, 『조선동화대집』, 한성도서주식회사, 1926, 20쪽.
13) 로만 야콥슨 지음, 신문수 편역, 『문학 속의 언어학』, 문학과지성사, 1997, 54~61쪽.

동적·명령적 기능이 우세해진다고 한다. 『조선동화대집』 역시 청자 지향의 진달 체계를 띠고 있어서 명령적 기능이 우세하고, 청자를 향한 목소리가 강하다고 볼 수 있다.

2.2.2 사건 전개의 사실성

사실성은 현실의 시공간에서 현실적인 사건이 전개되는 것을 말한다. 이에 대비되는 개념은 환상성, 신비성 등을 들 수 있다. 환상성은 비현실의 시공간에서 비현실적인 사건이 전개되는 특성이고, 신비성은 현실의 시공간에서 비현실적인 사건이 전개되는 특성이다.[14)]

『조선동화대집』의 이야기를 다른 동화집이나 설화집과 비교해 보았을 때, 사건 전개가 사실적이고 자세한 경우를 볼 수 있다. 우선 〈61. 쌍꿩의 보은〉이란 작품을 살펴보도록 하자. 이 이야기는 〈은혜 갚은 까치〉, 또는 〈은혜 갚은 꿩〉으로 알려진 이야기이다. 과거를 보러 가던 한량이 까치를 구하고 구렁이를 죽이자 구렁이의 짝이 한량에게 복수하려 했는데, 죽을 뻔한 한량이 종소리 때문에 살아난다는 이야기이다.[15)]

대부분의 각편(各篇)에서 한량이 밤중에 인가를 찾아갈 때, 구렁이가 변하여 사람이 되어 있다. 구렁이가 사람으로 변해서 한량과 대화를 한다. 현실 공간에서 비현실적인 사건이 벌어지고 있는 것이다.

하지만 『조선동화대집』에서는 구렁이가 끝까지 구렁이로 존재한다. 구렁이가 선비를 계속 따라와서 선비를 공격하려는 순간에 꿩이 종소리를 내어 자고 있는 한량을 깨운다. 종소리 때문에 일어난 한량이 자기를 공격하려는 구렁이를 퇴치한다. 선비와 구렁이의 대화도 없고, 인간은 인간대로, 동물은 동물대로 존재하면서 이야기가 전개된다. 사건 전개가

---

14) 한명숙, 『이야기문학교육론』, 박이정, 2007, 433쪽.

15) 서대석, 「설화 <종소리>의 구조와 의미」, 서울대학교 한국문화연구소, 『한국문화』 8, 1987, 35쪽.

자세할 뿐 아니라 현실의 시공간에서 현실적인 사건이 전개된다. 그래서 〈은혜 갚은 꿩〉의 다른 각편에 비해 사실성이 두드러진다.

〈3. 푸른 보자기〉에도 사건 전개의 사실성이 나타난다. 가난한 주인공이 모습을 감출 수 있는 보자기를 도깨비로부터 받는다. 사건 발단 과정에는 도깨비가 사람처럼 나타나 신비성이 드러난다. 하지만 사건 결말에서는 현실에서 용서받는 것으로 끝나고, 도깨비가 찾아 온다든가 하는 비현실적인 장면이 없다. 발단은 신비성으로 시작했지만, 결말은 사실성으로 마무리된다.

〈20. 유복자(遺腹子)의 효성〉에서도 사건 전개의 사실성을 읽을 수 있다. 유복자는 말타툼 끝에 친구를 죽이게 되어 자수를 한다. 자수한 유복자는 효성이 지극하다 하여 사형을 면하고, 수년 후 풀려나게 된다. 효도에 대한 보상이 천상의 보답이나 초이성적인 행위로 일어나지 않고, 자수, 투옥, 해방의 순서로 좀더 현실적인 행위로 나타난다.

〈26. 바보 모집〉 중 〈(10) 못난이 특징〉에도 사실성을 볼 수 있다. 이 이야기는 바보들의 일화를 모은 것인데 마지막에 바보의 특징을 밝혀 놓고 있다. 이러한 특징은 허구적인 이야기가 아니라 실지 관찰을 옮긴 기록문으로 보일 만큼 서술이 자세하고 사실적이다.

또한 『조선동화대집』 여러 곳에서 당시의 시대상을 알 수 있는 단어를 볼 수 있다. 서울, 경성, 훈련원, 군청, 군수, 객차, 경성역, 인력거, 우편소, 소포계, 전신선, 군부대신(軍部大臣), 경인선 철도 등인데, 이러한 단어는 1920년대라는 시대 상황을 알 수 있게 한다. 시간, 공간, 인물의 막연성은 동화의 본성이기도 하다.[16] 특히 전래동화에는 등장인물의 개성이나 구체적인 시대가 나타나지 않는다.[17] 하지만 『조선동화대집』에는 구체적 시간, 공간, 인물이 등장하는 경우가 많은데, 이는 바로 사건

16) 김열규, 『어머니, 동화는 이렇게 읽어 주세요』, 춘추사, 1993, 129~133쪽.

17) 최운식 · 김기창, 『전래동화 교육의 이론과 실제』, 집문당, 1998, 47~48쪽.

전개의 사실성을 드러낸다고 할 수 있다.

2.2.3 호랑이의 부정적(否定的) 형상화(形象化)

설화나 동화에 등장하는 호랑이의 성격 유형을 손동인은 영맹형(獰猛型), 정의형(情義型), 우직형(愚直型), 중성형(中性型), 둔갑형(遁甲型), 보은형(報恩型), 반(反)보은형 등으로 구분한 바 있다.[18] 이 중 영맹형은 사나운 호랑이, 다른 동물이나 인간에게 해를 끼치는 호랑이의 특성을 말한다. 정의형은 의리와 덕을 지니고 권선징악(勸善懲惡)을 하는 호랑이, 우직형은 어리석은 호랑이, 중성형은 다른 동물과 동격인 호랑이, 둔갑형은 인간으로 변하는 호랑이, 보은형과 반보은형은 은혜를 갚는 또는 갚지 않는 호랑이를 말한다.

위의 분류에서 중성형도 그 성격을 살펴 어느 한 유형에 넣을 수 있다. 그리고 반보은형은 영맹형에 포함시킬 수 있고, 둔갑형도 호랑이의 둔갑 후 행위에 따라 영맹형, 정의형, 우직형, 보은형 네 유형으로 나눌 수 있다. 따라서 호랑이 성격을 영맹형, 정의형, 우직형, 보은형 등 네 유형으로 정리하기로 한다. 이 유형에 따라 『조선동화대집』에 나오는 호랑이의 성격 유형을 살피면 다음과 같다.

〈1. 은혜 모르는 호랑이〉 – 영맹형
〈5. 호랑이를 잡은 도적〉 – 우직형
〈14. 착한 아우〉 – 정의형
〈23. 악독한 범〉 – 영맹형
〈33. 호랑이 모집〉
(1) 영맹형, 보은형
(2) 영맹형, 우직형

---

18) 손동인, 『한국 전래 동화 연구』, 정음문화사, 1984, 359~372쪽.

(3) 우직형
(4) 우직형
(5) 영맹형, 우직형
(6) 영맹형
(7) 우직형
(8) 영맹형, 우직형
(9) 영맹형, 우직형

〈44. 문자(文字) 잘 쓰는 남자〉 - 영맹형
〈51. 꾀 있는 여우〉 - 우직형
〈53. 푸른 구슬과 붉은 구슬〉 - 정의형
〈56. 개와 범〉 - 우직형

모두 17편의 이야기에 호랑이가 등장하는데, 유형은 모두 22가지로(영맹형 9, 정의형 2, 우직형 10, 보은형 1) 나눌 수 있다. 이 유형에 따르면, 『조선동화대집』에 나오는 호랑이의 90%정도가 영맹형 또는 우직형이다. 영맹형은 사나운 호랑이고, 우직형은 바보같은 호랑이라고 할 수 있다. 사나움과 바보스러움은 호랑이의 입장에서 보면 모순되지만, 인간의 입장에서는 모순되지 않는다. 사람의 관점에서 보면, 사납기 때문에 바보스럽게 형상화한 것으로 볼 수 있다. 인간의 물리적인 힘으로 호랑이를 이기는 것이 불가능하기에 이야기 속에서 바보로 만들어 쉽게 물리치는 것이다.

그리고 영맹형, 우직형이 부정적인 호랑이라면, 정의형, 보은형은 긍정적인 호랑이라고 할 수 있을 것이다. 이렇게 본다면 『조선동화대집』의 호랑이는 거의 부정적인 호랑이만 형상화되었다고 볼 수 있다. 정의와 보은의 긍정적인 호랑이는 인간과 화합하는 동물이고, 영맹과 우직의 부정적인 호랑이는 인간과 대결하는 호랑이다.

『조선동화대집』에 부정적인 호랑이 이야기가 많은 것은 인간과 호랑이가 대결 구도를 취하고 있기 때문이라고 할 수 있다. 여기서 인간은 당대 조선인으로 연결할 수 있고, 호랑이는 당대 조선인을 둘러싼 상황과 연결할 수 있다. 즉, 『조선동화대집』의 이야기를 통해 당대 조선인이 아주 사나운 상황에 처해 있었다는 것을 읽을 수 있다. 그래서 당대의 잡지 『어린이』는 전래동화의 가치나 필요성을 민족성과 관련지어 주장하기도 했다.[19]

사실 1920년대는 우리 민족에게 아주 사나운 상황이었다. 주권은 물론 일체의 정치적 자유와 최소한의 생존권마저 박탈당한 일제 강점의 시기였다.[20] 『조선동화대집』의 호랑이 유형이 부정적인 것은 이러한 당대의 사나운 상황을 호랑이로 형상화했기 때문이라고도 할 수 있다.

2.2.4 능동적 변화의 필요성 강조

『조선동화대집』에는 현실 감각이 떨어지는 유학자, 세상 물정을 잘 모르는 선비, 문자에 집착하여 웃음거리가 되고 결국은 벌을 받는 사람 등의 군상이 등장한다. 이런 완고한 양반들은 변화하는 세대에 적응하지 못하고, 전통적인 가치관이나 지식을 고수하다가 웃음거리가 되고, 감옥에 갇히기도 하는 등 낭패를 당한다.

〈40. 완고(頑固) 양반(兩班)〉에는 한문을 잘하는 이장천(李長川)이라는 인물이 등장한다. 과거장에서 남의 글을 대신 지어줄 만한 한문 실력을 지닌 인물이다.(물론 자신도 낙방하지만) 하지만 한문 외에는 세상 물정도 모르고 사리가 어두워 웃음거리가 된다. 몇 가지 일화를 통한 웃음 속에서 고루한 양반, 완고한 양반의 갑갑함을 보이고 있다. 그 갑갑함 속에서 동정적 웃음이 아니라 공격적 웃음을 통해 완고한 양반의 변화를 촉구

---

19) 김은천, 「『어린이』지 게재 전래동화 연구」, 홍익대학교 석사학위논문, 2002, 21~22쪽.
20) 이이화 감수, 『한국근현대사사전』, 가람기획, 2000, 135~137쪽.

하고 있다. 스스로 슬기롭고 유능하고 정상적이라고 생각하는 양반이 사실은 어리석고 무능하고 비정상적이라고 풍자하고 있다.[21] 특히 이 이야기에는 서술자의 목소리가 본문에 직접 제시되어 시대 변화에 적응하지 못하는 인물을 풍자하고 있다.

> 이전(以前) 시대에 한문만 읽고, 다른 사물상(事物上)에 관계하여 보지 못하던 양반들은 대개 이러하였습니다.[22]

〈44. 문자(文字) 잘 쓰는 남자〉에는 문자가 아니면 말을 할 수 없는, 목서방(木書房)이라는 인물이 등장한다. 목서방은 기본적인 의사 소통도 문자를 사용하여, 한자를 사용하여 표현했다. 심지어 장인이 호랑이에게 잡혀 가는 상황에서도 한자를 써서 다른 사람들은 무슨 말을 하는지 알아들을 수 없다. 볼기를 맞으면서도, 옥중에 있으면서도 한자를 써서 말한다. 심지어 풀려날 때 다시는 문자를 쓰지 않겠다는 말도 '更不用文字(갱불용문자)하리이다.[다시는 문자를 아니 쓰리이다]'라고 한다. 한자가 병통이 되어 자신은 물론 자기 가족의 안전, 화목까지 망친다는 이야기이다.

이 이야기를 통해서 한자는 우리 의사소통의 도구가 아니라는 사실을 확인할 수 있다. 즉, 한자 사용이 의사소통을 방해하는 비정상적인 행위로 취급된다. 조선조 사회에서는 한자를 모르면 한자를 배워서 의사 소통을 해야하는 것이 정상이었다. 한자를 모르는 사람을 비판하는 이야기는 한자를 배워 제대로 된 의사소통을 하라는 의미였다.

하지만 『조선동화대집』에서는, 한자를 잘 사용하는 사람에게 우리말로 의사소통을 하라고 요구한다. 공식적으로 한자를 사용하는 관청에서

---

21) 이대규, 『문학의 해석』, 신구문화사, 1998, 105~106쪽.

22) 심의린, 『조선동화대집』, 한성도서주식회사, 1926, 198쪽.

도 볼기를 치는 것으로 과도한 한자 사용을 징계하고 있다. 더구나 과도한 한자 사용은 자신을 곤경에 빠뜨릴 수 있다고 경고한다. 그래서 이 이야기도, 고루한 유학자, 변화를 모르는 유학자를 비판하는 이야기로 읽을 수 있다.

〈65. 완고(頑固) 학자님〉 역시 글만 알고 세상 물정 모르는 학자를 비판하는 이야기이다. 기차를 요귀라고 하고, 주문으로 기차를 물리치려다가 기차에 놀라 정신을 잃는 유학자를 통해 낡은 지식을 버리고 변하는 세상에 적응하라는 의미를 읽을 수 있다. 게다가 조선조에서 평민을 지도했던 학자가 오히려 평민에게 지도를 받는 모습도 보인다. 상황에 적응하지 않으면, 변화하지 않으면 평민에게도 배울 수 있다는 것과 배움에 따라 가르침의 역전, 신분의 역전이 일어날 수 있다는 의미를 전달하고 있다.

한학으로 대표되는 전통적인 지식은, 이제 낡은 지식, 완고한 지식, 웃음거리의 지식, 감옥에 넣어 폐기해야 할 지식으로 형상화되어 있다. 완전하다고 자부하는 지식이지만, 이미 과거의 고루한 지식이 되어 현재의 웃음거리가 되고 있다. 이 웃음은 대상을 향한 부드러운 웃음이 아니라 파괴해야 할 대상에 대한 사나운 웃음이라 할 수 있다.[23] 이를 통하여 현재성이 있는 지식, 실용적인 지식, 바뀐 세상에 유용한 지식을 습득하라는 의미를 읽을 수 있다.

『조선동화대집』이 발행되던 시기는 중세에서 근대로의 이행기라고 할 수 있는데, 민족 구성원의 자아 의식과 평등 의식, 그리고 현실에 대한 구체적인 이해를 소중하게 여기는 사상이 나타났다.[24] 이러한 평등사상, 현실의 구체적 이해는 이 시기에 꼭 필요한 이념이었고 실천이었다. 특히 현실의 구체적 이해는 현실의 능동적 적응으로 가능하고, 능동

23) 조동일, 「美的 範疇」, 『한국사상대계』 I, 성균관대학교 대동문화연구원, 1973, 526쪽.
24) 조동일, 『한국문학통사』 5, 지식산업사, 2007, 10쪽.

적 적응은 능동적 변화를 필요로 한다. 『조선동화대집』의 몇몇 이야기는 고루한 학자 군상을 통해 능동적 변화의 필요성을 강조하고 있다.

2.3 특이한 내용과 의미를 지닌 작품

2.3.1 외국 동화의 창조적 변용

〈8. 개구리 신선(神仙)〉이라는 이야기는 독일 그림형제의 〈개구리 왕자〉를 저본으로 삼은 작품이어서 번안 동화의 초기 형태를 알 수 있다.[25] 원작의 내용과 다른 점은 개구리 왕자를 개구리 신선으로, 공주가 귀족의 딸 금애(金愛)로, 황금공이 보석 반지로 되어 있다는 것이다. 원작과 가장 다른 대목은 결말 부분이다. 원작에서는 개구리가 왕자로 변해 공주와 결혼을 하는데, 〈8. 개구리 신선〉에서는 개구리만 신선이 되어 하늘로 올라간다.

결말 부분에서 원작 〈개구리 왕자〉는, 공주가 개구리와의 약속을 지키지 않아도 둘은 결혼을 한다.[26] 공주의 잘못이 별 문제가 되지 않는다. 즉 〈개구리 왕자〉는 약속을 지키느냐 그렇지 않느냐의 문제가 아니다. 그래서 개구리를 '자아의 각성(the awakening of the self)'이라는 전령관으로 보기도 한다.[27] 그리고 동물적인 것이 행복의 원천이 될 수 있다는 충격적인 깨달음을 주는 이야기로 보기도 한다.[28]

하지만 〈8. 개구리 신선〉의 결말에서는, 금애가 개구리와의 약속을 지키지 않아서 인연을 맺지 못한다. 그리고 금애는 약속을 지키지 못한 것

25) 최초의 번안 동화는 1921년, 1922년 경에 출간되기 시작했다. 조선총독부 편, 권혁래 역저, 『조선동화집』, 집문당, 2003, 153쪽.

26) 그림 형제 지음, 김열규 옮김, 『그림 형제, 어린이와 가정을 위한 동화집』, 춘추사, 1993, 19~24쪽.

27) 조셉 캠벨 지음, 이윤기 옮김, 『세계의 영웅 신화』, 대원사, 1989, 54쪽.

28) 브루노 베텔하임 지음, 김옥순・주옥 옮김, 『옛이야기의 매력』 2, 시공주니어, 2004, 456~464쪽.

을 후회하여 신선으로 변한 개구리를 쫓아 가지만 잡지 못한다.

> 금애는 이제야 약조 실행치 못한 것을 후회하고, 쫓아가서 신선을 붙들고 사죄하려 하나, 신선은 뒤도 돌아다보지 아니하고 공중으로 올라가버렸습니다.[29]

〈8. 개구리 신선〉에서 문제가 되는 것은 약속을 지키느냐 아니냐 하는 것이다. 금애가 개구리와의 약속을 지켰다면 신선이 되었을 것인데, 약속을 지키지 않아서 신선이 되지 못했다는 것이다. 즉 약속을 지키라는 의미를 전달하고 있다. 따라서 〈8. 개구리 신선〉에서는, 금애가 동물 신랑인 개구리와 인연을 맺지 못하게 되어 원전 이야기의 숨은 의미인 '성에 대한 성숙한 이해를 돕는 과정'이[30] 나타나지 않는다. 대신 '약속을 지키지 않아 손해를 본 아이' 또는 '약속은 지켜야 한다'는 의미를 전하고 있다.

이는 원전의 의미를 당대의 상황에 맞게 창조적으로 변용한 이야기로 볼 수 있다. 전래의 이야기에서 벽에 던져 사람이 되는 경우는 드물고, 신선이 되어 하늘에 오르는 이야기는 많았다. 그래서 동물이 인간적 존재로 변하는 경우를 신선으로 바꾸었고, 신선과 인간과의 결혼은 타당하지 않기에 신선인 개구리만 하늘로 올라가는 것으로 바꾸었다고 할 수 있다. 또한 당시 관념상, 성에 대한 성숙한 이해라는 숨은 주제보다 약속을 지키라는 드러난 주제가 독자들에게 더 가깝게 다가갔다고 볼 수 있다.

따라서 〈8. 개구리 신선(神仙)〉은 〈개구리 왕자〉의 인물, 사건, 배경 등을 당시 조선 소년들에게 맞게 번안한 이야기라고 할 수 있다.

---

29) 심의린, 『조선동화대집』, 한성도서주식회사, 1926, 37쪽.
30) 오탁번 · 이남호, 『서사문학의 이해』, 고려대학교 출판부, 1999, 107쪽.

2.3.2 효용과 윤리의 대립과 조화

〈31. 늙은 아비를 내다 버린 사람〉[31]은 흔히 고려장(高麗葬)으로 불리는 이야기이다. 늙은 아비가 병들어 제대로 움직일 수조차 없게 되자, 아들은 아비를 강에 내다 버리려고 한다. 이 상황은 효용이나 기능이 상실된 인간은 존재 가치가 있는가, 하는 의문의 제시와 같다. 생산 능력을 상실했다는 점에서, 늙은 아비는 효용 가치가 없는 존재이다. 효용이 없으면 존재할 필요가 없다는 것이 아들의 생각이다.

그래서 아들은 인간으로서의 효용을 상실한 아비를 '헌 지게'에 묶어 내다 버리려고 한다. '헌 지게'는 효용 가치가 없다는 점에서 늙은 아비를 상징한다고 볼 수 있다. 지게는 짐을 싣는 도구이다. 짐 싣는 도구에 사람을 앉히는 것은 사람을 더 이상 사람으로 보지 않고, 짐으로 보겠다는 말이다. 효용을 상실한 늙은 아비는 아들에게 물리적인 짐으로 작용할 뿐 아니라 마음의 짐으로도 작용하고 있다.

아들은 효용 가치가 없어진 늙은 아비를 존재 가치가 없다고 여기게 된다. 이 상황은 효용도 없고, 윤리도 없는 상황이다. 늙은 아비는 인간으로서의 효용이 없고, 아들은 인간으로서의 윤리가 없다. 아들이 아비를 버리는 행위는 효용과 윤리의 대립에서 효용이 윤리를 압도하는 상황이다. 효용과 윤리의 대립에서 패배한 할아버지는 강변에 버려진다. 그리고 할아버지는 탄식한다.

> "이놈들아! 세상 천지에 이런 괴변이 어디 있느냐? 너희들을 양육하여 이 지경을 당할 줄 누가 알았단 말이냐? 몹쓸 놈들아. 그리 말고 이 자리에서 어서어서 죽여다오."[32]

---

31) 원문에는 '老父(로부)를내다버린者(쟈)'로 표기.

32) 심의린, 『조선동화대집』, 한성도서주식회사, 1926, 148쪽.

할아버지가 생각하는 괴변은 아들을 양육하느라 움직이기조차 힘든 지경이 되니 버려진다는 것이다. 괴변, 이 지경, 몹쓸 놈 등의 단어는 할아버지가 아들에게 효용에 앞서 윤리를 생각하라는 절규와도 같다.

이에 반해 할아버지의 손자는 효용보다 윤리가 앞선다고 생각한다. 효용이 없어도 윤리가 있어야 한다고 믿는다. 그래서 손자는 할아버지를 갖다 버린 '헌 지게'를 다시 집으로 가져옴으로써 효용 상실을 도덕으로 회복하고자 한다. 아버지가 효용 없다고 버린 헌 지게를 효용이 있다고 다시 가져 온다. 헌 지게의 효용은 바로 윤리를 깨닫게 하는 것이다. 아들이 가져 온 헌 지게를 보고, 손자의 아비이자 늙은 아비의 아들인 당사자도 마음을 고쳐, 이후로 자기 부친을 잘 봉양한다.

할아버지와 손자는 윤리적 정당성을 유지하고 있고, 아버지는 윤리적 정당성을 얻고 있다. 윤리적 정당성은 문학에서 지향하는 인간상의 특징이기도 하다. 문학은 본질적으로 인간의 윤리적인 정당성을 지향한다.[33] 인간은 인간 자체로 존재 가치가 있고 긍정적이다. 효용의 여부에 앞서 존재 자체에 대한 믿음을 가지는 것이 윤리적인 정당성을 추구하는 것이다. 즉, 인간의 자기 긍정과 가능성에 대한 믿음을 추구하는 것이 문학의 인간상이다.

〈31. 늙은 아비를 내다 버린 사람〉은 효용과 윤리의 대립과 조화를 보여 주는 이야기이다. 이야기의 발단 과정에서는 효용도 없고 도덕도 없는 대립의 상황이었다. 하지만 이야기의 결말 과정에서는 도덕이 효용을 포용하는 상황이 되어 효용과 도덕은 조화를 이루게 된다. 인간의 자기 긍정과 가능성에 대한 믿음을 전해주고 있다.

---

33) 문학과문학교육연구소 편, 『문학교육의 탐구』, 국학자료원, 1996, 146쪽.

2.3.3 신분 계층에 대한 비판적 인식

〈13. 외쪽의 꾀〉는 상전을 골탕 먹이는 하인, 가면극의 말뚝이형 인물과 관련된 이야기이다. 여러 가지 사건을 통해 하인을 긍정하고 주인인 양반을 부정하는 이야기이다.

외쪽이의 주인 양반은 하인 외쪽이를 '우마(牛馬)와 같이 하여, 조금도 사정(私情)이 없고 학대(虐待)가 막심(莫甚)'[34]하게 부린다. 즉 외쪽이는 주인 양반에게 사람다운 대접을 받지 못하고 있다. 온전한 사람이 아니라 그야말로 외쪽, 한쪽 정도만 인정받고 있다.

사회가 지배하는 계급과 지배받는 계급으로 구성되어 있을 때, 지배계급은 권력을 독점하고 권력이 가져다주는 여러 가지 이익을 누린다.[35] 지배계급인 주인 양반은 하인 외쪽에게 밥도 제대로 주지 않는다. 최소한의 음식도 주지 않지만, 외쪽은 알아서 해결한다.

이런 외쪽을, 주인은 무슨 이유인지 죽이려든다. 주인이 외쪽을 죽이려 하지만, 외쪽은 기지(奇智)로 죽음을 벗어난다. 하지만 서울에서 내려온 주인은 다시 외쪽을 죽이려 한다. 외쪽은 다시 기지로 자기 대신 다른 사람을 죽게 하고는 목숨을 건진다. 두 번이나 죽을 고비를 넘긴 외쪽은 주인 일가를 없애게 된다. 주인 일가의 죽음이 그렇게 충격적으로 다가 오지 않는 것은, 주인이 하인 외쪽이를 두 번씩이나 죽이려 했기에 외쪽의 행동이 정당하지 못하지만 타당성이 있어 보인다.

두 번의 죽을 고비를 넘기고 주인 일가를 없앤 외쪽은 주인의 딸과 결혼한다. 양반 계층에 대한 비판적 의식을 학대 받는 하인의 입장에서 부각시키고 있다. 하인을 소처럼 부리는 양반을 골탕 먹이고, 나중에는 가족 모두를 물에 빠져 죽게 한다. 결말만 본다면 좀 잔인한 면이 있지

---

34) 심의린, 『조선동화대집』, 한성도서주식회사, 1926, 56쪽.

35) 이승환, <권력>, 우리사상연구소 엮음, 『우리말 철학사전』 3, 지식산업사, 2006, 101쪽.

만, 사건 전체를 보면 사필귀정(事必歸正), 악행필벌(惡行必罰)의 뜻이 강하게 드러난다.

중세에서 근대로의 이행기는 중세의 신분이 존속되면서 근대의 계급이 나타나 둘이 얽힌 시대였다.36) 신분은 세습적이어서 노력해도 바꿀 수 없지만, 계급은 경제적인 위치가 바뀌면 달라진다. 외쪽은 주인 양반에게 '주인'과 계급 갈등이 있고, '양반'과 신분 갈등이 있다. 외쪽과 주인은 첨예한 신분 갈등과 계급 갈등 관계에 있다. 〈13. 외쪽의 꾀〉는 하인을 긍정하고 주인 양반을 부정하는 상황 설정을 통해 신분 계층에 대한 비판적 인식을 보이고 있는 이야기이다.

3. 『조선동화대집』의 문학교육적 가치

3.1 서사교육(敍事敎育)의 원류(源流)

『조선동화대집』은 우리말로 기록된 최초의 동화집이자 설화집이다. 이전에 발행된 설화집들은 우리말로 기록되지 않았다. 또한 이전에 발행된 설화집들은 교육적 목적을 가지고 편찬되지 않았다. 『조선동화대집』은 우리말로 기록된 최초의 설화집이고, 교육적 목적을 가진 최초의 설화집이다.

심의린은 『조선동화대집』의 서(序)에서 조선에 유행되던 동화로, 적당한 재료를 모아 소년 제군에게 참고를 제공하고자 이 책을 편찬한다고 했다. 즉, 이 책의 궁극적 목적은 소년 제군들을 위한 담화 재료, 이야기 재료를 제공하는 것이다. 그래서 『조선동화대집』은 학습자를 고려한 내용, 문체, 서술 방식으로 저술되었다.

---

36) 조동일, 『한국문학통사』 5, 지식산업사, 2007, 20쪽.

이전에 한문으로 저술된 여러 책에서도 간접적인 서사교육이 이루어졌지만, 진정한 의미의 우리말 서사교육이라고 하기는 어렵다. 한문으로 저술되었고, 학습자를 고려한 교육적 배려도 거의 없었다. 『조선동화대집』의 발간으로 비로소 우리말로 된 설화집과 학습자를 고려한 설화집이 등장한 것이다. 따라서 『조선동화대집』은 이후에 발행되는 동화집의 원전이 되고, 우리말 서사교육의 원류가 된다.

『조선동화대집』은 편찬자, 내용, 체제 면에서 학습자를 고려한 교육적 의도를 찾을 수 있다. 우선 편찬자 심의린은 보통학교 교원으로서 우리말 교육과 학습 교재 개발에 많은 노력을 쏟았다. 특히 그는 경성사범학교 훈도로 있던 1925년에 한국인 최초의 우리말 학습사전인 『보통학교 조선어사전』을 편찬하기도 했다.

이 책의 자서(自序)에 보면, 보통학교 때부터 확실한 말과 글을 배워야 할 것과 학습 시간이 부족하면 자습을 통해서라도 우리말과 글을 공부해야 한다고 밝히고 있다.[37] 이 사전의 발행 목적이 학습에 있음을 분명히 알 수 있다.

이러한 심의린의 발간 목적은 일 년 후 1926년에 발행된, 『조선동화대집』에도 그 영향을 미치고 있다고 보아야 한다. 즉, 『조선동화대집』 또한 보통학교 학생들의 넓은 학습을 위해 서사교육의 일환으로 편찬된 것으로 볼 수 있다.

『조선동화대집』은 내용 면에서도 학습자를 고려한 점이 많다. 전체 66편 중, 30편의 이야기에서 교훈적 논평이 있다. 교훈적 논평은 동화의 교육적 측면이라 할 수 있고, 이는 학습자를 위한 교육적 배려라고 볼 수 있다.

또한 『조선동화대집』은 체제 면에서도 학습자를 많이 배려하고 있다. 거의 모든 한자어에 한글 토씨를 적어 놓고, 어려운 단어는 괄호를 통해

---

37) 박형익, 『심의린 편찬 보통학교 조선어사전』, 태학사, 2005, 39쪽.

뜻풀이를 해 놓고 있다.[38] 쉬운 글과 쉬운 뜻풀이를 통해서 학습자들이 보다 쉽게 동화에 접근할 수 있게 하고 있다.

이처럼 『조선동화대집』은 최초의 우리말 설화집이면서 학습자를 위한 교육적 의도가 풍부하여 서사교육의 원류가 된다고 할 수 있다.

3.2 문학교육의 방향성 고찰

『조선동화대집』은 독자 또는 학습자를 고려하여 편찬된 책이다. 『조선동화대집』의 편찬자 심의린은 교사의 위치에서 학생들을 위한 동화집을 만들고자 했다. 우리는 이를 통해 당대 문학교육의 한 방향을 엿볼 수 있다.

1920년대는 일제 강점기로, 학교에서 일본어를 국어로 배우고, 우리말은 조선어라는 과목으로 배운 시기였다. 1922년 2월 4일 칙령(勅令) 제19조로 공포된 조선교육령에 의하면, 보통학교의 조선어 시수는 일본어의 1/3, 1/4 수준에 불과하다.[39] 그리고 조선어 학습 과정은 발음, 언문, 일상 수지(須知)의 문자 및 근이(近易)한 보통문의 읽기, 쓰기, 짓기, 말하기 등으로 일어 학습 과정과 거의 일치했다.[40] 따라서 기본적인 의사소통 위주의 교육이었다고 볼 수 있다.

보통학교 교사였던 심의린은, 일본어로 교육되던 시기에 조선어로 된 동화책을 발행하면서 당연히 학교 교육의 못다 한 부분을 보충하겠다는 의도가 있었을 것이다. 이는 앞서 『보통학교 조선어사전』의 자서(自序)에서 확인한 바 있다. 심의린이 명확하게 문학교육의 목표를 제시하지 않았지만, 『조선동화대집』의 서(序)를 통해 문학교육의 방향이나 지향점

38) 한자어, 한시, 사자성어 등을 우리말로 풀이해 놓았다. 예) 亭長뎡쟝(뱃사공), 鳥啄亭長目됴탁뎡쟝목(새가 뱃사공의 눈을 쪼앗구면), 三旬九食삼슌구식(밥을 굽는 뜻).

39) 이응백, 『續 國語教育史研究』, 신구문화사, 1989, 234~239쪽.

40) 박붕배, 『國語科教育方法論』, 학문사, 1983, 66~67쪽.

을 추측할 수 있다. 『조선동화대집』의 서(序)는 다음과 같다.

우리가 평생에 뇌 속에 남아있고, 때때로 생각이 나는 것은 소년 시대에 행하여 오던 일인데, 자미(滋味)가 있던 일이라든지, 무섭던 일이라든지, 혹은 우습던 일, 분하던 일, 슬프던 일, 하고 싶던 일같은 것은 도무지 잊지를 않습니다.

그 중에도 이 어렸을 때에, 어른에게나 동모(同侔)들에게 자미있게 듣고, 옳게 여겼던 훈화(訓話)나 동화(童話)같은 것은, 지금까지라도 그대로 귓속에 남아 있고, 마음에 머금어 있습니다.

이와 같이 마음이 정직하고 정신이 총명한 때에는, 그 생활에 적합한 사상(思想)과 감정(感情)을 수양하여, 상식을 풍부하게 하며 문장을 감상하여, 문예의 취미를 얻게 함이 무엇보다 필요합니다.

그러면 소년 시대에, 훈화 동화가 여하(如何)한 힘이 있으며, 여하한 영향을 미침은 묻지 아니하여도 알 것입니다.

졸자(拙者)가 소년 시대에, 얻어 들은 바와 읽어 본 바 중에서, 본래부터 우리 조선(朝鮮)에 유행되던 동화로, 적당할 듯한 재료(材料) 몇 가지를 취택(取擇)하여 모아서, 소년 제군(諸君)에게 참고에 공(供)코저, 차서(此書)를 편찬하였습니다.[41]

서(序)에 나타난 훈화나 동화에 대한 심의린의 생각은 네 가지로 정리된다. ① 사상과 감정의 수양, ② 상식을 풍부하게 함, ③ 문장을 감상함, ④ 문예의 취미를 얻게 함. 이런 것들이 동화를 읽은 소년들에게 줄 수 있는 힘과 영향이다. 또한 심의린이 『조선동화대집』을 발간한 목적이기도 하고, 그가 의도한 문학교육의 방향이라고도 할 수 있다.

이러한 심의린은 의도는 현재의 문학교육 목표와도 관련이 깊다. 사상과 감정의 수양, 상식의 풍부함은 인간과 세계에 대한 심미적 탐구를 위해 필요한 목표이다.[42] 또한 문장을 감상하는 것은 궁극적으로 언어

41) 심의린, 『조선동화대집』, 한성도서주식회사, 1926, 1~2쪽.

능력을 증진시키는 문학교육의 목표와 통한다.[43] 그리고 문예의 취미를 얻게 되면, 텍스트의 논리적 분석을 넘어서 텍스트의 의미가 개인적인 가치로 내면화되어 문학 문화를 향유할 수 있게 된다.[44]

위에서 살핀 바대로 『조선동화대집』의 서(序)에서 심의린은, '① 사상과 감정의 수양, ② 상식을 풍부하게 함, ③ 문장을 감상함, ④ 문예의 취미를 얻게 함' 등을 말하고 있다. 그리고 이 의도들은 당대 문학교육의 한 방향으로 작용했을 것이다. 우리는 이러한 의도와 문학교육의 방향이, 현재의 문학교육과도 연결되고 있음을 알 수 있다. 즉, 예술의 향수나 지적 호기심의 충족은 개인의 성숙과 세계 이해로 연결되는 것이다.[45]

3.3 흥미와 교훈의 문학성 추구

심의린은 『조선동화대집』 서(序)에서 '재미있게 듣고, 옳게 여겼던 훈화(訓話)나 동화(童話)'가 마음에 남아있다고 했다. 현재의 관점에서 보면, 훈화는 교훈적인 이야기이고, 동화는 어린이들을 대상으로 하는 이야기라고 할 수 있다. 하지만 여기서는 두 이야기가 따로 존재한다기보다는 같은 개념의 이야기를 달리 칭한 것으로 보아야 한다. 즉, 훈화에는 동화적인 요소가 있어야 하고, 동화에도 훈화적인 요소가 있어야 한다는 말이다.

그렇다면 심의린의 '자미(滋味)있게 듣고, 옳게 여겼던 훈화(訓話)나 동화(童話) 같은 것은, 지금까지라도 그대로 귓속에 남아 있고, 마음에 머금어 있습니다'는 '흥미있고 교훈적인 이야기를 가치있는 것으로 보았다'는 말로 볼 수 있다. 이를 통해, 심의린은 동화의 선택 기준, 또는 동

---

42) 최지현, 『문학교육과정론』, 역락, 2006, 260~261쪽.
43) 김대행 외, 『문학교육원론』, 서울대학교 출판부, 2000, 38~44쪽.
44) 우한용, 『문학교육과 문화론』, 서울대학교 출판부, 2001, 38쪽.
45) 유종호, 『문학이란 무엇인가』, 민음사, 2000, 121쪽.

화가 지녀야 할 요소를, 흥미와 교훈으로 간주했다는 것을 짐작할 수 있다. 즉, 동화나 설화가 지녀야 할 문학성을 흥미와 교훈으로 보았다는 말이다. 따라서 심의린은 동화[설화]의 문학성을 흥미와 교훈으로 보고, 이에 합당한 동화를 선택하여 책을 편찬한 것으로 볼 수 있다.

책의 본문에서도 흥미와 교훈의 문학성은 확인된다. 흥미의 요소는 인물의 다양성, 사건의 다양성, 자세한 사건 전개와 배경 설명, 생동감 있는 대화체와 묘사 등으로 나타난다. 다음은 〈6. 당나귀 알〉 이야기의 부분이다.

> 그 남편이 받아 가지고 나가는데, 정강이에 치는 두루마기를 국인 채로 떨쳐 입고, 다 쪼그라진 갓을 머리 위에 젖혀 쓰고, 곰방대에 담배 부스러기를 꾹꾹 눌러 담은 후에 화롯불에 파 묻어서 빽빽 빨아 붙여 물고, 장(場)판으로 헐근씨근 찾아 갔습니다. 백목을 옆에 끼고 어슬렁어슬렁 돌아 다니며, 가게마다 기웃기웃 이것도 집어 만지작만지작하다가, 물건 임자에게 핀잔이나 당하고 얼굴이 벌개 물러 갔습니다.
>
> 그러다가, 석양천(夕陽天)에야[46] 가졌던 백목을 팔아 가지고, 사 가지고 갈 물건을 살펴보다가 마침 수박 가게 앞을 갔습니다. 벌려 놓은 수박을 보고 평생에 보도 듣도 못하던 것이므로,
>
> "여보, 이것이 무엇이오?"
>
> 하고 물었습니다.
>
> 수박 장사가 속마음에,
>
> '저런 못생긴 놈 보아라. 수박을 처음 보나보다. 좀 속여 보겠다.'
>
> 하고,
>
> "네, 그것이 당나귀 알이올시다."
>
> 하고 대답하였습니다.
>
> 이 농부가 이상한 물건이므로 또 다시 묻되,
>
> "그러면 어떻게 깨나요?"

---

46) 해가 질 무렵에야.

하였습니다.

수박 장사는 더욱 우스워서,

"네, 이것을 더운 아랫목에다가 이불을 덮어서 삼칠일만 두면 자연히 까집니다."

하고 꾸며댔습니다.

이 농부는 더욱 당나귀 얻어 가질 생각이 나서,

"하나에 값이 얼마요?"

하고 물었습니다.

수박 장사가,

"네, 당신이 꼭 사시려오? 에누리하면[47] 오십 전이지만 꼭 받을 돈 삼십 전이오. 하나 갖다가 깨보시오. 당나귀 한 마리 값이 좀 싸오?[48]"

하고 말하였습니다.[49]

당나귀 알을 사는 사건 전개와 배경 설명이 자세하다. 특히 의성어와 의태어를 사용하여 남편의 옷차림과 행동에 생동감이 넘친다. 또한 남편과 수박 장사 간의 대화가 생생하다.

그리고 교훈의 문학성은 논평과 악행필벌(惡行必罰)의 이야기가 많다는 데서 확인할 수 있다.[50] 논평에 관한 부분은 앞에서 확인했고, 악행필벌에 관한 부분을 살펴보겠다. 악인에 대한 징계가 나타나는 이야기는 다음과 같다.

---

47) 원가에 이문을 붙이면. 여기서 '에누리'는 '물건 값을 받을 값보다 더 많이 부르는 일'의 뜻임.

48) '비싸오?'의 뜻. '싸다'는 평안 방언에서 '비싸다'의 뜻으로 쓰임.

49) 심의린, 『조선동화대집』, 한성도서주식회사, 1926, 25~26쪽.

50) 악행필벌(惡行必罰)은 나쁜 짓을 하면 반드시 그 앙갚음을 받는다는 믿음인데, 한국 설화에 나타나는 민중들의 대표적인 도덕관이다. 김화경, 『한국의 설화』, 지식산업사, 2002, 250~256쪽.

〈5. 호랑이를 잡은 도적〉: 우리가 알고 있는 〈호랑이와 곶감〉 이야기인데, 호랑이의 죽음으로 끝난다. 보통의 경우, 호랑이는 어떻든 살아나는데, 여기서는 소도둑에게 죽는 것으로 결말을 맺는다.

〈9. 금방망이 은방망이〉: 욕심 많고 불효하는 형은 도깨비 방망이에 얻어 맞아 몸이 뱀장어처럼 된다. 그리고 평생 얻어 먹고 살면서, 옛날의 잘못을 후회하다가 죽는 것으로 끝난다.

〈12. 네모진 보석〉: 네모난 보석 때문에 부자가 되어 교만하게 된 사람이 결국에는 보석 때문에 죽는다는 이야기.

〈13. 외쪽의 꾀〉: 하인 외쪽이를 학대하고 두 번이나 죽이려 했던 주인 양반이 결국 자신은 물론, 가족 일가가 외쪽이에게 속아 물에 빠져 죽게 된다.

〈30. 놀부와 홍부〉: 흉악한 형 놀부는 전 재산을 잃고 홍부에게 머리를 숙이고 얻어 먹다가 죽는다. 놀부의 파멸로 끝나는 이야기.

〈34. 사냥꾼의 소원〉: 늙은 사냥꾼이 사슴을 구해주어 집과 세간을 장만하지만, 더 많은 욕심을 부려 집과 세간을 잃고 다시 가난하게 되었다는 이야기.

〈38. 콩쥐 팥쥐〉: 계모와 함께 콩쥐를 괴롭히던 팥쥐는 콩쥐를 흉내내어 하늘에 올라가려다가 수수밭에 떨어져 죽는다. 〈콩쥐팥쥐 설화〉의 다른 각편(各篇)에서는 콩쥐의 죽음 이후에 팥쥐의 죽음이 따른다.[51] 따라서 콩쥐의 고난에 비해 팥쥐의 비참한 죽음은 과도한 징계로 보인다.

〈53. 푸른 구슬과 붉은 구슬〉: 욕심 많은 형은 구슬에서 나온 호랑이에게 잡아 먹힌다. 어진 아우를 박대한 욕심 많은 형이 천벌을 받아 생명까지 잃어버린 이야기.

이처럼 악인에 대한 응징이 확실하다. 우리가 알고 있는 해피엔딩의 이야기도 『조선동화대집』에서는 반동인물의 파멸로 끝나는 경우가 많다. 동화에서 악인에 대한 처벌은 집단 내의 잠재적 폭력성이 문화적으로 표현된 것이다.[52] 악인에 대한 징계가 많다는 것은 잠재적 폭력의 가능성이 그만큼 더 많았다는 것이며, 집단에 대해 올바르게 행동하라는

51) 이원수, 「콩쥐팥쥐 설화 연구」, 화경고전문학연구회 편, 『설화문학연구』(下), 단국대학교 출판부, 1998, 766~774쪽.

52) 최기숙, 『어린이 이야기, 그 거세된 꿈』, 책세상, 2004, 163쪽.

강력한 교훈을 전달한다고 볼 수 있다. 또한 영맹형 호랑이가 시대 상황을 반영한 것처럼 반동인물인 악인(惡人) 역시 조선인을 괴롭히는 바깥 상황으로 볼 수 있다. 그렇다면 주동인물[善人]을 괴롭히는 악인에 대한 징계를 확실히 하는 것이 시대적 요구였다고 할 수 있다.

홍미와 교훈은 문학의 고유한 기능이다.[53] 그리고 아동문학에서 아동을 계몽하는 것은 이념의 직접적인 전달을 통해서가 아니라 이야기를 듣는 가운데 '모르는 동안에 저절로' 이루어질 수 있다고 본다.[54] 『조선동화대집』은 저자가 서(序)에서 홍미와 교훈의 문학성을 밝혔고, 본문 내용에서도 홍미와 교훈의 문학적 기능을 훌륭히 추구하고 있음을 확인할 수 있었다.

4. 맺으면서

심의린(沈宜麟)의 『조선동화대집(朝鮮童話大集)』은 1926년 한성도서주식회사에서 1원(圓)에 발매한 우리말 최초의 동화집이자 설화집이다. 이 책은 조선총독부에서 일본어로 간행한 『조선동화집』(1924년), 학예사에서 출판한 박영만의 『조선전래동화집』(1940년)과 함께 식민지 시기의 '3대 전래동화집'이라 불리며, 오늘날 간행되는 각종 전래동화집의 원전이라 여겨진다.

설화집의 시초라는 서지적·자료적 가치로 인해, 『조선동화대집』은 설화집이나 설화 연구 논문에서 참고문헌으로 자주 거론되었다. 하지만 지금까지 이 책의 전반적인 내용, 의미, 특징 등에 관한 고찰이 거의 없었다. 그래서 본고에서는 『조선동화대집』의 내용, 의미, 특징, 문학교육

53) 구인환·구창환, 『문학개론』, 삼영사, 2002, 57~64쪽.
54) 김세리, 「《어린이》 연구」, 동국대학교 석사학위논문, 2005, 31쪽.

적 가치 등을 살피고자 했다.

이를 위해 66편의 이야기에 나타난 내용과 의미를 간략히 알아보았다. 그 결과, 독자(讀者) 지향(指向)의 이야기, 사건 전개의 사실성, 호랑이의 부정적(否定的) 형상화(形象化), 능동적 변화의 필요성 강조 등의 특징이 있음을 알 수 있었다.

또한 특이한 내용과 의미를 지닌 작품을 살핀 결과, 〈8. 개구리 신선(神仙)〉에서는 외국 동화의 창조적 변용, 〈31. 늙은 아비를 내다 버린 사람〉에서는 효용과 윤리의 대립과 조화, 〈13. 외쪽의 꾀〉에서는 신분 계층에 대한 비판적 인식 등의 특징이 나타났다.

위의 결과와 서(序)를 바탕으로 살펴본, 『조선동화대집』의 문학교육적 가치는 서사교육(敍事敎育)의 원류(源流), 문학교육의 방향성 고찰, 흥미와 교훈의 문학성 추구 등이었다.

본고는 『조선동화대집』의 전반적인 접근을 시도했다. 각 작품에 나타나는 고유한 내용과 구조와 특성을 살피지 못한 아쉬움이 있다. 그리고 『조선동화대집』이 1920년대 아동문학 전개 과정에서 어떤 역할을 담당했는지도 궁금하다. 특히 잡지 『어린이』에 1923년~1934년 동안 게재된 전래동화와는 어떤 영향 관계가 있는지도 밝혀야 할 문제이다. 이에 대한 넓고 깊은 논의는 후고를 기다리기로 한다.

* 『한국초등국어교육』 제38집(한국초등국어교육학회, 2008.)에 실린 「『조선동화대집(朝鮮童話大集)』의 내용과 문학교육적 가치에 대한 고찰」이라는 논문을 보완했음.

『조선동화대집』의 번안동화(설화)에 나타난 문학교육적 지향성 고찰

1. 들머리에

심의린이 1926년 저술한 우리말 최초의 동화집이자 설화집인 『조선동화대집(朝鮮童話大集)』에는[1)]『그림동화집』의 번안동화(설화)로 보이는 작품이 세 편 있다. 〈개구리 신선(神仙)〉, 〈사냥꾼의 소원〉, 〈똑같은 재주〉 등이 해당 작품이다. 이는 각각 독일 그림(Grimm) 형제의 〈개구리 왕자〉, 〈어부와 그의 아내〉, 〈재주가 좋은 네 형제〉 등을 번안한 작품으로 보인다. 『그림동화집』은 1812년에 첫 권이 간행되었고,[2)] 번안 및 번역의 형태로 이 땅에 상륙한 것은 1920년대부터라고 한다.[3)] 본고는 『조선동화대집』에 실린 세 편의 설화가 『그림동화집』의 번안동화(설화)인지 살펴보고, 이 번안동화(설화)가 문학교육적으로 어떤 지향성을 지녔는가를 고찰하고자 한다.

논의에 앞서, 본고에서 사용하는 '번안동화'와 '번안설화'라는 용어는 비슷한 의미로 사용됨을 미리 밝힌다. 동화(童話)와 설화(說話)는 엄밀하게 따지면 구조, 내용, 독자 등의 측면에서 차이점이 있지만, 구술적 전통(oral tradition) 속에서 말을 텍스트로 기록했다는 것과,[4)] 시간, 공간, 인

---

1) 심의린 著 · 신원기 譯解, 『조선동화대집』, 보고사, 2009.

2) 야코프 그림, 빌헬름 그림 형제의 『그림 동화집』은 1812년에 첫권이 간행되었다. 김열규 옮김, 『그림형제, 어린이와 가정을 위한 동화집』 1, 춘추사, 1993, 5쪽.

3) 주종연, 『韓獨民譚比較研究』, 집문당, 1999, 226쪽.

물의 불확정성이라는 공통점이 있다.[5] 이러한 공통점을 바탕으로, 본고에서는 동화를 아동을 위한 설화라는 개념으로 규정한다.[6] 따라서 번안동화와 번안설화는 비슷한 의미로 사용되는데, 논의의 편의상 '번안동화'로 표기하기로 한다.

'번안동화'라는 용어는 용례가 잘 보이지 않는데, '번안소설'을 참조하여 의미를 상정할 수 있다. '번안(飜案)'은 원작의 내용이나 줄거리는 그대로 두고 풍속, 인명, 지명 따위를 시대나 풍토에 맞게 바꾸어 고치는 것이다. 그리고 '번안소설'은 외국어로 된 원작의 줄거리를 대체로 살리면서 자국의 언어와 전통적 유형으로 개작한 소설을 뜻하는데, 전통적 유형은 자국의 인명, 지명, 인정, 풍속 등을 따르는 것을 말한다.[7] 따라서 번안동화는 외국어로 된 원작 동화의 줄거리를 살리면서, 풍속, 인명, 지명 따위를 시대나 풍토에 맞게 바꾸어, 우리말로 고친 작품이라 할 수 있다.

그래서 원작을 [A]라고 한다면, 번안동화는 이를 변용시킨 [A']라고 할 수 있다. 즉, 『조선동화대집』에 실린 세 편의 번안동화는, 작가 심의린[B]이 [A]라는 설화를 대상으로 하여 나름의 의식으로 재구성한 것을 [A']로 나타낸 것이다. 심의린은 원작의 인식을 [A^1], [A^2], [A^3], [A^4] 등 여러 가지로 한 후에, 통일된 하나의 인식된 대상 [A']를 얻었다고 할 수 있다.

여기서 우리가 보는 대상은 원작[A]이 아니라, 심의린이 번안한 작품[A']이다. 이 관계를 간단히 하면, [B]가 [A]라는 대상을 의식하여 [A']로 재구성한 것으로 볼 수 있다. 즉, [B]는 [A]를 의식하여 [A']라는 의미를 얻었다고 할 수 있다. [B]를 의식 주체, [A]를 의식 대상, [A']를 의미로 본다면,

4) 월터 J. 옹 지음, 이기우 · 임명진 옮김, 『구술문화와 문자문화』, 문예출판사, 1995, 30~31쪽.

5) 김열규, 『한국문학사』, 탐구당, 1983, 456~457쪽.

6) 최인학, 『韓國說話論』, 형설출판사, 1991, 92쪽.

7) 한국정신문화연구원, 『한국민족문화대백과사전』 9, 한국정신문화연구원, 1991, 497쪽.

의식 주체인 [B]는 의식 대상[A]에 어떤 '의식의 지향성'을 작용시키고 있는 것이다.

대상으로서의 어떤 것에 의식이 향하고 있는 것을 현상학에서는 '지향성(指向性)'이라고 한다.[8] 우리의 의식은 항상 무엇인가를 향하여 움직이는데, 이는 그냥 의식이 아니라 무엇 무엇에 대한 의식이라 할 수 있다.[9] 심의린[B]은 원작동화[A]에 대하여 어떤 지향성을 가지고 번안동화[A']를 구성했을 것이다. 즉, 심의린은 원작을 체험하여 자신의 관점에서 작품 세계를 재구성했다고 볼 수 있다. 이는 문학을 미적 대상으로 보지 않고 체험으로 보는 현상학적 비평의 관점과 일치한다.[10] 따라서 번안동화 [A']는, 작가의 지향적 의도가 표현된 작품이라는 해석이 가능하다.[11] 그렇다면 [B]는 [A]를 체험하여 [A']로 인식하는 과정에서 어떤 의도나 지향성을 지녔다고 할 수 있는데, 이 지향성의 탐색이 본고의 목적이다. 다시 말하면, 심의린이 어떤 의도를 가지고 그림 동화를 번안했는지, 문학교육의 관점에서 그 지향성을 살피고자 한다.

이를 위해, 우선 『조선동화대집』의 작품과 원전 작품을 비교해 볼 것이다. 이들 작품이 번안동화라고 아직 발표된 적이 없기 때문에, 어떤 점에서 번안동화라고 할 수 있는지 내용을 비교해 볼 것이다. 그 다음, 결말과 주제를 중심으로 번안동화의 원전 변용 양상을 고찰할 것이다. 마지막으로 원전이 변용되는 과정에서 문학교육적으로 어떤 지향성이 작용했는지를 탐색하고자 한다.

위에서 언급한 것처럼, 본고에서는 번안동화를 현상학적 관점에서 살피고자 한다. 번안 작품을 현상학적 관점에서 살피는 작업은 아주 유효

---

8) 차인석, 「現象學에 있어서의 指向性과 構成」, 한국현상학회 편, 『現象學이란 무엇인가』, 심설당, 1990, 43쪽.

9) 박이문, 『현상학과 분석철학』, 知와 사랑, 2007, 108쪽.

10) 김준오, 「현상학적 비평의 수용과 문제점」, 박이문 외, 『현상학』, 고려원, 1992, 125쪽.

11) 박이문, 「현상학과 문학」, 박이문 외, 『현상학』, 고려원, 1992, 114쪽.

하다. 현상학은 어떤 '대상'을 향하여 있는 '의식'의 '지향성'을 기본틀로 하고 있다.[12] '번안'이라는 과정은 일반적인 작품 창작 과정과는 달리, 대상이 명확하게 존재하고 있다. 즉, 일반적인 작품 창작 과정은 세계나 존재의 무한한 변수를 대상으로 하기 때문에, 그 대상을 특정화하기 다소 곤란하다. 하지만 번안은 이미 존재하고 있는 명확한 텍스트[原作]를 대상으로 하기 때문에, 그 대상이 확실하다. 그리고 실존 작가가 원작을 대상으로 번안했기 때문에, 대상을 향한 의식 또한 분명히 존재한다고 할 수 있다. 번안의 과정에서 나타나는 이러한 대상, 의식, 지향성은 현상학적 관점을 적용할 때, 그 관계망이 명확해질 수 있을 것이다.

2. 『그림동화집』과 『조선동화대집』의 내용 비교

본장에서는 『그림동화집』과 『조선동화대집』에 나타나는 작품의 사건 전개를 통해, 내용이 어느 정도 유사한지를 살필 것이다. 그 다음 『그림동화집』과 『조선동화대집』 소재 작품의 인물과 배경을 비교하기로 한다. 이야기에서 인물과 사건은 필수 요소이다.[13] 그리고 번안은 내용은 그대로 두고 풍속, 인명, 지명 따위를 시대와 풍속에 맞게 고치는 것인데, 풍속, 인명, 지명은 인물과 배경을 통해서 알 수 있다. 따라서 원작과 번안동화의 인물, 사건, 배경의 비교를 통해서 풍속, 인명, 지명 따위가 어떻게 개작되었는가를 알 수 있을 것이다.

---

12) 한전숙, 『현상학』, 민음사, 1996, 92쪽.

13) 나병철, 『소설의 이해』, 문예출판사, 1998, 99쪽.

2.1 〈개구리 왕자〉와 〈개구리 신선(神仙)〉

〈개구리 왕자〉[14]

옛날 어느 왕의 막내딸이 숲에 있는 샘물에 황금공을 빠뜨린다. 공주가 어쩔 줄 몰라 울고 있을 때, 개구리가 나타나 함께 놀아 주고, 식사하고, 자게 해 준다면 황금공을 찾아 준다고 한다. 개구리는 황금공을 가져다 주지만, 공주는 성 안으로 달려가 버리고 만다. 이튿날 다시 나타난 개구리는 약속을 지키라고 하고, 왕 역시 약속을 지키라고 한다. 공주는 마지못해 개구리를 식탁에 올리고 함께 식사를 한다. 식사를 마친 개구리는 공주의 침대에서 함께 자고 싶다고 하고, 화가 난 공주가 개구리를 벽에다 던지자, 개구리는 아름다운 왕자로 변한다. 공주는 왕자를 남편으로 맞이하게 된다.

〈개구리 신선(神仙)〉[15]

어느 나라 귀족(貴族)의 딸 금애(金愛)가 보석 반지를 연못에 빠뜨린다. 마침 개구리를 보고 반지를 꺼내 달라고 한다. 개구리는 금애와 함께 먹고 자게 해준다면, 반지를 꺼내 주겠다고 한다. 금애는 싫었지만, 반지가 급하여 그렇게 하겠다고 하여 반지를 되찾는다. 반지를 얻은 금애는 개구리를 내버리고 자기 집으로 간다. 개구리는 금애의 집으로 가서, 약속대로 금애와 함께 밥을 먹는다. 그리고는 함께 잠을 자자고 하자, 금애는 이제 그만 가라고 하면서 방문을 닫는다. 모두 잠든 밤에, 개구리는 금애 머리맡에 와서 신선으로 변한다. 그리고는 금애와 함께 하늘로 가려 했는데, 약속을 지키지 않아서 혼자 하늘로 간다면서 공중으로 올라간다.

『그림동화집』의 〈개구리 왕자〉와 『조선동화대집』의 〈개구리 신선(神仙)〉은 내용상 유사하다. 고귀한 신분의 딸이 귀한 물건을 물에 빠뜨리게 된다.**[결핍]** 개구리가 나타나 함께 먹고 자게 해 준다면 물건을 찾아 준다고 하여, 딸은 약속을 하고 귀한 물건을 다시 찾는다.**[결핍의 제거]**

---

14) 김열규 옮김, 『그림형제, 어린이와 가정을 위한 동화집』 1, 춘추사, 1993, 19~24쪽.
15) 심의린 著・신원기 譯解, 『조선동화대집』, 보고사, 2009, 103~107쪽.

하지만 딸은 개구리와의 약속을 지키지 않는다.**[위반]** ① 벽에 던져진 개구리는 왕자로 변하여 딸과 결혼한다. ② 모두 잠든 밤에 개구리는 신선이 되어 하늘로 올라간다.**[결과]**

[결핍-결핍의 제거-위반-결과]의 구조를 통해 비슷한 줄거리가 전개된다.[16] 줄거리의 결과 부분에서 차이가 있을 뿐, 전체 내용이 거의 비슷하다.

주인물을 비교해 보면, 〈개구리 왕자〉에서는 개구리와 공주이고, 〈개구리 신선(神仙)〉에서는 개구리와 귀족의 딸이다. 고귀한 신분의 딸이라는 점에서 유사점이 있지만, 공주와 귀족의 딸이라는 차이점이 있다. 물에 빠뜨린 물건도 황금공과 보석 반지로 달리 나타난다.

사건이 일어나는 공간적 배경은 물과 관련된 장소라는 점에서 보면 유사점이 있지만, 샘물과 연못이라는 차이점이 있다.

공주와 귀족의 딸, 샘물과 연못의 차이는, 심의린이 원전 〈개구리 왕자〉를 조선의 풍토에 맞게 고친 것으로 볼 수 있다. 번안동화는 외국어로 된 원작 동화의 줄거리를 살리면서, 풍속, 인명, 지명 따위를 시대나 풍토에 맞게 바꾸어, 우리말로 고친 작품이라 할 수 있다.

〈개구리 신선(神仙)〉은 〈개구리 왕자〉와 내용상 유사하고, 인명, 장소 따위가 당대 조선의 풍속에 맞게 고쳐져 있다. 따라서 『조선동화대집』에 실린 〈개구리 신선(神仙)〉은 독일 그림 형제의 〈개구리 왕자〉를 번안한 동화라고 할 수 있다.

---

16) 줄거리 구조는 A.Dundes의 것을 참고함. (김화경, 『한국설화의 연구』, 영남대학교출판부, 1987, 29~37쪽.) 이후 작품의 줄거리 구조도 마찬가지임.

2.2 〈어부와 그의 아내〉와 〈사냥꾼의 소원〉

〈어부와 그의 아내〉[17)]

옛날에 가난한 어부가 가자미 한 마리를 낚는다. 가자미는 요술에 걸린 왕자라면서 살려달라고 한다. 어부는 가자미를 놓아주고, 빈손으로 아내가 있는 오막살이로 간다. 남편에게 자초지종을 들은 아내는, 가자미에게 가서 살려준 보답으로 집 한 채를 요구하라고 한다. 어부는 그 요구가 싫었지만, 아내의 부탁이라 할 수 없이 바닷가에 가서 가자미에게 아내의 요구를 전한다. 가자미는 집으로 가면, 어부의 아내가 이미 바라던 것을 가졌을 것이라고 한다. 집으로 돌아온 어부는 오막살이가 현관, 거실, 침실, 온갖 도구가 있는 아담한 집으로 변해 있는 것을 보게 된다. 얼마 후에 아내는 다시 성 하나를 요구하여, 성 하나를 얻게 된다. 그 다음에 어부의 아내는 왕이 되고 싶다고 하여, 가자미는 어부의 아내를 왕이 되게 한다. 또 그다음에 어부의 아내는 황제가 되고 싶다고 하여, 황제가 된다. 황제가 된 아내는 교황이 된다. 교황이 된 아내는 어부에게, 신(神)처럼 되고 싶다고 가자미에게 가서 전하라고 한다. 이 부탁을 들은 가자미는 모든 것을 옛날로 되돌려, 어부의 아내는 다시 오막살이에 살게 된다.

〈사냥꾼의 소원〉[18)]

옛날에 산 속에서 사냥을 하며 어렵게 사는 늙은이 내외가 있었다. 하루는 이 사냥꾼이 함정에 빠진 사슴을 구해주는데, 사슴은 자신이 선녀라고 한다. 이 사실을 알게 된 사냥꾼의 아내는 남편에게, 선녀한테 기와집을 요구하라고 한다. 사냥꾼은 사슴을 찾아가 아내의 말을 전하자, 사슴은 기와집을 마련해준다. 마누라는 다시 세간을 장만해 달라고 하여, 사슴은 많은 세간을 사냥꾼 내외의 기와집에 가득하게 한다. 또 다시 마누라는 남편에게, 사슴을 만나 하인을 달라고 말하라고 한다. 이 말을 들은 사슴은 사냥꾼에게 그렇게 하겠다고 대답한다. 하지만 집에 돌아온 사냥꾼은, 모든 것이 사라지고 옛날처럼 쓰러져 가는 초가집에 마누라 홀로 울고 있는 것을 본다.

---

17) 김열규 옮김, 『그림형제, 어린이와 가정을 위한 동화집』 1, 춘추사, 1993, 126~137쪽.
18) 심의린 著・신원기 譯解, 『조선동화대집』, 보고사, 2009, 229~234쪽.

『그림동화집』의 〈어부와 그의 아내〉와 『조선동화대집』의 〈사냥꾼의 소원〉은 내용상 유사하다. 가난한 늙은 부부가 힘들게 살아간다.**[결핍]** 어느 날 남편이 말을 하는 동물을 잡아 놓아준다. 이 사실을 안 아내는, 그 동물에게 가서 소원을 들어달라고 남편에게 시켜, 아내는 소원을 이룬다.**[결핍의 제거]** 하지만 아내는 점점 더 욕심을 부리고, 마침내 아주 무리한 요구를 하게 된다.**[위반]** 늙은 부부는 원래대로 가난하게 된다. **[결과]**

[결핍-결핍의 제거-위반-결과]의 구조를 통해 비슷한 줄거리가 전개된다. 아내의 부탁이 원작과 차이가 있을 뿐 전체 내용이 거의 비슷하다. 〈사냥꾼의 소원〉 보다 〈어부와 그의 아내〉에서 아내의 요구 조건이 훨씬 많다. 〈어부와 그의 아내〉에서 아내의 부탁은 여섯 단계이고, 계층적 상승을 보인다. 아내는 남편이 놓아 준 가자미에게 아담한 집 한 채, 성(城), 왕, 황제, 교황, 신(神)을 차례대로 부탁한다. 가자미는 다섯 단계까지, 황제까지 아내의 부탁을 들어준다. 하지만 신이 되게 해달라는 부탁을 받고서는 아내를 원래의 가난한 생활로 돌려 놓는다.

〈사냥꾼의 소원〉은 〈어부와 그의 아내〉에 비하면 많은 것을 요구하지 않는다. 아내는 남편이 구해 준 사슴에게 기와집, 세간, 하인을 요구한다. 사슴은 아내의 요구대로 기와집과 세간을 준다. 하지만 하인을 달라는 아내의 부탁을 받고서는 원래의 가난한 생활로 돌려 놓는다.

주인물을 비교해 보면, 〈어부와 그의 아내〉에서 남편의 직업이 어부이고, 〈사냥꾼의 소원〉에서는 사냥꾼이다. 그래서 소원을 들어주는 동물도 〈어부와 그의 아내〉에서는 가자미이고, 〈사냥꾼의 소원〉에서는 사슴이다. 가자미의 정체는 요술 걸린 왕자이고, 사슴의 정체는 선녀이다.

〈어부와 그의 아내〉와 〈사냥꾼의 소원〉에서 사건이 일어나는 공간적 배경은 각각 바다와 산으로 나타난다. 그리고 〈어부와 그의 아내〉에서는 바닷물의 색깔로 아내의 소원이 갈수록 상식에 어긋난다는 것을 나타낸다. 처음에 맑은 물이 그 다음은 푸르고 노란 빛깔, 잿빛, 완전히 짙은 잿빛과 고약한 냄새, 완전히 시커멓고 미친 듯한 파도, 집채만한 파도, 사나운 폭풍과 산맥처럼 치솟은 파도 등의 순서로 바뀐다. 배경의 변화는 아내의 요구에 대해 가자미가 못마땅해 한다는 것을 암시한다고 볼 수 있다. 하지만 〈사냥꾼의 소원〉에서는 사냥꾼이 산에서 사슴을 잡아 놓아 준 것으로 해서, 산이 배경이고 아내의 요구에 대해 배경 변화가 없다.

아내의 부탁에서 나타난 차이, 남편의 직업, 배경 등의 차이는, 심의린이 원전 〈어부와 그의 아내〉를 조선의 풍토에 맞게 고친 것으로 볼 수 있다. 번안동화는 외국어로 된 원작 동화의 줄거리를 살리면서, 풍속, 인명, 지명 따위를 시대나 풍토에 맞게 바꾸어, 우리말로 고친 작품이라 할 수 있다.

〈사냥꾼의 소원〉은 〈어부와 그의 아내〉와 내용상 유사하고, 인명, 장소 따위가 당대 조선의 풍속에 맞게 고쳐져 있다. 따라서 『조선동화대집』에 실린 〈사냥꾼의 소원〉은 독일 그림 형제의 〈어부와 그의 아내〉를 번안한 동화라고 할 수 있다.

〈어부와 그의 아내〉, 〈사냥꾼의 소원〉과 비슷한 이야기가 한 편 채록되어 전한다.[19] 〈욕심많은 할멈과 금붕어〉인데, 할아버지가 살려 준 금붕어 때문에 할머니는 부자가 된다. 하지만 온 나라를 자기 소유로 해달라는 욕심 때문에, 다시 가난하게 되어 오막살이에 살게 된다는 내용이다. 번안된 기록문학이 다시 구비문학으로 채록되어 전하는 예로 볼 수 있다.

---

19) 한국정신문화연구원, 『한국구비문학대계』 8-14, 한국정신문화연구원, 1986, 363~364쪽.

2.3 〈재주가 좋은 네 형제〉와 〈똑같은 재주〉

재주가 좋은 네 형제[20)]

아들을 넷이나 둔 가난한 사람이 청년이 된 아들들에게, 세상에 나가 무엇이든지 배워서 성공할 방법을 찾으라고 한다. 집을 떠난 네 형제는 네거리에서 4년 후에 다시 만나자고 하면서 헤어진다. 첫째는 도둑질을 배우고, 절대 잡히지 않는 법을 배운다. 둘째는 점성술을 배우고, 모든 것을 볼 수 있는 망원경을 얻는다. 셋째는 사냥을 배우고, 백발백중하는 총을 얻는다. 넷째는 바느질을 배우고, 무엇이든지 완벽하게 기울 수 있는 바늘을 얻는다. 4년 후 다시 만난 네 형제는 집으로 간다. 아버지는 먼저 둘째에게 나무 꼭대기에 있는 까치집에 알이 몇 개 있는지 알아내라고 한다. 둘째가 다섯 개라고 하자, 첫째는 어미새 모르게 그 알을 꺼내 오고, 셋째는 총 한 방으로 사방에 놓인 알을 반으로 쪼개고, 넷째는 그 알을 원래대로 붙여 놓는다. 얼마 후, 그 나라의 공주가 용에게 잡혀가게 되고, 왕은 공주를 구해오는 사람을 부마로 삼겠다고 한다. 이 소식을 들은 네 형제는 공주를 구하러 간다. 먼저 둘째가 바다 한 가운데 있는 바위에 용에게 잡혀있는 공주를 발견한다. 첫째는 공주를 용 몰래 빼내오고, 셋째는 추격하는 용을 쏘아 떨어뜨리고, 넷째는 용이 떨어지면서 일으킨 파도 때문에 산산조각이 난 배를 꿰맨다. 마침내 네 형제는 공주를 구출해 오고, 누가 부마가 될 것이지 다투지만 결론이 나지 않는다. 이에 왕은 네 형제에게 부마 대신 왕국의 반을 나누어 준다. 네 형제는 아버지를 모셔다가 행복하게 산다.

똑같은 재주[21)]

옛날에 어떤 나라에 한 농부(農夫)가 아들 사형제(四兄弟)를 두고 살았다. 하루는 아들을 모두 불러가지고, 각자 재주에 따라 자신의 재산을 나누어 주겠으니, 삼년 동안 재주를 배워오라고 한다. 이 말을 듣고 네 아들은 집을 떠나서, 재주를 배워가지고 삼년 후에 돌아온다. 맏아들은 훔치는 재주를 배웠다고 하고, 둘째 아들은 아무리 멀리 있는 것이라도 알아내는 재주를 배웠다

---

20) 김열규 옮김, 『그림형제, 어린이와 가정을 위한 동화집』 2, 춘추사, 1993, 162~166쪽.

21) 심의린 著・신원기 譯解, 『조선동화대집』, 보고사, 2009, 235~238쪽.

고 하고, 셋째 아들은 백발백중(百發百中)하는 총쏘기를 배웠다고 하고, 넷째 아들은 무엇이든 감쪽같이 꿰어 매는 재주를 배웠다고 한다. 그때 마침, 그 나라의 공주가 이무기에게 잡혀간다. 임금은, 누구라도 공주를 찾아오면 사위로 삼고 나라의 절반을 주겠다고 한다. 이 소문을 들은 사형제는 공주를 구하러 간다. 먼저 둘째 아들이, 공주는 이무기에게 잡혀 동해(東海) 바다 속 섬에 있다고 한다. 여러 날 만에 그 섬에 도착한 사형제는, 맏아들이 감쪽같이 공주를 훔쳐오고, 따라 오는 이무기를 셋째 아들이 총을 쏘아 죽이게 된다. 이무기가 배에 떨어져 배가 부서지자, 넷째 아들이 배를 꿰매어 무사히 돌아온다. 임금은 크게 기뻐하여 나라의 절반을 사형제에게 나누어 준다. 사형제는 그 후에도 항상 화목하게 서로 도와 잘 살았다.

『그림동화집』의 〈재주가 좋은 네 형제〉와 『조선동화대집』의 〈똑같은 재주〉는 내용상 유사하다. 아들 4형제가 재주를 배우기 위해 집을 떠난다.**[결핍]** 첫째는 도둑질을 배우고, 둘째는 멀리 볼 수 있는 능력을 배우고, 셋째는 사냥을 배우고, 넷째는 바느질을 배워 집으로 온다.**[결핍의 제거]** 그때 공주가 괴물에게 잡혀가서, 임금은 공주를 구해오는 사람은 부마로 삼겠다고 한다.**[과제]** 4형제는 각자의 재주를 발휘하여 공주를 구해오고, 나라의 절반을 받게 된다. **[과제의 성취]**

[결핍-결핍의 제거-과제-과제의 성취]의 구조를 통해 비슷한 줄거리가 전개된다. 몇 가지 다른 점은 4형제가 집을 떠나는 이유와 재주를 배우는 기간, 재주를 배운 4형제가 능력을 시험하는 새와 새알의 개수, 공주를 잡아간 괴물의 정체, 괴물의 급소 등이다.

〈재주가 좋은 네 형제〉에서는 4형제가 집을 떠나는 이유가 앞날을 개척하기 위해서이고, 〈똑같은 재주〉에서는 재산을 분배받기 위해서이다. 〈재주가 좋은 네 형제〉에서 4형제들이 재주를 배우는 기간은 4년이고, 〈똑같은 재주〉에서는 3년이다. 〈재주가 좋은 네 형제〉에서 4형제는 까치집에서 까치알 다섯 개로 재주를 확인하고, 〈똑같은 재주〉에서는 솔개알 세 개로 재주를 확인한다. 용과 까치가 이무기와 솔개로 바뀐 것은 당대의 풍속을 고려한 개작이라 할 수 있겠다. 〈재주가 좋은 네 형제〉에서 공주를 잡아간 괴물의 정체는 용이고, 〈똑같은 재주〉에서는 이무기로 나온다. 〈재주가 좋은 네 형제〉에서 용은 심장을 맞아 죽고, 〈똑같은 재주〉에서 이무기는 목을 맞아 죽는다. 〈재주가 좋은 네 형제〉에서는 생명의 원천을 심장으로 보았고, 〈똑같은 재주〉에서는 생명의 원천을 목으로 보았다고 할 수 있다.

4형제, 공주, 임금 등 인물도 〈재주가 좋은 네 형제〉와 〈똑같은 재주〉가 거의 유사하다. 다만 4형제의 아버지가 〈재주가 좋은 네 형제〉에서는 가난한 사람으로, 〈똑같은 재주〉에서는 재산이 있는 농부로 등장하는 것이 다르다.

배경도 〈재주가 좋은 네 형제〉와 〈똑같은 재주〉가 거의 유사하다. 바다를 배경으로 하여 괴물과 싸우고, 공주를 구출하고, 배가 깨어지고 한다.

〈똑같은 재주〉는 〈재주가 좋은 네 형제〉와 내용상 유사하고, 인물과 배경도 유사하다. 몇몇 제재가 당대 조선의 풍속에 맞게 고쳐져 있다. 따라서 『조선동화대집』에 실린 〈똑같은 재주〉는 독일 그림 형제의 〈재주가 좋은 네 형제〉를 번안한 동화라고 할 수 있다.[22)]

〈재주가 좋은 네 형제〉, 〈똑같은 재주〉와 비슷한 이야기가 두 편 채록되어 전한다. 〈네 아들의 재주〉와[23)] 〈재주를 한 가지씩 배운 삼형제〉인데,[24)] 형제들이 재주를 배워 공주를 구출한다는 내용이다. 번안된 기록

---

22) 1929년 발행된 잡지 『어린이』에 <三兄弟의 재조내기>라는 동화가 실려 있다. 아버지의 재산 분할을 위해 삼형제가 재주를 배운다는 것은 비슷하지만, 재주의 내용이 다르다. 공주를 구하는 부분은 없고, 삼형제가 배운 재주를 아버지 앞에서 보이는 내용으로만 구성되어 있다. 결말을 맺지 않고, 삼형제의 재주가 비슷하니 독자들은 어떻게 판단할 것인지 묻는 것으로 끝을 맺고 있다. (『어린이』 제63호, 개벽사, 1929, 46~47쪽.)

23) 한국정신문화연구원, 『한국구비문학대계』 5-2, 한국정신문화연구원, 1981, 553~555쪽.

문학이 다시 구비문학으로 채록되어 전하는 예로 볼 수 있다.

3. 번안동화(설화)의 원작 변용 양상

3.1 성(性)에 대한 이해와 약속에 대한 이해

번안동화 〈개구리 신선(神仙)〉은 원작 〈개구리 왕자〉와 내용상 유사하지만, 결말 부분이 다르다. 원작에서는 개구리가 왕자로 변하여 공주와 결혼을 한다. 이른바 동물 신랑 유형의 이야기이다. 하지만 번안동화에서 개구리는 귀족의 딸 금애와 결혼하지 않고, 혼자 신선이 되어 하늘로 올라간다. 즉, 원작에서는 공주가 개구리와의 약속을 지키지 않는데도 결혼을 한다. 공주가 약속을 지키느냐 어기느냐 하는 문제가 결혼의 관건이 되지 않는다.

그래서 〈개구리 왕자〉에서 개구리는 단순한 동물이 아니라, '자아의 각성(the awakening of the self)'이라는 전령관으로 보기도 한다.[25] 그리고 이야기의 전개를 '성에 대한 성숙한 이해를 돕는 과정'[26]으로 보아, 동물적인 것이 행복의 원천이 될 수 있다는 충격적인 깨달음을 주는 이야기라고도 한다.[27] 성에 대한 막연히 무서운 인식이 어떤 계기로 인해 행복한 인식으로 바뀌고 있다. 따라서 원작의 주제는 '성에 대한 성숙한 이해', 또는 '동물적인 것이 행복의 원천'이라고 할 수 있다.

번안동화 〈개구리 신선〉의 결말에서, 금애가 개구리와의 약속을 지키

---

24) 한국정신문화연구원, 『한국구비문학대계』 8-2, 한국정신문화연구원, 1980, 493~499쪽.

25) 조셉 캠벨 지음, 이윤기 옮김, 『세계의 영웅 신화』, 대원사, 1989, 54쪽.

26) 오탁번 · 이남호, 『서사문학의 이해』, 고려대학교 출판부, 1999, 107쪽.

27) 브루노 베텔하임 지음, 김옥순 · 주옥 옮김, 『옛이야기의 매력』 2, 시공주니어, 2004, 456~464쪽.

지 못하자, 개구리는 홀로 신선이 된다. 번안동화에서 문제가 되는 것은 약속 이행 여부이다. 금애가 약속을 지켰더라면 신선이 되었을 것인데, 지키지 못하게 되어 개구리만 신선이 된 것이다. 즉, 〈개구리 신선〉의 주제는 '약속 이행', '약속을 어겨 손해 본 아이'라고 할 수 있다.

따라서 번안동화 〈개구리 신선〉의 결말과 주제는 원작의 결말과 주제를 시대와 풍속을 고려하여 개작한 것으로 볼 수 있다. 당시 전해지던 이야기에서 벽에 던져져 사람이 되는 내용은 거의 없었고, 대신 신선이 되어 하늘로 오르는 이야기는 많았다. 그래서 동물이 사람으로 변한다는 결말을, 동물이 신선(神仙)으로 변한다는 결말로 개작한 것으로 추정할 수 있다. 그리고 인간과 신선과의 결혼은, 당대의 이야기에서는 잘 수긍이 되지 않는 내용이어서, 신선이 하늘로 올라가는 것으로 결말을 삼았다고 할 수 있다.

인간과 신선은 지상과 천상의 존재라고 할 수 있는데, 지상과 천상의 결합은 조화롭게 이루어지지 않는 경우가 많다. 대표적인 이야기로 시공적으로 많은 각편을 볼 수 있는 〈나무꾼과 선녀〉를 들 수 있다. 약 145편의 이야기에서 비극적 결말 양식인 '나무꾼 지상 회귀형'이 가장 많은데, 이는 천상과 지상의 만남은 필연적으로 비극성을 내포하고 있기 때문으로 볼 수 있다.[28] 그리고 『조선동화대집』에도 〈김득선(金得仙)의 후회〉라는 제목으로 〈나무꾼과 선녀〉 유형의 이야기가 있는데,[29] 여기서도 천상적 존재인 선녀 혼자 하늘로 오르는 것으로 끝이 난다. 이처럼 당대의 이야기에서도 천상적 존재와 지상적 존재의 혼인은 조화롭게 보지 않았기 때문에, 〈개구리 신선〉에서도 인간과 신선의 결혼이 나타나지 않았다고 할 수 있다.

번안동화는 원작의 풍속, 인명, 지명 따위를 시대나 풍토에 맞게 바꾸

28) 배원룡, 『나무꾼과 선녀 설화 연구』, 집문당, 1993, 44쪽.
29) 심의린 著 · 신원기 譯解, 『조선동화대집』, 보고사, 2009, 243~247쪽.

어 고친 것이다. 〈개구리 신선(神仙)〉은 당대의 풍토를 고려하여, 성에 대한 이해보다는 약속에 대한 이해가 더욱 타당한 주제라고 생각하여, 원작 〈개구리 왕자〉의 주제를 변용했다고 볼 수 있다.

위에서 살핀 바, 번안동화 〈개구리 신선(神仙)〉은 원작 〈개구리 왕자〉의 '성에 대한 이해'를 변용하여 '약속에 대한 이해'를 형상화하고 있었다.

3.2 초월적 욕망에 대한 경계와 세속적 욕망에 대한 경계

번안동화 〈사냥꾼의 소원〉과 원작 〈어부와 그의 아내〉는 결말이 비슷하다. 어부의 아내도 욕심을 부려 가난하게 되고, 사냥꾼의 아내도 욕심을 부려 가난하게 된다. 가난하게 된 원인은 아내의 욕심 때문이다. 그래서 원작과 번안동화의 표면적 주제를 '욕심에 대한 경계'로 볼 수 있다.

하지만 욕심에 이르는 과정과 욕심의 내용이 다르다. 우선 원작에서 아내의 욕심은 양적으로도 많고, 질적으로도 무리한 욕심이다. 원작에서 어부의 아내는 여섯 단계에 걸쳐 요구를 한다. 가자미에 대한 부탁이 거듭될수록 요구 조건도 질적인 변화를 수반한다. 아내는 남편을 통해 가자미에게 집, 성(城), 왕, 황제, 교황, 신(神) 등을 차례대로 원한다. 집과 성은 질적으로 다르며, 성과 왕도 질적으로 다르다. 왕과 황제도 다르며, 황제와 교황도 다르다. 그리고 교황과 신(神)은 질적으로 더욱 다르다. 요구가 거듭될수록 앞 단계의 상황과 다음 단계의 상황은 질적인 차이가 커진다. 집과 성(城)에서 나타나는 질적인 차이보다, 교황과 신(神)에게서 나타나는 질적인 차이가 훨씬 더하다.

자신의 생명에 대한 보답으로 가자미는 가난한 어부의 아내를 교황의 지위까지 높여 준다. 하지만 어부의 아내가 신(神)이 되고 싶다고 요구하자, 원래대로 가난하게 해 버린다. 어부의 아내는 인간으로서 최상의 지위인, 거의 반신반인(半神半人)에 가까운 교황에도 만족하지 못하고 신이 되고자 한다. 다른 요구는 몰라도 신이 되겠다는 요구는 허황하고 무례한 요구이다. 어부의 아내는 인간으로서 요구해야 할 상한선을 넘어선 요구를 하고 있다.

이러한 아내의 요구는 욕구 위계에 따라 상승하고 있다고 볼 수 있다. 인간에게는 생리적 욕구, 안전에 대한 욕구, 애정과 소속의 욕구, 자아존중감의 욕구, 자아실현의 욕구 등 다섯 가지 욕구가 위계적 관계로 배열되어 있는데, 하위욕구가 충족되면 상위욕구를 추구하게 된다고 한다.[30] 이 단계는 각각 생존, 안정, 소속감, 긍정적 평가, 자신의 능력을 최대한 활용 등의 특징이 있다. 아내는 가자미에게 집, 성(城), 왕, 황제, 교황, 신(神) 등을 차례대로 원한다. 집이 충족되면 성을, 성이 충족되면 왕을, 왕이 충족되면 교황을, 교황이 충족되면 신을 원했다. 일단 아내의 요구는 하위욕구가 충족되면 상위욕구를 충족하는 위계를 띠고 있다. 또한 집은 생존, 성은 안정, 왕과 황제는 소속감, 교황은 긍정적 평가, 신은 능력의 최대 활용과 연관지을 수 있다.

인간의 욕망은 끝이 없다. 그것만 얻으면 아무것도 욕망하지 않으리라 믿지만, 대상을 얻어도 욕망은 여전히 남는다.[31] 어부의 아내는 원하는 대상을 얻어도 욕망은 여전히 남아, 마침내 신이 되고자 한다. 아내는 욕망의 왜곡된 집착에서 벗어나지 못한다. 가자미는 교황은 들어주었지만, 신(神)은 들어주지 않았다. 어부의 아내는 자신의 능력을 최대한 활용하기를 원해 신이 되고자 했다. 하지만 이 욕망은 인간의 욕망 범위를 넘어서는 초월적 욕망이다.

가자미가 어부 아내의 요구를 들어주지 않고, 가난하게 해 버린 것은, 아내의 요구에 대한 응징의 의미가 있다. 세상과 존재의 질서를 어지럽히는 욕망은 징계 받아야 마땅하다는 것을 보여주고 있다. 따라서 〈어부와 그의 아내〉의 심층적 주제는 '초월적 욕망에 대한 경계'라고 할 수 있

30) 정옥분, 『전생애 인간발달의 이론』, 학지사, 2007, 211~216쪽.
31) 권택영 엮음, 『욕망 이론』, 문예출판사, 2000, 19쪽.

다. 이는 마치 그리스 로마 신화의 니오베처럼,[32] 신(神)에 도전하지 말라는 엄중한 경고이기도 하다.

번안동화 〈사냥꾼의 소원〉 역시 주제는 '욕심에 대한 경계'라고 할 수 있다. 하지만 원작에 비해 아내의 욕심이 양적으로 질적으로 왜소하다. 사냥꾼의 아내는 남편이 놓아 준 사슴에게 기와집, 세간, 하인을 차례대로 요구한다. 사슴은 기와집과 세간을 달라는 소원은 들어주지만, 하인을 달라는 요구는 들어주지 않는다. 그리고는 사냥꾼의 아내를 다시 가난하게 만들어버린다.

원작에서는 처음 요구에서 세간을 얻고, 두 번째 요구에서 성(城)을 얻는데, 이미 성 안에 하인이 가득하다. 원작과 비교해 볼 때, 사냥꾼 아내의 요구는 무례하거나 황당한 요구가 아니다. 아내는 기와집을 얻은 이후, 집 이상의 요구를 하지 않는다. 집을 최대치로 삼고, 집 안에 필요한 무엇인가를 요구한다. 사슴은 세간을 주지만, 하인을 거부한다.

하인은 주인의 육체적 노동을 대신하는 존재이다. 아내가 하인을 얻게 되면 육체적 노동은 면할 수 있다. 집을 얻고, 세간을 얻고, 하인을 얻고 하는 것은 생산의 노동으로부터 자유롭고 싶다는 세속적 행복을 위한 욕망이다. 그런데 사슴은 하인을 달라는 요청을 거부한다.

사슴이 하인을 달라는 아내의 요구를 거부한 이유는 사냥꾼의 아내에게 육체 노동을 하라는 의미로 볼 수 있다. 즉, 집과 세간이 있으니, 이것을 움직이는 것은 아내가 직접 하라는 것이다. 이는 게으름에 대한 경계이고, 부지런함과 근면함을 지키라는 뜻이다. 집과 세간을 움직이는 것은 인간이므로, 세상을 움직이는 인간의 노력을 긍정한 것으로 볼 수 있다. 이는 신(神)이 되려는 욕망과는 차원이 다르다. 노동 없이 편하게 살고 싶다는 아주 인간적인 욕망이다. 신이 되려는 욕망이 초월적 욕망이

---

32) M.그랜트・J.헤이즐 공저, 김진욱 옮김, 『그리스・로마 신화사전』, 범우사, 2000, 26쪽.

라면, 일 없이 편하게 살려는 욕망은 현세적이고 세속적인 욕망이라고 할 수 있다.

삶이 이루어지려면 인간의 부지런함이 있어야 한다. 최소한의 부지런함도 없이 살아가려는 사냥꾼의 아내에게 사슴은 따끔한 충고를 보내고 있는 것이다. 따라서 번안동화 〈사냥꾼의 소원〉의 심층적 주제를 '세속적 욕망에 대한 경계'로 볼 수 있다.

위에서 살핀 바, 번안동화 〈사냥꾼의 소원〉은 원작 〈어부와 그의 아내〉의 '초월적 욕망에 대한 경계'를 변용하여 '세속적 욕망에 대한 경계'를 형상화하고 있었다.

3.3 진취적 동기와 보수적 동기

번안동화 〈똑같은 재주〉와 원작 〈재주가 좋은 네 형제〉는 내용상 유사하고, 인물과 배경도 유사하다. 4형제는 뛰어난 재주를 익혀 공주를 구출하고 나라의 반을 얻는다. 그래서 두 이야기의 주제를 '4형제의 재주와 행복'이라고 할 수 있다.

원작 〈재주가 좋은 네 형제〉에서 네 형제가 행복에 이르는 조건은 재주였다. 재주를 배웠기 때문에 나라의 반을 얻는 행복을 차지할 수 있었다. 행복의 조건은 원작과 번안동화가 비슷하지만, 재주를 배우는 동기는 다르다. 원작에서 네 형제는 앞날을 개척하기 위해 재주를 배우러 떠난다. 이미 존재하는 영역이 아닌, 새로운 영역을 처음으로 열어 나가기 위해 재주를 익힌다. 무(無)에서 유(有)를 찾는 개척이라는 목적을 위해 재주라는 수단이 필요한 것이다.

개척은 새로운 영역, 운명, 진로 따위를 처음으로 열어 나가는 것이다. 네 형제는 이미 존재하는 행복이 아니라, 앞으로 있을 행복을 성취하기 위해 재주를 배우러 떠난다. 그래서 네 형제의 재주는 '진취적 동기'로 성취된 것이라고 할 수 있다. 진취적 동기는, 지금은 없지만 앞으로 있을 행복을 위해 노력하는 것이므로, 미래 지향적 동기로 볼 수 있다.

이에 비해 번안동화 〈똑같은 재주〉에서 4형제가 재주를 배우는 동기는 아버지의 재산을 분배받기 위해서이다. 4형제의 아버지는 자신의 재산을 재주에 따라 아들에게 나누어주겠다고 하면서, 3년 동안 재주를 익혀오라고 한다. 인간적인 노력으로 행운을 차지하는 반운명론(反運命論)을 보이고 있다.[33] 이후에 공주를 구출하여 나라의 반을 얻는다는 결말은 비슷하지만, 애초에 재주를 배우는 동기가 원작 〈재주가 좋은 네 형제〉와는 다르다.

미래의 행복이 아니라 현재의 행복을 추구하고 있어서 현실적이고, 바깥의 행복을 가져오기보다는 안에서 행복을 찾고 있기 때문에 소극적이고, 자신의 노력으로 만드는 재산이 아니라 아버지의 재산을 물려받는 형식이므로 수동적이다. 상황을 개척하여 미래의 창조적인 행복을 차지하기 보다는, 과거부터 이미 존재하는 물질적 재화를 현재의 시점에서 나눔으로써 행복을 찾으려 하고 있다.

이러한 현실적, 소극적, 수동적 특성은 변화를 바라지 않는 보수적인 동기로 보아야 한다. 〈똑같은 재주〉에서 4형제는 새로운 것이나 변화보다는 전통적인 것을 옹호하며 유지하려는 동기에서 재주를 배우러 떠난다. 그래서 4형제의 재주는 '보수적 동기'로 성취된 것이라고 할 수 있다.

이러한 행복관은 당대 조선의 의식 또는 심의린의 의식이 이야기에 반영된 것으로 볼 수 있다. 1920년대 일제의 식민 지배를 당한 상황과, 〈똑같은 재주〉에서 진취적인 행복관이 나타나지 않은 상황이 유사하다.

위에서 살핀 바, 번안동화 〈똑같은 재주〉는 원작 〈재주가 좋은 네 형제〉의 '진취적 동기'를 변용하여 '보수적 동기'를 형상화하고 있었다.

---

33) 장덕순 외, 『口碑文學槪說』, 일조각, 1995, 67~68쪽.

4. 번안동화(설화)의 문학교육적 지향성

심의린은 그림 형제의 원작을 번안한 동화 세 편을 1926년 발행한 『조선동화대집』에 싣고 있다. 논자는 기존의 논고에서 『조선동화대집』의 문학교육적 가치를 밝힌 바 있다.[34] 심의린이 보통학교 훈도였다는 것, 『조선동화대집』의 서(序)에서 소년 제군에게 참고를 제공하기 위해 책을 발간한다고 밝힌 것, 책의 내용에 교훈적 논평을 덧붙인 것, 쉬운 글과 뜻풀이를 통해서 독자들이 쉽게 읽을 수 있도록 한 것 등을 그 근거로 들 수 있다. 즉, 『조선동화대집』은 다분히 문학교육적인 목적을 지니고 발행되었다는 것을 알 수 있다.

『조선동화대집』이 문학교육적 목적을 염두에 두고 발행되었기 때문에, 본문에 실린 세 편의 번안동화에도 문학교육적 가치가 있다고 볼 수 있다. 특히 번안동화는 원작인 '대상'을 의식하여 개작한 것이므로, 작자의 의도 또는 개작의 '지향성'을 엿볼 수 있는데, 이를 문학교육적 지향성이라 할 수 있을 것이다.

4.1 사회적 자아의 성숙

앞의 고찰에서 심의린의 〈개구리 신선(神仙)〉은 그림 형제의 〈개구리 왕자〉를 번안한 동화라는 것을 알 수 있었다. 내용은 비슷하지만, 인물, 배경 등이 당대의 풍속에 적당하게 개작되어 있었다. 〈개구리 신선〉과 〈개구리 왕자〉는 결말과 주제가 달랐다. 〈개구리 왕자〉에서, 벽에 던져진 개구리는 왕자로 변하여 딸과 결혼한다. 〈개구리 신선〉에서, 모두 잠든 밤에 개구리는 홀로 신선이 되어 하늘로 올라간다. 그래서 원작의 '성에 대한 이해'라는 주제가 번안동화에서는 '약속에 대한 이해'로 바뀌고

34) 신원기, 「『조선동화대집』의 내용과 문학교육적 가치에 대한 고찰」, 한국초등국어교육학회, 『한국초등국어교육』 제38집, 2008, 271~278쪽.

있다.

그림 형제의 '성에 대한 이해'라는 대상을, 의식 주체 심의린은 여러 각도로 체험하여 의미화시킨 후, 이를 '약속에 대한 이해'로 바꾸고 있다. 현상학적 관점으로 보면, 의식 주체인 [B]는 대상 [A]를 다양한 시각으로 인식한 후, 어떤 지향성을 작용시켜 [A']로 의미 규정을 하고 있다.

'성에 대한 이해'는 나 스스로에 대한 이해이며, 내적인 성숙의 과정이며,[35] 개인적 자아의 성숙을 의미한다고 볼 수 있다. 프로이드는 인간 성격의 많은 부분이 무의식이고, 동기는 깊이 감추어진 성적인 충동에 의해 주로 지배받는다고 보았다.[36] 즉, 성(性)은 타인과 더불어 함께하는 성숙이 아니라, 조금은 내밀한 자신만의 성숙이라 할 수 있다.

이에 비해 '약속에 대한 이해'는 나와 너의 관계에 대한 이해이며, 외적인 성숙의 과정이며, 사회적 자아의 성숙을 의미한다. 약속은 기본적으로 나와 너와의 사이에서 작용한다. 자기 자신과의 약속도 가능하지만, 이때는 약속이라기보다는 다짐으로 보아야 한다.

따라서 심의린은 원작을 대상화시켜서 번안으로 의미화하면서, 개인적 자아의 성숙을 사회적 자아의 성숙으로 변용시키고 있다고 할 수 있다. 즉, 〈개구리 왕자〉를 〈개구리 신선〉으로 개작한 심의린의 문학교육적 지향성은 '사회적 자아의 성숙'이라 할 수 있다.

사회적 자아의 성숙은, 타인과의 관계를 원만히 하라는 집단의 가치를 전달하고 있는 것으로 보아야 한다. 이러한 관점에서 본다면, 타인과의 관계 속에서 맺어진 집단은 공동체의 정체성을 구성원들에게 주입하려고 한다고 할 수 있다. 〈개구리 신선〉은 구성원들에게 약속의 소중함을 일깨우는 공동체의 가치를 전달하고 있다. 따라서 사회적 자아의 성

35) 김열규, 『어머니, 동화는 이렇게 읽어 주세요』, 춘추사, 1993, 275~279쪽.

36) A.G.카플란・M.A.세드니 공저, 김태련 외 공역, 『性의 心理學』, 이화여자대학교 출판부, 1990, 237쪽.

숙은 공동체 형성을 위한 문학교육으로 볼 수 있다.[37]

이러한 심의린의 지향성은 당대 발행된 방정환의 경우와 비교하면, 그 특징이 더욱 선명하다. 방정환은 1924년 발행한 잡지 『어린이』에 〈개고리(蝸) 왕자(王子)〉라는 동화를 싣고 있다.[38] 이는 그림 형제의 원작 〈개구리 왕자〉와 인물, 사건, 배경이 거의 비슷한 번역동화이다. 따라서 주제도 원작과 같은 '성에 대한 이해'로 보아야 한다. 심의린은 2년 후에 이 주제를 '약속에 대한 이해'로 바꾸고 있는데, 이는 사회적 자아의 성숙이라는 지향성이 작용한 결과라고 할 수 있다.

4.2 삶의 현실성과 성실성

앞의 고찰에서 심의린의 〈사냥꾼의 소원〉은 그림 형제의 〈어부와 그의 아내〉를 번안한 동화라는 것을 알 수 있었다. 내용은 비슷하지만, 인물, 배경 등이 당대의 풍속에 적당하게 개작되어 있었다. 〈사냥꾼의 소원〉과 〈어부와 그의 아내〉는 표면적 주제는 '욕심에 대한 경계'였다. 하지만 심층적 주제는 달리 나타났는데, 〈어부와 그의 아내〉는 '초월적 욕망에 대한 경계'였고, 〈사냥꾼의 소원〉은 '세속적 욕망에 대한 경계'였다.

따라서 그림 형제의 '초월적 욕망에 대한 경계'라는 주제를, 심의린은 여러 각도로 의미화 시킨 후, 이를 '세속적 욕망에 대한 경계'로 바꾸고 있다고 할 수 있다. 즉, 의식 주체 [B]는 대상 [A]를 다양한 시각으로 인식한 후, 어떤 지향성을 작용시켜 [A']로 의미 규정을 하고 있다.

원작의 결말은 초월적 욕망이 원인이었고, 번안동화의 결말은 세속적 욕망이 원인이었다. 번안동화 〈사냥꾼의 소원〉에서 사냥꾼의 아내는 집, 세간, 하인을 요구한다. 이는 생존과 생활에 필요한 아주 현실적인 요구

37) 김대행 외, 『문학교육원론』, 서울대학교출판부, 2000, 75~76쪽.

38) 『어린이』 제2권 7호, 개벽사, 1924, 2~7쪽.

이다. 살아가려면 기본적인 조건이 갖추어져야 하는데, 집과 세간이 그 첫째 조건이다. 하인 역시 노동을 하여 주인의 삶을 편하게 유지시키는 역할을 하므로, 현실적인 존재라고 할 수 있다. 이는 원작에서 어부의 아내가 요구하는 성(城), 왕, 황제, 교황, 신(神)으로 이어지는 황당한 요구 조건과 비교하면, 얼마나 현실적인 조건인지 알 수 있다.

그런데 이러한 지극히 현실적인 조건을 사슴은 거부한다. 번안동화에서 사냥꾼의 아내는 세속적인 편리함 때문에 하인을 요구한다. 하인을 달라는 요구가 거부된 것은 최소한의 노력을 하라는 뜻이다. 기본적인 부지런함, 근면함을 지녀라는 의미이다. 부지런함은 우리 민담에서 강조되는 세계관이기도 하다.[39]

인간은 기본적인 부지런함이 없으면 존재 자체가 위협당할 수 있다. 게으름은 인간의 존재 자체를 위험하게 하고, 부지런함은 인간의 존재를 안전하게 한다. 나의 기본적인 부지런함이 사회 전체의 부지런함을 가져오고, 나와 너의 조화로운 삶을 이루게 한다. 즉, 성실성은 삶과 세계를 유지하는 전제 조건이다. 삶은 유지되어야 하고, 이 계속성을 뒷받침하는 것이 인간의 부지런함이라고 할 수 있다.

심의린은 〈사냥꾼의 소원〉에서 이러한 성실한 삶과 현실적인 삶의 중요성을 이야기하고 있다. 즉, 심의린은 원작을 대상화시켜 번안으로 의미화하면서, 초월적 욕망에 대한 경계를 세속적 욕망에 대한 경계로 변용시키고 있는데, 이 과정에서 삶의 현실성과 성실성을 강조하는 지향성을 보이고 있다고 할 수 있다.

따라서 〈어부와 그의 아내〉를 〈사냥꾼의 소원〉으로 개작한 심의린의 문학교육적 지향성은 '삶의 현실성과 성실성'이라 할 수 있다.

심의린은 〈사냥꾼의 소원〉에서 성실한 삶과 현실적인 삶의 중요성을

---

39) 장덕순 외, 『口碑文學概說』, 일조각, 1995, 72쪽.

이야기하고 있다. 〈사냥꾼의 소원〉이라는 문학 작품이 어떻게 현실을 반영하며, 우리의 존재는 어떤 의미가 있는지 생각하게 한다.[40] 성실한 삶은 바람직한 삶이며 인간다운 삶이라고 할 수 있다. 바람직한 삶과 성실한 삶은 문학교육이 추구하는 전인적 인간성 그 내포와 외연이 비슷하다. 따라서 '삶의 현실성과 성실성'은 '전인적 인간성 함양'이라는 문학교육의 목표와 통한다고 볼 수 있다.[41]

4.3 과거 지향의 물질적 행복관

〈재주가 좋은 네 형제〉와 〈똑같은 재주〉는 사건, 인물, 배경이 유사하다. 그래서 두 이야기의 주제를 '4형제의 재주와 행복'이라고 할 수 있었다. 따라서 심의린의 〈똑같은 재주〉는 그림 형제의 〈재주가 좋은 네 형제〉를 번안한 동화라는 것을 알 수 있었다. 사건, 인물, 배경, 결말이 비슷했고, 주제도 '4형제의 재주와 행복'으로 거의 비슷했다.

차이가 있는 것은 4형제가 재주를 배우러 떠나는 동기였다. 원작은 앞날을 개척하기 위해 재주를 배우러 떠났기에 진취적 동기로 보았고, 번안동화는 재산을 분배받기 위해 재주를 배우러 떠났기에 보수적 동기로 보았다.

보수적 동기란 새로운 것이나 변화를 반대하고 전통적인 것을 옹호하며 유지하려는 동기라고 할 수 있다. 〈똑같은 재주〉에서 4형제는 새로운 것을 얻기 위해 재주를 배우러 떠나지 않았다. 이미 존재하는 아버지의 재산을 나누기 위해 집을 나선다. 4형제는 미래의 무엇이 아니라, 과거의 무엇을 차지하기 위하여 재주를 배운다.

〈똑같은 재주〉에서 4형제는 이미 있는 재산을 나누기 위해 재주를 배

---

40) 페리 노들먼 지음, 김서정 옮김, 『어린이 문학의 즐거움』 1, 시공주니어, 2005, 59쪽.
41) 김대행 외, 『문학교육원론』, 서울대학교출판부, 2000, 61~67쪽.

우러 떠난다. 미래를 개척하기 위해 재주를 배우는 것이 아니다. 이미 있는 것이므로 과거 지향적이고, 재산을 위해 재주를 배우기 때문에 물질적이고, 이미 있는 재산을 나누기 때문에 분할적이라 할 수 있다. 그래서 〈똑같은 재주〉에서 4형제가 재주를 배우는 동기는 과거 지향적이고 물질적이고 분할적이다.

이는 개척과 능력을 위해 재주를 배우는 원작의 동기와 근본적인 차이가 있다. 이미 있는 것은 새로운 창조를 할 수 없고, 미래를 바라보는 것이 아니라 과거를 바라보는 것이라고 할 수 있다. 여기서 나타나는 심의린의 지향점을 과거 지향의 물질적 행복관이라고 할 수 있다.

따라서 심의린은 원작을 대상화시켜서 번안으로 의미화하면서, 행복을 성취하기 위한 '진취적 동기'를 '보수적 동기'로 변용시키고 있다고 할 수 있다. 이 과정에서 심의린은 원작과 달리, 과거 지향의 물질적 행복관을 강조하고 있다. 따라서 〈재주가 좋은 네 형제〉를 〈똑같은 재주〉로 개작한 심의린의 문학교육적 지향성은 '과거 지향의 물질적 행복관'이라 할 수 있다.

이러한 '과거 지향의 물질적 행복관'은 우리 민담의 도덕관인 선행필보(善行必報)와 관련이 깊다.[42] 선행은 수단론적 행위가 아니라 목적론적 행위이다. 미래의 보상이라는 어떤 목적을 위해 수단적으로 착한 행동을 하는 것이 아니다. 선행 자체가 바람직하기 때문에 행하는 것이지, 선행을 해서 무슨 보답을 받겠다는 것이 아니다.

하지만 우리 민담에서는 선행에 반드시 보상이 따른다. 이때 보상은 자신이 주도적으로 성취한 보답이 아니라, 바깥에서 주어지는 수동적인 보답이다. 미래에 성취될 것이라고 인과적으로 예상되는 보답이 아니고, 자신의 과거 행위로 인해 의외의 행운으로 주어지는 보답이다. 따라서

---

42) 김화경, 『한국의 설화』, 지식산업사, 2002, 243~250쪽.

과거 지향의 물질적 행복관은 우리 민담의 선행필보라는 도덕관과 밀접한 관련이 있다고 할 수 있다.

4.4 인간학적 세계 지향

위에서 『조선동화대집(朝鮮童話大集)』에 실린 세 편의 번안동화 〈개구리 신선(神仙)〉, 〈사냥꾼의 소원〉, 〈똑같은 재주〉에 나타난 문학교육적 지향성을 살펴보았다. 심의린은 『그림동화집』의 원작 〈개구리 왕자〉, 〈어부와 그의 아내〉, 〈재주가 좋은 네 형제〉를 번안하면서, '사회적 자아의 성숙', '삶의 현실성과 성실성', '과거 지향의 물질적 행복관' 등의 지향성을 보이고 있었다. 그렇다면 이러한 개별 작품의 지향성을 통해, 심의린이 궁극적으로 의도한 지향성은 무엇인지 알아보아야 한다. 즉, 개별 작품의 병렬적 지향성을 하나로 묶는 총제적인 지향성을 찾을 필요가 있다.

'사회적 자아의 성숙', '삶의 현실성과 성실성', '과거 지향의 물질적 행복관' 등의 지향성에서는, 개인보다는 사회가, 초월성보다는 현실성이, 정신적 행복관 보다는 물질적 행복관이 우세하게 나타난다. 즉, 『조선동화대집』의 번안동화(설화)에서는 '사회-현실-물질'의 사항을 강조하며, 현실의 시공간에서 사건이 전개되는 특성이 강하므로, '현실적 사실성'이 잘 드러난다고 할 수 있다.

『그림동화집』의 원작에서는 '개인적 자아의 성숙', '초월적 욕망에 대한 경계', '진취적 동기'가 해당 작품의 특징이었다. 이는 각각 '개인-초월-정신'을 강조한다고 할 수 있고, 현실의 시공간을 초월하여 사건이 전개되는 특성이 강하므로, 이를 '초월적 환상성'이 잘 드러난다고 할 수 있다.

따라서 원작에서 '개인-초월-정신'으로 이어지는 초월적인 환상성이, 번안동화에서는 '사회-현실-물질'로 이어지는 현실적인 사실성으로 전환된다고 할 수 있다. 이는 심의린이 환상성의 관점에서 세계를 인식하기보다는, 사실성의 관점에서 세계를 인식한 것으로 볼 수 있다.

환상성은 비현실의 시공간에서 비현실적인 사건이 전개되는 특성인데,[43] 심의린은 환상성보다는 사실성에 무게를 두고서 『그림동화집』의 이야기를 번안했다고 볼 수 있다.[44] 사실성은 세계를 이념이나 개념으로 파악되는 '관념 세계'로 인식하지 않고, 구체적인 시간과 공간이 작용하는 '현실 세계'로 인식하는 것인데, 이를 '인간학적 세계 지향'이라 할 수 있다. 우리가 생각하는 세계는 우주론적 세계와 인간학적 세계로 나눌 수 있다. 우주론적 세계가 자연, 곧 물질적인 사물의 총체이며, '추상적 세계'를 뜻한다면, 인간학적 세계는 나와 마주한 세계이며, 인간 생활의 공간과 이해의 지평 전체로서 의미를 가지는 '경험적 세계'라고 할 수 있다.[45]

심의린은 〈개구리 왕자〉를 〈개구리 신선〉으로 번안하는 과정에서, '개인적 자아의 성숙'을 '사회적 자아의 성숙'으로 의미 변화를 시도했고, 〈어부와 그의 아내〉를 〈사냥꾼의 소원〉으로 번안하는 과정에서, '초월적 욕망에 대한 경계'를 '세속적 욕망에 대한 경계'로 의미를 변용시켰다. 그리고 〈재주가 좋은 네 형제〉를 〈똑같은 재주〉로 번안하면서, '진취적 동기'를 '보수적 동기'로 변환시켰다. 이러한 과정을 통해, 심의린은 『그림동화집』의 환상적 · 추상적 세계 인식을, 『조선동화대집』에서 사실적 · 경험적 세계 인식으로 전환하고 있다는 것을 알 수 있다.

즉, 심의린은 『그림동화집』을 『조선동화대집』으로 번안하면서 '개인-초월-정신'의 추상적 세계를, '사회-현실-물질'의 경험적 세계로 전환

43) 한명숙, 『이야기문학교육론』, 박이정, 2007, 433쪽.

44) 이러한 사실성의 강조는 『조선동화대집』의 다른 작품에서도 확인되는 특징이다. (신원기, 「『조선동화대집』의 내용과 문학교육적 가치에 대한 고찰」, 한국초등국어교육학회, 『한국초등국어교육』 제38집, 2008, 259~261쪽 참조.)

45) 우리사상연구소 엮음, 『우리말 철학사전』 5, 지식산업사, 2008, 173쪽.

하여 인식했다고 볼 수 있다. 그는 『그림동화집』을 『조선동화대집』으로 번안하는 과정에서 '사회적 자아의 성숙', '삶의 현실성과 성실성', '과거 지향의 물질적 행복관' 등의 지향성을 보였는데, 이는 원작의 환상성이 사실성으로 전환된 것이며, 궁극적으로 경험적 세계를 강조한 '인간학적 세계 지향'을 드러낸 것이라고 할 수 있다.

5. 맺으면서

본고의 목적은, 심의린이 1926년 저술한 우리말 최초의 동화집이자 설화집인 『조선동화대집』에 나타난 세 편의 설화가 -〈개구리 신선(神仙)〉, 〈사냥꾼의 소원〉, 〈똑같은 재주〉- 문학교육적으로 어떤 지향성을 지녔는가를 살피는 것이었다.

번안동화(설화)는 외국어로 된 원작 동화의 줄거리를 살리면서, 풍속, 인명, 지명 따위를 시대나 풍토에 맞게 바꾸어, 우리말로 고친 작품이라 할 수 있었다. 심의린의 〈개구리 신선(神仙)〉, 〈사냥꾼의 소원〉, 〈똑같은 재주〉는 그림 형제의 〈개구리 왕자〉, 〈어부와 그의 아내〉, 〈재주가 좋은 네 형제〉와 사건, 인물, 배경 등이 거의 비슷했다. 그래서 『조선동화대집』에 실린 〈개구리 신선(神仙)〉, 〈사냥꾼의 소원〉, 〈똑같은 재주〉는 『그림동화집』에 실린 〈개구리 왕자〉, 〈어부와 그의 아내〉, 〈재주가 좋은 네 형제〉의 번안동화로 볼 수 있었다.

번안동화와 원작은 결말과 주제에서 몇 가지 차이점이 있었다. 이 차이점을 중심으로 번안동화의 원작 변용 양상을 살핀 결과, 〈개구리 신선〉은 '성(性)에 대한 이해'를 '약속에 대한 이해'로 주제를 바꾸어 놓았다. 그리고 〈사냥꾼의 소원〉은 '초월적 욕망에 대한 경계'를 '세속적 욕망에 대한 경계'로 개작하고 있었다. 또한 〈똑같은 재주〉는 '진취적 동기'

를 '보수적 동기'로 형상화하고 있었다.

대상으로서의 어떤 것에 의식이 향하고 있는 것을 현상학에서는 '지향성(指向性)'이라고 했다. 심의린[B]은 원작동화[A]에 대하여 어떤 지향성을 가지고 번안동화[A']를 구성했다고 보았다. 그래서 [B]는 [A]를 체험하여 [A']로 인식하는 과정에서 어떤 의도나 지향성을 지녔다고 할 수 있는데, 이 지향성을 문학교육적 지향성으로 보았다.

이러한 변용 양상을 바탕으로 살펴본 문학교육적 지향성은 다음과 같았다. 〈개구리 신선(神仙)〉에서는 '사회적 자아의 성숙'이라는 지향성을, 〈사냥꾼의 소원〉에서는 '삶의 현실성과 성실성'이라는 지향성을, 〈똑같은 재주〉에서는 '과거 지향의 물질적 행복관'이라는 지향성을 찾을 수 있었다. 그리고 이러한 지향성은 궁극적으로, 경험적 세계를 강조한 '인간학적 세계 지향'을 드러낸다고 할 수 있었다.

본고는 한 사람의 작가, 세 편의 작품을 자료로 하여 번안동화(설화)의 지향성을 살핀 한계가 있다. 보다 많은 작가의 다양한 번안동화를 대상으로 하여, 번안동화 전체의 지향성을 고구할 필요가 있다. 특히 1922년 방정환의 번안동화집 『사랑의 선물』에 나오는 7편의 그림 형제 동화와, 1923~1934년 사이에 발행된 잡지 『어린이』에 실린 번안동화의 지향성도 세밀한 고찰이 필요하다. 이는 후고를 기약하기로 한다.

* 『한국초등국어교육』 제42집(한국초등국어교육학회, 2010.)에 실린 「번안동화(설화)의 문학교육적 지향성 고찰: 우리말 최초의 동화집·설화집 『朝鮮童話大集(1926)』을 중심으로」라는 논문을 보완했음.

『조선동화대집』에 나타난 소외의 모습과 문학교육적 가치에 관한 고찰

1. 들머리에

사람은 누구나 양적으로 다수에 속하고, 질적으로 정상에 속하고 싶어한다. 옳고 그름의 판단 이전에, 소수나 비정상에 속하면 불안해한다. 물론 다수·정상이 선하고, 소수·비정상이 악하다는 판단은 섣불리 내릴 수 없다. 하지만 현실 세계에서는 소수와 비정상은 다수와 정상에 비해 힘의 열세에 놓인다. 소수는 소수이기 때문에 비정상으로 취급받기도 한다. 한 개인이 다수에 속하지 못하고 극단적 소수에 속할 경우, 그 사회와 통합되지 못하거나 거리가 있는 상태인 소외(疎外, Entfremdung)를 겪게 된다.

소외된 개인은 단절, 무력, 무의미, 무규범, 고립, 격리의 상태에 빠지게 되는데, 이는 건강한 삶과 사회를 위해 반드시 치유되어야 할 사안이다. 이러한 소외는 개인이든 사회든 원치 않지만, 항상 나타난다는 데 문제의 심각성이 있다. 즉, 소외는 좋건 싫건 인간 생존의 가장 중요한 특징의 하나이기도 하다.[1)]

소외를 치유하기 위해서는 통합이 필요하고, 통합을 위해서는 거리감을 없애는 것이 필요한데, 거리감을 없애는 가장 좋은 방법은 상호 교감이라 할 수 있다. 그리고 상호 교감을 위한 방법으로 '설화'를 들 수 있다. 설화는 인간 내면 문제에 많은 가르침을 주기도 하고,[2)] 민중적·민족적 문학이기

---

1) 정문길, 『소외론 연구』, 문학과지성사, 1980, 11쪽.

2) 브루노 베텔하임 지음, 김옥순·주옥 옮김, 『옛이야기의 매력』 1, 시공주니어, 16쪽.

에[3] 정서와 세계관의 공유를 체험할 수 있게 하여, 나와 너의 통합을 이룰 수 있게 한다. 이때 설화는 대화적인 특징을 띤다고 할 수 있다. 즉, 설화는 개인이나 사회적 계층 사이에서 이루어지는 대화이고, 자기성찰을 수행하면서도 이중화된 자아와 대화를 하는 셈이 된다.[4]

또한 설화는 단순한 허구가 아니라 현실의 상황을 반영하고 있으므로, 설화 속의 소외 양상을 통해, 당대 현실의 소외 양상을 살필 수 있을 것이다. 소외의 개념은, 자기 동일성을 중심으로 인간 존재론적 소외론, 사회 현상론적 소외론 등으로 나누어 볼 수 있다.[5] 인간 존재론적 소외론이든 사회 현상론적 소외론이든, 다른 인간들과의 관계가 왜곡되어 나타난다는 공통점이 있다.[6] 본고에서는 이를 참고하여 소외를 '개인이 사회와의 관계에서 통합되지 못하거나 거리가 있는 상태'[7]로 규정하기로 한다.

설화에는 아는 것이 없는 사람, 바보, 신체적 결함이 있는 사람, 숙맥, 무식자, 천치, 완고한 사람 등등 사회 구성원과 잘 어울리지 못하는 인물이 등장한다. 이런 인물은 개인이 사회와의 관계에서 통합되지 못하거나 거리가 있는 소수·비정상의 상태이므로, 소외된 군상으로 볼 수 있을 것이다. 설화에 나타난 이러한 소외의 모습을 살피는 것이 본고의 첫 번째 목적이다.

설화는 서사(敍事)이므로, 학습자는 서사 학습을 통해 설화의 본질을 알 수 있고, 서사 학습의 중심축은 국어교육의 현장이라고 할 수 있다. 따라서 설화는 국어교육의 현장, 특히 문학교육의 현장에서 다루어져야 한다. 문학교육의 현장에서 설화를 다룰 때, 교재 구성의 관점, 수업 현

---

3) 장덕순 외, 『口碑文學概說』, 일조각, 1995, 7~9쪽.

4) 구인환 외, 문학교육론, 삼지원, 2008, 3쪽.

5) 신오현, 「소외이론의 구조와 유형」, 정문길 편, 『疎外』, 문학과지성사, 1984, 52~59쪽.

6) 철학사전편찬위원회, 『철학사전』, 중원문화, 2009, 504~505쪽.

7) 서울대학교 교육연구소 편, 『교육학용어사전』, 하우동설, 2006, 394쪽.

장의 관점, 학습자의 감상 관점에서 설화를 살필 수 있다. 문학교육의 현장에서 어떤 제재를 다룰 때 가장 먼저 떠올려야 하는 것은, 왜 그 제재를 문학교육의 현장에서 다루는가 하는 중요성, 가치, 의미에 관한 설정이다. 따라서 설화의 소외를 문학교육의 현장에서 다룰 때에도, 소외가 문학교육의 현장에서 어떤 가치를 지니는가에 대한 접근이 우선 이루어져야 한다. 즉, 설화에 나타난 소외의 문학교육적 가치에 대한 접근이 이루어져야 하는데, 이것이 본고의 두 번째 목적이다.

요약하자면, 본고에서는 설화에 나타난 소외의 형상을 살펴보고, 그 소외의 모습이 어떤 문학교육적 가치가 있는지를 살피고자 한다.[8] 이를 위한 분석 자료는, 심의린이 1926년 발행한 우리말 최초의 설화집인 『朝鮮童話大集』에 나타난 몇 편의 설화를 대상으로 한다. 본고에서 『朝鮮童話大集』을 분석 자료로 삼은 이유는, 우리말 최초 기록에서 소외의 양상이 어떠한가를 살필 수 있다는 것과, 이 소외 양상이 후대 소외 양상의 시작점이 될 수 있다는 것이다. 이를 위해 첫째, 설화에 나타난 소외의 모습을 원인, 양상, 결과를 중심으로 알아볼 것이다. 둘째, 이러한 소외의 모습이 문학교육적으로 어떤 가치가 있는지를 밝힐 것이다. 이러한 과정을 통해, 1920년대 설화집에 나타난 소외의 형상을 엿볼 수 있을 것이고, 그 소외의 형상이 문학교육적으로 어떤 가치가 있는지를 알 수 있을 것이다.

2. 소외의 모습

『조선동화대집』에 실린 약 8편의 이야기에서 소외의 모습을 볼 수 있

---

8) 물론 '소외' 자체가 어떤 문학교육적 가치를 지닐 수는 없다. '소외'가 나타난 설화를 교수-학습하는 과정에서 찾을 수 있는 가치를 '소외의 문학교육적 가치'로 보아야 한다.

다. 이 8편의 이야기를 대상으로 하여, 개인이 사회와 통합되지 못하거나 거리가 있는 상태인 소외의 모습을 살피고자 한다.

어떤 인물이 무엇 때문에 사회와 통합되지 못하는지[소외의 원인], 통합되지 못하는 구체적인 양상은 어떠한지[소외의 양상], 통합되지 못한 결말이 어떠한지[소외의 결과]를 순차적으로 분석할 것이다. 우선 대상 이야기의 줄거리를 간단히 제시하면서 논의를 시작하고자 한다.

6. 당나귀 알[9)]

어느 향촌(鄕村)에 정직하지만 무식한 농부가 있었다. 하루는 부인이 백목(白木) 한 필을 주며, 장에 가서 팔고 무엇이든 사 오라고 한다. 장으로 간 농부는 수박을 당나귀 알이라고 하는 말을 곧이듣고, 삼십 전에 사온다. 농부는 아내에게 수박을 주며 아랫목에 이불로 덮어두면, 삼칠일 만에 당나귀가 나온다고 한다. 삼칠일이 되어 보니, 수박이 썩었으므로 농부는 뒷동산에 버린다. 마침 그곳에 있던 당나귀 새끼가 놀라 달아난다. 농부는 알에서 당나귀가 나온 줄 알고 쫓아가서 잡아온다. 진짜 당나귀 임자는 자기 당나귀를 이리저리 찾아다니다가, 농부 집에 자기 당나귀가 있는 것을 보고 달라고 한다. 농부는 당나귀 알에서 나온 자기 당나귀라고 하여, 당나귀 임자는 동네 사람을 불러서 간신히 찾아간다.

7. 바보 사위[10)]

어느 늙은이 내외가 무남독녀의 배필로 바보 사위를 얻었다. 한 집에 사는데, 바보 사위는 장인과 장모가 시킨 일을 한번도 바로 한 적이 없었다. 하루는 장인이 사위를 불러서 뚝배기와 갓을 사오라고 시킨다. 걱정이 된 부인은 바보 남편에게, 뚝배기는 물을 부어보고 새지 않는 것을 사고, 갓은 써 보고 머리에 맞는 것을 사오라고 한다. 가게에 간 사위는 뚝배기를 써보다가 깨어 값을 물어주고, 갓에 물어 부어 따귀를 맞는다. 이 사실을 알게 된 장인은 화가 나서 사위를 내쫓는다.

9) 심의린 著・신원기 譯解, 『朝鮮童話大集』, 보고사, 2009, 96~99쪽.
10) 위의 책, 100~102쪽.

29. 반쪽 사람[11)]

옛날에 다리만 둘이고 머리, 몸통은 다른 사람보다 반이 적은 반쪽이라는 아이가 있었다. 어머니는 반쪽이를 불쌍히 여기지만, 부친과 형은 병신이라고 싫어한다. 반쪽이가 십여 세가 되니, 힘이 보통 사람보다 몇 배나 세어, 토끼를 잡다가 바위를 차서 동네 인가(人家)를 부순다. 이에 화가 난 형이 반쪽이를 뒷동산 소나무에 감아 놓자, 반쪽이는 소나무를 뿌리째 뽑아 짊어지고 자기 집으로 내려온다. 반쪽이는 나이가 이십이 되자, 건너 마을 사는 부잣집 딸하고 혼인을 하겠다고 한다. 어머니가 만류하자, 반쪽이는 밤에 색시를 냉큼 업어 올 것이라고 한다. 어머니는 깜짝 놀라 형을 부잣집에 보내어, 반쪽이가 딸을 업어 갈 것이니, 단속을 잘하라고 한다. 부잣집 식구와 하인들은 색시를 지키느라 며칠이나 밤잠을 설친다. 피곤에 지쳐 식구와 하인들이 모두 잠든 날 밤에, 반쪽이는 식구와 하인들을 여러 가지 방법으로 묶어 놓고, 딸을 이불에 말아 둘러메고 나온다. 반쪽이는 집으로 돌아와서 색시를 내려 놓고, 재주를 한번 넘더니 잘 생긴 남자가 된다. 모친과 형은 기뻐하고, 색시도 기뻐하며 반쪽이와 부부가 되었다는 이야기.

44. 문자(文字) 잘 쓰는 남자[12)]

목서방(木書房)이라 하는 사람이 있었는데, 문자가 아니면 말을 하지 못했다. 장인 집에 묵게 된 어느 날, 호랑이가 장인을 물어 갔다. 목서방은 문자를 써서 장인을 구하자고 했지만, 아무도 이 말을 해석하는 자가 없어서 장인은 호랑이의 밥이 되고 말았다. 그 집 식구가 이것을 알고 관청에 고소했는데, 목서방은 볼기를 맞으면서도, 옥중에 있으면서도 문자를 썼다. 심지어 몇 달 동안 옥살이 후에 풀려나면서도, '更不用文字(갱불용문자)하리이다.[다시는 문자를 아니 쓰리이다]'로 말했다. 아는 것이 병이라는 경우를 보여주는 이야기.

45. 오리 먹고 알 먹어[13)]

옛날에 숙맥인 어떤 군수가 오리를 많이 길렀는데, 셀 때 모두 몇 마리인지

---

11) 위의 책, 202~210쪽.
12) 위의 책, 270~271쪽.
13) 위의 책, 272쪽.

를 헤아리지 않고 한 쌍씩 짝만 맞추어 수를 헤아렸다. 하루는 하인이 오리 한 마리를 훔쳐서 삶아 먹었다. 군수는 쌍을 맞추어 세다가 쌍이 틀리니까, 하인을 때리며 오리를 잡아먹지 않았냐고 나무랐다. 하인은 다시 오리 한 마리 삶아 먹고, 군수에게 다시 세어보라고 했다. 군수는 쌍이 맞는 것을 알고는, 하인에게 사과하며 오리알 열 개를 주었다.

57. 떡보의 성공[14)]

옛날에 중국에서 재주를 비교하러 사신을 조선으로 보냈다. 조선에서 보낼 사람을 구하지 못하고 있을 때, 성질도 둔하고 글도 모르는 뱃사공 떡보가, 죽기 전에 떡이나 실컷 먹어보자고 자원을 한다. 압록강에서 떡보를 만난 중국 사신은 떡보에게 손가락으로 둥근 모양을 만들어 보이자, 떡보는 네모를 만들어 보인다. 다시 사신이 손가락 세 개를 보이자, 떡보는 다섯 개를 보인다. 이번에는 사신이 수염을 쓰다듬자, 떡보는 배를 문질러 보인다. 그러자 중국 사신은 조선의 뱃사공까지 이렇게 유식하니, 조선 사람과 재주를 비교할 수 없다고 하며 중국으로 돌아가려 한다. 조선의 대관이 곡절을 묻자, 중국 사신은 자신이 손가락으로 하늘은 둥글다고 하니 떡보가 땅은 모가 졌다고 했고, 삼강을 아느냐고 하니 오륜까지 안다고 했으며, 자신이 수염을 쓰다듬어 염제신농씨(炎帝神農氏)를 아느냐고 하니, 떡보는 태호복희씨(太昊伏羲氏)까지 안다고 배를 만졌다고 말했다. 이번에는 떡보에게 대답한 의미를 물어 보았다. 떡보는 중국 사신이 둥근 떡을 먹었다 하기에, 자신은 네모난 떡을 먹었다고 했으며, 세 개를 먹었다 하기에 다섯 개를 먹었다고 했으며, 맛이 좋다고 하기에 배가 부르다고 했다고 말했다. 우습고도 운수가 좋은 떡보 이야기.

60. 천치(天痴) 신랑[15)]

산촌에서 자란 아이가 서울로 장가를 가서, 처가에서 맛있는 음식을 먹고는 그것이 장김치라는 것을 안다. 그리고 장김치가 마루 탁자 가운데층에 있다는 것을 알고, 모두 잠든 밤에 김치 항아리를 찾는다. 김치를 떠 먹을 그릇이 없어서 한 움큼 쥐고 꺼내려 하였으나, 주먹이 구멍에 걸려 뺄 수가 없다.

---

14) 위의 책, 307~311쪽.

15) 위의 책, 318~320쪽.

마침 대머리 장인이 더워 문지방을 베고 자고 있었는데, 바보 신랑은 장인 머리가 목침인 줄 알고 김치 항아리를 매다 치게 된다. 항아리가 깨어지고, 장인 이마도 깨어지는 한바탕 소동이 벌어진다. 미신을 좋아하는 주인 마누라는 고사를 지내지 않아서 이런 일이 생겼다면서, 내일 고사를 지내자고 한다. 신랑은 자다가 일어난 것처럼 하여 모른 체 한다.

65. 완고(頑固) 학자(學者)님[16]

어떤 시골에 글만 알고 세상 물정 모르는 학자가 있었다. 그때 경인선(京仁線) 철도가 개통되었는데, 신기하게 여겨 구경 오는 사람이 많았다. 그 시골의 한 사람이 기차를 타 보고, 이 학자에게 이야기를 하니, 학자는 미친 소리 하지 말라면서 곧이듣지 않았다. 이 사람은 그렇지 않다고 하여, 학자와 다투는 판에 그 학자의 친구가 왔다. 두 사람의 다툼을 듣고, 친구는 내일 함께 기차를 보러 가자고 한다. 기차를 본 학자는, 요귀라고 하면서 귀신 쫓는 진언(眞言)을 외운다. 그때 갑자기 기차가 김을 토하며 큰 소리를 내자, 학자는 깜짝 놀라 정신을 차리지 못한다. 두 사람은 학자가 도깨비한테 홀렸다면서 데리고 간다는 이야기.

2.1 소외의 원인

여기에서는 설화에 나타난 등장인물이 사회와 통합되지 못하거나 거리가 있는 상태에 있는 원인이 무엇인지를 살피고자 한다. 설화 향유층들이 인간의 어떤 요소를 소외의 원인으로 치부했는지 살피면, 소외의 모습을 파악하기 용이할 것이기 때문이다.

〈6. 당나귀 알〉에서 농부는, 너무 아는 것이 없어서 타인에게 웃음거리가 된다. 너무 아는 것이 없기에 수박을 당나귀 알인 줄 알고 사게 되며, 썩은 당나귀 알에서 당나귀가 태어난 줄로 알게 된다. 당나귀 주인은 농부와는 말이 통하지 않자, 동리 사람들을 불러서 경우를 판단하여 들려 준 후에, 자기 당나귀를 찾아 가게 된다. 농부가 동리 사람들과 통합되지

---

16) 위의 책, 334~336쪽.

못하거나 거리가 있는 상태의 원인은 너무 아는 것이 없기 때문이다.

〈7. 바보 사위〉에서 늙은이 내외는 무남독녀의 배필로 바보 중에 바보를 얻게 된다. 사위는 장인 장모가 시킨 일을 한번도 바로 한 적이 없으며, 하는 일마다 못난 짓을 한다. 그래서 내쫓길 지경에 처하게 된다. 사위가 장인 장모와 통합되지 못하거나 거리가 있는 상태의 원인은 자신이 바보이기 때문이다.

〈29. 반쪽 사람〉에서 반쪽이는 머리며 몸통이 다른 사람보다 반을 적게 가져, 부친과 형에게 부당한 대접을 당한다.[17] 자라면서 기운이 보통 사람의 몇 갑절이 되지만, 이 역시 동네 사람들에게 위태함과 근심으로 간주된다. 반쪽이가 주변인들과 통합되지 못하거나 거리가 있는 상태의 원인은 생김새와 기운이다.

〈44. 문자(文字) 잘 쓰는 남자〉에서 소외 인물 목서방(木書房)은 문자가 아니면 말을 못해서 배냇병신 취급을 받는다. 문자로만 말을 해서, 장인은 호랑이 밥이 되고, 자신은 옥에 갇히게 된다. 하지만 끝내 문자 쓰는 버릇을 고치지 못한다. 목서방이 세상 사람들과 통합되지 못하거나 거리가 있는 상태의 원인은 문자로만 말을 하기 때문이다.

〈45. 오리 먹고 알 먹어〉에서 군수는 숙맥이어서 오리를 쌍으로만 헤아린다. 몇 마리인지는 모르고, 단지 한 쌍씩 짝이 맞으면 된다. 군수는 숙맥으로 인해 하인들과 통합되지 못하거나 거리가 있는 상태에 처하게 된다.

〈57. 떡보의 성공〉에서 떡보는 성질이 둔하고, 글도 모르고, 소원이 떡을 실컷 먹는 것이고, 용모가 추하고, 눈조차 하나가 먼 인물이다. 떡보는 압록강에서 뱃사공을 하여 살아간다. 압록강은 세상과 동떨어진 국경 지역이다. 이로 본다면, 떡보는 세상과 떨어져 세계의 변두리에서

---

17) '반쪽이' 이야기는 『한국구비문학대계』에 4편, 임석재의 『한국구전설화』에 7편 등 모두 11편이 전하고 있다. 성정희, 『설화를 활용한 소아기 우울증 아동의 문학치료 사례 연구』, 건국대학교 석사학위논문, 2008, 18쪽 참조.

살아가는 존재이다. 세상과의 거리감이 아주 심한 경우이다. 즉, 떡보는 정신적 결함과 육체적 결함 때문에 세상과 통합되지 못하거나 거리가 있는 상태에 처하게 된다.

〈60. 천치(天痴) 신랑〉에서 신랑은 산골에서 자란 천치여서 장김치를 모르고, 장김치 때문에 장인의 이마를 다치게 한다. 신랑이 처가 식구들과 통합되지 못하거나 거리가 있는 상태의 원인은, 자신이 천치이기 때문이다.

〈65. 완고(頑固) 학자(學者)님〉에서 학자는 한문에 대하여는 모르는 것이 없으나, 세상 일에 대하여는 대단히 어두운 인물이다. 한문을 많이 안다는 것은 인지적 영역의 지식을 많이 쌓았다는 말이다. 하지만 학자님의 지식은 세상 일을 밝게 아는 데에는 별로 도움이 되지 않았다는 것을 알 수 있다. 기차를 인정하지 않고, 기차를 보고 요귀라고 여겨 귀신 쫓는 진언을 외우는 우스운 행위를 한다. 학자가 세상 사람들과 통합되지 못하거나 거리가 있는 상태의 원인은, 세상 일에 대하여 대단히 어둡기 때문이다.

일반적으로 소외는 개인과 사회의 악순환 때문에 나타나는데, 개인이 원하지 않는 조건에서 개인의 행위가 이루어지고, 개인들이 행위의 합이 개인이 원하지 않는 결과를 만든다고 한다.[18] 즉, 소외는 개인적 차원과 사회적 차원으로 나눌 수 있는데, 8편의 이야기에 나타나는 소외의 원인은 개인적 차원에 치중되어 나타난다. 소외 인물 개인의 문제가 해결되면, 소외가 해결되는 양상이다.

개인적 차원에서 소외의 원인을 살펴보면, 정신적 요인과 육체적 요인으로 크게 나눌 수 있다. 너무 아는 것이 없는 것, 바보, 숙맥, 성질이 둔함, 천치, 세상 일에 어두움 등은 정신적 요인으로 인하여 세상과 소통이 어려운 경우이다. 그리고 반쪽이의 경우는 신체적 결함 또는 특이성 때문에 세상과 소통이 어렵지만, 결말에서는 소외를 극복하여 통합을 이

---

18) 이홍균, 『소외의 사회학』, 한울아카데미, 2004, 40~41쪽.

루게 된다. 떡보도 육체적 요인의 결함이 있지만, 소외를 극복하게 된다.

이렇게 본다면, 『조선동화대집』에 나타나는 소외의 주된 원인은 정신적 요인이라고 할 수 있다. 이야기 편수가 많을 뿐 아니라, 결말에서도 소외가 계속되기 때문이다. 소외는 정신적 요소로도 나타날 수 있고 육체적 요소로도 나타날 수 있는데, 『조선동화대집』에서는 주로 정신적 요인에 의한 소외를 다루고 있음을 알 수 있다.

2.2 소외의 양상

앞에서 살펴본 것처럼, 8편의 이야기는 어떤 특정한 소외의 원인으로 인하여 소외의 양상이 전개된다. 여기에서는 구체적으로 소외의 양상이 어떤 가를 작품을 중심으로 살필 것이다. 그리고 각 작품의 소외 양상을 살핀 후에, 8편 작품 전체를 대상으로 소외의 양상을 자아와 세계를 중심으로 구분해 볼 것이다. 다시 말하면, 소외의 전개 양상을 자신에게 긍정적인가 부정적인가 하는 관점과, 사회에 긍정적인가 부정적인가 하는 관점으로 나누어 살필 수 있다. 소외는 개인이 사회와의 관계에서 거리감이 있는 경우에 나타나는 것이므로, 소외의 양상이 개인 또는 사회에 어떤 영향을 끼치는 것인지 알아볼 필요가 있다. 물론 이때 개인은 자아로, 사회는 세계로 보아도 무방하다.

〈6. 당나귀 알〉에서 너무 아는 것이 없는 농부는 수박을 당나귀 알이라고 여겨 사게 된다. 수박을 아랫목에 덮어두지만, 당나귀는 나오지 않고 수박은 썩게 된다. 농부가 썩은 수박을 뒷동산에 버리자, 마침 그곳에 있던 당나귀 새끼가 놀라 달아난다. 그러자 농부는 알에서 당나귀가 나온 줄 알고 쫓아가서 잡아오게 된다. 이 과정에서 자아는 속임을 당하고, 농부의 행위는 세상과 거리감을 더하게 만든다. 농부의 소외 양상은 자아에게 부정적이고, 세계에게 부정적이다.

〈7. 바보 사위〉에서 부인은 바보 사위에게, 뚝배기는 물을 부어보고 새지 않는 것을 사고, 갓은 써 보고 머리에 맞는 것을 사오라고 한다. 그런데 바보 사위는 이를 거꾸로 알아들어, 뚝배기 가게에 가서 머리에 쓰다가 뚝배기를 깨고, 갓 가게에 가서 물어 들어붓는다. 이 과정에서 사위는 망신을 당하고, 사위의 행위는 세상과 거리감을 더하게 만든다. 바보 사위의 소외 양상은 자아에게 부정적이고, 세계에게 부정적이다.

〈29. 반쪽 사람〉에서 부친과 형은 반쪽이를 병신이라고 싫어한다. 또한 힘센 반쪽이의 장난을 동네 사람들은 위험하다고 근심한다. 반쪽이는 나이가 이십이 되자, 건너 마을 사는 부잣집 딸하고 혼인을 하겠다고 하지만, 모친이 기막힌 말을 하지 말라고 한다. 이에 반쪽이는 밤에 색시를 냉큼 업어 올 것이라고 한다. 모친은 깜짝 놀라 형을 부잣집에 보내어, 반쪽이가 딸을 업어 갈 것이니, 단속을 잘하라고 한다. 부잣집 식구와 하인들은 색시를 지키느라 며칠이나 밤잠을 설치게 된다. 이 과정에서 반쪽이는 박해를 당하고, 반쪽이의 행위는 세상 사람들에게 부정적으로 인식된다. 반쪽이의 소외 양상은 자아에게 부정적이고, 세계에게 부정적이다.

〈44. 문자(文字) 잘 쓰는 남자〉에서 목서방(木書房)은, 호랑이가 장인을 물고 갔는데도 문자를 써서, 아무도 이 말을 해석하는 자가 없어서 장인을 죽게 한다. 그 집 식구가 이것을 알고 관청에 고소했는데, 목서방은 볼기를 맞으면서도, 옥중에 있으면서도 문자를 썼다. 이 과정에서 목서방은 감옥살이를 하고, 목서방의 행위는 세상 사람들에게 웃음거리가 된다. 목서방의 소외 양상은 자아에게 부정적이고, 세계에게 부정적이다.

〈45. 오리 먹고 알 먹어〉에서 숙맥인 군수는, 오리를 셀 때 모두 몇 마리인지를 헤아리지 않고, 한 쌍씩 짝만 맞추어 수를 헤아렸다. 하루는 하인이 오리 한 마리를 훔쳐서 삶아 먹었다. 군수는 쌍을 맞추어 세다가 쌍이 틀리니까, 하인을 때리며 오리를 잡아먹지 않았냐고 나무랐다. 하인이 다시 오리 한 마리를 삶아 먹고, 군수에게 다시 세어보라고 하자, 군수는 쌍이 맞다고 한다. 이 과정에서 군수는 오리를 두 마리 잃게 되고, 숙맥 같은 군수의 모습은 더 확실하게 알려진다. 군수의 소외 양상은 자아에게 부정적이고, 세계에게 부정적이다.

〈57. 떡보의 성공〉에서 성질도 둔하고 글도 모르는 뱃사공 떡보는, 죽기 전에 떡이나 실컷 먹어보자고 중국 사신과의 재주 대결에 자원한다. 압록강에서 중국 사신을 만난 떡보는, 자신도 모르게 중국 사신과의 재주 대결에서 이기게 된다. 떡보의 소외 양상은 자아에게 긍정적이고, 세계에게 긍정적이다.

〈60. 천치(天痴) 신랑〉에서, 산촌에서 자라 서울로 장가를 간 천치 신랑은 장김치가 무엇인지 모른다. 맛있게 먹은 음식이 장김치라는 것을 안 신랑은, 밤에 장김치 항아리를 찾는다. 그리고는 장김치를 한 움큼 쥐고 꺼내려 하였으나, 주먹이 구멍에 걸려 뺄 수가 없다. 마침 대머리 장인이 문지방을 베고 자고 있었는데, 바보 신랑은 장인 머리가 목침인 줄 알고 김치 항아리를 내리친다. 이 과정에서 신랑은 소동을 일으키고, 자신은 그 소동을 모르는 체 한다. 신랑의 소외 양상은 자아에게 부정적이고, 세계에게 부정적이다.

〈65. 완고(頑固) 학자(學者)님〉에서, 학자는 글만 알고 세상 물정을 모르는 존재로 형상화되어 있다. 어떤 사람이 기차를 타 보고 이 학자에게 이야기를 하니, 학자는 미친 소리 하지 말라면서 곧이듣지 않았다. 그래서 함께 기차를 보러 갔는데, 기차를 본 학자는 요귀라고 하면서 귀신 쫓는 진언(眞言)을 외운다. 이 과정에서 학자는 기차를 귀신으로 알고, 학자의 행위는 세상 사람들에게 웃음거리가 된다. 학자의 소외 양상은 자아에게 부정적이고, 세계에게 부정적이다.

위에서 살펴본 소외의 양상은 주인공이 사회와 통합하지 못하는 상태를 구체적으로 보여준다. 개인이 사회와 통합된 다수・정상의 모습이 아니라, 통합되지 못하고 조롱의 대상이 된 소수・비정상의 모습이다. 즉, 수박을 당나귀 알이라고 여기는 것, 뚝배기를 깨뜨리고 갓에 물을 붓는

것, 부친과 형에게 박해를 받는 것, 볼기를 맞으면서도 문자를 쓰는 것, 오리가 없어져도 모르는 것, 떡을 먹으려고 목숨을 거는 것, 장김치가 무엇인지 몰라 소동을 일으키는 것, 기차를 요괴로 보는 것 등등의 상황은, 세상과 통합하지 못하는 소외의 양상을 구체적으로 보여주는 셈이 된다.

소외의 양상은 대체로 자아에게 부정적이었고, 세계에도 부정적이었다.[19] 이는 소외의 원인이 소외의 양상에 그대로 반영된 것으로 볼 수 있다. 이야기의 등장인물들은 사회와 통합되지 못하거나 거리가 있는 상태에 있을 수밖에 없는 원인이 있었다. 신체적 요인도 있었지만, 주로 정신적 요인으로 인하여 세상과 화합하지 못했다. 그 원인으로 인한 소외의 양상 역시, 자신에게 부정적 영향을 끼치고 있었고, 자신을 둘러싼 상황에도 부정적 영향을 끼치고 있었다.

2.3 소외의 결과

소외의 원인으로 인한 결과는 소외 인물의 소외가 극복되었는가, 더 심화되었는가로 나누어 살필 수 있다. 이야기의 서두에서 사회와 통합되지 못하거나 거리가 있는 상태였는데, 결말 부분에서 그 거리감이 짧아졌는지, 더 길어졌는지를 살필 수 있다. 소외 인물이 어떤 과정을 거쳐 사회와 통합을 이루면 소외 극복으로 볼 수 있고, 사회와 통합을 이루지 못하면 소외 심화로 볼 수 있다. 즉, 소외의 결과는 소외 극복과 소외 심화로 나눌 수 있다.

〈6. 당나귀 알〉에서 농부는 당나귀 주인에게 정신 병자로 취급당한다. 당나귀 주인에게 자기가 사 온 알에서 나온 당나귀라고 강변하고, 당나귀 주인은 시비를 가릴 수 없어, 이튿날 동리 사람들 많이 불러 가지고 경우를 판단하여 들려 준 후에야, 간신히 당나귀를 되찾아 간다. 물론

---

19) <57. 떡보의 성공>에서는 자아와 세계에 긍정적인 모습이 나타난다.

이 과정에서 아는 것이 없는 농부는, 동리 사람들에게 더 확실히 '아는 것이 없는 농부'로 각인되었을 터이다. 농부의 소외는 더욱 심화된다.

〈7. 바보 사위〉에서 사위는 심부름을 똑바로 하지 못해, 상인에게서도 봉변을 당하고, 장인에게 두들겨 맞고 쫓겨난다. 아내 덕분에 어렵게 결혼 생활을 하고 있었지만, 이젠 처가에서 쫓겨나고 만다. 자신의 어리석음이 사회와의 통합을 더욱 방해하고 있다.

〈29. 반쪽 사람〉에서 반쪽이는 재주를 넘어 묘한 남자가 된다. 그리고는 색시와 결혼하고 모친과 형도 기뻐한다. 반쪽이는 온전한 사람이 되어 가족에게 인정받고 아름다운 여인과 가정을 이루게 된다. 이야기 서두에서는 사회와 통합이 먼 상태였는데, 결말에서는 사회와 통합을 이루고 있다. 반쪽이는 소외를 극복하고 있다.[20]

〈44. 문자(文字) 잘 쓰는 남자〉에서 목서방은 문자 사용 때문에 감옥살이를 하다가, 감옥에서 풀려날 때에도 문자를 쓴다. 그래서 작중화자는 '병신이고, 아는 것이 병'이라고 말한다. 이야기가 계속되었더라면, 아마 목서방은 또 감옥살이를 했을 법도 하다. 문자를 사용하여 사람들로부터 따돌림을 당하였는데, 오랜 감옥살이 끝에도 결국 문자 쓰는 버릇을 버리지 못한다. 소외는 더 심화된다.

〈45. 오리 먹고 알 먹어〉에서 숙맥인 군수는 오리가 없어진 사실을 모른다. 오리를 두 마리나 잡아 먹은 하인에게, 사과를 하며 오리알 10개를 주기까지 한다. 숙맥인 군수의 어리석음이 더욱 잘 드러나는 결말이다. 군수의 소외는 더욱 심화된다.

〈57. 떡보의 성공〉에서 떡보는 중국 사신과의 재주 대결에서 이긴다. 떡보 자신이 떡밖에 모르니, 오로지 떡으로 해석하여 문답을 하는데, 공

20) '반쪽이' 유형의 이야기는 탄생, 성장, 성취, 결혼의 단락을 공유하고 있는데, <29. 반쪽 사람>은 성취가 탈락한 '혼인형' 이야기이다. 노영근, 「민담 각편 형성 원리에 대한 실증적 연구」, 겨레어문학회, 『겨레어문학』 제38집, 2007, 170쪽 참조.

교롭게도 중국 사신의 질문에 답변을 아주 잘 한 셈이 된다. 그래서 공신이 되고 상급을 많이 받는다. 떡보는 성질이 둔하고, 무식하고, 용모가 추한 소외의 요소를 일거에 극복한다.

〈60. 천치(天痴) 신랑〉에서 천치 신랑은 장김치를 먹으려다 항아리로 장인의 이마를 터지게 한다. 작중인물은 천치 신랑의 바보스러움을 알 수 없지만, 독자는 신랑의 바보스러움을 다시 한번 느끼게 된다. 신랑은 이야기의 서두에서도 사회와 통합되지 못했고, 결말에서는 거리감이 더욱 심화된다.

〈65. 완고(頑固) 학자(學者)님〉에서 학자는 기차 소리에 정신을 잃고, 도깨비한테 홀렸다는 말을 주위 사람들에게 듣는다. 세상 일에 어둡다는 평판이 다시 한번 확인되고, 기차 앞에서 귀신 쫓는 진언을 외우는 학자의 모습은, 세상 사람들과의 거리감을 더욱 심화시킨다.

여기서 주목할 점은 소외의 이야기들이 주로 희극적 민담, 즉 소화(笑話)의 형태를 취하고 있다는 사실이다. 8편의 이야기 중에서 〈29. 반쪽사람〉을 제외한 7편의 이야기가 웃음을 유발하는 골계담의 형태를 띠고 있다. 그러면 소외 이야기가 왜 소화의 형태를 취했는가 하는 의문이 떠오르게 된다.

모든 문학 작품은 미적범주로 존재한다는 의견을 수용하여, 미적범주의 측면에서 소외 이야기가 소화의 형태로 나타나는 이유를 알아보도록 하겠다. 소외 이야기는 개인과 사회의 불통을 이야기하고 있다. 이야기의 주인공은 자신의 욕망을 사회에서 이루려한다. 하지만 자신의 욕망 실현은 번번이 실패로 끝난다. 사회가 현실이며 '있는 것'의 상태라면, 개인의 욕망은 이상이며 '있어야 할 것'의 상태라고 할 수 있다. 소외 이야기에서 개인은 부정되고 사회는 긍정된다. 개인은 아는 것이 없는 사람, 바보, 신체적 결함이 있는 사람, 숙맥, 무식자, 천치, 완고한 사람으로 부정적 인물이다. 소외 이야기는 개인이 사회와 통합하지 못하는 이야기이

다. 개인과 사회는 하나가 성립될 때 다른 하나는 성립될 수 없다.[21]

소외 이야기에서 개인은 부정되고 사회는 긍정되는데, 이는 사회의 입장에서 개인이 소외되는 것이다. 개인은 사회 속에서 자신의 욕망을 이루려고 한다. 즉, '있는 것'에서 '있어야 할 것'을 성취하려고 한다. 하지만 결과는 '있는 것'[사회]이 긍정되고, '있어야 할 것'[개인]이 부정되는 상반(相反)으로 나타난다. 따라서 소외 이야기들은 '있는 것'이 '있어야 할 것'을 부정하는 상반을 나타낸다고 할 수 있다. 이는 골계의 미적범주를 드러내고, 그래서 소외 이야기들은 소화의 형태를 띠게 된 것으로 볼 수 있다.[22]

8편의 이야기에서 6편이 소외 심화의 결말을, 2편이 소외 극복의 결말을 맺고 있었다. 6편의 이야기에 등장하는 바보, 숙맥, 천치는 여전히 사회와 거리감을 더했다. 2편의 이야기에서 반쪽이는 엄청난 능력을 발휘해 소외를 극복하고 있었고, 떡보는 운수가 좋아 소외를 극복하고 있었다. 반쪽이는 자신의 재능으로, 떡보는 떡을 많이 먹겠다는 강한 의지로 사회와 통합을 이루고 있었다.

3. 소외의 문학교육적 가치

3.1 자폐적 지식의 우회적 비판

8편의 이야기 중에서 개인과 사회의 거리가 더 멀어지는 경우가 있었

---

21) 조동일, 「美的範疇」, 성균관대학교 대동문화연구원, 『韓國思想大系』 I, 1973, 474쪽.

22) 골계담은 우스운 이야기이고, 소외는 고통스러운 현실 인식이다. 그렇다면 우스운 이야기와 고통스러운 현실 인식이 어떻게 연결될 수 있는가 하는 의문이 있을 수 있다. 이는 '웃음의 주체와 대상의 구분으로 연결될 수 있다. 골계담의 웃음은 '주체'의 웃음이지 '대상'의 웃음이 아니다. 골계담에서 웃음의 대상은 현실 인식을 제대로 하지 못하는 존재로 표상된다. 이는 사회와 통합하지 못하는 인물이라는 점에서 소외된 존재로 볼 수 있다. 따라서 골계담의 '대상'과 '소외'는 사회와 통합하지 못한다는 점에서 연결된다고 할 수 있다.

다. 이를 소외의 심화라고 했다. 이러한 소외 심화의 이야기는 문학교육의 현장에서 어떤 가치가 있을까? 소외 심화의 인물들은 너무 아는 것이 없고, 바보이고, 문자를 잘 쓰고, 숙맥이고, 천치이고, 세상 일에 어두운 인물이다. 이러한 인물 형상은 타인이나 사회와 소통에 큰 장애가 있는 경우라고 할 수 있다.

아는 것이 없으면 소통이 곤란하고, 바보, 숙맥, 천치는 정상적인 소통이 어렵다. 세상 일에 어둡다는 것 역시 세상과 소통이 안 된다는 것이다. 문자 잘 쓰는 남자나 완고 학자님 역시 문자로는 세상과 소통이 안 된다. 내적인 성찰에는 문자가 소통되지만, 외적인 관계에는 문자가 소통되지 않는다.

여기서 문제가 되는 것은 '문자'를 알아도 소통이 안 되는 상황이다. 소통은 '나와 너'의 진정한 공존의 토대 위에서 가능하다.[23] 바보, 숙맥, 천치는 공존이 어려운 상황이어서, 원천적으로 소통의 장애가 있다고 볼 수 있다. 하지만 문자를 배우는 것은 세상과의 소통을 위한 것이다. 그런데 소통을 위해 배운 문자가, 오히려 소통을 방해하고 세상과 거리감을 더하여 소외를 더 심화시키고 있다. 세상을 더 잘 알기 위해 배운 지식이지만, 그 지식을 밖으로 발산하지 않고 안으로 수렴하는데 치중하여, 자신만의 세계에 매몰되어 있다. 이것은 대인 관계 및 사물이나 사건 처리 능력에서 결함인데, 이를 '자폐(自閉)'로 볼 수 있다. 자폐(自閉)는 감각적 자극에 대한 반응, 언어, 인지 능력, 대인 관계 및 사물이나 사건 처리 능력에서 결함을 나타내는 것이다.[24] 문자를 알아도 소통이 안 되는 상황은, 〈44. 문자(文字) 잘 쓰는 남자〉에서 목서방과 〈65. 완고(頑固) 학자(學者)님〉에서 학자에서 볼 수 있다.

문자 잘 쓰는 남자인 목서방은 장인 식구, 동네 사람들, 관청, 군수 등

23) 최성식, 『소통과 공존의 철학』, 전남대학교출판부, 2009, 93쪽.
24) 서울대학교 교육연구소 편, 『교육학용어사전』, 하우동설, 2006, 572~573쪽.

과 서로 반응 하지 못하고, 문자를 사용해야만 말을 할 수 있다. 즉, 목서방은 타인에 대한 반응이 없고, 특이한 언어 패턴을 가지는데, 이는 자폐의 증상과 정확히 일치한다.[25] 완고학자님은 세상 물정을 모르고, 옳은 소리를 미친 소리로 알아 듣고, 기차를 보고 귀신 쫓는 진언을 외운다. 즉, 완고학자님은 사회적 관계의 결핍, 의사소통 능력의 결핍, 변화에 대한 저항을 하고 있는데, 이 역시 자폐의 전형적 증상이다.[26] 소외 심화의 형상에 나타난 문자 잘 쓰는 남자와 완고 학자님이 쌓은 지식은, 세상을 향한 지식이 아니라 자기 만족을 위한 지식이고, 그 지식이 대인관계의 결함을 도출했기에, 이를 '자폐적 지식'이라 할 수 있다.

이처럼 자폐적 지식은 사회와의 통합을 어렵게 한다. 즉, 한 개인의 공동체적 이념 형성을 방해한다. 인간은 타인과의 관계를 맺으며 삶을 영위하는데, 그 관계의 집합인 공동체의 정체성 확립에 문학교육이 활용될 수 있다.[27] 따라서 이러한 소외 심화의 이야기를 통해, 문학교육의 현장에서는 자폐적 지식에 대한 경계를 교수-학습할 수 있다. 왜냐하면, 소외 심화의 이야기에서는 자폐적 지식에 대해 은근한 비판을 하고 있기 때문이다. 타인과의 관계에는 신경 쓰지 않고, 자신 만의 삶에 집중하는 것을 부정적으로 보고 있다. 그래서 소외 심화의 이야기에서 나타나는 문학교육적 가치를 '자폐적 지식의 우회적 비판'으로 볼 수 있다.

3.2 재능과 적극성의 긍정적 인정

위에서 개인과 사회의 거리가 멀어진 경우, 즉 소통의 심화에서 나타나는 문학교육적 가치를 '자폐적 지식의 우회적 비판'이라고 살펴보았다. 이와는 달리, 개인과 사회의 거리가 가까워져서 통합 또는 소통의 결말

25) 추정선 외, 『아동발달심리』, 학지사, 1999, 335쪽.
26) 위의 책, 같은 쪽.
27) 김대행 외, 『문학교육원론』, 서울대학교출판부, 2000, 75쪽.

을 맺는 이야기도 있었다. 이를 소외의 극복이라고 했다. 이러한 소외 극복은 문학교육의 현장에서 어떤 가치가 있을까? 소외 극복의 인물은 반쪽이와 떡보였다.

이들은 자신의 소외 요소를 극복하고 세상과 소통하는 모습을 보인다. 반쪽이는 겉은 세상과 화합할 수 없는 '반쪽'이었지만, 속은 엄청난 기운이 있어 세상과 화합할 수 있었다. 반쪽이는 육체적 요인 때문에 아버지, 형, 부잣집 식구와 하인들로부터 소외받고 있었다. 반쪽이는 이러한 육체적 소외를, 자신이 지닌 재능으로 극복하고 있었다. 엄청난 힘과 부잣집 식솔들을 꼼짝 못하게 하는 재치로 색시와 부부가 된다. 이러한 경우는 현실 세계에서도 많이 볼 수 있다. 자신의 신체적 약점을 능력이나 재능으로 극복하는 경우이다.

그런데 떡보의 경우는 재능으로 소외를 극복한 것이 아니라, 우연적 행운으로 소외를 극복한 것으로 보인다. 하지만 떡보의 행운은 우연히 저절로 얻어진 것이 아니라, 자신의 소원을 이루기 위한 적극성 때문에 얻어진 것으로 보아야 한다. 떡보는 떡을 너무나 먹고 싶어 했다. 그래서 떡을 먹으려는 노력을 시도했다. 바로 중국 사신과의 재주 대결이다. 떡보의 자원에 의주 부윤은 쓸데없는 소리 하지 말라고 일축한다. 하지만 떡보는 겉만 보고 판단하지 말고, 미리 안 된다고 하지 말라고 한다. 그러면서 자신의 목숨을 걸고 중국 사신과의 재주 대결에 나선다.[28]

즉, 떡보는 우연이 아니라, 목숨을 걸고 자신의 소원을 성취하려 한다. 자신의 소원을 이루기 위해 아주 적극적으로 나서는 것이다. 떡보는 떡을 실컷 먹으려는 자신의 소원을 성취함과 동시에, 공신이 되고 상급을 많이 받게 된다. 이제 떡보는 성질이 둔하고, 글도 모르고, 무식하고, 용

---

28) 여기서 떡보의 행위가 우연적인지, 적극적인지 하는 논란이 있을 수 있다. 하지만 떡보의 행위는 최소한 표면적으로는 적극성을 보인다. 속으로는 단지 떡이나 실컷 먹으려는 생각을 했더라도, 겉으로는 의주 부윤의 거듭된 확인에 목숨을 걸고 다짐을 한다.

모가 추하고, 뱃사공 노릇을 하고, 용렬하고, 쓸데없는 소리를 하는 소외의 인물이 아니다. 공신이 되고, 상급을 받아 세상과 소통하게 되어 자신의 소외를 극복하게 된다. 따라서 떡보의 소외 극복은 저절로 굴러 온 행운이 아니라, 목숨을 걸고 자신의 의지를 관철시키고자 한 적극성 때문으로 보아야 한다.

소외 극복의 두 이야기에서 찾을 수 있는 문학교육적 가치는 '재능과 적극성의 긍정적 인정'으로 볼 수 있다. 반쪽이는 재능으로 자신의 소외를 극복하고 있었고, 떡보는 적극성으로 자신의 소외를 극복하고 있었다. 반쪽이의 행위를 통해, 학습자는 재능의 긍정성을 배울 수 있을 것이다. 그리고 떡보의 행위를 통해, 학습자는 적극성의 긍정성을 배울 수 있을 것이다.

이러한 재능과 적극성은 '동일시'라는 문학교육적 효과와 관련이 깊다.[29] 동일시(identification)란 어떤 개인이 그가 선택한 모델의 양식을 본떠 자아를 형성하려는 의식적인 노력이다.[30] 즉, 동일시는 다른 사람의 태도, 신념, 가치 등을 자신의 것으로 채택함으로써 다른 사람의 특성이 자신의 성격에 흡수되는 것을 말한다.[31] 특히, 성장기 학습자의 경우, 자아를 형성하는 작중 인물을 찾아 자신의 것으로 채택함으로써, 잠재적 고립감과 불안 심리를 해소할 수 있다.

학습자는 소외 극복의 이야기를 통해, 반쪽이의 재능과 떡보의 적극성을 자신의 것으로 여겨, 올바른 자아를 형성하는 요소로 삼을 수 있다. 따라서 이 두 편의 소외 극복 이야기에서 나타나는 문학교육적 가치를 '재능과 적극성의 긍정적 인정'이라고 할 수 있다.

---

29) 구인환 외, 문학교육론, 삼지원, 2008, 67쪽.

30) 제임스 그리블 저, 나병철 역, 『문학교육론』, 문예출판사, 1987, 198쪽.

31) 정옥분, 『인간발달의 이론』, 학지사, 2007, 404쪽.

3.3 소통을 통한 소외의 극복

위에서 『조선동화대집』에 8편의 이야기를 중심으로 소외의 모습을 살펴보았다. 소외가 심화되는 이야기도 있었고, 소외가 극복되는 이야기도 있었다. 너무 아는 것이 없고, 바보이고, 문자를 잘 쓰고, 숙맥이고, 천치이고, 세상 일에 어두운 사람은 소외가 심화되었다. 그리고 반쪽이와 떡보는 재능과 적극성으로 자신의 소외를 극복했었다.

소외가 심화되는 이야기의 주인공들은 바보, 숙맥, 천치, 아는 것이 없다는 특징이 있었다. 이러한 특징은 존재자의 내면이나 존재자 사이의 분리에 의한 모순이나 긴장 관념이어서, 개인적 측면의 소외로 볼 수 있다. 그리고 세상 일에 어둡다는 것은, 개인이 사회에 대해 자신과 무관한 것으로 의식하는 관념이어서 사회적 측면의 소외로 볼 수 있다. 소외 심화의 이야기들은 소외를 심화하라고 이야기하지 않는다. 문학은 독자의 수용을 기반으로 하여 독자의 의식을 확대·심화시켜주는 언어 예술이다.[32] 즉, 소외 심화의 이야기를 수용한 독자는, 소외 심화를 확대하여 소외 극복이라는 의식을 갖게 된다고 볼 수 있다. 독자는 문제적 개인의 문제적 행동을 수용함으로써, 그 문제-소외를 극복하려는 의식을 지니게 된다고 할 수 있다.

소외를 개인적 측면 또는 심리적 측면으로 간주한다면, 소외의 극복은 개인 차원의 문제가 될 것이고, 소외를 사회적 측면으로 간주한다면, 소외의 극복은 사회 조직의 차원의 문제가 될 것이다.[33] 하지만 개인적 차원의 소외이든 사회적 차원의 소외이든, 소외의 극복을 위해서는 개인과 사회가 서로 막히지 않게 통과를 원활하게 하려는 노력-소통(疏通)이 필요하다.[34] 인간 관계는 서로 통해야 이루어지는 것이지, 서로 통하지

---

32) 허창운, 『현대문예학개론』, 서울대학교출판부, 1993, 7쪽.

33) 안형관, 『인간과 소외』, 이문출판사, 1995, 61~65쪽.

34) 엄정식, 「소통에 관하여」, 철학문화연구소, 『철학과 현실』 제85호, 2010, 203쪽.

않으면 관계가 이루어질 수 없다. 즉, 인간은 대사의 주체이든 감각의 주체이든 지각의 주체이든 생각의 주체이든, 마음에 바탕한 능동적 관계 맺음이 있어야 올바른 인간이 될 수 있다.[35)]

소외는 개인과 사회가 통합되지 못하는 상태이고, 소통은 개인과 사회가 통합되는 상태이다. 개방적인 자세와 긍정적인 태도로 서로를 수용하며 공감대를 넓힐 때, 개인과 사회는 통합될 수 있다.[36)] 즉, 소외는 소통으로 극복된다. 개인이 사회와 통합되지 못하거나 거리가 있는 상태의 극복을 위해서는, 막힘과 거리감을 걷어내고 서로 잘 통하게 해야 한다. 따라서 『조선동화대집』에 실린 소외 심화의 이야기를 통해서 알 수 있는 사실은, 소외의 극복을 위해서는 소통이 필요하다는 것이라 할 수 있다.

소외를 극복하는 이야기의 주인공들은 재능이 있는 경우와, 적극성이 있는 경우였다. 자신 앞에 놓여진 소외라는 단점을 재능과 적극적 노력으로 극복했다. 소극성이 자신을 자신에게 소통시킨다면, 적극성은 자신을 세계에 소통시키는 노력이라고 할 수 있다. 자신의 행위가 어떤 결과를 가져올 지 모르고 비록 실패로 끝날지 몰라도, 일단 시도해 보는 적극성이야말로 자신과 세계의 소통에 필수적인 요소라고 할 수 있다.

〈29. 반쪽 사람〉에서 반쪽이는 자신의 재능을 혼인을 위해 사용한다. 혼인은 두 사람의 만족을 바탕으로 하여, 두 사람의 소통을 이루어주고, 가족의 소통, 세상의 소통으로 그 범위가 확대된다. 〈57. 떡보의 성공〉에서 떡보도 자신의 적극성을 바탕으로, 모자라는 뱃사공이라는 소외를, 공신과 상급으로 극복하여 세상과 소통하게 된다. 『조선동화대집』에 실린 소외 극복의 이야기를 통해서 알 수 있는 사실은, 소외 극복을 위해

35) 최봉영, 「인간이란 무엇인가」, 우리사상연구소 엮음, 『우리말 철학사전』 1, 지식산업사, 2005, 184~187쪽.

36) 엄정식, 「소통에 관하여」, 철학문화연구소, 『철학과 현실』 제85호, 2010, 203쪽.

서는 소통이 필요하다는 것이라 할 수 있다.

따라서 소외 심화의 이야기에서도, 소외 극복의 이야기에서도 소통의 중요성을 읽을 수 있다. 즉, 『조선동화대집』에 나타난 소외의 이야기들은 '소통을 통한 소외의 극복'을 말하고 있다고 할 수 있다.

문학교육의 현장에서는 이러한 이야기들의 교재화를 통해, '소통을 통한 소외의 극복'을 교수-학습할 수 있다. 교육내용과 단원목표와 수업목표를 통해 '소통을 통한 소외의 극복'을 제시할 수 있고, 학습자 역시 이러한 제재를 통해 '소통을 통한 소외의 극복'을 내면화할 수 있을 것이다. 예술은 인간들이 인간다움의 본질을 직접 체험하게 해 주고, 논리가 아니라 감성으로 대상을 접해 내면화를 가능하게 해 준다.[37](구인환 외, 2008: 75). 문학은 인간의 삶에 대해 해명하고, 가치를 부여하는 예술 양식이다. 『조선동화대집』에 실린 8편의 소외 이야기는, 학습자들에게 소외에 대해 해명하고, 소통을 통한 소외의 극복이라는 가치를 내면화할 수 있게 할 것이다.

4. 맺으면서

본고의 목적은 설화에 나타난 소외의 모습과 문학교육적 가치를 살피는 것이었다. 분석 자료는 심의린이 1926년 발행한 우리말 최초의 설화집인 『朝鮮童話大集』에 나타난 8편의 설화로 한정했다.

이를 위해 첫째, 설화에 나타난 소외의 모습을 소외의 원인, 소외의 양상, 소외의 결과로 나누어 고찰해 보았다. 소외의 원인은 정신적 요인과 육체적 요인으로 나눌 수 있었고, 『조선동화대집』에 나타나는 소외의 주된 원인은 정신적 요인이었다. 이야기 편수가 많을 뿐 아니라, 결말에

37) 구인환 외, 문학교육론, 삼지원, 2008, 75쪽.

서도 소외가 계속되기 때문이었다.

소외의 양상은 자아에게 부정적이었고, 세계에도 부정적이었다. 이는 소외의 원인이 소외의 양상에 그대로 반영된 것으로 볼 수 있다. 이야기의 등장인물들은 주로 정신적 요인으로 인하여 세상과 화합하지 못했다. 그 원인으로 인한 소외의 양상 역시, 자신에게 부정적 영향을 끼치고 있었고, 자신을 둘러싼 상황에도 부정적 영향을 끼치고 있었다.

소외의 결과는 6편의 이야기가 소외 심화의 결말을, 2편의 이야기가 소외 극복의 결말을 맺고 있었다. 6편의 이야기에 등장하는 바보, 숙맥, 천치는 여전히 사회와 거리감을 더했다. 2편의 이야기에서 반쪽이는 엄청난 능력을 발휘해 소외를 극복하고 있었고, 떡보는 운수가 좋아 소외를 극복하고 있었다. 반쪽이는 자신의 재능으로, 떡보는 떡을 많이 먹겠다는 강한 의지로 사회와 통합을 이루고 있었다.

둘째, 설화의 소외를 문학교육의 현장에서 다룰 때, 어떤 가치를 지니는가에 대한 접근을 시도해보았다. 소외 심화의 이야기에서는 '자폐적 지식의 우회적 비판'이라는 가치를 지닌다고 보았다. 그리고 소외 극복의 이야기에서는 '재능과 적극성의 긍정적 인정'이라는 가치를 지닌다고 보았다. 이러한 소외 심화와 소외 극복의 이야기들이 궁극적으로 지향하는 가치는, '소통을 통한 소외의 극복'이었다.

본고는 『조선동화대집』에 실린 8편의 설화에 한정하여 소외의 모습을 살펴본 한계가 있다. 1920년대에 발행된 다른 설화집에 나타나는 소외와 관련된 이야기를 전체적으로 조망하여, 소외의 양상과 문학교육적 가치를 살필 필요가 있다. 이는 후고를 기약하기로 한다.

* 『한국초등국어교육』 제45집(한국초등국어교육학회, 2011.)에 실린 「설화에 나타난 소외의 모습과 문학교육적 가치: 우리말 최초의 설화집 『朝鮮童話大集(1926)』을 중심으로」라는 논문을 보완했음.

『조선동화대집』에 대한 연구 동향 고찰

1. 들머리에

심의린(沈宜麟)의 『조선동화대집(朝鮮童話大集)』은 1926년에 발행된 우리말 최초의 동화집이고 설화집이다.[1] 이 책은 자료적 가치와 문학적 가치 때문에, 진작부터 연구자들의 주목을 받아왔다. 하지만 소장처나 실체를 알 수 없었는데, 2008년에 복사본이 나오고, 2009년에 영인본이 출간되었다.[2] 그 이후로 『조선동화대집』의 자료적 가치와 문학적 가치를 연구한 논문들이 많이 발표되었다.

『조선동화대집』의 출간과 그에 대한 논문이 발행된 지 거의 10년이라는 시간이 흘렀다. 10년이라는 짧지 않은 동안에 다양한 접근과 연구가 시도되었다. 작가에 대한 연구, 작품에 대한 연구, 책 자체에 대한 연구, 발행 과정에 대한 연구, 발행 배경에 대한 연구 등이 발표되었다. 하지만

---

1) 우리말 최초의 동화집이라는 규정에는 이의가 없지만, 우리말 최초의 설화집이라는 규정에는 이의가 있을 수 있다. 왜냐하면 『조선동화대집』 보다 시기적으로 앞서 발행된, 일제강점기 치하의 여러 재담집이 존재하기 때문이다. 하지만 이 시기의 재담집은 설화로 볼 수 있는 이야기도 있지만, 설화로 보기 어려운 재담(才談)도 있어서, 온전한 설화집으로 보기에는 무리가 있다. 설화는 이야기인데, 이야기가 되려면 서사적 구조를 갖추어야 한다. 하지만 일제강점기에 발행된 재담집에는 서사적 구조를 갖추지 못한 재담들도 다수 존재한다. 즉, 화(話: 이야기)가 아니라 담(談: 말)으로 존재하는 예가 많다. 그러나 『조선동화대집』에는 거의 모든 동화 또는 설화가 서사적 구조를 갖추고 있다. 따라서 『조선동화대집』을 우리말 최초의 설화집으로 규정할 수 있다. 구비문학에 수용된 재담 양상은 '서대석, 『한국 구비문학에 수용된 재담 연구』, 서울대학교출판부, 2004.'을 참조하고, 일제강점기의 재담집은 '정명기, 『한국재담자료집성』 1~3, 보고사, 2009.'을 참조할 것.

2) 심의린 著, 신원기 譯解, 『조선동화대집』, 보고사, 2009.

학술적 대상의 접근에 있어서는 연구의 다양성 못지않게 연구의 방향성 또한 중요하다고 할 수 있다. 어떤 대상에 대한 연구는 다양한 접근도 필요하지만, 그 접근이 어떤 방향성을 띠고 있는지도 살펴 볼 필요가 있는 것이다.

이에 본고에서는, 그 동안 진행된 다양한 연구 결과를 점검하여 어떤 성과와 한계가 있고, 어떤 방향으로 연구가 진행되었는지를 고구하고자 한다. 발표된 여러 논문들의 성과를 살펴 그 장점을 살리고, 혹시 있을 수 있는 남는 문제들을 분석하여 후속 연구의 단서를 제공하고자 한다. 즉, 본고의 목적은, 과거에 진행된 여러 가지 연구 결과를 분석하여, 미래에 진행될 심층적 연구의 다양한 단초를 제시하는 것이다.

우선 그 동안 발표된 『조선동화대집』 관련 논문을 연대순으로 제시하면 다음과 같다.

① 심의린의 『조선동화대집』의 성격과 의의, 김경희, 2008.
② 1920년대 민담의 동화화와 심의린의 『조선동화대집』, 권혁래, 2009.
③ 일제 강점기 호랑이 · 토끼 서사의 양상과 문학교육, 권혁래, 2009.
④ 沈宜麟의 『朝鮮童話大集』에 나타난 寓意의 유형과 그 의미, 조상우, 2010.
⑤ 심의린 『조선동화대집』의 특징과 문학사적 위상, 김미영, 2011.
⑥ 일제강점기 3대 전래동화집의 성격과 그 편찬 배경, 백민정, 2012.
⑦ 수록 민담의 유형 분포 분석을 통한 일제강점기 3대 전래동화집의 성격 고찰, 백민정, 2012.
⑧ 전래동화가 옛이야기 전승에 미치는 영향: 〈반쪽이〉 이야기에 대한 통시적 고찰, 김환희, 2013.
⑨ 우리 옛이야기, 그 탈주-담론의 심층사회학 - 1920년대 『조선동화대집』을 중심으로, 최윤정, 2013.
⑩ 심의린의 이력과 『조선동화대집』 발간에 대한 재검토 - 1926년까지 간행된 한글 설화집을 중심으로-, 김광식, 2014.
⑪ 일제강점기에 간행된 〈조선동화집〉 연구 - 1920년대 동화집을 중심으로, 이현진, 2014.

⑫ 심의린의 전래동화 장르 인식과 텍스트 양상 -「혹 달린 노옹」을 중심으로-, 강상대, 2016.
⑬ 심의린의 「개구리 神仙」 연구, 권혜경, 2017.

이 외에도 다른 논문이 있을 수 있지만, 일단 2017년 4월 1일 기준으로 학술연구정보서비스(www.riss.kr)에서 검색 가능한 일반 논문들을 대상으로 한다.

『조선동화대집』과 관련된 박사 논문은 백민정, 서영미, 김경희가 저술한 세 편이 있다.[3] 이 중에서 김경희의 논문만 따로 살피기로 한다.(본고에서 논문 번호 ⑭로 설정함.) 백민정의 박사 논문 결론은 그의 일반 논문 2편의 결론과 비슷하기 때문이다. 그리고 서영미의 박사 논문은 북한 구전동화를 연구 대상으로 삼고 있으며, 『조선동화대집』에 대한 언급은 일부에 불과하고, 그 결과도 기존 연구에서 한 번씩 언급한 내용이기 때문이다.[4]

『조선동화대집』과 관련된 저서도 세 편이 있다.[5] 이 역시 각 저자의 일반 논문에서 밝힌 결론과 비슷한 주장을 하고 있기에, 본고의 고찰에서는 따로 살피지 않기로 한다.

그리고 일반 논문들도 위에서 밝힌 논문 외에 『조선동화대집』 관련 논문이 몇 편 있고, 논자가 발표한 논문도 3편이 있다.[6] 관련 논문은 『조

---

3) ① 백민정, 『일제강점기 3대 전래동화집 연구』, 충남대학교대학원 박사학위논문, 2013. ② 서영미, 『북한 구전동화의 정착과 변화 양상 연구』, 동국대학교 대학원 박사학위논문, 2014. ③ 김경희, 『심의린의 동화 운동 연구』, 서울대학교대학원 박사학위논문, 2016.

4) 일제의 식민 통치에 대한 반발로 『조선동화대집』이 발행되었다는 점과, 『조선동화대집』 소재 작품을 최인학의 분류법에 따라 동식물민담, 보통민담, 소화(笑話), 기타 등으로 유형 분류하고 있다는 점이다.(28~40쪽) 이런 결과는 기존의 연구에서 이미 지적되었기 때문에, 본고에서는 다루지 않고 참고만 하기로 한다.

5) ① 심의린 지음, 최인학 번역, 『조선동화대집』, 민속원, 2009. ② 권혁래, 『일제 강점기 설화·동화집 연구』, 고려대학교 민족문화연구원, 2013. ③ 김광식 『식민지 조선과 근대설화』, 민속원, 2015.

6) ① 「『조선동화대집』의 내용과 문학교육적 가치에 대한 고찰」, 한국초등국어교육학회, 『한

선동화대집』을 간접적으로 또는 일부만 다루어서 고찰에서 참고만 했다.[7] 그리고 논자가 발표한 3편의 논문은, 타자에 의해 보여짐을 모르는 객관화되기 전의 '나'에 해당되는 것 같아서,[8] 주장의 객관성을 위해 고찰 대상에서 제외하기로 한다.

논자는,[9] 본고에서 살피는 논문 한편 한편이 모두 엄청난 땀과 애태움의 결과임을, 잘 알고 있다. 여러 연구자들의 의견에 충분히 공감하면서, 본고에서는 각 논문의 논지나 근거의 빈틈을 살피고자 한다. 물론 이 빈틈으로 인해서 해당 논문의 논지나 주장이 손상되는 것은 전혀 아니다. 해당 논문의 빈틈을 살피고, 그 빈틈의 보충을 통해서 『조선동화대집』의 본모습에 더욱 객관적으로 다가가기를 바랄 뿐이다.

여러 논문의 연구 동향을 고찰하기 위해서, 본고에서는 문학이론의 접근법을 원용했다. 주지하다시피, 문학은 의미를 전달하는 문화적 소통 행위이며,[10] 문학현상은 문학의 생산, 독자의 문학 수용, 문학 속에 반영

국초등국어교육』 제38집, 2008. ② 「번안동화(설화)의 문학교육적 지향성 고찰: 우리말 최초의 동화집·설화집 『朝鮮童話大集(1926)』을 중심으로」, 한국초등국어교육학회, 『한국초등국어교육』 제42집, 2010. ③ 「설화에 나타난 소외의 모습과 문학교육적 가치: 우리말 최초의 설화집 『朝鮮童話大集(1926)』을 중심으로」, 한국초등국어교육학회, 『한국초등국어교육』 제45집, 2011.

7) 『조선동화대집』을 간접적으로 살피거나 일부만 다룬 논문은 다음과 같다. ① 민담 각편 형성 원리에 대한 실증적 연구 - 반쪽이 유형을 중심으로-, 노영근, 겨레어문학회, 『겨레어문학』 제38집, 2007. ② 고전소설의 동화적 변모 -<흥부전>을 중심으로-, 권순긍, 한국고소설학회, 『고소설연구』 제27집, 2009. ③ 「토끼전」의 동화화 과정, 권순긍, 우리말교육현장학회, 『우리말교육현장연구』 제6집 1호, 2012. ④ <콩쥐팥쥐전>의 형성과정 재고찰, 권순긍, 한국고소설학회, 『고소설연구』 제34집, 2012. ⑤ 20세기 초 고소설 동화화와 그 의미, 조혜란, 한국고소설학회, 『고소설연구』 제37집, 2014. ⑥ 근대 설화집의 여성 형상화 연구 -『온돌야화』, 『조선민담집』, 『조선동화대집』의 여성 인물을 중심으로-, 류정월, 한국고전여성문학회, 『한국고전여성문학연구』 32집, 2016.

8) 라깡의 표현을 따르면 거울단계이다. 권택영 엮음, 『욕망 이론』, 문예출판사, 2000, 15쪽.

9) 본고에서는 다른 논문의 필자는 '저자(著者)'로, 본고의 필자는 '논자(論者)'로 지칭하기로 한다.

10) 허창운, 『현대문예학개론』, 서울대학교출판부, 1993, 7쪽.

되어 들어오는 세계, 그리고 문학 자체의 구조라는 측면으로 구분되고, 이를 각각 표현론, 효용론, 반영론, 구조론 등으로 규정할 수 있다.[11] 따라서 발신자-메시지-수신자, 그리고 세계의 반영은 어느 시대, 어느 문학 연구에서도 성립할 수 있다.

문학 작품에 대한 이러한 표현론적, 효용론적, 반영론적, 구조론적 접근은, 1926년 『조선동화대집』을 발간한 한성도서주식회사에서 밝힌 『조선동화대집』의 '특색(特色)'에서도 찾을 수 있다. 한성도서주식회사는 1926년 11월 4일(목요일) 동아일보 5쪽에서 『조선동화대집』의 특색을 다음과 같이 제시했다.

本書의 特色

1. 純全한 朝鮮童話를 모집하엿스니 教育的 價値와 歷史, 風俗, 習慣 研究材料를 具備
2. 諺漢文에 諺文附音을 하엿슴으로 學校나 家庭이나 各界 人士의 通讀에 至便
3. 語法은 朝鮮語教科書에 用한 京城標準語 發音法에 依하엿슴으로 課外讀物로 적절
4. 語體는 兒童 心理에 맛는 文藝的 演說體로 하엿슴으로 朝鮮語『話方』時間에 唯一 材料
5. 口讀과 대고 쎄이는 것을 一一히 注意하엿슴으로 朝鮮語 作文의 조흔 標準
6. 體裁와 表紙, 紙質, 活字 等에 特別 注意하엿스니 兒童 心理에 반드시 大歡迎

본서의 특색

1. 순전한 조선 동화를 모집하였으니 교육적 가치와 역사, 풍속, 습관 연구재료를 구비
2. 언한문에 언문부음을 하였으므로 학교나 가정이나 각계 인사의 통독에 지편

---

11) 구인환 외, 『문학교육론』, 삼지원, 2013, 96~97쪽.

3. 어법은 조선어교과서에 용한 경성표준어 발음법에 의하였으므로 과외 독물로 적절
4. 어체는 아동 심리에 맞는 문예적 연설체로 하였으므로 조선어 『話方』 시간에 유일 재료
5. 구두법과 대고 떼이는 것을 일일이 주의하였으므로 조선어 작문의 좋은 표준
6. 체재와 표지, 지질, 활자 등에 특별 주의하였으니, 아동 심리에 반드시 대환영

항목별로 살피면, 1은 반영론, 2는 작품론+효용론, 3은 작품론+효용론, 4는 효용론, 5는 작품론, 6은 효용론으로 구분할 수 있다. 해당 광고에 '경성사범학교 선생 심의린 편찬'이라고 제시하여 작가에 대한 접근도 가능하게 하고 있다. 이를 통해서, 작품에 대한 표현론적, 효용론적, 반영론적, 구조론적 접근은 어느 시대, 어느 문학 연구에서도 성립함을 알 수 있다.

따라서 본고에서는 문학이론의 접근법을 고려하여, 『조선동화대집』을 연구한 여러 논문의 논지나 주장의 성향을 4가지로 구분했다. 해당 논문이 작가 연구인지, 독자 연구인지, 당대 현실 관련 연구인지, 작품 자체에 대한 연구인지에 따라 작가론적 관점, 독자론적 관점, 반영론적 관점, 작품론적 관점으로 나누어 살필 것이다. 한 편의 논문이 여러 관점을 혼용하고 있는 경우에는, 주된 논지나 거시적인 주장을 고려하여 하나의 특정 관점으로 분류할 것이다.

2. 작가론적 관점의 연구: 아동교육과 애국계몽적 의도

작가는 문학의 소통 행위에서 발신자에 해당한다. 작가가 텍스트를 창조해야만 독자에게 전달이 가능하다. 이 때의 발신자의 행위 또는 텍스트 창조 행위는 작가가 지닌 주관적 내용을 밖으로 유출시킨 결과로 생겨나

는 것이다.[12] 모든 문학 작품은 작가의 창조적인 작업에 의해 이루어지는 것이므로, 작가가 지닌 독창적인 세계가 중시된다.[13] 즉, 한 작품의 명백한 원인이 있다면 그것은 그 생산자인 작가임에 틀림없고, 이러한 작업을 위해 작가 연구자는 작품 생산에 관련된 작가의 모든 면모를 다 파헤치고자 한다.[14] 그래서 작가의 전기적 사실이나 체험의 양상을 파악할 필요가 있다. 작가에 대한 이러한 역사전기적 방법은 작품의 이해를 위한 예비적 작업으로 이용될 경우 가장 큰 효과를 얻을 수 있다.[15]

물론 저자의 죽음을 말하는 바르트의 주장을 따르면,[16] 작품이 일단 생산되면 작가의 기능은 최소화되어야 한다. 하지만, 작품은 어디까지나 인간이 만들어 내는 산물인 만큼 작품 연구에서 빠질 수 없다.[17] 작품을 창작하는 개인은 개별성과 집단성을 함께 지니기도 하지만, 작품 창작에서 개인의 역할은 여전히 유효하다. 왜냐하면 작가는 개인 체험을 이끌어내어 작품으로 형상화시킴으로써, 개인 체험을 보편적인 의미 차원으로 상승시키는 작업을 하는 존재이기 때문이다.[18]

작가의 개별성과 집단성을 고려할 때, 심의린과 『조선동화대집』은 아주 좋은 예시가 될 수 있다. 『조선동화대집』에는 설화를 채록했거나 재화(再話)한 작품이 많다. 그래서 이를 개인 체험이 아니라, 집단 체험 또는 민중 체험으로도 볼 수 있다. 설화는 구비문학이기에 공동작의 특징을 기본적으로 지니고 있기 때문이다.[19] 하지만 공동 창작과 향유의 특

12) 이상섭, 『문학이론의 역사적 전개』, 연세대학교 출판부, 1985, 124쪽.
13) 권영민, 『문학의 이해』, 민음사, 2009, 295쪽.
14) 이선영, 『문학비평의 방법과 실제』, 삼지원, 1993, 39쪽.
15) 나병철, 『문학의 이해』, 문예출판사, 1997, 44쪽.
16) 롤랑 바르트 지음, 김희영 역, 『텍스트의 즐거움』, 동문선, 1997, 20쪽.
17) 김욱동, 『문학이란 무엇인가』, 문예출판사, 1998, 286쪽.
18) 구인환 외, 『문학교육론』, 삼지원, 2013, 115쪽.
19) 장덕순 외, 『구비문학개설』, 일조각, 1995, 5~6쪽.

징을 지닌 설화라도, 작가의 언어로 기록되거나 재화되는 과정에서 개인 체험이나 개인 성향이 개입될 수밖에 없다. 따라서 저자 심의린에 대한 개별성을 인정할 수 있고, 그에 대한 작가론적 관점의 접근도 가능하다.

심의린의 작가론적 연구는 비교적 최근에야 이루어졌다. 이는 자료의 부족에 기인한 바가 크다. 심의린의 이력을 알 수 있는 전기적 자료도 거의 없고, 주변 인물이나 가족, 친인척들도 찾기 힘들었다. 다행히 김경희의 박사 논문에서 심의린의 전기적 자료, 주변 인물, 가족과의 인터뷰를 찾을 수 있다.[20] 최근에 이루어진 작가론적 관점의 연구에 해당되는 일반 논문은 3편이 있다.

⑥ 일제강점기 3대 전래동화집의 성격과 그 편찬 배경, 백민정, 2012.(어문연구학회, 『語文硏究』 73호, 2012.)
⑩ 심의린의 이력과 『조선동화대집』 발간에 대한 재검토, 김광식, 2014.(열상고전연구회, 『열상고전연구』 제42집, 2014.)
⑫ 심의린의 전래동화 장르 인식과 텍스트 양상, 강상대, 2016.(한국문예창작학회, 『한국문예창작』 15권 제3호, 2016.)

백민정은 「일제강점기 3대 전래동화집의 성격과 그 편찬 배경」이라는 논문에서, 일제강점기 3대 전래동화집(『조선동화집』, 『조선동화대집』, 『조선전래동화집』)의 성격과 그 편찬 배경을 연구했다.

이 논문에 따르면 심의린은 『조선동화대집』의 편찬을 통해 우리말 교육 및 민족 문화 보존을 위해 일제에 저항하였다고 한다. 일제가 조선의 식민지화를 위해 조선의 문화와 정신을 제거하려 했다면, 심의린은 국가의 미래를 기약하는 독립 염원과 저항을 『조선동화대집』 편찬을 통해 드러냈다고 했다. 일제가 제국주의적 침략적 의도로 동화집을 편찬했다

20) 김경희, 『심의린의 동화 운동 연구』, 서울대학교 국어국문학과 박사학위논문, 2016, 19~46쪽.

면, 심의린은 애국계몽적 의도로 동화집을 편찬했다는 것이다.

특히, 『조선동화대집』은 한문이나 일본어가 아닌 '우리말'로 편찬되었는데, 이는 심의린이 조선어학회 회원이고 여러 가지 연구·교육서를 저술한 것에서 확인했다. 조선어학회는 한글을 통해 민족사상을 고취시키려 했던 단체였다. 그리고 조선어 교육 및 사용이 정책적으로 금지된 시기에 심의린은 조선어 사전, 문법책, 지도서 등을 발간했다. 이를 근거로 저자는, 심의린은 일제 치하의 어린이들에게 민족 의식을 고취시키려는 교육적 목적으로 『조선동화대집』을 편찬했다고 한다. 또한 백민정은 『조선동화집』은 제국주의적 침략 목적으로 편찬되었고, 『조선동화대집』과 『조선전래동화집』은 애국계몽 목적으로 편찬되었다고 했다. 그 이유로 편찬 주체의 이질성을 들고 있다. 『조선동화집』은 일제의 조선총독부가, 『조선동화대집』과 『조선전래동화집』은 식민지에 항거한 인물이 편찬자이다. 즉, 일제는 제국주의적 침략을 목적으로 아동을 위한 동화집을 편찬했고, 심의린은 우리말 교육을 통한 광복을 위해 『조선동화대집』을 편찬했다고 한다. 이 과정에서, 일제는 '아동'을 식민지 국민을 만들려는 대상으로, 심의린은 '아동'을 광복의 꿈을 실현시킬 주체로 보았다는 것도 아울러 밝히고 있다.

김광식은 「심의린의 이력과 『조선동화대집』 발간에 대한 재검토」라는 논문에서, 『조선동화대집』 출간 관련 이력을 상술하고 있다. 그는 이 논문에서, 심의린이 1926년 『조선동화대집』을 발간하기 이전에 이미 발표한 동화가 있었다고 밝히고 있다. 심의린은 1924년 아동 잡지 『신소년』에 〈전설 완고양반〉(1924.3.)과 〈유복자의 효성〉(1924.8.)을 수록했는데, 이 2편의 설화는 『조선동화대집』에도 수록되어 있다고 했다. 그리고 〈유복자의 효성〉은 『조선동화대집』과 완전히 일치하고, 〈전설 완고양반〉은 첫 부분만 특정 공간을 일반 시공간으로 변경했다고 보았다. 또한 심의린은, 황기식이 1925년 초등교육연구회에서 발행한 『수양취미과외독본동화집』에 실린 120편의 이솝 우화를 교열하기도 했다고 한다.

이후 논의에서 김광식은 『조선동화대집』 출간과 관련한 선행 연구자들의 논문을 검토하면서, 심의린을 민족주의자로 보는 경향에 의문을 제기하고 있다. 그간 관련 연구에서는, 조선총독부의 『조선동화집』과 심의린의 『조선동화대집』을 이분법적, 또는 대립적인 경향으로 파악했다. 조선총독부로 대표되는 식민지 교육과 심의린으로 대표되는 민족 계몽 교육이 그것이다. 하지만 김광식은, 심의린이 관여한 조선어연구회가 일본 성향이 강하다는 점을 들어, 심의린의 민족주의적 성향에 의문을 제기하고 있다. 그는, 심의린이 식민지 상황의 조선어 연구자였고, 조선어교육–말하기교육을 위해 동화를 활용했는데, 이때 말하기는 일제의 식민교육이었다고 주장한다. 그 근거로 조선어 및 일본어 교육과 관련된 심의린의 논저를 제시하면서, 결국 심의린은 근대 이전 조선사회의 풍습 · 관습에 비판적이었고, 식민사관에 가까운 조선 인식을 보여주었다고 밝히고 있다.

강상대는 「심의린의 전래동화 장르 인식과 텍스트 양상」이라는 논문에서, 심의린의 『조선동화대집』은 '동화책'의 의미보다는 '교재'의 의미가 더 강했던 것으로 파악하고 있다. 그래서 심의린은 아동을 문학 감상의 주체로 보기보다는 어문 교육의 대상자로 보았고, 학습을 통해 조선어 교육이 효과적으로 이루어지도록 하는 데 관심을 기울였던 측면이 농후하다고 밝히고 있다.

또한 일제강점기 당시 전래동화는 '아동을 위한 이야기'와 '아동을 가르치기 위한 이야기'라는 기의가 혼재되어 있었는데, '아동을 가르치기 위한 이야기'라는 기의가 식민지 조선에서는 더욱 강조되었다고 보았다. 그 근거로 조선총독부 내무부 학무국에서 1910년대에 세 차례 걸쳐 조선의 민간전승 자료들을 조사한 사실을 들고 있다. 이 조사는 문화 발전,

학문적 목적이 아니라, 일제와의 동화(同化)라는 정치적인 목적에서 시행되었다는 것이다.

그리고 심의린이 『조선동화대집』을 출간한 의도는 '동화책'의 의미보다는 '교재'의 의미가 더 강했다고 한다. 그 근거로, 심의린은 『조선동화대집』 출간 당시 보통학교 훈도였고, 『조선동화대집』을 '담화재료'–'이야기하기 재료'로 제공했다는 것을 들고 있다.

이후 서술에서 강상대는, 〈혹 달닌 노옹〉을 예로 들어, 『조선동화대집』이 '아동을 위한 이야기'라기보다는 '아동을 가르치기 위한 이야기'이고, '동화책'의 의미보다는 '교재'의 의미가 더 강했다고 하면서, 결국 심의린은 아동을 문학 감상의 주체로 보기보다는 어문 교육의 대상자로 보았을 것이라고 주장한다.

위에서 세 편의 논문을 중심으로 작가론적 관점의 연구 결과를 살펴보았다. 우선 첫째 논문은 『조선동화대집』의 편찬 배경에 대한 폭 넓은 접근을 시도하고 있었다. 일제침략기라는 당대의 시대 상황을 고려하여, 동화집의 편찬 의도를 제국주의 침략의 의도와 애국계몽적 의도로 파악하는 구조적 접근을 시도하고 있었다. 저자는 '아동'을 대상으로 하여 두 의도, 제국주의적 침략 의도와 애국계몽적 의도가 시행되었다고 했다. 일본 제국주의적 입장에서도, 조선 애국계몽적 입장에서도, 아동은 각자의 의도 실현 대상으로 가장 유용하고 희망적인 존재였다고 밝히고 있다. 이 관점은 동화집의 발간 의도를 작가 입장에서만 보지 않고, 독자 입장에서도 파악하였다는 점에서 향후 연구에 많은 시사점을 줄 수 있다. 물론 발행의 주도권은 작가나 기관에 있었겠지만, 예상 독자를 상정하고 고려하여 책을 발간하였다는 것에서 수용론적 관점의 연구에 단초를 제공할 수 있을 듯하다. 『조선동화대집』의 수용론적 접근은 거의 없거나 아직 초기 단계이다. 이후 이 방면의 연구에서 이 논문은 화두나

단초의 역할을 할 수 있을 것이다.

하지만 이 논문은 다음 사항을 재론할 필요가 있다. 저자가 제국주의 침략의 의도와 애국계몽적 의도로 양분하여 『조선동화대집』의 편찬 의도를 밝힌 결론은, 좀 더 많은 근거를 필요로 한다. 심의린이 애국계몽적 의도로 『조선동화대집』을 편찬했다는 근거는 그가 교육자였고, 조선어학회 회원이었고, 조선어 관련 교육 자료를 발간했다는 것이다. 이 근거 중에서 조선어 교육 자료의 발간은 애국계몽적 의도를 드러내는 근거가 될 수 있다. 그렇지만 교육자였고, 조선어학회 회원이어서 심의린을 애국계몽적 의도를 지닌 인물로 보는 것은 간단하지가 않다. 이 시기 정규 학교의 교사가 민족 교육을 하기는 어려웠다. 이 시기 조선총독부의 정책은 식민지 동화(同化) 교육, 한민족(韓民族) 우민화(愚民化) 교육, 민족 교육 탄압, 일본어교육 강화, 한민족 문화 말살 교육 등을 통한 식민지 교육 기반 조성에 주력하고 있다.[21] 따라서 정규 학교에서의 민족 교육은 시도 자체가 불가능했다고 볼 수 있다. 그래서 교육자여서 민족 교육을 했다는 결론은 다른 근거가 더 필요하다. 심의린의 조선어학회 회원 이력도 검증이 더 필요한 사항이다. 우리가 알고 있는 한글학회의 전신인 조선어학회가 아닌, 일본인이 관여한 성격이 다른 조선어학회에서 활동했다는 주장도 있기 때문이다.[22] 결론적으로 일제강점기에 박영만・방정환 등의 민족 세력이 애국 계몽을 목적으로 동화집을 편찬했다는 것은 인정할 수 있지만, 심의린이 『조선동화대집』을 애국 계몽의 목적으

21) 일제강점기 조선총독부의 교육 정책에 관해서는 '이시용, 「일제강점기 조선총독부의 교육정책에 대한 고찰」, 인천교육대학교 초등교육연구소, 『教育論叢』 제18권 1호, 2001.'을 참조할 것.

22) 심의린이 1920년대에 입회한 조선어연구회는 일본인의 조선어 장려 학습을 추진한 단체로, 후일 한글학회의 전신인 조선어학회와는 다른 단체라고 한다. 김광식, 「심의린의 이력과 『조선동화대집』 발간에 대한 재검토」, 열상고전연구회, 『열상고전연구』 42호, 2014, 458쪽 참조.

로 편찬했는가에 대답은 좀 더 연구가 필요한 부분이다.

둘째 논문에서는, 『조선동화대집』 이전에 심의린이 발표한 동화가 있다는 것과, 심의린을 민족주의적 성향의 인물로 보기 힘들다는 주장이 눈에 띈다. 최초의 동화집 이전에 이미 발표한 동화가 있다는 사실은, 작품이 온전한 창작이 아니라 시간과 공간의 영향 아래에서 발생한다는 것을 다시 한번 확인하게 했다. 작가의 독자성과 고유성을 인정한다고 해도, 작가의 창조는 공허한 어떤 공간 속에서 독자적으로 이루어지는 것은 아니라는 점을 시사하고 있다.[23]

하지만 심의린의 일부 논저를 통해, 그를 민족주의적 성향의 인물로만 보기 어렵다는 주장은 재론의 여지를 남기고 있다. 심의린의 논저가 그 당시에는 얼마나 식민사관에 가까웠는지에 대한 분석이 필요하다. 그리고 심의린의 식민지 교육 참여가 어쩔 수 없는 협조였는지, 현재의 상황을 기준으로 당대의 상황을 판단하지는 않았는지에 관한 많은 논의가 필요할 것 같다. 심의린의 식민사관적 저술과 말하기교육은 식민지 상황에서 조선어교육을 하기 위한 불가피한 선택이었을 가능성이 있기 때문이다.

셋째 논문은 『조선동화대집』이 '아동을 위한 이야기'라기보다는 '아동을 가르치기 위한 이야기'이고, '동화책'의 의미보다는 '교재'의 의미가 더 강했고, 심의린은 아동을 문학 감상의 주체로 보기보다는 어문 교육의 대상자로 보았을 것이라고 했다. 이 주장은 텍스트를 읽는 독자의 관점, 또는 저자가 의도한 독자의 계층이나 상황으로 논의의 폭을 확대시킬 수 있는 가능성을 열어 주었다.

하지만 몇 가지 남는 문제가 있다. '동화책'과 '교재'의 차이, '아동을 위한 이야기'와 '아동을 가르치기 위한 이야기'의 구분은 명확하지 않다.

---

23) 허창운, 『현대문예학개론』, 서울대학교출판부, 1993, 31쪽.

교수・학습의 현장에서, 교재와 교과서는 다르다. 교재는 '교수・학습 과정을 수월하게 하기 위하여 사용되는 본질적으로 표상적인 물리적인 실체'인데, 수업 상황에서 배경(background)으로 또는 전경(foreground)으로 등장할 수 있다.[24] 교과서는 교육과정에 따라 편찬한 학교 교육의 주된 교재로서 가르치는 데 사용되는 학생용 또는 교사용 도서이다.[25] 즉, 교과서는 규정된 텍스트이지만, 교재는 열린 텍스트이다. 많은 교재 중에서 의도된 과정과 목적에 따라서 사용되는 것이 교과서이다. 따라서 교과서는 교재보다 구체성과 체계성을 지니며 법적으로 구속력을 지니고 있다.[26] 어떤 자료든 수업 과정, 교수・학습 과정에 제공될 수 있다. 이때 제공된 텍스트는 교재라고 할 수 있다. 교재는 교수・학습 과정에서 사용하는 넓은 의미의 텍스트이고, 교과서는 좁은 의미의 텍스트이다. 그렇기에 동화책과 교재는 거의 차이가 없다고 보아야 한다. 교수 학습과정에서 교사의 판단에 따라 어떤 동화책이라도 교재로 사용될 수 있다. 마찬가지로 '아동을 위한 이야기'와 '아동을 가르치기 위한 이야기'도 구분이 모호하다. 문학에는 원래 교시적 기능과 쾌락적 기능이 내재되어 있다.[27] 아동을 위한 이야기로도 아동을 가르칠 수 있고, 아동을 가르치기 위한 이야기로도 아동을 위할 수 있다. 이렇게 본다면, 문학 감상의 주체와 어문 교육의 대상자도 구분이 모호하다. 문학 감상의 주체가 어문 교육의 대상자이기도 하고, 어문 교육의 대상자가 문학 감상의 주체이기도 하기 때문이다.

작가론적 관점의 연구는 주로 심의린의 '아동교육과 애국계몽적 의도'

24) 최지현 외, 『국어과 교수・학습 방법』, 역락, 2008, 89~91쪽.
25) 서울대학교 교육연구소 편, 『교육학 용어사전』, 하우동설, 2006, 81쪽.
26) 최지현 외, 『국어과 교수・학습 방법』, 역락, 2008, 92쪽.
27) 구인환 외, 『문학개론』, 삼영사, 2002, 57~64쪽.

를 밝히는데, 그 공력을 집중하고 있었다. 그 과정과 결론은 충분히 설득력이 있었다. 심의린의 '아동교육과 애국계몽적 의도'는 심의린이 경성사범학교 교사이고, 『조선동화대집』이 우리말 최초의 동화집 · 설화집이라는 점에서 출발하고 있었다. 하지만 이 출발점은 작가론적 관점의 기초이기도 하고 한계이기도 하다. 심의린이 교사이니, 그가 출판한 책은 아동교육과 관련이 있을 가능성이 크다. 그리고 그 책은 식민지 시기에 우리 동화와 설화를 한글로 출판한 책이어서 애국계몽적 의도가 내재되었을 가능성 또한 크다.

이렇게 본다면, 심의린의 생애와 『조선동화대집』을 통해 '아동교육과 애국계몽적 의도'를 밝힌다는 것은 다소 단선적인 과정으로 보일 수 있다. 단선적인 과정이기에, 심의린 당대에 출판된 다른 동화집들도 비슷한 결론을 도출할 수 있다. 즉, 그 당시 출판된 다른 한글 동화집에도 '아동교육과 애국계몽적 의도'가 있다고 보아도 별 무리 없는 결론이 될 수 있다.

따라서 이후의 작가론적 관점의 연구에서는 이를 넘어서는 시각과 접근이 필요하다. 이를 위해서는 우선 심의린의 생애에 대한 다양한 자료 발굴이 필요하다. 그리고 당대 다른 동화집의 발간 의도와 구별되는 심의린만의 고유한 발간 의도를 밝힐 필요가 있다. 범박하게 추정하자면, 상업적 의도를 염두에 두고 『조선동화대집』을 출판했을 수도 있고, 사회적 요구가 아닌 순전히 개인적 욕구로 출판했을 수도 있을 것이다. 『조선동화대집』의 출판 의도에 대한 다양하고 새로운 관점의 고찰이 필요하다.

3. 작품론적 관점의 연구: 창작문학과 적층문학

작품론적 관점의 연구는 문학 소통의 과정에서 작품 자체에 접근하는 연구 방법론으로, 존재론적 관점이라고도 한다. 모방론은 모방 대상과의 관계에서, 표현론은 표현 주체와의 관계에서, 효용론은 독자와의 관계에서 문학을 보는 것이라면, 존재론은 그러한 관계를 짓지 않은 채 그 자체대로 어떠한 독자적 성질과 법칙을 구현하는가를 살펴보는 것이다.[28] 이른바 내재적 접근 방법인데, 작품에 대한 접근을 작가, 독자, 환경 요인은 배제하고 작품 자체에 집중해서 작품의 의미를 연구하는 접근법이다. 즉, 문학 작품을 이루는 다양한 내적인 요소들의 상호 관계와 균형과 통일을 통해 그 미적 가치를 확인하고자 하는 방법이다.[29]

이는 작가론적 관점에 대한 반작용으로 나온 연구 방법인데, 될 수 있는 대로 작가의 삶이나 정신을 배제한 채 문학 작품 그 자체에만 관심을 두려고 한다.[30] 작품론적 관점에서는 작가에 대한 접근을 의도의 오류라고 비판하고, 독자에 대한 접근을 영향의 오류라고 비판한다. 따라서 작품의 외부적인 연구로는 문학의 본질을 규명할 수 없다는 생각에서 작품의 내부를 연구하고, 작품 자체에 대한 꼼꼼한 독서를 강조한다.[31]

흔히 말하는 형식주의적 방법이나 구조주의적 방법이 작품론적 관점의 연구 방법이다. 형식주의적 방법이 형식 또는 기법에 대한 접근이라면, 구조주의적 방법은 심층 또는 의미에 대한 접근을 시도한다. 작품론적 관점의 연구에서는 작품을 내용과 형식으로 양분하여 접근한다. 즉, 작품에 대한 기법적인 접근과 사상성의 깊이에 대한 접근을 모두 시도한다. 문학을 이해함에 있어 형식과 내용의 역동적 관련성을 이해하는 것은 매우 중요하다.[32] 작품론적 관점의 연구에서는, 이러한 내용과 형식의 역동적 관련성을 고구하는 것을 목표로 하고 있다.

---

28) 이상섭, 『문학이론의 역사적 전개』, 연세대학교 출판부, 1985, 165쪽.
29) 권영민, 『문학의 이해』, 민음사, 2009, 291~292쪽.
30) 김욱동, 『문학이란 무엇인가』, 문예출판사, 1998, 294쪽.
31) 나병철, 『문학의 이해』, 문예출판사, 1997, 46쪽.
32) 구인환 외, 『문학교육론』, 삼지원, 2013, 135쪽.

어떻게 보면, 작품론적 관점의 연구는 문학 연구의 핵심이라고 할 수 있다. 일단 작품 자체에 대한 연구가 선행되어야, 작가, 독자, 세계에 대한 접근이 가능하기 때문이다. 『조선동화대집』에 대한 연구 역시, 작품론적 관점의 연구가 가장 많이 시도되었는데, 모두 9편의 논문이 발표되었다.

① 심의린의 『조선동화대집』의 성격과 의의, 김경희, 2008.(겨레어문학회, 『겨레어문학』 제41집, 2008.)
② 1920년대 민담의 동화화와 심의린의 『조선동화대집』, 권혁래, 2009.(민족문학사학회, 『민족문학사연구』 39호, 2009.)
③ 일제 강점기 호랑이 · 토끼 서사의 양상과 문학교육, 권혁래, 2009.(온지학회, 『溫知論叢』 제22집, 2009.)
④ 沈宜麟의 『朝鮮童話大集』에 나타난 寓意의 유형과 그 의미, 조상우, 2010.(東洋古典學會, 『東洋古典研究』 제39집, 2010.)
⑤ 심의린 『조선동화대집』의 특징과 문학사적 위상, 김미영, 2011.(한민족어문학회, 『韓民族語文學』 제58집, 2011.)
⑦ 수록 민담의 유형 분포 분석을 통한 일제강점기 3대 전래동화집의 성격 고찰, 백민정, 2012.(한국구비문학회, 『口碑文學研究』 제35집, 2012.)
⑧ 전래동화가 옛이야기 전승에 미치는 영향, 김환희, 2013.(한국어린이문학교육학회, 『어린이문학교육연구』 제14권 제2호, 2013.)
⑬ 심의린의 「개구리 神仙」 연구, 권혜경, 2017.(단국대학교 한국문화기술연구소, 『한국문화기술』 제22호, 2017.)
⑭ 『심의린의 동화 운동 연구 - 옛이야기 재구성을 통한 조선어문학 교육을 중심으로』, 김경희 박사학위논문, 2016.(서울대학교 대학원 국어국문학과)

김경희는 「심의린의 『조선동화대집』의 성격과 의의」라는 논문에서, 『조선동화대집』 소재 66편의 이야기를 간략하게 정리했다. 그리고 28편 정도의 이야기가 『조선동화대집』과 비슷한 시기에 출간된 일본인 동화집 3권에[33] 실려 있다고 밝히고 있다. 그리고 조선총독부나 일본인에 의해서 간행된 동화집과 비교해서 『조선동화대집』의 특징을 다음과 같이 주장했다. 첫째, 인물과 사건에 대한 서술이 확대되고 유래담적인 성격의 이야기가 많아 어린이들의 상상력을 증대시키는데 일조하였다. 둘째, 사자성어와 속담을 적극적으로 사용하여 이야기와 말의 관계를 조화롭게 설명하였다. 셋째, 유래담적인 이야기가 많이 보인다. 넷째, 근대의 새로운 가치관인 자본과 경제 생활의 논리를 설명하는 방법으로 저축하여 부자가 되는 비법을 소개하여, 아이들이 실생활에서 근면하고 성실하게 살아갈 것을 당부한다. 다섯째, 새로운 사물을 접한 실수담이 보인다. 이를 통하여 신문물에 대한 거부감과 신비함, 호기심을 모두 수용하여, 신문물이 지닌 편리함을 이해하기 쉽게 풀이했다.

그는 이러한 특징을 제시하면서, 『조선동화대집』 이전에 일본인이 발행한 동화는 일본인이 조선인에게 부여하고 싶었던 인과응보의 논리로 엮어졌는데, 『조선동화대집』은 조선인의 건강하고 발랄한 이야기들을 발굴했다고 결론짓고 있다.

권혁래는 「1920년대 민담의 동화화와 심의린의 『조선동화대집』」이라는 논문에서, 심의린이 『조선동화대집』을 편찬하게 된 경위, 수록 작품의 유형 분류, 심의린이 어떤 방식으로 민담을 동화화했는지를 밝히고 있다.

이어지는 논의에서, 심의린은 교육을 위한 목적에서 동화의 효용성을 인식하여 민담 중에서 어린이들에게 적합한 작품을 선택하고 표현을 다듬어 『조선동화대집』을 편찬했다고 말한다. 그리고 『조선동화대집』에 모두 88편의 이야기가 수록되었다고 하면서, 이를 소담, 신이담, 동물담, 일반담으로 유형 분류했다. 소담(41편)과 신이담(27편)의 비중이 가장 크

---

33) 조선총독부에서 발간한 『조선동화집』(1924.9.1.), 松村武雄의 『世界童話體系(조선편)』(1924.9.31.), 中村亮平의 『模範家庭文庫(조선동화집)』(1926.2.6.) 등이다.

고, 소담은 어리석음에 대한 조롱과 기지의 해학이 돋보이는 작품이 많고, 신이담은 탐욕을 경계하고, 선행・형제우애・보은을 강조하는 주제가 많고, 동물담(12편)은 포악한 강자를 조롱하고 지혜로운 약자를 찬미하는 작품이 많고, 일반담(3편)은 모두 효성을 강조하는 이야기라고 밝혔다. 또한 그는, 심의린이 동화의 문학성과 효용성을 인식하고 민담을 발굴 정리하여 민족교육적 측면에서 활용하고자 했다고 한다. 특히 일본인들이 간행한 『조선물어집』 및 『조선동화집』과 대비할 때, 건강한 정서와 풍부한 서사성, 작가의 개입을 최소화하여 서사성을 강화, 과장과 열거의 방식을 통한 해학성 강화, 당대의 문물을 이야기 속에 끌어들여 현재성을 표현함 등이 장점으로 발현된다고 했다.

이런 결과를 토대로 『조선동화대집』의 문학사적 의의를, 근대 초기 전래동화 형성 및 어린이 교육 측면에서 많은 영향력을 지닌다는 점과, 1920년대 구비문학 연구사의 공백을 메꾸는 데 꼭 필요한 자료집이라는 점을 들고 있다.

그는 이 논문에서 『조선동화대집』의 이야기들을 유형 분류하여 정리했고, 각 유형별 이야기가 지닌 특징을 찾아내었다. 또한 심의린의 생애에 대한 접근, 당대 일본인들이 발행한 동화집과의 차이점, 『조선동화대집』의 문학사적 의의 등을 밝혀내었다.

권혁래는 「일제 강점기 호랑이・토끼 서사의 양상과 문학교육」이라는 논문에서, 『조선물어집』(1910), 『조선동화집』(1924), 『조선동화대집』(1926), 『조선전래동화집』(1940)에 수록된 호랑이・토끼의 서사 양상을 고찰하고, 이의 문학교육적 효과를 밝히고 있다.

『조선동화대집』에는 호랑이 서사 15편, 토끼 서사 3편이 나타난다. 이들 작품에서 호랑이는 대체로 '어리석은 자', 토끼는 '슬기로운 자'로 인식된다고 한다. 호랑이 서사는 토끼와 결합하여 새로운 문화적 의미를 생성한다. 약한 토끼가 강자인 호랑이를 조롱하는 서사를 통해서, 당대의 약자인 민중이 당대의 강자를 이길 수 있다는 지혜를 얻을 수 있다고 한다. 토끼 같은 약자가 호랑이 같은 강자를 물리치는 이야기 속에서, 어린이들은 공포와 절망의 극복, 분별력, 웃음, 용기를 심미적으로 체험할 수 있었을 것이라고 했다. 그리고 이것을 바로 일제 강점기 호랑이·토끼 서사의 문학교육적 의미라고 규정하고 있다.

조상우는 「沈宜麟의 『朝鮮童話大集』에 나타난 寓意의 유형과 그 의미」라는 논문에서, 『조선동화대집』에서 우의적 성격을 가진 동화 11편을 선정하여, 보은과 배은의 우의, 속이고 속는 우의, 승리와 패배의 우의 등의 유형을 살피고 있다. 그는 작품성, 비판 의식, 풍자성, 시의성을 기준으로 우의가 강한 작품을 선정했다. 보은과 배은의 우의 유형으로는 〈은혜 모르는 호랑이〉, 〈개구리 신선〉, 〈두건 쓴 고양이〉, 속이고 속는 우의 유형으로는 〈토끼의 지혜〉, 〈꾀 있는 여우〉, 〈염소의 환갑 잔치〉, 〈개와 범〉, 〈외쪽의 꾀〉, 승리와 패배의 우의 유형으로는 〈떡보의 성공〉, 〈군수와 어린 아이〉, 〈소년 군수〉 등을 들고 있다.

그리고 이 유형의 이야기들에서 찾을 수 있는 우의의 의미를 밝히고 있다. 보은과 배은의 우의는 은혜를 모르는 일본을 비난하기 위한 수단으로 활용한 것이고, 속이고 속는 우의는 일제강점기의 세태를 힐난하는 것이고, 승리와 패배의 우의는 식민지인 조선이 문화적인 면에서는 일본보다 앞서고 있음을 증명하는 것이라고 한다.

김미영은 「심의린 『조선동화대집』의 특징과 문학사적 위상」이라는 논문에서, 『조선동화대집』의 형식과 내용적 특징을 고찰하여 문학사적 위상을 고찰하고 있다. 그는 이 논문에서, 형식적·내용적 특징의 고찰 결과와 그에 따른 문학사적 위상을 다섯 가지로 밝히고 있다.

첫째, 심의린은 『조선동화대집』 통해 우리말 어휘 확충에 힘쓰면서, 재미, 흥미를 유발하여 아동의 상상력 제고에 이바지하였다. 이와 같은 의도로 보아, 심의린은 '동화'라는 갈래를 명백하게 인식하고 있었던 것으로 보인다. 둘째, 『조선동화대집』에 실린 동화들은 결핍 상황에서 결핍의 제거로 끝나는 이야기가 많았다. 이것은 식민지 상황 극복이라는 인식을 심어주기 위한 것으로 볼 수 있다. 셋째, 심의린은 번안동화를 통해, 시대적 변화에 부응하는 인간상과 평등 사상을 고취하려고 하였다. 넷째, 『조선동화대집』에는 바보 이야기를 다룬 소화가 많았다. 심의린은 맥락효과를 통해 신문물을 받아들이지 못하는 조선인에 대한 교육적 측면을 강조하고 있다. 여기서 맥락효과란 어떤 사건을 회상하거나 재인할 때, 그 사건이 발생했던 원래 맥락이 많이 제시될수록 기억이 잘 된다는 것이다. 즉, 어떤 단어가 사용된 환경과 독자가 마주칠 때, 독자에게 더 뚜렷한 기억을 가능하게 하는 것을 맥락효과로 보고 있다. 『조선동화대집』에서 맥락은, 사건을 구체적으로 전개하고 현장성을 드러내는 사실적 단어를 사용하고 있는데서 찾을 수 있다고 한다. 다섯째, 『조선동화대집』에는 조선총독부가 『조선동화집』에서 왜곡한 조선 설화의 본래 모습을 찾으려고 노력했다는 점에서, 일제에 대한 저항과 함께 민족적 기질의 발현을 찾을 수 있다.

백민정은 「수록 민담의 유형 분포 분석을 통한 일제강점기 3대 전래동화집의 성격 고찰」이라는 논문에서, 일제강점기 3대 전래동화집인 『조선동화집』, 『조선동화대집』, 『조선전래동화집』의 수록 동화를 최인학의 '한국민담유형표'에 맞추어 분류하고, 그 유형의 각 동화집별 분포도, 대단위별 분포도, 중단위 및 중하위단위별 분포도를 고찰했다.

그는 이 논문에서, 『조선동화대집』의 유형 분포를, '소화(42.17%) 〉 동식물민담(30.12%) 〉 보통민담(25.30%) 〉 신화적 민담=기타(1.20%)'로 밝히고 있다. 심의린은 한글학자이자 교육자로 일제강점기라는 국가적 위기를 조선의 올바른 교육으로써 극복하고자 했던 사람이었다. 심의린이 스스로 대상으로 지목한 독자가 '학동'이므로, 이들을 의식한 동화들이 자연스럽게 모인 책을 『조선동화대집』으로 보았다. 아동 중에서도 배우는 아동을 대상으로 하기 때문에 배움에 적합한 이야기가 좀더 많이 나타난다고도 했다. 소화류 중에서도 '바보이야기'나 '어른'과 '아이'에 대한 이야기의 비중이 높은데, 이들은 지혜를 교훈으로 하는 이야기들이 대부분인 것이 이를 증명하고 있다고 말했다.

백민정의 논문은 『조선동화대집』의 이야기를 특정 분류 기준에 의거하여 유형 분류를 했다는 것에서 의의를 찾을 수 있다. 심의린을 한글학자, 교육자, 일제강점기를 교육으로 극복하고자 했던 사람으로 밝힌 것도 의미 있는 지적이라 할 수 있다.

김환희는 「전래동화가 옛이야기 전승에 미치는 영향」이라는 논문에서, 〈반쪽이〉 이야기에 대한 통시적 고찰을 시도하고 있다. 그는 이 논문에서 〈반쪽이〉 이야기의 최초 판본을 『조선동화대집』에 수록된 〈반쪽사람〉으로 보고 있다. 이후 RR生의 동화 〈외쪼기 이야기〉가 1929년 11월에 동아일보에 연재되었다고 한다. 그는 〈반쪽이〉 이야기의 보편적 서사 내용을 분석한 결과, '외다리 반쪽이'를 원형으로 보고, '두 다리 반쪽이'는 심의린의 개작이라고 주장한다. 이후 심의린의 『조선동화대집』에 나타난 두 다리 반쪽이는, 거의 70년 동안 옛이야기 전승에 많은 영향을 미쳤다고 주장한다. 하지만 1990년대 이후 〈반쪽이〉 이야기는 구전설화에 바탕을 둔 작품이 많이 등장하게 되는데, 임석재 채록본에 바탕을 둔 〈외쪽이〉 이야기는 『조선동화대집』의 〈반쪽이〉와는 차이가 많이 난다고 한다. 그 차이는 외쪽이가 삼형제, 외쪽이 다리가 하나, 서두에 수태 열매와 쥐가 등장해서 외쪽의 신이한 탄생을 서술함, 호랑이 퇴치

모티프의 삽입 등이라고 한다.

이 논문에서 저자는 〈반쪽이〉 이야기의 최초 판본을 『조선동화대집』으로 규정하고, 그후 오랜 세월 동안 많은 동화책들이 『조선동화대집』의 판본을 이용했다고 말한다. 하지만 1990년대 이후로는 구전설화에 바탕을 둔 '외다리 반쪽이'도 많이 나타난다고 주장하고 있다.

권혜경은 「심의린의 〈개구리 神仙〉 연구」라는 논문에서, 『조선동화대집』 소재 〈개구리 신선〉을 번안 작품이 아니라 광포 설화의 영향을 받아 심의린이 개작했을 가능성을 언급하고 있다. 우리 설화의 '두꺼비 신랑' 화소가 나타나는 작품이 〈개구리 신선〉과 비슷함을 지적하면서, 번안이 아니라 심의린이 교육적 목적으로 우리 설화를 재창작·개작했다고 주장한다.

논지 전개 과정에서 심의린이 『신소년』에 글을 기고한 사실과, 당시 『신소년』에 관여한 사람들이 조선어학회 회원과 대종교 신자였다는 점을 들어, 심의린 역시 대종교 신자였을 가능성을 조심스럽게 제시하고 있다. 그 근거로 『조선동화대집』에 있는 옛이야기들에서 '신선', '선녀', '천상의 존재' 등이 부각되고 있다는 점을 지적하고 있다. 더 나아가, 심의린은 이러한 과정을 통해서 일본 신교에 맞서 우리 민족 고유의 민속신앙을 은연중 드러내려 했다고 주장한다.

그는 동서양의 민담인 〈개구리 신선〉, 〈개구리 왕자〉, 〈두꺼비 신랑〉에 나오는 개구리 혹은 두꺼비는 모두 남성성의 상징이고, 각각 구애의 대상인 공주, 귀족의 딸, 정승집 셋째 딸 앞에서 멋진 외모를 지닌 남자로 변신한다는 점을, 세 이야기의 유사점으로 들고 있다.

하지만 차이점도 있는데, 〈개구리 신선〉과 〈두꺼비 신랑〉의 남성은 천상적 존재인데, 〈개구리 왕자〉의 남성은 지상적 존재라는 점을 들고 있다. 그는 세 편 이야기의 서사 양상을 비교하여, 결론적으로 〈개구리 신선〉과 〈두꺼비 신랑〉은 교훈적인 결말을, 〈개구리 왕자〉는 비논리적이고 비교육적인 결말을 맺고 있다고 주장한다.

이처럼 〈개구리 신선〉, 〈개구리 왕자〉, 〈두꺼비 신랑〉의 결말은 약간의 차이가 있지만, 멋진 외모의 남성으로 변신한다는 점에서는 유사하다고 한다. 결국 『조선동화대집』 소재 〈개구리 신선〉은 동서양의 옛이야기들인 〈두꺼비 신랑〉, 〈개구리 왕자〉와 비슷한 화소를 갖고 있고, 그렇기 때문에 〈개구리 신선〉은 번안이 아니라, 광포설화의 영향을 받았다고 주장한다.

위에서 8편의 논문을 중심으로 작품론적 관점의 연구 결과를 살펴보았다. 작품론적 관점의 연구는 양적인 다양함과 질적인 깊이를 함께 갖추고 있었다. 『조선동화대집』의 전체 이야기를 유형별로 정리하고 그 특징을 연구한 논문(김경희, 권혁래, 김미영, 백민정)도 있었고, 『조선동화대집』의 일부 또는 한 작품을 분석하여 그 특징을 연구한 논문(조상우, 김환희, 김혜경)도 있었다.

우선 『조선동화대집』의 전체 이야기를 유형별로 정리하고 특징을 밝힌 논문들의 성과와 한계를 살펴보기로 하자. 이들 논문에 나타난 성과는 크게 두 가지로 가지로 요약된다. 첫째, 『조선동화대집』은 당대 일본인들이 발행한 '조선동화집'類들과는 다른 특징이 있었다고 주장한다. 그리고 그 다른 특징은 민족주의적 성향으로 수렴된다. 둘째, 『조선동화대집』에 나타난 이야기들은 소담, 신이담, 동물담, 일반담 또는 소화, 동식물민담, 보통민담, 신화적 민담 등으로 구분되는데, 이 중에서 소담(笑談) 또는 소화(笑話)의 비율이 가장 높다는 것이다.

하지만 이 두 가지 대표적인 결론은 다음과 같은 반론을 예상할 수 있다. 첫 번째 반론은, 심의린과 『조선동화대집』이 민족주의적 성향을 띠고 있는가라는 의문이다. 물론 감정적인 면으로는, 일제강점기에 우리말로 출간된 최초의 동화집이기에, 민족주의적 성향이 들어있는 것은 당연하다고 볼 수 있다. 하지만, 우리가 그럴 것이라고 생각하는 일방적인 감정은 어떤 객관적 근거가 있어야 설득력을 얻을 수 있다. 심의린이 민족주의자였는가 하는 의문 제기는 작가론적 관점의 연구에서 언급했으므로, 여기서는 고찰을 생략하기로 하겠다.[34] 그러면 남는 문제는 『조선동화대집』의 작품이 민족주의적 성향을 띤 작품인가 하는 것이다.

논자들은 일제강점기 일본인들이 발행한 '조선동화집'류들과 『조선동화대집』을 비교해볼 때, 『조선동화대집』에는 조선인의 건강하고 발랄한 이야기, 조선 동화를 민족교육적 측면에서 활용하고자 함, 건강한 정서, 해학성 강화, 약자가 강자를 이길 수 있다는 지혜, 식민지 상황의 극복 인식, 조선인에 대한 교육적 측면 강조, 일제에 대한 저항, 민족적 기질의 발현, 일제강점기를 교육으로 극복하려는 의지, 지혜를 교훈으로 하는 이야기 등의 특징이 두드러진다고 했다. 이러한 결과를 도출하게 된 이유나 근거의 타당성 고찰은 제쳐두더라도, 그 결과인 『조선동화대집』에 나타나는 특징이 과연 『조선동화대집』의 고유한 특징인지에 대한 의문을 제기할 수 있다.

다시 말하면, 논자들이 밝힌 『조선동화대집』의 많은 특징들이 『조선동화대집』에만 나타나는 특징인지, 아니면 우리 전통 설화에 이미 내재된 특징인지를 따져볼 필요가 있다. 『조선동화대집』에만 나타나는 특징일 때에는, 이러한 결과를 인정할 수 있다. 하지만 『조선동화대집』에도 나타나는 특징이며 전통 설화에 이미 나타나고 있는 특징이라면, 이를 『조선동화대집』에 나타나는 고유한 특징으로 보기는 어렵다.

김화경은 『한국의 설화』에서 우리 설화의 특징을 선행필보(善行必報),

34) 심의린이 민족주의자로 증명된다고 하더라도, 심의린이 민족주의자였기 때문에 『조선동화대집』도 민족주의적 성향을 띠고 있다고 주장한다면, 이 견해 또한 의도론적 오류의 위험을 띨 가능성이 있다.

악행필벌(惡行必罰), 조소강우(嘲笑强愚), 약승강패(弱勝强敗) 등으로 제시하고 있고,[35] 최인학은 『한국 민담의 유형 분류』에서 우리 설화를 동식물민담, 보통민담, 소화(笑話), 형식담, 신화적 민담, 기타 등으로 분류하고 있다.[36] 그리고 조희웅은 동(식)물담, 신이담, 일반담, 소담(笑譚), 형식담 등 5가지로 유형 분류하고 있다.[37] 우리 설화의 특징인 조소강우와 유형 분류에 나타나는 소화(笑話), 소담(笑譚) 등을 보면, 우리 설화에는 웃음, 즉 풍자성이나 해학성의 특징이 강하게 나타남을 알 수 있다. 또한 『조선동화대집』의 특징이라고 밝힌, 건강하고 발랄함, 건강한 정서, 약자가 강자를 이길 수 있다는 지혜, 지혜를 교훈으로 하는 이야기 등의 특징은 이미 우리 설화에 내재된 특징이라고 할 수 있다. 그리고 식민지 상황의 극복 인식, 일제에 대한 저항 등의 특징도 항상 긍정적인 사고관을 지녔던 우리 선조들의 의식에서 찾을 수 있는 특징이다. 즉, 계속되는 시련 속에서도 좌절과 패배를 모르는 주인공, 어리석은 강자와의 대결에서 승리하는 지혜로운 약자, 웃음 속에서 보여주는 삶의 진실 등은 우리 설화에 내재된 민중 의식이다.[38] 이런 근거로 볼 때, 『조선동화대집』의 특징이라고 밝힌 여러 요소들은 이미 우리 설화에 내재된 민중 의식이라고 볼 수 있다. 따라서 『조선동화대집』의 특징이라고 밝힌 요소들에 대해서는, 이후에 좀 더 다양하고 깊은 접근이 필요할 것으로 보인다.

『조선동화대집』의 특징에 대한 두 번째 반론은 유형 분류의 기준에 관한 문제이다. 논자들은 『조선동화대집』에 나타난 이야기들을 소담, 신이담, 동물담, 일반담 또는 소화, 동식물민담, 보통민담, 신화적 민담 등

---

35) 김화경, 『한국의 설화』, 지식산업사, 2002, 241~297.
36) 최인학, 『한국민담의 유형 연구』, 인하대학교 출판부, 1994, 263~268쪽.
37) 조희웅, 『한국설화의 유형』, 일조각, 1996, 17~23쪽.
38) 장덕순 외, 『구비문학개설』, 일조각, 1995, 70~74쪽.

으로 구분했다. 그리고 그 중에서 소담(笑談) 또는 소화(笑話)의 비율이 가장 높다고 했다. 여기서 나타나는 문제는 유형 분류 기준이 명확하지 않다는 점과, 이러한 유형 분류를 따르면 한 이야기가 두 개 이상의 유형으로 분류될 수 있다는 점이다.

우선 논자들의 유형 분류 기준을 보면, 한 편은 조희웅의 5분법에 의거하여 『조선동화대집』에 나타난 이야기들을 4가지로 유형 분류했다. 조희웅의 유형 분류는 동(식)물담, 신이담, 일반담, 소담(笑譚), 형식담 5가지인데,[39] 그 중에서 형식담에 해당되는 이야기는 없는 것으로 보아, 동(식)물담, 신이담, 일반담, 소담 등으로 분류했다. 한 편은 최인학의 KT 분류법에 따라 『조선동화대집』에 나타난 이야기들을 5가지로 유형 분류했다. 최인학의 유형 분류는 동식물민담, 보통민담, 소화, 형식담, 신화적 민담, 기타 등 6가지인데,[40] 역시 형식담은 없는 것으로 보아, 동식물민담, 보통민담, 소화, 신화적 민담, 기타 등으로 분류했다. 조희웅과 최인학 유형 분류의 단점은, 일찍이 임재해가 지적한대로, Stith Thompson의 『*The Types of the Folktale*』에 제시된 유형 기준을[41] 한국 설화에 적용한 것인데, 갈래마다 다른 기준이 적용되어 일관성이 없다. 즉, 동물담은 인물을 문제 삼은 것이고, 신이담은 이야기의 내용을, 소화는 내용 가운데서도 미적 범주를, 형식담은 이야기의 형식만을 고려하고 있다.[42] 따라서 동(식)물담, 신이담, 일반담, 소담(笑譚) 또는 동식물민담, 보통민담, 소화, 신화적 민담, 기타 등의 분류는 그 분류 기준의 객관성 확보가 더 필요하다고 할 수 있다.

---

39) 조희웅, 『한국설화의 유형』, 일조각, 1996, 17~23쪽.

40) 최인학, 『한국민담의 유형 연구』, 인하대학교 출판부, 1994, 263~270쪽.

41) 이 책에서는 설화(folktale)를 animal tales, ordinary folk-tales, jokes and anecdotes, formula tales, unclassfied tales 등 5가지로 분류하고 있다. Stith Thompson, 『*The Types of the Folktale*』, Indiana University, 1973, 19~20 참조.

42) 임재해, 『민족설화의 논리와 의식』, 지식산업사, 1992, 19쪽.

이러한 명확하지 않은 분류 기준에 따라 『조선동화대집』의 이야기들을 분류하다보니, 같은 이야기가 다른 유형으로 규정되는 경우도 보인다. 권혁래는 『조선동화대집』 소재 83편의 이야기를,[43] 소담 41편, 신이담 27편, 동물담 12편, 일반담 3편 등으로 분류하고 있고, 백민정 역시 83편의 이야기를 동식물민담 25편, 보통민담 21편, 소화 35편, 신화적 민담 1편, 기타 1편 등으로 분류하고 있다. 대충 보아도 소담과 소화 41편: 35편, 동물담과 동식물담 12편: 25편, 일반담과 보통민담 3편:21편 등 편수 자체가 일치하지 않는다.[44] 이야기의 분류 특징상 한 두편의 가감은 인정할 수 있다고 가정해도, 6편~18편의 차이가 있다. 이런 결과는 분류 기준의 객관성 부족과 그 적용에서 기인했다고 볼 수 있다. 따라서 향후 연구에서는 설화 분류 기준 자체의 객관성 확보와 그 적용의 엄밀성이 요구된다고 하겠다.

다음은 『조선동화대집』의 일부 또는 한 작품을 분석하여 그 특징을

---

43) 『조선동화대집』의 이야기가 66편인지 83편인지에 관해서도 연구자에 따라 다르다. 이는 『조선동화대집』에 <바보 모집>과 <호랑이 모집>은, 하나의 제목에 각각 10화, 9화의 이야기가 있기 때문이다. 이를 두 편으로 처리하면 66편, 각각의 이야기를 모두 독립된 편수(19편)로 처리하면 83편이 된다. 논자는 『조선동화대집』의 이야기를 66편(篇) 83화(話)의 이야기로 할 것을 제안한다. 그 이유는 첫째, 『조선동화대집』의 차례에 66편의 제목이 나와 있기 때문이다. 둘째, 동아일보(1926년 11월 4일 목요일) 3쪽에 실린 신간 소개에 『조선동화대집』의 이야기를 '六十六種童話(66종 동화)'라고 밝히고 있기 때문이다. 셋째, 19편의 이야기에는 서사 구조를 갖춘 이야기도 있지만, 서사 구조를 갖추지 못한 재담 수준의 이야기도 있기 때문이다. 그래서 논자는 『조선동화대집』에는 66편(篇) 83화(話)의 이야기가 실려 있는 것으로 본다.

44) 이는 66편의 이야기를 최인학의 방식으로 유형 분류한 서영미의 논문에서도 확인된다. 그는 66편의 이야기를 동식물민담 20편, 보통민담 21편, 소화 24편, 형식담 0편, 신화적 민담 0편, 기타 1편으로 분류하고 있다. 권혁래와 백민정의 분류에서는 소화 또는 소담의 편수가 월등히 높았지만, 이 논문에서는 동식물민담, 보통민담, 소화의 편수가 비슷한 것으로 나타난다. 서영미, 『북한 구전동화의 정착과 변화양상 연구』, 동국대학교 국어국문학과 박사학위논문, 2014, 37~40쪽.

연구한 논문들의(조상우, 김환희, 김혜경) 성과와 한계를 살펴보기로 하자. 이들 논문에 나타난 성과는 크게 세 가지로 요약된다. 첫째, 『조선동화대집』에 나타난 우의적 성격의 동화를 선정하여 그 의미를 밝힌 것이다. 둘째, 〈반쪽이〉 이야기의 통시적 고찰을 시도하여, 〈반쪽이〉의 최초 판본을 『조선동화대집』으로 규정한 것이다. 셋째, 『조선동화대집』 소재 〈개구리 神仙〉은 번안 작품이 아니라 광포 설화의 영향을 받아 심의린이 개작했을 수 있다는 것이다.

하지만 이 세 가지 결론은 다음과 같은 각각의 반론이 있을 수 있다. 첫 번째 반론은, 우의의 유형 설정 기준이 없다는 것과 해당 작품이 가지는 우의의 의미 논의 과정이 다소 부족하다는 점이다. 이 논문의 저자는 우의의 유형을 세 가지로 나누고 있다. 보은과 배은의 우의, 속이고 속는 우의, 승리와 패배의 우의 등이 그것이다. 하지만, 우의의 유형에는 어떤 것들이 있으며, 어떤 기준에 따라 보은과 배은의 우의, 속이고 속는 우의, 승리와 패배의 우의 등으로 나누었는지에 대한 설명이 없다. 또한 해당 작품이 가지는 우의의 의미를 규명하는 과정도 생각할 여지가 있다. 우의(寓意)는 표면적으로는 인물과 행위와 배경 등 통상적인 이야기를 전개하지만 동시에 추상적 의미의 층이 그 배후에 동반되도록 꾸미는 것이거나,[45] 행위자나 행동이 일차적 수준에서 일관된 의미를 구성한 후에, 이차적이고 상호 연관적인 수준을 의미하도록 고안된 서사물이다.[46] 그렇다면 저자가 언급한 우의적 성격의 동화 11편을 종합하여, 어떤 우의적 유형에 특정한 우의적 의미가 도출되어야 할 것이다. 이 논문에서 어떤 유형에 어떤 이야기가 포함된다는 것은 찾을 수 있다. 하지만 우의적 의미의 도출 과정에서는 각각 1편씩의 이야기가 언급될 뿐이다. 보은과 배은의 우의는 〈은혜 모르는 호랑이〉에서만, 속이고 속는 우의

45) 이상섭, 『문학비평 용어 사전』, 민음사, 2001, 233쪽.

46) M. H. 아브람스 지음, 최상규 옮김, 『문학용어사전』, 보성출판사, 1998, 6쪽.

는 〈외쪽의 꾀〉에서만, 승리와 패배의 우의는 〈떡보의 성공〉에서만 그 의미를 규명하고 있다.

두 번째 논문은 〈반쪽이〉 이야기의 통시적 고찰을 시도하여, 〈반쪽이〉의 최초 판본을 『조선동화대집』으로 규정했다. 그 과정에서 '외다리 반쪽이' 형은 구전설화에 바탕한 보편적 서사이고, '두 다리 반쪽이'는 심의린의 개작으로 보았다. 현재 출판되는 〈반쪽이〉 이야기의 최초 판본을 『조선동화대집』으로 규정한 것은 누구나 인정할 수 있다. 『조선동화대집』이 우리말 최초의 동화집이기에 때문이다. 하지만 '반쪽이' 이야기의 여러 각편을 분석한 결과, '외다리 반쪽이' 형을 보편적 구전설화로 본 것은 재론의 여지가 있다. 반쪽이가 외다리냐 두 다리냐 하는 것은 〈반쪽이〉 이야기에서 중요한 화소가 아닐 수 있기 때문이다. 〈반쪽이〉 이야기의 서사 구조는 결핍에서 결핍의 제거로 진행되는 상승류 모델로 볼 수 있다.[47] 이 과정에서 주인공은 온전하지 못한 존재였다가(반쪽이), 결말에서는 온전한 존재로 귀결된다. 이때의 온전한 존재는 신체의 온전함을 뜻한다기보다는 상황적인 온전함으로 보아야 한다. 이야기 결말에 따라 온전한 신체로 변하는 경우도 있고,[48] 그렇지 않은 경우도 있는데,[49] 신체가 온전하지 않다고 해서 시초의 불완전함을 그대로 지니고 있는 것은 아니다. 결말에서는 비록 신체가 '외다리 반쪽이'더라도 많은 것을 성취한 상태이기에, 시초의 외다리와는 달리 상황적 온전함-고귀한 여성과의 결혼을 성취한 존재로 볼 수 있다. 즉, 〈반쪽이〉 이야기는 '반쪽이-온쪽이'의 대립과 변화를 보여주는 서사물로 볼 수 있다. 따라서 두 다리이든, 외다리이든 온전하지 못한 존재임을 보여 주는 기표이

47) 김화경, 『한국의 설화』, 지식산업사, 2002, 103~110쪽.

48) 임석재, 『한국구전설화』 11, 평민사, 1993, 51~54쪽.

49) ① 임석재, 『한국구전설화 1』, 평민사, 2011, 133~145쪽. ② 한국정신문화연구원, 『한국구비문학대계 4-4』, 한국정신문화연구원, 1981, 99~106쪽. ③ 한국정신문화연구원, 『한국구비문학대계 7-16』, 한국정신문화연구원, 1980, 123~126쪽.

기에, 서사 진행에서 그렇게 중요한 요소는 아니라고 할 수 있다. 그래서 반쪽이의 다리를 구체적으로 묘사하지 않고, '반편(半偏)'으로 명명한 각편도 보인다.[50] 즉, 반쪽이의 다리가 외다리 또는 두 다리로 제시되는 것은 설화가 계속 재생되는 성질에서 나타나는 속성인 불안정성에서 연유한 것으로 볼 수 있다.[51] 그래서 반쪽이가 외다리인가 두 다리인가 하는 것은 유형 분류의 기준이기보다는, 설화의 전승 과정에서 나오는 불안정성으로 보아야 할 것 같다.

세 번째 논문은,『조선동화대집』 소재 〈개구리 神仙〉은 번안 작품이 아니라 광포 설화의 영향을 받아 심의린이 개작했을 수 있다고 주장한다. 여기서 문제가 되는 것은 과연『조선동화대집』 소재 〈개구리 신선〉이 그림동화집의 〈개구리 왕자〉의 번안동화인가 아닌가 하는 것이다. 이 논문의 저자는, 동서양의 민담인 〈개구리 신선〉, 〈개구리 왕자〉, 〈두꺼비 신랑〉에 나오는 개구리 혹은 두꺼비는 모두 남성성의 상징이고, 각각 구애의 대상인 공주, 귀족의 딸, 정승집 셋째 딸 앞에서 멋진 외모를 지닌 남자로 변신한다는 점을, 세 이야기의 유사점으로 들고 있다. 세 편의 이야기가 유사하기에, 〈개구리 신선〉은 〈두꺼비 신랑〉의 개작으로도 볼 수 있다는 것이다. 이에 대한 반론은 첫째, 제목에 나타난 남성의 명칭이 다르다는 것이다. 제목은 작품의 주인공이나 주제, 제재와 관련이 깊은데, 개구리와 두꺼비는 그 상징과 의미에서 많은 차이가 있다. 개구리는 서양에서 긍정적 상징물이고, 두꺼비는 동양에서 긍정적 상징물이다. 개구리는 서양에서 창조와 풍요, 보호자, 다산, 소생, 부활을 뜻하는 반면에, 동양에서는 몰지각한 사람, 불효자, 식견의 좁음 등의 의미가 강하다.[52] 두꺼비는 그와 반대이다.[53] 두꺼비는 동양에서는 달의 정

---

50) 임석재, 『한국구전설화 1』, 평민사, 2011, 133~138쪽, 142~145쪽.

51) 송효섭, 『해체의 설화학』, 서강대학교출판부, 2009, 21쪽.

52) ① 한국문화상징사전편찬위원회, 『韓國文化상징사전』, 동아출판사, 1992, 30~33쪽. ②

령, 집지킴, 재복, 개혁 의지, 지혜 등을 뜻하는 반면에, 서양에서는 악, 혐오, 죽음 등을 뜻하며 뱀을 대신하기도 한다.[54] 그래서 두꺼비를 뜻하는 영어 toad에는 '보기 싫은 놈'이란 뜻이 있기도 하다.[55] 즉, 서양에서는 개구리가 긍정적 상징이고, 동양에서는 두꺼비가 긍정적 상징이어서, 동화의 제목이 각각 〈개구리 왕자〉와 〈두꺼비 신랑〉으로 나타난 것이다. 따라서 〈개구리 神仙〉은 〈두꺼비 신랑〉의 영향으로 개작되었다기보다는, 〈개구리 왕자〉의 번안으로 보는 편이 더 타당하다. 둘째, '공주', '귀족의 딸', '정승집 셋째 딸'이라는 남성의 상대역을 보면, 공주와 귀족의 딸은 친연성이 더 가깝고 공주와 정승집 셋째 딸은 그 친연성이 멀다. 그리고 우리 구전설화에서 '공주' 또는 '귀족의 딸'은 그렇게 흔한 등장인물이 아니다. 그래서 우리 설화에 잘 나타나지 않는 '귀족의 딸'이라는 표현은 외국 동화의 '공주'를 우리 풍토에 맞게 바꾼 것으로 볼 수 있다. 셋째, 〈개구리 신선〉, 〈개구리 왕자〉, 〈두꺼비 신랑〉 세 이야기가 비슷한 것은 유사한 화소가 문화권에 따라 공존하고 있는 것으로 보아야 한다. 즉, 미천한 남성이 우아한 여성과 결혼한다는 화소가 독일과 한국에 전승되는 광포 설화 속에 존재한다고 보아야 할 것이다. '번안'은 원작의 내용이나 줄거리는 그대로 두고 풍속, 인명, 지명 따위를 시대나 풍토에 맞게 바꾸어 고치는 것인데,[56] 언어만을 옮기는 번역과는 달리 옮기기의 과정에서 번안자의 주관적, 상상적 개입이 두드러지고, 심한 경우 원작의 상당 부분이 변형되거나 첨삭되기도 한다.[57] 따라서 '번안동

진 쿠퍼 지음, 이윤기 옮김, 『그림으로 보는 세계문화상징사전』, 까치, 1994, 144~145쪽.

53) J. E. Cirlot, 『*A DICTIONARY OF SYMBOLS*』, Routledge & Kegan Paul, 1983, 114쪽 참조. The toad is the antithesis of the frog, as the wasp is of the bee.

54) ① 한국문화상징사전편찬위원회, 『韓國文化상징사전』, 동아출판사, 1992, 235~239쪽.
② 진 쿠퍼 지음, 이윤기 옮김, 『그림으로 보는 세계문화상징사전』, 까치, 1994, 412쪽.

55) 시사영어사 사전편찬실, 『시사 엘리트 영한사전』, 시사영어사, 1999, 2240쪽.

56) 한국정신문화연구원, 『한국민족문화대백과사전』 9, 한국정신문화연구원, 1991, 497쪽.

화'는 외국어로 된 원작 동화의 줄거리를 살리면서, 풍속, 인명, 지명 따위를 시대나 풍토에 맞게 바꾸어 우리말로 고친 작품이라 할 수 있다. 〈개구리 신선〉, 〈개구리 왕자〉, 〈두꺼비 신랑〉 세 이야기에서 내용이나 줄거리를 고려하면, 〈개구리 신선〉과 〈두꺼비 신랑〉의 친연성보다는 〈개구리 신선〉과 〈개구리 왕자〉의 친연성이 훨씬 두드러진다. 그래서 이 논문에서 밝힌 몇몇 근거에도 불구하고, 〈개구리 신선〉은 광포 설화 〈두꺼비 신랑〉을 개작했다기보다는, 그림형제의 동화 〈개구리 왕자〉를 번안했다고 보는 것이 더 타당할 듯 싶다. 한 가지 덧붙이자면, 이 논문에서 심의린을 대종교 신자로 볼 수 있다고 했다. 심의린이 대종교 신자였을 가능성은 열어 둘 수 있다. 하지만 그 영향으로, 『조선동화대집』에 '신선', '선녀', '천상의 존재' 등이 부각되고 있다는 지적은 받아들이기 힘들다. 우리 민족에게는 대종교 이전에, 천신 숭배 사상이 이미 오래전부터 있었기 때문이다. 〈나무꾼과 선녀〉 설화는 대종교 이전에도 이 땅에서 전승되고 있었다는 사실을 그 근거로 들 수 있다.

김경희는 그의 박사 논문 『심의린의 동화 운동 연구』(서울대학교대학원, 2016.)에서, 심의린의 동화를 대상으로 세 개의 연구 목적을 제시하고 그에 따른 대안을 제시하고 있다. 이 논문의 연구 목적은 첫째, 심의린의 생애를 재구성하는 것, 둘째, 심의린 동화 운동의 전개 과정을 살피고 심의린 동화의 정체성과 특징을 밝히는 것, 셋째, 심의린의 동화 운동이 한국아동문학사에서 차지하는 위상을 밝히는 것 등이었다. 이 과정에서 『조선동화대집』 뿐만 아니라, 『조선동화대집』 이후의 동화 자료인 『실연동화(實演童話)』와 라디오 동화를 함께 살피고 있다.

첫째 목적인 심의린 생애의 재구성을 위해서, 김경희는 심의린의 아

57) 한용환, 『소설학 사전』, 고려원, 1992, 175쪽.

들 심양택으로부터 인터뷰한 내용을 바탕으로, 심의린의 생애를 재구성하고 있다. 지금까지 알려지지 않은 사실들이 많이 밝혀졌고, 심의린의 비극적 삶이 어느 정도 드러나고 있다.[58)]

둘째 목적인 심의린 동화의 정체성을 밝히는 부분에서는 『조선동화대집』의 편찬 목적, 『조선동화대집』의 주제 의식, 『조선동화대집』의 특징 등을 밝히고 있다. 『조선동화대집』의 편찬 목적은, 조선어로 학습할 수 없는 환경에서 비롯되는 문제를 해결하고자 하였다고 규정하고 있다. 당시 조선어 교과서가 담당하지 못한 조선 아동의 취미 욕구를 충족시키고 조선 아동에게 필요한 사상과 감정을 전달해 내는 역할을 담당하였다고 보았다. 그리고 『조선동화대집』에서 강조한 주제 의식을 '바보와 꾀쟁이, 절대적 가치, 현실적 가치' 등 세 가지로 규정했다. 또한 『조선동화대집』의 특징은 ① 욕심에 대한 경계 ② 가난 극복을 위한 주체적 노력의 강조 ③ 의성어, 의태어, 고유어, 속담 등 조선어의 아름다움을 표현 ④ 정확하고 가치 있는 조선어의 활용 등으로 규정했다. 이에 더하여 『실연동화』, 라디오 동화를 함께 분석하여 언어적 · 담화적 측면의 특징(⑤ 풍부하고 정확한 조선어 담화의 추구 ⑥ 조선어의 묘미를 살린 표현의 확장 ⑦ 관용어와 논평을 통한 의사전달력 강화)과 문학적 · 주제적 측면의 특징(⑧ 당대적 가치관의 강조 ⑨ 어린이의 문제 해결력 강화 ⑩ 모험 서사를 통한 도전 정신 부각)을 밝히고 있다.

셋째 목적인 심의린의 동화 운동이 한국아동문학사에서 차지하는 위상을, 이야기 종목의 조선화, 구연 방법의 체계화, 동화를 통한 한국어문

58) 심의린의 생애에 대한 접근은 작가론적 관점의 연구라고 할 수 있다. 하지만 본고에서는 작품론적 관점의 연구로 보았다. 이는 서론에서 밝힌 것처럼, 한 편의 논문이 여러 관점을 혼용하고 있는 경우에는 주된 논지나 주장을 고려하여 특정 관점으로 분류했기 때문이다. 김경희의 박사 논문은 그 주된 논지가 『조선동화대집』에 대한 작품론적 관점의 연구이다. 즉, 작품론적 관점의 연구를 위해, 작가론적 관점의 연구를 일부 수행하고 있는 것이다. 따라서 본고에서는 이 논문의 관점을 작품론적 관점으로 처리했다.

학 통합 교육의 선구 등으로 밝히고 있다.

이 논문의 성과는 크게 두 가지로 나누어 살필 수 있다. 하나는 심의린의 생애를 새로운 자료를 통해 전체적으로 밝혔다는 것이고, 다른 하나는 『조선동화대집』의 특성을 일련의 '운동'의 과정 속에서 연속적으로 살폈다는 것이다.

기존 연구에서 심의린의 죽음은 '1950년 6·25를 맞아 7월에 서울대학교사범대학부속중학교를 의원면직하였으며, 수복한 뒤 6·25 때 좌경학생을 도왔다는 혐의로 체포되어 부산형무소에 수감중 옥사하였다.'는 것 이상으로는 알 수가 없었다. 하지만 김경희의 논문을 통해서, 심의린의 죽음과 최후를 비로소 알 수 있게 되었다.[59] 그것도 심의린의 오남(五男) 심양택(沈洋澤)과의 인터뷰를 통한 기록이어서, 그 신빙성이 더해진다. 논문에 따르면, 심의린의 자녀 중 월북한 사람과 의용군으로 간 사람이 있어서, 심의린은 1950년 9월 28일 수복 이후 구속되었고, 1951년 2월 17일 부산형무소에서 쉰밥을 먹고 식중독으로 사망했다고 한다.

또한 김경희는 『조선동화대집』의 특성을 4가지로 밝히면서, 이후 서술에서 '『조선동화대집』-『실연동화』-라디오 동화'로 이어지는 심의린의 일련의 동화 관련 저술, 교육, 활동을 '동화 운동'이라고 명명하여, 『조선동화대집』 출판 전후의 맥락을 함께 밝히고 있다. 이는 『조선동화대집』을 총체적 시각으로 바라볼 수 있게 해준다. 즉, 『조선동화대집』의 출간을 일회성이 아니라 동화 운동이라는 연속성의 입장에서 접근해야 한다는 시각을 제공해 주었다.

하지만 이러한 성과에도 불구하고, 『조선동화대집』의 주제 의식을 규명한 부분에서는 다소 아쉬운 점이 있다. 김경희는 『조선동화대집』에서

---

59) 김경희, 『심의린의 동화 운동 연구』, 서울대학교대학원 박사학위논문, 2016, 23~25쪽.

강조한 주제 의식을 '바보와 꾀쟁이, 절대적 가치, 현실적 가치' 등 세 가지로 나누어 해당 작품을 분류했다. 이러한 주제 의식과 분류는 기준 설정의 문제, 작품 분류의 문제, 개별적 주제와 집단적 주제의 문제 등의 관점에서 생각해 볼 여지를 남긴다. 첫째, 기준 설정의 문제이다. 김경희는 『조선동화대집』의 주제의식의 기준을 '바보와 꾀쟁이, 절대적 가치, 현실적 가치'로 나누었는데, 이 세 가지는 동류항 또는 동류 층위로 묶일 수 있는 기준이 아니다. '바보와 꾀쟁이(바보, 꾀쟁이)'는 제재의 관점을 따른 기준이고, '절대적 가치(효, 형제애, 은혜, 욕심, 신의)'는 윤리적 관점을 따른 기준이고, '현실적 가치(헛된 꿈, 경제적인 문제, 모험과 문제해결)'는 효용적 관점을 따른 기준이다. 기준 설정의 일관성이 다소 없어 보인다. 둘째, 작품 분류의 문제이다. 기준 설정에 문제가 있으니, 이에 따른 작품 분류에도 착종 및 혼효가 나타난다. '바보와 꾀쟁이'로 분류된 작품 중 〈장승 해몽〉은 바보와 꾀쟁이와는 관련이 없는 이야기이며, '절대적 가치' 중 '형제애'로 분류된 〈콩쥐팥쥐〉, '욕심'으로 분류된 〈오작교〉는 각각 형제애와 욕심과 그렇게 관련이 없는 작품이다. 셋째, 개별적 주제와 집단적 주제의 문제이다. 김경희는 『조선동화대집』에 나타난 이러한 주제 의식을 '심의린이 『조선동화대집』에서 추구하는 가치'[60]로 보았다. 하지만 『조선동화대집』의 작품은 선행 원전 또는 당대 설화 작품을 개작·변용·재창작한 경우가 많아서, 해당 작품의 주제가 심의린 '개인'이 의도한 주제인지, 오랜 전승을 통한 민중 '집단'이 의도한 주제인지는 생각할 여지가 있다. 논자의 조사에 의하면, 『조선동화대집』 소재 66편 작품 중 약 20편 정도가, 『조선동화대집』 발행 시점(1926년)보다 선행한 저서[61] 속에서 발견된다. 그렇다면 『조선동화대집』의 주제가 심의린 개인

60) 김경희, 『심의린의 동화 운동 연구』, 서울대학교대학원 박사학위논문, 2016, 54쪽.

61) 『요지경』(구활자본, 1910년), 『仰天大笑』(1913년), 『八道才談集』(1918년), 『요절복통 익살주머니』(1921년), 『古今奇談集』(1923년).

이 의도한 주제인지, 민중 전승에서 나타나는 주제인지에 대한 판단은, 더 연구가 필요한 문제이다.

작품론적 관점의 연구는 다양한 결과가 도출되었다. 주로 『조선동화대집』의 민족주의적 성향, 소화의 비율 우세, 우의적 성격과 그 의미, 〈반쪽이〉의 최초 판본, 번안 작품과 광포 설화의 구분 등을 밝히고 있었다. 이들 결과는 모두 그 근저에 『조선동화대집』이 창작문학인가, 적층문학인가 하는 문제와 맞닿고 있다. 즉, 『조선동화대집』에 나타나는 민족주의적 성향이 심의린 개인의 창작에 의한 것인지, 아니면 구비 전승된 적층문학의 것인지 하는 문제가 남아 있다. 이하의 결과인 소화의 비율 우세, 우의적 성격과 그 의미, 〈반쪽이〉의 최초 판본, 번안 작품과 광포 설화의 구분 등도 마찬가지로, 창작문학의 특성인지, 적층문학의 특성인지 하는 의문을 남기고 있다. 더구나 『조선동화대집』에 실린 적지 않은 이야기가, 앞선 시기의 재담집에 실린 이야기여서 문제는 더 복잡하게 된다.

『조선동화대집』에 나타난 여러 특성들이 창작문학의 특성인지, 적층문학의 특성인지에 관한 결론은 쉽지 않다. 이는 문학의 본질인 개성과 보편성 중에서[62] 어느 것이 더 강하느냐를 결정하는 것만큼 어려운 문제이다. 주지하다시피, 이야기는 인물의 행동과 기능에 따라 그 특성이 결정되는 경우가 많다. 하지만 전래동화 또는 설화의 특성상 등장인물이 달라도 그들의 행동과 기능은 바뀌지 않는다. 즉, 서로 다른 인물이 동일한 행동을 한다고 볼 수 있다.[63] 따라서 심의린의 『조선동화대집』에 나타난 다양한 인물들의 기능 또는 특성이 심의린 개인의 창작인지, 아니면 구비 전승되는 설화에서 유래한 것인지를 밝히는 데에는 더 많

62) 구인환 외, 『문학개론』, 삼영사, 2002, 65~69쪽.
63) 블라디미르 프로프 지음, 유영대 옮김, 『민담형태론』, 새문사, 1987, 25쪽.

은 시간과 노력이 필요할 듯하다.

4. 반영론적 관점의 연구: 식민 담론과 민족 담론

문학 작품은 개인이 창작하지만, 그 개인과 작품은 당대 현실의 영향에서 자유로울 수 없다. 문학이 현실 세계 또는 우주와 어떠한 관련을 짓고 있다는 생각은 문학에 대해서 사람이 가질 수 있는 가장 자연스러운 생각의 하나이다.[64] 어떤 위대한 작가의 어떤 위대한 작품도 시대 상황과 시대 정신으로부터 떨어져 있을 수는 없다. 즉, 작가의 생산적 창조는 어떤 특정한 시간 속에서 일어나며 그 시대적 삶의 현실과 사상적 자산과 실존적 문제성을 재현한다고 볼 수 있다.[65]

반영론이란 문학을 현실의 반영으로 이해하는 미학을 말한다.[66] 그리고 반영론적 관점은 문학이 현실의 반영이라는 기본 전제에서 출발한다. 문학 작품의 내용을 보고, '과연 실제 그대로구나'라고 말하는 것은 작품의 내용과 작품의 대상이 되는 현실 세계와의 관계를 중시하는 반영론적 관점이다.[67] 반영론적 관점의 연구는 사회학적 비평 방법이라고도 할 수 있는데, 문학 작품을 둘러싸고 있는 사회적・역사적 맥락에 깊은 관심을 갖는다.[68] 독창적이고 창의적인 작품이라도, 그 작품을 둘러싼 시공적인 맥락과 무관한 진공 상태에서 독자적으로 출현할 수는 없다. 또한 인간은 사회적 동물이기 때문에, 인간을 표현하는 문학은 곧 사회와 현실을 도외시할 수 없다.[69] 즉, 문학의 생산은 일정한 현실을 반영하는 과정이기에,[70]

---

64) 이상섭, 『문학이론의 역사적 전개』, 연세대학교 출판부, 1985, 9쪽.
65) 허창운, 『현대문예학개론』, 서울대학교출판부, 1993, 31쪽.
66) 나병철, 『문학의 이해』, 문예출판사, 1997, 85쪽.
67) 권영민, 『문학의 이해』, 민음사, 2009, 290쪽.
68) 김욱동, 『문학이란 무엇인가』, 문예출판사, 1998, 295쪽.

반영론적 관점의 연구는 작품에 반영된 현실을 중시한다.

이처럼 반영론적 관점의 연구는 문학이 거울과 같이 사회를 반영 또는 재현한다는 관점의 연구이다.[71] 이때의 거울은 현실 그대로가 아니라, 작가에 의해 취사 선택된 현실이고 축소 확장된 현실이며, 표층과 심층의 입체성을 띤 현실이다. 즉, 문학 작품에 형상화된 현실의 거울 같은 반영은, 무의미하고 무질서한 일상적 현실을 유의미하고 질서 있는 문학적 현실로 재현하고자 하는 반영이다. 이러한 반영론적 관점의 연구에 해당되는 논문은 2편이 있다.

⑨ 우리 옛이야기, 그 탈주-담론의 심층사회학, 최윤정, 2013.(한국문학이론과 비평학회, 『한국문학이론과 비평』 제58집, 2013.)
⑪ 일제강점기에 간행된 〈조선동화집〉 연구, 이현진, 2014.(한국일본어문학회, 『日本語文學』 제63집, 2014.)

최윤정은 「우리 옛이야기, 그 탈주-담론의 심층사회학」이라는 논문에서, 식민지 시기에 명확하게 대립하는 두 개의 대립적인 시선을 상정한다. 『조선동화집』으로 대표되는 제국의 시선과 『조선동화대집』으로 대표되는 식민지 민족의 시선이 그것이다. 그는 이 논문에서, 『조선동화대집』이 22편이나 되는 『조선동화집』의 이야기를 재수록하고 있는데, 이의 분석을 통해서 『조선동화대집』은 『조선동화집』의 되받아 쓰기이고, 식민지 제국으로부터의 탈주 담론이었다고 규명한다.

그 예로 비슷한 유형의 이야기인 『조선동화집』 소재 〈심부름꾼 거북이〉와 『조선동화대집』 소재 〈별주부〉의 제목을 비교한다. 그 결과, 〈심부름꾼 거북이〉는 거북이의 수동성을 특징적으로 드러내고, 〈별주부〉는

69) 구인환 외, 『문학개론』, 삼영사, 2002, 95쪽.
70) 구인환 외, 『문학교육론』, 삼지원, 2013, 159쪽.
71) 권영민, 『문학의 이해』, 민음사, 2009, 291쪽.

우리 고전과 동화의 연계성을 드러낸다고 한다. 아울러 '주부(主簿)'라는 조선의 신분적 특질을 기북이에게 부여함으로써, 사회·역사적 맥락 읽기도 가능하다고 한다.

그에 따르면, 일본인이 편찬한 『조선동화집』은 우리 옛이야기의 내용을 제목에 충실하게 반영하지 못하는데, 이는 우리 민족을 동화하기 위한 식민 전략이거나 식민지 민족 문화를 폄하하려는 전략이라는 것이다. 즉, 일본인이 우리 민족의 심성, 정신, 사유 체계를 이해하지 못했거나 우리만의 독특한 존재나 맥락을 생략·소거하여 우리 고유의 이야기를 보편 담론화한 것으로 보았다.

이에 반하여 『조선동화대집』은 '조선적인 것'이나 역사적 맥락을 유표화하는 방식으로 우리 옛이야기를 복원하거나 보충하고 있다. 그래서 『조선동화대집』은 『조선동화집』이 무시하고자 했던 존재나 맥락을 복원·발견하면서, 민족적 심성이나 정신을 전수하는 민족 담론이 된다고 한다.

이현진은 「일제강점기에 간행된 〈조선동화집〉 연구」라는 논문에서, 일제강점기 1920년대에 일본인들이 간행한 '조선동화집'類와 심의린이 간행한 『조선동화대집』을 비교·분석하고 있다.

1920년대에 일본은 아동문학의 성장기였고, 조선은 아동문학의 발흥기였다. 이 시점에서 조선총독부는 식민지 민속 자료 정리 및 내선일체(內鮮一體) 정책의 일환으로 『조선동화집』을 간행했다고 한다. 이 과정에서 일본 국내에서도 '조선동화집'類가 간행되었다. 미와 다마키의 『전설의 조선』(1919년), 마쓰무라 다케오의 『세계동화대계』 일본편 '조선의 部'(1924년), 나카무라 료헤이의 『조선동화집』,(1926년), 다나카 우메키치의 『일본옛날이야기집 下』 '조선편'(1929년) 등인데, 이는 내선일체의 목적보다는 '조선적인 것'들을 소재로 하여 조선적 특색과 조선의 모습을 전달하고자 했다고 한다. 그 근거로 조선적 정취의 삽화와 재미있는 구성(『일본옛날이야기집

下』 '조선편'), 해학적인 동화와 조선의 고유한 동화 수록(『세계동화대계』 일본편 '조선의 部'), 조선 고유의 동화 수록과 다양한 호랑이 동화 수록(나카무라 료헤이의 『조선동화집』) 등을 들고 있다.

그는 이 논문에서, 조선총독부에서 간행한 『조선동화집』은 내선일체의 목적이 보이고, 일본에서 간행된 '조선동화집'類는 조선의 특색과 모습을 전하고자 했다고 한다. 반면에, 『조선동화대집』은 식민지 조선이라는 상황을 제시, 이야기의 사실성과 구체성, 인간과 친화적인 호랑이 관련 동화 제시, 세상 물정 모르는 양반에 대한 풍자, 근검절약을 소재로 한 해학적인 내용 등의 특색이 있다고 결론짓는다.

위에서 2편의 논문을 중심으로 반영론적 관점의 연구 결과를 살펴보았다. 우선 『조선동화집』과 『조선동화대집』의 작품을 비교・분석하여, 『조선동화대집』이 『조선동화집』의 되받아 쓰기이고 식민지 제국으로부터의 탈주 담론이었다는 주장의 성과와 남는 문제를 살피기로 하자. 이 논문의 저자는, 제국주의 일본이 식민지 조선 통치의 정당성 강화를 위해, 우리 동화가 수집・간행되었다는 것을 밝히고 있다. 이의 분석을, 제국의 시선으로 대표되는 총독부 발행 『조선동화집』과 식민지 민족의 시선으로 대표되는 심의린 편찬 『조선동화대집』에 중복되어 나타나는 22편의 이야기를 통해 시도했다. 물론 이 논문 이전에도 이와 유사한 결론을 제시한 논문이 있었지만, 이 논문의 특징은 결론을 위한 근거가 객관적이라는 것이다. 이전 논문들이 심의린의 이력을 근거로 『조선동화대집』이 민족주의적 성향을 띤다고 밝혔지만, 이 논문은 『조선동화집』과 『조선동화대집』의 중복되는 이야기를 통해, 구체적 근거를 제시하고 있다. 『조선동화집』은 우리 민족의 심성, 정신, 사유 체계를 생략・소거하려 했지만 『조선동화대집』은 이를 복원・보충하여 민족적 심성이나 정신을 전수하려 했다는 주장은, 향후 연구에 커다란 지표가 될 듯하다. 그 결론의 정당성과 근거의 명징성에 대한 다양한 접근과 분석을 열어놓고 있다.

하지만『조선동화집』과『조선동화대집』을 식민 담론: 민족 담론의 대립으로 본 결론은, 뚜렷한 지표가 되기도 하지만 동시에 문제점이 되기도 한다. 저자가 식민 담론: 민족 담론의 근거로 분석한『조선동화대집』의 이야기는 22편이다.『조선동화대집』에는 모두 66편[또는 83편]의 이야기가 있는데, 저자가 분석한 22편의 이야기 외에도 44편[또는 61편]의 이야기가 더 있다. 논의 과정에서 저자는『조선동화대집』소재 22편의 이야기를 근거로『조선동화대집』이『조선동화집』의 '되받아 쓰기'라고 규정했는데, 22편의 이야기는『조선동화대집』소재 전체 이야기의 1/3 또는 1/4에 해당한다. 일부에 해당하는 이야기를 대상으로『조선동화대집』전체의 성격을 '되받아 쓰기'로 규정한 것은 재론의 여지가 있다. 1/3 또는 1/4에 해당되는 이야기가 '되받아 쓰기'였다면, 나머지 2/3 또는 3/4에 해당되는 이야기는 '되받아 쓰기'가 아니라는 것이다. 그래서『조선동화대집』을『조선동화집』의 '되받아 쓰기'로 본 관점은 재론의 여지가 있을 것 같다.『조선동화대집』의 일부 이야기가 식민지 탈주 담론을 의미한다면, 더 많은 나머지 이야기도 무엇인가를 의미하고 있다고 보아야 한다. 그렇다면 일부의 이야기가 지향하는 의미보다는 더 많은 부분의 이야기가 지향하는 의미가 도출되어야 할 것이다. 또한『조선동화대집』에는 우리 고유의 설화를 많이 채록・개작하고 있다. 구비 전승되던 조선의 많은 이야기들을 수록하고 있다. 그렇다면『조선동화대집』은 조선총독부가 간행한『조선동화집』을 '되받아 쓰기'하고 있는 것이 아니라, 오랜 세월 구비 전승되던 우리 고유의 설화를 '되받아 쓰기'하고 있는 것으로 볼 수 있다. 주지하다시피, 설화는 민중의 문학이고 민족의 문학으로 존재한다.[72] 따라서『조선동화대집』은, 저자의 결론처럼,『조선동화

72) 장덕순 외,『구비문학개설』, 일조각, 1995, 7~9쪽.

집』이 무표화 또는 부정했던 우리의 심성, 정신, 사유 체계를 복원하려 했던 것이 아니라, 이미 전승되던 우리 설화에 내재된 민족적 심성과 정신을 표현했다고도 할 수 있다.

다음은 일제강점기 1920년대에 조선총독부 또는 일본인들이 간행한 '조선동화집'類와 심의린이 간행한 『조선동화대집』을 비교·분석한 논문의 성과와 남는 문제를 살피기로 하자. 이 논문 역시 「우리 옛이야기, 그 탈주-담론의 심층사회학」이라는 논문과 비슷한 결론을 내리고 있다. 식민지 시기 발행된 일본어로 된 '조선동화집'類와 심의린의 『조선동화대집』의 작품을 비교하여, 일본어로 발행된 동화집은 내선일체의 강조 또는 조선의 특색과 모습 제시 등의 특징이 있는 반면, 『조선동화대집』은 식민지 조선의 상황과 풍자적·해학적 내용을 구체적으로 제시한 특색이 있다고 결론짓는다. 이 논문의 성과는 첫째, 식민지 시기 간행된 일본어로 된 다양한 '조선동화집'類를 발굴하고 제시했다는 것이다. 이전에 발표된 다른 저자의 논문에서는 민족 담론의 분석 대상은 『조선동화대집』이었고, 식민지 담론의 분석 대상은 조선총독부 발행 『조선동화집』이었다. 하지만 이 논문에서는 식민지 담론의 분석 대상을 조선총독부 발행 『조선동화집』뿐 아니라, 일본 국내에서 일본어로 발행된 다양한 '조선동화집'類를 분석 대상으로 삼고 있다. 그래서 『조선동화집』은 내선일체를 강조하는 식민지 담론의 책이었고, 일본 국내에서 일본어로 발행된 다양한 '조선동화집'類들은 식민지 담론보다는 조선의 특색과 모습을 전하고자 했다는 새로운 의견을 제시한다. 이는 이전의 논의에서 『조선동화집』만 분석하여 식민지 담론으로 결론짓는 타성적 결론에서 벗어나, 일본어로 발행된 '조선동화집'類들이 조선과 일본에서 다른 목적으로 발행되었다는 참신한 결론을 이끌어낸 것으로 볼 수 있다. 둘째, 1919년 간행한 『전설의 조선』은 조선총독부가 1924년 발행한 『조선동화집』보다 이른 시기에 발행되었다는 것을 확인한 것이다. 기존의 연구에서는 조선총독부가 발행한 『조선동화집』을 우리 동화집의 출발로 삼고 논의를 전개했다. 그런데 이 자료의 확인으로, 우리 동화집의 최초, 저본, 전범의 역할을 한 저서를 『조선동화집』으로 보는 기존의 견해는 재론해야 할 필요가 있게 되었다.

이 논문은 위에서 밝힌 이러한 성과 외에 몇 가지 재론할 문제도 남기고 있다. 첫째, 『조선동화대집』의 지향성이 뚜렷하게 나타나지 않고 있다는 점이다. 저자는 이 논문의 서론에서, 일본어로 발행된 '조선동화집'類들과 동시기 국문전래동화집의 지향점이 무엇인지 구체적으로 밝혀볼 것이라고 했다. 그래서 저자는 일본어로 간행된 '조선동화집'類들의 여러 특색들을 분석하여, 이 동화집들이 '내선일체의 강조', '조선의 특색과 모습을 전달'이라는 지향점을 지니고 있다고 밝히고 있다. 하지만 『조선동화대집』의 분석을 통해서는 여러 특색만 제시할 뿐, 이 특색들이 총체적으로 지향하는 목표가 제시되어 있지 않다. 지향성(指向性)은 대상으로서의 어떤 것에 의식이 향하고 있는 것을 말한다.[73] 『조선동화대집』의 지향성은, 저자가 밝힌 여러 가지 특색을 통해 심의린의 의식이 구체적으로 향하고자 한 것이 무엇인지에 관한 것이다. 이 논문에서 저자는 『조선동화대집』의 특색으로 '식민지 조선이라는 상황을 제시, 이야기의 사실성과 구체성, 인간과 친화적인 호랑이 관련 동화 제시, 세상 물정 모르는 양반에 대한 풍자, 근검절약을 소재로 한 해학적인 내용' 등을 들고 있다. 하지만 이 여러 가지 특색들이 어떤 지향성을 지니고 있는지는 밝히고 있지 않는 듯하다. 둘째, 비교 대상의 다양성 문제이다. 식민지 담론의 분석을 위해서는 '조선동화집'類들을 대상으로 삼았는데, 민족 담론의 분석을 위해서는 『조선동화대집』 한 권만을 대상으로 삼고 있다. 식민지 담론의 분석 대상을 여러 권의 동화책으로 삼았다면, 민족 담론의 분석

73) 차인석, 「現象學에 있어서의 指向性과 構成」, 한국현상학회 편, 『現象學이란 무엇인가』, 심설당, 1990, 43쪽.

을 위해서도 그 시기에 우리말로 발행된 다양한 동화책을 대상으로 삼았어야 했다.[74] 셋째, 『조선동화대집』의 특색 중에서 풍자성과 해학성은 구비 전승되는 우리 설화의 특색일 수 있다는 점이다. 『조선동화대집』에는 우리 설화를 채록 또는 개작한 작품이 많다. 저자가 이 논문에서 풍자성과 해학성이 드러난다고 밝힌 〈외쪽의 꾀〉, 〈문자 잘 쓰는 남자〉, 〈토목공이와 자린고비〉 등의 작품은 심의린 개인 창작이라기보다는, 구비 전승되던 우리 설화의 채록 또는 개작으로 보아야 한다.[75] 그렇다면 〈외쪽의 꾀〉, 〈문자 잘 쓰는 남자〉, 〈토목공이와 자린고비〉 등의 작품에 나타난 풍자성과 해학성은 『조선동화대집』의 특색이라기보다는 구비 전승되던 우리 설화의 특색으로 보는 편이 더 타당할 듯싶다. 넷째, 일본 국내에서 일본어로 발행된 '조선동화집'類들의 특색에 관한 문제이다. 저자는 조선총독부의 『조선동화집』이 내선일체 정책의 일환으로 간행되었다면, 일본 국내에서 일본어로 발행된 '조선동화집'類들은 조선의 특색과 모습을 전하려는 목적으로 간행되었다고 한다. 즉, 일본에서 간행된 '조선동화집'類들은 내선일체의 정책으로 간행된 것이 아니라는 입장을 취하고 있다. 하지만 일본에서 간행된 '조선동화집'類들 중에는 책의 제목이 '『세계동화대계』 일본편 〈조선의 部〉(1924년), 『일본옛날이야기집 下』 〈조선편〉(1929년)' 등으로 되어있는 것도 있다. 이것은 조선의 이야기가 일본의 이야기책 속에 들어가 있는 것으로 볼 수 있다. 이들 동화집에 수록된 조선의 이야기가 내용상으로는 조선의 특색을 드러낸다고 해도, 일본인들은 이 이야기들을 일본의 이야기로 인식하고 있는 셈이 된다. 즉, 조선의 이야기는 일본의 이야기에 속하고, 결국 조선=일본이라는 등

74) 박영만, 방정환, 손진태, 마해송 등이 저술한 작품을 예로 들 수 있다.

75) 『한국구비문학대계』에서 다양한 각편을 확인할 수 있다. <외쪽의 꾀>는 3-2권, 4-4권, 7-16권에 나와 있고, <문자 잘 쓰는 남자>는 1권, 4~8권에 걸쳐 수십 편이 있고, <토목공이와 자린고비>는 1-6권, 1-9권, 2-8권, 2-9권, 4-1권에서 찾아볼 수 있다.

식이 성립한다. 조선=일본은 바로 내선일체이다. 따라서 내용상으로 조선의 특색을 드러내는 이야기라고 해도, 결국 내선일체의 정책 또는 인식에 부합하는 이야기로 볼 수 있다.

반영론적 관점의 연구는 식민 담론과 민족 담론의 대비로 요약할 수 있다. 조선총독부에서 일본어로 발행한 『조선동화집』 또는 일본에서 일본어로 출판된 '조선동화집類'들은, 민족 문화를 폄하했고 일본의 식민 지배를 정당화했다는 것이다. 반면에 『조선동화대집』은 이에 맞서, 역사적 맥락을 유표화하는 방식으로 민족적 심성이나 정신을 전수하려 했다는 것이다.

이 결론은 물론 이론의 여지가 없다. 하지만 이러한 결론 외에 정작 필요한 기초적인 반영을 연구한 논문은 아직 발표되지 않고 있다. 즉, 『조선동화대집』에 반영된 당대 조선의 현실을 천착한 논문은 현재까지 찾아볼 수 없다. 다른 동화집이나 설화집과 달리, 『조선동화대집』에는 당대의 구체적 지명, 관직명, 배경 등이 많이 제시되어 있다. 자동차(自働車), 서울, 경성, 훈련원, 군청, 군수, 객차, 경성역, 인력거, 차장, 삼등차표, 우편소, 우표, 소포계, 전신선, 전봇줄, 청국(淸國), 태전꾼(駄傳軍), 지나(支那), 병조판서, 군부대신(軍部大臣), 경인선 철도, 정거장, 피고, 법정, 법관, 사형, 소송 등을 예로 들 수 있다. 이들 단어를 시작점으로 하여, 『조선동화대집』에 반영된 1920년대 조선의 현실에 대한 연구를 시도할 수 있으리라 여겨진다.

이를 바탕으로 후속 연구에서는, 『조선동화대집』이 당대 조선의 현실을 어떻게 나타내고 있는지를, 정치, 경제, 사회, 문화의 측면에서 무엇을, 어떻게 반영하고 있는지를 더 고구했으면 한다. 이러한 당대 조선의 현실 반영에 대한 고찰은, 『조선동화대집』이 창작문학인지 적층문학인지를 밝히는 데에도 단서를 제공할 수 있을 것이다.

5. 맺으면서

『조선동화대집』에 대한 본격적인 연구는 2008년부터 시작되었다고 볼 수 있다. 올해가 2017년이니, 거의 10년의 시간이 흐른 셈이다. 10년이란 시간은 그야말로 길다면 길고, 짧다면 짧은 시간이다. 하지만 어떤 텍스트에 대한 연구에서, 10년이란 시간은 아직 초창기에 불과하다. 이러한 초창기에도 불구하고, 다행스럽게도 『조선동화대집』에 대한 많은 연구가 진행되어, 본고에서 13편의 일반 논문과 1편의 박사 논문을 살필 수 있었다. 위에서 살핀 14편 논문의 연구 동향을 간단히 나타내면 다음과 같다.

	작가론	작품론	독자론	반영론
①		○		
②		○		
③		○		
④		○		
⑤		○		
⑥	○			
⑦		○		
⑧		○		
⑨				○
⑩	○			
⑪				○
⑫	○			
⑬		○		
⑭		○		

그리고 각각의 관점에 따른 연구는 다음과 같은 특징이 있었다. 작가론적 관점의 연구에 대한 성과는 『조선동화대집』의 편찬 배경에 대한 폭 넓은 접근을 했다는 것, 심의린을 민족주의적 성향의 인물로 보기 힘들다는 것, 『조선동화대집』은 아동을 위한 이야기라기보다는 아동을 가

르치기 위한 이야기였다는 것 등이었다. 이러한 성과는 다음의 한계도 아울러 지니고 있었다. 제국주의 침략의 의도와 애국계몽적 의도로 양분하여 『조선동화대집』의 편찬 의도를 밝힌 결론은 좀 더 많은 근거가 필요하다는 것, 심의린의 논저가 그 당시에는 얼마나 식민사관에 가까웠는지에 대한 분석이 필요하다는 것, 문학에는 원래 교시적 기능과 쾌락적 기능이 내재되어 있기 때문에 '아동을 위한 이야기'와 '아동을 가르치기 위한 이야기'의 구분이 힘들다는 것 등이었다.

작품론적 관점의 연구는 양적인 다양함과 질적인 깊이를 함께 갖추고 있었다. 『조선동화대집』의 전체 이야기를 유형별로 정리하고 그 특징을 연구한 논문(김경희, 권혁래, 김미영, 백민정)도 있었고, 『조선동화대집』의 일부 또는 한 작품을 분석하여 그 특징을 연구한 논문(조상우, 김환희, 김혜경)도 있었다.

먼저 『조선동화대집』의 전체 이야기를 유형별로 정리하고 특징을 밝힌 논문들의 성과는 다음과 같았다. 첫째, 『조선동화대집』은 당대 일본인들이 발행한 '조선동화집'類들과는 다른 특징이 있었다고 주장한다. 그리고 그 다른 특징은 민족주의적 성향으로 수렴된다. 둘째, 『조선동화대집』에 나타난 이야기들은 소담, 신이담, 동물담, 일반담 또는 소화, 동식물민담, 보통민담, 신화적 민담 등으로 구분되는데, 이 중에서 소담(笑談) 또는 소화(笑話)의 비율이 가장 높다는 것이다. 이러한 성과는 다음의 한계도 아울러 지니고 있었다. 첫째, 『조선동화대집』의 민족주의적 성향이 『조선동화대집』에만 나타나는 특징인지, 아니면 우리 전통 설화에 이미 내재된 특징인지를 따져볼 필요가 있다는 것이었다. 둘째, 유형분류 기준 자체의 객관성 확보와 그 적용의 엄밀성이 요구된다는 것이었다.

그 다음 『조선동화대집』의 일부 또는 한 작품을 분석하여 그 특징을 연구한 논문들의 성과는 다음과 같았다. 첫째, 『조선동화대집』에 나타난 우의적 성격의 동화를 선정하여 그 의미를 밝힌 것이었다. 둘째, 〈반쪽이〉 이야기의 통시적 고찰을 시도하여, 〈반쪽이〉의 최초 판본을 『조선동화대집』으로 규정한 것이었다. 셋째, 『조선동화대집』 소재 〈개구리 神仙〉은 번안 작품이 아니라 광포 설화의 영향을 받아 심의린이 개작했을 수 있다는 것이었다. 이러한 성과는 다음의 한계도 아울러 지니고 있었다. 첫째, 우의의 유형 설정 기준이 없다는 것과 해당 작품이 가지는 우의의 의미 논의 과정이 다소 부족하다는 점이었다. 둘째, 반쪽이가 외다리냐 두 다리냐 하는 것은 〈반쪽이〉 이야기에서 중요한 화소가 아닐 수 있기 때문에, '외다리 반쪽이' 형을 보편적 구전설화로 본 것은 재론의 여지가 있다는 것이었다. 셋째, 〈개구리 신선〉과 〈두꺼비 신랑〉의 친연성보다는 〈개구리 신선〉과 〈개구리 왕자〉의 친연성이 훨씬 두드러지기 때문에, 〈개구리 신선〉은 광포 설화 〈두꺼비 신랑〉을 개작했다기보다는, 그림형제의 동화 〈개구리 왕자〉를 번안했다고 보는 것이 더 타당하다는 것이었다.

그리고 김경희의 박사 논문이 있었다. 이 논문의 성과는 심의린의 생애를 새로운 자료를 통해 전체적으로 밝혔다는 것과, 『조선동화대집』의 특성을 일련의 '운동'의 과정 속에서 연속적으로 살폈다는 것이었다. 다만, 이러한 성과에도 불구하고, 『조선동화대집』의 주제 의식을 규명한 부분에서는 다소 아쉬운 점이 있다. 그는 『조선동화대집』에서 강조한 주제 의식을 '바보와 꾀쟁이, 절대적 가치, 현실적 가치' 등 세 가지로 나누어 해당 작품을 분류했는데, 그러한 주제 의식과 분류는 기준 설정의 문제, 작품 분류의 문제, 개별적 주제와 집단적 주제의 문제 등의 관점에서 생각해 볼 여지를 남기고 있었다.

반영론적 관점의 연구에 대한 성과는 첫째, 『조선동화집』은 우리 민족의 심성, 정신, 사유 체계를 생략・소거하려 했지만, 『조선동화대집』은 이를 복원・보충하여 민족적 심성이나 정신을 전수하려 했다는 것이었다. 둘째, 일본어로 발행된 '조선동화집'類는 내선일체의 강조 또는 조선의 특색과 모습 제시 등의 특색이 있는 반면, 『조선동화대집』은 식민지 조선의 상황과 풍자적·해학적 내용을 구체적으로 제시한 특색이 있다는 것이었다. 이러한 성과는 다음의 한계도 아울러 지니고 있었다. 첫째, 22편이라는 일부의 이야기를 근거로 『조선동화대집』을 『조선동화집』의 '되받아 쓰기'라고 규정한 것이었다. 둘째, 『조선동화대집』의 지향성이 뚜렷하게 나타나지 않았다는 것과 일본 국내에서 발행된 '조선동화집'類들도 결국은 내선일체의 정책에 부합하고 있었다는 것이었다.

2008년부터 2017년까지 약 10년 동안 진행된 『조선동화대집』의 연구 동향을 본고에서 고찰한 결과, 그 연구의 방향이 작품론에 치중되었다는 것을 확인할 수 있었다. 작가론적 연구나 반영론적 연구는 2~3편에 불과했고, 독자론적 관점의 연구는 1편도 없었다. 이로 보아 『조선동화대집』 연구의 중심은 작품론에 치중되어 있다는 것을 알 수 있다.

일반적으로 문학연구는 텍스트나 작품 자체에 대한 연구에서 시작되어 다른 분야로 다양하게 변주되고 확대되어야 한다. 『조선동화대집』의 연구 역시 작품론 뿐 아니라, 작가론, 독자론 등의 분야로 다양하게 활성화되어야 한다. 문학은 단순히 물적 대상으로 바라볼 것이 아니라 작가-작품-독자의 구도 속에서 역동적으로 구체화되는 문학현상으로 보아야 하기 때문이다.[76)]

우선 심의린의 일생과 업적에 대한 자세한 연구가 더 필요하다. 작가론에 대한 논문이 3편 있지만, 앞으로 더 많은 작가론적 연구가 요구된다. 반영론적 관점의 연구도 2편에 불과하다. 『조선동화대집』이 우리 고유의 설화를 많이 수용하고 있지만, 그 채록·개작의 과정에 작가의 관점이나 시대 상황이 작용할 수 있다. 따라서 작가의 개인 체험이나 의도,

76) 구인환 외, 『문학교육론』, 삼지원, 2013, 108쪽.

당시 시대 상황의 반영에 대한 연구가 가능할 것이다.

그리고 기존 연구에서 가장 취약한 분야가 독자론적 관점의 접근이었다. 독자론적 관점은 효용론적 관점, 수용미학적 관점이라고도 하는데, 그 연원은 플라톤까지 소급할 수 있다. 주지하다시피 플라톤은 문학의 효용성을 부정하였으나, 그것은 이미 문학의 영향력을 심각하게 생각하고 난 뒤의 결론이었다.[77] 독자론적 관점은 문학 작품이 독자에게 어떤 효용을 주는가 하는 관점에서 문학 작품을 연구하는 관점이다. 이 관점을 따르면, 문학 작품의 의미는 인쇄된 지면에 있지 않고 오직 독자의 의식에만 존재할 따름이다.[78] 즉, 인쇄된 문학 작품은 '텍스트'이고, '작품'이란 텍스트가 독자의 의식 속에서 재정비되어 구성된 것으로 본다.[79] 따라서 텍스트(Text)가 수용자에 의해 소통 과정에 놓일 때, 비로소 그것은 심미 대상(객체)으로 화하면서 작품(Werk)이 된다고 간주한다.[80] 이는 문학 작품 소통의 관점에서 볼 때, 독자에게 수용되고 감상된 텍스트가 진정한 작품이라는 말과 통한다. 텍스트는 필연적으로 빈틈을 많이 내포하고 있다. 그래서 텍스트는 자체로서는 불확정적인 무력한 상태여서, 독자가 이를 반드시 어떤 확정적 의미의 체계로 살려내야 한다.[81]

이러한 독자의 능동적 읽기를 강조하는 독자론적 관점의 접근은 기존 연구에서 거의 진행되지 않았다. 그 이유는 기본적으로 시간과 공간의 제약으로 인한 자료의 한계 때문이라고 볼 수 있다. 이런 한계에도 불구하고 『조선동화대집』의 효용-문학교육적 가치를 분석한 논문이 있기는 하지만,[82] 본격적인 독자론적 관점의 접근이라고는 보기 힘들다. 당시

77) 이상섭, 『문학이론의 역사적 전개』, 연세대학교 출판부, 1985, 71쪽.
78) 김욱동, 『문학이란 무엇인가』, 문예출판사, 1998, 295쪽.
79) 구인환 외, 『문학교육론』, 삼지원, 2013, 170쪽.
80) 허창운, 『현대문예학개론』, 서울대학교출판부, 1993, 62쪽.
81) 이상섭, 『문학비평 용어 사전』, 민음사, 2001, 67쪽.
82) ① 신원기, 「『조선동화대집』의 내용과 문학교육적 가치에 대한 고찰」, 한국초등국어교

의 신문 기사나 광고, 아동 잡지[83] 등을 분석하면, 『조선동화대집』에 대한 광범위한 독자론적 연구를 시도할 수 있으리라 생각된다. 양적·질적으로 이에 대한 다양한 접근이 시도되었으면 한다.

서론에서도 미리 밝혔지만, 본론에서 살핀 14편의 논문 한편 한편이 땀과 애태움의 결정체임을, 논자는 누구보다도 잘 알고 있다. 본고에서 살핀 해당 논문에 대한 성과와 한계의 고찰이 미흡하거나 논점과 어긋날 수도 있다. 나무는 보고 숲은 보지 못한 단견이 있다면, 이는 오로지 논자의 능력 부족과 오독에 기인한 것임을 다시 한번 밝혀 둔다. 본고의 서술과 결론이 선학(先學)과 동학(同學)들의 노력에 작은 해로움이라도 되지 않았으면 하는 마음 간절하다.

* 「한국문학논총」 제76집(한국문학회, 2017.)에 실린 「심의린(沈宜麟)의 『조선동화대집』에 대한 연구 동향 고찰」이라는 논문을 보완했음.

육학회, 『한국초등국어교육』 제38집, 2008. ② 신원기, 「번안동화(설화)의 문학교육적 지향성 고찰: 우리말 최초의 동화집·설화집 『朝鮮童話大集(1926)』을 중심으로」, 한국초등국어교육학회, 『한국초등국어교육』 제42집, 2010. ③ 신원기, 「설화에 나타난 소외의 모습과 문학교육적 가치: 우리말 최초의 설화집 『朝鮮童話大集(1926)』을 중심으로」, 한국초등국어교육학회, 『한국초등국어교육』 제45집, 2011.

83) 1923년경을 기점으로 해서 『어린이』를 비롯한 아동 잡지의 발간은 폭발적으로 증가하게 된다. 이에 대해서는 '조은숙, 『한국 아동문학의 형성』, 소명출판, 2009, 162~181쪽.'을 참조할 것.

설화說話의 문학교육적 가치에 관한 고찰

1. 들머리에

설화는 이야기이다. 설화는 말로 전승되는 이야기이다. 이야기가 전승되려면 이야기 하는 사람, 듣는 사람 그리고 어떤 내용이 있어야 한다. 즉, 화자, 청자, 전언이 필요하다. 요사이 이야기를 설화라고 하지는 않는다. 설화는 옛날이야기인데, 신화, 전설, 민담으로 나누기도 한다.[1] 말로 전해진다는 것은 입에서 입으로 전승된다는 말인데, 이른바 구비(口碑)이다. 현재의 관점에서 볼 때, 이 구비성은 상당히 약화되어 있다. 논자 자신도 옛날이야기를 누군가로부터 들은 기억이 까마득하고, 해 준 기억은 더 까마득하다. 아이를 키우면서 아이들에게 해 주어야 할 설화는, 책, TV, 비디오, DVD 등이 그 자리를 대신한지 오래이다. 오늘날 엄밀한 의미에서의 일차적인 구술문화는 존재하지 않는다.[2]

설화가 구비 전승이라는 특성을 잃는다는 것은 설화의 존재 자체가 흔들리는 것으로 볼 수 있다. 현대화, 산업화, 문명화가 될 수록 설화는 설 자리를 잃어 가고 있다. 설화는 오랜 세월 민족과 함께 한 양식이기에, 일반 민중의 지식과 민족의 정신이 작용하고 있다.[3] 이는 설화의 풍성함에서 민족의 풍부한 심성과 경험과 교양을 읽을 수 있다는 말과 통한다.

---

1) 설화를 신화, 전설, 민담으로 하는 삼분법이 한국 설화에 처음 적용된 것은 정인섭의 『*Folk Tales From Korea*』(1952) 부터라고 한다. 최인학, 『구전설화연구』, 새문사, 1994, 15쪽 참조.

2) 월터 J. 옹 지음, 이기우・임명진 옮김, 『구술문화와 문자문화』, 문예출판사, 1995, 22쪽.

3) 김동욱 외, 『韓國民俗學』, 새문사, 1990, 276쪽.

따라서 설화를 잃는다는 것은 풍부한 경험과 교양을 잃는다는 말과 같다. 설화가 제자리를 찾아야 그 민족 또한 흔들리지 않는 좌표를 찾을 수 있다.

이러한 설화의 제자리 찾기는 설화의 교육으로 가능하다. 교육은 인간 행동의 계획적인 변화라고 할 수 있는데,[4] 설화의 올바른 자리 매김과 우리 민족의 심성과 교양을 드높이기 위해서는, 설화의 교육이 필요하다. 그리고 설화의 교육을 위해서는 설화에 어떤 가치가 있는지를 먼저 밝혀야 한다. 설화의 문학교육적 가치를 먼저 살펴야, 이를 바탕으로 하여 제재 선정과 교육 내용을 설정할 수 있기 때문이다. 또한 학교 현장에서 관습적으로 설화를 교육하고 있지만, 왜 설화를 교육해야 하는지에 대한 원론적인 고찰이 미미하기 때문이기도 하다.

구비성, 전승성이 약화된 이 시점에서, '설화'는 국어교육의 현장에서 어떤 문학교육적 가치가 있는지 알아보는 것이 본고의 목적이다. 가치는 좋거나 나쁜 것의 구분이나 그 구분의 근거 또는 기준에 관한 문제이거나,[5] 어떤 중요성을 의미한다.[6] 따라서 문학교육적 가치를 단순히 말하면, 학교에서 문학교육을 하면 어떤 좋은 점이 있는지 또는 어떤 중요성이 있는지를 알아보는 것이다. 설화의 문학교육적 가치는 두 가지 관점에서 생각할 수 있다. 하나는 설화 자체의 내적인 문제와 관련된다. 왜 설화를 가르치는가? 설화교육은 어떤 중요성이 있는가? 설화교육의 기능은 어떠한가? 등의 의문이 여기 해당된다. 다른 하나는 설화를 배운 학습자에게 나타나는 효과와 관련된 문제이다. 설화를 학습한 피교육자는 어떤 개념을 내재화하는가? 다른 국어 학습에서 배우지 못하고 설화 학습에서 나타나는 독특한 교육적 효과는 무엇인가? 등의 질문이 여기

4) 김대현 외, 『교육과 교육학』, 학지사, 2006, 20쪽.
5) 엄정식, 「가치와 삶」, 우리사상연구소 엮음, 『우리말 철학사전 4』, 지식산업사, 2005, 15쪽.
6) L. E. 래쓰 · M. 하아민 · S. B. 싸이몬 공저, 정선심 · 조성민 공역, 『가치를 어떻게 가르칠 것인가』, 철학과현실사, 1994, 24쪽.

에 해당된다. 편의상 전자를 설화의 내적 가치라 부르고, 후자를 외적 가치라 부를 수 있는데, 본고에서는 전자, 즉 내적 가치를 중심으로 설화의 문학교육적 가치를 살피고자 한다.

이를 위해 우선 설화의 특성을 살펴 그 특성 속에 어떤 문학교육적 가치가 있는지 알아볼 것이다. 설화의 교육 역시 설화에서 출발함으로, 설화 자체의 특성을 잘 살펴 여기에서 파생되는 가치를 갈무리할 필요가 있다. 두 번째로 설화의 문학성을 살펴 그 문학성 속에 어떤 문학교육적 가치가 있는지 알아 볼 것이다. 문학교육적 가치의 원천 역시 문학적 가치에서 출발함으로, 설화의 문학성에서 추출될 수 있는 문학교육적 가치를 들여다볼 것이다. 세 번째로 설화의 문학교육적 가치가 지향해야 할 바는 어떠해야 하는지를 살필 것이다. 첫 번째, 두 번째의 고찰은 이미 '있는 것'의 가치를 살피는 작업이라면, 세 번째의 고찰은 앞으로 '있어야 할 것'의 가치를 살피는 작업이다. 존재(sein)로써의 가치를 먼저 살피고, 이를 바탕으로 당위(sollen)로써의 가치를 살피고자 한다. 본고에서는 이러한 있어야 할 가치와 있는 가치를 살펴서, 궁극적으로 설화의 문학교육적 가치는 어떠해야 하는지를 정련화하고자 한다.[7)]

2. 설화의 특성과 문학교육적 가치

설화의 특성은 기존의 논저에서 아주 상세하게 언급되었다. 조윤제는 1941년 발행된『文章』3권 3호에 실린「說話文學考」란 논문에서, 설화는 口誦傳承하는 이야기이고, 그 자체 내에 문학성을 포유하고 있고, 고

7) 이러한 생각은 기본적으로 '있는 것'으로써의 가치와 '있어야 할 것'으로써의 가치가 상충된다는 인식을 바탕으로 하고 있다. 이러한 인식은 현실과 이상의 괴리는 항상 있게 마련이라는 관점과, 국어교육의 경험적 현장에서 설화교육이 원만하게 이루어지지 못하고 있다는 관점에서 시작되었다.

대인의 정신 생활을 반영하고 있다고 말하고 있다.[8] 이는 설화의 성격 또는 특성을 고구한 논문인데, 구송전승을 설화의 한 특성으로 밝힌 의의가 있다. 하지만 설화의 문학성이 과연 무엇인지에 관해서는 자세한 언급을 찾기 어렵다.

장덕순은 1960년 저술한 『國文學通論』에서, 口口傳承하는 설화는 일반 민중들에 의하여 만들어진 것이기 때문에 類型性이 많다고 했다.[9] 저자가 직접 말하지는 않았지만, 이 서술에서 설화의 구비성, 민중성, 적층성, 변이성, 유형성 등을 읽을 수 있다. 하지만 문자로 기록되어야 제대로 된 문학이란 인식이 강한 탓인지, 아무리 해도 설화 자체로는 어엿한 문학 작품이 못되고, 採錄되어 書冊으로 되어야 文學史上 중대한 意義를 얻을 수 있으리라고 한다. 그리고 서구에서는 설화가 일찍이 문자로 정착되어 설화, 서사시, 로만스, 노벨로 서사문학의 계보를 이루고 있는데, 우리의 경우는 그렇지 못하다고 밝히고 있다. 설화의 문학성은 선조들의 생활 감정과, 그 기풍, 취미, 정서와 같은 민족 정신의 정수를 찾을 수 있다는데서 그 의미가 있다고 했다.[10]

1971년 간행된 장덕순 외 『口碑文學概說』에서는 설화의 특징을 다음과 같이 밝히고 있다.[11] ①일정한 構造를 가진 꾸며 낸 이야기이다. ②口傳된다. ③散文性 ④口演 기회에 제한이 없다. ⑤話者가 聽者를 대면해서 청자의 반응을 의식하면서 구연된다. ⑥문자로 기재될 수 있는 기회가 많다. ⑦설화를 정착시켜 기록문학적 복잡성을 가미하면 소설이 된다. 여기서 밝힌 설화의 특징은 하나의 전범이 되어, 장덕순의 『韓國文學史』[12], 김승찬 외의 『韓國文學概論』[13] 등 이후 다른 연구

---

8) 최철 외 엮음, 『설화・소설의 연구』, 정음사, 1984, 158~171쪽.
9) 장덕순, 『국문학통론』, 신구문화사, 1988, 402쪽.
10) 장덕순, 『국문학통론』, 신구문화사, 1988, 402~405쪽.
11) 장덕순 외, 『구비문학개설』, 일조각, 1971, 15~17쪽.

서에서도 이 특징을 따르고 있음을 볼 수 있다.

조희웅은 1989년 저술한 『說話學綱要』에서 설화의 특성을 구전성, 민중성, 산문성, 허구성, 보편성, 범지역성 등 여섯 가지로 밝히고 있다.[14)]

윤용식 외는 1998년 발행한 『口碑文學槪論』에서 설화의 본질적 성격을 12가지로 말하고 있다.[15)] 윤용식 외가 밝힌 설화의 본질적 성격은, ①서사구조를 지닌 이야기 ②허구의 이야기 ③구비전승물 ④산문성 ⑤일상어로 구연 ⑥공동작 ⑦참여하는 층의 폭이 넓음 ⑧작자를 알 수 없음 ⑨여가현장에서 구연됨 ⑩특별한 사건이나 현상이 사건의 중심을 이룸 ⑪향유층의 세계관이 반영됨 ⑫문자 정착의 기회가 많음 등이다.

2000년 출판된 강등학 외의 『한국 구비문학의 이해』에서는 설화의 특징을 여섯 가지로 들고 있는데,[16)] 일정한 구조를 가진 꾸며낸 이야기, 구전성, 산문성, 연행의 개방성, 화자 자격의 비제한성, 보편성 등이다.

위에서 설화의 다양한 특성을 살펴보았는데, 주로 1971년 『구비문학개론』의 입장을 근간으로 하고 있음을 알 수 있었다. 그래서 본고에서도 1971년 『구비문학개론』에 나타난 설화의 특성을 기초로 하여, 이 특성에서 추출할 수 있는 문학교육적 가치를 살피도록 하겠다. 물론 설화의 특성 하나하나가 그대로 문학교육적 가치로 연결되지는 않을 것이다. 설화의 특성 중 문학교육에 합당한 것도 있고, 그렇지 않은 것도 있을 것이기 때문이다. 설화의 특성이 자원의 입장이라면 문학교육적 가치는 이를 다듬은 재료의 입장으로 볼 수 있다.

먼저 '설화는 일정한 구조를 가진 꾸며 낸 이야기'를 문학교육적 가치

---

12) 장덕순, 『한국문학사』, 동화문화사, 1975, 24~26쪽.
13) 김승찬 외, 『한국문학개론』, 삼지원, 1995, 402~403쪽.
14) 조희웅, 『설화학강요』, 새문사, 1989, 7~10쪽.
15) 윤용식 외, 『구비문학개론』, 한국방송대학교출판부, 1998, 28~33쪽.
16) 강등학 외, 『한국 구비문학의 이해』, 월인, 2000, 37~41쪽.

에 적용시켜 보면, 설화를 가르침으로써 구조와 서사에 관한 교육을 할 수 있다는 의미로 볼 수 있다. 즉 설화의 교육을 통해 구조와 서사에 관한 학습을 할 수 있다는 뜻이다. 여기서 구조는 물론 서사구조이므로, 학습자는 설화 교육을 통해 서사와 서사구조를 배울 수 있게 된다. 서사구조는 서사 학습에 포함되므로, 이는 결국 설화를 통해 서사를 가르칠 수 있음을 의미한다.

하지만 설화 역시 서사에 속하므로, 설화를 통해 서사를 가르친다는 말은 순환론적 오류를 범하는 셈이다. 또한 서사교육이란 너무나 범위가 넓어 서사의 무엇을 가르친다는 것인지 막연하다. 그래서 결국 서사 중에서 서사구조를 가르친다는 의미로 범위를 한정할 필요가 있다. 말하자면 문학교육의 입장에서는 설화 교육을 통해 서사구조를 가르칠 수 있다는 결론에 이르게 된다.

서사구조는 일찍이 아리스토텔레스에 의해 3단 구성으로 정의된 바 있고, 일반적으로 5단 구성으로 규정된다. 3단 구성은 '처음, 가운데, 끝'으로 나눌 수 있고,[17] 5단 구성은 '발단, 상승, 절정, 하강, 대단원' 으로 나눌 수 있다.[18] 그리고 3단 구성, 5단 구성 외에 앤드류(J. Dudley Andrew), 채트먼(Chatman) 토도로프(Todorov), 리몬 케넌(Rimmon-Kenan), 미에케 발(Mieke Bal), 클로드 브레몽(Claude Bremond) 등에 의해 서사구조가 다양하게 제시되기도 한다.[19] 이러한 분류, 특히 서양 학자들이 분류는 그것이 비록 서사구조의 유형을 밝힌 것이기는 하지만, 설화에 그대

17) 시초는 그 자신 필연적으로 다른 것 다음에 오는 것이 아니고, 그것 다음에 다른 것이 존재하거나 생성되는 성질의 것이다. 반대로 종말은 그 자신 필연적으로 또는 대개 다른 것 다음에 존재하고, 그것 다음에는 다른 것은 아무것도 존재하지 않는 성질의 것이다. 중간은 그 자신 다른 것 다음에 존재하고, 또 그것 다음에 다른 것이 존재하는 것이다. (아리스토텔레스 지음, 천병희 역, 『詩學』, 문예출판사, 1995, 54쪽.)

18) 김봉군, 『문장기술론』, 삼영사, 1996, 296~302쪽.

19) 조남현, 『소설신론』, 서울대학교출판부, 2005, 106~118쪽.

로 적용시키기에는 다소 무리가 따른다. 설화는 복잡한 인물의 복잡한 사건이 전개되기보다는, 비교적 단순한 인물의 단순한 사건이 전개되기에, 설화에서 가르치는 서사구조는 3단 구성이나 5단 구성이 적합하다.

이러한 3단 구성과 5단 구성의 서사구조를 가르치는 예는 교과서에서도 볼 수 있다. 2006학년도 고등학교 『국어』 교과서에 〈용소(龍沼)와 며느리바위〉라는 구술 채록물이 실려 있는데, 학습 활동에서 이야기를 처음, 중간, 끝의 3단계로 간략하게 정리하라는 활동이 나온다.[20] 5단 구성을 가르치는 예는 〈바리공주〉를 들 수 있다. '여성의 수난과 극복'이라는 한국 문학의 전통적인 모티프를 5단 구성을 통해 교수・학습 할 수 있게 제시해 놓았다.[21] 교사는 교실 수업에서 3단 구성 또는 5단 구성의 서사구조를 가르치면서, 서사의 기본 상황인 인물과 사건의 관계를 알려 주는 것 또한 필요하다. 서사의 정의는 사건을 서술하는 것이다. 사건에는 움직임과 시간과 의미가 나타나게 된다. 설화를 통해 3단 구성과 5단 구성, 인물과 사건, (인물의) 움직임, 시간, 의미 등을 가르치는 것이 설화의 교육적 가치라 할 수 있다.

두 번째로, '구전성과 가변성'이란 설화의 특성에서도 문학교육적 가치를 찾을 수 있다. 입에서 입으로 전하기 위해서는 구절을 모두 외우는 것이 아니라, 핵심 구조를 기억하여 화자 나름대로의 수식을 덧붙여 이야기를 전하게 된다.[22] 이 말은 설화에는 기억해야 할 것과 변화시켜도

20) 서울대학교 국어교육연구소, 『고등학교 국어 (상)』, 교육인적자원부, 2006, 71쪽.

21) 김윤식 외, 『고등학교 문학』, 천재교육, 2016, 197~204쪽.

22) 구전성은 핵심 구조의 기억에 의해 이루어질 뿐 아니라 상투적인 관용구에 의해 이루어지기도 한다. 이러한 상투적인 관용구, 규격화된 관용구, 또는 공통 문구는 동서양에 공통적으로 보이는데, 모든 것을 기억에 의존해야 하기 때문에 나타나는 구비문학의 또 다른 성격이다. (① 유종호, 『문학이란 무엇인가』, 민음사, 2000, 13~14쪽. ② 빅토르 어얼리치 著, 박거용 譯, 『러시아 形式主義』, 문학과지성사, 1995, 320쪽. ③ 월터 J. 옹 지음, 이기우・임명진 옮김, 『구술문화와 문자문화』, 문예출판사, 1995, 57~58쪽.) 구전성의 특성 중 규격화된 관용구에 대한 논의와 그 문학교육적 가치는 고(考)를 달리하여 논하고자

될 것이 있다는 뜻이다. 즉 이야기 전개에 반드시 있어야 할 부분과 빼거나 약간의 변화가 가능한 부분이 있다는 말이다.

조동일은 〈興夫傳〉의 구조를 분석한 글에서, 홍부전의 구조를 줄거리 전개에 꼭 필요한 부분과 그렇지 않은 부분으로 나누었다. 전자를 고정체계면(固面), 후자를 비고정체계면(非固面)으로 명명했다. 고면은 이야기에서 줄거리 체계를 이루는 단락들의 집합체이고, 비고면은 줄거리 체계를 이루는 데 참여할 수 없는 단락들의 집합체이다.[23] 이를 설화에 적용한다면, 고면은 설화에서 반드시 기억해야 할 부분이다. 즉 빠져서는 안되는 핵심구조인 것이다. '반드시 기억해야 할 부분'은 비단 〈홍부전〉에만 국한된 것이 아니다. 설화에서도 반드시 기억해야 할 부분이 있고, 이것을 설화의 핵심구조로 볼 수 있다. 설화의 여러 각편들이나 비슷한 이야기들을 비교한 후에, 공통된 부분, 핵심 구조를 찾는 학습을 문학 시간에 할 수 있고, 이러한 작업을 통해 설화의 구전성과 가변성이란 특징을 교육할 수 있다. 설화를 통해 익힌 구전성, 가변성, 핵심구조 등의 개념을 통해 이야기에서 중심 구조 찾기, 줄거리 만들기, 핵심구조를 이용한 이야기꾸미기 등의 수업 활동도 고려할 수 있다.

세 번째로, '설화는 화자가 청자를 대면해서 청자의 반응을 의식하면서 구연된다.'는 설화의 특성은 문학교육의 현장에서 감상 발표나 비평 발표에 적용할 수 있다. 학습자는 구연이라는 학습을 통해, 의사소통이 일방적인 메시지 전달이 아니라 화자와 청자의 상호 교섭 과정임을 체득할 수 있게 된다.[24] 교육 현장과 생활 현장에서, 사이버 공간의 확장

한다.

23) 조동일, 「<興夫傳>의 兩面性」, 인권환 編著, 『興夫傳硏究』, 집문당, 1991, 263쪽. 조동일 님은 같은 책 301쪽에서, 비고면은 민담과 같은 단편적 갈래가 아니라 판소리와 같은 총체적 갈래에서 이루어진다고 말하고 있다. 하지만 논자는 고면, 비고면을 변하지 않는 부분과 변해도 되는 부분으로 보아, 설화 갈래에도 적용이 가능하리라 생각한다.

24) 전은주, 『말하기・듣기 교육론』, 박이정, 2001, 40쪽.

으로 인해 얼굴과 얼굴을 마주보며 이야기하는 상황이 점점 줄어들고 있다. 소위 온라인의 소통은 늘어 가는데, 오프라인의 소통은 점점 줄어 드는 추세이다. 화자가 청자의 반응을 의식하지 않는 소통 상황이 점점 늘어 간다고 보아도 무방하다.

문학교육의 현장에서 청자를 직접 대면하는 소통 상황을 만들수 있는데, 이것이 바로 감상이나 비평의 발표이다. 어떤 작품에 대한 감상이나 비평은, 문학 작품의 형상화를 올바르게 이해하기 위해 작품을 분석하는 담화의 형식이다.[25]

감상이나 비평은 작품에 대한 분석과 판단이므로, 학습자의 작품에 대한 반응은 학습자의 숫자만큼 다양해질 수 있다. 같은 작품을 읽고도 학습자에 따라 그 느낌이, 감동이, 인상이 다를 수 있다. 이는 물론 소위 인상비평일 수 있지만, 서투른 감상이라도 발표를 통해서 다듬을 수 있는 가능성이 있다. 이러한 1차적 평가는 다른 사람에게 2차 평가를 받음으로 그 객관성을 얻을 수 있다. 학습자들은 각자의 느낌을 다양하게 대면하면서, 청자의 반응을 의식하면서 구연하게 되고, 이를 통해 글쓰기의 법칙이 아닌, 말하기의 법칙, 설화의 법칙을 스스로 체득할 수 있을 것이다. 즉, 면대면으로 청자의 반응을 의식하며 말하는 감상이나 비평은, 자신이 읽은 작품에 대한 감동을 다시 한번 확인할 수 있고, 아울러 그 객관성을 검증받을 수 있게 한다.

네 번째로, '설화가 문자로 기록될 기회가 많고, 설화에 복잡성을 가미하면 소설이 된다'는 설화의 특성은, 문학교육의 입장에서 창작 학습으로 원용할 수 있다. 물론 이 경우 창작은 전문적인 작가를 배출하는 것을 목적으로 하는 것이 아니라, 학습자의 문학적인 창작의 욕구를 자연스럽게 분출하여 생산하도록 교육하는 것이다.[26] 설화는 제재적인 측면이니까,

25) 제임스 그리블 저, 나병철 역, 『文學教育論』, 문예출판사, 1987, 60쪽.

26) 교육인적자원부, 『고등학교 교육과정 해설 (2) 국어』, 대한교과서주식회사, 2001, 67쪽.

그 제재를 바탕으로 하여 이어쓰기나 바꿔쓰기 등을 계획할 수 있다. 작품의 비판적 수용과 재구성, 작품에 대한 비평적 글쓰기, 모방과 개작 등의 활동이 이에 해당한다.[27] 이러한 이어쓰기나 바꿔쓰기가 익숙해지면, 소설 창작에 도전할 수도 있다. 주제의식, 제재, 구조, 문체, 주제 형상화의 과정을 거치는 소설의 창작 과정을 적용시킨다면,[28] 설화는 주제 의식을 구체화하는 재료로 사용할 수 있다. 이렇게 설화를 제재로 하여 수식을 가다듬고 주제를 보태는 작업은 오늘날 교육과정에 갑자기 튀어 나온 것이 아니라, 신라 때부터 줄곧 계속되어왔을 정도로 그 연원이 깊다.[29]

위에서 살핀 바, 설화의 특성에서 추출할 수 있는 문학교육적 가치는 서사 구조의 교육, 핵심구조의 교육, 감상 및 비평 발표의 교육, 창작 학습의 원용 등이었다.

3. 설화의 문학성과 문학교육적 가치

설화의 문학성이 무엇이고, 문학교육의 현장에서 어떤 가치가 있는가를 밝히는 노력이 필요하다. 설화의 문학성은 우선 문학성의 탐색에서 그 출발점을 삼아야 한다. 설화에서 문학성을 추출하기보다는, 문학성 자체를 자세히 살펴서 그 속에서 설화와 관련있는 부분을 찾아 설화의 문학성으로 규정해야 할 것이다. 물론 이 과정에서 설화의 특성이 필수적으로 고려되어야 한다.

문학성은 문학의 요소로 그 가부를 결정할 수 있다. 문학의 요소를 지

---

27) 교육인적자원부, 『고등학교 교육과정 해설 (2) 국어』, 대한교과서주식회사, 2001, 311~313쪽.

28) 구인환, 「소설 창작의 방법」, 문학과문학교육연구소, 『창작교육, 어떻게 할 것인가?』, 푸른사상, 2001, 259~265쪽.

29) 조동일, 『한국문학통사 1』 제3판, 지식산업사, 2000, 220쪽.

니고 있으면 문학이라 할 수 있고, 그렇지 않으면 문학이라 할 수 없을 것이다. 일찍이 백철은 문학의 특질을 말하면서, 문학은 '唯一無二한 創造의 世界'라고 밝힌 바 있다.[30] 자연 세계는 유사와 반복을 보이는데 반해, 문학은 유일무이함을 그 특징으로 삼고 있다는 말이다. 여기서 말하고 있는 유일무이한 창조의 세계는 문학의 창조성을 강조하고 있는 것으로, 지금 말하는 문학의 요소 중 '상상'과 대응된다. 최재서는 문학의 기능, 형식, 요소를 논하면서, 문학의 요소를 '사상, 정서, 상상'으로 들고 있다.[31] 백철의 글보다 10년 뒤인 1970년에 나온 글인데, 지금의 『문학개론』類의 저서에도 그 용어와 개념이 거의 그대로 쓰이고 있다. 이러한 과정을 거쳐, 현재는 일반적으로 문학의 요소를 정서, 상상, 사상, 형식으로 규정하고 있다.[32]

정서, 상상, 사상, 형식이라는 문학의 요소 중에서, 설화의 문학성과 관련된 요소는 상상, 사상, 형식이라 할 수 있다. 상상은 문학의 창조성인데, 과거 체험의 소재들을 결합해서 새로운 세계를 만들어 낸다는 의미이다. 또는 기존의 요소 혹은 소재의 독창적인 편성에 의한 새로운 타입의 사물 산출, 완전 무(無)에서의 세계 창출을 이르기도 한다.[33] 즉 문학적 상상력은 구성적 능력인데, 과학적 인식의 능력과 달리 현실원칙을 초월하여 마음 속의 비전 혹은 모델을 구축하는 문학적인 언어로서 구현된다.[34]

설화에서는 한 유형의 이야기라도 사람에 따라 그 내용이 조금씩 다를

---

30) 白鐵, 『文學概論』, 신구문화사, 1960, 65~67쪽.

31) 최재서, 「문학의 기능・형식・요소」, 최재서 외, 『文學概論』, 어문각, 1970, 42~69쪽.

32) 구인환 외, 『文學概論』, 삼영사, 2002, 69~83쪽.

33) ① 구인환 외, 『文學 教授・學習 方法論』, 삼지원, 1999, 373쪽. ② 김중신, 『한국 문학교육론의 방법과 실천』, 한국문화사, 2003, 250쪽.

34) ① N. Frye, *The Educated Imagination*, 김상일 역, 『神話文學論』, 을유문화사, 1981. ② 심경호, 「한국 고전문학교육의 현황과 과제」, 한국문학교육학회, 『문학교육학』 제6호, 태학사, 2000, 321~322쪽.

수밖에 없다. 이때 각각 다르게 구연되는 이야기 하나하나를 각편(各篇, version)이라고 한다.[35] 가변성, 구전성, 공동작이라는 특성 때문에 설화에서 유일본이라는 개념은 있을 수 없다. 따라서 설화에서 각편의 존재는 필수적이다. 이런 각편들은 적층을 통하여 만들어지기 때문에 비슷하면서도 다른 이야기들이다. 구연자는 구연을 통해서 다른 사람으로부터 들은 바를 자기의 창작을 보태서, 자기대로 재현하여 다시 새로운 구연자에게 넘겨 준다.[36] 그 과정에서 새로운 해석과 세계가 더해지기도 한다. 핵심구조는 그대로 둔 채, 화자 자신의 세계관을 표현하는 것이다. 모든 각편들은 반드시 서로 다르지만, 상이한 구연자들의 각편들 사이에도 공통점이 또한 존재한다.[37] 하지만 작품의 의미는 공통점이나 핵심 구조에만 있는 것이 아니라, 이야기 화자가 약간씩 변화를 일으킬 수 있는 상이한 부분, 또는 비고면에서도 얼마든지 찾을 수 있다.[38] 이러한 이야기 전승 과정은 과거 체험의 소재를 결합해서 새로운 세계를 만들어 내는 과정이라고도 할 수 있는데, 이는 바로 문학의 창조성과 통하고 있다.

단 이러한 세계 창조가 인물의 창조라기보다는 상황의 창조에 가깝다. 이미 알려진 대로, 구비성이 강한 설화에서 인물의 기능은 미약하다. 일찍이 프로프가 지적한 것처럼 옛날 이야기의 기본 단위는 인물이 아니고 기능이다.[39] 누가 하는가 보다는 무슨 일을 하는가가 중요한 문제이다.[40] 그래서 인물의 창조보다는 기능의 조합을 통한 세계 해석을 설화의 창조성으로 보아야 할 것이다. 화자는 설화를 구연하면서, 의식적으로, 무의식적

---

35) 최운식, 『한국 서사의 전통과 설화문학』, 민속원, 2002, 12쪽.

36) 장덕순 외, 『구비문학개설』, 일조각, 1971, 5쪽.

37) 장덕순 외, 『구비문학개설』, 일조각, 1971, 5쪽.

38) 조동일, 「<興夫傳>의 兩面性」, 인권환 編著, 『興夫傳硏究』, 집문당, 1991, 315쪽.

39) ① 블라디미르 프로프, 『민담형태론』, 새문사, 1987, 30쪽~68쪽, ② 빅토르 어얼리치 著, 박거용 譯, 『러시아 形式主義』, 문학과지성사, 1995, 321쪽.

40) 블라디미르 프로프, 『민담형태론』, 새문사, 1987, 25쪽.

으로 유형의 변이를 보이고 있는데, 이는 바로 세계 해석의 창조성이라 할 수 있다. 따라서 설화의 문학성인 상상은 세계 창조성인데, 이는 유형의 변이를 통한 창조성이라는 문학교육적 가치를 나타낸다고 할 수 있다.

사상은 문학 작품의 위대성과 통하는 말인데, 작가의 인생관이나 세계관에 의해서 작품 속에 숨겨진 의미 내용을 뜻한다. 이러한 의미 또는 사상은 주장이나 진술 그대로 제시되지 않고, 예술적 형상화를 거쳐 마치 과일 속에 묻힌 영양소처럼 우회적으로 제시된다. 즉, 문학 작품의 의미 또는 사상은 명시적으로 드러나지 않고, 문학적 구조 속에 잠재적으로 존재하고 있다.[41] 그래서 다른 예술 작품과 마찬가지로, 문학 작품 또한 의미의 해독과 해석의 작업이 필요하다.[42]

이러한 문학적 작품의 숨겨진 의미 내용은 주제라고도 볼 수 있는데, 설화의 주제 또는 설화의 의미는 설화 향유자에게 세계 발견의 단초를 제공한다. 세계를 발견하는 일은 세계 안에 나와 남이 함께 살아간다는 점을 깨닫는 일이다.[43] 신화를 통해서는 신화적 질서를, 전설을 통해서는 전설적 경이를, 민담을 통해서는 민담적 가능성을 만날 수 있다.[44] 이는 바로 나와 남이 함께 살아간다는 것이고 세계를 발견하는 일인데, 이러한 학습을 통하여, 설화 학습자는 외면적인 세계의 내포과 외연을 넓게 할 수 있다.

또한 설화의 의미나 주제는 인간의 내면 문제들에 대해서 많은 가르침을 주고, 난관에 알맞은 해결책을 제시하기도 한다.[45] 설화는 세계 형성에 대한 근원적인 질문, 어떻게 살 것인가에 대한 소박한 반응, 어려운

---

41) R. 웰렉 · A. 워렌, 김병철 역, 『文學의 理論』, 을유문화사, 1988, 403쪽.
42) 박이문, 『예술철학』, 문학과지성사, 1998, 88쪽.
43) 우한용, 「서사의 위상과 서사교육의 지향」, 우한용 외, 『서사교육론』, 동아시아, 2001, 31쪽.
44) 조동일, 『한국문학의 갈래 이론』, 집문당, 1992, 217쪽~230쪽.
45) Bruno Bettelheim 지음, 김옥순 주옥 · 옮김, 『옛이야기의 매력 1』, 시공주니어, 2004, 16쪽.

문제를 기지와 해학으로 풀어 나가는 삶의 모습을 제공해준다.

이처럼 설화의 문학성 중 사상의 측면은, 설화 향유자에게 외면적인 세계 발견과 내면 문제의 해결에 도움을 준다. 외면적인 세계 발견과 내면 문제 해결은 한 마디로 세계 형성의 실마리라고 부를 수 있다. 함께 살아간다는 외면적인 세계 발견과, 살아 가면서 느끼는 내면 문제의 해결은 인간의 사회성과 정체성을 만드는 작용으로 볼 수 있는데, 이것은 다른 말로 세계 형성이라 할 수 있을 것이다. 내면 세계의 성숙을 통한 외면 세계와의 조화, 이는 바로 세상을 살아가는 건전한 사회인의 바람직한 모습이기도 하다. 설화 학습자는 설화교육을 통해, 설화의 문학성 중 사상의 측면, 즉 의미나 주제를 학습할 수 있는데, 이를 통해 세계 형성의 실마리를 제공받을 수 있다.

형식은 내용과 유기적으로 결합되어 구체적 작품을 형성하는 요소로써, 예술적인 아름다움을 꾸며 주게 된다. 이러한 형식은 구체적으로 문체, 구조, 표현 기교로 나눌 수 있다. 설화는 구비 전승되고, 구비는 기억에 의존하여 전승되므로,[46] 구조가 단순해야 한다. 따라서 설화의 형식을 염두에 두더라도 문체에 관한 것은 조금 거리가 있고, 구조와 기교를 가지고 살필 수 있다. 설화의 구조는 앞의 서사구조에서 언급한 바 있으므로, 설화의 형식은 결국 설화의 표현 기교와 관련된다. 즉 설화의 형식은 설화를 이야기 하는 방법, 또는 설화의 표현 방식으로 볼 수 있다.[47]

설화의 표현 방식은 덴마크인 올릭(A. Olrik)의 논문을 기저로 하여 국내에 소개되어 있다. 올릭은 10 가지로 설화의 형식을 제시하고 있는데, 최운식은 올릭의 형식을 참고하여 설화(민담)의 형식을, 서두와 결말의 형식, 대립과 반복의 형식, 진행의 형식 등 세 가지로 제시하고 있다.[48]

46) 월터 J. 옹 지음, 이기우 · 임명진 옮김, 『구술문화와 문자문화』, 문예출판사, 1995, 55~60쪽 참조.

47) 조희웅, 『설화학강요』, 새문사, 1989, 51쪽.

서두와 결말의 형식이란 이야기를 시작할 때와 끝마칠 때에 사용되는 일정한 표현을 말한다. 대립과 반복의 형식은 인물이나 상황을 창조할 때 흔히 쓰인다. 진행의 형식은 이야기 진행에 관한 것인데, 시간의 흐름에 따라 이야기하는 단선적 형식, 인과로 반복되는 누적적 형식, 인과 관계가 없는 사건들로 반복되는 연쇄적 형식, 유사한 사건이 반복되다가 다시 제자리고 돌아가는 회귀적 형식 등으로 나뉜다.

그러면 이러한 설화의 형식은 학습자에게 어떤 도움을 주는지를 알아보아야 한다. 설화 학습자는 설화의 형식 학습을 통해 과연 무엇을 배우는가에 대한 의견이 있어야 한다. 즉, 설화의 형식이 주는 문학교육적 가치는 무엇인지를 밝힐 필요가 있다.

서두와 결말의 형식은 독자적인 작품 세계의 확립, 이야기되는 과거와 이야기하는 현재의 명백한 구분, 이야기가 허구임을 나타냄 등의 효과가 있다. 이를 통해 설화 학습자는 허구와 현실의 경계를 확실히 느끼게 된다. 작품 속의 독자적인 세계에 빠져 있다가도, 서두와 결말의 형식을 통해, 작품과 엄밀히 구분되는 현재로 돌아오게 된다. 즉 허구와 현실의 경계를 확실히 느끼게 된다. 허구와 현실의 경계를 확실히 한다는 말은, 허구에 비추어 지금의 현실을 다시 한번 강렬하게, 이전과 달리 현실을 인식한다는 말이다. 즉 현실의 재인식이다. 허구와 현실(역사)의 혼합은 진실과 허위라는 인식론적 문제를 제기하는데,[49] 허구와 현실의 구분 역시 현실에 대한 인식론적 문제, 현실 재인식의 문제를 제기한다고 볼 수 있다.

학습자는 허구와 현실의 구분을 통해 극적 환상을 차단당하게 된다. 학습자는 작품 속의 허구와 작품 밖의 현실을 구분함으로써, 작품 내용

48) 이하 설화의 형식에 관한 논의는 '최운식, 『한국 서사의 전통과 설화문학』, 민속원, 2002, 106~111쪽.'과 '조희웅, 『설화학강요』, 새문사, 1989, 50~54쪽.'과 '윤승준, 「說話의 構造와 形式」, 화경고전문학연구회 편, 『설화문학연구 (상)』, 단국대학교출판부, 1998, 257~300쪽.'을 참조했음.

49) 김준오, 『문학사와 장르』, 문학과지성사, 2000, 49쪽.

의 수동적 수용보다는 역동적인 현실 인식을 하게 되는 소외 효과를 겪게 된다.[50] 따라서 학습자는 극적 환상을 차단당하는 대신 선명하고 투명한 현실 인식을 할 수 있게 된다. 학습자는 서두와 결말 형식의 학습을 통하여, 허구와 현실의 구분을 통한 현실 재인식을 하게 되는데, 이것을 서두와 결말 형식의 문학교육적 가치로 볼 수 있다.

대립과 반복의 형식은 이야기의 기억과 구연을 쉽게 해준다. 대립과 반복은 자세한 묘사를 하지 않고도 현실의 문제를 선명하게 하는 효과를 올릴 수 있다. 즉, 대립과 반복의 형식을 통해, 긴 이야기라도 기억과 구연을 가능하게 하는 것이다. 학습자는 대립과 반복이라는 형식의 학습을 통해서, 이 형식이 바로 구연의 편의성을 위한 장치라는 것을 알게 될 것이다. 구연(口演)은 입으로 실감나게 소리 내어 이야기하는 것이기도 하지만, 입으로 말하는 것 자체를 뜻하기도 한다.[51] 따라서 구연이라는 조건은 문학적 말하기이든, 비문학적 말하기이든 학습과 생활에 꼭 필수적인 요소이다. 요즘 대입 수시에서 유행하는 구술, 면접도 어찌 보면 구연의 확대나 축소로 볼 수도 있다. 학습자는 구연의 편의성을 위한 장치를 대립과 반복의 형식을 통하여 학습할 수 있는데, 우리는 이것을 대립과 반복의 형식이 학습자에게 주는 문학교육적 가치로 볼 수 있다.

진행의 형식은 단선적 형식, 누적적 형식, 연쇄적 형식, 회귀적 형식 등이다. 단선적 형식은 시간의 흐름에 따라 이야기하는 진행 형식이고, 누적적 형식은 사건들이 인과적 반복을 하는 형식이고, 연쇄적 형식은 사건들이 비인과적 반복을 하는 형식이고, 회귀적 형식은 유사한 사건이 반복되다가 복귀하는 원환적 진행 형식이다. 이를 간단히 하면, 순차적 구성, 인과적 구성, 반복적 구성이라 할 수 있을 것이다. 이는 작품 구성의 기본 원리라고 할 수 있다. 복잡하게 보이는 작품 구성도 순차적, 인

50) 김욱동, 『탈춤의 미학』, 현암사, 1994, 319쪽.

51) 금성출판사, 『훈민정음 국어사전』, 금성출판사, 2004, 191쪽.

과적, 반복적 구성의 조합과 반작용으로 이루어진다. 학습자는 진행 형식의 학습을 통하여, 작품 구성 원리에 대한 기초적 인식을 하게 되는데, 이것을 진행 형식의 문학교육적 가치로 볼 수 있다.

설화는 상상, 사상, 형식이라는 문학성의 요소가 설화의 문학교육적 가치로 연결되고 있음을 보았다. 설화는 새로운 세계를 보여주고, 숨겨진 의미가 있고, 예술적 아름다움을 형상화하고 있다. 상상의 문학성은, 유형의 변이를 통한 창조성이라는 문학교육적 가치로 이어질 수 있었다. 또한 사상이라는 문학성은, 세계 형성의 실마리 제공이라는 문학교육적 가치를 보이고 있었다. 그리고 형식이라는 문학성은, 허구와 현실의 구분을 통한 현실 재인식, 기억과 구연의 편의성, 작품의 구성 원리에 대한 기본적 인식이라는 문학교육적 가치를 나타내고 있었다.

4. 설화의 문학교육적 가치, 그 지향점

위에서 설화의 특성과 문학성을 중심으로 설화의 문학교육적 가치에 대하여 살펴 보았다. 하지만 이러한 설화의 문학교육적 가치를 교육과정이나 교과서에 적용한다면, 설화가 아닌 다른 제재로도 그 가치는 실현 가능하다고 할 수 있다. 그러면 과연 설화가 아니면 달성할 수 없는 가치는 무엇인가? 설화 고유의 문학교육적 가치는 무엇인가라는 의문은 여전히 진행형이다. 이 시점에서, 처음의 의문으로 돌아가서 과연 설화의 문학교육적 가치는 어떠해야 하는가라는 질문을 다시 제기할 수 있다.

모든 문학은 소통의 구조 속에서 그 가치를 발할 수 있으므로,[52] 설화 역시 소통의 구조에서 그 문학교육적 가치가 실현되어야 할 것이다. 일반적으로 문학의 소통에는 작자(발신자), 작품(메시지), 독자(수신자), 세계

52) 허창운, 『현대문예학개론』, 서울대학교출판부, 1993, 7쪽.

(관련 상황)가 관련된다.[53] 이 네 기준을 중심으로 모든 문학론은 출발한다.[54] 작자는 작품을 창작하고, 작품은 세계를 반영하고, 그래서 작품이 독자에게 읽힘으로 그 소통은 완성된다. 작품의 의미가 작품 자체 안에 존재하는가, 독자와 상호 작용에 의해 생성되는가 하는 것은 작품 해석의 본질적인 문제가 된다.[55] 설화 역시 마찬가지이다. 공동작이지만 작자가 있었을 것이고, 그 설화를 듣는 사람이 있었고, 설화는 세계를 반영하고 있다. 문학 소통의 요소인 작자, 작품, 독자, 세계의 기준은 설화의 문학교육적 가치를 밝히는 데도 여전히 유효하다.

첫째, 작품의 관점에서 제재로 선택되는 설화의 조건을 구현해보자. 작품의 요소에서, 설화는 작품 자체로 뛰어난 작품이어야 한다. 이는 뛰어난 작품이 교재로 실려야 한다는 의미이다. 둘째, 작자와 세계의 관점에서 설화의 조건을 생각할 수 있다. 작자는 공동작이 많으므로 시대의 대표성을 띄는 작자라고 할 수 있는데, 이는 시대의 입장을 잘 반영한다는 말이다. 시대의 입장을 잘 반영한다는 말은 세계를 잘 반영한다는 말과 통하므로, 작자의 입장과 세계의 입장을 시대의 반영이란 공통 요소로 묶을 수 있다. 즉 설화는 그 시대의 대표적인 작품, 시대성을 잘 반영한 작품이 교재로 실려한 한다는 말이다. 셋째, 독자의 관점에서 설화의 조건을 떠올릴 수 있다. 독자의 입장에서 교재로써 가장 좋은 설화는, 작품 자체가 뛰어나면서 그 시대를 잘 반영한 작품이며 학습자의 발달 단계에 많은 도움-흥미와 교훈-을 주는 작품이어야 한다. 설화가 교육 현장에서 제재로 활용되므로, 위의 두 조건을 함의하면서, 다른 조건인 흥미와 교훈이 더해져야 한다. 즉 교재에 실리는 설화의 조건은 '① 뛰어난 작품, ② 시대(현실, 상황, 세계)를 잘 반영한 작품, ③ 흥미와 교훈을 주는 작품'이어야

53) 로만 야콥슨 저, 신문수 편역, 『문학 속의 언어학』, 문학과지성사, 1997, 54~55쪽.
54) 이상섭, 『文學理論의 歷史的 展開』, 연세대학교출판부, 1991, 4쪽.
55) 송효섭, 『설화의 기호학』, 민음사, 1999, 43쪽.

한다. 사실 뛰어나지 않은 작품, 현실 반영이 미흡한 작품, 흥미와 교훈이 적은 작품을 교재화의 대상으로 삼기에는 많은 어려움이 있다.

위에서 일단 교재에 실리는 설화의 조건을 살펴 보았다. 그러면 이런 교재화된 설화를 가지고 문학교육의 현장에서는 무엇을 가르쳐야 하는가? 교재화된 설화의 문학교육적 가치는 무엇인가? 이를 교재에 실리는 설화의 조건을 중심으로 알아 보도록 하자. 우선 '① 뛰어난 작품'의 관점에서는 '설화의 작품성'을 문학교육적 가치로 삼을 수 있고, '② 시대(현실, 상황, 세계)를 잘 반영한 작품'의 관점에서는 '설화가 함의하는 시대성'을 문학교육적 가치로 삼을 수 있고, '③ 흥미와 교훈을 주는 작품'의 관점에서는 '설화의 흥미와 교훈'을 문학교육적 가치로 삼을 수 있다.

설화의 첫 번째 문학교육적 가치는, 뛰어난 작품의 관점에서 본 '설화의 작품성'이었다. 설화의 작품성이란 가치는 '설화의 뛰어남'을 교육한다는 말이다. 즉 문학교육의 현장에서 설화를 가르치게 되면, 학습자는 설화의 뛰어남을 배우게 되고, 그것이 바로 학습자에게 설화교육을 하는 설화교육의 문학교육적 가치라고 할 수 있다. 그러면 '뛰어남'의 기준은 무엇이고, 어떤 설화가 뛰어난 작품인가 하는 의문이 떠오르게 된다.

뛰어난 설화는 설화의 문학성을 잘 지닌 작품이라 할 수 있을 것이다. 우리는 앞에서 설화의 문학성을 상상, 사상, 형식의 측면에서 살펴 보았다. 상상의 문학성은 유형의 변이를 통한 창조성이라는 가치를, 사상이라는 문학성은 세계 형성의 실마리 제공이라는 가치를, 형식이라는 문학성은 허구와 현실의 구분 통한 현실 재인식, 기억과 구연의 편의성, 작품의 구성 원리에 대한 기본적 인식이라는 문학교육적 가치를 지니고 있었다. 즉 뛰어난 설화는 창조성과, 세계 형성과, 현실 재인식, 기억과 구연의 편의성, 작품 구성의 기본적 원리를 학습자에게 제공해 주어야 한다.

따라서 뛰어난 작품의 관점에서는 설화의 작품성을 가르쳐야 하는데, 그 작품성의 내용은 설화의 창조성, 세계 형성, 현실 재인식, 기억과 구연의 편의성, 작품 구성의 기본적 원리 등으로 볼 수 있다. 이것이 바로 설화의 문학교육적 가치인 것이다. '설화의 작품성'이란 가치는 설화의 창조성, 설화의 의미 층위, 설화의 표현 방식을 가르치는 것이다. 설화는 설화 나름의 창조성이 있고, 설화 각각의 의미가 있고, 설화 고유의 예술적 아름다움이 있다. 이것을 문학교육의 현장에서 가르쳐야 한다.

설화의 두 번째 문학교육적 가치는, 시대상 반영의 관점에서 본 '설화가 함의하는 시대성'이었다. 설화의 의미를 잘 분석하여, 설화가 함의하는 시대성, 상황성, 세계성 등을 가르치는 것이 설화의 문학교육적 가치라고 할 수 있다. 즉, 설화에 반영된 시대성, 상황성을 가르치는 것이다. 설화에는 당대의 상황이 반영되어 있다. 이 상황 반영을 잘 읽어 내어야 설화의 참된 의미와 가치를 느낄 수 있다. 상황을 고려하지 않고 문면(文面)만으로 설화를 이해하려고 할 때, 축자적(逐字的) 오류에 빠질 위험이 있다. 글자나 문장의 의미 파악에 성공하더라도, 전체 의미망을 파악하는 데는 실패할 수 있다. 설화를 비롯한 고전문학은 인간 삶을 역사적으로 반영한 언어예술로, 민족 정신과 미의식을 매 시기마다 담아 왔으므로, 각 시기의 특정 작품이 반영하고 있는 역사적 삶의 양태를 정합적으로 분석해내어 교육 현장에서 의미 있게 제시하여야 한다.[56]

심청의 효도나 손순(孫順)의 매아(埋兒) 등은 당대의 상황을 제대로 이해해야 아름다운 이야기가 될 수 있다. 앞뒤 상황의 고려없이 글자 그대로 이해한다면, 심봉사와 손순은 자신의 욕망을 위해 자식을 함부로 처리한 잔인한 아버지일 수 있다. 그래서 우리에게 익숙하지 않은 시대의 사고 방식과 상상 세계를 성숙한 안목으로 이해하도록 해야 한다.[57]

56) 심경호, 「한국 고전문학교육의 현황과 과제」, 한국문학교육학회, 『문학교육학』 제6호, 태학사, 2000, 325쪽.

57) 김흥규, 「古典文學 교육과 歷史的 理解의 원근법」, 『한국 고전문학과 비평의 성찰』, 고려대학교 출판부, 2002, 317쪽.

설화의 올바른 이해를 위해서도 상황 반영은 필요하고, 또한 설화에 반영된 상황을 제대로 가르치는 것은 설화의 문학교육적 가치이기도 하다. '설화가 함의하는 시대성'이란 가치는 설화의 시대성, 상황성, 세계성 등을 가르치는 것이다. 이것을 문학교육의 현장에서 가르쳐야 한다.

설화의 세 번째 문학교육적 가치는, 흥미와 교훈의 관점에서 본 '설화의 흥미와 교훈'이었다. 흥미와 교훈은 문학의 본질적인 기능이기도 하다.[58] 관점이나 시대에 따라 흥미와 교훈 중 한쪽으로 무게 중심이 움직이기도 했지만, 문학의 진정한 기능은 흥미와 교훈의 공존과 합체라고 할 수 있다. 훌륭한 문학 작품이라면 이 두 가지 기능을 서로 자연스럽게 결합하게 마련이다.[59]

설화는 시공간의 초월로 인해 일단은 흥미를 준다. 희한한 사건, 색다른 인물, '지금 여기'가 아닌 '그때 그 곳'이라는 시간과 공간. 이런 것들로 인해 설화는 흥미롭다. 또한 설화에는 사소한 내용일지라도 반드시 어떤 교훈을 담고 있다. 굳이 조선조의 문학관을 언급하지 않더라도, 설화 속에는 민중의 지혜와 세계 해석이 담겨 있는데, 이는 바로 설화의 교훈성이라 할 수 있을 것이다. 설화 학습을 통해 학습자는 설화 속에 담긴 흥미와 교훈을 느끼고, 이를 바탕으로 민중의 지혜와 세계 해석의 방법을 찾을 수 있다.

물론 이때의 설화의 흥미와 교훈 찾기는 일방적이고 수동적인 수용이 아니라 쌍방향적이고 능동적인 읽기의 과정이어야 한다. 주지하는 바대로, 읽기는 작품을 통해 의미를 구성하는 능동적 과정이고,[60] 서로 소통하는 사회적 상호 작용이기 때문이다.[61] '설화의 흥미와 교훈'이란 가치

58) 구인환 외, 『文學槪論』, 삼영사, 2002, 57~64쪽.

59) 김욱동, 『문학이란 무엇인가』, 문예출판사, 1998, 103쪽.

60) Robert B. Ruddel & Norman J. Unrau(1994), *Theoretical Models and Processes of Reading*, International Reading Association, Newwark: Delaware, 996쪽. 'Reading as Meaning-Construction Process: The Reader, the Text, and the Teacher.'

는 설화가 주는 홍미와 교훈을 학습자가 능동적으로 찾을 수 있게 하는 것이다. 이것을 문학교육의 현장에서 가르쳐야 한다.

위에서 설화의 문학교육적 가치가 지향할 바를 살펴 보았다. 설화는 그 고유성과 문학성이 있음에도 불구하고, 그 교육적 가치를 제대로 밝히지 못하고 있었다. 그래서 설화의 문학교육적 가치는 이러해야 한다는 방향을 설정해 보았다. 문학교육은 문학현상이 바람직하게 이루어지기 위한 일체의 의도적 모색의 과정과 결과이다.[62] 위의 지향점 고찰도 바람직한 문학현상의 이행을 위한 일종의 모색 과정이었다. 그 모색 결과, 첫째, 설화의 창조성, 설화의 의미 층위, 설화의 표현 방식 등을 가르쳐야 한다고 보았다.(설화의 작품성) 둘째, 설화의 시대성, 상황성, 세계성 등을 가르쳐야 한다고 보았다.(설화가 함의하는 시대성) 셋째, 설화가 주는 홍미와 교훈을 학습자가 능동적으로 찾을 수 있게 해야 한다고 보았다.(설화의 홍미와 교훈)

이러한 지향점의 최종적인 수렴항은 전통 문화의 계승과 민족 문화의 창달이다. 전통 문화의 계승・발전과 민족 문화의 창달은 우리 개인뿐 아니라, 국가에서도 나아가야 할 우리의 커다란 지향점이라 할 수 있다.[63]

5. 맺으면서

본고의 목적은 설화의 문학교육적 가치를 밝히는 것이었다. 구비성, 전승성이 약화된 이 시점에서, 설화가 문학교육의 현장에서 어떤 중요성이 있는지를 살폈다.

이를 위해 우선 설화의 특성을 살펴 그 특성 속에 어떤 문학교육적

61) 교육부, 『고등학교 교육과정(Ⅰ)』, 교육부, 2015, 48쪽.

62) 구인환 외, 『문학교육론』, 삼지원, 2001, 43쪽.

63) 헌법 제1장 제9조. 국가는 전통 문화의 계승・발전과 민족 문화의 창달에 노력하여야 한다. 차병직 외, 『지금 다시, 헌법』, 로고폴리스, 2016, 74~77쪽.

가치가 있는지 알아 보았다. 설화의 특성에서 추출할 수 있는 문학교육적 가치는 서사 구조의 교육, 핵심구조의 교육, 감상 및 비평 발표의 교육, 창작 학습의 원용 등이었다.

그 다음, 설화의 문학성을 살펴 그 문학성 속에 어떤 문학교육적 가치가 있는지 알아 보았다. 상상, 사상, 형식이라는 설화의 문학성이 설화의 문학교육적 가치로 연결되고 있음을 보았다. 상상의 문학성은, 유형의 변이를 통한 창조성이라는 문학교육적 가치로 이어질 수 있었다. 또한 사상이라는 문학성은, 세계 형성의 실마리 제공이라는 문학교육적 가치를 보이고 있었다. 그리고 형식이라는 문학성은, 허구와 현실의 구분을 통한 현실 재인식, 기억과 구연의 편의성, 작품의 구성 원리에 대한 기본적 인식이라는 문학교육적 가치를 나타내고 있었다.

셋째, 설화의 문학교육적 가치가 과연 어떠해야 하는지, 그 지향점을 살펴 보았다. 설화는 그 고유성과 문학성이 있음에도 불구하고, 그 교육적 가치를 제대로 밝히지 못하고 있었다. 그래서 설화의 문학교육적 가치는 이러해야 한다는 방향을 설정해 보았다. 그 결과 첫째, 설화의 창조성, 설화의 의미 층위, 설화의 표현 방식 등을 가르쳐야 한다고 보았다.(설화의 작품성) 둘째, 설화의 시대성, 상황성, 세계성 등을 가르쳐야 한다고 보았다.(설화가 함의하는 시대성) 셋째, 설화가 주는 흥미와 교훈을 학습자가 능동적으로 찾을 수 있게 해야 한다고 보았다.(설화의 흥미와 교훈)

본고는 설화의 문학교육적 가치를 원론적 입장에서 살핀 한계가 있다. 이후의 고찰에서는 이러한 가치를 제대로 실현할 수 있는 제재 선정과 교육 내용 등에 관한 양상을, 좀 더 구체적이고 포괄적으로 살피도록 하겠다.

* 『국어교육』 120호(한국어교육학회, 2006.)에 실린 「설화의 문학교육적 가치에 관한 고찰」이라는 논문을 보완했음.

신화神話의 문학교육적 가치에 관한 고찰

1. 들머리에

신화(神話)는 '신(神)' 그리고 '화(話)'이다. 신화는 '신(神)' 또는 '화(話)'는 아니다. 신화에는 신(神)이 있고 화(話)가 있어야 한다. 신적인 존재만 있든지, 이야기만 있어서는 신화가 되지 않는다. 신화에는 인간을 초월한 존재가 나오고, 그 초월자가 행하는 사건이 나온다. 그래서 신화는 신성시되는 이야기이다.

신화는 신의 이야기이고, 태초의 이야기이고, 민족의 이야기이다. 신과 태초와 민족은 그 자체로 어떤 신성미를 지니고 있다. 이런 신성미와 함께 신화는 우리에게 무엇이 어떻게 시작되었고, 왜 시작되었는지에 관한 이야기를 전해 준다. 시작은 존재와 통한다. 0과 1은 하나 차이지만 그 사이에는 있음과 없음의 존재론적 경계가 있다. 이런 존재론적 경계에 대한 이야기가 신화인데, 그래서 신화가 전하는 의미는 근본적으로 존재에 대한 해석이라 할 수 있다. 신화는 존재에 대해 해석을 하고 있으니, 존재는 신화에 대해 해석할 필요가 있다.

본고는 이렇게 기본적이고도 중요한 신화가 정작 교육 현장에서는 제대로 대접받고 있지 못하다는 인식에서 출발했다. 신화교육에 대한 관심이 저조한 편이고, 신화교육과 가치에 관한 논의도 드문 편이다. 그래서 논자는 신화교육이 제대로 활성화되지 못하고 있다는 판단에서, 신화교육의 단초를 제공하는 사전 작업으로 신화의 문학교육적 가치를 고구하고자 한다.

신화교육은 신화가 문학교육의 현장에서 어떤 가치가 있는가를 알아보는 것에서 시작되어야 한다. 왜냐하면 제재에 어떤 가치가 있어야 그 제재를 교육하자는 주장도 설득력을 얻을 수 있기 때문이다. 논자는 기존의 논고에서 설화의 문학교육적 가치에 관한 고찰을 시도한 바 있다.[1] 본고는 그 결과를 디딤돌 삼아 설화의 하위 갈래인 신화에 한정하여 그 문학교육적 가치를 고구하고자 한다.

가치는 좋거나 나쁜 것의 구분이나 그 구분의 근거 또는 기분에 관한 문제이거나,[2] 어떤 중요성을 의미한다.[3] 따라서 문학교육적 가치는 학교에서 문학교육을 하면 어떤 좋은 점이 있는지 또는 어떤 중요성이 있는지를 알아보는 것이다. 신화의 문학교육적 가치는 신화교육의 중요성이 무엇인지, 신화교육을 하게 되면 학습자는 어떤 관념을 내재화하는지, 다른 국어 제재에서는 배우지 못하고 신화 제재의 학습에서 얻는 독특한 효과는 무엇인지 등을 알아보는 것이다.

신화의 문학교육적 가치에 관해서는 이미 많은 논의가 이루어졌다.[4] 하지만 그 많은 논의들이 주로 특정 작품의 의미나 교육적 적용을 연구하는 과정에서 부수적인 접근을 하고 있다는 한계가 보인다. 신화 전체에 대한 교육적 의미나 가치에 관한 대표적인 논의는 최영진과 이강엽의 논의를 들 수 있다. 최영진은 「신화교육에 관한 연구」에서 교육의 정의에 바탕하여, 신화의 교육적 의의를 상상력의 신장, 서사 구조의 체득,

---

1) 신원기, 「설화의 문학교육적 가치에 관한 고찰」, 한국어교육학회, 『국어교육』 120, 한국문화사, 2006.

2) 엄정식, 「가치와 삶」, 우리사상연구소 엮음, 『우리말 철학사전 4』, 지식산업사, 2005, 15쪽.

3) L. E. 래쓰 · M. 하아민 · S. B. 싸이몬 공저, 정선심 · 조성민 공역, 『가치를 어떻게 가르칠 것인가』, 철학과현실사, 1994, 24쪽.

4) 대표적인 논의로는 다음을 들 수 있다. ① 유억종, 「신화교육론-<단군신화>와 <동명왕신화>를 중심으로」, 전북대학교 석사학위논문, 1994. ② 유선형, 「단군신화의 텍스트 이해와 교육 방안 연구」, 성균관대학교 석사학위논문, 2004. ③ 박은정, 「무속신화 <바리공주>의 지도방안 연구」, 경북대학교 석사학위논문, 2006.

구어 의사 소통 능력의 향상, 민족 정체성의 확립 등 네 가지로 들고 있다.[5] 이강엽은 「신화의 문학교육적 의미」에서 신화를 보는 네 가지 시각에 입각하여, 신화의 문학교육적 의미를 상징적 해석 능력 확장, 정체성 찾기, 서사구조의 학습 등 세 가지로 들고 있다.[6]

위의 두 논의들은 한두 편의 작품이 아니라, 신화 전반에 대한 고찰을 하여 두루 통용될 수 있는 문학교육적 가치들을 도출했다는 의의가 있다. 하지만 신화의 문학교육적 가치에 대한 접근을, 교육의 정의 또는 신화를 보는 시각에 기초를 두었다는 아쉬움이 있다. 신화를 둘러싼 외적인 환경이나 시각의 배려도 중요하지만, 신화교육의 가치는 무엇보다도 신화 자체의 특성에서 출발해야 한다. 즉, 신화가 교육 현장에서 소통될 때, 화자(話者)-전언(傳言:message)-청자(聽者)의 요소를 고려할 수 있지만,[7] 이때 전언에 해당하는 신화 자체에 대한 접근이 먼저 필요하다. 이에 본고는 신화의 특성에 주목하여, 신화의 문학교육적 가치를 살피고자 한다.

이를 위해 우선 신화는 구체적으로 어떤 특성을 지니고 있는지 살필 것이다. 신화의 교육 역시 신화에서 출발함으로, 신화 자체의 특성을 잘 살펴 여기에서 파생되는 요소를 정리할 필요가 있다. 단 신화의 특성은 논자가 새로운 사실을 밝히기보다는, 기존의 연구를 참조하기로 한다. 본고의 목적은 신화의 특성 자체를 살피는 것이 아니라, 신화의 문학교육적 가치를 살피는 것이기 때문이다. 두 번째로 위에서 살핀 신화의 특성을 바탕으로 하여, 신화의 문학교육적 가치를 알아 볼 것이다. 세 번째로 신화의 문학교육적 가치가 지향해야 할 바는 어떠해야 하는지, 즉 신

5) 최영진, 「신화교육에 관한 연구」, 고려대학교 석사학위논문, 2003, 12~22쪽.

6) 이강엽, 「신화의 문학교육적 의미」, 한국초등국어교육학회, 『한국초등국어교육』 제28집, 2005, 126~139쪽.

7) Roman Jakobson 지음, 신문수 편역, 『문학 속의 언어학』, 문학과지성사, 1997, 54~63쪽.

화의 문학교육적 가치가 어떤 위계 속에서 교재화되어야 하는지를 고찰할 것이다.

2. 신화의 특성

2.1 내용적 측면의 특성

신화의 내용적 측면의 특성은 신화의 정의를 통해 확인할 수 있다. 왜냐하면, 신화의 정의는 주로 신화의 내용에 따라 내려지고 있기 때문이다. 하지만 신화가 무엇인지에 대한 정의는 너무도 다양하다. 프레이저, 뮐러, 뒤르케임, 융 등의 석학들이 신화를 정의했지만 일관된 의견을 볼 수 없고, 판단자의 견해에 따른 결과만 확인할 수 있을 뿐이다.[8] 신화가 문화권이나 민족과 불가분의 관계를 맺고 있기에, 신화에 대한 일정한 정의는 한정된 범위에서만 제대로 기능하고 있다는 것으로 볼 수 있다. 이는 신화가 형태나 사회적 기능면에서 민족과 그 민족이 처한 역사·지리 등의 문화 환경에 따라 크게 상이하기 때문이기도 하다.[9]

우리는 단군(檀君)을 국조로 숭앙하고 단기(檀紀)란 기원을 기억하고 있지만, 다른 민족들은 단군을 국조로 숭앙하지도, 단기란 기원을 기억하지도 않는다. 만세일계(萬世一系)라는 천황의 계보, 소화(昭和)에서 평성(平成)으로 이어지는 연호를 일본 민족은 믿지만, 다른 민족에게는 그야말로 허황한 이야기에 불과할 따름이다. 즉, 신화는 그것을 신성하다고 믿는 집단의 것이므로 다른 집단에게는 신화가 될 수 없다.[10] 따라서 신화에 대한 정의는, 신화의 내용적 측면의 특성은 연구자에 따라 강조

---

8) 조셉 캠벨 지음, 이윤기 옮김, 『세계의 영웅 신화』, 대원사, 1989, 371쪽.
9) 선정규, 『중국신화연구』, 고려원, 1996, 14쪽.
10) 서울대학교 국어교육연구소, 『국어교육학사전』, 대교출판, 1999, 481쪽.

점이나 의견이 다를 수 있다.[11] 마찬가지로 우리 신화는 다른 민족의 신화 정의와 다를 수 있고 달라야 한다.

환웅, 단군, 해모수, 주몽, 혁거세, 당금애기, 바리공주, 미륵님 등 문헌신화와 무속신화의 주인공에서 우선 드러나는 특징은 보통과 다른 인물에 관한 이야기라는 것이다. 그 '인물'이 너무도 뛰어나서 사람이라 부르기에 버거워 '초월적인, 신성한'이라는 형용사가 붙어야 어울린다. 즉 신화의 주인공인 신은 초월적이고 비가시적인 세계에 속한 존재로서 인간이 상상할 수 있는 한, 가장 근원적이고 궁극적인 신성상징이다.[12] 이처럼 우리 신화의 내용에서 먼저 눈에 띄는 특성은 신성성이다.

또한 다른 문화권에서도 신화의 정의를, 하나의 신격을 중심으로 하는 설화(一箇の 神格を 中心とする 說話) 또는 초자연적 존재의 행위의 이야기(超自然的存在の 行爲の 物語)로 내리는 경우를 볼 수 있다.[13] 그리고 신화를 말로 된 신성성의 표현으로 정의하는 경우도 있다.[14] 따라서 여러 지역의 신화에 두루 통하는 신화의 정의, 내용적 측면의 특성을 찾자면 '신성시(神聖視)되는 이야기'라고 할 수 있다.

신성성을 달리 정의하면 신적인 것, 성스러운 것, 세속을 초월하여 존재하는 것이라 할 수 있다. 이러한 신성성에 대한 인식은, 우리의 경우, 고려시대 이규보에게까지 거슬러 올라갈 수 있다. 이규보는 〈동명왕편(東明王篇)〉에서 동명왕의 사적이 처음에는 황당하고 기괴하여 귀(鬼)나 환(幻)으로 생각했는데, 근원에 들어가니 성(聖)과 신(神)이었다고 고백

---

11) Mircea Eliade, *Encyclopedia of Religion*, New York: Macmillan Publishing Company, 1987, 261쪽. "The definition given here contains elements on which not all specialists would agree or place the same emphasis."

12) 천혜숙 외, 『한국 구비문학의 이해』, 월인, 2000, 47쪽.

13) 朝倉治彦 外 共編, 『神話伝説辭典』, 東京堂出版, 1963, 252쪽.

14) Mircea Eliade, *Encyclopedia of Religion*, New York: Macmillan Publishing Company, 1987, 261쪽. "A myth is an expression of the sacred in words."

하고 있다.[15] 이는 이규보가 〈동명왕편〉의 신성성을 깨달았다는 사실을 말해주고 있다. 즉 신화에 나타난 경험적 진실을 넘어선 근원적인 진리를 인정하고 있다.[16] 처음에 이규보가 황당하고 기괴하다고 느낀 것은, 괴력난신(怪力亂神) 즉 동명왕의 사적이 일상적 현실과 합리를 넘어서는 것이라고 여겼기 때문이었을 것이다. 경험적 진리를 넘어서는 서술에 대해 처음에는 거부감을 느꼈지만, 근원에 들어가니-여러 번 반복하여 읽어 신성성을 깨닫게 되니, 귀나 환이 신성으로 바뀌게 된다. 이처럼 신성성은 일상적 현실과 합리를 넘어서는 면이 있다.[17]

따라서 신성성이 빠진 이야기는 더 이상 신화로 기능할 수 없다. 주지하는 바와 같이 신화에서 신성성이 없어지면, 전설이나 민담 형식이 되므로, 신화의 기본적 출발점은 神聖性에 있다고 볼 수 있다.[18] 건국의 주인공이든지, 무속의 신이든지, 세상을 만든 인물이든지간에, 신화는 무엇보다 '神聖'이 확립되어 가는 과정을 두고 얘기된 敍事文學이다.[19] 이러한 신성을 확립하기 위해서 현실적인 존재를 차원을 높여 나타내기도 했다.

쉽게 말해서 신성성이란 세속과 다름을 의미한다. 세속과 다르되 하향적으로 틀린 것이 아니라, 상향적으로 차원이 다른 것을 뜻한다. 이런 점에서 신성성은 초월성과 통한다. 인물이 초월적이고 행위가 초월적이고, 시간, 배경, 공간이 초월적이다. 지금 여기의 세속과는 다른 무엇이다. 그래서 신성성은 세속과 다른 초월, 일종의 특이함을 수반한다. 즉 신성성은 위대하거나 숭고한 행위로 성립된다. 위대하거나 숭고한 행위

---

15) 이규보, 『동국이상국집 I 』, 민족문화추진회, 1984, 127쪽.
16) 조동일, 『소설의 사회사 비교론 1』, 지식산업사, 2001, 203쪽.
17) 천혜숙 외, 『한국 구비문학의 이해』, 월인, 2000, 46~47쪽.
18) 김열규 외, 『民談學槪論』, 일조각, 1989, 65쪽.
19) 김열규, 『韓國神話와 巫俗硏究』, 일조각, 1991, 8쪽.

는 특이해야 하는데, 일상적으로 경험할 수 있는 일이 아니라 초월적인 세상에서 벌이지는 비현실적인 사건이다.[20] 한국 신화에서 특이성은 난생(卵生), 기아(棄兒), 짐승의 보호, 시련의 극복 등으로 나타난다.[21]

이러한 난생, 기아, 짐승의 보호 등의 특이성을 내용적 측면의 두 번째 특성이라 할 수 있다. 단군은 곰이 변하여 된 여인에게서 태어나고, 금와왕은 금빛 개구리 모양으로 태어나고,

주몽과 혁거세와 수로는 알에서 깨어난다. 알영은 계룡(鷄龍)의 왼쪽 갈비에서 탄생하고, 탈해는 알로 태어나 까치가 둘러 싼 궤 안에서 나온다. 그리고 탐라의 세 신인(神人) 양을나(良乙那), 고을나(高乙那), 부을나(夫乙那)는 땅에서 솟아난다. 이처럼 신화의 인물은 특이한 탄생을 하는데, 특히 난생의 화소는 태양 숭배 신앙과 관련된 것으로 본다.[22]

그리고 주몽, 혁거세, 탈해는 알로 태어나서 버려져 짐승의 보호를 받는다. 바리공주는 옥함에 넣어져 강물에 유기된다. 당금애기는 목에 칼을 받고 돌함에 갇힌다. 하지만 신화의 주인공들은 이러한 시련을 극복하고 신적인 존재로 인정받게 된다. 그리하여 신화는 해당 神格이 어떤 내력을 지니고, 어떤 과정을 밟아서 신격을 향유하게 되었는가를 이야기하고 있다.[23]

난생, 기아, 짐승의 보호 등을 내용으로 하고 있는 신화는 보통의 경우와는 다른 이야기이다. 보통의 경우와 다르다고 하여 특이성이 곧 기괴성을 말하는 것은 아니다. 기괴성이 보통의 하향 상태라면, 특이성은 보통의 상향 상태라고 할 수 있다. 신화 즉, 신성시되는 이야기는 단순한 허황함에 의한 기괴성이 아니라 전승자가 깊은 믿음을 가질 수 있도록

20) 임재해, 『민족신화와 건국영웅들』, 천재교육, 1995, 19쪽.
21) 장덕순 외, 『구비문학개설』, 일조각, 1995, 31쪽.
22) 동서문화연구소 편, 『비교문학총서 4』, 계명대학교 출판부, 1982, 15쪽.
23) 이지영, 『한국신화의 신격 유래에 관한 연구』, 태학사, 1995, 11쪽.

신비롭게 미화된 신이성을 지녀야 한다.[24]

한편 신화는 그 내용의 본질에 있어서 인간의 근원적인 물음에 답하는 참된 이야기이다.[25] 세상은 어떻게 만들어졌는가, 사람은 어떻게 태어났는가, 해와 달은 어떻게 만들어졌는가, 나라는 누가 세웠는가, 삶과 죽음은 누가 왜, 어떻게 주관하게 되었는가? 신화는 이처럼 사물이나 현상, 존재의 근원에 대한 단서를 제공하고 있다. 이런 관점에서, 신화는 우주의 생성이나 세계의 기원을 주제로 하는 이야기라고 할 수 있다.[26] 제주도의 무속신화를 '본풀이'라고도 하는데, 이 역시 근원이나 만물생성(萬物生成)의 시초를 풀어낸다는 의미를 담고 있다.[27] 신화의 이러한 기원성을 내용적 측면의 세 번째 특성으로 들 수 있다.

기원은 사물이나 현상의 시작을 알린다. 함흥 지역의 무속 신화인 〈셍굿(세인굿, 聖人굿)〉에도 사물이나 현상의 시작이 나타난다. 강춘옥 구연의 〈셍굿〉에서는 인간 창조, 사냥법과 암석의 기원, 물고기와 짐승의 기원, 신앙의 기원, 물과 불의 기원, 화장법의 기원 등에 관한 내용을 볼 수 있다.[28] 특히 제주도 무속신화는 우주적 원초성에 대한 이야기를 하고 있다.[29]

또한 천지개벽, 일월성신의 출현, 일월조정 등의 신화소는 한국 창세서사시의 공통 전승 신화소라는 지적도 있다.[30] 이처럼 신화는 항상 창

---

24) 임재해, 『민족설화의 논리와 의식』, 지식산업사, 1992, 42쪽.

25) 이강엽, 『신화』, 연세대학교 출판부, 2004, 19쪽.

26) Mircea Eliade, *Encyclopedia of Religion*, New York: Macmillan Publishing Company, 1987, 262쪽. “A myth, whether its subject is the acts of deities or other extraordinary events, always takes us back to "beginnings of all things"; hence the cosmogony, the birth of the world, is a principal theme.”

27) 진성기, 『제주도 무가본풀이 사전』, 민속원, 2002, 41쪽.

28) 김헌선, 『한국의 창세신화』, 길벗, 1994, 248~251쪽.

29) 한국정신문화연구원, 『한국민족문화대백과사전』, 한국정신문화연구원, 1991, 73쪽.

30) 박종성, 『한국 창세서사시 연구』, 태학사, 1999, 57~63쪽.

조의 설명으로서 어떤 사건이 어떻게 존재하기 시작했는가를 이야기한다.[31] 그래서 신화에 나타나는 사건은 일상적인 경험으로 측정할 수 없는 태초의 일이 된다.[32] 특히 이러한 기원에 대한 물음은 시작에 관한 물음이므로 원초적이고 궁극적인 질문이라고 할 수 있고, 결국 존재와 창조에 대한 해설을 요구하는 것이라 할 수 있다.

위에서 살핀 신성성, 특이성, 기원성은 신화의 내용적 특성이라 할 수 있다. 신성성은 신적인 존재의 이야기이고, 특이성은 보통과 다른 초월의 이야기이고, 기원성은 시초를 이야기한다는 것이다. 이러한 내용적 특성은 작품의 기본적, 표면적 의미 확인을 통해 인식할 수 있다.

2.2 구조적 측면의 특성

구조(構造)란 전체 안에서 구성 요소들이 유기적으로 맺고 있는 내적인 관계를 말한다.[33] 이러한 구조는 체계의 특성을 나타내야 하고, 구조를 나타내는 요소 중 어느 하나를 변형시키면 다른 모든 요소의 변형을 야기할 수 있다.[34] 즉, 구조는 부분과 전체가 밀접한 관련을 맺고 있는 틀인데, 부분이 전체에 영향을 미칠 수 있고, 전체는 남는 요소 없이 반드시 필요한 부분으로만 이루어져야 한다.

내용 파악이 1차적 고찰이라면 구조 파악은 2차적 분석이라 할 수 있다. 신화의 내용을 살펴 내용적 측면의 특성을 추출했다면, 내용 요소 또는 구성 요소들의 관계를 살펴 구조적 측면의 특성을 엿볼 수 있을 것이다. 이때의 요소는 화소(話素: motif)라고 할 수 있는데, 화소는 가장 짧은 내용을 가진 이야기의 알맹이이다.[35]

---

31) 왕빈, 『신화학입문』, 금란출판사, 1980, 18쪽.

32) 고려대학교 민족문화연구소, 『한국민속대관』 6, 고려대학교 민족문화연구소, 1982, 21쪽.

33) 최운식, 『한국 서사의 전통과 설화문학』, 민속원, 2002, 112쪽.

34) 레비-스트로스 지음, 임봉길 옮김, 『신화학 1』, 한길사, 2005, 31쪽.

우리 신화의 구조 분석은 여러 학자들에 의해 다양하고 심층적인 연구가 이루어졌다.[36] 신화의 구조 분석을 통해 드러나는 첫 번째 특성은 부계(父系)는 하늘, 모계(母系)는 땅과 연결된다는 것이다. 이는 '天父地母'라고 하여 여러 연구자들이 이미 밝힌 바 있다.[37] 여기서 부계는 아버지 또는 남성으로, 모계는 어머니 또는 여성을 나타낸다. 즉 '天-父-男'과 '地-母-女'의 구조이다.

하늘은 비를 내리고 땅은 작물을 키운다는 평범한 진술에서 하늘은 남성을, 땅은 여성을 의미한다는 사실을 알 수 있다.[38] 이는 농경 또는 생식과 관련된 풀이로 볼 수 있다. 하늘은 아버지-남성을 뜻하고, 땅은 어머니-여성을 뜻하는 것은, 이집트를 제외한 세계 여러 곳에서 확인할 수 있다.[39]

환웅과 웅녀, 해모수와 유화, 박혁거세와 알영 등 부계는 하늘과 관련되어 있고, 모계는 땅과 관련되어 있다. 하늘과 땅의 신성혼을 해와 달의 결합으로 보아, 천부지모를 일부월모(日父月母)로 보는 설도 있지만,[40] 신화에 등장하는 대부분의 건국시조는 하늘을 부계로 하고 땅을 모계로 하는 신성한 연원을 가졌다.[41]

건국시조 뿐 아니라 구전되는 무속의 창세신화에서도 천부지모는 확인된다.[42] 석가와 당금애기의 결연, 천하궁 당칠성과 매화부인의 결연,

---

35) 최래옥, 『한국구비전설의 연구』, 일조각, 1981, 13~14쪽.

36) 건국신화의 구조 분석은 '나경수, 『한국의 신화연구』, 교문사, 1993.'을, 제석본풀이의 구조 분석은 '서대석, 『한국무가의 연구』, 문학사상사, 1988.'을 참고할 수 있다.

37) ① 조희웅, 『說話學綱要』, 새문사, 1989, 146쪽. ② 나경수, 『한국의 신화연구』, 교문사, 1993, 157쪽. ③ 이지영, 『한국신화의 신격 유래에 관한 연구』, 태학사, 1995, 16쪽.

38) 미르치아 엘리아데 지음, 이재실 옮김, 『종교사 개론』, 1993, 231쪽.

39) ① J. E. Cirlot, *A DICTIONARY OF SYMBOLS*, New York: Vail-Ballou Press, 1983, 142쪽. ② J. C. 쿠퍼 지음, 이윤기 옮김, 『세계문화상징사전』, 까치, 1994, 164쪽.

40) 서대석, 『한국신화의 연구』, 집문당, 2002, 5쪽.

41) 천혜숙 외, 『한국 구비문학의 이해』, 월인, 2000, 65쪽.

천지왕과 총명아기의 결연 등등 구전되는 무속신화에서도, 하늘을 부계로 하고 땅을 모계로 하는 천부지모의 관계를 확인할 수 있다.

신화에 나타난 천부지모의 구조는 신화 한 편의 학습을 통해서 이루어지기 힘들고, 여러 편의 신화를 학습하고 나서, 신화들 간의 관계를 파악한 후에 알 수 있는 특성이다. 天-父-男으로 연결되는 관계와 地-母-女로 연결되는 관계를 찾기 위해서는, 여러 편의 신화 학습이 필요하다. 여러 편의 신화를 살펴, 天, 父, 男과 地, 母, 女의 구성 요소들이 유기적으로 맺고 있는 내적인 관계를 파악해야 제대로 된 천부지모의 의미를 찾을 수 있다. 단순히 아버지는 하늘과 닿아 있고 어머니는 땅과 닿아 있다는 식의 이해만으로는, 연결과 관계로 이루어진 천부지모의 구조적 특성을 찾기 어렵다.

구조적 측면의 두 번째 특성은 신화의 주인공들이 신이한 출생을 하고 시련을 극복하고 위업을 성취하는 '영웅의 일생'을[43] 보여 준다는 것이다. 이에 따르면 신화의 주인공은(특히 주몽, 탈해, 바리공주) '고귀한 혈통, 비정상적 탄생, 비범성, 기아와 고난, 구출・양육자, 고비, 투쟁에서 승리'라는 일정한 유형을 보인다고 한다. 이 구조는 '시련-조력자-신격화' 등의 요소가 있는 '출발-입문-귀환'이라는 영웅의 모험 과정과 유사하다.[44]

이러한 영웅의 일생은 문헌신화 뿐 아니라, 제주도 신화에서도 확인할 수 있다. 제주도 무속신화 본풀이의 주인공들도 거의가 異常誕生兒이고, 총명이 過人하고 재조가 비범하여 후에 신이 되고 여러 사상을 관장 지배하게 된다.[45]

---

42) ① 현용준, 『무속신화와 문헌신화』, 집문당, 1992, 348쪽. ② 박종성, 『한국 창세서사시 연구』, 태학사, 1999, 55쪽.

43) ① 장덕순 외, 『구비문학개설』, 일조각, 1995, 38~39쪽. ② 조동일, 『민중영웅 이야기』, 문예출판사, 1994, 16쪽.

44) 조셉 캠벨 지음, 이윤기 옮김, 『세계의 영웅 신화』, 대원사, 1989, 242~244쪽.

45) 현용준, 『무속신화와 문헌신화』, 집문당, 1992, 61쪽.

고귀한 혈통은 위에서 살핀 천부지모로 확인된다. 비정상적 탄생은 신이한 출생이라 할 수 있는데, 신화의 인물이 신적인 존재이어서 출생 과정이 거의 모두 신이하다. 단군, 금와왕, 주몽, 혁거세, 수로, 알영, 탈해, 양을나(良乙那), 고을나(高乙那), 부을나(夫乙那), 바리공주 등은 모두 보통과 다르게 탄생한다.

또한 '비범성, 기아와 고난, 구출・양육자, 고비, 투쟁에서 승리' 등의 과정 역시 주몽, 탈해, 바리공주의 일생에서 찾을 수 있다. 결국 주몽은 건국의 시조가 되고, 탈해는 임금이 되고 성씨의 시조가 된다. 그리고 바리공주는 영혼을 저승으로 인도하는 신이 된다.

신화에 나타난 '영웅의 일생'이라는 구조 역시 한 편의 학습을 통해서는 알기 어렵다. 이 또한 여러 편의 신화를 학습하여, 신화들 간의 관계를 파악한 후에 알 수 있는 특성이다. 여러 편의 신화를 학습하여 각편에 나타난 주인공의 일대기를 확인하고, 이를 다른 신화와 비교한 후에 찾을 수 있는 특성이다. 단순히 위대한 인물의 일대기라는 이해만으로는, 연결과 관계로 이루어진 '영웅의 일대기' 라는 구조적 특성을 찾기 어려울 것이다.

위에서 살핀 '천부지모'나 '영웅의 일생'은 내용적 고찰을 넘어 구조적 분석을 해야 찾을 수 있는 특징이다. 구조의 분석은 내용의 고찰보다 힘든 인지 과정이다. 내용적 측면 파악이 선행되고, 그 결과를 바탕으로 구조적 측면의 분석을 시도해야 할 것이다.

2.3 해석적 측면의 특성

신화의 의미는 낱말, 문장 구조, 수사법 등 언어의 해독만으로 해결되는 것이 아니다. 해독 수준에서 말이나 글로 표현된 의미를 인식하는 것은 이해라고 할 수 있다. 이해를 넘어, 말로 표현된 의미에 기초하여 말로 표현되지 않은 의미를 이해하고, 표현된 의미와 표현되지 않은 의미

사이의 관계를 알아내며, 이에 기초하여 작품 전체의 의미를 알아내는 작업을 해석이라 할 수 있다.[46] 즉 해석은 언어의 애매모호성을 극복하는 작업이며,[47] 글의 진정한 의미를 찾아내고 이를 다시 독자에게 일러주는 일이라고 할 수 있다.[48] 즉 해석적 측면은 내용적 고찰, 구조적 분석 이후에 판단할 수 있는 투시적(透視的) 특성이다.

신화에는 신들이나 영웅들에 관한 이야기 자체 만으로 파악하기 힘든 숨은 의미가 있다. 신화의 의미를 시간이나 순서에 따라 전개되는 사건의 연속으로 파악하는 것이 모두가 아니다. 사건이나 줄거리를 파악하는 것은 표면 의미라 할 수 있는데, 이런 표면에 나타난 의미 외에 숨겨진 심층의 의미를 투시해야 신화의 의미를 제대로 파악할 수 있다. 왜냐하면 행위자를 중심으로 엮어지는 관계는 표층구조를 통해 드러나고, 행위자가 아닌 이야기의 체계 속에 존재하는 가치는 심층구조를 통해 드러난다.[49] 이런 숨겨진 의미 파악을 위해 해석이 필요하다. 『道德經』의 용어를 빌리면, 피상적인 지(智)가 아니라 사물의 깊은 이치를 깨닫는 명(明)의 깨우침이 요구된다.[50]

단군신화에서 웅녀는 웅녀 자체를 나타내기도 하지만 곰녀, 신녀를 나타내기도 하고, 곰을 토템으로 받들던 부족을 뜻하기도 한다. 이러한 토템동물이 갖는 신성한 특성은 각 동물이나 그의 상(像)에 연유하는 것이 아니라 관련된 체계에 어떻게 통합되는가에 따라 의미가 달라진다.[51] 그리고 신단수는 일반적인 나무가 아닌, 천신이나 그의 사자가 거주하는 나무로서 이는 하늘과 땅 사람의 중간적 역할을 하는 것으로 볼 수 있다.[52]

46) 이대규, 『수필의 해석』, 신구문화사, 1996, 113쪽.
47) 박이문, 『예술철학』, 문학과지성사, 1983, 90쪽.
48) 이상섭, 『문학비평용어사전』, 민음사, 2001, 365쪽.
49) 송효섭, 『설화의 기호학』, 민음사, 1999, 108쪽.
50) 老子 원전, 오강남 풀이, 『道德經』, 현암사, 2000, 148쪽.
51) 레비-스트로스 지음, 임봉길 옮김, 『신화학 1』, 한길사, 2005, 22쪽.

쑥과 마늘은 인간 생명의 열쇠를 갖는 성적 신비를 상징하는 식물이다.[53]

주몽신화에서 柳花는 비둘기로 하여금 보리씨를 아들에게 보낸다. 여기서 우리는 유화가 곡모신(穀母神)을 상징한다는 것과 비둘기는 곡모신의 사자(使者)를 상징한다는 것을 알 수 있다.[54] 그리고 혁거세신화와 주몽신화의 말은 하늘과 땅 사이를 오가는 天馬를 상징한다.[55] 또한 알영이 계룡에서 출생했다는 서술에서 다산과 지모적 성격을 읽을 수 있다.[56]

〈제석본풀이〉에서 남주인공이 주고 간 박씨는 단순한 박씨가 아니다. 박은 '밝음' 즉 광명을 의미하는 것으로 보아, 남주인공은 태양신 즉 天神이라는 해석이 성립된다.[57]

위에서 살핀 대로, 신화의 문면을 살피면 표현된 의미 외에 다른 의미가 있는 경우를 종종 볼 수 있다. 표현 외에 다른 의미가 있으므로, 그 자체로서 다른 것을 대표하는 사물 일체를 우선 상징이라고 할 수 있다.[58] 즉 상징은 어떤 대상이나 사건을 의미하면서도 또 그것을 넘어서는 어떤 것을 의미하거나 일정한 범위의 지시 내용을 갖는 단어나 어구를 가리키기 위해 사용된다.[59] 이를 달리 말하면, 어떤 표현이 본래의 의미를 유지하면서, 다른 의미를 함께 나타내는 경우를 상징이라고 한다. 원관념의 제시 없이 보조관념만으로 원관념을 나타낸다는 점에서, 상징은 은유와 구별된다.

이러한 상징은 환기력의 범위에 따라 개인적 상징, 관습적 상징, 원형적 상징으로 유형화할 수 있다.[60] 개인적 상징은 하나의 작품 속에만 있

52) 윤경수, 『한국신화와 고전문학의 원형상징성』, 태학사, 1997, 71쪽.
53) 김무조, 『한국신화의 원형』, 정음문화사, 1988, 139쪽.
54) 김열규, 『한국의 신화』, 일조각, 1985, 38쪽.
55) 김화경, 『한국 신화의 원류』, 지식산업사, 2005, 168쪽.
56) 황패강, 『한국서사문학연구』, 단국대학교 출판부, 1977, 156쪽.
57) 서대석, 『한국무가의 연구』, 문학사상사, 1988, 83쪽.
58) 이상섭, 『문학비평용어사전』, 민음사, 2001, 155쪽.
59) M. H. 아브람스 지음, 최상규 옮김, 『문학용어사전』, 보성출판사, 1998, 303쪽.
60) 김준오, 『시론』, 삼지원, 1997, 211쪽.

는 상징이고, 관습적 상징은 타인과 공유할 수 있는 보편적 상징이고, 원형적 상징은 신화, 종교, 풍습에서 되풀이된 이미지나 화소(話素)이다. 신화에는 관습적 상징, 원형적 상징이 주로 나타난다. 곰을 토템으로, 신단수를 우주나무로, 유화를 곡모신으로, 주몽의 말을 天馬로 알영을 지모신으로 보는 것은 보편성을 띤 관습적 상징이라 할 수 있다.

신화에는 이런 관습적 상징 말고도 원형적 상징도 찾을 수 있다. 원형(原型)은 기본적인 패턴을 잃지 않으면서도 세부에 있어서는 잘 변화할 수 있는 것인데,[61] 원형은 신과 인간, 그리고 우주 사이의 심원한 관계에 대한 조상 때부터 내려오는 지식의 거대한 집적을 나타낸다.[62] 즉, 원형은 근원적이면서도 영원히 반복하는, 또는 영원히 현존하는 것이라는 성격을 지니고 있다.[63] 한편, 융은 조상들의 원천적인 경험들이 인간 정신의 구조적 요소로 고착되어 집단적(민족적) 무의식을 통하여 유전된다고 하고, 그것이 신화, 종교, 꿈, 환상 또는 문학에 상징적인 형태로 나타난다고 하였다.[64] 그래서 원형은 신화와 문학작품에서 재현된다고 본다.[65]

원형 상징은 인류 전체나 그 대부분 사람들에 있어 동일하거나 아니면 매우 유사한 의미 내용을 갖는 상징들이다.[66] 즉 원형적 상징은 문학작품이나 신화에서, 반복성과 유사성을 보이며 되풀이되는 이미지, 화소, 주제이다. 화소나 주제 면에서 본다면, 〈제석본풀이〉에서 당금애기가 감내하는 고통을 지모신의 시련으로 보아, '여성 수난'이라는 원형적 상징을 찾을 수 있다.[67] 그리고 신화에 나타난 물, 태양, 불, 바람 등의

---

61) C. G. 융 지음, 설영환 옮김, 『무의식 분석』, 선영사, 1990, 307~308쪽.
62) 욜란디 야코비 지음, 이태동 옮김, 『칼 융의 심리학』, 성문각, 1992, 77~78쪽.
63) 김열규, 『한국의 신화』, 일조각, 1985, 120쪽.
64) 이상섭, 『문학비평용어사전』, 민음사, 2001, 254쪽.
65) 이상섭, 『문학 연구의 방법』, 탐구당, 1987, 192쪽.
66) 필립 윌라이트 저, 김태옥 역, 『은유와 실재』, 문학과지성사, 1991, 114쪽.
67) 서대석, 『한국무가의 연구』, 문학사상사, 1988, 173쪽.

이미지나 화소에서도 원형적 상징을 확인할 수 있다.

물은 생명의 근원, 창조의 원천, 풍요, 생명력을 상징한다.[68] 알영(閼英)은 우물에서 태어나고, 유화는 강의 신 하백(河伯)의 딸이다. 그리고 제주도 무가 〈초감제〉에는 청이슬과 물이슬이 통하여 만물이 생겼다고 한다.[69] 이러한 예에서, 물의 원형적 상징인 생명력을 확인할 수 있다. 태양은 우주의 힘, 왕위, 천제(天帝), 천제자(天帝子) 등을 뜻하는데, 원, 바퀴, 알, 햇빛의 형태로 나타난다. 해모수, 주몽, 혁거세, 알지, 수로왕 등이 태양의 원형적 상징과 관계있다. 불의 원형적 상징은 강함, 활력, 힘 등이다. 석탈해가 호공과 집터를 다투는 과정에서 자신을 대장장이라고 했는데, 불을 다루는 능력이 힘과 지배자의 자격을 나타낸 것으로 볼 수 있다. 바람은 영혼, 영혼의 힘, 우주의 호흡, 하늘의 기운 등을 상징한다. 바람이 우주와 육신을 채우고 있는 기(氣) 또는 숨[息]으로 지칭되는 것은, 인도의 고대 경전인 『우파니샤드』에서도 확인할 수 있다.[70] 〈단군신화〉에 보면, 환웅은 풍백(風伯), 우사(雨師), 운사(雲師)를 거느리고 땅으로 내려온다. 인간의 360여 가지 일을 함께 관장하는 신 중에서, 바람의 신이 가장 먼저 나온다. 이때 바람은 우주의 기운, 영혼의 힘을 상징하는 것으로 볼 수 있다.

신화는 의례를 말로 나타낸 것이다. 즉 신화는 제의적 행위에 대하여 설명하려 하고 이론적 견해를 첨가한다.[71] 제의는 제사 의식을 뜻하는데, 우리 신화를 제의의 구술상관물(口述相關物)로 보기도 한다. 신앙의 대상인 천신이 자기네와 어떤 특별한 관련을 가지는가를, 신화에서 말로 설명하고 국중대회의 굿에서 행동으로 보여 주었다.[72] 이때의 굿, 즉 제

---

68) J. C. 쿠퍼 지음, 이윤기 옮김, 『세계문화상징사전』, 까치, 1994, 442~445쪽. 다른 원형적 상징의 의미도 이 책을 참조했음.

69) 진성기, 『제주도 무가본풀이 사전』, 민속원, 2002, 656쪽.

70) 이재숙 옮김, 『우파니샤드 Ⅰ』, 한길사, 2005, 34쪽.

71) 에른스트 캇시러 지음, 최명관 옮김, 『국가의 신화』, 서광사, 1988, 48쪽.

72) 조동일, 『한국문학통사 1』, 지식산업사, 2005, 66쪽.

의는 통과제의적인 면이 강하다.

통과제의는 존재론적 · 사회적 신분의 급격한 변화가 따를 때,[73] 이전의 상황과 이후의 상황이 현저한 변화가 있을 때, 그 전 단계와 후 단계를 경계 짓는 어떤 의식이라고 할 수 있다. 즉, 한 상황에서 다른 상황으로의 또는 특정의 사회적 또는 우주적 세계에서 다른 세계로의 통과에 수반되는 모든 의식의 유형이 통과의례(通過儀禮)이다.[74] 이 의례는 이탈, 중간, 통합[75] 또는 분리, 전이, 통합의[76]세 과정으로 나눌 수 있다. 전이 또는 중간 단계에 입사식(入社式: initiation)이 수반되는데, 입사의례에는 시련이 포함된다.[77] 이 시련은 숲 속의 오두막에서 지낸다거나 죽은 사람처럼 꼼짝없이 누워 있다거나 신체 학대, 신체 훼손과 같은 육체적 고통을 당하는 것 등으로 나타난다.[78]

우리 신화는 제의성이 강하고, 본문 속에서도 입사식이나 제의적인 화소를 볼 수 있는데, 이것을 하나의 해석적 측면의 특성으로 보아 '제의성' 이라 할 수 있다.

곰은 사람이 되기 위해 동굴에 격리된다. 해모수는 하백에게 사위임을 인정받기 위해 둔갑술 경쟁을 한다. 쫓기는 주몽은 어별교(魚鼈橋)를 건넘으로서 천제의 손이자 하백의 외손으로 인정받게 되고, 유리는 주몽의 아들임을 증명해 보이기 위해 태양에 닿도록 몸을 솟아 오르게 한다. 수로왕 신화에서는 사람들이 신을 맞이하기 위해 의례를 행한다. 탈해는 계책으로 호공의 집을 차지한 후 왕의 사위가 되고 왕이 된다. 그리고

73) 멀치아 엘리아데 지음, 이동하 역, 『성과 속』, 학민사, 1992, 140쪽.

74) 반 겐넵 지음, 전경수 역, 『통과의례』, 을유문화사, 1985, 40쪽.

75) 김동욱 외, 『한국민속학』, 새문사, 1990, 100쪽.

76) 반 겐넵 지음, 전경수 역, 『통과의례』, 을유문화사, 1985, 40쪽.

77) 멀치아 엘리아데 지음, 이동하 역, 『성과 속』, 학민사, 1992, 142쪽.

78) ① 멀치아 엘리아데 지음, 이동하 역, 『성과 속』, 학민사, 1992, 143~146쪽. ② 최인학, 『구전설화연구』, 새문사, 1994, 51쪽.

많은 무속신화의 주인공들은 어떤 시련을 겪고 난 뒤에 신으로 좌정한다. 이들에게는 모두 이전과 이후의 상황에 큰 변화가 생긴다. 존재론적·사회적 신분에 급격한 상승이 있고, 그 전후 단계에 어떤 의식이나 시련을 겪는다. 탄생, 결혼, 입사 내지 취임, 죽음 등의 통과제의의 구술표현, 이것을 한국 신화의 일면이라고 볼 수 있다.[79] 신화에 나타나는 이러한 특성을 '제의성' 이라 할 수 있을 것이다.

제의성이나 상징성은 내용적 고찰, 구조적 분석 후에 해석적 투시를 해야 찾을 수 있는 특징이다. 즉 신화의 상징성이나 제의성을 제대로 알기 위해서는, 내용 고찰과 구조 분석 결과를 바탕으로 신화의 표면 의미를 투시하여 심층 의미를 해석해 내어야 한다. 내용적 특성은 1차적 고찰로 볼 수 있고, 구조적 특성은 2차적 분석으로 알 수 있다면, 해석적 특성은 3차적 투시로 찾을 수 있는 요소이다.

위에서 살핀 신화의 특성인 신성성, 특이성, 기원성, 천부지모, 영웅의 일생, 상징성, 제의성 등은 기존의 논고에서 많이 언급된 바 있다. 따라서 본고에서는 신화의 특성을 새롭게 밝히기 보다는, 이미 밝혀진 특성들을 내용적 고찰, 구조적 분석, 해석적 투시라는 단계로 위계화(位階化)하고자 했다. 학습에는 위계화가 필수적인 요소이다. 즉 학습 과제의 내용 중 특정 내용을 학습하기 위해서는, 어떤 요소를 선행해서 학습해야 하는지를 밝힐 필요가 있다.[80] 신화의 학습에도 위계화가 필요하다. 신화의 여러 특성 중 어떤 특성을 먼저 배워야 하고, 어떤 특성을 나중에 배워야 하는지를 밝힐 필요가 있다. 본고는 신화의 특성을 내용적 고찰, 구조적 분석, 해석적 투시라는 단계로 나누어 보았는데, 이러한 위계화는 신화교육과 학습을 위해서 필수적인 활동이라 할 수 있을 것이다.

---

79) 김열규, 『신화/설화』, 한국학술정보, 2001, 23쪽.

80) 서울대학교 교육연구소 편, 『교육학 용어 사전』, 하우동설, 2006, 498쪽.

3. 신화의 특성과 문학교육적 가치

3.1 성속(聖俗)의 분리와 조화

위에서 확인한 신화에 나타난 내용적 측면의 특성은 신성성, 특이성, 기원성 등이었다. 이러한 내용적 측면의 특성은 어떤 문학적 가치를 지니고 있는가? 즉 신화의 신성성, 특이성, 기원성은 문학교육의 현장에서 왜 중요하고, 무엇을 학습자에게 전해줄 수 있는가? 신성성은 일상적 현실과 합리를 넘어서는 무엇이다. 특이성은 일상적으로 경험할 수 있는 일이 아니라 초월적인 세상에서 벌어지는 비현실적인 무엇이다. 기원성은 사물이나 현상, 존재의 근원에 대한 단서를 제공하는 특성이다.

이러한 신성성, 특이성, 기원성은 모두 聖스러움의 현현(顯現)이라 할 수 있다. 지금의 일상, 세속과는 동떨어진 순수한, 오래된, 고귀한, 거룩한 무엇을 전하고 있다. 거룩함과 세속성은 인간이 역사 과정 속에서 상정해 온 두 가지 생존 상황이라 할 수 있다.[81]

인간은 누구나 조화롭고 원만하고 충만하고 완전한 삶을 바라지만, 지금 여기 삶의 실상은 갈등과 충돌과 균열로 누추하기 짝이 없다. 다투어야 하고 이겨야 하고 선택해야 하고, 그리고 그 선택에 대한 책임으로 불안해한다.[82] 혹자는 이 불안이 인간의 고유한 특성이라고 보기도 하지만, 대부분의 인간은 불안이 두려운 나머지, 이러한 불안을 피하기 위해 인간의 고유한 실존마저 저당 잡히기를 마다하지 않는다.

더구나 이런 불안과 불완전함을 극복하는 영웅적 인간이라도, 생로병사 앞에는, 특히 죽음 앞에는 한없이 초라해진다. 죽음을 인격성의 영원한 상실로 보든, 생물학적 기능의 상실로 보든,[83] 필멸의 존재라는 평범

---

81) 멀치아 엘리아데 지음, 이동하 역, 『성과 속』, 학민사, 1992, 14쪽.

82) 이대규, 『문학의 해석』, 신구문화사, 1998, 152쪽.

83) 유호종, 『떠남 혹은 없어짐-죽음의 철학적 의미』, 책세상, 2002, 108~117쪽.

한 진리는 인간이 신과 다른 순간적 존재임을 명확히 하고 있다. '대감(大監) 죽은 데는 안 가도 대감 말 죽은 데는 간다'는 속담은,[84] 아무리 위대한 권력과 금력이라도 죽음 앞에는 유한하다는 명백한 인식을 담고 있다.

이러한 유한성 또는 한계 상황 속에서, 인간은 마냥 그 유한성을 감내하고 소극적인 삶을 받아들이려고 하지는 않았다. 유한성 속에서 어떤 연속성을 가지고 무한성을 지향하는 노력을 계속 해왔다. 그 노력은 태초의 완전한 근원으로 복귀하려는 것이었다. 근원의 시간에로 복귀하려고 소망하는 것은 신선하며 순수한 세계를 회복할 것을 소망하는 것이기도 한데, 이는 거룩한 것에의 갈망임과 동시에 존재에 대한 향수이다.[85]

그리고 이런 신선함과 순수함은 지금 여기와 분리되어 있지만, 지금 여기의 사람들은 그 성스러움을 기억하고 행동화하려는 욕망을 지니고 있다. 물론 어떤 대상은 욕망을 완전히 충족시킬 수 없지만,[86] 성스러움에 대한 소망은 우리들을 지금의 俗에 대한 왜곡된 집착에서 일단은 벗어나게 해 준다. 그래서 신성성, 특이성, 기원성을 배운 학습자들은 俗의 현재에 살면서 聖의 과거를 알고자 하게 된다. 성과 속이 다르다는 것을 알고 俗의 세상에서 聖의 세상을 지향할 수 있게 된다. 즉, 학습자들은 성과 속의 다름과 분리를 신성성, 특이성, 기원성을 통해 배울 수 있다. 아울러 그 속과 분리된 성스러움이 저 건너 피안의 것이 아니라, 俗에서 성스러움을 추구할 때, 올바른 삶이 된다는 것을 깨닫게 될 것이다. 결국 학습자들은 신화의 신성성, 특이성, 기원성을 학습함으로써 지금 여기와는 구분되는 세상이 있다는 것과 유한성을 극복하는 자세를 배울 수 있다.

위에서 살핀 바, 신화의 내용적 측면의 특성인 신성성, 특이성, 기원성은 '성속의 분리와 조화'라는 문학교육적 가치를 학습할 수 있게 한다. 성속의

---

84) 이기문, 『속담사전』, 일조각, 1986, 144쪽.

85) 멀치아 엘리아데 지음, 이동하 역, 『성과 속』, 학민사, 1992, 73쪽.

86) 권택영 엮음, 『욕망 이론』, 문예출판사, 2000, 19쪽.

분리와 조화는 '문화 계승과 창조 능력 증진'[87]이라는 문학교육의 목표와도 통할 수 있다. 학습자는 신화 속의 성스러움을 깨달아, 태초부터 면면히 우리 속에 흐르고 있는 민족 공동체에 대한 동질성, 일체감, 연대감 등을 확인할 수 있다. 이 과정은 생활 방식, 사고 방식의 계승이라 할 수 있으므로 문화 계승이라고 볼 수 있다. 그리고 분리된 성속을 인식하고 성속의 조화를 꾀하는 것은, 온고지신(溫故知新)할 수 있는 개인의 독자성과 창의성과 연관된다. 이러한 과정은 창조 능력 증진이라 할 수 있다. 따라서 성스러움을 깨닫는 것은 문화 계승이라 할 수 있고, 성스러움의 인식을 통해 성속의 분리와 조화를 꾀하는 것은 창조 능력 증진으로 볼 수 있다.

신화의 내용적 측면의 특성은 신성성, 특이성, 기원성 등이었다. 이러한 특성은 '聖俗의 분리와 조화'라는 문학교육적 가치를 실현시킬 수 있었고, 이는 '문화 계승과 창조 능력 증진'이라는 문학교육의 목표와 통하고 있음을 알 수 있었다.

3.2 시련의 극복과 위업의 성취

위에서 확인한 구조적 측면의 특성은 천부지모, 영웅의 일생이었다. 이러한 구조적 측면의 특성은 어떤 문학적 가치를 지니고 있는가? 즉 천부지모, 영웅의 일생이라는 특성은 문학교육의 현장에서 왜 중요하고, 무엇을 학습자에게 전해줄 수 있는가?

천부지모는 신화 주인공이 남성 또는 아버지는 하늘과 통하고, 여성 또는 어머니는 땅과 통한다는 특성이었다. 하늘[天]은 신성, 높음을 뜻하기 때문에, 이와 연결되는 신화의 남주인공들이 보통 사람과 다르다는 사실을 짐작할 수 있게 한다. 신화의 남주인공이 보통 사람과 다름은 여러 가지로 확인된다. 하강, 상승, 활쏘기, 천하장사, 승리 등등. 이런 비

87) 김대행 외, 『문학교육원론』, 서울대학교출판부, 2000, 56~61쪽.

범성의 결과로 최종적으로 나타나는 것은 건국 또는 신으로서 좌정(坐定)이다. 학습자들은 신화의 구조적 특성인 하늘-아버지-남성의 관계를 배움으로써 위업의 성취를 인식할 수 있을 것이다.

땅[地]은 생산을 담당하는 대지모신으로 열매를 맺는 무궁무진한 능력을 가진 존재로 나타난다. 하지만 생산을 위해서는 죽음이 필요한 이치처럼 땅의 근원에는 희생의 의미가 들어있다. 우리 신화에서 건국신화의 여신들은 태초의 대지모신 이미지를 잃어 버리고, 희미해진 형태의 신으로 남아있다.[88] 그리고 무속신화의 서사구조를 분석한 연구에서는 바리공주의 일대기에서 여성수난의 원형을 읽어내기도 했다.

이렇게 본다면 땅은 생산의 이미지와 시련의 이미지가 함께 들어 있다. 우리 신화에서 웅녀, 유화, 알영, 바리공주, 당금애기 등 여성 주인공들은 모종의 시련을 이겨내고 나름의 위업을(단군 출생, 주몽 출생, 왕후, 삼신, 영혼을 인도하는 신) 성취하고 있다. 학습자들은 땅-어머니-여성의 구조적 특징에서도 시련의 극복과 위업의 성취를 인식할 수 있을 것이다.

하늘은 초월성을 의미하고 땅은 생산과 시련을 상징한다. 따라서 하늘에는 초월성이란 신성이 있으니 위업의 성취가 예비되어 있다고 볼 수 있고, 땅에는 생산이란 신성과 시련이라는 고난이 함께 있으니 시련과 극복이 예비되어 있는 것으로 볼 수 있다. 결국 하늘도 시련 극복-초월을 나타내고 땅도 시련 극복-초월을 나타내는 셈이 된다.

영웅의 일생은 '고귀한 혈통, 비정상적 탄생, 비범성, 기아와 고난, 구출·양육자, 고비, 투쟁에서 승리'의 단계였다. 이 단계를 나누면 '탄생-시련-극복-위업 성취'가 된다. 주몽, 탈해, 바리공주의 일대기를 예로 들 수 있다.

문학교육은 개인이 문학에서 어떤 동일성을 찾을 수 있도록 하며 그들의 가치를 명확하게 하는 것을 도와주는 것이다.[89] 이런 주인공들의

88) 이경하 외, 『한국의 고전을 읽는다 1』, 휴머니스트, 2006, 54쪽.

89) Raymond J. Rodrigues 외 지음, 박인기 외 옮김, 『문학작품을 어떻게 가르칠 것인가』,

삶을 배우면서 학습자들은 주인공의 일대기와 동일화, 정서화를 통해 시련의 극복과 위업의 성취를 배우게 된다. 자신의 현실이 힘들고 현실적인 시련이 있더라도, 영웅의 일대기를 통해 시련을 이겨내려는 의지를 가질 수 있을 것이다. 자신이 영웅이 아니더라도 영웅의 시련과 극복을 통하여 언젠가는 위업을 성취해야 한다는 당위적인 신념, 즉 마땅히 그러해야 한다는 관념을 지니게 될 것이다.

천부지모, 영웅의 일생은 신화의 구조적 특성이었는데, 이러한 구조적 특성은 시련의 극복과 위업의 성취라는 문학교육적 가치가 있었다. 시련의 극복과 위업의 성취는 '개인의 정신적 성장'[90]이라는 문학교육의 목표와도 통할 수 있다. 성장은 유기체가 단세포의 접합자로부터 성인이 되기까지의 질적・양적 변화과정을 말한다.[91] 즉 성장은 자아가 개별성, 독자성, 정체성을 가져 참된 자기 결정을 하는 성숙의 단계에 도달하는 것이다. 자신의 행동 방식을 결정할 수 있는 자유, 본능의 지배로부터 벗어나는 자유, 창조적인 자기 결정을 하는 자유를 누리는 것이 진정한 성장이라 할 수 있는데, 이는 문학적 인간상의 특징이기도 하다.[92]

신화의 구조적 측면의 특성은 천부지모, 영웅의 일생 등이었다. 이러한 특성은 '시련의 극복과 위업의 성취'라는 문학교육적 가치를 실현시킬 수 있었고, 이는 '개인의 정신적 성장'이라는 문학교육의 목표와 통하고 있음을 알 수 있었다.

3.3 보편성과 개별성의 탐색

웅녀를 곰 토템 부족으로 보는 것, 신단수를 천상과 지상을 잇는 세계

박이정, 2001, 25쪽.

90) 김대행 외, 『문학교육원론』, 서울대학교출판부, 2000, 44~49쪽.

91) 서울대학교 교육연구소 편, 『교육학 용어사전』, 하우동설, 2006, 388쪽.

92) 문학과문학교육연구소 편, 『문학교육의 탐구』, 국학자료원, 1996, 146쪽.

수(世界樹)로 보는 것, 유화의 곡모신적 성격, 주몽과 혁거세의 천마, 박씨를 밝음으로 보는 것 등이 신화에 나타나는 상징이었다. 이러한 상징 외에 신화에서는 특히 원형적 상징이 두드러졌는데, 생명력을 상징하는 물, 힘을 상징하는 태양과 불, 우주의 기운을 상징하는 바람, 당금애기의 고통에서 나타나는 여성 수난 등이 있었다.

이러한 상징성은 학습자에게 특정한 문학교육적 가치를 전해줄 수 있다. 상징은 본래 의미를 유지하면서 다른 의미를 함께 나타내는 것이었다. 그리고 원형적 상징은 반복성과 지속성을 가지고 신화에서 되풀이되는 무엇이었다. 신화의 상징을 배우면서 학습자는, 달라 보이는 여러 경우에도 인류에게 공통적으로 통하는 이미지나 화소가 있다는 것을 알 수 있다.

알영과 유화의 물에 나타나는 생명력을 다른 갈래나 다른 나라의 문학 작품에서도 확인할 수 있을 것이며, 난생이라는 화소가 태양과 연결되어 힘과 왕위를 뜻한다는 것도 시공을 초월하여 여러 작품에서 나타난다는 것을 배울 수 있다.

이 과정에서 학습자는 신화의 상징이 여러 문학 작품에 두루 미치거나 통한다는 사실을 알 수 있는데, 그 과정에서 보편성의 가치를 확인할 수 있다. 원형적 상징은 구체적 작품의 특성이나 세부를 무시하고 보편적 가치로 작품의 의미를 제한한다는 비판을 받기도 한다. 하지만, 원형이 보편성의 탐색이라면, 거꾸로 원형이 실현된 구체적 신화는 개별성의 예시라고 할 수 있다. 따라서 학습자는 원형의 학습을 통하여 보편성을 배우게 되고, 이 보편성을 통하여 구체적으로 개별화된 원형의 양상을 살필 수 있을 것이다.

제의성은 우리 신화가 통과의례적인 면이 강하고, 신화의 주인공들이 통과의례의 과정을 거치고 있다는 특성이었다. 제의의 현장에서 구송된 것이 신화이고, 주인공들이 제의적 시련을 겪는다는 것을 알 수 있었다. 이러한 학습을 통하여 학습자들은 통과의례의 과정인 분리–전이–통합을 배울 수 있을 것이다.

학습자들은 분리-전이-통합이라는 제의적 과정을 배움으로써, 떠남과 격리와 인내가 있어야 또 다른 성숙한 삶에 도달한다는 사실을 알게 될 것이다. 이전과 다른 성장이나 성숙을 위해서는 기다림과 인내가 필요하다는 것은 어느 상황에서나 적용되는 보편적 가치이다. 즉, 분리-전이-통합은 신화에만 있는 것이 아니라, 건전한 사회인으로 성장하기 위해서는 반드시 필요한 현실의 보편성이다. 이러한 보편성 역시 학습자에게 개별화될 때, 의미있는 가치가 될 것이다. 나의 밖에 존재하는 보편성이 나의 안으로 다가올 때, 바깥의 보편성을 적극적으로 나의 안으로 받아들여 개별화할 때, 자아의 분리와 전이와 통합이 주체적으로 이루어진다고 할 수 있다.

인지나 학습에 있어서, 모든 개인의 구조 속에는 생득적인 생물학적 요소와 외적 인상에 의하여 형성된 요소가 서로 뗄 수 없는 혼합물 형태로 존재한다.[93] 생물학적 요소가 보편성에 가깝다면 외적 인상은 개별성에 가깝다. 인간의 인식과 성장은 보편성과 개별성의 탐색으로 조화를 이룰 때, 진정한 삶의 가치로 연결될 수 있을 것이다.

이러한 보편성과 개별성의 탐색은 결국 '개인의 주체성 확립'[94]이라는 문학교육의 목표와 통할 수 있다. 주체성은 스스로 판단하고 책임지는 능력이다. 스스로 판단하고 책임지는 능력은, 자신의 의지 실현이 긍정적 가치 지향으로 향할 때 실현되는 것이다. 즉 개인적 존재와 사회적 존재 사이에서 무엇이 바람직한지 스스로 결정하고 책임을 져야 한다. 개인적 존재와 사회적 존재 사이의 탐색은 바로 보편성과 개별성의 탐색이다. 나에 대한 탐색은 자신에 대한 반성적 사유 활동이라 할 수 있는데, 주체성은 바로 이러 과정에서 정립된다.[95] 따라서 학습자는 개인적 존재와

93) 조지프 캠벨 지음, 이진구 옮김, 『신의 가면 I : 원시 신화』, 까치, 2003, 53쪽.
94) 김대행 외, 『문학교육원론』, 서울대학교출판부, 2000, 49~56쪽.

사회적 존재 사이의 탐색을 통해 자신에 대한 반성적 사유에 접근하게 되는데, 이는 바로 자신의 주체성을 확인하는 과정이라 할 수 있다.

신화의 해석적 측면의 특성은 '상징성, 제의성'이었다. 이러한 특성은 '보편성과 개별성의 탐색'이라는 문학교육적 가치를 실현시킬 수 있었고, 이는 '개인의 주체성 확립'이라는 문학교육의 목표와 통하고 있음을 알 수 있었다. 이런 면에서 문학이해는 특히 인간의 자기이해와 세계이해로 연결된다고 할 수 있다.[96]

4. 신화의 문학교육적 가치, 그 지향점

위에서 신화의 문학교육적 가치에 대하여 알아 보았다. 1차적 고찰로 신화의 내용적 측면을 살핀 결과 나타난 신화의 특성은 신성성, 특이성, 기원성 등이었다. 이 내용적 측면의 특성은 '성속의 분리와 조화'라는 문학교육적 가치가 있었다. 2차적 분석으로 신화의 구조적 측면을 살핀 결과 나타난 신화의 특성은 천부지모, 영웅의 일생 등이었다. 이 구조적 측면의 특성은 '시련의 극복과 위업의 성취'라는 문학교육적 가치가 있었다. 3차적 투시(透視)로 신화의 해석적 측면을 살핀 결과 나타난 신화의 특성은 상징성, 제의성 등이었다. 이 해석적 측면의 특성은 '보편성과 개별성의 탐색'이라는 문학교육적 가치가 있었다. 고찰과 분석과 투시는 그 과정이 위계적이었다. 내용적 특성 파악을 위해서는 고찰을 했고, 구조적 특성 파악을 위해서는 고찰 후 분석을 했고, 해석적 특성 파악을 위해서는 고찰과 분석 후 투시를 했다.

그러면 이러한 신화의 특성과 문학교육적 가치를 교재화하거나 교수

95) 우리사상연구소 엮음, 『우리말 철학사전 1』, 지식산업사, 2004, 261쪽.
96) 유종호, 『문학이란 무엇인가』, 민음사, 2000, 121쪽.

–학습할 때, 어떤 위계나 순서에 따라 제시해야 하는지 그 지향점을 알아 볼 필요가 있나. 위에서 살핀 바, 신화의 특성과 문학교육적 가치는 인과적 관련을 맺고 있었다. 즉, 신화의 특성에 따라 문학교육적 가치가 설정되고 있었다. 신화의 특성을 교수–학습 한다고 하면, 당연히 교육목표가 필요하고, 교육목표 중에서도 지적인 영역이 먼저 떠오를 것이다. 블룸(Bloom)은 교육목표 중 지적 영역을 단순한 것에서 복잡한 수준으로 '지식, 이해, 적용, 분석, 종합, 평가' 등 6가지로 범주화하고 있다.[97] 지식 수준은 독립된 정보를 회상하는 것이고, 이해 수준은 정보들 간의 관계를 아는 것이고, 적용 수준은 학습한 정보를 다른 상황에도 적용할 수 있는 것이다. 그리고 분석은 부분으로 나누어 연관성을 추론할 수 있는 것이고, 종합은 요소를 모아 새로운 전체를 만드는 것이고, 평가는 기준을 이용하여 판단을 내리는 인지 과정이다. 이러한 인지 과정은 질문제시의 경우에도 비슷한 체계를 보인다.[98]

이렇게 본다면 내용적 측면의 특성은 독립된 정보를 회상하거나 정보들 간의 관계를 아는 고찰의 과정에서 확인할 수 있기 때문에, 지식・이해 수준이라 할 수 있을 것이다. 구조적 측면의 특성은 학습한 정보를 다른 상황에도 적용하고 전체를 부분으로 나누어 추론하는 분석의 과정에서 확인할 수 있기 때문에, 적용・분석 수준이라 할 수 있을 것이다. 해석적 측면의 특성은 어떤 기준을 이용하여 대상에 대한 판단을 내리는 투시의 과정에서 확인할 수 있기 때문에 평가 수준이라 할 수 있을 것이다.

그렇다면 신화의 내용적 측면의 특성인 신성성, 특이성, 기원성과 이에 따른 문학교육적 가치인 성속의 분리와 조화는 지식・이해 수준에서 학습할 수 있다. 그리고 구조적 측면의 특성인 천부지모, 영웅의 일생과 문학교육적 가치인 시련의 극복과 위업의 성취는 적용・분석 수준에서 학습할

97) 김대현・김석우, 『교육과정 및 교육평가』, 학지사, 2006, 115~116쪽.
98) 변홍규, 『질문제시의 기법』, 교육과학사, 1996, 64~66쪽.

수 있을 것이다. 또한 해석적 측면의 특성인 상징성, 제의성과 문학교육적 가치인 보편성과 개별성의 탐색은 평가 수준에서 학습이 가능하다.

물론 특성은 인지적 영역이고 가치는 정의적 영역인데, 가치를 어떻게 인지적 영역의 단계에 맞추어 학습할 수 있느냐는 의문이 있을 수 있다. 하지만 신화의 문학교육적 가치인 성속의 분리와 조화, 시련의 극복과 위업의 성취, 보편성과 개별성의 탐색 등은, 신화의 특성인 신성성, 특이성, 기원성, 천부지모, 영웅의 일생, 상징성, 제의성 등과 인과적 관계를 이루고 있었다. 즉 신화의 특성이 먼저 교수-학습된 후에, 신화의 가치가 학습되어야 했다. 특성이 먼저 학습되어야 하고 특성에 따라 가치 학습이 이루어지므로, 가치 또한 특성의 영역인 인지적 영역에 따라 학습되어야 한다. 따라서 신화의 문학교육적 가치도 인지적 영역의 단계에 따라 교수-학습할 수 있다.

일반적으로 어떤 제재나 가치의 학습은 쉬운 것에서 어려운 것으로, 구체적·미시적 수준에서 추상적·거시적 수준으로 수행되어야 한다. 마찬가지로 신화의 특성과 문학교육적 가치도 쉬운 것에서 어려운 것으로, 구체적·미시적 수준에서 추상적·거시적 수준으로 수행되어야 한다. 따라서 신화의 특성과 문학교육적 가치의 학습은 내용적 측면, 구조적 측면, 해석적 측면의 순으로 위계화되어야 할 것이다.

내용 파악은 지식·이해 수준에서 이루어지기 때문에 학년으로는 저학년, 학교급으로는 초등학교 수준에서 가르쳐야 할 것이고, 구조 분석은 적용·분석 수준에서 이루어지기 때문에 중학년, 중학교에서 가르쳐야 하고, 해석 투시는 평가 수준에서 이루어지기 때문에 고학년, 고등학교에서 가르쳐야 할 것이다.

따라서 신화의 '신성성, 특이성, 기원성'과 '성속의 분리와 조화'는 저학년이나 초등학교에서 교수-학습되거나 교재화되어야 하고, 신화의 '천부지모, 영웅의 일생'과 '시련의 극복과 위업의 성취'는 중학년이나 중학교에서 교수-학습되거나 교재화되어야 하고, 신화의 '상징성, 제의성'과 '보편성과 개별성의 탐색'은 고학년이나 고등학교에서 교수-학습되거나 교재화되어야 할 것이다.

물론 이러한 과정은 기계적인 대응이 되어서는 안될 것이다. 즉 초등학교에서는 반드시 신성성, 특이성, 기원성만 학습하거나 교재화되어야 하고, 고등학교에서는 반드시 상징성, 제의성만 학습하거나 교재화되어야 한다는 말은 아니다. 학교급별로 여러 특성들을 학습하거나 교재화할 수 있지만, 그 강조점이나 중심은 지적 영역의 위계적 수준을 배려하여 이루어져야 할 것이다.[99]

5. 맺으면서

본고의 목적은 신화의 문학교육적 가치를 밝히는 것이었다. 이를 위해 먼저 신화의 특성을 내용적 측면, 구조적 측면, 해석적 측면으로 나누어 살폈다. 내용적 측면의 특성은 1차적 고찰로, 구조적 측면의 특성은 2차적 분석으로, 해석적 측면의 특성은 3차적 투시로 살필 수 있었다.

신화의 내용적 측면의 특성은 '신성성, 특이성, 기원성' 이었고, 구조적

99) 논문 심사 과정에서 위계적 과정에 대한 몇 가지 지적이 있었다. 내용적 측면, 구조적 측면, 해석적 측면의 진행이 단선적이고, 신화를 가르칠 때 내용, 구조, 해석을 따로 가르치는 것도 문제라는 것이었다. 즉, 내용적 측면을 가르칠 때도 구조적 측면과 해석적 측면이 필요할 때도 있고, 구조적 측면을 가르칠 때도 해석적 측면이 필요할 수 있다는 것이었다. 이는 내용, 구조, 해석을 바라보는 관점의 차이 때문이라고 생각한다. 사실, 내용을 완벽하게 이해하기 위해서는 구조와 해석이 필요하다고 할 수 있다. 하지만 본고에서는 내용을 '독립된 정보의 회상, 정보들 간의 관계 파악' 정도로 규정했다. 논자는 이러한 내용 파악을 구조 파악이나 해석의 단계보다는 하위적인 인지 과정으로 여겼다. 따라서 내용, 구조, 해석의 인지 과정 순서로 신화의 특성이 학습되어야 한다고 보았다. 아울러 위계화에 대한 더 자세하고 심층적인 접근은 후속 논의가 더 필요하다고 생각한다. 본고는 신화의 문학교육적 가치에 관한 시론적(試論的)인 성격이 강하기 때문이다.

측면의 특성은 '천부지모, 영웅의 일생' 이었고, 해석적 측면의 특성은 '상징성, 제의성' 이었다.

내용적 측면의 특성에서 도출된 문학교육적 가치는 '성속의 분리와 조화'였다. 구조적 측면의 특성에서 추출된 문학교육적 가치는 '시련의 극복과 위업의 성취'였고, 해석적 측면의 특성에서 확인된 문학교육적 가치는 '보편성과 개별성의 탐색'이었다.

이러한 신화의 특성과 문학교육적 가치는 교재화나 교수-학습을 위해, 인지적 영역의 단계에 따라 위계화할 수 있었다. 내용적 측면의 특성인 신성성, 특이성, 기원성과 문학교육적 가치인 성속의 분리와 조화는 지식·이해 단계의 수준이었다. 그리고 구조적 측면의 특성인 천부지모, 영웅의 일생과 문학교육적 가치인 시련의 극복과 위업의 성취는 적용·분석 단계의 수준이었고, 보편성과 개별성의 탐색은 평가 단계의 수준이었다.

한국 신화의 특성과 문학교육적 가치는 학년 수준이나 학교급별에 맞게 가르쳐야 한다고 보았다. 지식·이해 수준인 신성성, 특이성, 기원성과 성속의 분리와 조화는 저학년 또는 초등학교 과정에서 교수-학습해야 한다. 적용·분석 수준인 천부지모, 영웅의 일생과 시련의 극복과 위업의 성취는 중학년 또는 중학교 과정에서 교수-학습해야 한다. 그리고 평가 수준인 상징성, 제의성과 보편성과 개별성의 탐색은 고학년 또는 고등학교 과정에서 교수-학습해야 한다.

신화의 특성은 본문에 언급한 요소 외에도 다른 항목이 많이 있다. 본고는 이러한 다른 특성에 대한 문학교육적 접근을 시도하지 않은 한계가 있다. 그리고 교과서에 나타난 신화의 제재 구성과 문학교육적 가치에 대한 분석을 빠뜨린 아쉬움이 있다. 이는 후고를 기약하기로 한다.

* 『한국초등국어교육』 제36집(한국초등국어교육학회, 2008.)에 실린 「신화의 문학교육적 가치에 관한 고찰」이라는 논문을 보완했음.

참고문헌

강등학 외, 『한국 구비문학의 이해』, 월인, 2000.

강상대, 「심의린의 전래동화 장르 인식과 텍스트 양상」, 한국문예창작학회, 『한국문예창작』 15권 제3호, 2016.

고려대학교 민족문화연구소, 『한국민속대관』 6, 고려대학교 민족문화연구소, 1982.

교육부, 『고등학교 교육과정(Ⅰ)』, 교육부, 2015

구인환 외, 『文學 敎授·學習 方法論』, 삼지원, 1999.

_____ 외, 『문학개론』, 삼영사, 2002.

_____ 외, 문학교육론, 삼지원, 2008.

국립국어연구원, 『표준국어대사전』, 두산동아, 2000.

권순긍, 「고전소설의 동화적 변모 -〈흥부전〉을 중심으로-」, 한국고소설학회, 『고소설연구』 제27집, 2009.

_____, 「〈콩쥐팥쥐전〉의 형성과정 재고찰」, 한국고소설학회, 『고소설연구』 제34집, 2012.

_____, 「〈토끼전〉의 동화화 과정」, 우리말교육현장학회, 『우리말교육현장연구』 제6집 1호, 2012.

권영민, 『문학의 이해』, 민음사, 2009.

권택영 엮음, 『욕망 이론』, 문예출판사, 2000.

권혁래, 「1920년대 민담의 동화화와 심의린의 『조선동화대집』」, 민족문학사학회, 『민족문학사연구』 39호, 2009.

_____, 『일제 강점기 설화·동화집 연구』, 고려대학교 민족문화연구원, 2013.

_____, 「일제 강점기 호랑이·토끼 서사의 양상과 문학교육」, 온지학회, 『溫知論叢』 제22집, 2009.

권혜경, 「심의린의 〈개구리 神仙〉 연구」, 단국대학교 한국문화기술연구소, 『한국문화기술』 제22호, 2017.

김광식 『식민지 조선과 근대설화』, 민속원, 2015.

_____, 「심의린의 이력과 『조선동화대집』 발간에 대한 재검토」, 열상고전연구회, 『열상고전연구』 제42집, 2014.

김경희, 『심의린의 동화 운동 연구』, 서울대학교대학원 박사학위논문, 2016.

_____, 「심의린의 『조선동화대집』의 성격과 의의」, 겨레어문학회, 『겨레어문학』 제41집, 2008.

김대행 외, 『문학교육원론』, 서울대학교출판부, 2000.

김대현 외, 『교육과 교육학』, 학지사, 2006.

_____ 외, 『교육과정 및 교육평가』, 학지사, 2006.

김동욱 외, 『韓國民俗學』, 새문사, 1990.

김봉군, 『문장기술론』, 삼영사, 1996.

김무조, 『한국신화의 원형』, 정음문화사, 1988.

김미영, 「심의린 『조선동화대집』의 특징과 문학사적 위상」, 한민족어문학회, 『韓民族語文學』 제58집, 2011.

김세리, 「《어린이》 연구」, 동국대학교 대학원, 석사학위논문, 2005.

김승찬 외, 『한국문학개론』, 삼지원, 1995.

김열규, 『신화/설화』, 한국학술정보, 2001.

_____, 『어머니, 동화는 이렇게 읽어 주세요』, 춘추사, 1993.

김열규, 『한국문학사』, 탐구당, 1983.
______, 『韓國神話와 巫俗研究』, 일조각, 1991.
______, 『한국의 신화』, 일조각, 1985.
______ 외, 『民談學槪論』, 일조각, 1989.
김욱동, 『문학이란 무엇인가』, 문예출판사, 1998.
______, 『탈춤의 미학』, 현암사, 1994.
김윤식 외, 『고등학교 문학』, 천재교육, 2016.
김은천, 「『어린이』지 게재 전래동화 연구」, 홍익대학교 석사학위논문, 2002.
김준오, 『문학사와 장르』, 문학과지성사, 2000.
______, 『시론』, 삼지원, 1997.
김중신, 『한국 문학교육론의 방법과 실천』, 한국문화사, 2003.
김헌선, 『한국의 창세신화』, 길벗, 1994.
김화경, 『한국 신화의 원류』, 지식산업사, 2005.
______, 『한국설화의 연구』, 영남대학교출판부, 1987.
______, 『한국의 설화』, 지식산업사, 2002.
김환희, 「전래동화가 옛이야기 전승에 미치는 영향」, 한국어린이문학교육학회, 『어린이문학교육연구』 제14권 제2호, 2013.
김흥규, 『한국 고전문학과 비평의 성찰』, 고려대학교 출판부, 2002.
나경수, 『한국의 신화연구』, 교문사, 1993.
나병철, 『문학의 이해』, 문예출판사, 1997.
______, 『소설의 이해』, 문예출판사, 1998.
노영근, 민담 각편 형성 원리에 대한 실증적 연구, 겨레어문학회, 『겨레어문학』 제38집, 2007.
동서문화연구소 편, 『비교문학총서』 4, 계명대학교 출판부, 1982.
류정월, 「근대 설화집의 여성 형상화 연구 –『온돌야화』, 『조선민담집』, 『조선동화대집』의 여성 인물을 중심으로–」, 한국고전여성문학회, 『한국고전여성문학연구』 32집, 2016.
문학과문학교육연구소, 『문학교육의 탐구』, 국학자료원, 1996.
__________________, 『창작교육, 어떻게 할 것인가?』, 푸른사상, 2001.
박붕배, 『國語科敎育方法論』, 학문사, 1983.
박은정, 「무속신화 〈바리공주〉의 지도방안 연구」, 경북대학교 석사학위논문, 2006.
박이문, 『예술철학』, 문학과지성사, 1983.
______, 『현상학과 분석철학』, 知와 사랑, 2007.
______ 외, 『현상학』, 고려원, 1992.
박종성, 『한국 창세서사시 연구』, 태학사, 1999.
박형익, 『심의린 편찬 보통학교 조선어사전』, 태학사, 2005.
방정환, 『어린이』 7호, 開闢社, 1924.
______, 『어린이』 45호, 開闢社, 1926.
______, 『어린이』 58호, 開闢社, 1928.
______, 『어린이』 63호, 開闢社, 1929.
배원룡, 『나무꾼과 선녀 설화 연구』, 집문당, 1993.

백민정, 「수록 민담의 유형 분포 분석을 통한 일제강점기 3대 전래동화집의 성격 고찰」, 한국구비문학회, 『口碑文學硏究』 제35집, 2012.
_____, 『일제강점기 3대 전래동화집 연구』, 충남대학교대학원 박사학위논문, 2013.
_____, 「일제강점기 3대 전래동화집의 성격과 그 편찬 배경」, 어문연구학회, 『語文硏究』 73호, 2012.
白 鐵, 『文學槪論』, 신구문화사, 1960.
변홍규, 『질문제시의 기법』, 교육과학사, 1996.
서대석, 「설화 〈종소리〉의 구조와 의미」, 서울대학교 한국문화연구소, 『한국문화』 8, 1987.
_____, 『한국 구비문학에 수용된 재담 연구』, 서울대학교출판부, 2004.
_____, 『한국무가의 연구』, 문학사상사, 1988.
서영미, 『북한 구전동화의 정착과 변화 양상 연구』, 동국대학교 대학원 박사학위논문, 2014.
서울대학교 교육연구소 편, 『교육학 용어사전』, 하우동설, 2006.
서울대학교 국어교육연구소, 『국어교육학사전』, 대교출판, 1999.
선정규, 『중국신화연구』, 고려원, 1996.
성정희, 『설화를 활용한 소아기 우울증 아동의 문학치료 사례 연구』, 건국대학교 석사학위논문, 2008.
손동인, 『한국 전래 동화 연구』, 정음문화사, 1984.
송효섭, 『설화의 기호학』, 민음사, 1999.
_____, 『해체의 설화학』, 서강대학교출판부, 2009.
시사영어사 사전편찬실, 『시사 엘리트 영한사전』, 시사영어사, 1999.
신오현, 「소외이론의 구조와 유형」, 정문길 편, 『疎外』, 문학과지성사, 1984.
신원기, 「번안동화(설화)의 문학교육적 지향성 고찰: 우리말 최초의 동화집 · 설화집 『朝鮮童話大集(1926)』을 중심으로」, 한국초등국어교육학회, 『한국초등국어교육』 제42집, 2010.
_____, 「설화에 나타난 소외의 모습과 문학교육적 가치: 우리말 최초의 설화집 『朝鮮童話大集(1926)』을 중심으로」, 한국초등국어교육학회, 『한국초등국어교육』 제45집, 2011.
_____, 「설화의 문학교육적 가치에 관한 고찰」, 한국어교육학회, 『국어교육』 120, 한국문화사, 2006.
_____, 「신화의 문학교육적 가치에 관한 고찰」, 한국초등국어교육학회, 『한국초등국어교육』 제36집, 2008.
_____, 「심의린(沈宜麟)의 『조선동화대집』에 대한 연구 동향 고찰」, 한국문학회, 『한국문학논총』 제76집, 2017.
_____, 「『조선동화대집』의 내용과 문학교육적 가치에 대한 고찰」, 한국초등국어교육학회, 『한국초등국어교육』 제38집, 2008.
심경호, 「한국 고전문학교육의 현황과 과제」, 한국문학교육학회, 『문학교육학』 제6호, 태학사, 2000.
沈宜麟, 『朝鮮童話大集』, 漢城圖書株式會社, 1926.
안형관, 『인간과 소외』, 이문출판사, 1995.
엄정식, 「가치와 삶」, 우리사상연구소 엮음, 『우리말 철학사전』 4, 지식산업사, 2005.
_____, 「소통에 관하여」, 철학문화연구소, 『철학과 현실』 제85호, 2010.
오탁번 · 이남호, 『서사문학의 이해』, 고려대학교 출판부, 1999.
왕빈, 『신화학입문』, 금란출판사, 1980.
우리사상연구소 엮음, 『우리말 철학사전』 1, 지식산업사, 2004.
__________ 엮음, 『우리말 철학사전』 5, 지식산업사, 2008.

우한용, 『문학교육과 문화론』, 서울대학교 출판부, 2001.
_____ 외, 『서사교육론』, 동아시아, 2001.
유선형, 「단군신화의 텍스트 이해와 교육 방안 연구」, 성균관대학교 석사학위논문, 2004.
유억종, 「신화교육론-〈단군신화〉와 〈동명왕신화〉를 중심으로」, 전북대학교 석사학위논문, 1994.
유종호, 『문학이란 무엇인가』, 민음사, 2000.
_____, 『떠남 혹은 없어짐-죽음의 철학적 의미』, 책세상, 2002.
윤경수, 『한국신화와 고전문학의 원형상징성』, 태학사, 1997.
윤승준, 「說話의 構造와 形式」, 화경고전문학연구회 편, 『설화문학연구 (상)』, 단국대학교출판부, 1998.
윤용식 외, 『구비문학개론』, 한국방송대학교출판부, 1998.
이강엽, 『신화』, 연세대학교 출판부, 2004.
_____, 「신화의 문학교육적 의미」, 한국초등국어교육학회, 『한국초등국어교육』 제28집, 2005.
이경하 외, 『한국의 고전을 읽는다』 1, 휴머니스트, 2006.
이규보, 『동국이상국집』 Ⅰ, 민족문화추진회, 1984.
이기문, 『속담사전』, 일조각, 1986.
이대규, 『문학의 해석』, 신구문화사, 1998.
_____, 『수필의 해석』, 신구문화사, 1996.
이상섭, 『문학 연구의 방법』, 탐구당, 1987.
_____, 『문학비평용어사전』, 민음사, 2001.
_____, 『문학이론의 역사적 전개』, 연세대학교 출판부, 1985.
이선영, 『문학비평의 방법과 실제』, 삼지원, 1993.
이승환, 〈권력〉, 우리사상연구소 엮음, 『우리말 철학사전』 3, 지식산업사, 2006.
이시용, 「일제강점기 조선총독부의 교육정책에 대한 고찰」, 인천교육대학교 초등교육연구소, 『敎育論叢』 제18권 1호, 2001.
이원수, 「콩쥐팥쥐 설화 연구」, 화경고전문학연구회 편, 『설화문학연구』 (下), 단국대학교 출판부, 1998.
이응백, 『續 國語敎育史硏究』, 신구문화사, 1989.
이이화 감수, 『한국근현대사사전』, 가람기획, 2000.
이지영, 『한국신화의 신격 유래에 관한 연구』, 태학사, 1995.
이현진, 「일제강점기에 간행된 〈조선동화집〉 연구」, 한국일본어문학회, 『日本語文學』 제63집, 2014.
이홍균, 『소외의 사회학』, 한울아카데미, 2004.
임석재, 『한국구전설화』, 평민사, 2011.
임재해, 『민족설화의 논리와 의식』, 지식산업사, 1992.
_____, 『민족신화와 건국영웅들』, 천재교육, 1995.
장덕순, 『국문학통론』, 신구문화사, 1988.
_____, 『한국문학사』, 동화문화사, 1975
_____ 외, 『口碑文學槪說』, 일조각, 1995.
전은주, 『말하기 · 듣기 교육론』, 박이정, 2001.
정문길, 『소외론 연구』, 문학과지성사, 1980.
정명기, 『한국재담자료집성』 1~3, 보고사, 2009.
정옥분, 『전생애 인간발달의 이론』, 학지사, 2007.

조남현, 『소설신론』, 서울대학교출판부, 2005.
조상우, 「沈宜麟의 『朝鮮童話大集』에 나타난 寓意의 유형과 그 의미」, 東洋古典學會, 『東洋古典研究』 제39집, 2010.
조동일, 「美的 範疇」, 『한국사상대계』 Ⅰ, 성균관대학교 대동문화연구원, 1973.
_____, 『민중영웅 이야기』, 문예출판사, 1994.
_____, 『소설의 사회사 비교론 1』, 지식산업사, 2001.
_____, 『한국문학의 갈래 이론』, 집문당, 1992.
_____, 『한국문학통사』 1, 지식산업사, 2005.
_____, 『한국문학통사』 5, 지식산업사, 2007.
_____, 「〈興夫傳〉의 兩面性」, 인권환 編著, 『興夫傳研究』, 집문당, 1991.
조은숙, 『한국 아동문학의 형성』, 소명출판, 2009
조혜란, 「20세기 초 고소설 동화화와 그 의미」, 한국고소설학회, 『고소설연구』 제37집, 2014.
조희웅, 『說話學綱要』, 새문사, 1989.
_____, 『한국설화의 유형』, 일조각, 1996.
주종연, 『韓獨民譚比較研究』, 집문당, 1999.
진성기, 『제주도 무가본풀이 사전』, 민속원, 2002.
차병직 외, 『지금 다시, 헌법』, 로고폴리스, 2016.
차인석, 「現象學에 있어서의 指向性과 構成」, 한국현상학회 편, 『現象學이란 무엇인가』, 심설당, 1990.
천혜숙 외, 『한국 구비문학의 이해』, 월인, 2000.
철학사전편찬위원회, 『철학사전』, 중원문화, 2009.
최기숙, 『어린이 이야기, 그 거세된 꿈』, 책세상, 2004.
최래옥, 『한국구비전설의 연구』, 일조각, 1981.
최봉영, 「인간이란 무엇인가」, 우리사상연구소 엮음, 『우리말 철학사전』 1, 지식산업사, 2005.
최성식, 『소통과 공존의 철학』, 전남대학교출판부, 2009.
최영진, 「신화교육에 관한 연구」, 고려대학교 석사학위논문, 2003.
최윤정, 「우리 옛이야기, 그 탈주-담론의 심층사회학」, 한국문학이론과 비평학회, 『한국문학이론과 비평』 제58집, 2013.
최운식, 『한국 서사의 전통과 설화문학』, 민속원, 2002.
_____ · 김기창, 『전래동화 교육의 이론과 실제』, 집문당, 1998.
최인학, 『구전설화연구』, 새문사, 1994.
_____, 『한국민담의 유형 연구』, 인하대학교 출판부, 1994.
_____, 『한국설화론』, 형설출판사, 1991.
최재서, 「문학의 기능 · 형식 · 요소」, 최재서 외, 『文學槪論』, 어문각, 1970.
최지현, 『문학교육과정론』, 역락, 2006.
_____ 외, 『국어과 교수 · 학습 방법』, 역락, 2008.
최철 외 엮음, 『설화·소설의 연구』, 정음사, 1984.
추정선 외, 『아동발달심리』, 학지사, 1999.
하강진, 「한국 최초의 근대 자전 『國漢文新玉篇』의 편찬 동기」, 한국문학회, 『한국문학논총』 제41집, 2005.
한국문화상징사전편찬위원회, 『韓國文化상징사전』, 동아출판사, 1992.

한국정신문화연구원, 『韓國口碑文學大系』, 한국정신문화연구원, 1981.
________________, 『한국민족문화대백과사전』, 한국정신문화연구원, 1991.
한명숙, 『이야기문학교육론』, 박이정, 2007.
한용환, 『소설학 사전』, 고려원, 1992.
한전숙, 『현상학』, 민음사, 1996.
한태문, 「『국어국문학』에 반영된 고전문학 연구의 흐름」, 국어국문학회, 『국어국문학』 제160호, 2012.
허창운, 『현대문예학개론』, 서울대학교출판부, 1993.
현용준, 『무속신화와 문헌신화』, 집문당, 1992.
황패강, 『한국서사문학연구』, 단국대학교 출판부, 1977.

그림 형제 지음, 김열규 옮김, 『그림 형제, 어린이와 가정을 위한 동화집』 1~2, 춘추사, 1993.
老子 원전, 오강남 풀이, 『道德經』, 현암사, 2000.
레비-스트로스 지음, 임봉길 옮김, 『신화학』 1, 한길사, 2005.
로만 야콥슨 지음, 신문수 편역, 『문학 속의 언어학』, 문학과지성사, 1997.
롤랑 바르트 지음, 김희영 역, 『텍스트의 즐거움』, 동문선, 1997.
멀치아 엘리아데 지음, 이동하 역, 『성과 속』, 학민사, 1992.
미르치아 엘리아데 지음, 이재실 옮김, 『종교사 개론』, 1993.
박영만 지음, 권혁래 옮김, 『화계 박영만의 조선전래동화집』, 한국국학진흥원, 2006.
반 겐넵 지음, 전경수 역, 『통과의례』, 을유문화사, 1985.
브루노 베텔하임 지음, 김옥순·주옥 옮김, 『옛이야기의 매력』 1~2, 시공주니어, 2004.
블라디미르 프로프 지음, 유영대 옮김, 『민담형태론』, 새문사, 1987.
빅토르 어얼리치 著, 박거용 譯, 『러시아 形式主義』, 문학과지성사, 1995.
심의린 著·신원기 譯解, 『조선동화대집』, 보고사, 2009.
_____ 지음, 최인학 번역, 『조선동화대집』, 민속원, 2009.
아리스토텔레스 지음, 천병희 역, 『詩學』, 문예출판사, 1995.
에른스트 캇시러 지음, 최명관 옮김, 『국가의 신화』, 서광사, 1988
욜란디 야코비 지음, 이태동 옮김, 『칼 융의 심리학』, 성문각, 1992.
월터 J. 옹 지음, 이기우·임명진 옮김, 『구술문화와 문자문화』, 문예출판사, 1995.
이재숙 옮김, 『우파니샤드』 Ⅰ, 한길사, 2005.
제임스 그리블 저, 나병철 역, 『文學敎育論』, 문예출판사, 1987.
조선총독부 편, 권혁래 역저, 『조선동화집』, 집문당, 2003.
조셉 캠벨 지음, 이윤기 옮김, 『세계의 영웅 신화』, 대원사, 1989.
조지프 캠벨 지음, 이진구 옮김, 『신의 가면Ⅰ: 원시 신화』, 까치, 2003.
진 쿠퍼 지음, 이윤기 옮김, 『그림으로 보는 세계문화상징사전』, 까치, 1994.
페리 노들먼 지음, 김서정 옮김, 『어린이 문학의 즐거움』 1, 시공주니어, 2005.
필립 윌라이트 저, 김태옥 역, 『은유와 실재』, 문학과지성사, 1991.
A.G.카플란·M.A.세드니 공저, 김태련 외 공역, 『性의 心理學』, 이화여자대학교 출판부, 1990.
C. G. 융 지음, 설영환 옮김, 『무의식 분석』, 선영사, 1990.
J. C. 쿠퍼 지음, 이윤기 옮김, 『세계문화상징사전』, 까치, 1994.

L. E. 래쓰·M. 하아민·S. B. 싸이몬 공저, 정선심·조성민 공역, 『가치를 어떻게 가르칠 것인가』, 철학과현실사, 1994.
M.그랜트·J.헤이즐 공저, 김진욱 옮김, 『그리스·로마 신화사전』, 범우사, 2000.
M. H. 아브람스 지음, 최상규 옮김, 『문학용어사전』, 보성출판사, 1998.
N. Frye, The Educated Imagination, 김상일 역, 『神話文學論』, 을유문화사, 1981.
R. 웰렉·A. 워렌, 김병철 역, 『文學의 理論』, 을유문화사, 1988.
Raymond J. Rodrigues 외 지음, 박인기 외 옮김, 『문학작품을 어떻게 가르칠 것인가』, 박이정, 2001.
Roman Jakobson 지음, 신문수 편역, 『문학 속의 언어학』, 문학과지성사, 1997.
S. 리몬 케넌 저, 최상규 역, 『소설의 시학』, 문학과지성사, 1992.

朝倉治彦 外 共編, 『神話伝説辭典』, 東京堂出版, 1963.
Mircea Eliade, *Encyclopedia of Religion*, New York: Macmillan Publishing Company, 1987.
J. E. Cirlot, *A DICTIONARY OF SYMBOLS*, New York: Vail-Ballou Press, 1983.
Robert B. Ruddel & Norman J. Unrau, *Theoretical Models and Processes of Reading*, International Reading Association, Newwark: Delaware, 1994.
Stith Thompson, *The Types of the Folktale*, Indiana University, 1973.

1926년 11월 4일(목요일) 동아일보 3쪽, 5쪽.

역주
譯註

서(序)

우리가 평생에 뇌 속에 남아있고 때때로 생각이 나는 것은, 소년 시대에 행하여 오던 일인데, 자미(滋味)가 있던 일이라든지, 무섭던 일이라든지, 혹은 우습던 일, 분하던 일, 슬프던 일, 하고 싶던 일 같은 것은 도무지 잊지를 않습니다.

그 중에도 이 어렸을 때에, 어른에게나 동모(同侔)들에게 자미있게 듣고, 옳게 여겼던 훈화(訓話)나 동화(童話) 같은 것은, 지금까지라도 그대로 귓속에 남아 있고, 마음에 머금어 있습니다.

이와 같이 마음이 정직하고 정신이 총명한 때에는, 그 생활에 적합한 사상(思想)과 감정(感情)을 수양하여, 상식을 풍부하게 하며 문장을 감상하여, 문예의 취미를 얻게 함이 무엇보다 필요합니다.

그러면 소년 시대에, 훈화 동화가 여하(如何)한 힘이 있으며, 여하한 영향을 미침은 묻지 아니하여도 알 것입니다.

졸자(拙者)가 소년 시대에, 얻어 들은 바와 읽어 본 바 중에서, 본래부터 우리 조선(朝鮮)에 유행되던 동화로, 적당할 듯한 재료(材料) 몇 가지를 취택(取擇)하여 모아서, 소년 제군(諸君)에게 참고에 공(供)코저, 차서(此書)를 편찬하였습니다.

大正 十五年(1926년) 8월 31일

송운(松雲) 심의린(沈宜麟)

1. 은혜(恩惠) 모르는 호랑(虎狼)이*

옛적에 함경북도(咸鏡北道) 백두산(白頭山)이라 하는 곳에 석굴(石窟) 하나가 있었는데, 그 속에 큰 호랑이 한 마리가 있었습니다. 이 산중에 홀로 숨어서, 날짐승이나 길짐승을 마음대로 잡아먹고 세월을 보내다가, 하루는[1] 홀연(忽然)히 스스로 탄식하는 말이,

"내가 이 산에서 생장(生長)한 후로, 도무지 세상 구경을 못하고 이와 같이 나이를 먹어서 노쇠(老衰)할 지경에 이르렀으니, 나야말로 우물 안 개구리[2]에 지나지 못하는구나. 인제부터는 이곳을 떠나서, 사방을 돌아다니며 산수(山水)나 구경하겠다."

하고 유람차로 길을 떠났습니다.

이 산 저 산 구경하되,[3] 낮이면 포수에게 잡힐까 염려하여 몸을 감추고, 밤이면 내 세상으로 알고 마음대로 돌아다니다가, 강원도(江原道)로 들어가 금강산(金剛山)을 구경합니다. 이 봉우리 저 봉우리, 이 골짜기 저 골짜기를 일일이 순회한 후에 단발령(斷髮嶺)[4]을 넘어서 회양(淮陽)[5] 땅으로 향하였습니다. 여러 날 행역(行役)에[6] 몸이 피로할 뿐더러 또한 먹는 것도 부실하여, 매우 궁진(窮盡)하던[7] 판에, 어디서 멀리 강아지 우는 소리가 나는 것을 듣고 즉시 그 곳으로 향하여 갔습니다. 깊은 산 속을 차차 찾아 들어간즉, 무엇인지 널판으로 마치 뒤주[8]같이 짜 놓았는

---

* 원문 537쪽. <恩惠몰으는虎狼이>.
1) 원문에는 '一日(일일)은'으로 표기.
2) 원문에는 '井底蛙(정뎌와)'로 표기.
3) 원문에는 '閱覽(열람)하되'로 표기.
4) 강원도 김화군과 회양군 사이에 있는 고개. 신라의 왕자 혹은 고려의 태조가 이 고개에서 머리를 깎고 중이 되었다는 전설이 있음.
5) 강원도 북동쪽에 있는 군(郡). 금강산이 있음.
6) 여행의 피로와 괴로움에.
7) 궁하던. 어떻게 피해 나갈 길이나 도리가 없던.

데, 앞 편에는 문이 있어 열려 있고, 그 속을 살펴본 즉, 중강아지 한 마리가 목에 노끈을 매고 나오지를 못하여, 소리만 지르고 있음을 보았습니다. 여러 날 시장하다가 강아지를 본즉, 자연히 목구멍에서 자위질을 쳐서[9] 견딜 수가 없으므로, 곧 들어가서 집어 삼키려 하였습니다.

그러나 잠시 멈추고 생각하되,

'개라 하는 것은 인가(人家)에 사는 짐승인데, 어찌하여 이러한 깊은 산골짜기 들어와서, 저와 같이 갇혀있나?[10] 필연코 어떤 사람이 나를 교묘히 속이려고 한 것이다.'

하고 도로 물러서며,

"아무리 배가 고파도 '위험한 곳에 가지 않는다.'라고[11] 하였으니, 단념(斷念)코 위태(危殆)한 곳에는 들어갈 수 없다."

하고 돌아서 가려 하였습니다.

다시 생각을 하더니,

"내가 산중(山中) 영웅으로 그만한 것이 두려워서, 당당히 먹을 것을 버리고 가는 것은, 어리석고 또한 나의 오해이다. 설혹 무슨 까닭이 있다 하더라도, 나의 용맹과 완력(腕力)을 가지고, 한바탕 부서뜨리면,[12] 무엇이 두려우며 의심이 있으리요? 아마 나의 행차함을 알고 어떤 착한 사람

---

8) 원문에는 '두주'로 표기.

9) 군침이 넘어가서. '자위질'은 '먹고 싶어 군침을 삼키는 행동을 비유적으로 이르는 말'임.

10) 원문에 표기된 물음표임. 문장 부호 중 원문에 표기된 물음표(?)는 11개임. 이 이야기에 물음표가 한 개 표기되어 있고, '4. 도깨비 돈', '9. 금방망이 은방망이'에 각각 두 개의 물음표가 표기되어 있고, '22. 소년 군수', '25. 원숭이 재판', '36. 짐꾼의 꾀', '38. 콩쥐 팥쥐', '44. 문자 잘 쓰는 남자', '63. 여우의 변화'에도 물음표가 한 개씩 보임.

11) 원문에는 '危方不立(위방불립)이라'로 표기. 일반적으로 '危邦不入'으로 씀. 『논어(論語)』의 <태백편(泰伯篇)>에 나오는 말임. '危邦不入하고 亂邦不居하며 天下有道則見하고 無道則隱이니라.(위태로운 나라에는 들어가지 않고, 어지러운 나라에는 살지 않으며, 천하에 도가 있으면 나타나 벼슬하고, 도가 없으면 숨어야 한다.)' 성백효 譯註, 『論語集註』, 전통문화연구회, 1994, 158쪽.

12) 원문에는 '부서내면'으로 표기. '부서뜨리다'는 '깨어져 여러 조각이 나게 하다'는 뜻임.

이 대접하려고 장치하여 놓은 것이다.”
하며 입맛을 바싹 당겨서 개를 향하여 바싹 들어서며, 물어내려고 하였습니다.

이것이 웬일인지 갑자기 널문이 ‘떨걱’ 닫혀지며, 일신(一身)이 꼭 끼워져서 조금도 움직일[13] 도리가 없게 되었습니다.

“아이고 내가 속았구나!”
하고 깜짝 놀라 한탄하며,

“인제는 두 수 없이[14] 죽었구나. 천지신명(天地神明)이 돌아보사 나를 살려 줍소서.”
하고 두 손을 들어서 부르짖으며, 눈물만 뚝뚝 흘리고 있었습니다.

그 낮이 지나고, 그 밤이 지나도록 지함(地陷)[15] 속에 갇혀서, 최후의 운명만 기다리고 기진(氣盡)하여 혼몽(渾夢) 중에 있는데, 마침 어디서 사람의 자취가 들렸습니다. 이 호랑이는 다시 생각하되,

‘이것이 필연코 나를 잡으려 오는 사람인가 보다. 그러나 내가 호령이나 하여 보겠다.’
하고 주홍 같은 입을 쩍 벌리고, ‘어홍’ 소리를 몹시 질러서 천지가 울리게 호통을 하였습니다. 아무리 용맹을 낸들 소용이 있습니까? 헛포장에[16] 지나지 않습니다.

그 사람은 다른 사람이 아니라, 유점사(楡岾寺)[17]에 있는 노승(老僧) 하나가 금성(金城)[18] 지방에 볼일이 있어서, 길을 떠나 단발령을 넘어서,

---

13) 원문에는 ‘運動(운동)할’로 표기.

14) 별 수 없이.

15) 함정(陷穽). 허방다리. 땅바닥에 구덩이를 파고 그 위에 약한 너스레(막대기)를 치고 흙을 덮어 땅바닥처럼 만든 자리.

16) 허세(虛勢)에.

17) 강원도 고성군 서면 백천교리 금강산(金剛山)에 있는 절.

18) 강원도 김화(金化) 지역의 옛 지명. 북쪽은 회양(淮陽)과 접한다.

육환장(六環杖)[19]을 걸터 짚고, 칡베[20] 장삼 떨쳐 입고, 세(細)대삿갓[21] 숙여 쓰고, 산비탈을 이리저리 저벅저벅 내려오던 길입니다.

별안간 영악(獰惡)한 소리에 산천이 뒤눕는 듯하거늘, 깜짝 놀라 모골(毛骨)이 송연하나,[22] 마음을 단단히 가지고 가까이 가서 보니, 큰 맹호가 지함 속에 들었는데, 꼼짝하지도 못하고 소리만 지르거늘, 육환장을 의지하고 유심히 보았습니다.

호랑이가 야단을 치다 자세히 본즉 중이므로, 눈물을 흘리며 고개를 들어 공손히 비는 말이,

"여보십시오, 대사(大師)님. 대자대비(大慈大悲)하신 거룩하신 선심(善心)으로 이렇게 죽게 된 것을 살려 주시면, 은혜가 태산 같사옵고, 이 몸이 죽기 전에는 각골난망(刻骨難忘)[23]이올시다. 제발 덕분 살려 주시옵소서."

하고 애걸하였습니다.

대사가 한참 생각한즉, '그대로 두고 가면, 필경 덫 놓은 사람이 총 한 번만 놓으면 죽고 말 것이요, 마침 내가 먼저 보았은즉, 아무리 사나운 짐승이라도 내버려 죽게 하면 역시 생물이라 그 아니 참혹한가? 불도(佛道)는 호생지덕(好生之德)이[24] 제일이라. 내가 저놈을 살려보겠다.'

하고 호랑을 대하여,

"여보아라. 내가 너를 살려 주고 싶으나, 만약 네가 살려준 은혜는 생각지 못하고 도리어 나에게 해를 끼치면 그 아니 원통하냐?"

하고 물었습니다.

---

19) 중이 짚는 고리가 여섯 개 달린 지팡이.

20) 원문에는 '측베'로 표기. 칡의 올실로 짠 베. 갈포(葛布).

21) 대의 속살(속대)로 엮어 만든 삿갓.

22) 끔찍스러워서 몸이 으쓱하고 털끝이 쭈뼛해지나.

23) 뼈에 새길 만큼 커서 잊혀지지 아니함.

24) 죽일 형벌에 처할 죄인을 특별히 살려 주는 제왕의 덕이.

호랑이가 머리를 흔들며,

"그럴 리가 있습니까. 아무리 도척(盜跖)[25]인들 저의 은인을 모르겠습니까? 대사님의 은덕을 잊을 리 만무하오니, 어서 바삐 살려주십시오."
하고 애걸애걸하였습니다.

대사는 측은한 마음으로, 두말 않고 지함문을 열어 주었습니다. 호랑이가 지함을 나오더니 이리 뛰고 저리 뛰며,

"대사님이 아니었더라면 할 수 없이 죽을 것을, 이처럼 살려 주시니 재생지은(再生之恩)을[26] 무엇으로 보답할 지 알 수 없습니다."
하고 두 발을 곧추어 들고 무한히 치사(致謝)하며, 각각 작별하고 물러갔습니다.

물러간 지 열 걸음이 지나지 못하여, 호랑이의 마음이 졸지에 변하여, 돌아서며 다시 대사를 부르며 쫓아와서 하는 말이,

"아까는 살려 주신 공덕으로 사례를 하였거니와, 지금은 또 한 가지 공덕을 하십시오."
하였습니다. 중의 말이,

"무슨 공덕을 또 하란 말이냐?"
하고 물은즉 호랑이 말이,

"당신이 불법(佛法)을 하시는 터에 왜 모르십니까? 배고픈데 먹을 것 주는 것이 기사공덕(饑賜功德)이 아닙니까? 인제는 시장하여 걸을 수도 없으니, 할 수 없이 당신을 먹어야만 내가 살겠습니다."
하고 저의 못된 본색을 나타냈습니다.

대사는 이 소리를 듣고 기가 막혀 하는 말이,

"이 몹쓸 놈아! 아무리 포악한 짐승인들, 너 죽을 것을 살려 주었더니

---

25) 중국 춘추 시대의 큰 도적. 공자와 같은 시대의 노(魯)나라 사람. 현인(賢人) 유하혜(柳下惠)의 아우로 수천 명을 거느리고 천하를 휩쓸었다고 함.

26) 거의 죽게 된 목숨을 다시 살려 준 은혜를.

도리어 나를 해치고자 하니, 그러한 염치 없는 법이 어디 있니?"
하고 꾸지람을 하였더니, 이 악독한 호랑이는 입을 벌려 달려들며,
"이놈아, 무슨 잔말이냐? 내가 지함 속에 빠진 것도 너와 같은 인간이 있는 까닭이다. 생각한즉 인간이라면 하나라도 용서할 수 없다!"
하고 호통을 하였습니다. 대사는 이 불의지변(不意之變)을[27] 어찌할 줄 모르다가, 그 옆에 큰 칡넝쿨 하나가 있는데, 수 백년이나 되어서 굉장히 커서, 생각에,
'저 칡넝쿨이 저렇게 굵고 크니, 물건이 오래되면 신령하게 되거든. 저 것더러 호소나 하여 이 기막힌 사정을 풀어보리라.'
하고,
"여보, 갈동지(葛同知)!"
하고 불렀습니다. 갈동지가,
"어찌하여 부르시오?"
하고 대답하므로 대사는 전후 사정을 자세히 설명하였더니, 갈동지가 호랑이를 불러서,
"저 중의 말과 과연 같은가?"
하고 물었습니다. 호랑이가 대답하되,
"그러하니 어찌하라는 말인가?"
한즉 갈동지가 호랑이더러 부탁하여 말하기를,
"저 중놈의 무리가 우리 종족을 도무지 못살게 하는데, 해마다[28] 우리 종족을 끊어다가, 껍질을 벗겨서 총울치[29]를 만들어 그놈들의 송낙[30]하

27) 뜻밖에 당한 변고를.

28) 원문에는 '年年(년년)히'로 표기.

29) '실' 또는 '끈'의 뜻으로 보임. <양주별산대(楊州別山臺) 놀이> 제7과장 '샌님' 제1경 '의막사령(依幕使令) 놀이'에 '총울치'란 용례가 있음.(이두현, 『한국의 가면극』, 일지사, 1992, 171쪽.) '베실[麻糸]'의 뜻으로 사용됨. '베실'은 '삼 껍질을 찢어 꼬아 만든 실'로 '삼실'이라고도 함. 문맥을 보면, 스님들이 송낙을 만들 때 사용하는 끈을 얻기 위해 칡껍질을 벗

여 쓰기, 꼬아서 자리[31] 만들어 팔아먹기, 그 외에 여러 가지로 못살게 하여 우리 종족이 부지할 수 없은즉, 그따위 놈은 얼른 잡이먹는 것이 나에게도 좋으니 마음대로 하기를 동의하오."
하였습니다.

가뜩이나 먹을 마음이 잔뜩 있는 놈에게 이처럼 찬성하니, 호랑이는 점점 더 의기가 양양하여지고, 대사는 아무리 생각하여도 두수 없이 꼭 죽었으므로 입맛만 다시고 있던 차에, 어디서 난데없는 토끼 한 마리가 깡통깡통 뛰어 지나가는 것을 보았습니다.

대사가 호랑이더러 말하되,

"갈동지는 오결(誤決)인즉, 토선생에게 물어 보아서 역시 그러하거든 네 생각대로 하여라. 여하간(如何間)에[32] 불러서 물어 보자."
한즉 호랑이 대답이,

"물어 보아라마는 별 수 없을라."
하였습니다.

대사가,

"여보, 토선생. 나의 말 좀 듣고 판결해 주시오."
하고 불렀습니다. 토끼는 이 말을 듣더니, 가던 길을 멈추고 두 귀를 빠죽 들고 입을 쫑깃쫑깃하며,

"무슨 말씀이오? 갈 길이 바쁘니 속히 말씀하시오."
하고 앞으로 왔습니다.

대사가 호랑이의 전후 사실과 당장 먹으려 하는 사정을 진술한데, 토선생이 한참 묵언(默言)으로 생각하드니,

졌다는 뜻으로 보임.

30) 여승(女僧)이 쓰는 모자. 소나무겨우살이[송라(松蘿)]로 짚주저리 비슷하게 엮어 만든다. '짚주저리'는 '볏짚으로 우산처럼 만들어서 그릇을 덮는 물건'임.

31) 원문에는 '기직'으로 표기. '기직'은 '왕골 껍질이나 부들잎을 짚에 싸서 엮은 자리'임.

32) 하여간(何如間)에. 어찌하든지 간에.

“매사를 말만 듣고는 분명치 못하니, 모두 그곳으로 가서 시초부터 하던 모양과 형편을 그와 꼭같이 하여 본 연후에야 정당한 판결을 하겠은즉, 그 지함 있는 곳으로 갑시다.”
하였습니다.

모두 그것 참 좋은 말이라고 하고, 지함 있는 곳으로 따라갔습니다. 토끼가,

“맨 처음에 어떻게 되었었는지 꼭 그 형상(形像)대로 하여 보시오.”
한즉 호랑이가,

“별것이 아니다. 이렇게 되었었다.”
하고 지함 속으로 들어갔습니다. 토끼는 또 대사더러,

“문이 어떻게 닫혔었오?”
하고 물은즉 대사는 지함문을 덜컥 닫으며,[33]

“이렇게 되었었오.”
하였습니다.

토선생은 대사더러,

“이것을 그대로 두었더면 아무 시비가 없을 것을, 긴(緊)치 아니한 일을 한 까닭에 이러한 일이 생겼으니, 아무 관계마시고 어서 바삐 안녕히 가십시오.”
하고 호랑이더러는,

“너는 이 속에서 잘 있거라.”
하고 깡통깡통 뛰어서 만첩산중(萬疊山中)으로 들어갔습니다.[34]

---

33) 원문에는 ‘닷치며’로 표기.

34) 이 이야기는『한국구비문학대계(韓國口碑文學大系)』에 각편(各篇)이 전한다. <은혜 모르는 호랑이>(1-4권, 723~725쪽.)

2. 멸치의 꿈*

동해(東海) 바다에 멸치라 하는 고기가 있었는데, 나중에 잘 될까 하고 삼천년 동안 정성을 다하여 도(道)를 닦았습니다. 무슨 좋은 일이나 있을까 하고, 매일 고대하고 있었습니다.

과연 하루는[1] 꿈을 꾸었는데, 대단(大端)히[2] 광대(廣大)한 꿈이었습니다. 어찌 크고도 넓게 꾸었던지,[3] 압록강(鴨綠江) 건너 요동평야(遼東平野)만치, 충청도 강경(江景)벌만치, 아주 넓고 크게 꾸었습니다. 멸치 생각한즉 예사롭지 아니하므로,[4] 여러 가지로 생각하여 보다가, 서해(西海)의 망동이[5]가 해몽(解夢) 잘한다는 말을 들은지라. 즉시 부하에 있는 가자미[6]를 불러서, 편지 한 장을 써서 주며 하는 말이,

"서해에 바삐 가서 이 편지를 망동공(公)에게 드리고, 혹 연고(緣故)가 있어서 못 오신다 할지라도, 네가 말씀을 수단 있게 잘 여쭈어서, 기어이 모시고 와야 낭패가 되지 않을 터이다. 아무쪼록 빨리 다녀오너라."

하고 분부하였습니다.

가자미가 청령(聽令)하고[7] 나와서 바삐바삐 길을 차려 떠나는데, 상하의(上下衣)를 회매하게[8] 단속하고, 패랭이[9]를 젖혀 쓰고, 짚신을 감발하

---

* 원문 541쪽. <멸치의꿈>.

1) 원문에는 '一日(일일)은'으로 표기.

2) 매우. 썩. 몹시.

3) 원문에는 '꾸든엇지'로 표기.

4) 원문에는 '비범(非凡)치안이함으로'로 표기. '범상(凡常)치 아니하므로'의 뜻으로 보임.

5) 망둥이. 망둥잇과에 딸린 모든 바닷물고기. 바닷가 모래땅에 살며, 좌우 배지느러미가 발달하였다.

6) 원문에는 '가잠이'로 표기.

7) 명령을 주의 깊게 듣고.

8) 가뿐하게. '회매하다'는 '옷차림 또는 묶음새가 가뿐하다'의 뜻임.

9) 원문에는 '평양자'로 표기. '평양자'는 '평량자(平涼子)'임. 평량자는 '패랭이'이고, 패랭이는 '댓개비로 엮어 만든, 신분이 낮은 사람이나 상제가 쓰던 갓'임.

고,[10] 지팡 막대 질질 끌고, 날비(飛)자 걸음으로 꽁무니에 찬 노자 서너 푼을 연해 만지며, 휘파람을 장단 맞추어 불면서, 편지를 상점의 간판 달듯 패랭이에 부치고, 주야로 쉬지 않고 서해에 도달하여 망동공의 주소를 찾아갔습니다.

가서 본즉, 처소(處所)가 심히 굉장한지라. 자세히 살펴본즉, 한 전각(殿閣)이 반공(半空)에 솟았는데, 호박(琥珀) 주초(柱礎)[11]와 산호 기둥에 유리 평상을 놓고, 삼중석(三重席)을 도두[12] 깔고, 학창의(鶴氅衣)[13]를 입고 백우선(白羽扇)[14]을 손에 들고, 비단 안석(安席)에 반쯤 기대어 앉았습니다. 가자미가 하도 으리으리하여 몸을 굽혀 설설 기어들어가서, 코가 깨어지도록 문안을 여쭈은즉, 망동이가 소리를 크게 하여,

"너 어디서 온 하인인고?"

하고 물었습니다.

가자미가 황공하여,

"소인(小人)은[15] 동해에 있삽는 가자미옵더니, 멸치공(公)의 분부를 받들어[16] 편지를 가지고 대령하였습니다."

하고 대답을 하였더니,

망동이가,

"그러면 편지를 올려라."

하여 받아서 떼어보고,

---

10) 발감개하고.

11) 주추. 기둥 밑에 괴는 돌 따위의 물건.

12) 위로 돋우어 높게.

13) 옛날 웃옷의 하나. 흰 창의에 가로 돌아가며 검은 헝겊을 둘렀다. '창의'는 '벼슬아치가 평상시에 입던 웃옷'임.

14) 새의 흰 깃을 모아서 만든 부채.

15) 원문에는 '녀의 小人(쇼인)은'으로 표기.

16) 원문에는 '드듸여서'로 표기. '드듸다'는 '이어받다'의 옛말.

"이처럼 긴절(緊切)하게[17] 편지를 하였으니 어찌 아니갈 수 있나? 애, 가자미야. 그러면 내 잠깐 가서 뵈올 터이니, 네가 길을 안내하여라." 하고 즉시 길을 떠났습니다. 자동차(自働車)를 한껏 밟아[18] 동해에 도달한즉, 멸치는 일변[19] 준비를 하여 놓았다가, 대희(大喜)하고[20] 문 밖에서 맞아들여 상좌(上座)에 앉혔습니다.

모든 인사를 다 한 후에, 멸치 말이,

"외람(猥濫)히[21] 앉아서 서자(書字)로[22] 청하였삽더니, 이처럼 왕림(往臨)하여 주시니 황감무지(惶感無地)로소이다.[23] 그러하나 제가 일전(日前)에 일몽(一夢)을 얻었삽는데, 대단히 넓고 커길래, 그 연고(緣故)를 고명(高名)하신 공에게 해몽코저 하와 청한 바이오니, 수고로움을 아끼지 말으시고 해몽 잘하여 주시기를 바랍니다."

하고 공손하게 말하였더니, 망동이가,

"내가 아는 것은 없사오나, 이처럼 간청하시는 터에 어찌 사양을 하오릿가? 아는 대로 정성껏 하여 보겠습니다."

하고 대답을 하매, 말이 마치지 못하여 배반상(杯盤床)이[24] 들어옵니다. 수륙진찬(水陸珍饌)으로 음식이 풍비(豐備)한데, 대 양푼에 갈비찜이오, 소 양푼에 전육(煎肉)찜[25]이오, 청유리병에는 홍소주요, 홍유리병에

---

17) 긴요하고 절실하게.

18) 원문에는 '왼고동틀어'로 표기. '왼'은 '온'으로 '완전한, 전부의' 뜻으로 보임. 1925년에 심의린이 편찬한 조선어사전에 지금의 '온통: 모두, 전부'가 '왼통: 모다, 全部(젼부), 全體(젼톄)'로 나와 있음.(박형익, 『심의린 편찬 보통학교 조선어사전』, 태학사, 2005, 159쪽.) '고동'은 '기계가 운동 활동을 하게 되는 장치'를 말하고, '고동을 틀다'는 '기계를 움직이게 하는 장치를 돌리다'는 의미임.

19) 한편.

20) 크게 기뻐하고.

21) 분수에 넘치게.

22) 편지로.

23) 황송하고 감격스러움을 모를 지경입니다. 無地는 無知로 보아야 함.

24) 술상이.

는 청소주요, 평양(平壤)의 감홍로(甘紅露)요, 전주(全州)의 죽력고(竹瀝膏)[26]요, 청양(青陽)의 방문주(方文酒)[27]요, 연천(漣川)의 두견주(杜鵑酒)요, 한산(韓山)의 소곡주(素麯酒)요, 일본(日本)의 마사무네[正宗][28]요, 서양의 뿔안데,[29] 그 외에도 이름을 모르는 음식이 말할 수 없이 많이 놓였습니다. 갖은 풍악(風樂)이며 권주가(勸酒歌)에 배반(杯盤)이[30] 낭자(狼藉)하고,[31] 취흥(醉興)이 도도(濤濤)하게 잘 먹고 다 치운 후에, 망동이가 썩 나 앉으며 하는 말이,

"여보, 주인장. 어찌하든지 꿈 이야기를 자세히 하여 주시오. 해몽이나 하여 봅시다."

하고 물었습니다.

멸치가 꿈 이야기를 하는데,

"천상에 올라도 보고, 지하에 떨어져도 보고, 남의 걸음을 걸어도 보고, 백설(白雪)이 분분(紛紛)도 하고, 치우락더우락도[32] 하였습니다."

하고 일러 주었습니다.

망동이가 듣더니, 무릎을 탁 치면서 하는 말이,

---

25) 돼지고기찜. 전육은 사천요리(四川料理)의 일종으로, 얇게 썬 돼지고기를 소금 절인 고추와 함께 지진 것.

26) 죽력을 섞어 만든 소주. 아이들이 중풍으로 갑자기 말을 못할 때 구급약으로 쓴다. '죽력'은 푸른 대쪽을 불에 구워서 받은 기름으로 댓진이라고도 함.

27) 구기자(拘杞子)로 빚는 충남 청양 지역의 토속주. '방문주'는 멥쌀, 물, 누룩으로 밑술을 하고, 다시 멥쌀, 물로 덧술을 만드는 조선시대 대표적인 약주의 하나. 청양은 옛날부터 방문주 생산지로 유명했다고 함.(박록담, 『名家銘酒』, 효일문화사, 1999, 581쪽.) 청양의 구기자술 제조 업체인 '(주)청양양조'는 1929년에 설립되었는데, 최근까지 상호를 '(주)청양방문양조'라고 했고, '方文酒'라는 제품명으로 구기자술을 생산했다고 함.

28) 일본에서 생산되는 청주(淸酒) 종류의 상품명.

29) 원문에는 '뿔안데'로 표기. 포도주를 증류시킨 술인 브랜디(brandy)의 일본어 'ブランデー'[부란데-]를 한국식으로 읽은 것 같음.

30) 술잔이.

31) 여기저기 흩어져 어지럽고.

32) 춥고덥고도.

"참 대몽(大夢)이오, 주인장이 장차 어변성룡(魚變成龍)[33]하여 용문(龍門)[34]에 올라 무한조화(無限造化)를 부리시겠소."
하였습니다.

멸치가 그 말을 듣고, 대희하여 침을 게 흘리며 하는 말이,

"그렇게 되기를 어찌 바랄 수 있습니까? 대체 설명이나 자세히 하여 주십시오."
하고 또 물었습니다.

망동이가 설명하되,

"천상에 올라 보았으니 용(龍)이 되어서 용문에 오를 증조(證條)[35]요, 지하에 떨어져 보았으니 용이 비를 주려하여 물을 자아 올리느라고 내려온 것이니 지하에 떨어진 모양이오, 남의 걸음 걸어 본 것은 용이 구름을 타고 다니지 자기 발로 걷겠습니까? 또 치우락더우락한 것은 용이 사시(四時) 조화를 마음대로 하는 것인즉, 겨울은 춥고 여름은 더운 것이오, 백설이 분분한 것은 겨울에 비를 주면 찬 기운에 백설로 변할 것인즉, 조금도 틀림없이 용 되기는 분명한 꿈입니다. 미리 치하(致賀)합니다."
하고 추겨 주었습니다.

멸치가 금시에 용이 된 듯이 혼자 좋아서 방약무인(傍若無人)[36]이므로, 가자미가 생각하매 일껏 머나먼 길에 가서, 망동이를 데려왔건마는, 수고하였다 말 한마디 없고, 그 풍비한 음식에 술 한잔 먹어란 말이 없이 저희끼리만 먹고 시침을 떼거늘, 잔뜩 분이 나고 괘씸하게 여겨서 한편 구석에서 보는데, 용이 되느니 구렁이가 되느니하고 너더거리는 꼴이 비위가 틀려서, 소리를 버럭 질러서 하는 말이,

---

33) 물고기가 변하여 용이 된다는 뜻으로, 아주 곤궁하던 사람이 부귀를 누리게 되거나 보잘것없던 사람이 큰 인물이 됨을 이르는 말.

34) 중국 황하(黃河) 중류에 있는 여울목. 잉어가 이곳을 뛰어오르면 용이 된다고 전하여진다.

35) 증거(證據). 징조(徵兆).

36) 곁에 사람이 없는 것처럼 아무 거리낌 없이 함부로 말하고 행동하는 태도가 있음.

"이 똥 쌀 놈들아! 해몽도 우습고 같지 않게도 한다. 언청이 입에서 통소 구멍 둘러대듯 둘러대기는 잘도 한다. 용이 무슨 기급할[37] 용이냐? 구렁이도 아니 된다. 나더러 해몽하라면 그 따위로 할 틀린 일 없다."
하고 떠들었습니다.

멸치가 그 말을 듣고 노기(怒氣)가 충천(衝天)하여,

"여보아라, 가자미야. 너 이놈 어떻게 하는 말이냐? 네가 무엇을 안다고 그 따위 주제[38] 넘은 수작을 하느냐? 네가 이놈, 해몽을 한다고 장담을 하니, 그러면 하여 보아라. 만일 못하면 내 솜씨에 네 목이 추풍 낙엽 같이 될 줄을 알어라!"
하고 호령을 하였습니다.

가자미가 대답하되,

"네, 그리하겠소. 내 자세히 말할 터인즉, 주의하야 들어보시오. 한 곳 산두메의 촌뜨기 하나가 서울 구경차로 떠나올 적에, 쭈구러진 갓에 배배 꼬인 갓끈을 달아 번쩍 뒤로 제쳐 쓰고, 물레줄로 당줄[39]하고, 박쪼가리로 관자(貫子)[40]하야 뚝 떨어지게 졸라매고, 다 떨어진 베 주의(周衣)가[41] 무릎에 올라오는 것을 떨쳐 입고, 석새[42] 짚신 감발하고, 지팡 막대 걸터 짚고, 경성(京城)[43]에 도달하야, 흥인지문(興仁之門: 東大門)을 쑥 들어서더니, 대로(大路) 상(上) 좌우 상점을 구경하며, 발맘발맘 종로(鍾路) 네거리에서 어릿어릿하다가, 종각(鍾閣) 창살도 하나 둘 하고 세어도

---

37) 갑자기 되게 놀라거나 겁에 질림.

38) 원문에는 '주저'로 표기.

39) 망건당줄. 망건에 달아 상투에 동여매는 줄.

40) 망건에 달아 당줄을 꿰는 작은 단추 모양의 고리.

41) 두루마기가.

42) 석새삼베. 성글고 굵은 베를 이르는 말. 삼승(三升), 삼승포, 석새베.

43) 서울의 옛 이름. 서울은 14세기말 조선의 도읍으로 정해진 당시에는 한양(漢陽) · 한성(漢城)으로 불리다가, 1910년 일제침략기부터 경성(京城)으로 개칭되었다. 해방 후 1945년에 지금의 '서울'로 다시 바뀌었다.

보고 어릿거리니까, 각전(各廛)[44] 시정(市井)들이[45] 팔뚝을 이리 끌고 저리 끌면서,

"여보, 이 양반. 무엇을 사시랴오? 좋은 옷감 여기 있소. 남바위[46] 풍차(風遮)[47]도 여기 있소. 각종(各種) 물감도 여기 있소. 좋은 서양침도 여기 있소."

하고 사면에서 잡아당긴즉,[48] 할 수 없이 끌려들어가서, 이것 저것 뒤적뒤적하야보니, 모두 가지고는 싶으나 사자하니 돈이 부족하야, 그 중에 제일 싼 떡바늘[49] 대여섯 쌈을 사 가지고, 그 자리로 장한 것이나 산 것 같이, 두 주먹을 부릅쥐고 헐레벌떡 내려왔소구려. 그 바늘로 낚시를 만들어 좋은 미끼를 끼여서 녹수창파(綠水蒼波)에 던졌더니, 올라가는 숭어, 내려가는 잉어, 떼 많은 송사리, 수 많은 곤쟁이, 눈 큰 준치, 입 큰 대구, 각종(各種) 수족(水族)들이 많이 있지마는, 미련한 너 같은 것이 덥석 물었구나. 낚싯대를 톡 채치니까 천상에 올라 보인 모양으로, 뚝 떨어졌은즉 지하에 떨어질 시 분명하고, 남의 걸음 걸어본 것은 어부가 망태기에 넣어서 가지고 간즉 자연 남의 걸음이오, 백설이 분분한 것은 소금을 훌훌 뿌리는 것이오, 치우락더우락한 것은 화롯불에 석쇠를 놓고 부채질을 활활 하면 치우락더우락할 시 분명하야, 토막토막 술 안주나 되

---

44) 여러 가게.

45) 장사꾼들이. 장사치들이. 여기서 '시정'은 '시정아치'의 뜻임.

46) 추위를 막기 위하여 머리에 쓰는 쓰개. 겉의 아래 가장자리에 털가죽을 둘러 붙였고, 앞은 이마를 덮고 뒤는 목과 등을 덮는다.

47) 겨울에 추위를 막기 위하여 머리에 쓰는 방한용 두건의 하나. 앞은 이마까지 오고 옆은 귀를 덮게 되어 있으며 뒤에서 보면 삼각형이다.

48) 원문에는 '잡아다린즉'으로 표기.

49) '떡바늘'은 사전에 등재되지 않은 낱말임. 문맥으로 보아 값이 싸고, 낚시 바늘을 만들 수 있는 작은 바늘이어야 함. '떡-'에는 '작은', '어린', '아주 무른' 등의 뜻이 있는데, 이를 참조하여 떡바늘의 뜻을 '작고 무른 바늘' 정도로 추정할 수 있음. 이와 비슷한 시중에 나와 있는 바늘은, 손바늘 8호(3㎝) 또는 손바늘 5호(3.5㎝)로 볼 수 있음.

어서 나중에는 비료꾼 수고나 시킬 것이니, 용이 무슨 용이란 말이냐? 그 따위 못난 수작들은 하지도 마라."
하고 비웃었습니다.

멸치가 일껏 용이 될 줄로 생각하고 좋아하던 판에, 가자미가 이처럼 우박[50]을 주어서 여지없이 말하니까, 멸치가 두 눈이 벌컥 뒤집히며, 주먹을 불끈 쥐어 가자미의 따귀를 어찌 몹시 후려 쳤던지, 가자미 두 눈이 한편으로 몰려 박혔습니다. 이 서슬에 꼴뚜기는 위태하야 미리 눈을 뽑아 꽁무니에 찼습니다. 또 이 야단 통에 메기는 대가리를 어찌 몹시 밟혔던지 넓적하여져서, 기가 막혀 앙천대소(仰天大笑)하다가[51] 입이 귀 뒤까지 찢어졌습니다. 병어란 고기는 메기의 입이 찢어진 것을 보고, 입을 잔뜩 부둥키고 호호 웃었더니, 입이 고만 뾰족하여졌습니다. 대체 이 멸치 동티[52]에 물고기들이 무더기 병신들이 되었다 합니다.

---

50) 우박(憂迫): 근심하여 가슴이 막힘.

51) 하늘을 쳐다보고 크게 웃다가.

52) 건드려서는 안 될 것을 공연히 건드려서 스스로 걱정이나 해를 입음. 또는 그 걱정이나 피해를 비유적으로 이르는 말.

3. 푸른 보자기*

옛적에 홀로 사는 부인 하나가 있는데, 집안이 매우 간구(艱苟)하야[1] 굶기를 밥 먹듯하며, 곤란과 수심(愁心)으로 세월을 보냅니다. 그러나 다만 어린 아들이 하나가 있으므로, 희망인즉 그 아들이 장성하야 가정을 흥왕(興旺)케[2] 하며, 후일에 효양(孝養)이나 받을까하고 바느질 품을 팔아가며 지내갑니다.

하루는 쌀도 떨어지고 돈도 없어 어찌할 도리가 없이, 종일토록 밥을 못 끓이고 있는데, 철 모르는 아이는 밥 내라고 울며 보채기만 합니다. 그 모친은 자기의 배고픈 것은 고사하고 그 아들의 형상이 가련하야, 속이 쓰려서 비창(悲悵)함을 이기지 못하고 있는 중에, 이웃집의 어떤 부인 하나가 들어와서,

"이 댁의 불을 좀 얻으러 왔다."

고 하였습니다.

대답하되,

"저녁밥을 일찍이 하여 먹었더니, 불이 다 꺼졌습니다."

하였더니,

"그러면 저 아이는 밥을 먹고도 왜 밥을 달라고 웁니까? 나를 속이십니다그려. 보아하니 시량(柴糧)이[3] 없어서, 저녁을 못하시므로 저 아이가 저리 하는 것입니다. 에그, 불쌍하고 가엾어라. 부인께서 다만 저 아이를 데리시고, 저처럼 고생살이를 하시니, 보는 사람도 대단히 민망(悶惘)합니다. 나에게 보물 하나가 있은즉 빌려 드릴 터이니, 이와 같은 곤

---

* 원문 544쪽. <靑袱子청보즈>.

1) 가난하고 구차하여.

2) 번창하고 세력이 매우 왕성하게.

3) 땔나무와 먹을 양식이.

란을 좀 면하십시오."
하고 푸른 보자기를 내어주며,
"이 보자기를 머리에 쓰면, 도무지 사람들이 보지를 못합니다. 어디 가서 무슨 물건이든지 마음대로 가져 와도 관계가 없으니, 우선 시험차로 가게[4]에 나아가 시량과 반찬을 가져다가 저녁밥을 지어 잡수십시오."
하였습니다.
그 말대로 보자기를 쓰고, 나아가서 싸전에 가서 쌀을 가지고, 나무 가게에 가서 나무를 가지고, 반찬 가게에 가서 반찬감을 마음대로 가지고 와도, 모두 가게 주인들이 못 본 체 하며 아무 말이 없으므로, 속 마음에,
"인제는 살았다."
하고 기쁨을 이기지 못하여 집으로 돌아왔습니다.
푸른 보자기를 빌려 준 부인이 웃으며,
"내 말이 거짓이 아니지요? 그러나 그 보자기를 아무쪼록 주의하여 쓰되, 불을 특히 조심하여 쓰십시오. 이후에 댁 형편이 펴이면 찾으러 오겠습니다."
하고 갔습니다.
이 부인은 그 고마움을 백배 사례하고 보낸 후에 생각하되,
"천만 뜻밖의[5] 일도 많다. 나의 고생함을 귀신이 불쌍히 여겨서, 아마 도깨비[6] 보자기를 준 것이다."
하고 좋아하였습니다.
그 후부터 날마다 그 보자기를 쓰고 나아가서 마음대로 가져 오매, 가세(家勢)가 점점 넉넉하여 지고 걱정이 없게 되었습니다.
그런데 하루는 그 보자기를 쓰고 인해(人海)[7] 중에 들어갔다가, 부지

4) 원문에는 '가가(假家)'로 표기.
5) 원문에는 '뜻밧긔'로 표기.
6) 원문에는 '독갑이'로 표기.

중(不知中)에[8] 담뱃불에 보자기를 태워서 담뱃대 통만치 구멍이 뚫어졌습니다. 깜짝 놀라 집으로 돌아와서,

"이 구멍을 기워야 쓰겠다."

하고 다홍 헝겊으로 기웠습니다.

그 후에도 역시 이 보자기를 쓰고 나아가서 물건을 가져 오는데, 가게 주인이 본즉, 다홍 헝겊 동그란 조각 하나가 날아 들어오면, 영락없이 물건이 없어지는 것을 보고, 하도 괴상하여서 주의하여 지키다가, 또 다홍 헝겊이 날아오는 것을 보고, 마주 나가며 담뱃대로 그 다홍 조각을 끌어 당기며,

"요놈의 것이 무엇이기에 날아만 오면 무엇이 없어지노?"

하였더니, 보자기가 벗어지며 사람이 완연(完然)히[9] 보였습니다.

가게 주인은 더욱 성이 나서, 달려들어 꼭 붙들고 욕하여 꾸짖으며,

"네가 어떠한 도적년이기로 이러한 괴술(怪術)로 남의 물건을 마음대로 가져가느냐? 이때까지 난 손해를 당장에 내어 놓지 않으면, 곧 경무청(警務廳)[10]에 보내겠다!"

하였습니다.

이 부인이 낙담이 되어서 애걸하는 말이,

"여보시오. 잠깐만 참으시고 나의 말씀을 들으시오. 그런 것이 아니라, 내가 어린 아이 하나를 데리고 사는데, 날마다 굶어서 죽을 지경에 이르렀더니, 하루는 어떠한 여자가 와서, 이 푸른 보자기를 주며 이것을

---

7) '사람의 바다'라는 뜻으로, 수없이 많이 모인 사람을 이르는 말.

8) 알지 못하는 사이에.

9) 완전히.

10) 조선 말기의 경찰 업무를 관장하던 관청. 1894년 갑오경장으로 관제가 개편됨에 따라 내무아문에 소속된 관청의 하나이다. 종래의 좌·우 포도청을 합쳐 설립한 기관으로, 1900년 경부(警部)로 개편되었다가, 1902년에 다시 경무청으로 되었으며, 1907년 경시청(警視廳)으로 개편되었다. 경시청은 1910년 일제의 국권 침탈로 철폐되었다.

쓰고 나아가면 사람들이 보지 못하는 보물이니, 마음대로 기한(飢寒)을[11] 면하라 하기로, 내가 말하기를 그리하다가 만일 탄로되면 어느 지경에 가자고 그런 일을 하겠느냐 하였더니, 그 사람의 말이 내가 불쌍하여 그리 하는 것이니, 만일 듣지 않으면 앙화(殃禍)를 받으리라 하기로, 어차어피(於此於彼)[12] 죽을 지경이므로 시행은 하였으나, 나의 마음에도 그른 줄은 압니다. 당신의 처분하는 대로 생사(生死)간에 하겠습니다. 그런데 또 보자기 주던 도깨비가 말하기를, 만약 누구든지 제 물건 좀 잃었다고 해(害)하는 자가 있으면, 그놈 집에는 밤중에 불을 놓아서 몰사케 한다 합디다. 내가 듣고야 바로 말씀 않겠습니까? 나는 죄로 죽더라도 관계없으니, 자량(自量)대로[13] 하십시오."

하였습니다.

가게 주인이 이 말을 듣고 겁이 왈칵 나서 만일 왁자하였다가 도깨비가 참으로 그리하면 큰일난다 하고 좋은 말로,

"댁에선들 오죽하여야 그리하셨겠소? 기왕 일은 그만 두고, 다시는 나에게 와서 가져가지 말으시오."

하고 놓아 주었다 합니다.[14]

---

11) 배고픔과 추위를.

12) 어차피(於此彼). 이렇게 하든지 저렇게 하든지.

13) 알아서. 스스로 헤아려서.

14) 이 이야기는 손동인의 저서에 초록되어 있다.(손동인, 『한국 전래 동화 연구』, 정음문화사, 1984, 403~404쪽.)

4. 도깨비 돈*

옛날에 한 노인이 있는데, 항상 도깨비하고 친하게 상종(相從)[1]을 하였습니다. 어느 날은 이 이야기 저 이야기 하다가, 노인이 도깨비더러,

"여보게, 자네는 무엇이 제일 무서운가?"[2]

하고 물었습니다. 도깨비 대답이,

"네. 나는 짐승 피가 제일 무서워요. 노인께서는 무엇을 그 중에 무서워하십니까?"[3]

하고 말하였습니다. 노인은,

"나는 세상에 돈같이 무서운 것은 또 없을 줄 아네."

하고 가르쳐 주었습니다.

그 후 노인은 소 잡는 데 가서, 선지피 한 통을 얻어다 두었다가, 도깨비가 찾아오는 것을 보고 내달아서 소피를 던졌더니, 도깨비는 피 두루마리를 하여 가지고[4] 그만 놀라서 달아났습니다.

도깨비는 대단히 분이 나서, 그 이튿날 노인을 놀래려 하여 돈을 많이 준비하여 가지고, 그 집으로 가서 방문 밖에서 노인을 불렀습니다.

노인은 누가 찾는 소리가 나므로 창을 열고 내다보았더니, 도깨비는 가졌던 돈을 냅다 던지며,

"나를 속인 노인은 한번 혼 좀 나시오!"

하였습니다.

노인은 이것을 보고, 짐짓 무서운 것같이 창을 닫으며,

---

* 원문 546쪽. <독갑이돈>.

1) 서로 따르며 친하게 지냄.

2) 원문에 표기된 물음표임.

3) 원문에 표기된 물음표임.

4) 피를 뒤집어쓰고. '두루마리'는 '길게 둘둘 만 물건'으로 볼 수도 있고, '두루마기: 한복을 입고 나들이할 때 입는, 옷자락이 무릎까지 내려오는 웃옷'의 오기(誤記)로도 볼 수 있다.

"어이, 무서워!"
하고 숨어 앉았더니, 도깨비는 창 안으로 돈을 한없이 던지고 가버렸습니다.

이 노인은 갑자기 돈이 많이 생겨서, 그만 부자가 되었다 합니다.

도깨비가 있을 것 같으면, 나도 한번 속여볼 터인데, 도무지 볼 수가 없으니 웬일인지 모르겠습니다. 아마 없는 것을 못 생긴 사람들이 도깨비를 보았느니, 도깨비한테 홀렸느니 하는 것이 아닌지 모르겠습니다.[5)]

---

5) 이 이야기는 손동인의 저서에 초록되어 있다.(손동인, 『한국 전래 동화 연구』, 정음문화사, 1984, 73쪽.) 짐승 피를 무서워하는 도깨비 이야기는 『한국구비문학대계』에 각편이 전한다. <도깨비 사귀어 부자 된 사람>(7-13권, 182~184쪽.)

5. 호랑(虎狼)이를 잡은 도적(盜賊)*

옛적 어느 해 깊은 겨울에, 날은 차서 견딜 수 없고 흰눈은 온 천지를 뒤덮어서, 날짐승이며 길짐승들이 먹을 것이 없어 날로 곤란이 막심하였습니다.

이 때에 여러 날 얻어먹지 못한 범 한 마리가, 시장함을 못 견디어서 이리저리 돌아다니나, 사면(四面)이 모두 눈인 까닭에 얻어 걸리는 것이 하나도 없으므로,

"촌가(村家)에 나가서 닭이나 개같은 것을 잡아먹고 오겠다."

하고 혹 사냥꾼이나 없나 의심하여, 등잔같은 두 눈으로 수림(樹林) 간을 조사하며 이 등성이 저 등성이를 넘어 올 새, 한 곳을 바라보니, 조잔(凋殘)한[1] 촌락이 있는데, 과연 개와 닭의 소리가 들리므로 밤들기를 기다리고 멀리서 숨어 있었습니다.

부지중(不知中)에 날이 저물매 방창(房窓)에 등화(燈火)가 비추어 보이더니, 차차 사람의 소리도 들리지 않게 되었습니다. 산을 내려와서 한 집을 다다라 울타리 틈으로 들어가서 동정을 살펴본즉, 방 안에서 물레질[2] 소리가 왱왱 나더니, 조금 있다가 갓난애가 잠을 깨어서 젖을 먹겠다고 울었습니다. 아이 모친이 물레질하던 것을 그치고, 어린애를 안아서 젖을 먹이고 다시 재우려고 누인즉, 그 아이가 몹시 울었습니다. 똑똑 두들겨 달래고 재우는 말이,

"자자 자자 자는구나, 우리 애기 잘도 잔다. 은자동아 금자동아, 수명장수 부귀동아. 은을 주면 너를 살까, 금을 주면 너를 살까. 국가에는 충신동이, 부모에는 효자동이. 형제에게 우애동이, 일가 친척 화목동이. 동

---

* 원문 547쪽. <虎狼(호랑)이를잡은盜賊(도적)>.

1) 빼빼 말라서 쇠잔한.

2) 원문에는 '文萊(문릐)질'로 표기.

네방네 유신(有信)동아, 태산같이 굳세거라. 하해(河海)같이 깊고 깊어, 유명(有名) 천하 하여 보자. 잘도 잘도 잘도 잔다, 둥둥둥둥 잘도 잔다." 하고 암만 재우려 하여도, 일향(一向)[3] 울기만 하는 고로 화증(火症)이 나서, 각종(各種) 무서운 소리를 하여 들려 줍니다.

"애고, 저 쥐 보아라. 고양이 보아라. 저기 호랑이 왔다."
하고 별 소리를 다하여 들려 주어도, 도무지 울음을 그치지 아니하였습니다.

이 소리를 들은 호랑이는 깜짝 놀라며,

"내가 온 줄을 어찌 알고 저렇게 말하노? 그 부인이 참 지감(智鑑)이[4] 장하고나."
하고 생각하였습니다.

조금 있다가,

"애고, 저기 꽉쥐[5]가 왔다."
하고 말한즉, 그렇게 심하게 울던 아이가 첫 마디에 뚝 그쳤습니다. 호랑이 생각에 하도 이상하여, '세상에 나보다 더 무서운 것은 없을 줄로 알았더니, 내가 왔다 하여도 울음을 그치지 아니하던 아이가 꽉쥐가 왔다 한즉 저와 같이 그치니, 꽉쥐라 하는 것이 귀신인지 신선인지 짐승인지 사람인지는 모르겠으나, 여하간(如何間) 나[6]보다는 힘도 많고 무서운 물건이다. 내가 잠시 몸을 피하여 숨는 것이 옳겠다.' 하고 그 집의 외양간으로 쑥 들어갔습니다.

꽉쥐라 함은, 즉 곽재우(郭再祐)의 와전(訛傳)인데, 영남 사람으로 임진란에 의병 대장이 되어서 홍의(紅衣)를 입었으므로, 홍의장군이라 하는

---

3) 계속. 언제나 한결같이.
4) 사물을 깨달아 아는 능력이.
5) 원문에는 '꽉쥐'로 표기.
6) 원문에는 '自己(주긔)'로 표기.

대단히 힘이 많은 역사(力士)였습니다. 그래서 세인(世人)들이 이 사람을 무서워하여, 혹 소아(小兒)가 울 때에 놀리 울음을 그치게 하느라고, 곽재우가 온다 하여 내려온 말입니다.

그날 밤에 마침 도적놈이 들어와서, 무엇이나 훔쳐 갈까 하고 주인이 잠들기를 기다리고, 외양간 속에 은신하여 있던 차에, 별안간에 송아지[7] 같은 것이 쑥 들어오는 고로, 이놈 마음에, '옳다. 이 송아지라도 가져가겠다.'하고 몸을 날려 잔등이[8] 위에 올라탔습니다.

호랑이 생각에 깜짝 놀라 가슴이 두근두근하여,

"아까 말하던 꽉쥐가 이것이로구나!"

하고 어찌할 줄을 몰라서 주저하고 있는데, 도적이 한 손으로 앞 덜미를 단단히 잡고 한 손으로 궁둥이를 한번 '탁' 쳤습니다.

호랑이는,

"인제는 내가 꽉쥐에게 죽었구나!"

하고 경겁(驚怯)하여[9] 산똥을 확 싸며, 그만 내달아[10] 캄캄한 밤중에 죽기살기를 헤아리지 않고, 논두렁 밭두덕, 이 모퉁이 저 모퉁이, 산등성이 벌판 할 것 없이 냅다 뛰기만 합니다. 도적놈도 어림없이 탔다가, 어찌 빠르게 달리는지 정신을 차리지 못하는 중에도, 떨어지면 다칠 생각으로 호랑이 목을 잔뜩 껴안고,[11] 어디든지 끌려갔습니다.

어언간(於焉間)에[12] 닭의 소리가 멀리 들리며 동쪽이 번하게[13] 되는데, 자세히 본즉 송아지가 아니오 호랑이를 탔는지라. 어이없어,

---

7) 원문에는 '송아치'로 표기.

8) 원문에는 '장등이'로 표기. 등을 속되게 이르는 말.

9) 놀라서 겁을 내어.

10) 원문에는 '내여다라'로 표기.

11) 원문에는 '찌여안고'로 표기.

12) 어느덧.

13) 어두운 가운데 빛이 비치어 조금 훤하게.

"아이고, 인제는 내가 죽었구나!"
하여 뛰어 내리려고 하나, 잘못하면 저놈에게 죽을 터이므로 진퇴(進退)가 양난(兩難)입니다. 호랑이 역시 사람인 줄을 알고,
"이런 줄 알았더면 그 자리에서 잡아먹을 것을 공연히 헛애를 썼구나. 인제야말로 한밥 생겼구나."
하며 잡아먹을 생각을 합니다.

도적놈은 이 눈치를 채고 한 계책을 생각하여, 수림 사이로 지날 적에 몸을 날려 늘어진 나무 가지를 움켜잡고, 몸을 솟아 나무 위로 기어올라 가서 내려다보았습니다.

호랑이는 나무 밑에서 쭈그리고 앉아서, 등잔 같은 양안(兩眼)으로[14] 쳐다보며, 주홍같은 입을 딱 벌리고 소리를 냅다 지르며, 나무 위를 향하여 쏜살같이 기어올라오므로, 도적놈도 생각하되 '어차피 죽기는 일반이라' 하고, 나뭇가지 하나를 꺾어 가지고 호랑이의 두 눈을 내리 찌르니, 부지중(不知中)에 눈이 상하여 올라갈 수 없으므로, 머리를 아래로 두고 꽁무니를 위로 두고 막대를 막으며 올라갑니다.

도적이 본즉 호랑이의 불알이 축 늘어졌으므로, 한 계책을 또 내어서 주머니 끈을 급히 끌러, 올가미를 만들어 나무 가지에 단단히 매어 놓고, 올라오는 호랑이의 불알을 옭아서[15] 냅다 잡아당기며 무수히 난타(亂打)하였습니다.

호랑이는 아픔을 이기지 못하여, 종말에는 땅으로 도로 뛰어 내리다가, 공중에 거꾸로 달려 추천(鞦韆)[16]같이 대롱대롱 흔들려서 고통을 못 이겨 신음하다가, 얼마 후에 기진(氣盡)하여 절명(絶命)하였다 합니다. 송아지 도적이 호랑이 도적이 되니, 힘이 듦은 당연한 일이 아닌가 합니다.[17]

---

14) 두 눈으로.
15) 올가미를 씌워 홀쳐서.
16) 그네.

17) <호랑이와 곶감> 유형의 이야기. 이 이야기는『한국구비문학대계』에 <호랑이보다 더 무서운 꽉쥐>(4-4권, 943~946쪽.), <호랑이보다 무서운 곶감>(1-7권, 773~774쪽. 5-4권, 614~616쪽.), <호랑이와 곶감>(1-6권, 649쪽. 1-7권, 296~297쪽. 5-7권, 461~463쪽.), <호랑이와 꽉쥐>(1-6권, 46~48쪽.) 등의 제목으로 5편의 각편(各篇)이 실려있다.

6. 당나귀 알*

어느 향촌(鄕村)에 한 농부가 있는데, 사람됨이 매우 정직하고 착하나 너무 아는 것이 없으므로, 가끔 타인에게 웃음거리가 되었습니다.

하루는 그 부인이 백목(白木)[1] 한 필을 짜서 주며,

"이것을 가지고 장에 가 팔아서, 무엇이든지 쓸 만한 것이 있거든 한 가지 사 가지고 오시오."

하였습니다.

그 남편이 받아 가지고 나가는데, 정강이에 치는 두루마기를 국인 채로[2] 떨쳐 입고, 다 쪼그라진 갓을 머리 위에 젖혀 쓰고, 곰방대에 담배 부스러기를 꾹꾹 눌러 담은 후에 화롯불에 파 묻어서 빽빽 빨아 붙여 물고, 장(場)판으로 헐근씨근 찾아갔습니다. 백목을 옆에 끼고 어슬렁어슬렁 돌아다니며 가게마다 기웃기웃, 이것도 집어 만지작거리고[3] 저것도 집어 만지작만지작하다가, 물건 임자에게 핀잔이나 당하고 얼굴이 벌게 물러갔습니다. 그러다가, 석양천(夕陽天)에야[4] 가졌던 백목을 팔아 가지고, 사 가지고 갈 물건을 살펴보다가 마침 수박 가게 앞을 갔습니다. 벌려 놓은 수박을 보고 평생에 보도 듣도 못하던 것이므로,

"여보, 이것이 무엇이오?"

하고 물었습니다.

수박 장사가 속마음에, '저런 못생긴 놈 보아라. 수박을 처음 보나보다. 좀 속여 보겠다.' 하고,

"네, 그것이 당나귀 알이올시다."

---

* 원문 549쪽. <당나귀알>.

1) 무명. 무명실로 짠 피륙.

2) 국으로. 자기 주제에 맞게. 제 생긴 그대로.

3) 원문에는 '만적어리고'로 표기.

4) 해가 질 무렵에야.

하고 대답하였습니다.

이 농부가, 이상한 물건이므로 또 다시 묻되,

"그러면 어떻게 깨나요?"

하였습니다.

수박 장사는 더욱 우스워서,

"네, 이것을 더운 아랫목에다가 이불을 덮어서 삼칠일만 두면 자연히 까집니다."

하고 꾸며댔습니다.

이 농부는 더욱 당나귀 얻어 가질 생각이 나서,

"하나에 값이 얼마요?"

하고 물었습니다.

수박 장사가,

"네, 당신이 꼭 사시려오? 에누리하면[5] 오십 전이지만 꼭 받을 돈 삼십 전이오. 하나 갖다가 깨보시오. 당나귀 한 마리 값이 좀 싸오?[6]"

하고 말하였습니다.

이 농부는 꼭 그런 줄 알고, 당나귀 알 한 개를 그 중 성한 것으로 골라 사 가지고, 집으로 돌아갔습니다. 그 부인이 남편 오기를 기다리다가, 과연 무엇을 사 들고 들어오므로 반색을 하여 받아 들며,

"이것이 무엇이오?"

하고 물었습니다.

이 농부는,

"그것이 당나귀 알이오. 뜻뜻한 아랫목에 놓고 이불로 덮어 두면, 삼칠일만에 깐다 합디다. 어서 갖다가 아랫목에 덮어 놓고 불 좀 뜻뜻하게

---

5) 원가에 이문을 붙이면. 여기서 '에누리'는 '물건 값을 받을 값보다 더 많이 부르는 일'의 뜻임.

6) '비싸오?'의 뜻. '싸다'는 평안 방언에서 '비싸다'의 뜻으로 쓰임.

때시오."
하고 일러 주었습니다.

이 부인은 그 말을 옳게 듣고, 하라는 대로 하여 두었습니다. 삼칠일이 되매, 어찌 되었나 하고 이불을 쳐들고 보았더니, 수박이 썩어서 구린내가 코를 찔렀습니다. 깜짝 놀라서 그 남편을 보고,

"당나귀커녕 냄새 때문에 견딜 수가 없으니, 어서 바삐 내다 버리시오."
하고 재촉을 하였습니다.

이 농부가 가지고 나가며 혼잣말로,

"하라는 대로 하였는데 어찌하여 알이 곯았노? 참 분하기도 하다."
하고 뒷동산 덤부사리[7] 밑에다가 홱 내버렸습니다.

그 때에 마침 일기(日氣)가 몹시 더운 까닭에, 그 너머 동리(洞里)에[8] 있는 당나귀 새끼가, 풀밭을 다니며 풀을 뜯어 먹다가 더위를 피하려고 그 덤부사리 속에 누웠다가, 이 썩은 수박 내버리는 바람에 깜짝 놀라 달아났습니다.

이 농부는 이것을 보고,

"이크! 참 당나귀가 되었구나."
하고 냅다 쫓아갔습니다. 이 당나귀가 쫓겨 다니다가 마침 이웃집으로 뛰어들어갔습니다. 이 사람 역시 쫓아 안까지 들어가니, 주인이 보고 나무라되,

"왜 무례하게 남의 집을 함부로 뛰어들어오시오?"
하였습니다.

이 농부는 무안을 당하고 말하되,

"아니올시다. 지금 당나귀 알이 까져서 당나귀 새끼가 뛰어들어온 까닭에 들어왔습니다."

---

7) '덤불'의 강원도 방언.
8) 마을에.

하고 대답을 한즉, 그 집 식구가 모두 깔깔 웃으며,

"당나귀 알이 어디 있딤? 그 미친 사람이로군."

하고 당나귀를 내어 주었습니다.

이 농부는 당나귀를 붙들어가지고 자기 집으로 들어가서, 부인에게 자랑을 하고 좋아서 매어 두었습니다.

정말 당나귀 임자가 해가 저물도록 당나귀 새끼가 들어오지 아니하므로, 이상히 여겨서 사방으로 찾아다녔습니다. 너머 동리를 와서 본즉, 자기 집 당나귀 소리가 나므로, 이 집을 찾아 들어가서 보았습니다. 과연 자기 집 당나귀 새끼를 매어서 두었으므로, 이 농부를 보고,

"왜 남의 집 당나귀는 갖다가 맸소?"

하고 물었습니다.

이 농부 대답이,

"그것이 무슨 말이오? 내가 삼칠일 전에 장에 가서 삼십 전을 주고 당나귀 알을 사다가 깨인 것인데, 당신이 어찌하여 남의 것을 덮어 놓고 내 것이라 하시오?"

하고 냅다 소리를 질렀습니다.

정말 당나귀 주인이 이 거동을 보고 기가 막혀 속으로,

'저놈이 정신병자로구나.'

하고 생각하여 그대로는 시비를 가릴 수가 없으므로, 그 이튿날 동리 사람을 많이 불러 가지고, 경우를 판단하여 들려준 연후에 간신히 찾아갔다 합니다.[9]

9) 이 이야기는 최인학의 저서에 원문이 인용되어 있다.(최인학, 『한국민담의 유형 연구』, 인하대학교 출판부, 1994, 462~464쪽.) 그리고 손동인의 저서에 초록되어 있다.(손동인, 『한국 전래 동화 연구』, 정음문화사, 1984, 258~259쪽.) 이와 유사한 이야기가 강의영이 1918년에 저술한 『八道才談集』에 실려있다. 이에 대해서는 '정명기, 『한국재담자료집성 1』, 보고사, 2009, 455쪽.'을 참조할 것.

7. 바보 사위*

옛적에 어느 곳에 늙은이 내외가 무남독녀(無男獨女)를 두고, 배필을 고르고 고르다가, 바보로 둘째 가라면 매우 원통하다 할 만한 사위를 얻게 되었습니다. 그러나 할 수 없이 한 집에서 동거하는데, 장인과 장모가 무슨 일을 시키면 한번도 바로 한 적이 없습니다. 가령 불 좀 떠오라 하면 물 떠오기가 일쑤요, 문 닫으라면 열어 놓기가 일쑤올시다. 이와 같이 사사(事事)에[1] 못난 짓을 하는 까닭에, 화가 나서 내쫓으려 하나 딸이 불쌍하여 그대로 두었습니다.

하루는 장인이 사위를 불러서 이르되,

"애, 나가서 뚝배기[2] 한 개와 갓 한 닙만 사 가지고 오너라."
하고 돈을 내어주며 자세히 당부하였습니다.

이 바보 사위는 대답은 썩 잘하고, 자기 부인 방으로 들어가서 의복을 갈아 입고 나가려 하매, 그 부인이 마음에 염려가 되어서 또 한번 부탁하되,

"여보시오, 뚝배기라 하는 것은 보기에 모양도 묘할 뿐더러, 흔히 모래 구멍이 있어서 안팎을 보고도 속기가 쉬우니, 물을 부어보고 새지 않는 것을 사오. 또 갓으로 말하면 탄탄하고 칠도 잘하고 머리에 꼭 맞아야 하는 것이니, 부디 써 보고 사오시오. 아무쪼록 잘 사가지고 와서, 이번에는 칭찬을 듣게 하오. 평생 잘못만 하고 장인 장모에게 꾸지람만 들으니, 보기에 딱해서 어디 견디겠소?"
하고 일러 주었습니다.

바보 남편은,

---

* 원문 551쪽. <바보사위>.

1) 일마다.

2) 원문에는 '뚝박이'로 표기.

"응, 그래. 내 이번에는 꼭 부인 하라는 대로 잘하여 오지. 염려 말아. 예전에도[3] 진작 그렇게 좀 살 가르쳐 주지."
하며 못난 소리를 하다가 먹고 싶은 생각이 나서,
"어구, 배고파. 밥 좀 주어야 먹고 가지."
하고 졸랐습니다.
부인이 밥을 차려 주었더니, 두꺼비 파리 잡아 삼키듯 밥 한 그릇을 널름 먹고 심부름을 나갔습니다.
우선[4] 뚝배기 가게를 가서, 뚝배기 한 개를 집어 들고 안팎을 살펴보더니, 이 바보가 일러준 말을 바꾸어 생각하여 머리에 뒤집어쓰고, 맞나 안 맞나 만지작만지작하다가 그만 놓쳐서 조각조각 깨졌습니다.
가게 주인이 그 꼴을 보고,
"여보시오! 이 양반. 왜 정신병이 들렸소? 무슨 까닭에 뚝배기는 쓰고 주무르다가 깨트려 놓으시오? 어서 값을 물어내시오!"
하고 야단을 치므로 할 수 없이 깨진 뚝배기 값만 물어 주었습니다.
또 갓 가게로[5] 가서 한 닙을 집어 들고 이리 보고 저리 보더니, 속마음에,
'아까 잊어버리고 물을 부어 보지 않다가 낭패하였지. 이번에는 생각이 났으니 꼭 물을 부어 보겠다.'
하고 사면(四面)을 찾아 물그릇을 가져 오더니, 번쩍 들어 갓 모자에다 들어붓고 휘휘 돌려[6] 보았습니다. 물이 새므로,
"응, 이 갓은 못 쓰겠다."
하고 또 다른 갓을 들어서 물을 부으려 하니, 주인이 내다르며 보기 좋

3) 원문에는 '已往(이왕)이라도'로 표기.
4) 원문에는 '爲先(위선)'으로 표기.
5) 원문에는 '갓젼으로'로 표기.
6) 원문에는 '둘너'로 표기.

게 따귀를 한번 부치며,

"이놈아! 네가 아무리 미친 놈이기로 남의 물건을 왜 버려놓니? 어서 갓 값을 물어내라!"

하고 눈이 빠지도록 나무랐습니다.

어찌할 수 없이 이 갓 값을 물어 주고, 뒷통수만 툭툭 치며 그대로 집에 돌아왔습니다. 장인이 기다리다가 사위가 빈 손으로 들어오는 것을 보고,

"네 어찌 하여 아니 사 가지고 빈 손으로 들어오느냐?"

하고 물었습니다.

이 바보가 입맛을 쩍쩍 다시며 하는 말이,

"제 아내가 시키는 대로 하였더니 돈도 다 빼앗기고 매만 맞았습니다."

하고 또 어리석은 소리를 하므로, 장인이 화가 나서,

"이번에는 용서할 수 없다."

하고 몽둥이[7]로 두들겨서[8] 내쫓았다 합니다.[9]

---

7) 원문에는 '몽동이'로 표기. 표준국어대사전에는 몽동이를 '몽둥이의 옛말.'로 풀이하고 있다. 하지만 『조선동화대집』에는 작은 몽둥이는 '몽동이'로, 큰 몽둥이는 '몽둥이'로 구별해서 사용하고 있다. 몽동이가 나타난 예는 위의 용례 외에도, 24. <다람쥐의 보은>, 46. <토끼의 지혜> 등에서 볼 수 있다. 그리고 몽둥이가 나타난 예는 26. <바보 모집> (9) 도적에 놀라[2회], 30. <놀부와 홍부>, 53. <푸른 구슬과 붉은 구슬>, 59. <거짓말 잘하는 아이>, 63. <여우의 변화>[3회] 등에서 찾을 수 있다.

8) 원문에는 '두달겨서'로 표기.

9) 이 이야기는 손동인의 저서에 초록되어 있다.(손동인, 『한국 전래 동화 연구』, 정음문화사, 1984, 327~328쪽.) 그리고 『한국구비문학대계』에 <바보 사위>, <바보 사위와 똑똑한 아내>, <바보 신랑>, <장인 욕보인 바보 사위> 등의 제목으로 약 35편의 각편이 실려있다.

8. 개구리 신선(神仙)*

옛적에 어떤 나라에 한 귀족(貴族)의 딸 금애(金愛)라 하는 아이가 있는데, 하루는 산보(散步)하러 나와서 연못가에서 놀다가, 자기 부친이 사서 주신 보석 반지를 물 속에 떨어뜨렸습니다.

이 아이는 자기가 가장 사랑하는 반지일뿐더러, 부친께서 손수 사다 주신 것을 며칠이 못 되어서 잃어버렸으므로, 아까운 생각, 걱정 들을 생각에 어찌 놀랐던지, 입술[1]이 하얗게 되어서 울고 있었습니다. 그 때에 마침 개구리 한 마리가 물 속에서 솟아 나오더니, 이리저리 헤엄을 치며 돌아다녔습니다. 이 아이는 울다가 그 개구리를 보고,

"얘, 개구리야. 너는 무엇이 그렇게 좋으냐? 너도 동정심이 있거든 나의 말을 좀 들어 다오."

하고 말을 하였습니다. 개구리가 이 말을 듣더니 곧,

"무슨 말을 들으라 하시오?"

하고 대답을 하였습니다.

금애는 개구리의 말하는 것을 반갑게 여겨서, 또 말을 하되,

"얘, 다른 말이 아니다. 내가 지금 보석 반지 하나를 물 속에 빠뜨리고 건지려고 하나, 물이 깊어서 들어가지를 못하고 있던 터이다. 네가 마침 잘 나왔으니, 그 반지를 건져다 다오. 그러면 그 은혜는 참 다시 없겠다.[2]"

하고 부탁을 하였습니다.

개구리는,

"내가 보석 반지 꺼내 오기는 어렵지 않소. 그러나 아무 보수(報酬)가 없이는 건져 줄 수가 없소."

---

* 원문 553쪽. <개구리神仙(신션)>.

1) 원문에는 '입살'로 표기.

2) 원문에는 '참업겟다'로 표기.

금애는,

"얘, 그러면 맛있는 음식을 많이 갖다 줄 것이니 어서 꺼내 다오."

개구리는,

"나는 음식을 바라지 않소. 당신이 나를 댁으로 데리고 가셔서, 같이 한 상에서 조석(朝夕)도 먹고, 같이 한 방에서 잠도 자게 하여 주면 지금 곧 꺼내 오겠소."

하였습니다.

금애의 생각에,

'별 우스운 소리가 다 많구나. 저놈을 속여야 하겠다.'

하고 곧 개구리더러,

"오냐, 그것 어려울 것 없다. 너 하라는 대로 할 것이니, 어서 건져다오."

하여 개구리와 같이 가서, 같이 먹고, 같이 자기를 약조(約條)하였습니다.

개구리는 금애의 약조함을 보고, 곧 물 속으로 뛰어들어가더니, 즉시 그 보석 반지를 건져 가지고 와서 금애에게 주었습니다.

금애는 보석 반지를 받아 가지고,

"저까짓 놈이 쫓아오지는 못하리라."

하고, 그만 내버려두고 자기 집으로 돌아가버렸습니다.

정직한 개구리는 저를 데리고 가려니 하고 기다리다가, 금애의 혼자만 가는 것을 보고, 여러 번 소리를 질러서 같이 가자고 불렀으나, 돌아다보지도 않고 가므로, 그만 뒤를 따라서 툭툭 펄떡펄떡 뛰어 쫓아갔습니다.

금애는 집으로 돌아가서 대문을 닫고 들어가 앉았더니, 몇 시간이 지나지 못하여, 대문을 흔들면서 문을 열어 달라는 소리가 들렸습니다.

귀족은 문 흔드는 소리를 듣고, 딸 금애더러,

"얘, 누가 왔나 보다. 나가서 보아라."

하고 바깥에 내어 보냈습니다.

금애가 나가서 문을 열고 본즉, 아까 보던 개구리가 왔음을 보고, 그만 흉하고 무서운 생각이 나서, 도로 문을 닫고 그대로 뛰어들어가버렸습니다.

개구리는 여전히 대문을 덜컹덜컹하고 냅다 흔들었습니다.

귀족은 딸의 안색이 변함과 문 흔드는 소리를 듣고, 이상히 여겨서 금애에게 웬 까닭을 물은즉, 보석 반지 빠뜨리던 일과, 개구리와 약조하고 보석 반지 찾던 일과, 지금 쫓아온 일을 일일이 다 말하였습니다.

이 말을 들은 귀족은 곧 대노(大怒)하여, 금애를 대책(大責)하되,[3)]

"개구리는 너의 큰 은인(恩人)이며, 또 미물(微物)의 짐승이나, 약조를 하였거던 어찌 그와 같이 박대(薄待)하며 약조를 지키지 아니한단 말이냐? 그것은 큰 죄악의 행동이다. 어서 나가서 문을 열어 주고 같이 데리고 들어오너라."

하고 시켰습니다.

금애는 싫지마는 엄한 부친의 말씀인 까닭에, 마지못하여 나가서 열어 주었더니, 개구리는 기뻐하며 뒤를 따라서 방 안까지 툭툭 뛰어들어왔습니다. 해는 벌써 저물어서, 저녁밥을 먹을 때가 되었는데, 개구리가 금애를 향하여,

"여보, 아가씨. 저녁밥 아니 잡수시려오? 나하고 한 상에서 먹읍시다."

하고 재촉을 하였습니다.

금애는 이런 소리를 들을수록 더욱 징그럽고 더러운 생각이 나서, 말대답도 아니하고 밖으로 나가려 할 때에, 귀족은 또 딸을 나무라며,

"어서 약조한 대로 실행하여라."

하고 하인을 불러서 저녁밥을 가져 오게 하였습니다.

금애는 역시 부친의 말씀이라 어길 수 없어서, 개구리를 상 옆에 놓고

3) 몹시 꾸짖되.

밥을 먹은즉, 개구리가 또 하는 말이,

"키가 작아서 먹을 수가 없으니, 밥상 위에 올려놓아 주시오."

하므로 상 위에 올려놓았더니, 큰 입을 벌리고 넙적넙적 밥을 물어다 먹었습니다.

밤이 차차 깊어지매, 개구리는 또 금애를 보고,

"여보, 아가씨. 아니 주무시려오? 나는 졸려서 견딜 수 없소. 어서 아가씨 방으로 같이 갑시다."

하고 말하였습니다.

금애는 개구리를 달래되,

"애, 그만 너 갈 데로 가거라. 낮에 한 약조는 거진 다 실행하였으니, 구태여 한 방에서까지 잘 필요가 무엇이냐? 맛있는 음식을 많이 줄 것이니, 어서 가지고 가거라."

하였으나 개구리는 고개를 흔들며,

"그런 소리는 두 번도 마시오. 나는 약조한 일은 좋은 일이든 언짢은 일이든 한번도 실행치 않은 적이 없소. 내가 차라리 죽더라도 오늘 약조한 일은 하나라도 빠뜨릴 수 없소."

하고 두 눈을 부릅뜨고 말 대답을 하였습니다.

금애는 이 모양을 보고, 더욱 더욱 무서운 생각이 나서, 자기 방으로 뛰어들어가서 방문을 닫아 걸고 이불을 잔뜩 붙들고 죽은 체하고 있었더니, 개구리는 방 윗목4)에서 눈을 끔벅끔벅하고 있다가, 집안 식구가 다 잠이 들어서 고요할 때에, 다시 금애 머리맡에 와서 뒤집어 쓴 이불을 쥐어뜯으며,

"여보, 아가씨. 나를 보시오. 나는 개구리가 아니오. 하늘 위에서 내려온 신선인데, 당신을 데리고 하늘로 가려 하여, 이와 같이 개구리로 변하

---

4) 원문에는 '움목'으로 표기.

였소. 그러나 저와 같이 거절을 하고 약조를 실행치 아니하니, 나는 곧 가겠소."
하고 훌륭한 신선이 되어서 방문을 열고 나갔습니다.
　금애는 이제야 약조 실행치 못한 것을 후회하고, 쫓아가서 신선을 붙들고 사죄하려 하나, 신선은 뒤도 돌아다보지 아니하고 공중으로 올라가 버렸습니다.[5]

5) 이 이야기는 그림형제의 <개구리 왕자>를 번안한 작품이다. 이에 대해서는 본서에 실린 '「번안동화(설화)의 문학교육적 지향성 고찰: 우리말 최초의 동화집·설화집 『朝鮮童話大集(1926)』을 중심으로」'를 참조할 것.

9. 금(金)방망이 은(銀)방망이*

옛적 어느 곳에 형제가 있는데, 아우는 사람됨이 정직하고 온순하여 부모에게도 효성스럽고, 형은 완악(頑惡)하고[1] 욕심이 많을 뿐더러, 부모에게도 불효가 막심(莫甚)하였습니다.

하루는 아우가 깊은 산으로 가서, 나무 한 짐을 잔뜩 하여 놓고 나무 밑에 앉아서 잠시 쉬려니까, 홀연(忽然)[2] 위로부터 굵은 개암[3] 한 톨이 앞에 똑 떨어졌습니다.

이 아우는 곧 손에 집어 들고 부모 갖다 드릴 생각이 나서,

"하하, 이것 보아라. 아버지 갖다 드리겠다."

하였습니다. 또 한 톨이 떨어지매,

"응, 이것은 어머니 드리겠다."

하고 또 한 톨이 떨어지매,

"이것은 형 드리겠다."

하고 또 떨어지매,

"이것은 형수 드리겠다."

또 떨어지매,

"이것은 나 먹겠다."

하고 모두 집어서 주머니 속에 단단히 넣었습니다.

나뭇짐을 지고 자기 집을 향하여 돌아오다가, 자연 지체(遲滯)가 되었습니다. 어느덧 날이 저물어서 사면이 캄캄하고 산길은 험악하여, 대단히 곤란하던 중 천만 의외(意外)에[4] 산 밑에 빈집 하나가 있음을 보았습

---

* 원문 556쪽. <金椎(금방망이)銀椎(은방망이)>.

1) 성질이 억세게 고집스럽고 사납고.

2) 뜻하지 아니하게 갑자기.

3) 원문에는 '가얌'으로 표기. '개암'은 개암나무의 열매. 모양은 도토리 비슷하며 껍데기는 노르스름하고 속살은 젖빛이며, 맛은 밤 맛과 비슷하나 더 고소하다.

니다. 아우는 '여기서 날을 세우고 갈까?' 하여 나뭇짐을 내려놓고, 집으로 들어가서 대청(大廳) 들보 위에 올라가 숨어 엎드렸습니다.[5]

밤이 깊어지매 문 밖에서 지껄지껄하는 소리가 나더니, 도깨비 무리가 몰려 들어와서 대청 마루에 우둑우둑 늘어서서, 무엇인지 번쩍번쩍하는 방망이를 하나씩 들고, 뚝딱뚝딱 두드리며 '은 나와라[6] 뚝딱, 금 나와라 뚝딱' 하며 여러 가지 장난을 하였습니다.

들보 위에 있던 아우는 이것을 보고 어찌 무서운 생각이 나던지, 개암한 톨을 꺼내서 입에 물고 잔뜩 입을 오므리고, 두 손으로 들보를 꽉 붙잡고 숨소리를 가만 가만히 쉬다가, 부지중(不知中)에 개암이 깨지며 '딱' 소리가 몹시 나며 대청이 울렸습니다.

도깨비들은 이 소리를 듣고 깜짝 놀라서,

"에그! 이것이 무슨 소리냐? 아마 집이 무너지나보다."

하고 모두 일제히 장난하던 방망이를 내버리고 달아났습니다.

그 이튿날 날이 밝기를 기다려서 내려와 보니, 금방망이 은방망이가 여기 저기 놓이고, 금덩이 은덩이가 수북하게 쌓여 있었습니다. 이 사람은 나뭇짐을 내버리고, 금방망이 은방망이, 금덩이 은덩이를 모두 묶어서 지게에 지고 집으로 돌아왔습니다.

돌아와서 금과 은을 팔아 가지고 논과 밭을 많이 사고, 큰 집에 좋은 세간을 장만한 후에, 돈 쓸 일이 있으면 방망이를 가지고 '은 나와라 뚝딱, 금 나와라 뚝딱' 하고 두드려서, 마음대로 금과 은을 얻어서 팔아 씀으로, 갑자기 부자가 되었습니다.

그 형은 이것을 보고 어찌 된 까닭을 몰라서 아우를 찾아가서,

"네가 졸지(卒地)에[7] 부자가 되었으니 어찌 된 일이냐? 대단히 수상한

---

4) 뜻밖에.

5) 원문에는 '은복(隱伏)하얏습니다.'로 표기.

6) 원문에는 '나거라'로 표기.

일이니 조금도 숨기지 말고 똑바로 말하여라.”
하고 성화(星火)같이 독촉하여 물었습니다. 아우가 대답하되,
“내가 형님께 조금이라도 거짓말을 할 이치가 있겠습니까?”
하고 그 소이연(所以然)을[8] 자세히 말하여 들려 주었습니다.

형은 일일이 이 말을 다 듣더니 금시에 욕심이 불같이 나서, 그 길로 자기 집에 가서 의관(衣冠)을 벗어 놓고, 일변(一邊)[9] 지게를 짊어지고 그 산을 향하여 올라가서, 나무 한 짐을 부리나케 하여서 버티어 놓고, 개암 나무 밑을 찾아가서 앉아 기다렸습니다.

얼마 아니하여 과연 개암 한 톨이 떨어졌습니다. 얼른 집어 들고,
“이것은 나 먹겠다.”
하고 저 먹을 생각부터 하였습니다. 그 다음 또 떨어지매,
“이것은 자식 주겠다.”
“이것은 여편네 주겠다.”
하고 그 다음에 또 떨어지매,
“이것은 아버지 드릴까?”[10]
“이것은 어머니 드릴까?”[11]
하여 주머니에 집어 넣고, 날이 저물지도 아니하여 그 빈 집을 찾아가서, 들보 위에 엎드려서 도깨비 오기를 기다리고 있었습니다.

어언간(於焉間)에 날이 저물고 밤이 깊어지매, 정말 아우가 말한 것과 같이 도깨비 무리가 몰려 들어오더니, ‘금 나와라 뚝딱, 은 나와라 뚝딱’ 하고 재미있게 놀았습니다. 이것을 기다리고 있던 형은 속으로,

---

7) 느닷없이. ‘졸지’의 卒은 猝로 씀. 졸지(猝地)에.
8) 그리된 까닭을.
9) 한편.
10) 원문에 표기된 물음표임.
11) 원문에 표기된 물음표임.

‘옳지! 인제는 되었구나. 너 좀 속아 보아라.’
하고 개암 한 톨을 몹시 깨물어서 ‘딱’ 하고 소리를 내었습니다.

도깨비들이 그만 도망할 줄 알았더니, 이 소리를 듣고 사면(四面)을 찾으며,

“이놈이 또 왔구나. 요전에도 우리를 놀래고 금방망이 은방망이를 빼어 가더니, 이놈이 또 속여 볼려고 하는구나.”
하더니 들보에 있음을 보고 붙들어 내려놓고, 여러 놈이 달려들어 방망이로 두들기며,

“너 이놈! 견디어 보아라.”
하고 ‘넓적해라, 뚝딱.’ 한즉 홑이불같이 되고,[12] ‘길어져라, 뚝딱.’ 한즉 뱀장어같이 긴 사람이 되었습니다.

이후부터 완악하고 욕심 많은 형은 뱀장어 사람이 되어 가지고, 전신(全身)을 마음대로 쓰지도 못하고, 온순한 아우한테 가서 일평생을 얻어 먹고 전일(前日)의 잘못한 것을 후회하다가 죽었다 합니다.[13]

---

12) 원문에는 ‘되야지고’로 표기.

13) 이 이야기는 손동인의 저서에 초록되어 있다.(손동인, 『한국 전래동화 연구』, 정음문화사, 1984, 91~92쪽) 그리고 『한국구비문학대계』에 <도깨비 방망이>, <도깨비 이야기>, <도깨비의 은방망이 금방망이> 등의 제목으로 많은 각편이 실려있다.

10. 이오성(李鰲城)*

이오성이라면 여러분도 여러 번 들으셨을 줄 압니다. 이름은 항복(恒福)이오, 선조대왕(宣祖大王) 때에 대단히 공훈(功勳)이 많아서 오성부원군(鰲城府院君)이 되었었습니다.

나무될 것은 떡잎부터 안다고, 위인될 사람은 어렸을 적부터 장난하는 것을 보아도, 보통 아이들과는 달라서 도량이 크고 의사(意思)가 대단히 깊은 것입니다.

이항복 씨가 아이 적에는, 장난 잘하기로 유명하였습니다. 하루는 그 부친이 출입하며, 오성의 장난을 금하기 위하여 불러 이르되,

"애야, 내가 어디를 좀 갔다가 저물게 돌아올 터이니, 그 동안에 글도 읽고 놀 적에 공연한 장난 말고, 이 좁쌀[粟] 수효가 얼마나 되는지 계산하여 놓아라. 만일 수가 틀리면 종아리를 맞을 것이니 주의하여라."

하고 좁쌀 두 되를 내어 주며 엄하게 단속하였습니다.

오성은 선선히 대답을 하고, 부친이 출입하신 후, 즉시 장난만 하고 태평히 놀았습니다. 하인들이 보다가 딱하고 민망(悶罔)하여,

"여보, 도령님. 좁쌀은 세지도 않고 장난만 하면, 대감께서 들어오셔서 물으시면 무엇이라고 대답하시려고 그리하시오?"

하고 말한즉 대답하되,

"걱정 말아라. 매를 맞아도 내가 맞지 네가 맞겠니?"

하고 여전히 장난만 하였습니다.

저녁 때가 다 되니까 비로소,

"좁쌀을 세어 볼까?"

하더니 벽장에서 저울 하나를 꺼내 놓고, 좁쌀 한 저울을 듬뿍 떠서 달아 놓고 하인들을 불러서,

---

* 원문 558쪽. <李鰲城(리오셩)>.

"너희들 이것을 세어라."
하여, 한 서울이 몇 개인지를 계산한 후에는, 몇 지울이 되는지를[1] 달아보고, 구구를 불러서[2] 통계 답을 낸 후에,
"옳다! 되었다."
하며 또 나가서 장난을 하였습니다.
미구(未久)에[3] 그 부친이 들어오더니, 오성을 불러 묻되,
"너 오늘 글도 잘 읽고, 좁쌀도 세어 놓았느냐?"
하였습니다.
오성 대답이,
"네, 글도 많이 읽고 좁쌀 수효는 암만암만이올시다."
하거늘, 부친이 의심이 나서 은근히 오성의 하던 동정(動靜)을 탐지(探知)하였습니다.
하인들이 종일토록 장난하던 일과, 저울로 달아서 개수(箇數)를 계산하던 말을 하였더니, 부친 생각에 오성의 궁량(窮量)[4]이 큼을 대단히 기뻐하였습니다.
그 후에 하루는, 오성이 사랑방에서 글씨 쓸 책자를 매다가 본즉, 난데없는 벼룩[蚤] 한 마리가 앞으로 톡톡 뛰어 가거늘, 손에 들었던 송곳으로 우연히 찔러 잡을 생각이 나서 찔러본즉, 요리조리 톡톡 뛰면서 잘 잡히지 아니하였습니다.
속에 화가 나서, 기어코 이 송곳으로 찔러 잡고야 말겠다 하는 생각이 나서, 도배 장판 한 지가 며칠도 아니 된 새 방바닥을, 송곳으로 벼룩 뛰는 대로 찌르기 시작하여, 몇 시간 동안을 벼룩은 톡톡, 송곳 소리는

1) 원문에는 '되나를'로 표기.
2) 구구법(九九法)을 이용하여.
3) 오래지 않아.
4) 마음속으로 이리저리 따져 깊이 생각함. 또는 그런 생각. 궁리(窮理).

푹푹, 온 방 안을 돌아다니며 뛰거니 찌르거니, 그 통에 온 장판이 송곳 구멍에 헌 사롱[5]이 되었습니다.

그러나 종말에는, 필경 송곳 끝에 벼룩이 찔려졌습니다. 오성이, 결심한 것은 성공하였으나, 새 장판을 버려서 부친께 걱정들을 생각하고 민망히 앉아 있었습니다.

부친께서 출입하였다가 들어와서 보니, 그 모양인 까닭으로 하도 괴이하여 어찌한 곡절을 물었더니 대답하되,

"벼룩이 있기로, 마침 송곳을 가졌다가 찌르기 시작하였더니, 잘 찔리지가 아니하므로 괘심하게 여기어 기어코 잡으려고, 장판 생각은 못하고 이와 같이 되었으니 용서하여 주십시오."

하였습니다.

부친이 묻되,

"그래. 기어코 찔러 잡았느냐?"

하였더니,

"네, 이와 같이 찔러 잡았습니다."

하며 송곳 끝에 벼룩 찔린 것을 내 놓았습니다.

부친이 이것을 보더니 생각하되,

'이 아이가 무엇이든지 유시유종(有始有終)할[6] 뿐더러, 전진성(前進性)과 결단성(決斷性)이 있겠다.'

하며 장판 버린 것을 과히 나무라지[7] 아니하고, 속으로 좋아하였습니다.

또 오성집 이웃에 징을[8] 제조하여, 영업하는 사람이 있었습니다. 오성이 여기를 날마다 가서 구경하고 놀다가, 올 때면 장난으로 징 한 개

---

5) 사롱(紗籠: 현판에 먼지가 앉지 아니하도록 덮어씌우는 천)으로 보임.

6) 시작한 일을 끝까지 마무리할.

7) 원문에는 '나물치'로 표기.

8) 원문에는 '말대갈'로 표기. '대갈'은 말굽에 편자를 박을 때 쓰는 징. '징'은 신의 가죽 창이나 말굽·쇠굽 따위에 박는, 대가리가 크고 넓으며 길이가 짧은 쇠못.

씩을 반드시 분문(糞門)으로[9] 훔쳐 끼고 갖다가 모아 두기를 시작하였습니다. 그리하기를 몇 해 동인이나 하였던지, 지연 주인이 차차 눈치를 채고 한번 단단히 혼을 낼 작정으로, 오성 올 때쯤 하여 먼저 만든 징을 멀리 두고,[10] 풀무에서 갓 꺼낸 뜨거운 징 몇 개를 가져가기 쉬운 곳에 놓아 두고, 전과 같이 일만하며 있었습니다. 과연 오성이 저벅저벅 들어오더니, 징 놓은 곳으로 가서 털썩 앉았습니다. 엉덩이로 징을 훔쳐 끼려 한즉, 어찌 뜨거운지 견딜 수 없었습니다. 그렇지만 억지로 참고 있으며, 짐짓 다른 이야기를 하다가 돌아왔습니다.

그리하여 며칠 동안은 데인 곳을 몹시 앓았습니다. 마음에 대단히 괘심(掛心)하지마는, 몰래 가져 오던 것이라, 드러내 놓고 부끄러움을 씻으려고 하면,[11] 도리어 자신의 인격이 떨어질까 하고, 한 계책(計策)을 생각하여 속여 버릇을 가르치려 하였습니다.

며칠 후에 좋은 살구[杏]를 사 가지고, 한 개는 곱게 쪼개서 씨는 빼어 버리고 아주 된 똥을[12] 그 속에 넣고, 감쪽같이 맞추어서 한 편에 단단히 쥐고, 나머지 살구 몇 개를 소매 속에 넣고, 맛있게 먹으면서 징장이[13] 집으로 들어갔습니다.

들어가서도 여전히 자꾸 꺼내어 먹으니까 징장이가 보더니,

"도령님, 맛 좋은 살구를 혼자만 먹고, 한 개 먹어 보라는 말도 없소? 한 개 주구려. 먹어봅시다."

---

9) 항문으로.

10) 원문에는 '치고'로 표기.

11) 원문에는 '表面的(표면뎍)으로 설치하면'으로 표기. 설치는 한자어 雪恥로 추정되고, 설치는 설욕(雪辱) 즉, '부끄러움을 씻음'을 뜻함.

12) 원문에는 '전강똥을'로 표기. '全강똥'으로 추정됨. '강똥'은 '몹시 된 똥'을 말하고, '全'은 강세접두사로 '전강풍(全强風: 풍력 계급 10의 몹시 강한 바람)'의 용례에서 '몹시, 아주'의 뜻으로 보임.

13) 원문에는 '대갈장이'로 표기.

하였습니다.

오성이 대답하되,

"아차! 잊었네. 그래, 하나 맛이나 보게."

하며 준비하였던 살구를 내밀어 주었습니다.

징장이가 받아서 의심없이 입에다 집어 넣고 두어 번 씹더니, 된 똥 냄새가 코를 찌르는 것 같고, 구역이 나서 '왹- 왹-' 하며, 이왕에 먹었던 밥까지 다 토하고 머리를 흔들면서,

"애고, 애고! 아니꼬와서 죽겠네. 왹- 왹-"

하였습니다.

오성이 이 모양을 보고,

"네가 양반을 속여서 데이게 하였으니, 똥 좀 먹어 보아라."

하고 돌아왔습니다.

즉시 징 갖다 모은 것을 자세히 본즉, 빈 독에다 넣은 것이 그 독안에 거진 한 독이나 되었습니다. 생각하되,

"어허! 내가 장난으로 집어다 모은 것이 이처럼 많았으니, 무엇이든지 저축하는 것밖에 없구나. 티끌 모아 태산이란[14] 말이 이것이다. 또 징장이로 말하면, 하루에 몇 개씩 잃어버린 것이 큰 손해는 없었다. 그러나 이것을 보면 큰 자본(資本)이 된다고 하겠다."

하며 감탄하였습니다.

그 이튿날 하인을 보내어 징장이를 불렀습니다. 이 자가 무슨 죄나 당할까 황공(惶恐)히 와서,

"어찌하여 부르셨습니까? 소인 왔습니다."

하였습니다.

오성이 묻되,

14) 원문에는 '塵合泰山(진합태산)이란'으로 표기.

"네가 영업한 지가 몇 해나 되며, 그 동안 자본은 얼마나 저축하였느냐?"
하고 물었더니 대답하되,

"소인이 근 십년을 영업하였습니다마는, 날마다 벌어서 간신히 저의 식구가 살아가느라고 한 푼 저축도 없습니다."
하였습니다.

오성이,

"그게 무슨 말인고? 사람이 혹 집안에 우환(憂患) 질고(疾苦)가 있든지, 별안간 뜻밖의 일이[15] 있으면 어찌할려고?"
징장이,

"그러한 줄은 압니다마는, 호구지책(糊口之責)[16]을 겨우 하여 가므로, 자연 그렇게 되었습니다."
하였습니다.

오성이 이 말을 듣고 또 다시 묻되,

"징 한 독이면 값이 얼마나 되느냐?"
하였더니,

"네, 그것 참 적지 않습니다. 그만하면 소인은 한 자본이 되겠습니다."
하고 대답하였습니다.

오성이,

"내 그러면 한 자본을 주마."
하고 하인을 불러 징 한 독을 가져다[17] 놓고 징장이를 내어주며,

"내가 한 자본을 저축하여 주는 것이니, 가지고 가서 아무쪼록 이후에는 이와 같이 저축하여 잘 살아라. 그러나 내가 네게 속은 것이 괘심하여, 그 대신에 너를 똥을 먹여서 부끄러움을 갚은 것이다."

---

15) 원문에는 '意外之事(의외지ᄉᆞ)가'로 표기.

16) '책(責)'은 '책(策)'으로 씀. 호구지책(糊口之策): 어렵게 먹고살아 가는 방책.

17) 원문에는 '運轉(운젼)하야다'로 표기.

하고 주의를 시켰습니다.

정장이가 너무나 뜻밖의 일을[18] 당하여,

"꿈인가, 생시인가?"

하며 한참은 입만 딱 벌리고 있었다 합니다.[19]

---

18) 원문에는 '千千萬意外之事(천천만의외지亽)를'로 표기.

19) 이 이야기는 『한국구비문학대계』에 <대장장이의 미래를 예측한 오성>(4-2권, 125~126쪽.), <오성과 대장장이>(2-6권, 325~326쪽.) 등의 제목으로 2편의 각편이 실려있다.

11. 효자(孝子)의 도움*

옛적에 한 효자와 효부(孝婦)가 있었습니다. 그 부친은 일찍이 세상을 이별하고, 홀로 있는 노모(老母)를 항상 지성(至誠)으로 받들어 섬겼습니다.

그 모친이 어느 날 우연히 병이 들더니, 여러 날이 지나고 여러 달이 지나도록 도무지 차도가 없어서, 의사라는 의사는 다 불러 보고 약이라는 약은 다 써서 보았으나, 여러 날이 될수록 병세만 더욱 중하여 갈 뿐이오, 아무 효력을 얻지 못하였습니다.

이 효자 내외(內外)는 밤낮으로 옷 끈도 못 끄르고,[1] 일심(一心)으로 정성을 다하여 구호(救護)하나, 이와 같이 병세가 덜해질 희망이[2] 없었습니다.

하루는 내외가 앉아서 의논하되,

"병환이 점점 더하여 가시기만 하고, 조금도 덜하시는 모양이 보이지 아니하니, 필시 우리 내외의 성의(誠意)가 부족한 까닭이라. 불가불(不可不)[3] 오늘부터 기도나 하여 보자."

고 하며 부부가 냉수에 목욕재계(沐浴齋戒)를[4] 정히 하고, 후원(後園)에 들어가서 단(壇)을 모으고 향촉(香燭)을 갖추어, 하루 삼시(三時)로 분향(焚香) 재배(再拜)를 하며, 천지신명(天地神明)께 모친 병환이 낫게 하여 달라고, 바람이 부나 비가 오나 한결같이 열심히 기도하기를, 백일이나 하였습니다. 하지만 종시(終是)[5] 모친의 병환이 덜하지 아니하였습니다.

하루는 문 앞에[6] 걸승(乞僧)[7] 하나가 와서, 목탁을 치며 나무아미타불

---

* 원문 561쪽. <孝子(효즈)의도음>.

1) 원문에는 '끌으고'로 표기.

2) 원문에는 '減勢(감세)의希望(희망)이'로 표기.

3) 부득불(不得不). 하지 아니할 수 없어.

4) 부정(不淨)을 타지 않도록 깨끗이 목욕하고 몸가짐을 가다듬는 일을.

5) 끝내.

(南無阿彌陀佛) 관세음보살(觀世音菩薩)을 외우면서 동량[8]을 달라고 하였습니다.

이 효자는 이 소리를 듣고, 깨끗한[9] 그릇에 정성이 담긴 쌀을[10] 떠서 내다가 주었더니, 걸승이 공손하게 받아 가지고, 효자를 향하여 백배(百拜) 사례(謝禮)를 하며 말하되,

"시주(施主)님께서 무슨 근심이 계십니까? 안색이 대단히 화평(和平)치 못하십니다."

대답하되,

"친환(親患)으로 여러 달 초민(焦悶)히[11] 지내는 까닭에 자연 그러하오. 대사가 혹 신효(神效)한 약을 알거든 가르쳐 주시오."

하였습니다.

승(僧)이 병의 전후 증세를 물어 보고, 자세히 안 후에 말하되,

"약이 있기는 있지마는 당신께서 능히 쓰실런지요?"

하였더니, 효자는 그만 귀가 번쩍하여 황급히 묻되,

"무슨 약인지 값이 엄청나다는[12] 말씀이오?"

승,

"아니오."

효자,

"그러면 얻기가 어렵다는 말씀이오?"

승,

---

6) 원문에는 '門前(문젼)에'로 표기.

7) 모든 생업을 끊고 밥을 빌어먹으면서 수행하는 승려.

8) 洞糧. 동냥. 승려가 시주(施主)를 얻으려고 돌아다니는 일. 또는 그렇게 얻은 곡식.

9) 원문에는 '정한'으로 표기. '정'의 한자가 나와 있지 않지만 '精'으로 추정됨.

10) 원문에는 '精(정)한쌀을'로 표기.

11) 속이 타도록 몹시 고민하며.

12) 원문에는 '太過(태과)하다는'으로 표기.

"아니오."

효자,

"그러면 무엇이오? 대사님. 빨리 가르쳐 주셔서 친환을 낫게 하여 주시면, 그 은덕(恩德)은 태산보다 더 높겠습니다. 만분지일(萬分之一)이라도 은덕을 보답할 터이니, 어서 가르쳐 주십시오."
하고 눈물을 흘리며 애걸하였습니다.

승은 이 경상[13]을 보고 가르치되,

"이 약을 쓰시면 곧 회복되실 터인즉, 안심하시오. 다른 약이 아니라, 당신의 아드님[兒子]을 삶아 드려야 곧 나으실 터인데, 말씀하기도 어렵고 또한 당신께서 하실런지도 알 수 없습니다. 소승(小僧)은 물러갑니다."
하고 그만 자기 갈 길로 가버렸습니다.

이 효자는, 이 말을 듣고 곧 안으로 들어가서 부인과 의논하고, 중의 말대로 실행하기를 결심하고, 아들이 서당에서 들어오기만 기다리고 있었습니다.

얼마 아니하여, 그 아들 아이가 점심을 먹으려고 얼굴에 희색(喜色)을 띄고,

"어머니, 밥 주어! 나 글방에서 글 많이 읽고 왔지! 아이고 배고파!"[14]
하며 들어오는 태도를 보니, 참으로 어여쁘고 사랑스러우며 따뜻한 정과 귀여운 재롱은 어찌 자연히 결심을 풀지 않겠습니까?

보통 사람으로는 도저히 이 일을 어찌하리오마는, 이 효성이 지극한 부부는 단지 모친 생각뿐이므로, 불문곡직(不問曲直)하고[15] 급히 나아가서 그 아들 아이를 잡아서, 저 펄펄 끓는 가마솥 뜨거운 속에 텀벙 집어

13) 景狀. 좋지 못한 몰골. 효상(爻象).

14) 원문에 표기된 느낌표임. 문장 부호 중 원문에 표기된 느낌표(!)는 모두 다섯 개임. 이 이야기에 다섯 개의 느낌표가 보임.

15) 옳고 그름을 따지지 아니하고.

넣고, 몇 시간을 끓여서 곰국과 같이 삶은 후에, 이 국물을 모친에게 드려 잡수시게 하였습니다.

그 모친이 이 국을 마시고 한잠을 곤히 자더니, 얼마 후에 그 부부를 불러 말하되,

"얘, 그것이 무슨 약인지 그것 마신 후는 내 병이 대단히 나은 것 같다. 견딜 수 없는 고통도 매우 없어지고 정신도 반짝 난다. 인제는 살았다."

하고 기뻐하였습니다.

그 부부는 그 병든 모친의[16] 차도가 있음을 보고, 그 약의 효력이 있음을 좋아하며, 또 속으로 자기의 아들을 가엾이 여기고 있었습니다.

어느덧 날이 저물매, 문 밖에서 난데없는 자기 아들이 또 뛰어들어오며,

"어머니 얼핏 밥 주오! 오늘은 글방에서 글 짓는 회(會)가 있어서 인제 왔수우! 그래서 내가 장원했지."[17]

하고 어리광을 피웠습니다.

이 부부는 대단히 놀라고 괴이하게 여기며,

"이게 웬일인가? 참 알 수도 없다. 꿈인가, 생시인가? 그 죽은 놈이 원혼(怨魂)이 되어서 이와 같이 보채나?"

하며 저녁밥을 준즉, 여전히 다 잘 먹고 방으로 들어가서 놀고 있었습니다.

이 아이 어머니는 눈물을 흘리며 부엌으로 내려가서 아들 삶던 솥을 열고 본즉, 아이 삶은 것이 아니오, 큰 산삼(山蔘)을 삶은 것이었습니다.

이 부부는 이제야 신명이 도우심을 알고, 공중을 향하여 무수히 절을 하고, 고마움과 기쁨을 이기지 못하였습니다. 그 나머지 약을 다 썼더니, 그 무겁던[18] 병환이 완쾌되었습니다.[19]

---

16) 원문에는 '병친의'로 표기.

17) 원문에 표기된 느낌표임.

18) 원문에는 '重(중)하든'으로 표기.

19) 원문에는 '全快(젼쾌)되엿습니다.'로 표기.

이것은 산신(山神)이 그 효자의 지성에 감응(感應)하여, 걸승이 되어서 문 앞에 와서 문답한 후, 산삼을 그 아들 모양으로 변하여 들여보낸 것입니다.[20]

20) 이 이야기는 『한국구비문학대계』에 <동삼과 아이>(6-11권, 140~141쪽. 7-6권, 689~691쪽.), <둔갑하는 동삼을 감동시킨 효자>(5-4권, 1012~1019쪽.), <효부와 동삼>(6-3권, 500~504쪽. 7-11권, 392~394쪽.), <효성과 동삼>(8-9권, 355~357쪽. 8-14권, 763~764쪽.), <효자와 동삼>(6-3권, 96~98쪽.) 등의 제목으로 8편의 각편이 실려있다.

12. 네모진 보석(寶石)*

옛적에 한 사람이 있는데, 처음부터[1] 어찌 간난(艱難)[2]하던지 굶기를 부잣집 밥 먹듯 했습니다. 혹 조석(朝夕)을 하여 먹는다 할지라도, 우거지 죽 아니면 메밀나깨[3]로 끼를 에우며,[4] 정월(正月) 초생(初生)이나 되어서 밥맛을 보면 환갑(還甲)이나 쇤 듯이 좋아하며, 의복을 볼 것 같으면 다 헤지고 졸가리[5]만 남은 것을 사면(四面)을 얽어 입었는데, 고약덩이 같이 때가 묻어서, 만일 약국(藥局)을 지나면 약계(藥稧)[6] 주인이 달려들어 팔라고 할 지경이었습니다.

이 사람은 이 구간(苟艱)한[7] 것이 심중에 항상 철천지한(徹天之恨)이[8]

---

* 원문 563쪽. <네모진寶石(보셕)>.

1) 원문에는 '自初(ᄌᆞ초)로'로 표기.

2) 몹시 힘들고 고생스러움. '가난'의 원말.

3) 메밀가루를 체에 치고 난 뒤에 남은 찌꺼기. 원문에는 '모밀落痂(락가)'로 표기. '모밀'은 '메밀'이고, '락가'는 '나깨: 메밀을 갈아 가루를 체에 쳐내고 남은 속껍질'을 뜻함. 원래 '락가'는 '천연두의 상처가 헐거나 마른 데가 다 나아서 딱지가 떨어짐. 또는 그 딱지'를 뜻함. 여기서 '락가'는 천연두의 상처와 관계없이 메밀 찌꺼기를 뜻하는 '나깨'의 음을 나타낸 말로 보았음. 1911년 발행된 이해조의 작품 <모란병(牧丹屛)>과 1933년~1934년 연재된 심훈의 작품 <영원의 미소>에 '나깨'의 용례가 보인다. ; 마침 죽마고우(竹馬故友)로 지내던 벗을 만나 막걸리 사발이나 얻어먹고 얼지근하여 집구석이라구 돌아오니, 마누라가 모밀 나깨로 죽을 쑤어다 놓고 어린 딸과 마주앉아 그 장한 것을 용미봉탕(龍尾鳳湯)이나 지지 않게 여기어 서로 아니 먹고 자기를 기다리는 모양이라. -중략- 창자는 맞들어붙었지마는 돼지먹이 비스름한 나깨죽이 차마 목구멍에 잘 넘어가리요? (이해조, <牧丹屛>, 『韓國新小說全集』 권2, 을유문화사, 1968, 170쪽.) ; 황혼 때도 지나서 집구석이라고 찾아들면 잘해야 시래기죽 한 사발이나, 나깨범벅 한덩이가 기다리고 있는 것이다. (심훈, <永遠의 微笑>, 『新韓國文學全集』 36, 어문각, 1980, 424쪽.)

4) 때우며.

5) ① 잎이 다 떨어진 가지. ② 사물의 너절한 것은 다 떼어 놓은 나머지의 골자. 여기서는 ②의 뜻.

6) 약국. '계(稧)'는 '계(契)'로 씀.

7) 몹시 구차하고 가난한.

8) 하늘에 사무치는 크나큰 원한이.

되어서 혼잣말로, '어찌하면 좀 잘 살아볼꼬? 잘 먹어볼꼬? 잘 입어볼꼬? 잘 써볼꼬?' 하며 밤이나 낮이나 귀신들린[9] 사람같이, 입을 들석들석 소리를 쑤구럭쑤구럭하였습니다.

하루는 자다가 꿈을 꾸는데, 홍포(紅袍) 옥대(玉帶)에 금관(金冠)을 쓰고 흰 수염이 흩날리는 선관(仙官)이, 점잖이 와서 이 사람을 보고 말하되,

"너의 간난(艱難)하게 지내는 것이 너무나 가엾기로 이 보석을 가지고 왔다. 그러나 너를 확실히 믿지 못하여 주기가 어렵다. 이 보석을 말하면 네모가 졌는데, 모두 다 각각 부르는 대로 여러 가지가 나오는 것이다. 한 모는 곡식이 나오고, 한 모는 의복이 나오고, 한 모는 금전이 나오고, 한 모는 미운 사람을 보고 너 죽으라면 죽는 것이다."

하고 보였습니다.

이 사람이 본즉, 과연 네모가 졌는데 광채(光彩)가 찬란하므로, 선관에게 공손하게 말하되,

"저의 간난(艱難)함을 불쌍히 여기사 선관께옵서 가져 오신 것이오니, 저에게 주실 것 같으면 다른 구간한 사람의 구제(救濟)도 잘할 것이오, 남에게 대하여 비리(非理)의 일도 않을 것이오, 교만(驕慢)한 태도도 않을 것이오, 극진히 선심(善心) 공덕을 하올 터이오니, 하해(河海)같은 덕택을 입사와 저를 주셔서, 이 곤궁함을 면케 하옵소서. 그 은혜는 백골난망(白骨難忘)이올시다.[10]"

하고 애걸애걸하였습니다.

선관은,

"그럴 것 같으면 내가 너를 주는 것이니, 네가 한 말을 잊지 말아라."

하고 보석을 내어 주었습니다. 이 사람은 받아 가지고 기쁨을 이기지 못하여, 한바탕 춤을 추고 뛰놀다가 깜짝 놀라 깨어 보니, 꿈 하나를[11] 꾼

9) 원문에는 '귓것들닌'으로 표기.

10) 죽어도 잊을 수 없습니다.

것입니다.

한참 즐겁던 판에 잠이 깨니, 대단히 섭섭하여 입맛을 다시고 잠 깨인 것을 아까워하다가, 벌떡 일어나서 베개 옆을 보니, 꿈에 선관이 주던 보석이 놓여 있었습니다. 얼마나 기쁘겠습니까? 우선 시험 차로 한 모를 가리키며, 평생에 소원이던 금전 나오라고 하고 불렀습니다. 과연 꾸역꾸역 나오는데 당장에 돈이 방 안에 가득하였습니다.

날이 밝은 후에 이 모 저 모를 가리키며, '곡식 나오너라, 의복 나오너라, 금전 나오너라' 하였더니 잠시간에 거부(巨富)가 되었습니다.

일변(一邊) 목수를 불러서 수백 간 기와집을 짓게 하고, 갖가지 치장을 다한 후에, 남녀 하인을 갖추어 두고 의복 음식을 마음대로 입고 마음대로 먹었습니다.

자유로 쓰고 자유로 입고 자유로 먹더니, 차차 편한 생각 사치할 생각뿐이오, 남의 사정은 조금도 알아 주지 아니하고, 자기의 귀한 생각밖에는 아무 것도 모르게 되어서, 선관에게 하던 말도 어느덧 잊어버리고, 단지 늘어 가느니 교만한 태도뿐이므로, 자연 동리 사람에게 인심을 잃게 되어서, 한 사람도 왕래함이 없고 괴악(怪惡)하기로 소문이 자자하였습니다.

하늘이 무심치 아니하든지, 하루는 졸지에 화재가 나게 되었습니다. 이것을 본 동리 사람들은 평일의 원망을 잊지 않고, 하나도 가서 구하는 사람이 없으므로, 이 교만한 거부(巨富)는 재산을 전부 태우게 되었습니다.

보통 사람 같으면 이 때에 자기를 반성하고 회개함이 당연하겠지만, 다만 보석 가진 것만 믿고 동리 사람들을 욕하되,

"너희들이 나의 이 지경된 것을 대단히 좋아하는 모양이나, 너희들 같은 놈들이 암만 그리 하여도 쓸 데가 없다. 내가 이 보석을 가졌으니까

11) 원문에는 '하낫꿈을'로 표기. 하나의 꿈.

조금도 염려가 없다. 이 보석은 무엇이든지 부르는 데로 나오는 것이다. 너희들 자세히 보이리."
하고 보석 한 모를 가리키며 '쌀 나오라' 하였더니 금시(今時)에 쌀이 꾸역꾸역 나왔습니다.

동리 사람들은 이상히 여겨서, 자꾸 모여들며 구경하기 시작하였습니다. 어떤 사람은 무엇이냐고 묻기도 하고, 어떤 사람은 무엇 하는 것이냐고 묻기도 하여, 어느덧 사람이 잔뜩 들어섰습니다.

이 교만한 부자는 자기의 보석을 자랑하기 위하여, 이 모를 가리키고 '의복 나오너라', 저 모를 가리키고 '돈 나오너라' 하여, 세 모만 다 가리키고 한 모는 가리키지 아니하였습니다.

구경하던 사람 중에서 한 모를 마저 가리키며,

"이 모는 무엇 하는 것이오?"

하고 물었습니다.

이 부자는 대답하되,

"너희들같이 미운 놈을 죽으라면 곧 죽게 되는 것이다."

하고 가르쳐 주었습니다. 그 때에 마침 이 부자를 몹시 미워하는 자가 옆에 섰다가,

"그러면 네가 미우니 죽어라."

하고 그 모를 가리켰더니, 보석을 가지고 자랑하는 부자는 어느덧 죽어 버렸습니다.

13. 외쪽의 꾀*

어느 시골 한 양반의 집에 '외쪽이'라 하는 하인이 있었습니다. 그런데 이 주인 양반이 하인 부리기를 우마(牛馬)와 같이 하여, 조금도 사정이 없고 학대(虐待)가 막심하였습니다. 그리하여 이 외쪽이는 주인을 보기만 하면 공연히 죄 지은 것같이 불불 떨었습니다.

어느 날은 주인 양반이 과거를 보려고 서울로 올라가는데, 이 외쪽이로 말 경마[1]를 들려 가지고 길을 떠났습니다. 얼마쯤을 가다가 한낮이 되매, 장(場)거리 주막을 찾아가서 말을 내려,[2] 외쪽이는 밖에 두고 자기 혼자만 들어가서 점심을 사서 먹고, 외쪽이 더러는 술 한잔 먹으란 말이 없었습니다.

외쪽이가 무엇이나 사서 줄까하고 기다리다가, 아무 말이 없으므로 배도 고프고 화가 벌컥 나서 혼잣말로,

"입은 한 가지오 쇠스랑은 세 가지라는데, 배고프기야 피차 일반이지 인심도 사납다. 이렇든 저렇든지 먹어야 하지."
하고 말을 끌고 장(場)판에 가서 팔아가지고 술과 밥을 실컷 사 먹고, 말 고삐만 잘라서 손에 쥐고, 건너편 언덕에 누워서 거짓 잠든 모양을 하고 코를 '드르릉 드르릉' 골고 있었습니다.

이 양반이 잔뜩 먹고 다리도 다 쉰 후에, 외쪽이를 불렀으나 대답이 없으므로, 밖에 나와서 찾다가 건너 편 언덕에 누운 것을 보고, 뛰어 와서 발길로 차며,

"이놈아! 무슨 잠이며 말은 어디 두었느냐?"
하고 소리를 질렀습니다.

---

* 원문 565쪽. <외쪽의꾀>.

1) 남이 탄 말을 몰기 위하여 잡는 고삐.

2) 원문에는 '날여'로 표기.

외쪽이는 거짓 깜짝 놀라서 벌떡 일어나며,

"애고! 이 말이 어디를 갔나? 고삐를 손에 잔뜩 쥐고 누웠더니, 잠든 동안에 어떤 도적놈이 말 고삐를 자르고 끌어갔습니다. 어찌하여요?" 하며 이 산등으로 저 산등으로, 가로 뛰고 세로 뛰며, 황황(惶惶)[3] 분주(奔走)하게 찾아다니는 모양을 하였습니다.

이 양반이 우두커니[4] 보고 하도 어이가 없어서, 외쪽을 불러 이르되,

"잃어버린 말을 그와 같이 어리석게 찾아다니면 어디서 생겨 나느냐? 이 미련한 놈아! 그만 두어라."

하였습니다.

외쪽이,

"그러면 어찌합니까? 우선 무엇을 타시고 행차를 하셔요?"

하고 무한(無限) 흉물(凶物)[5]을 피웠습니다.

이 양반은 가기는 가야만 과거에 참석하겠으므로, 할 수 없이 다시 말을 구하여 타고 길을 떠났습니다.

어느덧 경성(京城)에 도착하여 여관을 정하고 과거날을 기다리고 있는데, 어느 날 이 양반이 외쪽이를 시켜서 팥죽을 사오라 하였습니다. 외쪽이가 나가더니 팥죽을 사 들고 들어오며, 눈물을 흘리고 훌쩍훌쩍 울었습니다. 이 양반은 괴이하여 그 곡절을 물었더니, 외쪽이 대답이,

"다름이 아니오라 감기가 든 까닭에, 콧물이 나와서 씻을 새 없이 흘러서, 이 죽그릇에 빠졌습니다. 소인이 돈이나 있으면 다시나 사 가지고 오겠습지오마는, 할 길 없어 그대로 가지고 왔습니다. 어떻게 잡수실런지 민망(悶罔)하여 울음이 나온 것이올시다."

---

3) 두려워하며.

4) 원문에는 '우둑하니'로 표기.

5) 성질이 음흉(陰凶)한 사람. 음흉은 '겉으로는 부드러워 보이나 속으로는 엉큼하고 흉악함.'을 뜻함. 여기서는 '음흉'의 뜻으로 쓰인 듯함.

하고 대답하였습니다.

이 양반이 화를 벌컥 내며,

"이놈! 네나 먹어라."

하고 죽그릇을 도로 내어 주었습니다.

외쪽이는 머뭇머뭇하다가 들고 문 밖으로 나가서 맛있게 먹으며,

"서울 인절미는 어찌 요렇게 노굴노굴한고? 참 맛이 꿀맛이로구나."

하며 후딱 먹어버렸습니다.

그 후 이 양반이 과거를 보는데, 실수를 하였던지 그만 낙제(落第)를 하고, 홧김에 사면(四面)으로 유람이나 다닐까하여, 자기만 더 머물려고 하인 외쪽이는 먼저 내려 보내는데, 등에다가 무엇이라고 글씨를 써서 주었습니다.

외쪽이는 말 팔아먹은 나머지 돈냥을 두었다가, 내려갈 길에 콩가루 한 항아리를 사 가지고, 가면서 먹을 작정인데, 그대로 먹으면 무미(無味)할 듯하여 꿀 파는 집을 찾아가서 꿀을 사는데, 우선 항아리에다가 가득히 담아 놓고 값을 정하였습니다. 너무 몹시 값을 깎으려 한즉, 꿀주인이 그렇게는 팔 수 없다 하므로, 외쪽이는 비싸다 하여 도로 꿀을 쏟아 놓고 아니 산다 하였습니다. 그러나 항아리 밑에는 콩가루가 있어서 꿀이 많이 손해가 났습니다.[6]

외쪽이는 그대로 꿀 묻은 콩가루를 가지고 가며, 뭉쳐서 떡같이 만들어가지고, 배고플 때면 이것을 꺼내서 한 덩이씩 먹었습니다.

한 곳을 지나다 본즉, 서당(書堂) 하나가 있는데, 학동(學童)들이 많이 나와서 놀았습니다. 등에 쓴 것이 무엇인지 무식한 까닭에 몰라서, 대단히 궁금하던 차에 이 학동들을[7] 보고,

---

6) 콩가루 항아리를 이용해 꿀을 얻는 화소(話素)는 『한국구비문학대계』에서도 확인된다. ; <떡보리로 사기친 닫걸이> 7-10권, 884~887쪽. ; <방학중과 떡보리> 7-7권, 40~43쪽. ; <방학중과 떡보리 (1)> 7-7권, 422~427쪽.

"얘, 맛있는 꿀떡 한 개 줄게. 내 등에 무엇이라고 썼는지 가르쳐 주렴." 하고 꾀었습니다.

한 학동이 등에 쓴 것을 보고 읽어 들려 주는데,[8]

"이놈이 집에 들어가거든, 두말 말고 상자 속에 넣어 잔뜩 동여매서, 강물에 던져서 죽여 버리라."
하고 써 있다 하였습니다.

외쪽이가 껄껄 웃으며,

"얘, 떡 한 개 더 줄 터이니, 이왕 쓴 것을 지워버리고 다시 나 부르는 대로 써서 다오."
하였습니다.

학동이 붓에 먹을 찍어 가지고,

"무엇이라고 쓰란 말이오?"
한즉,

이 외쪽이가 부르는데,

"이놈이 집에 들어가거든 곧 사위를 삼으라."
하였습니다. 학동은 웃으며 그대로 써서 주었더니, 뱃심 좋게 주인댁으로 쑥 들어가서 문안을 여쭈었습니다.

안부인이,

"서방님께서는 어찌하여 아니 오시고 너만 왔느냐?"
하고 물었습니다.

외쪽이,

"서방님께서는 볼일이 계시다고 저 먼저 가라하시며, 제 등에다가 편

7) 원문에는 '兒童(ᄋᆞ희)'로 표기. 學童(학동), 兒孩(ᄋᆞ희), 兒童(ᄋᆞ동) 등으로 추정할 수 있음. 1925년에 심의린이 편찬한 조선어사전에 'ᄋᆞ동(兒童): 兒孩(ᄋᆞ희), 아이', 'ᄋᆞ희(兒孩): 어린 사람, 兒童' 등으로 나와 있음. (박형익, 『심의린 편찬 보통학교 조선어사전』, 태학사, 2005, 149쪽.)

8) 원문에는 '읽켜들니는대'로 표기.

지를 써 주시고 그대로 하라고 하셔요. 무슨 말씀인지 보십시오."
하고 돌아서서 등을 내 보였습니다. 이 부인이 본즉, 이놈으로 사위를 삼으라 하였거늘, 그만 대경실색(大驚失色)하여,[9]
"망측(罔測)한 일도 많아라. 저 양반이 서울을 가시더니 갑자기 환장(換腸)[10]이 되셨나? 저놈으로 사위가 다 무엇이야?"
하고 이상하여 주인 양반 내려오기를 기다리고 있었습니다. 얼마 후에 주인 양반이 내려와 본즉, 외쪽이가 집에 그저 있으므로 부인을 보고,
"왜 저놈을 죽여서 없애라 하였더니, 어찌하여 그저 두었소?"
하고 물었습니다. 부인이 듣고 웬 까닭을[11] 몰라서,
"언제는 사위 삼으라고 써서 보내고, 지금 와서는 죽이지 아니하였다 하니, 참 환장을 하셨소."
하고 책망(責望)하였습니다.

이 주인 양반이 분기(忿氣)가 대발(大發)하여, 즉시 그날 밤으로 외쪽이를 상자에 넣고 꼭꼭 동여매서 강물에 넣어 죽일 작정인데, 밤이 어두워서 강에까지는 가지 못하고, 그 이튿날 갖다 버리려고 동구 밖에 큰 버드나무 가지에 매달아 두었습니다.

외쪽이는 상자 속에 들어서 밤새도록 매달렸는데, 훤하게 밝을 때쯤 하여 그 동리의 노파 하나가 물을 길으려 가다가, 그 상자의 흔들흔들 매달린 것을 보고 이상하여 가까이 가서 쳐다보며,
"그것 이상도 하다. 무엇을 저렇게 매달았기에 흔들흔들하나? 저 속에 무엇이 들었나?"
하고 혼잣말로 지껄였습니다.

---

9) 몹시 놀라 얼굴빛이 하얗게 질려.

10) 마음이나 행동 따위가 비정상적인 상태로 달라짐.

11) 원문에는 '짜○을'로 표기. '닭'에 해당되는 글자가 없음. 1925년에 심의린이 편찬한 조선어사전에 '짜닭: 理由(리유), 緣故(연고)'로 나와 있음. (박형익, 『심의린 편찬 보통학교 조선어사전』, 태학사, 2005, 43쪽.)

외쪽이가 음성을 들은즉 아는 사람인데, 안질(眼疾) 앓는 잔질개[12] 할멈이므로,

"잔질개 할머니요, 물 길러 가십니까?"

하고 인사를 하였습니다.

이 할멈이 들은즉, 상자 속에 외쪽이가 들어 있는지라,

"오냐, 너 어찌하여 저 모양이냐?"

하고 물었습니다.

외쪽이,

"네, 제가 안질을 좀 앓는 까닭에 이렇게 예방을 합니다."

하고 꾀었습니다.

할멈은,

"웅, 그래. 그리 하니까 어떠하냐?"

하고 반가워서 물었습니다.

외쪽이는 능청스럽게,

"네, 한결 낫습니다."

하고 말하였습니다.

할멈은 더욱 자기 눈 고칠 생각이 나서,

"얘, 그러면 나도 좀 하여 주렴."

하고 말하였습니다.

외쪽이,

"그러면 이것을 끄르시오."

하므로, 이 할멈은 물동이를 내려놓고 부리나케 그 상자를 끌러서 내려놓

---

12) '잔질+개'의 구조로 볼 수 있음. ; '잔질(殘疾)'은 '몸에 질병이 남아 있는 것. 또는 그 질병'이고, ; '잔질다'는 '마음이 약하고 하는 짓이 잘다'임. 따라서 '잔질개'는 '몸에 질병이 남아 있는 사람' 또는 '마음이 약하고 하는 짓이 잔 사람'의 뜻으로 추정됨. 여기서는 '몸에 질병이 남아 있는 사람'으로 보아야 할 것 같음. 이와 비슷한 낱말로는 '잔질지인(殘疾之人): 병을 많이 치러 쇠약해진 사람'이 있음. '잔질'은 원문에도 한자로 표기되지 않았음.

아 주었습니다. 외쪽이가 툭 튀어 나오며 그 노파를 대신 집어 넣고, 전과 같이 꼭꼭 묶어서 나무에 매달고, 자기는 다른 곳으로 피신을 하였습니다.

미구(未久)에 주인 양반이 오더니, 매달아 놓은 상자를 떼어 가지고 쏜살같이 강으로 가서, 큰 돌을 상자에 동여서 물 속에 던졌습니다. 애매한 노파는 외쪽에게 속아서, 곡절 없이 외쪽이 대신으로 목숨을 물 속에 버리게 되었습니다.

외쪽은 멀리 숨어서 이 동정을 살피다가, 얼마 후에 뱃심 좋게 주인 양반의 집을 찾아 들어갔습니다.

안팎에서 깜짝 놀라며,

"너, 어떻게 왔느냐?"

하고 의심이 나서 물었습니다.

외쪽이는 시침을 뚝 떼고,

"네, 제가 수궁(水宮)에 들어갔더니, 그 길로 용왕께서 사위를 삼으셔요. 그리고 주인댁 말씀을 하였더니, 그러면 나가서 모시고 오면 좋은 보패(寶貝)를 많이 드리겠다 하기로, 지금 모시러 왔습니다."

하고 말하였습니다.

이 욕심이 많은 주인은 보패를 준다는 말에 폭 곧이듣고, 온 집안 식구를 데리고 병아리들이 어미닭 좇듯 외쪽의 뒤를 따라섰습니다.

이 양반이 가면서 수궁 일이 궁금하여 계속[13] 묻는데,

"그래 보패는 무엇이 많더냐? 들어가면 얼마나 줄까? 아무쪼록 말을 잘해서 좋은 보패를 많이 얻어 오게 하여라."

하고 잔소리를 합니다.

외쪽이는 점점 주인이 비위에 당기도록,

"네, 용궁 속에는 여러 백간(百間) 창고가 있는데 모두 보패가 가득하

13) 원문에는 '련해'로 표기. '련'은 '連(잇닿을 연)'으로 추정됨.

게 쌓였습니다. 들어만 가시면 아마 한 곳간이야 염려 없이 드리겠지요?" 하고 흐지부지 덮어 버렸습니다.[14]

이 주인의 식구들은 모두 입이 벌어져서 좋아하며 가는데, 부지중(不知中)에 강변에 이르렀습니다. 어떻게 들어갈 것을 물었더니, 외쪽이가 가르쳐 주는데,

"이 삿갓을 머리에 쓰고 눈을 꽉 감고 자꾸 들어가십시오. 깊은 곳에 이르면 용궁 하인들이 마중을 나와서 인도합니다."

하고 삿갓을 씌워주며,

"어서 들어가십시오."

하고 재촉을 하였습니다.

이 어리석은 양반은 장님 파밭에 들어가듯[15] 절벅절벅 물 속으로 들어가서, 점점 깊은 곳으로 쑥 들어가더니 그만 둥실둥실 떠나갔습니다.

외쪽이가 그 가족을 보고 하는 말이,

"저것 보십시오. 용궁 하인이 와서 모셔 갑니다. 어서 차례로 들어가십시오."

하고 재촉을 하여, 그 주인의 부인이며 아들까지 다 물에 떠나가게 되었습니다.

마지막에는 주인 딸 하나가 남았는데, 이 색시가 따라 들어가려 한즉, 외쪽이는,

"얘, 너는 들어가지 말고 나와 같이 집으로 들어가서 기다리다가, 용궁에서 보패를 가져 오거든 부자 노릇을 하자."

하고 꾀어서 데리고 들어가 부부가 되었습니다.

---

14) 원문에는 '푸새를하얏습니다.'로 표기. '푸새하다'는 '풀을 먹이다'의 뜻. '풀을 먹이다'는 '피륙이나 옷 따위에 풀물이 배어 들게 하다'임. 이 말은 지금의 '호도하다(糊塗--)'라는 말을 나타낸다고 볼 수 있다. '호도하다'는 '명확하게 결말을 내지 않고 일시적으로 감추거나 흐지부지 덮어 버리다.'는 뜻이고, '풀을 바른다.'는 뜻에서 나온 말이다.

15) 어림으로 대강 짐작하는 것도 없이 마구 찾아 헤매는 경우를 비유적으로 이르는 말.

이와 같이 외쪽을 학대하던 주인 양반은, 도리어 외쪽의 흉계에 빠져서 온 집안 식구가 물귀신이 되어 버리고, 딸까지 빼앗겼습니다.[16]

16) 이 이야기는 손동인의 저서에 초록되어 있다.(손동인, 『한국 전래 동화 연구』, 정음문화사, 1984, 255~257쪽.) 그리고 『한국구비문학대계』에 <김도령과 막동이>(8-5권, 883~892쪽.), <꾀 많은 막동이>(4-4권, 93~99쪽.), <꾀 많은 하인>(6-4권, 79~83쪽.), <꾀쟁이 하인>(1-1권, 274~276쪽. 763~770쪽.), <꾀쟁이 하인의 사기 행각>(1-1권, 513~522쪽. 2-6권, 311~316쪽.), <막동이>(8-7권, 109~112쪽.), <말썽꾸러기 하인의 꾀>(5-7권, 640~645쪽.), <방학중이와 떡보리>(6-7권, 420~424쪽) 등의 제목으로 10편의 각편이 실려있다.

14. 착한 아우*

옛적에 형제가 같이 사는데, 형이 항상 그 아우를 미워하여 의복과 음식도 잘 주지 아니하며, 잘하고 못함을 물론하고, 무슨 일에든지 몹시 나무라기만 하고 구박이 매우 심하였습니다.

그러나 그 아우는 마음이 대단히 착하여, 형한테 공손히 하며 무슨 일이든지 하라는 대로 잘 시행하였습니다. 하루는[1] 그 아우가 배고픔을 이기지 못하여, 밖으로부터 들어와서 형수를 보고 밥을 달라고 졸랐습니다. 그 형이 듣고 방에서 뛰어와서 소리를 버럭 질러,

"뭐, 이놈아! 밥이 다 무엇이냐?"

하고 화로(火爐)에 꽂히었던 화저(火箸)[2]를 들어서 그 아우의 눈을 찔러서 내어 쫓았습니다.

그 아우는 아픔을 견디지 못하여 손으로 눈을 부둥키고 쫓겨 나와서, 뒷산으로 올라가 종일토록 고통을 당하였습니다.[3] 날이 저물고 밤이 깊어지매 아픈 중에도 생각한즉, '내[4] 신세가 말할 수 없이 가련한 중에 더욱이[5] 눈 하나까지 멀었는지라. 이러고야 차라리 죽느니만 같이 못하니, 나무에 올라가 목이나 매어 달고 세상을 잊는 게 좋겠다.' 하고 높은 나무를 더듬어 기어올라가 앉았습니다. 장차 죽을 작정으로 허리띠를 끄르는데, 별안간에 호랑이 한 쌍이 그 나무 밑으로 '후다닥' 뛰어왔습니다.

이 아우는 그 중에도 이상한 생각이 나서, 죽으려 하던 것을 멈추고 자세히 살펴보았더니, 한참 뛰놀고 장난을 하다가 앉아 쉬며 이야기를

---

* 원문 569쪽. <착한아우>.

1) 원문에는 '一日(일일)은'으로 표기.

2) 부젓가락. 화로에 꽂아 두고 불덩이를 집거나 불을 헤치는 데 쓰는 쇠로 만든 젓가락.

3) 원문에는 '하얏습니다.'로 표기.

4) 원문에는 '自己(ᄌᆞ긔)'로 표기.

5) 원문에는 '尤極(우극)'으로 표기.

하는데,

"얘, 사람들은 아무 것도 모르더라. 저 산봉우리 뒤에 샘물이 있는데, 눈 먼 사람이 씻으면 눈이 떠지는 것도 모르고 장님이 되어서 다니더라."

또 한 호랑이가,

"그럼 사람같이 미련한 것이 또 어디 있다더냐? 그뿐만이 아니다. 그 샘물 있는 데서 좀 내려오면, 큰 바위 밑에 금(金)독 은(銀)독이 파묻힌 것도 모르더라. 참, 내가 사람 같으면 곧 파다가 부자가 되겠다."

하고 지껄이더니 그만 가버렸습니다.

이 아우는 꼭 죽으려 하다가, 이 호랑이의 말을 듣고 다시 생각하되, '진정 그럴 것 같으면 하필 죽을 것이 없다. 그 샘물에 눈을 씻어 고치면 그만이요. 금과 은을 파 가지면 부자가 될 것이다. 하여간 내일 가서 찾아본 후에 죽기라도[6] 하겠다' 하고 허리띠를 도로 매고, 밝기를 기다려서 그 곳을 찾아갔습니다.

과연 샘물이 있으므로 눈을 씻어 보았더니, 말과 같이 멀었던 눈이 즉시 잘 보이게 되고, 좀 내려와서 바윗돌 밑을 파서 보았더니, 금독 은독이 가득하게 묻혔으므로, 일변(一邊) 밭과 논을 많이 사고 큰 집도 짓게 하여 금시에 부자가 되었습니다.

형은 이 소문을 듣고 와서 본즉, 굉장히 잘 사는 고로 이상하고 놀라워서, 아우에게 그 연유를 물었습니다. 아우는 본래 어진 사람이라 조금도 속이지 아니하고, 정직하게 일일이 일러 주었습니다. 형은 욕심이 불길같이 나서, 그 아우더러 자기 눈을 찔러 달라고 하였습니다.

그 아우는,

"그런 당치 않은 생각은 마십시오. 저의 재산을 반분(半分)하여 드릴 터이니, 그런 말씀은 다시 마십시오."

---

6) 원문에는 '죽드라도'로 표기.

하고 무한 만류(挽留)하였으나, 조금도 듣지 아니하고 기어이 자기 손으로 자기 눈을 찌르고, 그 나무를 찾아가서 밤 들기를 기다려 가지고, 나무 위에 올라가 앉아서 호랑이 오기를 기다리고 있습니다.

과연 호랑이가 몰려 와서 장난을 하므로, 이 사람은 대단히 기뻐하였더니, 조금 있다가 이 호랑이들이 코를 쫑긋거리며 냄새를 맡드니,

"얘, 어디서 사람 냄새가 난다."

"참, 글쎄. 어디서 나니?"

하고, 사면(四面)을 찾아보다가 나무 위를 쳐다보고,

"저기 있구나."

하며 껑청 뛰어 올라와서, 물고 내려가서 먹으려다가,

"한번 더 용서하는 것이니, 아우의 말을 잘 들어라."

하고 그만 간 곳이 없어졌습니다.

15. 부자(富者) 되는 법(法)*

어느 시골 한 촌락에 한 농부가 있어, 농사에 근실(勤實)함은[1] 물론이요, 그 외에 부업으로 동절(冬節)에는 짚신 삼기, 자리 매기, 멍석 짜기,[2] 맷방석[3] 만들기를 부지런히 하여, 매년 곡식과 수공품을 팔아서 금전을 많이 만들었습니다.

이렇게 장만한 금전은, 한 푼도 쓰지 않고 꼭꼭 뭉쳐서 깊이깊이 감추었다가, 싸게 파는 밭이나 논이 있으면 슬쩍슬쩍 사서 몇 해를 모았던지, 어언간(於焉間)에 부자가 되었습니다.

그러나 의복 음식은 극히 추악하여, 별로 돈 주고 사먹는 법이 조금도 없으며, 이웃과 친척간에 그 사람의 술 한 잔과 담배 한 대 얻어먹은 일이 없었습니다.

그리하여 동리 사람들이 미워서 별명을 '꿀돼지'[4]라고 하였습니다. 그러나 전답이 많아서 이 땅을 얻어 농사하는 소작인(小作人)이 많은 까닭에, 자연히 권리가 있으므로 미워는 하나 교제를 아니 하지 못하였습니다.

그 동리에 또 한 농민이 있는데, 농사도 그와 같이 하고 부업도 그 사람에게 지지 아니할 만큼 부지런히 하나, 매양(每樣) 빈한(貧寒)하고 곤궁하여, 해마다[5] 같은[6] 모양으로 조금도 모이는 것이 없었습니다.

그리하여 항상 주야(晝夜)로 한탄하다가, 어느 날 졸지에 한 계책을 생

---

* 원문 571쪽. <富者(부쟈)되는法>.

1) 부지런하고 진실함은.

2) 원문에는 '겻기'로 표기. '겯기'로 추정됨. '겯다'는 '대, 갈대, 싸리 따위로 씨와 날이 서로 어긋매끼게 엮어 짜다'는 뜻임. 여기서는 '짜기'로 했음.

3) 매통이나 맷돌을 쓸 때 밑에 까는, 짚으로 만든 방석. '매통'은 '곡물의 껍질을 벗기는 농기구'임.

4) 원문에는 '꿀쏘야지'로 표기.

5) 원문에는 '年年히(년년히)'로 표기.

6) 원문에는 '한'으로 표기.

각하고, 자기와 같이 농업하여 부자가 된 아까 그 사람을 찾아갔습니다.

들어가서 이 말 저 말 하다가 말말 끝에,

"여보시오, 오늘은 노형(老兄)에게 문의할 일이 좀 있어서 왔은즉, 겸사치 마시고 자세히 가르쳐주시기를 바랍니다."

하였습니다.

그 사람이 대답하되,

"내가 무엇을 안다고 가르쳐드리겠소? 어찌하였든지 이야기나 하시오. 들어 봅시다."

이 사람이 말하되,

"내가 농사에든지 부업에든지 힘쓰는 게, 생각하여 보면 노형에게 조금도 질 것이 없는 것 같은데, 노형은 부자가 점점 되고 나는 같은 모양으로 곤란하니, 필시 무슨 방법이 있기에 그러한즉, 아무리 힘이 좀 들지라도 자세히 설명하여 주시면 참으로 적지 아니한 은혜가 되겠습니다."

하였습니다.

그 사람이 듣기를 다 하고 말하되,

"방법이 있기는 하지마는 부자 되는 방법을 아무리 친하기로서니 그저야 가르쳐드리겠소? 친한 처지에 많이 바랄 수야 없으니까, 빚을 질지라도 술 한동이 하고 돼지고기 한 마리만 가져 오면, 다 먹고 자세히 설명하여 드리지오. 공(空)으로는 할 수 없소."

하고 뽐냈습니다.

이 사람이,

"술과 돼지고기를 가지고 오면 과연 속임 없이 명백히 가르쳐주시겠습니까?"

하고 다짐을 받았습니다.

그 사람이 말하기를,

"노형이 정성껏 묻기로, 나도 진심껏 설명하여드리겠다 한 것인데, 왜 이처럼 중언부언(重言復言)하시오?[7] 대단히 이상도 하오. 의심스럽거든 그만 두구려."

이 사람이 깜짝 놀라며,

"그것이 무슨 말씀이오? 내가 의심낼 이치가 있겠습니까?"

하고 작별하고 돌아왔습니다. 즉시 여기저기서 돈을 빌려,[8] 술과 돼지를 장만하여 가지고, 그 이튿날 다시 그 사람을 찾아가서 정답게 인사를 하고 이것을 내 놓았더니, 그 사람이 이 술과 고기를 실컷 먹은 후에 말하되,

"노형의 정성이 이와 같은즉, 불가불(不可不) 가르쳐드릴 수밖에 없소. 그러면 나를 따라 오시오."

하고 데리고 나갔습니다.

이 사람은 웬일인지 알지 못하여, 혹 조용한 곳에 가서 가르쳐 주나하고 따라간즉, 뒷동산으로 올라가더니 큰 나무 밑에 가서 우뚝 서며 하는 말이,

"여보, 이 나무로 올라가시오."

하였습니다.

어찌한 곡절인지는 알 수 없으나, 하라는 대로 동정이나 보리라 하고 나무를 올라가서 묻되,

"그만 올라갈까요?"

"아니요. 제일 높은[9] 가지로 올라가시오."

이 사람이 속에는 퍽 괴이하나 그대로 제일 높은 가지 끝까지 올라가서,

"인제는 어찌하라오?"

하고 물었습니다.

그 사람이 쳐다보고,

---

7) 이미 한 말을 자꾸 되풀이하시오?

8) 원문에는 '東西貸取(동셔대취)를하야'로 표기.

9) 원문에는 '上上(샹샹)'으로 표기.

"그러면 두 손으로 나무 가지를 잔뜩 붙들고 공중에 매달리시오."

그대로 매달렸더니,

"이번에는 한 손을 놓고 한 손으로만 매달리시오."

여기까지는 입에 혀같이 하라는 대로 하였습니다.

언제나 부자 되는 법을 가르쳐줄까 하고, 매우 힘드는 것을 한 손으로 매달려 있는데, 오히려 그래도 다 못하여 이번에는 하는 말이,

"한 손을 마저 놓으시오."

하였습니다.

이 사람이 하도 기가 막혀서 하는 말이,

"여보! 이처럼 높은 데서 한 손을 마저 놓으면 떨어져 죽는 것은 정한 일인데, 나더러 죽으란 말이오?"

하고 소리를 버럭 질렀더니, 그 사람이 웃으며,

"그러면 그만 내려오시오."

하였습니다.

이 사람은 기진(氣盡)하여 억지로 내려와서, 한참 정신이 없어 있다가,

"내가 도깨비에게 홀렸나? 참 어리석은 일이로군. 그래, 이것이 부자 되는 방법이란 말이오?"

"과연 그렇소. 아까 한 손으로 나무 가지에 매달렸을 적에 마저 놓으라 한즉, 만약 놓으면 떨어져 죽을 것은 정한 것이라 아니하셨소? 노형이 부자가 되려거든, 이와 같이 돈이 손에 들어올 때에 나무 가지 잡듯 꽉 잡고 놓지 아니하면 되는 것이오. 돈 없으면 죽는 것은 정한 일이 아니오? 그러한 것을 마음대로 쓰고야 어찌 저축할 수 있겠소? 노형이 농사 범절(凡節)에는[10] 대단히 근실하나, 소출(所出)보다 소비(消費)가 항상 더하여 그러한 것이니, 뒷날에는[11] 지금 말과[12] 같이 실지 시행을 하여

10) 법도에 맞는 모든 질서나 절차에는.

11) 원문에는 '日後(일후)에는'으로 표기.

보시오. 어찌 안 될 이치가 어디 있으리까?"
하였더니 그제야 이 사람이 깨닫고, 깊이 느껴[13] 치사(致謝)를[14] 무수히 하고 돌아갔다 합니다. 무엇이든지 자기 손의 것을 내어 놓으면 또 들어오기는 매우 어려운 일입니다.[15]

---

12) 원문에는 '言論(언론)과'로 표기.

13) 원문에는 '感心(감심)하야'로 표기.

14) 고맙고 감사하다는 뜻을.

15) 이 이야기는 손동인의 저서에 초록되어 있다.(손동인, 『한국 전래 동화 연구』, 정음문화사, 1984, 308~309쪽.) 이와 유사한 이야기가 박희관이 1910년에 저술한 『요지경』(구활자본)에 실려있다. 이에 대해서는 '정명기, 『한국재담자료집성 1』, 보고사, 2009, 107쪽.'을 참조할 것. 그리고 『한국구비문학대계』에 <부자 되는 비결>(6-6권, 394~396쪽.), <부자가 되는 비결>(5-1권, 348~350쪽.) 등의 제목으로 2편의 각편이 실려있다.

16. 곰과 멧돼지*

여러 백년 묵은 곰과 멧돼지가 있었습니다. 이산 저산 돌아다니다가, 우연히 한 곳에서 서로 만나게 되었습니다. 곰이 돼지더러,

"돼지님이시오?"

돼지는,

"네, 곰서방이오? 그러나 어떤 산에 놀아 계시오?"

곰,

"네-, 나는 제주(濟洲)[1] 한라산(漢拏山)에 있습니다."

돼지,

"좋은 곳에서 놀아 계십니다그려. 나의 고향은 산의 조종(祖宗)[2]되는 백두산(白頭山)이올시다."

곰,

"참 큰 산에 계십니다그려. 우리가 오늘날 여기서 이렇게 만나게 되니, 참 반갑습니다."

돼지,

"글쎄올시다. 피차에 다 마찬가지올시다. 오늘 일기(日氣)가 대단히 좋아서 이 곳에서 만나게 되었나 봅니다."

곰,

"우리 서로 남북에 헤어져 있다가, 이렇게 만난 것은 참 적지 아니한 연분(緣分)이올시다. 내가 평생 소원이 세계를 한번 돌아다니며, 인정(人情) 풍토(風土)와 산천(山川) 경개(景槪)를 구경하고자 하였으나, 기회가 없어 못하던 터에 이와 같이 만났으니, 이번에 둘이 동행하시면 어떠하

---

* 원문 573쪽. <熊(곰)과猪(산도야지)>.

1) 지금은 '제주(濟州)'로 표기함.

2) 시조가 되는 조상. 가장 근본적이며 주요한 것을 비유적으로 이르는 말.

십니까?"

돼지가 긴 주둥이를 쩍 벌려 침을 게- 흘리며,

"참 좋은 말씀이올시다. 나 역시 세계를 유람(遊覽)할 마음이 항상 있었으나, 가합(可合)한[3] 동행이 없어서 한탄하던 차에, 그런 말씀 들으니 두말없이 찬성이올시다. 그러면 곧 떠나십시다."
하고 곰과 같이 길을 떠났습니다.

곰과 돼지는 산돌림을 하여 가며,[4] 방방곡곡(方方曲曲)[5]을 뒤져서 경치를 완상(玩賞)합니다. 얼마쯤을 돌아다니다가 곰이 말하기를,

"우리가 이 모양으로 돌아다녀 보매, 관계되는 일 많아서 편리하지 못한 일이 많으니, 본색을 변하여 사람이 됩시다. 나는 한라산 신선에게 변화하는 도술을 배웠으니까 어려울 것 없소."

돼지,

"참 그 생각 잘하셨소. 나도 백두산 도사에게 사람 되는 법을 배웠습니다. 그러면 나는 상인(喪人)이 될 터이니 당신은 무엇이 되시렵니까?"

곰,

"네, 나는 소년이 되겠습니다."
하고 곰과 돼지는 묘한 소년과 늙은 상인(喪人)으로 변하여 다시[6] 돌아다닙니다.

하루는[7] 날이 저물어 한 촌락을 찾아 들어가서, 주인을 보고 하룻밤 자기를 청한 후에, 저녁밥을 먹고 곤함을 이기지 못하여 곧 자려 하였더니, 홀연히 이웃집에서 곡성이 슬프게 났습니다.

---

3) 무던히 합당한.

4) 산을 차례대로 돌아가며.

5) 한 군데도 빠짐이 없는 모든 곳. '방방곡곡(坊坊曲曲)'으로 씀.

6) 원문에는 '再次(직ᄎᆞ)'로 표기.

7) 원문에는 '一日(일일)은'으로 표기.

대단히 괴이하므로 주인에게 그 연고(緣故)를 물었습니다.

주인 대답이,

"다름이 아니라 이 뒷산 밑에 큰 굴 하나가 있는데, 그 속에 여러 해 묵은 큰 게가 있어서, 장난이 심하고 인명을 많이 상해(傷害)하므로, 동리 사람들이 이것을 방어하기 위하여, 해마다 사람 하나씩을 갖다가 굴 앞에 놓고 제(祭)를 지내는 전례(傳例)[8]가 되었습니다. 그리하여 집집마다 돌려가며 사람 하나씩을 보내기로 작정이 되었는데, 이번에는 저 우는 집 차례가 되었습니다. 아마 그 집 색시 아이를 보내게 된 까닭에, 그와 같이 서러워서[9] 우나 봅니다."

하고 설명을 하여 들려 주었습니다.

돼지가 이 말을 듣고, 마음에 참혹도 할뿐 아니라[10] 일변(一邊) 게의 소행이란 말을 들은즉, 괘심하고 분한 생각이 나서 곰을 보고,

"저런 소리를 듣고 구원치 않을 수 없으니, 우리 그 게란 놈을 없애버리고 또 그런 폐단이 없게 하겠으니, 내 갔다 오리다."

하고 그 집으로 가서 주인을 찾았습니다.

주인은 얼굴에[11] 근심을[12] 띄우고 눈물을 흘리며 나왔습니다. 인사를 청하고 곡절을 물은즉, 과연 틀림이 없으므로, 돼지는 주인을 대하여,

"염려 마시오. 내가 장담하고 따님을 구하여 드릴 터이니, 서러워 마시고 같이 들어가십시다."

하고 청하였습니다.

주인은 곧 데리고 들어가서 딸과 면회를 시켰습니다. 돼지는 색시를 보고,

---

8) 예로부터 전하여 내려오는 일 처리의 관습. 前例. 先例.

9) 원문에는 '설어서'로 표기.

10) 원문에는 '더러'로 표기.

11) 원문에는 '顔面(안면)에'로 표기.

12) 원문에는 '愁色(수식)을'로 표기.

"얘, 울지 마라. 내가 너를 도와 줄 터이니 나 하라는 대로만 하여라. 너의 옷을 나를 주면 내가 대신 입고 가겠다. 그러면[13] 너는 나의 옷을 입고 숨어 있거라."
하고 옷을 바꿔 입었습니다.

그 이튿날 과연 동리 사람들이 딸 아이를 데리러 왔으므로, 돼지는 색시 모양으로 있다가 이 사람들을 따라가서, 굴 앞에 앉아 기다리고 있었습니다.

조금 있더니 음냉(陰冷)한 기운이 굴 속에서 쏟아져 나오며, 흉악한 게 한 마리가 앞발을 쳐들고, 자기를 향하여 달려들었습니다. 돼지는 색시 형상을 벗고 본 모습이[14] 되어서, 팔뚝같은 날카로운 좌우 어금니로 달려들며 냅다 물려고 하였습니다. 달려든 게도 여기에는 혼이 나서, 그만 굴 속으로 쫓겨 들어가서 숨었습니다. 돼지는 그 게를 잡아 죽이지 못한 것을 분히 여기고 돌아갔습니다.

그 이튿날 곰과 돼지는 또 다시 길을 떠나서 가는데, 앞에 큰 내를 만났습니다. 마침 다리도 없고 배도 없으므로, 건너갈 일을 생각하다가 거북으로 변하여 가지고 헤엄을 쳐서 물을 건너갑니다. 중간쯤에 이른즉, 큰 거북 하나가 오므로, 서로 인사를 하고 어디를 가느냐고 물었습니다. 이 거북 대답이,

"네-, 저 건너 산에 있는 게가 어저께 아주 심하게 다쳤다고[15] 통지(通知)가 왔으므로, 친한 터에 그냥 있을 수가 없어서, 진찰이나 하고 약을 붙여서 치료하여 주려고 갑니다."
하고 말하였습니다.

두 거북은,

---

13) 원문에는 '그리거든'으로 표기.

14) 원문에는 '本像(본상)이'로 표기.

15) 원문에는 '重傷(중상)을하얏다고'로 표기.

"네-, 그렇습니까? 참 좋은 일 하십니다. 우리도 피차에 친한 터이니, 같이 가서 위문함이 어떻습니까?"
하고 물었더니, 거북은,
"참 좋은 말씀이오. 그러면 같이 가십시다."
하고 두 거북을 데리고 굴까지 갔습니다.

먼저 들어가서 게를 보니 과연 크게 다쳤으므로, 인사를 한 후에 밖에 두 친구가 문병하려 옴을 말하였더니, 게가 들어오라 하므로, 이 거북은 나와서 두 거북을 안내하여 들어갔습니다.

두 거북은 들어가며 곧 곰과 돼지로 변하여, 그 게를 물어서 조각조각 내어 죽였습니다. 이 동리에 대하여는 이런 적선(積善)이 또 어디 있겠습니까? 곰과 돼지는 도로 소년과 상인(喪人)으로 변하여 가지고, 그 길로 동리 사람을 찾아보고 그 게의 죽여 없앤 일을 말하였습니다. 모든 사람들이 기뻐하며 모두 몰려와서, 굴 속을 조사하여 보고, 정말 게가 죽어서 조각조각이 났음을 보았습니다. 동리 사람들은 축하도 할 겸 보은(報恩)도 하기 위하여 의논한 결과 연회(宴會)를 열기로 하였습니다.

연회를 연 뒤에 상인(喪人)과 소년을 청하여, 무수히 치사하고 소원을 물었습니다. 두 사람의 대답이,
"우리는 아무 것도 싫고 소 두 마리만 잡아 달라."
하였더니 당장에 백정을 불러 황소 두 마리를 잡아서 갖다 놓았습니다.

두 사람은 도로 곰과 돼지로 변하여, 그 황소 고기를 다 먹고 자기 갈 곳으로 갔습니다. 동리 사람들은 하도 이상하므로 생시인지 꿈인지를 알지 못하였습니다.

17. 오작교(烏鵲橋)*

옛적에 옥황상제(玉皇上帝)께서 따님 한 분을 두었는데, 외모가 어여쁘고 재질(才質)이 특이하였습니다. 그런데 항상 비단 짜기를[1] 좋아하므로, 상제께서 이름을 '직녀(織女)'라 하시고 대단히 귀애(貴愛)하셨습니다. 차차 연광(年光)이 차매, 다른 별나라의 '견우(牽牛)'라 하는 선인(仙人)과 같이 배필을 삼게 하였습니다. 이 어른은 어렸을 때부터 소를 매우 사랑하여 매양 끌고 다니는 고로 이름을 견우라 하였습니다.

견우와 직녀는 부부가 되어 가지고 옥황상제 앞에서 무수한 총애를 받으니, 견우가 점점 마음이 교만하여가며 장난이 심해져서, 상제의 명령을 조금도 듣지 아니하고 자기의 마음대로 여러 가지 못된 짓을[2] 다 했습니다. 그래서 상제께서 대단히 분노하여 견우와 직녀로 하여금 귀양을 보내게 하였습니다.

견우는 남극으로 직녀는 북극으로 영구히 보내되, 일년에 한번씩 칠석(七夕)날에 만나보게 함을 용서하셨습니다. 그러나 이 남극과 북극이 어찌 멀든지, 갔다가 오기에만 일년이 걸렸습니다. 또 천신만고(千辛萬苦)[3]하여 갔다가 오더라도, 중앙에 은하수(銀河水)라 하는, 대단히 눈이 현황(眩荒)하게 비치는 큰 하수(河水)가 있어서, 건너지도 못하고 물 좌우편에 서서 멀리서 서로 얼굴만 바라볼 뿐이오, 음성을 내서 이야기 한마디 하지도 못했습니다. 그래서 견우와 직녀는 슬픔을 이기지 못하여 눈물을 흘리며 울었습니다.

그런데 그 눈물이 이 세계에 떨어지면, 폭풍우로 변하여 갑자기 홍수

---

* 원문 576쪽. <烏鵲橋(오작교)>.

1) 원문에는 '쌋키를'로 표기.

2) 원문에는 '諸般惡症(졔반악증)의짓을'로 표기.

3) 천 가지 매운 것과 만 가지 쓴 것이라는 뜻으로, 온갖 어려운 고비를 다 겪으며 심하게 고생함을 이르는 말.

가 일어나므로, 식물이며 동물 할 것 없이 모두 칠석날이 되면 큰 변을 만나게 되어서, 대단히 곤란한 지경에 이르렀습니다.

그리하여 어느 해에 여러 만물들이 모여서 회의를 열고, 이 홍수의 방비할 도리를 여러 가지로 의논한 결과, 칠석날에 폭우가 오는 것은 견우와 직녀가 은하수를 건너지 못하여 슬피 우는 눈물이니, 올라가서 다리를 놓는 것이 제일 좋은 방법이라 했습니다. 그래서 까막까치로 하여금 은하수에 가 다리를 놓게 결정이 되었습니다.

오작(烏鵲)은 이 때부터 매년 이날이 되면, 세계의 만물을 대표하여 은하수로 올라가서, 돌을 머리로 이고 날라다가 임시로 오작교를 놓아서, 견우와 직녀가 다리를 건너서 서로 만나보게 하였습니다. 그 후부터는 폭우와 홍수를 모면하게 되었다 합니다.

그러므로 지금도 칠월칠석이면 오작을 보기가 어렵고, 칠석 후(後)는 오작의 머리털이 빠져서 꺼칠하다 합니다. 또 이날 아침과 저녁에 오는 비는, 견우와 직녀가 처음 만났을 때에 기뻐서 우는 눈물과, 또 작별할 때에 슬퍼서 우는 눈물이 땅에 떨어지는 것이라 합니다.

18. 별주부(鼈主簿)*

사해(四海) 용왕(龍王) 중에 광덕왕(廣德王)이라 하는 용왕이 홀연 병을 얻으니, 탕약(湯藥)이며 환약(丸藥)이며 온갖 약을 지성(至誠)으로 복용하여, 여러 가지 치료를 다 하여 보아도 조금도 병세가 덜해지지[1] 아니하고, 갈수록 점점 더 심하여 갔습니다.

좌우에 여러 신하며 모든 황족들이 궁중에 모여서, 전국에 유명한 의사(醫師)들을 불러 가지고, 용왕의 병을 기어코 치료를 잘하여 완쾌되기를[2] 의논하였습니다.

그 중에 고명(高明)한[3] 의사 하나가 말하되,

"금번 대왕의 병세가 대단히 괴상하여, 수중 약품으로는 도저히 고치기가 어려우시니, 육지에 나가서 좋은 약 한 가지를 얻어다 쓰셨으면 곧 쾌차하실 줄 압니다. 그러나 그 약으로 말하면, 산속에 있는 산토끼의 간이 아니면 소용이 없으므로, 얻기가 극난(極難)합니다.[4]"

하고 의견을 제출하였습니다.

용왕이 이 말을 들으시더니, 여러 신하를 대하여,

"나의 병이 대단히 위태한데 저 의사의 말이 산토끼 간이 약이라 한즉, 누가 나를 위하여 토끼를 얻어 오겠나뇨? 만일 나의 병만 낫게 하여 주면, 그 은공은 후하게 갚아줄 것이니, 가련한 나의 생명을 구하여 주기 천만(千萬) 바라노라."

하고 공포(公布)하였습니다.

좌우에 있던 여러 신하들이 물끄러미 물끄러미[5] 서로 보기만 하고 아

---

* 원문 577쪽. <鼈主簿(별쥬부)>.

1) 원문에는 '減勢(감세)함이보이지'로 표기.

2) 원문에는 '全快(젼쾌)케하기를'로 표기.

3) 고상하고 현명한.

4) 몹시 어렵습니다.

무 응답이 없더니, 그 중[6] 말석(末席)에 있던 별주부가 나와 아뢰어[7] 장담하되,

“대왕께서 이처럼 간절히 말씀을 하시는데, 평일에 녹봉[8]만 많이 먹고 권리 다툼만 하던, 소위 국가의 책임을 가진 대관(大官)들이 이렇다 말 한마디가 없은즉, 참 가통(可痛)할[9] 일이올시다. 소신(小臣)이 비록 미관(微官) 말직(末職)이나 저에게다 책임을 명령하시면, 죽을 힘을 다하여 육지에[10] 가서 토끼를 얻어 대왕께 바치겠습니다.”

하고 아뢰었습니다.

용왕이 기뻐하시며,

“참 너의 말이 가위 충심의 말이다. 아무쪼록 토끼를 얻어 오면, 그 공로는 특별히 보답하마.”

하고 거북으로 하여금 집토관(執兎官)[11]을 명하였습니다.

별주부가 즉시 출발코저 하다가 다시 생각하되, 토끼라 하는 말을 들었으나 한 번도 본 적이 없으므로 화본(畵本)을 청하였습니다.

급급히 화공(畵工)을 불러 들여서 토끼의 화상(畵像)을 그리게 하였습니다. 두 귀는 빨죽 두 눈은 똥굴동굴, 인중[12]은 짧고 수염은 빠지고 털은 포곤포곤, 앞다리는 짧고 뒷다리는 긴데, 꽃나무 숲 가운데로[13] 깡통깡통 뛰고 다니는 형상을 한붓으로 그려서, 별주부에게 주었습니다.

---

5) 원문에는 ‘물그럼물그럼’으로 표기.

6) 원문에는 ‘其中(기즁)’으로 표기.

7) 원문에는 ‘出班奏(츌반쥬)하야’로 표기.

8) 원문에는 ‘祿奉(록봉)’으로 표기. 벼슬아치에게 일 년 단위로나 계절 단위로 나누어 주던 쌀, 콩, 보리, 명주, 베, 돈 따위. ‘봉(奉)’은 ‘봉(俸)’으로 씀.

9) 통탄할 만한.

10) 원문에는 ‘大陸(대륙)에’로 표기.

11) 토끼를 잡는 관리.

12) 코와 윗입술 사이에 오목하게 골이 진 곳. 人中. 원문에는 ‘님중’으로 표기.

13) 원문에는 ‘花林叢中(화림총즁)으로’로 표기.

별주부는 토끼의 화본을 받아서 깊이깊이 감추고, 목을 길게 빼고 네 발로 헤엄을 쳐서 넓으나 넓은 바다를 둥실둥실 떠서, 얼마쯤을 나와서 육지에 도착하였습니다.

육지에 올라와서 깊은 산 속을 이리저리 엉금엉금 찾아다니며, 온갖 짐승을 보는 대로 화본과 비교하여 보되 도무지 같은 것이 없었습니다. 태양은 서산에 걸치고 바람은 쌀쌀하게 불어서 나무 가지를 한들한들 흔드는데, 싸리나무 수풀 속으로부터 한 짐승이 깡통깡통 뛰어 나오는데, 두 귀를 발족 쳐 들고 입을 쫑긋쫑긋하며 사면(四面)을 요리조리 살펴보며 내려오는 것을 보았습니다.

급급히 화본과 대조하여 보았더니, 틀림없이 토끼가 분명하므로 대단히 기뻐서 생각하되, '저놈을 어떻게 청하여야 반갑게 듣고 얼핏 올꼬? 만일 듣기에 귀가 거슬려서 감정이 날 것 같으면, 만나 보지도 못할뿐더러 목적한 일이 낭패 되기가 십중팔구니, 아무쪼록 존경하리라.' 하고 앞발을 번쩍 들고 뱀의 머리 같은 목을 길게 빼서,

"여보시오, 토끼 할아버지!"

하고 크게 불렀습니다.

토끼가 이 소리를 듣더니, 이상히 여겨서,

"무엇이 날더러 할아버지라 하오?"

하고 두 귀를 빨쪽 쳐 들고 사방을 살펴서 보았습니다.

이 때에 거북은 다시 큰 목소리로,

"토끼 할아버지!"

하였더니 토끼는 비로소 깨닫고 바라보았습니다. 무엇인지 처음 보는 물건이데, 검고 넓적한 짐승이 뱀같은 목을 기다랗게 빼고 공손하게 예(禮)를 하더니,

"초면에 대단 실례올시다마는, 조금 여쭈어 볼 말씀이 있기로 당돌히 청하였사오니, 용서하여 주시고 잠시 담화(談話)하시기를[14] 바랍니다."

하고 말하였습니다.

토끼가 이 거동을 보고, 꼴에 비하여 인사하는 법이며 수작하는 것이 제법이므로, 그만 앙천대소(仰天大笑)하며,

"대체 너의 이름이 무엇이냐? 쇠똥 같기도 하고 전병(煎餠) 조각 같기도 한 것이, 익살만 피우는구나."

하고 물었습니다.

별주부 생각에는 자기를 능멸(凌蔑)히 여겨서 희롱하는 것이 매우 분하나, 목적을 이루기[15] 위하여 십분(十分)[16] 참고 음성을 유순(柔順)하게 하여,

"초면에 농담도 너무하십니다. 잠깐만 앉으십시오. 차차 이름도 가르쳐 드리고 여기 온 까닭도 말씀하겠습니다."

하고 말하였습니다.

토끼는 방정맞게 탈삭 앉으며,

"그래, 실례했소. 성명이 무엇이오?"

하고 재차 물었더니 별주부가 대답하되,

"나는 수궁 용왕을 모시고 있는 별주부올시다."

토끼는,

"나는 산중 호걸의 토선생이라 하오. 그런데 수궁에 있는 어른이 무슨 일로 이곳에 오셨소?"

하고 물었습니다.

별주부는,

"네, 다름이 아니오라, 우리 수궁 용왕에 공주 한 분이 계신데, 인물이 천하에 절색이오, 총명과 덕행과 재능이 모두 범인(凡人)에 지납니다. 그

---

14) 이야기하시기를.

15) 원문에는 '達(달)키'로 표기.

16) 아주 충분히.

리하여 용왕께서는 합당한 부마(駙馬)를 구하고저 하시나, 수중에는 지금까지도 부마될 만한 자격 가진 자를 얻지 못하였습니다. 그러나 용왕께서 토선생의 고명(高名)하심을 들으시고, 나로[17] 하여금 모셔 오라 하여, 이와 같이 온 것이올시다. 나와 함께 가셔서 부마가 되시고 부귀를 누리는 것이 어떠하십니까?"
하고 설명을 하였습니다.

토끼가 이 말을 듣고 대단히 반가우나, 반신반의(半信半疑)하여 또 묻되,

"그대의 말이 사실일 것 같으면 좋거니와, 만일 그렇지 못하면 그런 망신이 어디 있겠소? 차라리 수치하느니보다 아니 가는 것이 좋을 듯 하오."
하였습니다.

별주부는 큰 소리로 맹세를 하되,

"일국의 대사(大事)를 어찌 추호(秋毫)라도[18] 속일 이치가 있습니까? 만일 그와 같이 의심하시고 결단치 못하시면, 어찌 산중 호걸이라 하겠습니까? 용왕께 가서 그대로 말씀하와 파혼되게 하겠습니다."
하고 쾌쾌(快快)하게[19] 말하였습니다.

토끼는 이 말을 듣고 바싹 곧이듣고 행여나 낭패가 될까 염려하여,

"여보, 별주부. 그러면 저 망망(茫茫)한 대해(大海)를 어떻게 들어간다는 말씀이오?"
하고 걱정을 하였습니다.

별주부가,

"그것은 조금도 염려 말으시오. 여기서 바라보기에는 무서운 것 같으나, 들어만 가면 육지보다도 몇 배나 더 좋습니다. 내 등에만 업히시면 순식간에 도달할 터이니, 두말 마시고 어서 등에 업히십시오."

---

17) 원문에는 '날로'로 표기.

18) 조금이라도.

19) 굳세고 씩씩하여 아주 시원스럽게.

하고 재촉을 하였습니다.

토끼는 좋아서 거북 등에 덥석 업혔더니, 별주부 역시 자기 목적을 도달하였으므로, 기쁨을 띠우고 만경창파(萬頃蒼波)에 둥실둥실 떠서 수궁을 향하여 들어갔습니다.

용궁 문전을 당도한즉, 금은 보패로 만든[20] 궁궐이 찬란하고 굉장한데, 궐문 앞에는 여러 물짐승들이 창검을 가지고 경계가 엄중하였습니다.

거북이 업힌 토끼를 내려놓고, 잠시 문전에서 기다리라 하고 궁중으로 들어가더니, 얼마 후에 웬 어귀(魚鬼) 무리가 몰려 나와서, 토끼의 두 귀를 반짝 들어 끌고 뒤에서는 꼭지를 집어 풍우같이 몰아다가, 용왕 있는 전각(殿閣) 앞에 꿇어앉히고 토끼 잡아 들였다고 고하였습니다.

토끼는 혼이 빠져서 어찌 할 줄을 모르고 가만히 있었더니, 홀연히 전상(殿上)에서 큰 소리로,

"네가 토끼냐?"

하고 물었습니다. 토끼가 정신을 차려서 쳐다본즉, 용왕은 용포(龍布) 금관(金冠)으로 용상(龍床)에 앉아 있고, 잉어, 숭어, 방어, 대구어(大口魚), 고래 같은 것이 좌우에 늘어섰고, 별주부는 그 중 말석에 엎디어 있는데,

용왕이 말하되,

"짐(朕)이 무슨 병인지 알 수가 없으나, 의사의 말은 토끼의 간이 약이라 하기로 너를 불러 온 것이다. 공연한 목숨을 뺏기는 것이 원통하나, 나를 위하여 생명을 버릴 수밖에 없다."

하고 여러 신하들에게 명령하여, 토끼를 결박하고 배를 갈라서 간을 꺼내 올리라 하였습니다.

토끼가 생각한즉 별 수 없이 꼭 죽었으므로, 한 계책을 생각하여 가지

---

20) 원문에는 '만긴'으로 표기. '만들다'의 강원, 경기, 경상, 전남, 충청, 함북 방언인 '맹글다'와 관련있는 낱말로 추정. '맹글다'는 지역에 따라 '만글다', '망글다'로도 사용됨. '만든'의 뜻인 '만근'이 '만긴'으로 된 것 같음.

고 용왕을 쳐다보며,

"대왕은 나의 간을 얻고자 하여 이와 같이 죽이려 하시나, 당장은 뱃속에 갖지 아니하였습니다. 그것은 다름이 아니라, 저는 본래 보름 앞에는[21] 간을 복중(腹中)에 두고, 보름 뒤에는[22] 간을 꺼내서 바위 틈에 두었다가 잘 때만 넣고 자는 까닭에, 지금은 산에 두고 와서 없습니다."
하고 말하였습니다.

용왕과 좌우에 있던 여러 신하들이 모두 꾸짖되,

"요 요악(妖惡)한 놈아! 네가 꾀로 생명을 구하려고 그와 같은 거짓말을 하는 것이나, 도저히 용서할 수 없다."
하고 빨리 간을 꺼내라고 호령을 하였습니다.

토끼가,

"없는 간을 억지로 죽이시면 생명만 살해될 뿐이오, 무슨 이익이 있습니까? 도리어 대왕의 병환에 쓸 약을 얻지도 못하고 말 따름이니, 차라리 소인을 살려 주셔서 별주부와 같이, 간 둔 곳을 가서 가져 오게 하시는 것이 좋지 아니합니까? 만일 믿지 못하시거든 소인의 분문(糞門)을 조사하여 보시면 확실한 증거가 분명히 있습니다. 구멍이 셋 있는데, 한 구멍은 대변하는 것이옵고, 한 구멍은 소변하는 것이옵고, 또 한 구멍은 간을 넣었다 꺼냈다 하는 구멍이올시다. 자세히 보시고 마음대로 죽이시고 낭패를 하든지, 살리시고 간을 얻어 잡수시든지 하십시오."
하고 분문(糞門)을 내놓았습니다.

여러 신하들이 들여다본즉, 과연 구멍이 셋이 있으므로, 인제부터는 토끼를 잘 달래 가지고 간을 얻고자하여, 결박하였던 것을 끄르고 무례히 한 것을 사과하며 좋은 음식을 차려서 잘 먹이고, 별주부와 함께 간을 가져 오라고 출발케 하였습니다.

---

21) 원문에는 '先(션)보름에는'으로 표기.
22) 원문에는 '後(훗)보름에는'으로 표기.

토끼는 용왕께,

"꼭 간을 갖다가 드릴 터이니 상이나 많이 주십시오. 빨리 다녀오겠습니다."
하고 거북 등에 업혀서 감옥[23] 모면한 것을 기뻐하며, 넓은 바다를 출렁출렁 나왔습니다.

육지에 도착하여 거북이 내리라 하매, 토끼는 정신이 반짝 나서 깡통 뛰어내리면서,

"애고! 인제는 내가 살았구나. 이 흉악하고 괴악한 놈아! 네가 나를 꾀여다가 간을 꺼내려고 한다는 말이냐? 너희들이 아무리 약은 체 하여도 나한테 속았다. 이 곰같이 미련한 놈들아! 간을 꺼내 놓고 다니는 짐승이 어디 있단 말이냐? 이놈아! 어서 너 갈 데로 가거라. 소행(所行)을 생각하면 당장에 때려 죽일 터이나, 너도 너의 용왕을 위하여 그와 같이 한 것이니, 너의 충심을 생각하여 용서하여 보낸다."
하고 뺨을 한번 몹시 부치고 자기 갈 곳을 깡통깡통 뛰어갔습니다.

거북은 어찌 몹시 얻어 맞았던지, 그 때부터 목이 들락날락하게 되었다 합니다.

물론 무슨 일이든지 남을 속이려 하면 자기도 속는 법이오, 정당한 일을 행하면 결코 남이 자기를 속이는 일이 없는 것입니다.

---

23) 원문에는 '監獄署(감옥서)을'로 표기.

19. 두건(頭巾) 쓴 고양이*

어떠한 사람이 고양이 새끼 한 마리를 사랑하여 기르는데, 조석(朝夕) 밥상을 받아서 먹을 적마다 고기 반찬과 맛있는 음식을 항상 먹여서 길렀습니다. 고양이는 습관이 되어서, 밥 먹을 때면 으레[1] 상 옆에 와서 주기를 바라고 쳐다보고 앉았다가, 혹 잊고 미처 주지 못하면 '야옹야옹' 하고 졸라서 얻어먹고 자라났습니다.

어느 해에 그 주인이 우연히 병이 들어서 시름시름 앓기를 여러 달 하여, 사방으로 어진 의사를 청하여 진찰하고 여러 가지 약을 써도 도무지 효력이 없고, 조금도 병세가 덜하지 않더니,[2] 어떠한 의원이 말하되,

"이 증세에는 어떤 약을 쓰든지 소용이 없을 것입니다. 다만 한 가지 좋은 것이 있으나 별안간에 얻으실 일이 걱정이올시다. 쓰기만 하시면 즉시 쾌차하시겠지마는 얻기가 극난(極難)입니다."
하고 걱정을 하며 입맛을 다시고 있었습니다.

주인은 이 말을 듣더니,

"대체 그 약이 무슨 약이기에 그렇게 얻기가 어렵단 말씀입니까? 속히 이름이나 가르쳐 주십시오."
하고 물었습니다.

의사 대답이,

"다른 것이 아니라 쥐 천 마리를 얻어 잡수시면, 그 후는 곧 쾌복(快復)되실[3] 것입니다."
하고 일러 주고 갔습니다.

---

* 원문 581쪽. <頭巾(두건)쓴고양이>.

1) 원문에는 '依例(의례)'로 표기.

2) 원문에는 '減勢(감셰)가업드니'로 표기.

3) 병이 나아 건강이 완전히 회복될.

병인(病人)은 집안 식구를 모아 놓고 쥐 천 마리 얻을 공론을 하나, 도무지 도리가 없어서 모두 걱정만 하고 종내(終乃)에는[4] 운명할 일을 탄식하고 있었습니다.

고양이가 그 옆에 앉아서 그 광경을 보더니 혼잣말로,

"옳지. 내가 이 기회를 타서 주인의 은혜를 보답하겠다."

하고 밖으로 뛰어나갔습니다.

어디 가서 상인(喪人)의 두건 하나를 얻어 가지고 들어와서, 머리에 뒤집어쓰고 쥐구멍을 찾아가서 쥐 나오기를 기다리고 앉았습니다.

얼마 있더니 쥐 한 마리가 나오다가, 고양이의 노리고 앉은 것을 보고 그만 놀라서 튀어들어갔습니다. 조금 있다가 다시 궁금한 생각이 나서 가만가만 나와서 구멍 밖으로 대가리를 내어밀고, 고양이가 있나 없나를 탐지하려고 쫑긋쫑긋하며 내다보았습니다.

이 때에 고양이가 보고 소리를 질러 꾸짖되,

"네, 요놈! 아무리 요망한 땅구멍 속으로만 숨어서 다니는 놈이기로, 내가 요새 당고(當故)를 하여[5] 상제(喪制)로 있는데, 너의 무리가 한놈도 와서 조상(弔喪)하는 것을 보지 못하니 그런 변이 어디 있단 말이냐? 만약 일향(一向) 그리할 것 같으면, 너희가 아무리 땅 속으로 숨어 다닌다 하더라도, 내가 모군(募軍)[6]을 불러서 괭이나 곡괭이로 땅을 모조리 파가며, 모조리 한 놈도 남기지 아니하고 몰살을 시키겠다!"

하고 호령하였습니다.

쥐는 그만 겁이 나서 쫓겨 들어가서, 여러 쥐를 불러서 회의를 열고 이 일을 상의하였더니, 그중에 국량(局量)[7] 있는 쥐 몇놈이 말하되,

---

4) 끝내는.

5) 부모의 상(喪)을 당하여.

6) 모군꾼. 공사판 따위에서 삯을 받고 일하는 사람.

7) 남의 잘못을 이해하고 감싸 주며 일을 능히 처리하는 힘.

"여보아라, 그렇지 않다. 수인사 대천명(守人事待天命)[8]이란 말도 있은즉 제 아무리 악독한 놈이기로 조례(弔禮) 간 것이야 설마 해(害)할 리가 있느냐? 만약 의아(疑訝)하여 아니 가면 우리들이 도로 전멸을 당할런지도 모르니, 내 먼저 나가서 조례를 하고 저놈의 동정을 보고 들어오겠다." 하고 구멍 밖에 썩 나왔습니다.

고양이는 여전히 두건을 쓰고 앉아서, 조금도 잡아먹고자 하는 태도가 보이지 않음으로, 쥐는 맘을 놓고 앞으로 가서 절을 하고 조상을 분명히 한 후,

"무식하여, 존위(尊位)께옵서 상사(喪事) 당하신 후 즉시 조례를 못하였사오니, 만만(萬萬)[9] 죄송이올시다. 용서하여 주시옵기 간절히 바랍니다." 하고 사죄하였습니다.

고양이는 극히 공손한 태도로 조례를 받으므로, 이 쥐는 마음에 대단히 기뻐서 즉시 돌아와서 여러 쥐에게 공포하기를, 조금도 의혹할 바 없으니 속히 들어가서 조상(弔喪)하고 오라 하였습니다.

여러 쥐는 번차례(番次例)로[10] 가서 인사를 하고 오되, 고양이는 대우(待偶)를 여전히 하더니 나중에 하는 말이,

"여러분은 수가 많고 나는 독신(獨身)이므로, 일일이 답례하기가 대단히 곤란한즉, 다른 방침을 차려야하겠소. 좀 실례의 말씀이나, 여러분의 종족을 모두 일시에 훈련원(訓練院)[11] 넓은 마당으로 청하여 가지고 한번에 조례를 받게 함이 좋으니, 모일(某日) 모시(某時)에 일제히 오심이[12] 어떠시오?"

---

8) 사람이 제 할 일을 다 하고 그 이상의 것은 하늘에 맡긴다는 뜻. 수(守)는 주로 수(修)로 씀.

9) 아주.

10) 돌려 가며 갈마드는 차례로.

11) 조선시대 군사의 시재(試才), 무예의 훈련 및 병서(兵書)의 습독(習讀)을 관장하기 위해 설치되었던 관서. 1907년 한일신협약(韓日新協約)의 체결에 따라 해산되었다.

12) 원문에는 '來集(릭집)케하심이'로 표기.

하고 청하였습니다.

여러 쥐들도 그것이 편리할 듯하여 고양이에게 곧 응낙하여 약조하고, 각처에 있는 쥐에게 이것을 통지하였습니다.

약조한 날이 되매, 과연 사면 팔방에서 쥐무리가 훈련원을 향하여 연이어서 몰려들어, 넓은 마당이 가득하게 되었습니다.

그 때에 고양이는, 마침 다른 동무 고양이 수십 마리를 미리 불러서 보이지 않는 곳에 매복하여 두었다가, 여러 쥐가 다 와서 정렬하고 고양이 오기를 기다릴 때에, 두건 쓴 고양이는 조상 받으러 가는 것같이 한가운데로 점잖게 들어갔습니다.

이 고양이가 높은 곳에 올라서더니 갑자기 큰 소리를 질러서, 매복하였던 고양이들을 모두 불렀습니다.

이 고양이들이 튀어 나오며 냅다 쥐를 물어 죽이기 시작을 하더니, 잠깐 동안에 수천 마리가 되었습니다. 이 고양이가 집에 돌아와서 집안 사람의 의복을 물어 잡아당기므로, 괴이하여 끌려가서 보았더니, 쥐를 잡아 놓은 것이 여러 천 마리이므로, 그만 기뻐서 즉시 짐꾼을 불러 갖다가 약에 쓰고 과연 병이 쾌차하게 되었다 합니다. 이 고양이의 보은(報恩)하는 마음이 어떠하며 꾀가 어떠합니까?

20. 유복자(遺腹子)의 효성(孝誠)*

옛적에 한 부인이 있었는데, 일찍이 과부가 되고 유복자 하나를 두었습니다. 이 아이가 점점 자라서 십여 세가 되드니, 부친의 형용(形容) 보지 못함을 한탄하며, 다만 그 모친 섬기기를 지성(至誠)으로 하였습니다.

어언간(於焉間)에 나이가 이십이 넘으매, 그 모친조차 우연히 병을 얻어 세상을 이별하므로, 정성을 다 하여 삼년상을[1] 받들었습니다. 그 후로는 어디를 가든지 항상 생각하되,

"내가 세상에 나온 후에, 도무지 부친의 얼굴을 보지 못하여 평생에 남은 한(恨)[2]이 되고 원통하던 차에, 부친 삼아 섬기는 모친조차 돌아가시고, 세월이 덧없어 삼년상까지 지냈으니 부모에게 의지할 곳이 영영 없구나."
하고 슬퍼하며 눈물을 금치 못하였습니다.

하루는 어디 출입을 하였다가 집으로 돌아오는 길에, 한 산모퉁이를 돌아오자니까 웬 조그마한 돌부처 한 개가 있음을 보고, 곧 집어 안아 가지고 집으로 돌아왔습니다.

집으로 돌아와서는 곧 자기 집 후원에다가 집 한 간을 정결(淨潔)하게 짓고, 그 부처를 위하여 놓고 부친이라 일컬으며, 부부가 목욕을 정히 한 후 새옷을 갈아입고, 제물(祭物)을 차려 놓고 현신(見身)[3]하는 예(禮)를 마친 후에, 받들기로 하였습니다.

날마다 아침이면 들어가서,

"안녕히 주무셨습니까? 간밤에 춥지나 아니하셨습니까? 오늘은 무엇

---

* 원문 584쪽. <遺腹子(유복ᄌᆞ)의孝誠(효셩)>.

1) 원문에는 '三喪(삼상)을'로 표기.

2) 원문에는 '遺恨(유ᄒᆞᆫ)이'로 표기.

3) 몸을 나타냄. '현(見)'은 '현(現)'으로 씀.

이 잡숫고 싶으십니까?"
하고 저녁이면 또 들어가서,
"안녕히 주무십시오. 저는 가서 자겠습니다."
하고 혼정신성(昏定晨省)을 분명히 하여, 비록 더운 때나 추운 때나 하루라도 빠짐이[4] 없으며, 어디를 갈 때라든지 들어 올 때에는 반드시 들어가서 고하여, 나갈 때 알리고 들어올 때 얼굴 대하기를[5] 잊지 아니하였습니다.

이와 같이 이 부부는, 이 부처 받들기를 생존(生存)하신 부친과 같이 지성으로 하여 세월을 보냈습니다. 하루는 동리 사는 친절한 친구 하나가 찾아와서, 주인의 없음을 알고 장난이나 하여 보겠다 하며,

"내 들은즉 이 집 후원(後園)에 무엇을 위하여 놓았다 하니, 잠시 들어가 보겠다."
하고 들어갔습니다. 과연 집을 짓고 석불(石佛)을 위하여 놓았거늘, 본래 실없는 사람이라 가졌던 담뱃대로 석불의 두상(頭上)을 툭 치며,

"아아! 미친 자식이로다. 이것이 다 무엇이라고 이리 하여 놓았노?"
하고 희롱한 후 자기 집으로 돌아갔습니다.

미구(未久)에 주인이 들어와서, 자기의 부친(父親) 석불을 들어가 본즉, 얼굴에 유혈(流血)이 낭자(狼藉)하거늘, 대단히 놀라서 자세히 살펴본즉, 무엇에 맞은 자리가 분명하며 씻어도 연하여 흐르거늘, 자기 부인을 급히 불러서 물을 갖다 씻으며 솜불로 지져도 도무지 그치지 아니하였습니다.

이 사람은 하도 괴이하여 부인에게 어찌된 곡절을 물은즉, 부인은 알지 못한다 하며 친구 어른이 들어와서 구경하던 이야기를 하였습니다.

그만 이 사람은 이 말을 듣고 분기(忿氣)가 나서, 하인을 보내 그 사람

---

4) 원문에는 '厥(궐)함이'로 표기.
5) 원문에는 '出必告反必面(출필고반필면)을'로 표기.

을 불렀더니, 이 사람이 오거늘 대책(大責)하되,

"네가 네 부모를 알 지경이면 타인의 부모도 공경할 것인데, 무슨 까닭에 나의 부친 얼굴을 때려 상하게 하여 피가 자꾸 나오게 하니, 무슨 심정이 그러하냐?"

하였더니 친구는 비웃으며,[6]

"별 우스운 소리가 다 많다. 너는 미친 놈이다. 석불 모형같은 것을 부친이라 함도 정신병자의 짓이오, 설혹 담뱃대로 조금 건드렸다 한들 돌에서 피가 날 이치가 있느냐? 그런 미친 소리는[7] 다시 하지 말아라."

하였더니 이 사람은 더욱 분이 나서,

"너는 나와 하늘을 함께 할 수 없는 원수이다.[8] 너 좀 죽어 보아라."

하고 찾던 칼을 빼어서 찔러 죽여버렸습니다. 그리고 들어와서 부인에게 부탁하되,

"내가 아버지의 원수를 갚느라고 사람을 죽였소. 살인자는 사(死)라는 법이 있으니, 나는 죽을 터이오. 나 죽은 후라도 부친을 잘 섬기어서 잊지 않기를 천만이나 바라오."

하고 당부한 후 법정에 스스로 나가[9] 죄를 청하였습니다.

법관은 이 말을 듣고, 전후 사실을 조사한 후에 옥에 가두고 상부에 보고하였더니, 그 효성이 지극함을 감동하여 사형 처분을 감하고 수년 후에 놓아[10]주었다 합니다.

---

6) 원문에는 '코로웃으며'로 표기.

7) 원문에는 '狂言(광언)은'으로 표기.

8) 원문에는 '不共戴天之讐(불공대텬지슈)'로 표기.

9) 원문에는 '自現(ᄌᆞ현)하야'로 표기.

10) 원문에는 '放免(방면)하야'로 표기.

21. 장승(將丞) 해몽(解夢)*

어떠한 곳에 해몽을 썩 잘하는 사람이 있었습니다. 어찌 용하던지 원근(遠近)을 물론하고, 이상한 꿈을 꾼 사람이면 모두, 혹 경사가 있나 혹 액운이 돌아오나 알고저 하여, 날마다 어른 아이 할 것 없이 모여 들었습니다.

어떤 장난 잘하는 청년들이 이 소문을 듣고, 하루는 세 사람이 모여서 의논하되,

"여보게, 저기 어떤 해몽 잘하는 사람의 말이 꼭꼭 맞는다 하니, 우리가 한번 시험하여 보세. 세 사람이 날마다 번갈아[1] 가서, 거짓 장승꿈을 꾸었다고 하여 해몽하여 달라고 해보세.[2] 무엇이라고 말하나 보아서, 나중에 같이 가서 야단을 치고, 다른 사람을 속여서 먹지 못하게 하세."
하고 약속을 하였습니다.

한 사람이 먼저 가서 해몽자(解夢者)를[3] 보고,

"어젯밤에 꿈을 꾸되 장승을 보았으니, 앞일이[4] 어떻게 되겠나 자세히 말씀하여 주십시오."
하고 해몽을 청하였습니다.

해몽자는 곧 대답하되,

"그 꿈이 해롭지 않소이다. 오늘은 어디를 가든지 술과 떡을 배불리 얻어 잡수시리다."
하였습니다. 이 사람 말이,

"분명히 그러하오리까?"

---

* 원문 585쪽. <將丞解夢(쟝승히몽)>.
1) 원문에는 '번갈나'로 표기.
2) 원문에는 '달내보세'로 표기.
3) 해몽하는 사람을.
4) 원문에는 '來事(릭스)가'로 표기.

"아따, 두 말할 것 없이 지내만 보십시오. 꼭 틀림이 없으리라."
하므로 속으로 생각하되, '네가 무엇을 알겠니? 거짓말을 모르고 해몽을 하니, 참 우스운 일도 많다.' 하고 나왔습니다.

이 사람이 돌아오다가 의외(意外)에 정다운 친구를 만나서, 그 사람에게 끌려가서, 과연 술과 떡을 잔뜩 얻어먹었습니다. 그리고 돌아와서 두 사람에게, 하던 이야기와 지난 이야기를 하며, 필시 우연히 맞게 된 것이라고 하여 모두 웃었습니다.

이튿날 또 한 사람이 해몽자를 찾아가서, 전일(前日)과 같이 장승 본 꿈을 풀어 달라고 하였더니, 대답이,

"이번 꿈은 불길하외다. 오늘 낙상(落傷)할 염려가 있으니 매우 조심하시오."
하고 주의를 시켰습니다.

이 사람도 속으로 대단히 우스워서, '별 성치 못한 놈을 다 보았다. 어디 보자.' 하고 돌아오다가, 길에 개똥 있는 것을 모르고 밟아서 미끄러지는 통에, 그만 엎드러져서 얼굴에 상처가 나고 두 팔을 삐었습니다. 정신이 반짝 나서,

"이 해몽쟁이 놈의 말이 낙상한다더니, 참 맞았구나."
하고 악담(惡談)을 하며, 곧 집에 돌아와서 침의(鍼醫)를[5] 불러 놓고 침을 맞고, 다른 동무에게 그 이야기를 하였습니다.

마지막에 한 사람이 장담하되,

"그럴 이치가 있을까? 알 수 없는 일이로군. 거짓말이 무슨 해몽이 된담? 내가 가서 속이고 오겠다."
하고 그 이튿날 또 해몽자를 찾아보고, 여전히 장승꿈의 이야기를 하고 해몽을 청하였더니, 해몽자가 입맛을 쩍쩍 다시면서,

---

5) 의원을.

"아주 대불길(大不吉)이오. 오늘 댁에서 화재(火災)가 있겠소이다."
하므로, 이 사람은 해몽자에게,

"정녕히 그러하겠소?"
하고 다짐을 받고 돌아와서, 세 사람이 한데 모여서 해몽자의 이야기를 시작하였습니다.

별안간 이 사람 집에서 하인이 뛰어오더니,

"서방님, 여기 계십시오? 어서어서 나오십시오! 댁에서 지금 불이 나서 거진 다 탈 지경이올시다."
하고 통지하였습니다.

좌중이 깜짝 놀라며 모두 뛰어가서 간신히 불을 끄고, 생명과 재산에 그다지 손해를 보지 않게 하였습니다.

그 이튿날 세 사람이 또 모여서 말하되,

"대체 이 해몽쟁이가 여합부절(如合符節)[6]로 잘 맞춰 내니, 웬 까닭인가 가서 물어 보세."
하고 해몽자의 집을 찾아갔습니다. 묻되,

"우리 삼인(三人)의 꿈이 다 해몽대로 맞추었으나, 알 수 없는 일이올시다. 꿈은 다 같이 장승을 보았는데, 운수는 다 각각 다르니, 그것이 무슨 이치오니까?"
하고 말하였습니다.

해몽자 대답이,

"네, 말씀할 터이니 자세히 들으시오. 장승이라 하는 것은, 처음 만들어다 세우고는 술과 떡을 차려 놓고 고사를 지내는 법인 고로, 첫 번에 장승 꿈을 꾼 사람은 그와 같이 술과 떡을 잘 먹은 것이오. 두 번째 장승 꿈을 꾼 사람은 낙상할 시 분명한 것이, 장승을 세워 둔 지가 오래 되면

---

6) 부절을 맞추는 것과 같이 사물이 꼭 들어맞음. '부절'은 예전에, 돌이나 대나무 · 옥 따위로 만들어 신표로 삼던 물건.

자연 풍마우세(風磨雨洗)하여[7] 저절로 넘어지는 것인즉, 그와 같이 될 것이오. 세 번째 꾼 사람은 왜 화재를 당하는고 하니, 장승 등거지[8]가 데굴데굴 길가에 굴러 있으면, 길 가던 행인이나 나무꾼들이 갖다가 불을 때기가 쉬운 것이니, 화재를 면치 못할 것이 아니오?"
하고 설명을 하였습니다.

또 묻되,

"우리가 정말 꿈을 꾼 것이 아니오 거짓말을 하였는데, 어찌 해몽할 수가 있습니까?"
하였더니, 여전히 대답을 하되,

"꿈이라 하는 것은 다른 것이 아니오, 평소에 생각한 것이 잠 잘 때에 꿈으로 변하는 것인즉, 생각한 것이 즉 꿈이올시다."
하고 자세히 가르쳐 주었습니다.

세 사람은 장난하려다가 끝끝내 혼이 나고, 그만 혀를 내두르고[9] 돌아갔습니다.

---

7) 바람에 갈리고 비에 씻기어.

8) '그루터기'의 경기 방언.

9) 원문에는 '둘으고'로 표기.

22. 소년(少年) 군수(郡守)*

옛적에 한 소년이 있는데, 풍신(風神)[1]이 미려(美麗)하고[2] 재질(才質)이 총명하고 민첩하여, 십오세에 과거를 보아서 장원으로 급제를 하고, 즉시 한림학사(翰林學士) 벼슬을 하였습니다.

몇 년 후에 큰 지방의 군수로 전임(轉任)이 되어서 도임(到任)하였더니, 하리배(下吏輩)들이 군수의 나이가 어린 것을 보고 마음에 능멸(凌蔑)히[3] 여겨서, 명령을 시행하는[4] 범절(凡節)에[5] 대단(大端) 완만(頑慢)한[6] 태도가 많이 있었습니다.

이 소년 군수는, 그 하리배의 머리가 모두 뻣뻣하고 조금도 굽히지 않음을 괘심하게 여겨서, 하루는[7] 이방(吏房)을 부르더니,

"석공(石工)을 쓸 일이 있으니 속히 부르라."

하고 분부하였습니다.

이방은 즉시 사령(使令)을 불러서,

"석수 한 명을 즉시 부르랍신다!"

하였더니, 사령은,

"예이-."

하고 긴 대답을 하고, 풍우(風雨)같이 나가서 곧 이끌고 들어오며,

"석수 불러 대령하였소!"

하였습니다.

---

* 원문 587쪽. <少年郡守(쇼년군슈)>.
1) 풍채(風采). 빛나서 드러나는 사람의 겉꼴.
2) 아름답고 곱고.
3) 깔보며 업신여기게.
4) 원문에는 '擧行(거행)'으로 표기.
5) 법도에 맞는 모든 질서나 절차에.
6) 성질이 모질고 거만한.
7) 원문에는 '一日(일일)은'으로 표기.

군수는 석공이 들어옴을 보더니, 동헌(東軒)의 창(窓)을 열고,

"얘-, 관가(官家)에서 급히 쓸 일이 있으니, 너 지금부터 돌로 갓 몇 개만 만들어서 바쳐라."

하였습니다.

석수는 즉시 돌을 갖다가 뚝딱뚝딱 쪼아서, 며칠이 못되어서 돌갓 여러 개를 만들어 바쳤습니다.

군수가 모든 하리들을 불러 세우고 분부하되,

"내가 이 골에[8] 와서 본즉, 너희들의 목이 너무 뻣뻣하여 매우 완만하게 보이니, 너희들은 일제히 이 돌갓을 한 개씩 써라."

하였습니다.

하리들은 영(令)을 어길 수 없어서 한 개씩 집어 썼더니, 금시에 어찌 무겁던지 목이 구부러지며, 부러지는 듯 빠지는 듯 하여 견딜 수가 없게 되었습니다.

여러 하리는 전일의 잘못함을 반성하고,

"소인들이 죽을 때라 잘못하였사오니, 안전(案前)[9] 덕택에 이 목이 부러지지 않기를 바랍니다. 이번만 살려 주십시오."

하고 애걸애걸하였습니다.

군수는,

"인제는 너희들의 목 곧은 병이 좀 나은 듯 하니 썼던 갓을 벗어라. 그러나 만일 다시 그런 병이 있으면, 그 때에는 영구히 씌우겠다."

하고 용서하였더니, 그 후부터는 모두 주의하여 공손히 거행하게 되었습니다.

그러나 늙은 아전들은 아직도 군수의 연소(年少)함을 능멸히 생각하여, 무슨 일이든지 능활(能活)한[10] 수단으로 군수를 소매 속에 넣어 보려

8) 고을에.

9) 존귀한 사람이 앉아 있는 자리의 앞.

하였습니다.

원래 똑똑한 군수이므로 한번도 속지 아니하다가, 마침 들에 볼 일이 있어서 여러 하리와 같이 나갔다가 들어오는 길에, 수수밭을 지나게 되매, 늙은 아전더러,

"저 밭에 심은 것이 무엇인고?"

하고 물었습니다.

아전 대답이,

"그것이 수수라는 곡초(穀草)[11]올시다."

또 묻되,

"그러면 몇 해나 자랐기에 저다지 키가 큰고?"

아전 대답이,

"그것이 당년(當年)에[12] 그처럼 자란 것이올시다."

하였더니,

"그러하면 한 나무만 밑동을 베어서 다치지 말고 곱게 가져 오너라."

하고 시켰습니다.

그 중에 제일 큰 수수나무를 잘라 오매, 늙은 아전들을 불러서 묻되,

"너희들은 이 수숫대를 소매 속에 넣되, 부러뜨리지 말고 보이지 아니하게 넣어 보겠느냐?"[13]

하였습니다.

하나도 대답하는 아전이 없으므로, 소년 군수는 음성을 높여서,

"너희들이 하나라도 만일 소매 속에 넣지 못하는 놈이 있으면, 중한 벌을 당할 줄 알아라!"

---

10) 능력이 있으면서 교활한. '활(活)'은 '활(猾)'로 씀.

11) 이삭을 떨어낸 줄기.

12) 올해에.

13) 원문에 표기된 물음표임.

하고 호령을 하였습니다.

여러 아전들은 돌려가며 넣어보는 형용을 하여 보았으나, 도저히 능력이 없으므로 모두 엎드려서,

"넣을 수 없사오니 용서하여 주십시오."

하고 빌었습니다.

군수는 웃으며 다시 꾸짖되,

"이 괴이한 놈들아! 일 년쯤 자란 수숫대도 너희들 소매 속에 들어가지 아니하거늘, 하물며 십칠 년이나 자란 나를 소매 속에다 넣으려고 하니, 너희들의 죄가 죽여 마땅하나[14] 용서하는 것이니, 차후에는 그런 못된 버릇을 다시 하지 마라."

하고 용서하여 주었습니다.

이 훈계를 받은 모든 하리배들은 전일의 잘못한 것을 깨달아 백배 사죄를 하고, 그 다음부터는 소년 군수를 더 무서워하고 존경하여, 무슨 일이든지 공손하게 복종하였다 합니다.[15]

---

14) 원문에는 '可(가)하나'로 표기.

15) 이 이야기는 손동인의 저서에 초록되어 있다.(손동인, 『한국 전래 동화 연구』, 정음문화사, 1984, 304~305쪽.) 그리고 『한국구비문학대계』에 <꼬마 원님의 기지>(7-13권, 99~101쪽.), <어린 고을 원의 아전 길들이기>(8-12권, 497~498쪽.), <어린 원의 재치>(3-4권, 707~708쪽.) 등의 제목으로 3편의 각편이 실려있다.

23. 악독(惡毒)한 범*

옛날 어느 산촌에 과부 하나가 있는데, 아들 딸 남매를 데리고 근근(僅僅)이 살아갔습니다. 하루는 떡장사나 하여 이익을 볼까 하고, 떡을 만들어가지고 촌가(村家)에 가서 팔 작정으로 집을 나갑니다. 남매를 불러서 부탁하되,

"나 없는 동안에 대문을 단단히 걸어두고, 혹 누가 와서 열어달라고 할지라도 아무도 없다고 하여 열어주지 말아라. 그리고 만일 배가 고프거든, 부엌 시렁 위에 바가지 덮어둔 밥을 꺼내서 둘이 먹고, 과히 장난하지 말고 집 잘 보고 있거라. 내가 이것을 팔아 가지고 돌아오려면 자연 늦기가 쉽다. 부디 집 잘 보아라."
하고 문 밖을 나갔습니다.

떡함지를 머리에 이고 산길을 가는데, 한 고개 마루턱을 올라가니 수풀 속으로부터 큰 범 한 마리가 뛰어 나와서, 가는 길을 가로 막았습니다. 이 과부는 혼비백산(魂飛魄散)하여 벌벌 떨고 어찌할 줄 모르다가, 머리에 인[1] 떡함지를 범 앞에 내려놓으며,

"여보, 범님. 이것이나 잡수시고 나는 살려 주시오. 내가 죽고 없으면 아비도 없는 어린 것 남매가, 마저 굶어 죽겠으니 제발 살려 주오."
하고 빌고 섰습니다.

범은 이 떡을 다 주워 먹고 입맛을 쩍쩍 다시며,

"에그, 나쁘라. 얘, 너의 오른팔 하나만 먹자."
하였습니다.

과부 생각에 팔 하나를 줄지라도 사는 것만 다행히 여겨서,

"그러면 이 팔을 먹고 나를 살려 주오."

---

* 원문 589쪽. <惡毒(악독)한범>.

1) 원문에는 '녓든'으로 표기.

하며 오른팔을 내밀었습니다.

범은 대번에 호박 따듯 뚝 떼어 먹고 또 입을 짝짝 하더니,

“그래도 나쁜 걸. 왼팔 하나마저 먹어야 하겠다.”

하였습니다.

과부는 악이 나서,

“두 팔이 없더라도 다리로 걸어가서, 아이들이나 보리라.”

하고 이를 악물고 왼팔을 마저 내밀었습니다.

악독한 범은 여전히 입을 벌려서 뚝 떼어 먹더니, 그래도 염치가 없이,

“얘, 이번에는 너의 오른 다리 하나만 또 먹자.”

하였습니다.

과부가 생각한즉, 다리마저 떨어지면 조금도 동작할 수가 없고, 다시 어린 것 남매를 만나볼 도리가 없으므로, 여기에 이르러서는 천지(天地)가 무너지는 것 같으며 오장(五臟)이 끊어지는 듯하여, 슬피 통곡을 하다가 정신을 잃어버렸습니다.

이 무정하고 악독한 범은 달려들어서 모조리 전체를 다 먹고, 그래도 마음에 만족치 못하여서 그 남매 아이까지 잡아먹으려고, 한번 재주를 넘어서 변화를 부리더니, 사람의 모양으로 되었습니다. 그 과부의 집을 찾아가서 문을 흔들어 열라 하니, 아이들은 모친이나 온 줄 알고,

“누구요?”

하고 물으며 내달았습니다.

“내다.”[2)]

하는 대답 소리가 다른 듯하매, 아이가,

“목소리가 어머니 아닌데?”

범은,

---

2) 원문에는 ‘낼다’로 표기.

"아니다, 내다."
하고 목소리를 지어냈습니다.

아이들은 그래도 의심이 나서,

"그러면 문 틈으로 손을 들이미시오."
하였더니, 범은 앞발 하나를 들여보냈습니다.

아이들이 보고,

"손바닥에 웬 흙이 묻었어?"
하매, 범은 얼른 꺼내서 흙을 문질러 씻고 다시 들이밀었습니다. 아이는 또 자세히 보더니,

"손가락에 왜 털이 났어?"
하매, 냉큼 꺼내서 작두날에다[3] 대고 살살 문질러서 털을 말끔 없이 하고, 또 다시 들이밀며,

"얘, 자세히 보아라. 내가 다른 사람보고 문 열어 주지 말라 하였지, 어미보고 문 열어 주지 말라 하였니? 어서 열어 다오. 들어가서 밥 주께."
하고 꾀었습니다.

아이들은 그럴 듯하여 문을 열어 주며 모친인가 하였더니, 들어오는 것을 본즉, 생면부지(生面不知)[4] 모르는 사람이오, 몸에서 냄새가 나는데 누린내가 코를 찔렀습니다. 겁이 나서 얼른 방 안으로 쫓겨 들어가매, 범도 뒤를 쫓아 들어왔습니다.

아이들은 점점 더 놀라서 변소에 간다 하고, 방 뒷문을 열고 뒤뜰로 나가서 높은 나무 위로 남매가 기어올라가 숨어서 동정을 살폈습니다.

범은 방 속에서 기다리고 있었으나, 도무지 아니 들어오므로 뒤를 쫓아서 뒷문으로 찾으러 나갔습니다. 사면(四面)을 찾으며 돌아다니나 간 곳을 알지 못하더니, 마침 나무 밑에 있는 우물 속을 들여다본즉, 남매가

---

3) 원문에는 '斫刀(작도)날에다'로 표기.

4) 서로 한 번도 만난 적이 없어서 전혀 알지 못하는 사람.

물에 비추어서 보이었습니다. 그제야 비로소 나무 위에 있음을 알고, 쳐다보며 뒤쫓아 올라가려 하였습니다. 암만 애를 쓰고 올라가려 하여도, 미끄러져서 올라갈 수가 없으므로, 아이를 꾀어서 묻되,

"얘, 너희들 참 용하구나. 어떻게 올라갔니?"

하였습니다.

큰 아이는 범을 속여서,

"두 손에 기름칠을 하고 올라왔지."

하고 대답하였습니다.

범은 곧 방으로 들어가서 기름병을 찾아가지고, 앞발에다가 기름을 칠하고 올라가려 하였습니다. 이번에는 마치 얼음 지치는 형상으로 발만 올려부치면 냅다 미끄러지므로, 범 생각에 속은 줄 알고 다시 앉아서 쳐다보며,

"너희들은 무슨 재주를 가졌길래 그렇게 잘 올라갔니? 나 좀 가르쳐주렴."

하고 달래서 꾀었습니다.

아직 철이 없는 작은 아이가 속아서 얼른 대답하되,

"도끼로 찍어서 자국을 내고 디디고 올라왔지."

하고 가르쳐 주었습니다.

범은 곧 도끼를 찾아가지고 와서, 일변(一邊) 나무를 찍어서 자국을 내며 올라옵니다. 남매의 목숨도 경각(頃刻)에[5] 있으니, 이 정상(情狀)의 참혹함은 무엇이라 하겠습니까?

두 아이는 정신이 아득하여 손을 곧추 들고 하느님께 빌되,

"비나이다, 비나이다. 하느님께 비나이다. 하느님, 하느님. 굽어 살피사, 이 불쌍한 남매를 살려주시옵소서. 어머니를 의지하고 살아오다가, 어머니도 어찌 되었는지, 떡을 팔러 가신다더니 지금까지 소식 없고, 또

5) 눈 깜빡할 사이에.

몹쓸 범이 와서 우리 남매를 해(害)하려고 올라옵니다. 하느님, 하느님. 살려주실 터이면 당장에 동아줄을 내려 보내주시오."
하고 슬피 슬피 울었습니다.

천신(天神)이 감응(感應)하였던지, 참으로 공중에서 동아줄 두 개가 내려왔습니다. 남매는 얼른 붙들고 매달려서, 범의 화를 모면하고 천상(天上)으로 올라가서 선인(仙人)이 되었습니다.

악독한 범은 남매를 마저 먹으려고 거진 다 올라와서, 이 모양을 보고 분하기도 할뿐더러 하늘에[6] 올라가는 것이 부러운 생각이 나서, 저도 그 모양으로 두 손을 곧추어 빌며,

"하느님, 하느님. 비나이다. 배가 고파 아이나 먹을까 하다가 그것도 못되었으니, 저도 동아줄이나 내려 보내시면 천상에 가서 선인 노릇이나 하겠습니다."
하고 애걸하였습니다.

과연 이번에도 동아줄이 또 내려오므로, 자기 죄도 모르고 염치 없는 범은 옳다 좋다 하고 동아줄을 덥석 붙들었습니다. 얼마쯤 올라가는데 갑자기 동아줄이 끊어지며, 팔구월에 알밤[7] 떨어지듯 냅다 떨어지다가 수수깡[8] 밭에 떨어지며, 수수깡이 분문(糞門)으로 콱 들여 박혀서 창자까지 꿰뚫었습니다. 악독하던 범도 천벌에는 할 수 없이 죽어버렸습니다.

이 때에 수수깡에 묻은 피가 자꾸 전염되어서, 수수깡마다 붉은 점이 박히게 되었다 합니다. 두 아이는 천상에 올라가서 선인이 되었다가, 나중에는 옥황상제(玉皇上帝)의 명을 받아서, 사내 아이는 해님으로 변하고 계집[9] 아이는 달님으로 변하여, 지금까지 낮에는 해가 비추고 밤에는

6) 원문에는 '하날에'로 표기.

7) 원문에는 '밤알음'으로 표기. '알음'은 '아름'으로, '아름'은 '아람'으로 볼 수 있고, '아람'은 '밤이나 상수리 따위가 충분히 익어 저절로 떨어질 정도가 된 상태, 또는 그런 열매'임.

8) 원문에는 '수수짱'으로 표기.

9) 원문에는 '기집'으로 표기.

달이 비추어서, 우리 세계가 광명(光明)하게 지낼 수 있다 합니다.[10)]

10) <해와 달이 된 오누이> 이야기. 이 이야기는『한국구비문학대계』에 <해와 달의 유래>, <해와 달이 된 남매>, <해와 달이 된 오누이>, <해와 달이 된 자매> 등의 제목으로 약 21편의 각편이 실려있다.

24. 다람쥐의 보은(報恩)*

강원도(江原道) 산촌(山村)에 한 늙은 부부가 있는데, 아들 하나 딸 하나가 없이 적적(寂寂)하게 세월을 보내며, 늙은 영감은 짚신이나 삼아서 팔고, 마누라는 이웃집의 절구질 품이나 팔아서 근근(僅僅)이 생활을 하였습니다.

하루는 집 뒷동산 바위 틈에서, 족제비 한 마리가 어린 다람쥐 한 마리를 쫓아와서 물고 가는 것 보고, 마누라가 급히 몽둥이[1]를 가지고 족제비를 쫓아가 때려 쫓고 다람쥐를 뺏었습니다.

다람쥐는 어찌 몹시 물렸던지 거의 죽게 되었으므로,[2] 대단히 가엾은 생각이 나서 방 속 아랫목 따뜻한 곳에 솜을 덮어 두었더니, 얼마 후에 회생(回生)하였습니다.

두 늙은이는 신기하게 여겨서, 이로부터 도토리며 밤 같은 것을 갖다 먹이며 애지중지(愛之重之)하여 아들과 딸 같이 길렀습니다.

그 다람쥐가 한 일 년쯤 지나더니, 그것이 자라나서 또 새끼를 치고 또 그것이 새끼를 쳐서, 불과 십 여년 동안에 여러 백 마리가 되었습니다.

그러므로 이 늙은이 집은 항상 방 안에 다람쥐가 가득하여 있어서, 늙은 부부는 마치 다람쥐의 조선(祖先)같이[3] 되었습니다.

어느덧 두 늙은이는 점점 노쇠(老衰)하여 짚신도 잘 삼지 못하고 품팔이도 잘하지 못하므로, 생활하기에 곤란이 막심하게 되었습니다.

하루는 다람쥐들을 모두 앞에 불러 앉히고, 눈물을 흘리며 하는 말이,

"우리 부부가 자식이 없이 손수 노동을 하여 살아가던 처지러니, 지금

---

* 원문 592쪽. <다람쥐의報恩(보은)>.

1) 원문에는 '몽동이'로 표기.

2) 원문에는 '되엿슴으로로'로 표기. '로'가 하나 더 표기된 듯함.

3) 조상(祖上)같이.

와서는 근력(筋力)이 없어서 잘 벌지를 못하는 까닭에 호구(糊口)할 도리가 없으니, 어느 겨를에 너희들을 먹여 살리겠느냐? 인제부터는 모두 산중(山中)으로 돌아가서 다 각기 벌어먹고 잘 살아라. 우리는 인제 가만히 있다가 굶어서 죽겠다."

하고 대성통곡(大聲痛哭)을 하였습니다.

다람쥐들이 이 경상(景狀)을 보고, 모두 따라서 눈물을 흘리며 슬퍼하더니, 조금 있다가 몽땅[4] 어디로 가버렸습니다. 두 늙은이는 이것을 보고 더욱 비창(悲悵)히[5] 여기며 정신없이 시간을 보내고 있었습니다.

저녁 때쯤 되더니 다람쥐 무리가 하나씩 둘씩 몰려 들어오기 시작하는데, 모두 입 속에 곡식을 한 입씩 물어가지고 방 속으로 들어와서 토하여 놓았습니다. 여러 마리의 물어온 곡식을 모아 놓았더니, 티끌 모아 태산으로[6] 잠시 동안에 여러 말이 되었습니다.

늙은 부부는 기쁨을 이기지 못하여 다람쥐들을 어루만지며,

"너희들이 보은(報恩)을 하는구나. 우리가 굶어 죽을 것을 모면케 하니 대단히 고맙다. 그러나 다른 사람의 곡식을 훔쳐 왔을 것 같으면 도저히 못될 일이다. 우리 부부가 차라리 굶어 죽을지언정 그런 비리의 것은 먹을 수 없다."

하고 물은즉, 일제히 머리를 흔들며 그렇지 않다는 표시를 하였습니다. 자세히 조사하여본즉, 과연 다람쥐들이 사방에서 떨어진 곡식만 물어 온 것이오, 다른 사람의 것을 훔쳐 온 것이 아니므로 더욱 기뻐하였습니다.

일로부터는 다람쥐들이 가끔 나가서 양식을 벌어가지고 오므로, 두 늙은이는 걱정 없이 봉양을[7] 받고 세월을 보냈습니다.

---

4) 원문에는 '沒數(몰수)히'로 표기.

5) 슬프고 한탄스럽게.

6) 원문에는 '塵合泰山(진합태산)으로'로 표기.

7) 원문에는 '反哺(반포)를'로 표기. '반포'는 까마귀 새끼가 자라서 늙은 어미에게 먹이를 물어다 주는 일, 또는 자식이 커서 부모를 봉양하는 일.

몇 해를 살다가 병이 들어 죽게 될 즈음에 다람쥐들에게 부탁하되,

"나 죽은 후에는 뒷동산에다 묻어다오."

하였더니, 과연 그 유언과 같이 두 늙은이가 죽은 후에, 여러 다람쥐는 모두 슬퍼하며 뒷동산에다가 산소 자리를 파서 놓았습니다. 동리 사람들이 이것을 보고 매장하여 주었더니, 모두 밤이며 대추며 호두와 같은 실과를 많이 갖다가 산소 앞에 놓고, 제(祭)를 지낸 후에 산중으로 들어갔다 합니다.

25. 원숭이 재판(裁判)*

이리와 여우가 산길을 지나다가 마침 길가에 떨어진 고기 한 덩이를 같이 얻었습니다. 서로 혼자만 먹으려하여 내 것이니 네 것이 아니니 하며, 싸움과 시비를 여러 시간 하였습니다. 마침내 결말이 나지 못하고 재판을 하여 이기는 자가 먹기로 작정이 되었습니다. 이리와 여우는 누구에게 재판을 할까하고 여러 가지로 생각하다가,

"제일 지혜가 많고 경우가 밝기는 원숭이니, 이것한테 재판을 청(請)하면 틀림이 없으리라."

하여 함께 깊은 산 속으로 원숭이를 찾아가서 소송(訴訟)을 하였습니다.

원숭이는 재판관(裁判官)이 되고 이리와 여우는 원고(原告)와 피고(被告)가 되어서, 얻은 고깃덩이를 가운데 갖다 놓고 재판을 시작합니다.

원숭이가 이리[狼]와 여우[狐]에게 고기 얻은 형편과 사실을 자세히 신문하더니, 판결하기를,

"이 고기는 본래 주인이 없는 것을 동월동시(同月同時)에 함께 얻은 것이니, 반드시 조금이라도[1] 틀림없이 똑같이 나누어야 할 것이다."

하고 칼을 꺼내 가지고 고기를 썩 베어서 두 조각을 만들었습니다.

그런 후에 또 저울을 가져오더니, 둘을 따로따로 달아 보고, 한 덩이가 더 무거운 것을 보고 한 입을 잘라먹었습니다. 그리고 또 달아 보아서 무거운 편이면 또 잘라먹고 잘라먹고 하기를, 이 덩이 저 덩이 번갈아 가며 여러 번 하여, 고기는 점점 적어갔습니다. 나중에 어찌 되었을까요?[2]

---

* 원문 593쪽. <원숭이裁判(직판)>.

1) 원문에는 '一毫라도'로 표기.

2) 원문에 표기된 물음표임. 이와 유사한 이야기가 박희관이 1910년에 저술한 『요지경』(구활자본)에 실려있다. 이에 대해서는 '정명기, 『한국재담자료집성 1』, 보고사, 2009, 98쪽.'을 참조할 것.

26. 바보 모집(募集)*

(1) 닭의 알 낙태(落胎)

한 곳에 성미가 대단히 급한 사람 하나가 처음으로 양계(養鷄)를 하였습니다. 얼마 아니하여 여러 암탉들이 매일 알을 낳기 시작하였습니다.

이 사람이 생각하되, '옳지, 저 암탉들이 매일 저와 같이 알을 낳은즉, 필시 저 뱃속에는 알이 많이 든 것이다. 저것을 여러 날 두고 모으는 것보다, 한꺼번에 알을 취하여 팔고 보면 큰 이익이 남을 터이니, 저 암탉들을 모두 잡겠다.'

하고 여러 마리 암탉의 배를 모두 갈랐습니다.

배를 째고 본즉, 자기가 생각한 바와는 전혀 달라서 완전한 닭의 알이라고는 하나도 없었습니다. 이 사람은 입맛을 쩍쩍 다시며,

"응, 내가 너무 닭을 놀라게 해서 잡았더니, 그만 낙태를 하였구나. 그럴 줄 알았더면 곱게 잡을 것을. 응, 참 분하다."

하고 후회하며 그래도 깨닫지 못하였습니다.[1)]

(2) 인력거(人力車) 삼등(三等)

촌에서 살던 사람이 처음 서울을 다니러 오는데, 만일 자기가 모른다 하면 시골뜨기 소리를 들을까 하여, 가장 아는 것같이 묻지도 않고 못난 짓을 합니다. 정거장에 나와서 삼등 차표 하나를 사 가지고, 기차가 정거도 하기 전에 달려들어서, 선뜻 일등 객차로 올라갔습니다. 차장이 보고 천천히 타라고 소리를 지르며 쫓아와서 차표 검사를 하더니, 삼등으로 가라고 야단을 쳤습니다.

---

* 원문 594쪽. <바보募集(모집)>.

1) 이와 유사한 이야기가 박희관이 1910년에 저술한 『요지경』(구활자본)에 실려있다. 이에 대해서는 '정명기, 『한국재담자료집성 1』, 보고사, 2009, 65쪽.'을 참조할 것.

이 사람은 그만 삼등 소리에 혼이 나서 입 속으로,

"삼등을 타야 한다. 삼등을 타야 한다."

하고 항상 외고 있습니다. 경성역(京城驛)을 내려서 인력거를 타는데, 또 삼등 생각이 나서 인력거 아래층 발 놓는 데에 타려고 하였습니다.

인력거꾼이 보다가 딱하여 이웃층으로 타라고 한즉,

"나는 싫소. 이 삼등이 좋소."

하며 감히 올라타지를 못하였습니다. 속내를 모르면[2] 묻기나 하였으면 좋을 것을, 아는 체하고 미리 자기 마음대로 하다가 수치(羞恥)만 당하였습니다.[3]

(3) 우표(郵票) 여행(旅行)

산곡(山谷)에서만 살고 좋은 세상 구경을 하지 못하여, 항상 한(恨)스럽게[4] 생각하다가, 문득 한 연구를 하되,

"옳지, 되었다. 내가 지금껏 금전이 없는 까닭에, 한번 세상을 유람코저 하였으나 마음대로 못하였다. 그러나 금전이 아니라도 여행할 수가

---

2) 원문에는 '구구로몰은다하야'로 표기. '구구로 모른다 하여'로 볼 수 있는데, 여기서 '구구'는 '속내: 겉으로 드러나지 아니한 속마음이나 일의 내막'로 보임. '구구'가 '속내'의 뜻으로 쓰인 용례는 사전에서 확인할 수 없음. 경남 창원에서는 '속내' 또는 '속셈'의 뜻으로 '구구'를 사용함. (아침을 와 안 묵노? 무슨 구군데? [아침을 왜 안 먹니? 무슨 속내냐? 무슨 속셈이냐?]) 경북 청송 출신인 김주영 선생의 『홍어』라는 작품에는 '구구'가 '속셈: 마음속으로 하는 궁리나 계획'의 뜻으로 나오는 예가 확인됨.(김주영, 『홍어』, 문이당, 1998, 24쪽, 32쪽.) '속셈'과 '속내'는 비슷한 의미이고, 여기서는 '마음'의 의미보다는 '일의 내막'이라는 의미가 문맥에 더 어울리는 것으로 보았음. '구구'는 '구구법(九九法)' 또는 '구굿셈(九九-)'에서 나온 낱말인 것 같음. '구구법'이나 '구굿셈'에 '계산, 궁리'의 뜻이 있고, '구굿셈하다'에는 '속으로 궁리하다'의 뜻이 있음.

3) 이와 유사한 이야기가 선우 일이 1913년에 저술한 『仰天大笑』와 송완식/강의영이 1921년 저술한 『요절복통 익살주머니』에 실려있다. 이에 대해서는 '정명기, 『한국재담자료집성 1』, 보고사, 2009, 281쪽, 567쪽'을 참조할 것.

4) 원문에는 '有恨(유흔)으로'로 표기.

있는 것이다. 우리가 가끔 남에게 보기도 하고 받기도 하는 저 우편물은, 불과 우표 몇 장만 부치고 보면 가까운 데도 갈 수가 있고 서양과 같은 먼 곳이라도 갈 수가 있는 것이다. 내가 만일 잠시 우편물이 되었으면 어디든지 갈 수가 있다."

하고 우표를 사서 얼굴에 부치고, 백지(白紙)에는 금강산(金剛山) 여행이라 써서 옷가슴에 붙이고, 우편소 소포계로 찾아 들어가서 소포 부쳐 달라고 하였습니다. 소포계원은 이것을 보더니, 날짜 찍는 도장으로 얼굴을 두어 번 세게 치고,

"정신병자는 가거라."

하였습니다.

(4) 전신선(電信線) 응용(應用)

한 사람이 다른 지방으로 볼 일이 있어서 다니러 갔다가, 여러 날이 되어 의복이 더럽게 되매, 새옷을 갈아 입고 벗은 옷은 집으로 보내려 하였습니다. 이 사람이 생각하되, '급한 편지를 하려면 전보를 응용하니, 만약 급한 물건을 보내려 할 때라도 저 전보를 응용하면 반드시 될 것이다. 전보라 함은 다른 것이 아니라 저 전봇줄을 통해 가는 것인즉, 나는 우편소(郵便所)에 갈 것도 없이 이 전봇줄을 직접으로 응용하겠다.' 하고 벗은 옷을 꼭꼭 묶어서 자기 집 번지(番地)를 써 가지고, 전봇줄에다가 매달아놓고 들어왔습니다.

얼마 있다가 나와 본즉, 매달아 놓은 의복이 간 곳이 없음을 보고, 다른 사람이 가져 간 줄은 모르고,

"매단 옷이 벌써 집에 도착되었구나."

하고 기뻐하였다 합니다.[5]

---

5) 이와 유사한 이야기가 박희관이 1910년에 저술한 『요지경』(구활자본)과 강의영이 1918

(5) 총각(總角)의 독서(讀書)

옛적에 나이가 많은 총각이 있었는데, 늦게 글을 배우고자 하여 부친(父親)에게 글 배우는 법을 물었습니다. 부친 대답이,

"별 것이 아니라. 선생이 하라는 대로만 배우고 보면 조금도 어려울 것이 없다."

하고 일러 주었습니다.

총각은 이 말을 듣고, 즉시 천자(千字) 한 권을 가지고 서당(書堂)을 찾아가서 선생님께 절을 한 후에 글을 배우기 시작합니다.

선생이 책을 다가 놓고 가리키며,

"'하늘 천'[6] 하렷다."

하니, 총각은 하라는 대로만 하느라고,

"'하늘 천' 하렷다."

하였습니다.

선생이 다시 일러주되,

"'하늘 천'만 하렷다."

한즉, 총각 역시,

"'하늘 천'만 하렷다."

선생이,

"'하렷다' 소리는 빼렷다."

총각이 또,

"'하렷다' 소리는 빼렷다."

하였습니다. 선생이 화가 나서,

년에 저술한 『八道才談集』, 그리고 송완식/강의영이 1921년 저술한 『요절복통 익살주머니』에 실려있다. 이에 대해서는 '정명기, 『한국재담자료집성 1』, 보고사, 2009, 101쪽, 502쪽, 528쪽.'을 참조할 것.

6) 원문에는 '하날텬'으로 표기.

"이놈아! '하렷다' 소리는 빼어!"
하고 소리를 지른즉, 총각이 여전히 큰 소리로,
"이놈아! '하렷다' 소리는 빼어!"
하였습니다.
선생이 매로 머리를 치며,
"글쎄, 이놈아. '하늘 천'만 해!"
하였더니, 총각도 매로 선생 머리를 치며,
"글쎄, 이놈아. '하늘 천' 소리만 해!"
선생이 대노(大怒)하여 뺨을 절걱 부치며,
"이놈이 미쳤구나! 책 가지고 가거라!"
한즉, 총각도 또 선생 하는 대로 뺨을 부치며,
"이놈이 미쳤구나! 책 가지고 가거라!"
하였습니다.

선생은 어찌할 수가 없어서 분을 참고 헐떡거리고 있을 즈음에, 총각의 부친이 글 배우는 구경을 왔다가 이 광경을 보고, 즉시 그 아들을 보고 나오라 한즉, 총각 대답이,
"참 글 배우기 힘들어 못하겠습니다."
하였다 합니다.[7]

(6) 두 술장사

마침 술장사 둘이 술을 병에 넣어 가지고 팔러 가다가 한 곳에서 만났습니다.

그런데 두 술장사가 다 술을 좋아하나 팔 생각이 많아서, 감히 자기의

7) 이와 유사한 이야기가 박희관이 1910년에 저술한 『요지경』(구활자본)에 실려있다. 이에 대해서는 '정명기, 『한국재담자료집성 1』, 보고사, 2009, 73쪽.'을 참조할 것.

술을 먹지 못하고 있었습니다. 그리하다가 한 술장사가, 다른 술장사의 술 가진 것을 보고 먹고 싶은 생각이 나서, 자기 주머니에서 돈 한 푼을 꺼내 가지고 술 한 잔을 사서 먹었습니다. 돈을 받고 술을 판 술장사도 역시 이 술장사의 술이 먹고 싶어서, 그 돈으로 도로 술을 사서 먹었습니다. 이 술장사는 또 돈푼이 생기므로, 술을 또 한 잔 사서 먹었습니다. 다른 술장사도 돈 한 푼이 생기므로 또 한 잔 사서 먹었습니다.

이와 같이 돈 한 푼을 가지고 번갈아 가며 서로 술을 사 먹어서, 두 사람의 술이 다 없어졌습니다. 그 때에 두 술장사가 말하기를,

"우리가 술도 다 팔고, 또 술도 많이 먹었으나, 외상 한 푼을 아니 졌소구려."

하였습니다.

(7) 집 찾기

시골 사람 하나가 처음 서울을 다니러 왔는데, 어떤 집에 주인을 정한 후에, 볼 일이 있어서 출입을 하게 되었습니다.

서울은 집 찾기가 어렵다는 소리를 듣고, 그 집 대문 옆에 사람 화상(畵像)을 그려 놓고 나갔습니다.

볼 일을 다 본 후에 주인한 집을 찾아오느라고, 무한(無限) 애를 쓰고 화상 그린 집만 찾더니, 요행으로 한 집에 화상 그려 부친 것을 보았습니다.

이 사람은,

"옳지, 이 집이로구나."

하고 쑥 들어가 본즉, 그 집 주인이 다른 사람인 것을 보고 무안(無顔)을 당하여 도로 나와서,

"이상한 일이다. 집은 확실히 이 집인데, 벌써 주인이 갈린 것이로구나."

하고 그 화상을 자세히 들여다보며, 누가 삼눈을[8] 앓아서 예방(豫防)한 줄은 모르고 혼잣말로,

"이 집에도 나와 같은 사람이 있으니, 나도 그다지 바보는 아니다." 하였다 합니다.[9]

(8) 아는 것이 병(病)

시골 양반 한 분이 하인을 데리고 서울로 오는데, 단속(團束)하는 말이,

"네가 처음 서울을 가니 대단(大端) 조심을 하여라. 서울이란 곳은 눈만 감아도 코를 베어 가느니라."

하였습니다.

어언간(於焉間)에 이 양반이 성중(城中)을 도달하여, 한 여관에 들어가서 잠시 상(床)밥을 사먹고 있을 때에, 하인 놈이 한 계교(計較)를 내서 상전(上典)이 타고 온 말을 팔아서 돈은 자기 주머니에 넣고, 말 고삐만 꽁무니에 차고 코를 잔뜩 싸 쥐고 문 밖에서 엎디어 있었습니다.

이 양반이 나오다가 보고,

"이놈아, 너 말은 어디 두고 여기 엎드려 있느냐?"

하고 물었더니, 하인놈은 여전히 코를 쥐고 돌아다보며,

"이런! 어떤 놈이 고삐를 끊고 말을 가져갔습니다그려. 소인은 코를 잃어버릴까 염려하여 두 손으로 코만 쥐고 있었습니다. 말 잃어버릴 줄은 조금도 생각하지 아니하였습니다."

하고 상전을 속여도, 이 양반은 정말로 알았습니다.

---

8) 눈망울에 삼이 생기어 몹시 쑤시고, 눈알이 붉어지는 병을. '삼'은 눈동자에 좁쌀만 하게 생기는 희거나 붉은 점.

9) 이와 유사한 이야기가 강의영이 1918년에 저술한 『八道才談集』에 실려있다. 이에 대해서는 '정명기, 『한국재담자료집성 1』, 보고사, 2009, 482쪽.'을 참조할 것.

(9) 도적(盜賊)에 놀라

어떤 사람이 한번 어디를 갔다 오다가 도적놈에 혼이 난 뒤로는, 다시 문 밖을 나가지 못하였습니다. 어느 날 친구가 이것을 보고 일러주되,

"여보게. 그렇게 도적을 맞을 염려가 있거든, 큰 몽둥이 하나 가지고 다니게그려."

하였더니, 그 사람 대답이,

"그 몽둥이까지 빼앗기네."

하였다 합니다.

(10) 못난이 특징(特徵)[10]

못난이라 함은 뇌(腦) 속이 남과 같이 생겨나지 못한 까닭에, 마음과 생각하는 것이 항상 보통 사람과는 달라서, 말하는 것이든지 하는 일이든지 다 어리석고 우습게 뵈는 것입니다. 말하는 것을 보면 분명하지를 못하고 입 속에 넣고 어물어물하며, 공연히 우습지도 아니한 때에 실실 웃으며, 또 입을 딱 벌리고 침을 께에 흘리며, 무엇 보는 것도 정신기(精神氣)가 없고 멀거니 보며, 남의 하는 말을 자세히 듣고 주의하지 아니하며, 가끔 가다가 딴짓을 잘하며, 몸 갖는 것도 꼿꼿하지가 못하고 흐느적흐느적하며,[11] 남의 눈치와 자기의 욕되는 것을 모르는 것입니다. 그러므로 못난이를 검사할 적에는 '눈, 입, 몸, 말'을 주의하여 보면 아는 것입니다.

---

10) 원문에는 '특증'으로 표기.

11) 원문에는 '흔을적흔을적하며'로 표기.

27. 돌 두꺼비*

옛적에 어느 동리에 '돌'이라 하는 아이와 '두꺼비'라 하는 아이가 있는데, 서로 정의(情誼)가[1] 대단히 두터워서 친형제나 다름없이 지냈습니다.

그런데 돌의 집은 재산이 많고 두껍의 집은 대단히 간난(艱難)한 까닭에, 돌이는 항상 두껍의 빈한(貧寒)한 것을 동정하고 근심하여,

'어찌하면 저 두꺼비도 나와 같이 생활에 곤란을 겪지 않도록 하여 줄꼬?'
하며 여러 가지로 생각하다가, 하루는 한 계책을 내어서 자기 부친의 은탕기(銀湯器) 하나를 훔쳐다가 어느 밭머리에다가 감쪽같이 파 묻어 놓고, 두꺼비를 불러서 조용하게 이르되,

"내가 너를 위하여 한 계책(計策)을 내었으니, 꼭 나 하라는 대로만 하여라. 그리고 보면 무슨 도리가 있을 듯하다."
한즉, 두꺼비가,

"나를 위하여 그처럼 심려(心慮)하여 주선(周旋)하여 주니 참 감사한 일이다. 그래 무슨 일이냐? 자세히 가르쳐다오."
하였습니다.

돌이,

"내가 집의 은탕기 하나를 아무 밭머리에 묻어 두었다. 필시 찾느라고 야단이 날 것이니, 그 때에 내가 부친께 여쭙기를 네가 복술(卜術)이[2] 신통하다고 하여 불러서 물어 보게 하겠다. 그러거든 시침을 뚝 떼고 복술하는 모양으로 웅얼웅얼 지껄이다가 분명히 가르치면, 오직 신기하게 아실 터이냐? 너도 아는 바와 같이 나의 부친께서 이 동리에서는 제일 유력한 처지니, 너의 복술이 신기하다고 소문을 낼 것 같으면, 네게로 문복

---

* 원문 598쪽. <돌둑겁이>.

1) 서로 사귀어 친하여진 정이.

2) 점을 치는 방법이나 기술이.

(問卜)하러[3] 오는 사람이 자꾸 모여들 것 아니냐? 그러고 보면 차차 살 도리가 있을 것이 아니냐?"
하고 설명하여 주었습니다.

두꺼비가 대경(大驚)하며,[4]

"내가 백판[5] 아무 것도 알지 못하는데 그렇게 되고 보면, 뒷일을 어찌 담당한다는 말이냐?"
하고 거절을 하려 하였습니다.

돌이 웃으며,

"얘, 그것은 조금도 염려하지 마라. 점책(占冊) 몇 권만 사다가 놓고 틈틈이 읽으면 될 것이 아니냐? 그리고 나도 너와 같이 조력(助力)하겠다. 두말 말고 나 하라는 대로만 하여라."
하고 가르쳐 주었습니다.

두꺼비,

"모르겠다. 너 하라는 대로만 할 것이니, 나중에 후환(後患)이 있거든, 네가 잘 말하여다고."
하고 부탁을 단단히 하였습니다.

그 이튿날 과연 돌의 집에서 은탕기를 찾느라고, 안팎에서 벌컥 야단이 났습니다. 그 때에 돌이가 부친께 여쭙기를,

"저, 두꺼비를 불러서 물어 보시지오."
하였습니다.

부친께서,

"그까짓 놈이 무엇을 안단 말이냐?"
하므로, 돌이는,

---

3) 길흉(吉凶)을 물으려.

4) 크게 놀라며.

5) 전혀 생소하게. 白板.

"그렇지 않습니다. 그 아이가 복술 공부를 도저(到底)히[6] 한 아이올시다. 아는 체 아니하는 까닭에 남들이 모릅니다."
하고 자세히 여쭈었습니다.

부친이,

"그럴 것 같으면 가서 불러 오너라."
하였습니다. 돌은 즉시 가서 두꺼비를 불러 가지고 와서, 사실을 말하며 찾아달라고 하였습니다.

두꺼비는 약조(約條)한 것과 같이 한참 동안 웅얼웅얼하다가, 아무 밭머리를 파서 보면 있으리라 하였습니다. 그 말대로 가서 파 보았더니, 과연 은탕기가 있으므로 모두 놀라며, 참 신기한 복술이라 하여 그 때부터 소문을 얻게 되었습니다.

그 후로 이 소문이 차차 멀리 퍼져서, 사방(四方)에서 문복하러 오는 자가 많게 되었습니다. 돌과 두꺼비는 점책을 가지고 눈치있게 그럭저럭 지내가매, 자연 생활도 넉넉하게 되고 복술도 점점 숙달하여져서, 조선(朝鮮) 내(內)에 소문이 자자할뿐더러 외국에까지 알게 되었습니다.

그 때에 마침 지나(支那)에서[7] 황제(皇帝)의 옥새(玉璽)를 잃고, 사방으로 복술 신통하다는 사람은 모두 불러 물었으되, 도무지 찾지를 못하여 전국(全國)이 야단이더니, 이 두꺼비의 소문을 듣고 불러오라고 하였습니다.

두꺼비는 웬 까닭인지도 모르고 따라갔었더니, 황제가 친히 불러 앉히고 묻되,

"네가 조선에서 복술이 매우 유명하다 하기로 부른 것이니, 나의 옥새를 찾아놓으라."
하였습니다.

6) 아주 깊이.

7) 중국(中國)에서.

두꺼비는 이 말을 듣고 기가 막혀서 어찌할 줄을 모르다가, 날짜나[8] 멀게 하여 생사간(生死間)에 결단(決斷)하리라 하고,

"졸지에는 할 수 없는 일이니, 백일(百日) 기한을 하여 주시면 나가서 가르쳐 내겠습니다."

하고 아뢰우매, 황제께서 허락하고 처소(處所)를 정하여 잘 대접하게 하였습니다. 두꺼비는 이 곳으로 나와서, 수심(愁心)에 쌓여서 잠도 잘 못 자고 먹도 잘 못하며, 밤낮 생각하느니, '어찌하면 저 옥새를 찾는단 말인고? 내 팔자가 어떻기에 여기 와서 죽는다 말이냐?' 하고 미친 사람같이, 그럭저럭 백일이 가까워서 구십구일이 되었는데, 아침에 일어나서 세수를 합니다. 그 때에 난데없는 구멍 뚫어진 버들 잎사귀 하나가 바람에 날려 와서 물 위에 떨어졌습니다.

두꺼비가 이것을 보고 정신없이 말하기를,

"유공엽(柳孔葉)이로구나."

하였습니다.

그런데 정말 옥새 가져 간 놈의 성명이 '유공엽'입니다. 이놈이 신기한 복술자가 '백일 한하고 꼭 찾는다'라는 말을 듣고, 매일 와서 동정(動靜)을 살피다가 별안간 저의 성명을 부름을 듣고, 속으로 깜짝 놀라서 생각하되,

"참 귀신 같이도 가르쳐내는구나! 인제는 저와 같이 알았으니 두 수 없이 꼭 죽었구나. 오냐! 저 사람한테 가서 빌어나 보겠다."

하고 밤 되기를 기다려 사람 없는 틈을 타서, 두꺼비 방으로 들어가서 공손하게 문안(問安)을 드리고 엎드려서,

"살려주십시오! 죽을 때라 잘못하였으니, 덕택을 입사와 용서하여 주시기만 바랍니다."

---

8) 원문에는 '限(한)이나'로 표기.

하고 애걸을 하였습니다.

두꺼비는 웬 까닭인지도 모르고 하도 이상하므로,

"너의 성명이 무엇이며 무슨 이유로 이 깊은 밤에 와서 살려 달라고 하는고?"

하고 물었습니다.

이놈이 대답하되,

"소인이 과연 유공엽이올시다. 참 죽을 죄를 범하였사오니, 하해(河海) 같은 덕택이나 바랍니다. 과연 옥새는 동편(東便) 연못 속에 넣었사오니, 찾으시고 목숨만 살려주십시오."

하고 애걸애걸하였습니다.

두꺼비는 정신이 번쩍 나서,

"분명 그러냐? 만일 조금이라도 틀리고 보면 죽느니라."

하고 용서하여 보냈습니다.

두꺼비는 희색(喜色)을 띠고 기다리고 있었더니, 그 이튿날 백일 한이 되어서 과연 황제가 불러서 찾을 방책(方策)을 물으므로, 곧 대답하되,

"네, 찾았습니다. 동편 연못 속에 있습니다."

하고 아뢰었습니다.

바로[9] 장정들을[10] 불러가지고 연못 물을 다 퍼내고 보았더니, 참 옥새가 있어서 황제를 갖다드렸습니다. 황제가 기뻐하사 만조(滿朝) 백관(百官)을 불러 만세를 부르시고, 두꺼비에게 상급(賞給)을 많이 주게 하셨습니다.

하도 신기하므로, 정승[11] 하나가 두꺼비더러 말하되,

"네가 그와 같이 복술이 용하니, 다시 한번 시험하겠다."

---

9) 원문에는 '그시로'로 표기.

10) 원문에는 '軍丁(군뎡)들을'로 표기.

11) 원문에는 '閣老(정승)'으로 표기. '각로'는 중국 명나라 때에, 재상(宰相)을 이르던 말.

하고 돌로 만든 그릇[12] 한 개를 갖다 놓고,

"저 속에 무엇이 들었는지 가리켜 내라."

하였습니다.

두꺼비는 천행(天幸)으로 사지(死地)를 벗어났더니, 또 이러한 답답한 경우를 당하므로, 두 눈이 캄캄하여지며 가슴이 쓰려서 속으로 생각하되, '이제는 꼭 죽었구나! 어찌 한다는 말이냐? 당초에 그 돌이 때문에 이 지경이 되었구나.' 하며 탄식을 하되,

"애고! 애매한 두꺼비가 돌에 치었구나!"

하고 부지중(不知中)에 소리를 크게 내었습니다.

정승은 이 소리에 박장대소(拍掌大笑)를 하며,[13]

"참 신기하다."

하고 돌그릇을 열어논즉, 두꺼비가 털석 뛰어나갔습니다. 무슨 일이든지 운수가 좋으면, 그와 같이 우연히 잘 되는 것입니다. 하필 돌그릇 속에다가 두꺼비를 넣었던지, 이 두꺼비는 많은 상품과 많은 명예를 얻어 가지고 조선으로 돌아와서, 돌이와 같이 부귀를 누렸다 합니다.[14]

---

12) 원문에는 '盒(합)'으로 표기.

13) 손뼉을 치며 크게 웃으며.

14) 이 이야기는 『한국구비문학대계』에 <거짓 점괘 뺀 돌이와 개구리>(7-16권, 379~383쪽.), <냄새 맡아 물건 찾은 돌이와 개구리>(7-11권, 845~854쪽.), <돌이와 개구리>(1-3권, 197~201쪽. 8-11권, 417~421쪽.), <두꺼비와 돌이>(1-9권, 48~50쪽.), <잃어버린 옥새를 찾은 개구리와 돌이>(5-4권, 719~726쪽.) 등의 제목으로 6편의 각편이 실려있다.

28. 오성(鰲城)의 도깨비 길들이기*

전에 조선(朝鮮)에서 청국(淸國) 사신(使臣)을 갔다 올 때에, '산해관(山海關)'[1]이라 하는 사관(使館)에서 반드시 숙박을 하게 되었다 합니다. 그런데 이 집에서 도깨비 장난이 어찌 심하던지, 갔다 오는 사신마다 모두 도깨비에게 홀려서 혼이 나고 왔다 합니다.

마침 오성 이항복(李恒福) 씨가 사신을 따라가게 되었는데, 장담하는 말이,

"내가 들으니, 해마다[2] 사신들이 산해관 사관에서 도깨비에게 홀려서 욕을 당한다 하나, 대저 담기(膽氣)가[3] 약하기에 그런 것이지, 마음을 굳세게 가지면 사불범정(邪不犯正)[4]이라니 그런 이치가 있으리오?"
하고 다른 사람을 흉보았습니다.

그 때에 금남(錦南) 정충신(鄭忠信)[5]이 곁에 있다가 이 말을 듣고,

---

* 원문 601쪽. <鰲城(오셩)의독갑이制禦(졔어)>.

1) 여기서는 '산해관'이 사신들의 숙소로 나오지만, 지명 '산해관'은 중국 하북성(河北省) 동쪽 발해만(渤海灣)에 면해 있는 도시이다. 지금은 중요한 광산지대이지만, 17세기까지는 북동쪽의 유목민족으로부터 북경(北京)을 방어하기 위한 중요한 전략적 요충지였다. 산해관은 해안을 따라 전개되는 좁은 협곡을 지나, 북경에서 만주(滿洲)로 가는 통로인 동시에 만리장성이 끝나는 곳이다.

2) 원문에는 '年年(년년)히'로 표기.

3) 담력이.

4) 바르지 못한 것은 바른 것을 범하지 못한다는 뜻으로, 정의(正義)는 반드시 이긴다는 말.

5) 1576년(선조 9)~1636년(인조 14). 조선 중기의 무신. 본관은 하동(河東). 자는 가행(可行), 호는 만운(晩雲). 고려 명장 지(地)의 9대 손으로, 아버지는 금천군(錦川君) 윤(綸)이다. 병조판서 이항복(李恒福)이 그에게 사서(史書)를 가르쳤는데, 머리가 총명하여 아들같이 사랑하였다고 한다. 1623년(인조 1) 안주목사로 방어사를 겸임하고, 다음해 이괄(李适)의 난 때는 도원수 장만(張晩)의 휘하에서 전부대장(前部大將)이 되어, 이괄의 군사를 황주와 서울 안산(鞍山)에서 무찔러 진무공신(振武功臣) 1등으로 금남군(錦南君)에 봉해졌다. 천문・지리・복서・의술 등 다방면에 걸쳐서 정통했으며, 청렴하기로 이름이 높았다. 광주(光州) 경렬사(景烈祠)에 제향되었다. 저서로 『만운집』, 『금남집(錦南集)』, 『백사북천일록(白沙北遷日錄)』 등이 있다. 시호는 충무(忠武)이다.

"대감께서 예언하실 것이 아니라, 지내보시고 하실 말씀이올시다."
하고 말하였더니, 오성이 그만 노하여 변색(變色)하고 하는 말이,

"오직 못나서야 변변치 못하게 그런 도깨비한테 속는단 말이오? 그대는 나를 부족히 보기에 그런 말을 하는 것이로구려. 그런 객설(客說)은 다시 하지 마오!"
하고 대책(大責)하였습니다.

금남은 다시 두말 하지 아니하고, 오성이 출발할 때에 같이 길을 떠났습니다.[6] 여러 날만에 의주(義州) 압록강(鴨綠江)을 건너서 요동(遼東)의 산해관을 당도하였습니다. 사관에서 유숙(留宿)하게 되매 오성은 등촉(燈燭)을 밝히고 단정히 앉아서 밤을 지내려 하였습니다.

밤이 깊어지매, 같이 갔던 일행들은 다 피곤함을 이기지 못하여 잠들이 깊이 들고, 사방은 적막(寂寞)하였습니다. 이 때에 방 안 천장에서 웬 사람의 다리 하나가 부스럭부스럭하고 차차 내려오더니, 공중에 대롱대롱 매달렸습니다. 오성은 이것을 보고 눈을 크게 부릅뜨고 대책(大責)하되,

"사불범정이어든 저것이 무엇이니? 네 속히 물러가라!"
하였더니 홀연 없어지고 아무 것도 보이지 아니하였다 합니다. 오성 마음에 대단히 신기하여,

"그러면 그렇지. 요귀(妖鬼)같은 것이야 감히 나에게 침범할 이치가 있으리오?"
하고 잠을 자려 하였습니다. 얼마 후에 또 창 밖에서 웬 신발 소리가 나더니, 방문을 슬며시 열고 노인 하나가 들어오는데, 자세히 본즉 자기의 돌아가신 부친이었습니다. 오성의 손을 붙들고 한숨을 '휘이' 쉬더니 눈

---

6) 이항복과 정충신의 관계를 알 수 있는 이야기는 『계서야담(溪西野談)』, 『청구야담(青邱野談)』, 『동야휘집(東野彙輯)』, 『기문총화(記聞叢話)』, 『동패락송(東稗洛誦)』 등의 야담집에서 볼 수 있고, 『한국구비문학대계』 1-7권 551~552쪽의 <정풍신과 오성대감> 4-3권, 183~191쪽의 <권율과 그의 사위 신립, 오성, 정충신> 5-3권, 204~206쪽의 <노끈으로 만든 장계를 전달한 정충신> 등의 이야기에서도 확인할 수 있다.

물을 흘리며,

"내가 세상을 영별(永別)한 후에 항상 너의 생각이 속에 그득하나, 유명(幽明)이 다른 까닭에 마음대로 보지 못하였더니, 오늘 여기서 만나볼 줄 의외(意外)로구나. 나는 세상을 버리고 이곳에 와서 산해관 도깨비가 되어 가지고, 집에 소식을 알고자 하여 사신 왕래할 적마다 들어와서 물으려 한즉, 모두 피하는 고로 자세히 듣지 못하더니, 천행(天幸)으로 너를 만났은즉 나의 소원을 인제야 풀었다. 그러나 집에 가족들이 다 있느냐?"

하고 다정하게 물었습니다.

오성은 그만 부친 앞에 엎드려서 방성대곡(放聲大哭)을 하였더니, 그 부친이 붙들어 일으키며,

"요란하다, 울지 마라. 같이 온 일행들이 듣고 보면 창피하다."

하고 말렸습니다. 오성이 울음을 그치고 부친에게,

"하필 이곳에 오셔서 도깨비가 되심은 어찌한 일이십니까?"

하고 물었더니, 대답이,

"하늘이 정한 운수를 어찌 피할 수 있느냐? 몇 해만 더 지나면 고향으로 돌아가려 한다."

하고 여러 가지 집안 일에 대하여 문답하는 것이, 하나도 틀림이 없고 조금도 의심이 없으므로, 확실히 부친으로 알고 모시고 이야기를 하였습니다.

부지중(不知中)에 시간이 늦어져서 닭이 울고 새벽이 되매, 부친이 일어나 가려하였습니다. 오성이 만류(挽留)하며 더 계시기를 청(請)한즉, 부친은,

"애, 못될 말이다. 나 역시 너와 함께 있음을 좋아한다마는 유명이 다르니까 임의대로 못한다. 사신 다녀서 나올 때에 또 다시 만나자. 아무쪼록 몸 성히 잘 다녀 오너라."

하고 문을 열고 나갔습니다.

오성은 부친을 모시고 뜰 아래 내려 와서 작별하고, 자연 마음이 비창(悲悵)하여, 밝은 달 밤에 아래를 이리저리 거닐며 왔다갔다 하였습니다.

정금남은 처음부터 오성의 동정을 대청(大廳) 밑에서 숨어 엿보았습니다. 그런데 오성이 뜰을 거닌다는 것이 연못에[7] 들어가서 물 속으로 절벅절벅 돌아다녔습니다. 금남이 속으로 오성이 도깨비한테 속지 아니한다고 장담하던 것이 우스워서 큰 소리로,

"대감, 저것이 웬일이십니까? 도깨비한테 단단히 속으십니다그려!"

하고 말을 하였습니다.

오성은 그제야 깜짝 몰라 정신을 차려 본즉, 과연 자기가 도깨비에게 홀려서 연못 속에 섰으므로, 부끄러운 생각이 나서 임시처변(臨時處變)[8]으로 말하되,

"그대가 알지 못하는 소리요. 산해관 도깨비는 이렇게 길들이는[9] 법이오."

하고 대답하였습니다. 사실인지는 모르나 이런 전설이 있습니다.[10]

---

7) 원문에는 '蓮(련)못에'로 표기.

8) 갑자기 터진 일을 우선 간단하게 둘러맞추어 처리함. 임시변통(臨時變通).

9) 원문에는 '制禦(제어)하는'으로 표기.

10) 내용은 다르지만, <수수께끼로 도깨비를 쫓은 오성대감>이라는 이야기가 『한국구비문학대계』 7-13권, 754~757쪽에 전한다.

29. 반쪽 사람*

옛적에 한 사람이 첫아들을 장성(長成)시킨 후에, 또 둘째 아들을 출생하였습니다.

이 아이는 배냇병신으로[1] 다리만 둘을 가졌으나, 그 외에 머리며 몸통은 모두 다른 사람보다 반을 적게 가졌습니다.

그리하여 이름을 '반쪽이'라 하고, 대단히 괴이하지마는 어머니 되는 마음에는, 일변(一邊) 불쌍도 하고, 그것도 생명일뿐더러 또한 혈육(血肉)인 까닭에 보호하여 양육(養育)합니다.

그러나 그 부친되는 이와 형 되는 사람은 가끔 말하기를,

"병신(病身)도 분수가 있지. 저렇게 애를 써서 양육한들 사람 노릇 못할 것을, 진작 내다버리면 남도 부끄럽지 아니하고, 공연한 심력(心力)도 허비하지 아니한다."

하였습니다.

반쪽의 모친 되는 이는 그럴수록 눈물을 흘리며,

"어찌 나의 혈육을 병신이라 하여, 차마 인정(人情)에 내다 버려서 생명을 끊으리오? 내 생전에는 내가 얻어먹이다가, 나 죽은 후에는 어찌 되든지 도저히 되지 못한다."

하며 슬퍼하였습니다.

어느덧 반쪽이는 한 해 두 해 점점 장성하여 십여 세가 되매, 비록 반쪽이나 기운이라든지 힘이라든지 보통 사람의 몇 갑절이 되어, 가위 역사(力士)라 하게 되었습니다.

팔은 하나지만, 집채 같은 바위라도 밀치면 흔들리고, 큰나무라도 흔들면 부러질 것 같아서, 매양(每樣) 기운에 못견디어서 장난이 무쌍(無雙)합

---

* 원문 603쪽. <반쪽사람>.

1) 선천성 기형으로.

니다.[2] 그리하여 동네 사람들이 그 위태(危殆)함을 근심하였습니다.

하루는 앞산에 올라갔다가, 토끼 한 마리가 뛰어 가는 것을 보고 잡으러 쫓아갔으나, 토끼가 요리조리 피하여 달아나다가 큰 바위 밑으로 들어가 숨었습니다.

반쪽이는 그 조그마한 토끼를 잡지 못하여, 분이 잔뜩 나서 발길로 그 바위를 한번 찼더니, 그만 데굴데굴 굴러 내려와서 한 인가(人家)에 부딪혀서, 벼락 치는 소리가 나며 파괴가 되었습니다.

동네 사람들이 크게 놀라서 어찌 된 원인을 조사한즉, 반쪽이 장난이므로 모두 반쪽의 집에 가서 야단을 치고, 파괴한 집값이며 세간의 결단난 손해를 배상하여 달라고 하였습니다.

반쪽이 형은 이 변(變)을 만나, 여러 사람에게 손이 닳도록 빌어서 겨우 배상할 것을 모면하고,

"이놈으로 하여 큰 욕을 보았다. 이놈을 두었다가는 집안이 망할 터이니, 하루바삐 죽여버리겠다!"

하며 분이 나서 반쪽이를 붙들어가지고, 뒷동산에 올라가 튼튼한 참밧줄로[3] 아름드리 소나무에다 인정 없이 찬찬 감아서, 꼼짝을 못하게 해 놓았습니다.

반쪽이는 눈을 끔적끔적하며,

"여보시오, 형님. 죽으라고 이렇게 몹시 동이시오?[4] 좀 느슨하게 해주시오.[5]"

하고 빌었습니다.

형은,

---

2) 견줄 만한 것이 없을 정도로 뛰어납니다.

3) 원문에는 '참바로'로 표기.

4) 동이다. 어떤 물체가 꼭 죄이도록 돌라매서 묶다.

5) 원문에는 '늑귀주시오.'로 표기.

"아따, 이놈. 잔말 마라. 너 같은 놈은 죽어도 일없다. 큰범이 나와서 깍 물어 갔으면 내가 춤을 추겠다."
하였습니다. 반쪽,

"여보시오, 이 몹쓸 형님. 동기(同氣) 간에 그러한 말씀이 어디 있으며, 또 인정이 그다지도 없고 그렇게 무도(無道)하시단 말씀이오? 나는 꼭 죽었습니다그려. 아무렇든지 안녕히 내려가십시오."

형,

"이놈아! 그래도 무엇이라고 지껄이느냐? 병신 고운 데 없다고, 그 따위 장난이 어디 있느냐? 너를 집에 두었다가는 큰일이 날 터이니, 가엾지마는 여기서 죽어라."
하고 내려 왔습니다.

반쪽이 어머니가 큰아들 돌아오는 것을 보고,

"네가 반쪽이를 어찌 하고 왔느냐?"
물은즉 대답하되,

"그까짓 놈을 물어 무엇하십니까? 하도 분하기에 뒷동산 나무에 붙들어 매었습니다."

모(母),

"애, 그 불쌍한 것을 너무 몹시 구지 마라. 벌써 집안 운수로 그러한 병신이 난 것을, 너는 너무 몹시 하더라. 분김에 힘껏 붙들어 매었으면, 호흡 불통(不通)이 되어 죽었겠구나. 빨리 가서 끌러 놓아라."

형,

"아니올시다. 붙들어 매었더니, 죽기커녕 익살만 부리고 있습니다."
하였습니다.

이렇게 모자가 이야기를 할 즈음에, 뒤편에서 무엇인지 큰 바람 소리 같은 것이 나므로, 깜짝 놀라서 돌아다보았습니다.

천만(千萬) 의외(意外)에 반쪽이가 소나무를 뿌리째 뽑아 짊어지고 내

려와서,6) 문 앞 마당 옆에 쾅 내려놓으며,

"어머니, 우리 집 앞에는 정자(亭子)나무가 없기로 하나 가져 왔습니다. 일기(日氣)가 심히 더울 때에, 이 나무 밑에서 담배나 잡수시고 시원한 바람이나 쏘이십시오."

하며 '꿍' 하고 그루박으니까,7) 뿌리와 함께8) 나무 중동9)까지 내리 박히며, 동여맸던 밧줄이 탁 끊어졌습니다.

그리하여 반쪽이는 옷을 툭툭 털고 어머니 옆에 와 우뚝 서며,

"어머니, 내가 죽을 줄 알고 슬퍼하셨소? 과연 형이 분하였던 것이어요. 아주 참 몹시 동입디다. 여보, 어머니. 여보, 형님. 그렇든 저렇든 내 나이가 벌써 이십이 되도록 도무지 장가들인단 말은 한번도 들어볼 수 없으니 웬일이오? 만일 부모께서 내가 병신이라고 장가를 아니 들이실 것 같으면, 내가 내 수단으로 들 터입니다. 어서 좌우간에 시원하게 말씀하여 주십시오."

하고 능청스럽게10) 그와 같이 턱없는 말을 하였습니다.

이 말을 들은 형은 하도 같잖아서 콧방귀만 끼고, 그 모친은 한편으로 측은한 생각이 간절하여 좋은 말로 달래어 말하되,

"아따, 이 자식아. 부모 된 마음에 장성한 자식 장가 들일 마음이야 간절할뿐더러, 너의 마음보다 더하지마는, 말바로11) 말이지. 병신도 어

---

6) 나무에 묶였지만, 나무를 뽑아버리는 엄청난 힘에 대한 화소는 <주몽신화>에서도 찾아볼 수 있다. (이혜순 외, 『천손은 어느 곳에서 노닐고 계시는고』, 소명출판, 2009, 36~37쪽. 왕의 아들과 따르는 사람 40여인이 겨우 사슴 한 마리를 잡았는데, 주몽은 사슴을 퍽 많이 쏘아 잡았다. 왕자[동부여 금와왕의 태자(太子) 대소(帶素)]가 시기하여 주몽을 붙잡아 나무에 묶어 매고 사슴을 빼앗았는데, 주몽이 나무를 뽑아 버리고 갔다.)

7) 그루박다. 물건을 들어 바닥에 거꾸로 탁 놓다.

8) 원문에는 '쑤리암질너'로 표기. '암질너'는 '암질러'로 보이고, '암지르다'는 '주된 것에 덧붙여서 하나로 되게 하다'의 뜻. '뿌리 암질러'는 '뿌리와 하나가 되어'로 보아 '뿌리와 함께'로 풀이함.

9) 사물의 중간이 되는 부분이나 가운데 토막.

10) 원문에는 '엉청되게'로 표기. '엉청스럽다'는 '능청스럽다'의 잘못.

지간하여 마음이나 먹어보지.[12] 누가 딸 가진 사람이, 너 같은 반쪽 놈을 줄 이치가 있어야 말이나 하여보지. 기막힌 말 다시는 말아라."
하였습니다.

반쪽이가 이 말을 듣더니 화를 벌컥 내며,

"부모도 다 쓸데없소! 내 행동대로 할 터입니다!"

모,

"이 자식아! 네 행동대로 하면 어찌할 터이냐?"

반쪽,

"아주 쉽습니다. 내 몸이 이와 같이 흉한 병신이오, 재산도 남과 같이 없으나, 단지 힘 하나는 남부끄러울 것이 없습니다. 그런즉, 이로부터 이 나의 힘을 가지고, 저 건너 마을 사는 부잣집 주인의 딸하고 혼인을 하겠습니다."

모,

"애, 쓸데없는 소리 마라. 힘이 있으면 어찌 할 터이냐?"

반쪽,

"오늘 저녁에 그 집 식구가 다 잠들거든 슬쩍 뛰어들어가서, 색시를 냉큼 업어가지고 올 터이올시다. 아무 참견 마십시오."

반쪽이 어머니가 이 말을 듣고 깜짝 놀라서 또 하는 말이,

"무엇 어째? 이 무식한 놈아. 그것이 될 일이냐? 그러하면 힘만 있으면 못할 것 없겠구나? 아무리 법을 모르기로 그 따위 말이 어디 있니? 매 맞아 죽을 소리 말아라."
하고 꾸중을[13] 하였으나, 반쪽이는,

"아따, 어머니가 암만 못하게 말씀하실지라도, 나는 속마음에 작정하

11) 말한 그대로 정확하게. 사실 그대로.

12) 원문에는 '生意(싱의)나하야보지.'로 표기.

13) 원문에는 '責(칙)을'로 표기.

였으니까 다시 두말 마십시오. 이 따위 병신이 그리 않고야 장가들 수 있겠소? 그리하다가 맞아 죽더라도, 이쁜 색시한테 장가나 들어보겠습니다. 그렇지마는 몇 십명 놈같은 것이야, 내가 비록 병신이나 한 주먹으로 개새끼 때려 잡듯 하겠습니다."

하고 뽐내고 있었습니다.

반쪽이 어머니는 반쪽의 행동을 보고 생각하되, '큰일났구나. 저 병신 놈이 한갓 제 고집대로 행동할 지경이면, 집이 별안간에 망하겠으니, 미리 부잣집에 통지(通知)나 하여 며칠 동안 건장한 사람들로 수직(守直)[14]을 잘하게 하여, 반쪽의 작변(作變)을[15] 막게 하리라.' 하고 큰아들에게 슬며시 약속하여 부잣집으로 보내었습니다.

부잣집에서는 이 말을 듣고 깜짝 놀라며, 즉시 모든 식구와 모든 하인을 불러서 한바탕 이야기를[16] 하더니, 각각 단속을 하였습니다.

건장한 남 하인은 문 파수(把守)며[17] 순경(巡更)을[18] 명하고, 또 그 외에 곳곳에 매복(埋伏)을 시켜 놓고, 집 안에는 이 방 저 방에 가족이며 계집 하인들이 밤마다 번차례(番次例)로 수직을 하고, 방어(防禦)할 준비를 하여 놓아서, 나는 새라도 들어갈 수 없이 하여 놓았습니다.

그날 밤에 반쪽이가 집에서 슬며시 나와서, 부잣집 동네로 건너가서 멀리 동정을 살펴본즉, 그 집 안팎에 등촉(燈燭)이 휘황하고 몽치[19] 든 장정이 사면에 매복한 것 같거늘, 한참 보더니,

"아아, 이놈들 보아라. 너희가 나를 속여 보려고 암만 그리하기로 될

14) 건물이나 물건 따위를 맡아서 지킴.

15) 소동을.

16) 원문에는 '一場說話(일장셜화)를'로 표기.

17) 지키기며.

18) 밤에 도둑이나 화재 따위를 경계하기 위하여 돌아다님을.

19) 짤막하고 단단한 몽둥이. 주로 사람이나 동물을 때리는 데에 쓰며, 예전에는 무기로도 썼다.

말이냐? 견디어 보아라."

하고 건너왔습니다.

그 이튿날 또 가본즉, 여전히 수직을 하고 있으므로,

"오늘은 내가 저놈들을 좀 놀래보겠다."

하고 절구만한 바위 하나를 번쩍 들어, 부잣집 뒷마당에다가 '쾅' 하고 메다 쳤습니다.

별안간에 대포 소리같이 땅이 울리고 요란하므로, 수직하던 사람들은 대경(大驚)하야 소리를 지르고 야단을 치며 찾으러 돌아다녔습니다.

반쪽이는 이것을 보고 웃으며,

"이놈들, 좀 속아 보아라. 아무리 하여도 주고야 말걸."

하며 팔다리를 함부로 내저으며[20] 집으로 돌아왔습니다.

대체 이렇게 하기를 며칠 동안이나 하였던지, 순경하던 사람이며 그 동안 식구가 모두 잠을 자지 못하여, 상하(上下) 소솔(所率)이[21] 잠에 취하여 말이 아니었습니다.

반쪽이가 날마다 밤중이면 가서 동정을 보다가, 하루는 고요하여 아무 기척이 없으므로 점점 가까이 가서 보았습니다. 안팎에 수직하던 사람이며 상하 남녀 노소없이 잠에 취하여 모두 쓰러져서 코고는 판이오, 가서 건드려 보아도 도무지 인사(人事) 정신을 몰랐습니다. 반쪽이는,

"옳다! 인제는 되었구나."

하고 순경을 돌던 놈들은 땅에 말뚝을 박고 상투를 풀어 매어놓고, 대문간에 파수 보던 두 놈은 상투를 풀어 문지방에 걸쳐매고, 안으로 들어가

20) 원문에는 '벼르저거리며'로 표기. '버르적거리며'로 보임. '버르적거리다'는 '고통이나 어려운 고비를 벗어나려고 팔다리를 함부로 내저으며 큰 몸을 움직거리다'임. 여기서는 고통이나 어려운 고비를 벗어나기보다는 반쪽이가 팔 하나로, 반쪽으로 걷는 모습을 묘사하기 위해 '버르적거리며'라는 낱말을 사용한 것으로 보아 '팔다리를 함부로 내저으며'라는 뜻으로 보았음.

21) 한 집에 거느리고 사는 식구가. 권솔(眷率)이.

마루 밑에 숨은 놈은 부엌에 가서 가마솥을 떼어다가 엎어 놓고, 사랑(舍廊)으로 들어가서 부자 영감은 수염에다가 유황(硫黃)을 발라 놓고, 그 아들에게는 두 손에 방망이[22]를 붙들어 겹쳐 매고, 건넌방으로 들어가서 주인의 며느리 두 손에는 소고(小鼓)와 소고채를 붙들어 매어서, 두 팔을 느직하게 동여매어 복고개[23]에 매달아 놓고, 안방으로 들어가서 부자의 마누라는 허리를 매어 다듬잇돌[24]에 붙들어매고, 앞에는 놋대야를 놓고 두 손에는 다듬잇방망이[25]를 붙잡아 매고, 앞뒤뜰로 돌아다니며 각각 결박하여 놓은 후에, 다시 안방으로 들어가서 색시 자는 것을 이불에 돌돌 말아 외팔로 둘러메고 나오면서,

"반쪽이 신랑이 색시 업고 행차하신다!"

하고 소리를 크게 지르며, 수직하던 놈들은 닥치는 대로 발길로 한 번씩 '툭툭' 걷어차며 집으로 돌아왔습니다.

이 통에 부잣집에서는 모두 놀라며 잠이 깨기 시작하며 야단 법석이 났습니다. 우선 주인 영감이 먼저 일어나서 불을 켜느라고 화로를 찾다가, 수염에 불이 붙어서,[26]

"에, 뜨거, 뜨거!"

하며 야단이며, 이것을 본 아들은 손에 방망이[27] 든 채로,

"아버지 탄다, 아버지 탄다!"

하며 불 끄느라고 함부로 두드려 그 중에도 아파서 에크, 데크 소리요, 안방 마누라는 다듬잇돌[28]에 메인 까닭에 일어나지는 못하고, 두 손만

---

22) 원문에는 '방맹이'로 표기.

23) 보꾹. 지붕의 안쪽. 지붕 안쪽의 구조물.

24) 원문에는 '방추돌'로 표기. '다듬잇돌'은 다듬이질을 할 때 밑에 바치는 돌.

25) 원문에는 '다듬이방추'로 표기.

26) 원문에는 '단기여서'로 표기.

27) 원문에는 '방추'로 표기.

28) 원문에는 '방치돌'로 표기.

허위허위거리는 대로 앞에 놓인 대야가 맞아서 '꽹꽹' 소리요, 건넌방 며느리는 복고개에 매인 채로 두 손을 흔들어서 소고 소리 '둥당둥당' 장단을 맞추며, 마루 밑에 가마솥 쓴 놈은,

"아이구, 천지(天地) 개벽(開闢)을 하였구나!"

하며, 문 파수 보던 두 놈은 서로 상투를 잡아당기며,[29]

"아따, 이놈아, 놓아라."

"이놈아, 네가 안 놓지, 내가 안 놓니?"

하며 싸움이오, 그 외에 순경꾼은,

"하느님, 사람 살리시오!"

하며 상투를 붙잡고 우는 광경, 일시(一時)는 가관(可觀)이었습니다.[30]

반쪽이는 집으로 돌아와서 자기 방에 색시를 내려놓고, 마당으로 나가서 한번 재주를 넘더니, 반쪽이 변하여 묘한 남자가 되어서 어머니와 형님을 부르며,

"인제도 병신이라 하실 터이오?"

하며 또 색시한테 들어가서,

"무례함을 용서하시오."

하니 모친과 형은 물론이오, 색시도 기뻐하여 부부가 되었다 합니다.[31]

---

29) 원문에는 '켕기며'로 표기.

30) 꼴이 볼 만했습니다.

31) 이 이야기는 『한국구비문학대계』에 <반쪼가리 애기장수>(8-14권, 216~218쪽.), <반쪽아이의 재주>(3-2권, 367~371쪽.), <외짝이>(4-4권, 99~106쪽.), <주인 도령 반쪽이를 장가보낸 하인>(5-2권, 94~96쪽.), <한쪼가리와 반쪼가리 형제>(7-16권, 123~126쪽.) 등의 제목으로 5편의 각편이 실려있다.

30. 놀부(乭夫)와 흥부(興夫)*

옛적에 놀부와 흥부라는 형제가 있었습니다. 형 놀부는 심사가 어찌 괴악(怪惡)하든지, 어렸을 때부터 남의 잘 되는 것을 싫어하며 못 되는 것을 좋아하여, 만일 다른 사람의 잘 되는 일이 있으면 방해를 놓고야 비로소 만족하게 여기는, 흉악한 성질을 가졌습니다. 그러나 그 아우 흥부는 천성(天性)이 공손하고 후덕(厚德)하여, 물론 누구든지 칭찬을 아니 하는 사람이 없었습니다. 재산도 놀부에게 모두 빼앗기고 곤궁(困窮)하게 지내되, 조금도 형을 탓하는 일이 없이 처자(妻子)를 거느리고 화락(和樂)하게 살아갑니다.

어느 해 삼월(三月) 삼일(三日)에 강남(江南)으로부터 제비가 날아오더니, 흥부의 집 처마[1] 아래에[2] 집을 짓고 새끼를 낳습니다.

이 새끼들은 어미 제비의 보호를 받아서 나날이 무럭무럭 자라더니, 불행히 하루는 큰 뱀에게 들켜서 모조리 잡혀먹고, 마침 한 마리가 땅에 떨어져서 다리가 부러지며 피를 흘리고 '발발' 떨고 있었습니다.

그 때에 흥부가 들어오다가 이 모양을 보고, 대단히 참혹하게 여기며 당사실로[3] 잡아매고, 새살이 돋아날[4] 약을 발라 주었습니다. 이 제비는 흥부의 구제를 받아 가지고, 부러졌던 다리가 차차 낫게 되며 몸도 충실하게 자라서 자유로 날아 다니게 되었습니다.

어언간(於焉間)에 구월(九月) 구일(九日)이 되매, 이 제비는 고국(故國)으로 들어가서, 강남왕(江南王)께 일장(一場) 내력을 고한 후에, 흥부에게

---

* 원문 608쪽. <乭夫(놀부)와興夫(흥부)>.

1) 원문에는 '簷下(쳠하)'로 표기.

2) 원문에는 '기슭헤'로 표기. '기슭'에는 '산이나 처마 따위에서 비탈진 곳의 아랫부분.'이라는 뜻이 있음.

3) 명주실로.

4) 원문에는 '合瘡(합창)할'로 표기. '합창'은 '종기나 상처에 새살이 돋아나서 아묾'을 뜻함.

보은(報恩)할 걱정을 하였습니다.

강남왕이 듣더니 내단히 기뻐하며,

“홍부의 은공(恩功)이 참으로 많으니, 이 박씨나 갖다 주라.”
하며 박씨 한 개를 주었습니다. 이 제비는 잘 맡아두었다가, 그 이듬해 봄에 이 박씨를 물고 홍부 집을 찾아와서, 홍부를 보고 반기는 듯 무엇이라고 재재거리더니, 홍부 앞에다가 박씨를 떨어뜨렸습니다.

홍부는 이 모양을 보고 이상하여 집어본즉, 틀림없이 박씨이므로 울밑에다가 심어 두었습니다. 며칠을 지나더니, 과연 박나무 하나가 나서 점점 무성하여 지붕[5] 위로 넝쿨을 뻗으며, 꽃이 피어서 박이 열리고, 여러 개 열린 박이 모두 탄탄하게 굳었습니다.

하루는 홍부 내외가 박통을 만져보고 모두 따 내린 후에, 톱을 들어 박 한 통을 켜 보았습니다. 박통이 갈라지며 상품(上品) 재목(材木)이 꾸역꾸역 쏟아졌습니다. 또 한 통을[6] 켰더니, 일등 목수들이 꾸역꾸역 몰려 나와서 순식간에 고대광실(高臺廣室)을[7] 지어 놓았습니다. 또 한 통을 켰더니 각종(各種) 세간이 쏟아지며, 또 한 통을 켰더니 남녀 하인이 꾸역꾸역 나와서 꾸벅꾸벅 문안을 드리고, 또 한 통을 켰더니 각종(各種) 포목(布木) 쏟아지며, 또 한 통을 켰더니 금은(金銀) 보패(寶貝)가 꾸역꾸역 나오며, 또 한 통을 켰더니 오곡(五穀)이 태산같이 쏟아져서, 잠시 동안에 가택(家宅)과 비복(婢僕)이며 의복과 음식 준비며 금은 보패가 곳간에 가득 쌓여, 졸지에 거부(巨富)가 되었습니다.

홍부 내외는 이로부터 희희낙락(喜喜樂樂)으로 날을 보내는데, 이 소리를 놀부가 듣고 뛰어와서 보더니, 대경(大驚) 실색(失色)하며 노기(怒氣) 등등하여 홍부더러,

---

5) 원문에는 ‘집웅’으로 표기.

6) 원문에는 ‘동을’로 표기.

7) 매우 크고 좋은 집을.

"이것이 웬일이냐? 네가 어디서 이와 같이 도적질을 하였느냐? 똑바로 말하여라!"
하고 물었습니다.

흥부는 공손하게 대답하되, 제비의 보은으로 이와 같이 된 것을 일일이 설명하여 드렸습니다.

놀부는 귀를 기울여서 자세자세히 듣더니, 그제야 입이 빙그레하여지며 곧 집으로 돌아가서, 제비 오기를 날로날로 기다렸습니다. 과연 춘삼월(春三月)이 되더니, 제비 한 마리가 와서 둥지를 짓고 새끼를 쳐 놓았습니다. 놀부는 일부러 새끼 한 마리를 꺼내서 다리를 분질러 가지고, 실로 매어서 약을 바른 후에 도로 집어 얹으며 하는 말이,

"나는 다른 것은 그만두고, 금은 보패만 쏟아져 나올 박씨를 갖다 다오."
하고 축원(祝願)을 하였습니다. 그 제비는 여러 날을 앓다가 겨우 소생(蘇生)이 되어 가지고, 가을 찬바람이 남을 따라 고국으로 들어가서 강남왕께 뵈온 후에, 놀부를 만나서 고초(苦楚) 당하던 이야기를 일일이 보고하였습니다.

강남왕이 듣더니 대노(大怒)하며,

"그런 괴악한 놈은 이런 박씨를 갖다 주어서 고통을 무한(無限) 받게 하여라!"
하고 박씨 한 개를 주었습니다.

그 이듬해에 이 제비는 박씨를 물고 나와서 놀부에게 주었더니, 놀부는 받아 가지고 양양(揚揚) 자득(自得)하여 즐거워서 하는 말이,

"인제는 나도 소원 성취하였구나!"
하며 가로 뛰고 세로 뛰다가 양지 쪽을[8] 찾아서, 구덩이를 깊이 파고 똥거름도 많이 한 후, 얻은 박씨를 심어 놓고 날마다 아침 저녁으로 가서

8) 원문에는 '짝을'로 표기.

보며, 박통 열기만 기다립니다. 싹이 나서 자라더니 꽃이 피어 수십 통의 박이 열렸습니다. 놀부는 박이 미쳐 굳기도 전에 역군(役軍)을[9] 사 가지고 박을 따서 놓은 후에, 톱을 들어 슬근슬근 박을 타며, 눈을 똑바로 떠서 금은 보패 나오기만 기다리고 있습니다.

한 통이 떡 갈라지더니 굿중패가 수백 명이 쏟아져 나오며 한바탕 춤을 추고 나서 돈을 달라고 하여 뺏어가고, 또 한 통을 탔더니 초라니 탈 쓴 놈들이 쏟아져 나와서 각종(各種) 재주를 한 후에 또 돈을 뺏어가고, 또 한 통을 탔더니 각종(各種) 걸인(乞人)이며 별별 병신이 다 쏟아져 나와서 동냥을 달라고 야단을 쳐서 곡식을 많이 뺏어가고, 그 다음에도 여러 통 박을 탔으나 반드시 놀부의 재산만 뺏어갈 뿐이오, 하나도 금은 보패는 구경을 못하였습니다. 여러 통 박을 다 타고 단지 한 통이 남았는데, 그래도 이 미련하고 욕심 많은 놀부는 생각하되,

"이 통에는 꼭 금은 보패가 많이 들었겠지."

하고 기어코 마저 타서 보았습니다. 이번에는 강도떼가 쏟아져 나오며, 일제히 몽둥이를 들고 놀부를 두들기며 금은 보패를 내 놓으라 하므로, 매에 못 이겨서 도망하여 왔더니, 이놈들이 집에 불을 놓고 가서 놀부는 집도 없게 되었습니다. 할 수 없이 아우 홍부한테 가서 머리를 숙이고 얻어먹다가 죽었습니다.

---

9) 일꾼을.

31. 늙은 아비를 내다 버린 사람*

어떤 산촌(山村)에 무도(無道)하고[1] 불측(不測)한[2] 농민(農民) 하나가 있는데, 어렸을 때부터 부모의 말이라면 도무지 듣지 아니하고, 심술이나 피우며 괴악(怪惡)한 장난이나 하여 항상 부모의 걱정을 시켰습니다.

어언간(於焉間)에 저의 부친이 늙어서, 밖에 나와서 일도 못하며 병이나 자주 앓고, 방 속에서 대소변이나 하여 집안 사람을 괴롭게 하며, 늘 맛있는 음식만 찾았습니다. 간난(艱難)한 생활에 치다꺼리하기가 귀찮은 생각이 나서, 그만 화를 내며 하는 말이,

"다른 늙은이들은 별로 앓지도 아니하고 얼른들 죽던데,[3] 저 늙은이는 밤낮 먹을 것만 찾고 방 속에서 똥오줌만 싸 놓으니, 괴로워서 살 수가 있나?"
하고 한참 타령을 하고 앞으로 가더니,

"얘-, 외양간 옆에 걸린 헌 지게 가져 오너라."
하고 시켰습니다. 갑득(甲得)이는,

"별안간에 지게는 가져 오라 하여 무엇에 쓰시렵니까?"
하고 물었습니다. 아비 놈이 화를 벌컥 내며,

"이놈아! 애비가 하라는 대로 할 뿐이지, 눈을 똑바로 뜨고 무슨 잔말을 하느냐?"
하고 꾸지람을 톡톡히 하였습니다.

갑득은 다시 묻지도 못하고, 급히 가서 지게를 가지고 온즉, 이 무도한 놈이 덮어 놓고 방 안으로 들어가서, 누워 있는 저의 아비를 번쩍 들

---

* 원문 610쪽. <老父(로부)를내다버린者(쟈)>.

1) 말이나 행동이 인간으로서 지켜야 할 도리에 어긋나고.

2) 생각이나 행동 따위가 괘씸하고 엉큼한.

3) 원문에는 '죽드그면'으로 표기.

어다가 지게 위에 얹어 놓고, 끈으로 이리저리 얽어매서 요동(搖動)을 하더라도 떨어지지 아니하게 단단히 묶었습니다. 그리고 갑득이더러,

"냉큼 져다가 먼 강변에 버리고, 그 지게까지도 그 곳에 놓아 두고 오너라."

하고 시켰습니다.

갑득이가 아비의 거동(擧動)을 보니, 기가 막히고도 참혹하여 무엇이라 할 수 없으나, 감히 만류(挽留)하지도 못하고 속으로 생각하되, '아마 부친께서 환장(換腸)을 하신 것이다. 아무렇든지 지고 가서, 별로히[4] 계책(計策)이나 내어 보겠다.' 하고 지게를 지고 일어나서 문 밖을 나갔습니다.

할아비는 이 모양을 보더니, 지게 위에서 대성통곡(大聲痛哭)을 하면서,

"이놈들아! 세상 천지에 이런 괴변(怪變)이 어디 있느냐? 너희들을 양육하여 이 지경을 당할 줄 누가 알았단 말이냐? 몹쓸 놈들아! 그리 말고 이 자리에서 어서어서 죽여다오!"

하고 한탄을 하였습니다. 갑득이가,

"여보십시오, 할아버지. 안심하시고 울지 마십시오. 남부끄럽소이다. 아비가 잠시 환장이 되어서 그러하오니, 용서하시고 조용히 남모르게 가시면 좋은 도리가 있습니다. 아비의 마음이 회개(悔改)하도록 하여 도로 모셔올 터이오니, 그치십시오."

하고 슬프고도 공손하게[5] 빌어서 울음을 그치게 하고, 강변으로 나갔습니다.

모래밭에[6] 내려놓고, 강물을 움켜다가 얼굴이며 손발의[7] 때를 깨끗

4) 따로 특별한.

5) 원문에는 '哀恭(익공)히'로 표기.

6) 원문에는 '沙場(사쟝)에'로 표기.

7) 원문에는 '手足(슈족)에'로 표기.

이 깨끗이[8] 씻기고, 옷을 벗겨서 이[虱]를 잡아 입힌 후에,

"할아버지, 여기서 앉아 계십시오. 아비한테 갔다가 다시 모시러 오겠습니다. 염려 마시고 잠시 기다리십시오."

하고 말씀을 여쭈었습니다.

할아비는,

"얘-, 그리 말고, 좋은 일 삼아 나를 저 물 속에 풍덩 집어 넣어다오. 괴로운 세상 살기 싫다. 이대로 두고 가면 얼른 죽지도 않고 고생을 오래할 터이니, 어서 죽이고 가거라."

하며 또 울었습니다.

갑득이는,

"할아버지를 속일 이치가 있습니까? 그런 말씀 말으시고, 다녀오기까지 혼자 계십시오."

하고 할아비를 달래며, 지고 나왔던 지게를 도로 가지고 들었습니다.

할아비가 이것을 보더니 또 의심이 나서,

"네가 올 것 같으면, 그 지게는 왜 가지고 가느냐?"

하고 물었습니다.

갑득이,

"아니올시다. 이 지게를 가지고 가야 다시 뫼시러 나옵니다. 아무 말씀도 마시고 잠시 계십시오."

하고 바로 제 집으로 들어와서 기침을 '칵' 하고, 지게를 벗어서 도로 외양간 옆에 매달았습니다.

아비가 방문을 열고 내다보며,

"너, 나 하라는 대로 하고 왔느냐?"

하고 묻다가 지게 매다는 것을 보고 질색을 하여 말하되,

---

8) 원문에는 '精(정)히精(정)히'로 표기.

"그 지게까지 내버리고 오라 하였더니, 어찌하여 도로 가지고 와서 거기다가 매다느냐? 빨리 내다가 버리고 오너라."
하고 꾸짖었습니다.

갑득이 대답이,

"이 다음에 또 쓸 것을 공연히 내다버려요?"
하였더니 아비가,

"무엇에 쓴단 말이냐?"
하고 물었습니다. 갑득은,

"이 다음에 아버지가 또 늙고 병들거든, 이 지게로 져다가 버리려고 가져왔습니다."
하고 대답을 하였습니다.

그 아비가 이 말을 듣고, 그만 반성이 되어서 아무 말도 못하고 얼굴이 붉어지더니, 한참만에 갑득을 보고,

"얘-, 아까 내가 잠시 미쳐서 그런 용납되지 못할 불효의 짓을 하였다. 어서 가서 도로 뫼시고 오너라. 내가 죽을 때라 잘못하였다."
하고 모셔 오게 하였습니다. 그 후 부터는 지성(至誠)으로 늙은 아비를 봉양하여, 갑득에 모범이 되게 하고 다른 사람의 일컬음이 되게 하였다 하니, 개지위선(改之爲善)[9]이란 말이 이런 것이올시다.[10]

9) 뉘우쳐 착하게 되다.

10) '고려장(高麗葬)' 이야기. 고려장과 관련된 각편은 『한국구비문학대계』에 <고려장이 없어진 내력>, <고려장이 없어진 유래>, <고려장 이야기>, <불효자와 고려장> 등의 제목으로 약 32편의 각편이 실려있다.

32. 토목공이(土木公伊)와 자린고비[自能高比]*

춘천(春川)에 '토목공이'[1]라 하는 사람이 있었는데, 어렸을 때에는 가세(家勢)가 대단히 간난(艱難)하였으나, 자기 손으로 재산을 많이 장만하여 나중에는 큰 부자가 되었습니다. 사람됨이 어찌 영악(獰惡)하던지, 술 한 잔, 담배 한 대, 밥 한 술 남 주는 일이 없으므로, 동리 사람들한테 매우 인심을 잃었습니다.

그리하여 누구든지 인색한 것을 보면 '토목공이 같다'고 말하여 유명한 별호(別號)가 되어서, 경향(京鄕)을 물론하고 모르는 사람이 없었습니다. 또 충주(忠州)에 '자린고비'라 하는 사람이 있으니, 영악하기가 토목공이 이상 가는 사람으로 소문이 나서, 자린고비라면 또 모를 사람이 없게 되었습니다.

토목공이는 아들이 있고, 자린고비는 딸을 가졌는데, 항상 적당한 혼처(婚處)가 없어서 걱정을 하더니, 서로 살림에 규모가 있다는 말을 듣고, 피차 마음에 무던히 합당하게[2] 여겨서 통혼(通婚)한 결과, 양방(兩方)이 다 결혼키로 결정이 되었습니다.

혼례를 지낸 후, 자린고비의 딸은 시집살이하러 토목공이 집으로 들어갔습니다. 들어가던 이튿날부터 살림을 맡아서 하는데, 토목공이 부부는 그 며느리의 살림살이하는 것을 살펴서 보매, 모든 일이[3] 모두 규모가 있고 다시 더 할 말이 없으나, 다만 밥상을 보는데 간장을 종지에 가득하게 떠서 놓은 것을 보았습니다. 깜짝 놀라서 며느리를 훈계하되,

"저처럼 헤프게 장을 먹어서 어찌 한다는 말이냐? 패가(敗家)할 장본

---

* 원문 612쪽. <土木公伊(토목공이)와自能高比(짜능고비)>. 제목에는 '능(能)'의 음을 '능'으로 하고 있으나, 본문에서는 능의 음을 '릉'으로 하고 있음.

1) '토목공이'는 '어리석고 미련한 사람을 놀림조로 이르는 말'임.

2) 원문에는 '可合(가합)하게'로 표기.

3) 원문에는 '百事(빅ᄉᆞ)가'로 표기.

(將本)[4]이로구나. 나는 장독에 파리가 앉았다가 날아가더라도, 기어코 그 파리를 붙잡아서 발목에 묻은 장을 씻어 넣고야 말며, 밥상에 간장을 놓더라도 겨우 종지 밑바닥에만 깔리게 놓으면, 숟가락으로 떠서 먹으려다가도 잘 떠지지[5] 않으면 그만 두는 까닭에, 그 장은 언제든지 없어지지 않는다. 이 다음에는 간장 놓는 법은 나와 같이 하여라."
하고 일렀습니다.

며느리가 잠자코 다 들은 후에 대답하되,

"그렇지 않습니다. 규모를 채 아시지 못하는 말씀이올시다. 저인들 그런 염량(炎凉)이[6] 없겠습니까? 간장을[7] 종지 바닥에만 깔리게 담아 놓으면, 숟가락으로 떠다가 잘 안 떠지면 기어코 떠내려고 숟가락으로 자주 긁어서 숟가락이 닳아 없어질 것이오며, 정 아니 떠지면 종지를 기울여서 따라 먹는 법이오니, 그러고 보면 손해가 두 가지로 나는 법이올시다. 그러나 종지에 간장을 가득하게 떠서 놓으면, 숟가락 닳을 이치도 없사옵고, 좀 떠서 먹으려다가도 가득함을 보고 자연 짠 생각이 나서 안 떠서 먹기를 합니다."
하고 설명하였습니다.

토목공이 내외가 이 말을 듣더니 무릎을 '탁' 치며,

"옳다, 옳다! 너의 말이 참 옳은 말이다. 이제부터는 두 말할 것 없이 모든 살림을 너의 마음대로 하여라. 너의 규모에는 미칠 수 없다."
하고 대단히 기뻐하였습니다.

그 후 며칠 지난 다음에, 자린고비가 자기 딸을 시집보내고 궁금한 생

---

4) 원문에는 '將本'으로 표기. 장본(張本)은 ① 어떤 일이 크게 벌어지게 되는 근원. ② 장본인: 어떤 일을 꾀하여 일으킨 바로 그 사람. 두 가지 뜻이 있는데, 여기서는 ①과 ②의 뜻이 모두 통함.

5) 원문에는 '쩨우지'로 표기.

6) 선악과 시비를 분별하는 슬기가.

7) 원문에는 '지렁을'로 표기. '지렁'은 '지룽'으로 보이고 '지룽'은 '간장'의 경남 방언임.

각이 나서, 만나 보려고 사돈집을 가서 토목공이와 같이 이 수작 저 수작을 하다가, 살림살이에 규모가 있는 이야기가 시작되어 가지고, 서로 자기 자랑을 합니다.

토목공이가 부채질하는 법을 말하는데,

"나는 부채 하나를 사면 몇 십 년씩 씁니다. 어떻게 쓰는고 하니, 부채를 온통 다 펴서 부치는 것이 아니고, 한 쪽씩 펴 차례차례로 펴서 부치면, 일평생에 부채 몇 개 아니 가져도 됩니다."

하고 자랑을 하였습니다.

자린고비는 이 말을 듣고 웃으면서,

"그것이 무슨 대단한 경제(經濟)가 되겠습니까? 나는 부채 하나만 가졌으면, 일평생이라도 쓰겠습니다. 날이 더워서 부채를 쓸 일이 있으면, 부채를 훨씬 펴 가지고 얼굴을 좌우로 흔들어서 바람을 내는 까닭에, 고개는 좀 아프나 부채는 언제든지 멀쩡하게 있습니다."

하고 자랑을 하였더니, 토목공이는 그만 탄복하였습니다.

얼마 아니 하여 저녁 밥상이 나오는데, 자반 조기로 찌개를 하여 반찬을 놓았습니다. 자린고비가 유심히 보더니 토목공이더러,

"여보시오, 사돈 영감. 이렇게 규모가 없어서 어찌 사시려오?"

하고 말하였습니다. 토목공이는,

"어찌하여 그러십니까?"

하고 물었더니, 자린고비가 대답하되,

"이와 같이 번번히 반찬을 상에다 놓으면 쇠털같은 날에 그 돈을 어찌 당합니까? 이런 자반 조기라도 한번 사서 천장에 매달아 놓고, 조석(朝夕) 때면 밥상을 그 밑에 놓은 후에, 밥 한 순가락 떠먹고는 조기를 쳐다보고, '어이고! 짜다!' 하면, 자연 짠 생각에 밥이 잘 넘어 갈 것이 아닙니까? 이와같이 하면 반찬 값은 모일 것이 아닙니까?"

하고 설명하였습니다.

토목공이가 이 말을 듣고 벌떡 일어나서 절을 하며,

"참, 사돈님 말씀이 옳습니다. 가끔가끔 가르쳐주십시오."

하고 대단히 숭배하였습니다.[8)]

---

8) 이 이야기는 『한국구비문학대계』에 <진주 자리꼽쟁이>, <충주 자리꼽재기의 진심>, <충주 자린고비> 등의 제목으로 약 13편의 각편이 실려있다.

33. 호랑(虎狼)이 모집(募集)*

(1)

시골 한 촌(村)에 여자 하나가 있는데, 하루는 바구니를 끼고 나물을 캐러 나갔다가, 돌아오는 길에 한 바위 밑을 지나려 한즉, 웬 강아지같이 생긴 어여쁜 짐승이 너댓 마리 있는 것을 보고, 귀여운 생각이 나서 가는 길을 멈추고 쓰다듬으면서,

"아이고, 이쁘기도 하다. 어쩌면 이렇게 털이 고울까?"

하고 있은즉, 얼굴에 웬 물방울이 척끈척끈 떨어지는 것을 보고, 이상히 여겨서 쳐다보았습니다.

바위 위에 큰 호랑이가 앉아서, 저의 새끼를 귀애(貴愛)함을 보고 좋아서, 헤헤 입을 벌리고 웃다가 침이 흘러서 떨어진 것입니다.

이 여자는 그만 혼이 나서 바구니를 내버리고 집으로 뛰어갔습니다. 호랑이는 보다가 가엾은 생각이 나서, 나물 바구니를 그 여자 집까지 갖다 주었습니다.

호랑이도 제 새끼 사랑하는 사람은 해(害)를 아니 하는 것 같습니다.

(2)

어떤 산촌에 농부 하나가 밭으로 일을 갔다가, 저물게 자기 집으로 돌아올 때에, 도중에서 새끼를 데린 어미 호랑이를 만났습니다.

어미 호랑이는 새끼를 데리고 먹을 것을 얻으러 돌아다니다가, 이와 같이 사람을 만나므로 기뻐서 꼬리를 치고 냅다 뛰어왔습니다.

이 농부는 갑자기 어찌할 줄을 모르다가, 마침 큰 나무가 길가에 있음을 보고, 그 나무 위로 기어올라갔습니다.

---

* 원문 614쪽. <虎狼(호랑)이募集(모집)>.

어미 호랑이는 이 모양을 보고 곧 뛰어 쫓아서, 물어 떨어뜨리려고 기어올라갑니다. 이 농부는 아무리 하여도 꼭 죽었으므로 한 꾀를 생각하여, 자기가 입었던 바지를 벗어가지고, 기어올라오는 대가리에다 바지허리를 뒤집어씌웠더니, 호랑이는 보이지 않으므로 고개를 흔들고 앞발을 허위적허위적하다가, 그만 몸통이 들어가서 바지를 뒤집어 쓴 채 나무 밑으로 뚝 떨어졌습니다.

그 때에 마침 새끼 호랑이들이 나무 밑에 있다가, 사람이 떨어지는 줄 알고 모두 달려들어서, 까무라친 제 어미를 깨물어 먹었습니다. 그 사람은 이것을 보고 굵은 나무 가지를 꺾어가지고 내려와서, 모두 두들겨 잡아 죽였습니다.

(3)

어떤 사람이 호랑이를 많이 잡으려고, 강아지 한 마리를 긴 노끈에 매어서 기름칠을 하여 가지고, 호랑이 많은 산으로 올라가서 나무에 붙들어 매어 두었습니다.

조금 있더니 호랑이 떼가 지나가다가 이 강아지를 보고, 서로 먼저 잡아먹으려고 달려들어서 한 놈이 늠을떡[1] 삼켰습니다. 강아지는 기름칠을 한 까닭에, 미끄러워서 통째로 뱃속에 들어갔습니다. 다른 호랑이들이 분이 나서, 싸우려고 소리를 지르고 달려들 때에, 이 호랑이가 같이 싸움을 하는 바람에 기운이 들어서, 강아지는 똥구멍으로 튀어나왔습니다.

다른 호랑이가 이 강아지를 또 삼킨즉, 싸움하는 바람에 또 똥구멍으로 튀어나오고, 또 다른 호랑이가 삼킨즉, 또 튀어나와서 이 기름칠 한 강아지는 여러 호랑이 뱃속을 들어갔다가 나왔습니다.

그런 까닭에 노끈이 여러 호랑이의 입과 똥구멍을 꿰이게 되어서, 마

1) 널름.

치 곶감 꼬치와 같이 호랑이를 많이 잡았습니다.

(4)

병정(兵丁) 하나가 어디 가서 술을 잔뜩 먹고 오다가, 어찌 취하였던지 산고개 마루터기에서 쓰러져서 잠이 들었습니다.

그 때에 마침 호랑이 한 마리가 지나가다가, 이것을 보고 잡아먹으려고 가까이 와서 냄새를 끙끙[2] 맡아보았습니다. 그러나 호랑이라는 짐승은, 죽은 사람이나 술에 취하여 정신 모르는 사람은 잡아먹지 않는 까닭에, 술이 깨인 후에 잡아먹으려고, 개천에 가서 꼬리에 물을 축여다가 그 사람의 머리를 적셔주며 속히 술 깨기를 기다리고 있었습니다.

이 사람이 머리가 척끈척끈하는 바람에 정신이 나서 눈을 떠서 보고, 호랑이가 꽁무니를 둘러대고 꼬리로 자기 머리를 적셔줌을 깨달았습니다. 이 사람은 대단히 무섭지마는, 정신을 더욱 단단히 차려 가지고 일부러 죽은 체하고 있었습니다. 호랑이는 종시 술이 깨지 않는 것을 보고, 또 꼬리에 물을 축이러 개천으로 내려갔습니다.

이 때에 이 사람은 한 꾀를 생각하여 가지고, 자기 가졌던 나팔을 잔뜩 두 손으로 쥐고 호랑이 오기를 기다리고 있었습니다. 과연 호랑이가 와서 또 꽁무니를 둘러대고 꼬리로 머리를 적시려할 즈음에, 자기의 전력을 다하여 나팔로 호랑이 똥구멍을 사정없이 콱 찔렀습니다. 어찌 몹시 찔렀던지, 호랑이는 나팔이 똥구멍에 박힌 채로 물찌똥을 싸고 달아났습니다.

그리하여 이 사람은 얼굴에 똥감태기가 되어서, 어찌 구린내가 나든지 머리가 다 빠져 버리고, 호랑이는 죽을 때까지 나팔이 박혀서 숨을 쉬는 대로 '뛰뛰' 불고 돌아다녔다 합니다.

---

2) 킁킁.

(5)

오지독 장사가 짐을 지고 산길을 가다가 큰 호랑이를 만나서, 어찌 위급하던지 독 속으로 들어갔습니다.

호랑이는 어찌 성미가 급하고 입이 크든지, 독에 든 채로 꿀떡 삼켰습니다.

이 사람은 정신없이 호랑이 뱃속에 들어가서, 굴 속과 같이 캄캄하므로 성냥을 그으서 촛불을 켜놓고 있었습니다. 하도 적적한 까닭에 담배를 먹고 불을 떨었더니, 호랑이는 뱃속이 뜨거워서 이리 뛰고 저리 뛰고 야단이었습니다.

또 자연 시장한 생각이 나서, 주머니에서 칼을 꺼내 가지고 만지는 대로 고기를 저며 먹었더니, 호랑이는 아픔을 이기지 못하여 들부딪다가[3] 죽어버렸습니다.

이 사람은 호랑이 뱃속을 다 저며 먹고, 배부르게 며칠 동안을 지내다가 구멍이 뚫어진 것을 보고 기어 나왔습니다.

(6)

호랑이 한 마리가 먹을 것을 찾아 돌아다니다가, 사람이 지나가는 것을 보고 달려들어 물어가지고, 새끼들을 줄려고 업어가지고 갔습니다.

이 사람은 물렸으나 생명에는 관계가 없으므로, 까무러쳤다가 정신을 차려서 그대로 업혀 갔습니다.

이 호랑이가 깊은 산 높은 바위 위로 올라가더니, 한 굴 앞에 놓고 새끼 호랑이를 불러서, 조그마한 강아지 같은 놈들이 대여섯 마리 뛰어나왔습니다.

이 사람은 죽은 체하고 있었더니, 어미 호랑이가 발톱으로 얼굴을 드

3) 마구 세게 부딪다가.

을 긁어서 피를 내어 놓고, 새끼들로 하여금 빨아 먹게 하였습니다. 대단히 아픈 것을 그대로 참고 있었더니, 어미 호랑이는 새끼에게 맡겨 놓고, 또 다른 곳으로 사냥을 갔습니다.

이 사람은 이 때를 타서 새끼 호랑이를 모두 메다쳐서 죽여버리고, 자기 집으로 돌아옵니다.

어미 호랑이가 갔다가 와서 본즉, 새끼들이 느런히 자빠진 것을 보고, 잠이 들었나 하여 일으켜보기도 하고 흔들어보기도 하다가, 죽은 것을 보고 그만 눈에 보이는 것이 없어서, 이리저리 뛰어다니다가 이 사람이 가는 것을 보았습니다.

이 사람은 호랑이가 쫓아오는 것을 보고, 낭떠러지로 뛰어내리다가 골짜기 속 소나무 가지에 얹히고, 호랑이는 같이 쫓아 뛰어내리다가 칡넝쿨에 네 발이 빠져서 공중에 매달려 있었습니다.

이튿날 나무꾼들이 올라오다가 보고, 포수를 불러서 호랑이를 잡게 하고, 사람은 안아 내려서 구제하였습니다.

(7)

시골 한 선비가 서울 와서 과거를 보고 내려가다가, 날은 저물었는데 주막을 만나지 못하여, 산골에 한 빈 집이 있는 것을 보고 여기 들어가서 밤을 새게 되었습니다.

밤중이 되더니, 어디서 부스럭부스럭 소리가 나므로 자세히 살펴서 본즉, 호랑이가 중방[4] 밑으로 들어오려고 구멍을 뚫으며, 가끔 꼬리를 디밀어서 속에 무엇이 있는 것을 검사하고 있었습니다.

이 사람은 보다가,

"어차피 죽기는 일반(一般)이다."

4) 중인방. 벽의 중간 높이에 가로지르는 인방. '인방'은 '기둥과 기둥 사이, 또는 문이나 창의 아래나 위로 가로지르는 나무'임.

하고 그 꼬리를 두 손으로 잔뜩 붙들고 두 발로 버티며,

"이여차!"

하고 힘껏 잡아끌었습니다.

호랑이는 그만 놀라며,

"어홍!"

하고 소리를 지르며 끌어당깁니다. 이 사람과 호랑이는 서로,

"이여차!"

"어홍!"

하고 끌거니 당기거니하여 오래 동안 야단이더니, 호랑이 꼬리가 중방에 슬근거려서 껍질이 홀랑 벗겨지고 그만 도망하여 버렸습니다.

이 사람은 밤이 밝은 후에 또 길을 떠나서 한 고개를 넘으려 한즉, 웬 사람들이 고개 밑에 많이 모여서 있었습니다. 이상하여 물어 보았더니, 고개 마루터기에 붉은 꼬리 가진 호랑이가 앉아서 넘어 가지를 못한다 하므로, 생각하되,

'옳지! 되었다. 그놈이 어젯밤에 왔던 놈이로구나. 한번 더 놀래 보겠다.'

하고 가졌던 꼬리 껍질을 휘두르며,

"이여차!"

소리를 질렀더니, 그만 혼이 나서 도망하여버렸다 합니다.5)

(8)

어떤 아이 하나가 산에서 노는 것을 호랑이가 보고 쫓아와서 내리 덮었습니다.

이 아이는 호랑이 네 다리 틈으로 들어가서 어찌 할 줄을 모르다가, 불알이 늘어진 것을 보고, 불알 밑을 살살 긁었습니다.

---

5) 경북 선산에서 채록된 비슷한 이야기가 있다.(한국정신문화연구원, <'우영차'로 호랑이를 쫓은 이야기>, 『韓國口碑文學大系』 7-16, 2002, 354~355쪽.)

호랑이는 시원한 바람에 가만히 있었습니다. 이 아이는 이 틈을 타서 한 손으로는 불알을 긁으며, 한 손으로는 주머니에서 노끈을 꺼내서, 한 끝은 불알을 슬그머니 매어 놓고, 한 끝은 나무에 붙들어 매어 놓았습니다.

그리고 몸을 슬며시 빠져 나가다가 후다닥 달아났더니, 호랑이는 이것을 보고,

"어흥~"

하며 쫓아오다가 그만 불알이 잘라져서 데굴데굴 구르다가[6] 죽었습니다. 참 당돌하고 꾀가 많은 아이올시다.

(9)

산촌 한 집에 여자 하나가 저녁을 먹은 후에 설거지를 하고, 관솔불[7]이 꺼져가므로 도끼를 가지고 관솔을 쪼개고 있은즉, 외양간에 있던 소가 공연히 놀라서 '식식' 하고 코를 풀고 있었습니다.

이 여자는 이상히 여겨서 가까이 가서 본즉, 호랑이란 놈이 외양간 구멍으로 들어오려고 두 앞발을 넣어서 북북 긁고 있었습니다.

가졌던 도끼로 '탁' 찍었더니, 두 발이 몽착 잘라지며,

"어흥!"

소리를 지르고 뛰어가더니, 다른 호랑이와 싸우는 소리가 들렸습니다.

그 이튿날 나가서 본즉, 앞발 잘라진 호랑이와 다른 호랑이가 함께 죽어자빠졌습니다.

이것은 다름이 아니라, 앞발을 잘린 호랑이가 같이 왔던 동무가 그런 줄 알고 달려들어 문 까닭에, 그와 같이 싸우다가 기진(氣盡)하여 죽은 것입니다.

---

6) 원문에는 '굴다가'로 표기.

7) 관솔에 붙은 불. '관솔'은 '송진이 많이 엉긴, 소나무의 가지나 옹이'를 뜻함. 관솔에 불이 잘 붙으므로 예전에는 여기에 불을 붙여 등불 대신 이용하였다.

34. 사냥꾼의 소원(所願)*

옛적에 한 깊은 산촌에, 다 쓰러져 가는 조그만 초가집 속에, 사냥이나 하여 근근(僅僅)이 얻어먹고 사는 늙은이 내외가 있었습니다.

이 사냥꾼은 매일 산에 올라가서, 지함(地陷)을 파 놓고 산 짐승들이 빠지기를 기다리거나, 총을 가지고 날짐승을 잡거나 하여 세월을 보냈습니다.

하루는 이 사냥꾼이 무엇이나 지함에 빠졌나 하고 산에 올라가 본즉, 과연 지함문이 닫혀 있는 것을 보고 마음에 대단히 기뻐서, 지함문을 조금 떠들고 보았습니다.

한 마리 큰 사슴이 들었는데 사냥꾼을 보더니, 두 앞발을 모아서 절을 하며 하는 말이,

"여보시오, 영감님. 나를 용서하여 내놓아 주십시오. 나는 결코 사슴이 아니올시다. 본래 하늘 위에 있는 선녀(仙女)로서 옥황상제(玉皇上帝)께 득죄(得罪)한 일이 있어서, 이와 같이 사슴 껍질을 쓰고 다니다가 길을 잘못 들어 이렇게 된 것이올시다. 만일 나를 살려 주시면 그런 적선(積善)이 없을 줄 압니다."
하고 애걸하였습니다.

이 소리를 들은 사냥꾼은 크게 놀라며 속으로,

'참 이상한 일도 많다. 사슴이 사람과 같이 말을 하며, 저와 같이 용서하여 달라하니 필시 까닭이 있는 것이다.'
하고 사슴을 대하여,

"그래, 네가 사슴이 아니라 선녀라는 말이냐? 너를 살려 줄 것이니 다시는 빠지지 않도록 주의하여라."
하고 내놓아 주었습니다. 사슴은,

---

* 원문 618쪽. <산양軍(군)의所願(소원)>.

"참 고맙습니다. 이 다음에 또 봅시다."
하고 겁석겁석 뛰어서 높은 산 속으로 들어갔습니다.

사냥꾼은 아무 것도 잡은 것이 없이 빈 손으로 자기 집에 돌아간즉, 그 기다리고 있던 마누라가, 남편의 아무 것도 아니 가진 것을 보고 성을 내며,

"오늘은 무엇을 했소? 산에서 낮잠만 주무셨소? 오죽하니 하나도 못 잡아 가지고 빈 몸으로 들어오신담?"
하고 잔소리를 하였습니다. 사냥꾼은,

"아니오, 그런 것이 아니라 지함 속에 사슴 한 마리가 빠진 것을 잡았었소. 그러나 사슴은 보통 사슴이 아니오. 선녀가 변한 것이라 하기에, 차마 잡아 오지 못하고 놓아 주었소."
하고 대답을 하였습니다.

마누라가 이 말을 듣더니,

"그럴 것 같으면 왜 그저 놓아 보내셨소? 소원이나 말하고 그대로 하여 달라고 하지."
하고 못난 것을 나무랐습니다.[1] 사냥꾼이,

"소원이라니, 무슨 소원 말이야?"
한즉, 마누라가 화를 벌컥 내며,

"당신도 생각좀 하여 보시구려. 그래, 소원을 모른다는 말이오? 집이나 하나 얻어 가집시다. 어려우시지만 또 다시 가셔서 사슴을 불러가지고, 큰 기와집이나 하나 달라고 하시오. 말만 하면 물론 주리다."
하고 재촉을 하였습니다.

이 사냥꾼은 될런지 안 될런지 모르나, 하여간 마누라의 말대로 그 산에 또 올라가서,

---

1) 원문에는 '責(칙)하얏습니다.'로 표기.

"사슴! 사슴!"
하고 불렀더니, 과연 아까 놓아 주었던 사슴이 어디서 튀어 나오며,
"영감님, 왜 부르십니까?"
하고 물었습니다.
사냥꾼은 마누라가 하라는 대로,
"내가 아까 너를 살려주었으니, 그 대신에 큰 기와집을 하나 다오."
하였더니, 사슴은,
"그것 어려울 것 없습니다. 어서 돌아가 보십시오. 큰 기와집이 있을 터이니."
하고 겁석겁석 뛰어갔습니다.
이 사냥꾼은 속히 자기 집을 돌아와서 본즉, 이것이야말로 꿈인지 생시인지, 아까까지 있던 집은 어디로 가버리고 고래등같은 큰 기와집이 놓였는데, 솟을대문을 들어서서 중대문(中大門)을 들어서고 안중문(中門)을 들어선즉, 마누라가 대청 마루에 앉았다가 남편의 손을 붙들고 기뻐하며,
"자아, 인제는 말과 같이 큰 집이 생겼으니 보시오."
하고 집안 구경을 시키는데, 안채로는 육간(六間) 대청(大廳)에 안방, 건넛방, 골방, 모방,[2] 부엌방,[3] 뜰아랫방, 사랑(舍廊)채로 큰사랑, 작은사랑, 중사랑, 수청(守廳)방, 바깥채로 줄행랑(行廊),[4] 마구간 그 외에도 큰 광, 작은 광 여러 백간(百間) 집을 잠시 동안에 얻게 되었습니다.
사냥꾼 내외는 큰 집 얻은 것을 즐겁게 여겨서 매일 재미있게 살더니, 하루는 마누라가 또 하는 말이,
"여보시오, 영감. 집은 큼지막하여서 좋으나 세간이 도무지 없으니,

2) 안방의 한 모퉁이에 붙어 있는 작은 방. 원문에는 '몹방'으로 표기.
3) 원문에는 '부셔ㅅ방'으로 표기. '부셔'는 '부석: 부엌의 경상 방언'으로 보임.
4) 대문의 좌우로 죽 벌여 있는 하인의 방.

또 한번 다시 사슴을 찾아가 보시고, 이번에는 집 세간을 장만하여 달라고 하시오."
하고 졸랐습니다.
사냥꾼은,
"나는 싫소. 큰 집을 얻었으면 그만이지, 또 세간까지 달라면 너무 과하지 않소?"
하였더니, 마누라가,
"별 말을 다하시오. 죽을 것을 살려주었는데 그것도 못해요? 염려 마시고 나 하라는 대로만 하시오. 이번에도 꼭 되리다."
하며 어서 가보라고 하였습니다.
사냥꾼은 마지못하여 산에 올라가서,
"사슴! 사슴!"
하고 불렀더니, 사슴은 또 어디서 뛰어나오며,
"영감님 오셨습니까? 왜 하실 말씀이 있습니까? 왜 부르셔요?"
하고 공손히 물었습니다. 사냥꾼은,
"얘, 여보아라. 요전에는 큰 집을 주어서 대단히 고맙다. 그러나 집만 있고 세간이 없은즉, 이번에는 여러 가지 좋은 세간을 많이 다오."
하고 사슴에게 청하였습니다. 사슴은 여전히,
"네, 그리하십시오. 어려울 것 없습니다. 어서 댁에 가보십시오."
하고 대답하므로, 사냥꾼은 마음에 대단히 기뻐서 즉시 집으로 돌아와서 보았더니, 과연 이번에도 소원대로 각종(各種) 세간이 집 안에 가득하였습니다.
안방을 들여다보니 자개 함롱(函籠),[5] 반닫이,[6] 삼층화류의장(三層華柳衣欌)[7]이며 어른어른 체경(體鏡)[8] 얼거리[9] 즐비하게 놓여있고, 마루에

---

5) 옷을 넣는, 큰 함처럼 생긴 농.
6) 앞의 위쪽 절반이 문짝으로 되어 아래로 젖혀 여닫게 된, 궤 모양의 가구.

는 괴목(槐木) 뒤주, 삼층 찬장, 탁자 위에 용충 항아리[10] 쌍쌍이 놓여있고, 장독간을 돌아보니 길이 넘는 오지독과 얌전한 중두리가[11] 가득하게 놓여있고, 사랑을 나아가보니 산수병(山水屛)이 둘러있고, 비단 보료[12] 방석(方席)이며 의자, 책상, 안석(案席), 사방침(四方枕),[13] 요강, 타구, 재떨이가 놓여있고, 자개 문갑(文匣)[14] 옷걸이에 만권(萬卷) 시서(詩書) 쌓여 있으며, 사면 벽을 돌아보니 부벽서화(付壁書畵)[15] 찬란하게, 어디를 보든지 어리어리하게 세간이 쌓여 있었습니다.

사냥꾼 내외는 여기서 더한 즐거움이 없이 며칠 동안을 지내더니, 마누라가 또 부족한 마음이 생겨서, 이번에는 자기 손수 살림을 하는 것이 괴롭다고 남편을 대하여 하는 말이,

"여보시오, 영감님. 사슴한테 또 한번만 가보시오. 이번에는 가셔서 하인을 많이 달라고 하시오."

하였습니다. 사냥꾼은,

"여보, 싫소. 그러다가 사슴이 노하여 준 것까지 다 뺏으면 어찌하게?"

하고 말하였더니, 마누라는,

"염려 마시오. 이번에도 꼭 되리다. 요전에도 아니 된다더니, 나 하라는 대로 하기 때문에 이와 같이 집이며 세간이 생기지 아니하였소? 어서

---

7) 물건을 넣는 공간이 세 층으로 된 전통 장롱.

8) 몸 전체를 비추어 볼 수 있는 큰 거울.

9) 구조물의 골자. 또는 골자로만 된 구조물.

10) 용을 그린 사기 항아리.

11) 독보다 조금 작고 배가 부른 오지그릇이.

12) 솜이나 짐승의 털로 속을 넣고, 천으로 겉을 싸서 선을 두르고 곱게 꾸며, 앉는 자리에 늘 깔아 두는 두툼하게 만든 요.

13) 팔꿈치를 괴고 비스듬히 기대어 앉을 수 있게 만든, 네모난 베개.

14) 문서나 문구 따위를 넣어 두는 방세간. 서랍이 여러 개 달려 있거나 문짝이 달려 있고, 흔히 두 짝을 포개어 놓게 되어 있음.

15) 벽에 붙이는 글씨나 그림.

잔말 마시고 바삐 가보시오."
하고 졸랐습니다.

사냥꾼은 마지못하여 또 산에 올라가서,

"사슴! 사슴!"

하고 불렀더니, 역시 어디서 사슴이 툭 뛰어나오며,

"영감님, 또 오셨습니까? 왜 무슨 할 말씀이 또 있습니까?"

하고 물었습니다.

사냥꾼은 말하기가 어려운 것을, 마누라가 어려워서 억지로 사슴에게,

"얘, 이번에는 우리집에 하인이 없으니 비복(婢僕)을 좀 보내다오."

하였습니다.

사슴은 여전히,

"네, 그렇게 하지오."

하므로, 사냥꾼은 곧 집으로 뛰어왔습니다. 그러나 이번에는 웬일인지 그 좋은 집과 세간은 다 어디로 가고, 맨 처음과 같은 쓰러져 가는 초가집에, 마누라가 홀로 앉아서 울고 있었습니다. 지금 와서 욕심이 과한 것을 후회한들 무슨 효력이 있겠습니까?[16)]

---

16) 이 이야기는 독일 동화 <어부와 그의 아내>와 구성이 비슷하다.(김열규 옮김, 『그림형제, 어린이와 가정을 위한 동화집』 1, 춘추사, 1993, 126~137쪽 참조.)

35. 똑같은 재주*

옛적에 어떠한 나라에 한 농부(農夫)가 있는데, 아들 사형제(四兄弟)를 두고 살다가 늙기에 이르러서, 하루는 아들을 모두 불러가지고 하는 말이,

"얘들아, 내가 벌써 나이가 육십이 넘었으니, 죽을 날이 얼마 아니 남았다. 나의 재산을 너희들에게 나누어주려고 한다. 그러나 너희들이 아직 아무 재주가 없으니, 이로부터 삼년 안에[1] 각각 다른 곳으로 가서, 제각기 무슨 재주든지 배워가지고 오너라. 그러면 내 시험하여 보고 그 재주를 따라 재산을 나누어주겠다."

하였습니다.

이 말을 들은 네 아들은 다 각각 집을 떠나서, 모두 자기의 장소를 따라 재주를 배워가지고, 삼년 후 아버지께 돌아와서 고(告)하였습니다.

그 고하는 말을 들은즉, 맏아들은 그 동안 훔치기 공부를 하였다는데, 아무 것이라도 훔치려고만 하면 못 훔칠 것이 없이 용하게 훔쳐내는 재주를 가졌고, 둘째 아들은 알아내는 공부를 하였는데, 아무리 멀리 있는 보이지 않는 것이라도 자기가 눈을 감고 생각만 하면, 백 번에 한 번도 틀리는 일이 없이 똑똑하게 알아내는 재주를 배웠고, 셋째 아들은 총놓기 공부를 하였다는데, 가까운 데 것이든지 먼 곳에 있는 것이든지, 한번만 놓으면 그릇 맞히는 일이 없이 백발백중(百發百中)하는 용한 재주를 가졌고, 넷째 아들은 바느질을 연구하였는데, 바늘이 한번만 지나가면, 헝겊은 물론 쇠나 돌같은 것이라도 감쪽같이 꿰어 매는 재주를 가지고 돌아왔습니다.

이 농부가 네 아들의 하는 말을 듣더니, 재주를 비교하여 보려고 멀리 보이는 건너 산을 가리키며,

---

* 원문 621쪽. <똑갓흔才操(직조)>.

1) 원문에는 '三年(삼년)을限(한)하고'로 표기.

"얘, 저 산꼭대기에 무엇이 있는지 알아내어라.[2]"
하고 둘째 아들더러 물었습니다.

둘째 아들은 곧 바라보고 눈을 감고 생각을 하더니, 아버지에게 고하는 말이,

"저 산꼭대기에 솔개집이 있고, 그 속에 알 세 개가 있는데 어미가 품고 있습니다."
한즉, 아버지가 이번에는 맏아들에게 이르되,

"얘, 너는 어미에게 들키지 않고 알만 훔쳐 오너라."
하였습니다. 맏아들은 금시(今時)에 그 말대로 감쪽같이 솔개 알 세 개를 훔쳐다가 아버지에게 드렸습니다.

이 아버지는 또 이번에는 알 세 개를 뒷동산 바위 위에 늘어놓고, 셋째 아들더러 시키기를,

"너는 총 한 방을 놓아서 대번에 알 세 개를 깨트려 놓아라."
하였습니다.

아무리 총을 잘 놓는 사람이라도, 알 세 개를 맞추려 하면 적어도 세 방을 놓아야 할 것이지마는,[3] 이 사람은 한 방에 알 세 개를 보기 좋게 맞혀서 깨트렸습니다. 이것을 본 아버지는 곧 넷째 아들더러,

"너는 그 깨진 알 조각을 모아서 전과 같이 꿰매어 놓아라."
하였더니, 넷째 아들은 눈 깜짝할 동안에 감쪽같이 본 모양과 같은 알을 만들어 놓았습니다. 그리하여 그 아버지는 다시 맏아들더러 알을 도로 갖다 두라 하여, 곧 그 곳에 갖다가 두었습니다. 이와 같이 네 아들의 재주를 비교하여 본즉, 누구나 재주가 더하다 덜하다 할 수 없어서, 자기 재산을 네 아들에게 다 똑같이 나누어주기로 약조(約條)를 하였습니다.

이 때에 마침 이 나라 임금님께서 대단히 귀애(貴愛)하시는 따님이 있

---

2) 원문에는 '알으켜내여라'로 표기.

3) 원문에는 '것이언마는'으로 표기.

는데, 어느 날 난데없는 이무기[4][구렁이 큰 것]가 와서, 그만 이 따님을 안아가지고 달아났습니다. 임금님께서는 그만 애지중지(愛之重之)하시던 따님을 잃으시고, 정신을 차리지 못하여 매일 심려로만 지내시고 백성에게 영(令)을 내려,

"만일 공주(公主)를 찾아오는 사람이 있으면 부마(駙馬)를 삼을뿐더러 나라의 절반을 주리라."

하셨습니다. 이 말을 들은 백성들은 여러 가지로 공주를 찾으려하나 도무지 소식을 알지 못하였습니다.

이 소문이 농부의 집에 들리매, 농부가 네 아들을 불러서 이르되,

"얘, 너희들의 배운 재주 쓸 기회가 되었다. 마음을 단단히 먹고 각기 재주를 시험하여 성공한 후, 행복을 누리게 하여라."

하였습니다. 맨 먼저 둘째 아들이 눈을 한번 딱 감고 생각하더니, 하는 말이,

"공주가 여기서 한 천리쯤 되는 동해(東海) 바다 속에 있는 섬 속에서, 이무기에게 잡혀 가서 서러워한다.[5]"

하여 모양을 똑똑하게 알아내었습니다. 곧 사형제(四兄弟)는 배 한 척을 얻어 가지고, 이 공주를 찾으러 떠나갔습니다. 여러 날 배를 타고 무사히 찾아 그 섬에 도착하였습니다.

맏아들은 배에서 내리자마자 곧 이무기의 하는 거동을 엿보다가, 감쪽같이 공주를 훔쳐와서 그 자리로 배를 돌려타고 돌아옵니다.

얼마쯤을 오자니까, 이무기는 공주의 빼앗김을 깨닫고 사면을 돌아보다가, 이 배 속에 있음을 알고 즉시 공중으로 쏜살같이 날아 쫓아와서, 아슬아슬하게 배 돛 위에서 빨간 혀를 날름거리며 큰 입을 벌리고 모두 잡아먹으려고 하였습니다. 이 변을 당한 사람들은 정신이 아득하여 어

4) 원문에는 '이묵이'로 표기.

5) 원문에는 '설어한다.'로 표기.

찌 할 줄을 모르나, 셋째 아들은 곧 총을 들어 한 방을 '탕' 놓았더니, 그만 이무기는 대번에 살멱[6]을 맞고 피를 펑펑 쏟으면서 '털석' 돛 위에서 죽어 떨어졌습니다.

그러나 이무기가 어찌 크든지 떨어지는 바람에 배가 깨져서, 그만 쪽쪽이 나고 공주며 사형제(四兄弟)는 간신이 널조각을 얻어 붙들고, 둥실둥실 물결에 떠서 또 생명을 구할 도리가 없게 되었습니다.

이번에는 넷째 아들이,

"옳다! 인제는 내 차례다."

하고 바늘과 실을 꺼내더니, 흩어져 떠다니는 널조각을 하나씩 당겨 모아다가 꿰매어서 본 모양과 같은 배를 만들었습니다.

그리하여 죽은 줄 알았던 사람들이, 다시 살아서 배를 타고 공주와 함께 집으로 돌아왔습니다. 돌아와서 임금님께 뵈오니, 그 기뻐하심은 어찌 말할 수가 있었겠습니까? 우선 사형제(四兄弟)에서 전후(前後) 사실을 말하게 하여, 그 공로의 많고 적은 것을 비교하여 보시나, 누가 더하다 덜하다 하기가 어려우므로, 따님을 아무에게도 주지 아니하시고 나라만 넷에 나누어주셨습니다.

이와 같이 사형제(四兄弟)는 항상 더도 덜도 않고 앞도 뒤도 없이, 화목하게 서로 도와 잘 살았다 합니다.[7]

---

6) 멱살. 사람의 멱(목의 안쪽) 부분의 살. 또는 그 부분.

7) 이 이야기는 독일 동화 <재주가 좋은 네 형제>와 사건 전개 과정이 거의 비슷하다. <재주가 좋은 네 형제>의 번안 동화로 볼 수 있다. (김열규 옮김, 『그림형제, 어린이와 가정을 위한 동화집』 2, 춘추사, 1993, 162~166쪽 참조.) 이와 유사한 이야기가 『한국구비문학대계』에 전한다. <재주를 한 가지씩 배운 삼형제>(8-2권, 493~499쪽.)

36. 짐꾼의 꾀*

조선(朝鮮)에서 옛날부터[1] 소반[2]이 유명한 곳은 전라도(全羅道) 나주(羅州)와 경상도(慶尙道) 통영(統營)입니다. 옛적에 나주에 한 수령[守令: 지금 군수(郡守)]이, 경성(京城)의 어떠한 세도(勢道) 있는 재상(宰相)집에 선물하기 위하여, 본토의 명산(名産)인 나주반(羅州盤) 수십 개를 상상품(上上品)으로[3] 취택(取擇)하여서 보낸 일이 있었습니다. 이 소반을 보낼 적에 태전꾼[駄傳軍: 서울 시골로 오르내리며, 짐삯을 받고 품팔이하는 사람]에게 신신(申申)[4] 부탁하되,

"짐이 붐벼서[5] 다치기가 쉬운즉, 특별히 조심하여서 경성 북촌(北村) 재동(齋洞) 심대감(沈大監) 댁에 갖다가 드리고, 잘 받으신 표를 맡아가지고 오면 짐삯을 많이 주겠다."

하였습니다.

짐꾼은 이 부탁을 받아가지고, 짐을 지고 며칠 동안을 보행하다가 동작강(洞雀江)[6]에 다다라서, 나룻배를 타고 건너온 후 모래 사장을 지나는데, 짐은 무겁고 다리는 아파서 잠시 동안 쉬려고, 작대기로 짐을 버티고 꽁무니에 찔렀던 수건을 끌러서 비지땀을 씻으며,

"휘유!"

하고 숨을 쉬며,

"인제는 경성을 거진 다 왔구나."

---

* 원문 624쪽. <駄傳軍(태젼군)의꾀>.

1) 원문에는 '古來(고릭)로'로 표기.

2) 원문에는 '食盤(소반)'으로 표기.

3) 좋은 물건들 가운데에서도 가장 좋은 물건으로.

4) 다른 사람에게 부탁이나 당부를 할 때 거듭해서 간곡하게 하는 모양.

5) 원문에는 '붑허서'로 표기. 붑퍼서. '붑피다'는 '붐비다'의 제주 지역어.

6) 서울특별시 동작구 동작동 근처 한강을 부르는 이름. 동작나루가 있어서, 서울에서 과천으로 가는 사람들의 이용이 많았다. '동(洞)'은 '동(銅)'으로 씀.

하고 바라볼 동안에 작대기 끝이 모래밭에 틈이 생겨[7] 짐짝이 휘딱 넘어가며, 소반이 절반이나 상하였습니다.

짐꾼은 이것을 보고 그만 혼이 빠져서 넘어진 짐을 일으켜 놓고, 이리 만지작만지작 저리 만지작만지작하며 탄식하는 말이,

"몇 백리 먼 길에 애를 쓰고 곱게곱게 지고와서, 한양성(漢陽城)을 바라보고 이 모양이 되었으니, 장차 어찌나 한다는 말인가? 애고, 답답 서러운지고! 내 팔자가 어찌하여 이러한고? 강물에나 풍덩 빠져 이 괴로운 세상을 잊어버림이 마땅하겠다. 휘유-."

하며 곰방 담뱃대에 담배를 붙여 물고, 한참 동안을 앉아서 한숨만 쉬고 있더니, 무엇을 생각한 것 같이,

"옳다, 되었다."

하며 담뱃대를 툭툭 떨며 깨어진 소반을 감쪽같이 다 맞추어 짊어지고, 그 재상집으로 향하여 갔습니다.

이 짐꾼은 재상댁에 이르매, 대문을 쑥 들어서서 사랑(舍廊), 중문(中門)을 들어가며, 청지기 방을 향하여 큰 소리를 질러서,

"얘-, 청직아-"

하고 불렀습니다. 청지기는 이 소리에 깜짝 놀라서, 대감께서 역정이 나셔서 꾸지람을 하시는 줄 알고, 방문을 급히 열고 뛰어나왔습니다.

나와 본즉, 웬 짐꾼놈이 그와 같이 부르거늘, 괘심하고 분이 나서 불문곡직(不問曲直)하고 나가며,

"이놈아, 무엇이야? 눈에 보이는 것이 없니?"

하고 눈에 불이 나도록 따귀를 두어 번 되게 붙였습니다.

짐꾼은 이 기회를 타서, 소반 짐을 짊어진 채로 벌떡 나자빠지며,

"아이구! 나는 죽겠다!" 하고 소리를 벽력같이 지르며 엄살을 하였습니다.

---

7) 원문에는 '드틔여서'로 표기. '드티어서'로 추정됨. '드티다'는 '밀리거나 비켜나거나 하여 약간 틈이 생기다'의 뜻.

이 소리를 들은 주인 재상은, 별안간에 이상한 소리가 들리므로 놀라서 방문을 열고 내다보매, 웬놈이 소반 짐진 채 자빠져서 죽는 형상(形狀)을 하는데, 그 좋은 소반이 쪽쪽이 깨진 것을 보았습니다. 보기에 괴이하여 청지기를 불러서 어찌 된 까닭을 물었더니, 청지기 대답이,

"그놈이 소인더러 제 하인 부르듯이 '청직아!' 하고 부르기에, 분하여 뺨 한번을 붙였더니 저놈이 저처럼 엄살을 합니다."

하였습니다. 재상이 청지기를 꾸짖되,

"먼 시골 천한 사람이[8] 어두워 모르고 그러면, 좋은 말로 가르쳐 꾸짖는 것이 옳지, 저것이 무슨 모양이니? 지각도 없다. 빨리 저놈을 일으켜 봐라. 과히 상(傷)하지 아니하였나 보아라."

하고 일렀습니다.

대감의 분부대로 일으키고,

"과연 상한 데는 없습니다."

하고 여쭈었더니,

"얘, 그 소반 짐은 어찌 되었는지 보아라."

하시거늘 뒤적뒤적하여 보더니,

"다 깨지고 성한 것이 서너 개 됩니다."

하고 여쭈었습니다.

대감이 짐꾼더러,

"얘, 이리 오너라. 너 어디서 왔느냐?"

물었더니, 이 짐꾼은 전라도 사투리로 대답하되,

"소인 나주읍에서 왔지라오."

대감이,

"누가 보내던고?"

---

8) 원문에는 '遐鄕賤氓(하향천밍)이'로 표기.

“예-, 원님이 보냈지라오. 여기 편지 있지라.”
하고 과연 편지를 내놓았습니다. 재상이 본즉, 나주 군수가 보낸 것이 확실하거늘 마음에 화증이 나서,

“이놈아! 그런 귀중한 물품을 짊어지고, 여간 빰좀 맞았다고 그와 같이 자빠져 다 깨트렸으니, 멀리서 보낸 사람의 모양이 무엇이니?”
하고 나무랐습니다.

짐꾼은 어리석은 목소리로 겁을 내며 말하되,

“소인이랑 서울 처음 오는 놈이지라오. 소인의 고을에서 원님 앞에는 물론 누구든지 부르면, ‘이방(吏房)아! 호장(戶長)아!’ 이렇게만 부르는 것만 보았지라오. 서울 양반의 댁에서도 그런 줄만 알았지라오. 그래서 ‘청직아!’ 불렀지라오. 그랬더니 눈을 부릅뜨고 내달으며 빰을 어찌나 사납게 패는지오? 죽는[9] 줄 알고, 어떻게 자빠졌는지 알 수 없지라오. 만약 소인놈이 내려가면 원님한테 매 맞아 죽고 말지라오. 대감님, 소인놈의 목숨이 대감님 편지에 달렸을지라오. 잘 받았다고 하시면 소인놈이 사는 것이옵고, 바로 말씀하시면 죽지라오. 머나먼 길에, 내려가서 죽을 것 없지라오. 이 자리에서 대감님이 죽여주실지라오.”
하고 죽기를 결심하였습니다.

재상이 생각한즉, 짐꾼의 경상(景狀)이 가엾어서 잘 받은 모양으로 회답을 써서 주었습니다. 그놈의 꾀가 어떠합니까?[10]

---

9) 원문에는 ‘두여지는’으로 표기.

10) 원문에 표기된 물음표임. 이와 유사한 이야기가 강의영이 1918년에 저술한 『八道才談集』에 실려있다. 이에 대해서는 ‘정명기, 『한국재담자료집성 1』, 보고사, 2009, 507쪽.’을 참조할 것.

37. 김득선(金得仙)의 후회(後悔)*

삼신산[三神山: 금강(金剛)의 봉래산(蓬萊山), 지리(智異)의 방장산(方丈山), 한라(漢拏)의 영주산(瀛州山)]의 하나인 금강산 밑에 성은 김이오, 이름은 득선이라 하는 아이가 있었습니다. 일찍 부모를 이별하고 홀로 친척의 집에 의탁(依托)하여 곤궁하게 생장하나, 천성(天性)이 맑고 어질고,[1] 마음이[2] 정직하여, 동리 사람들이 모두 칭송이 자자하였습니다.

하루는[3] 자기 신세의 가련한 것을 생각하고, 자연 서러운 마음에 문 밖에 앉아서, 먼 산을 바라보고 한숨을 쉬고 시름없이 있었습니다.

이 때에 별안간 큰 사슴 한 마리가 산 속에서 황급히 뛰어내려오니, 득선의 앞에 굴복하고 하는 말이,

"나를 잠시 숨겨 주시면, 그런 은혜는 없겠습니다. 내가 죽고 사는 것은 지금 당신 손에 달렸으니, 원컨대 살려 주시기를 바랍니다."

하고 눈물을 흘리며 애걸애걸하였습니다.

득선은 사슴의 애걸함이 대단(大端) 이상스럽고 또 경상(景狀)이 측은하므로, 인자한 마음에 사슴을 인도하여, 부엌 안 나뭇단 뒤에 감추어두고 동정을 살피고 있었습니다.

조금 있더니 과연 포수 하나가 쫓아오며 득선더러 묻되,

"지금 이곳으로 사슴 가는 것을 보지 못하였느냐?"

하므로, 득선은,

"지금 고대[4] 저 산으로 뛰어넘어갔습니다."

하고 대답하여, 사냥꾼은 곧 고마움을 사례하고 가리키는 대로 뛰어넘어

---

* 원문 626쪽. <金得仙(김득션)의後悔(후회)>.

1) 원문에는 '순량(純良)하고'로 표기.

2) 원문에는 '心法(심법)이'로 표기.

3) 원문에는 '一日(일일)은'으로 표기.

4) 이제 막.

갔습니다.

포수가 멀리 간 뒤에 사슴을 불러 내어서 무사함을 일러 주니, 사슴은 저의 목숨을 도와준 은혜를 백배 사례하되,

"나의 생명을 보존하게 됨은 당신의 은덕이올시다. 조금이라도 보은(報恩)코저하오니, 저의 일러드리는 말씀을 자세히 들으시고, 명심하여 잊지 마시기를 바랍니다. 모월 모일에 금강산(金剛山) 구룡폭포(九龍瀑布) 근처 북쪽으로 나무 수풀 속에 숨어 있다가, 오정(午正) 때쯤 되어서 갑자기 바람이 불며 선녀(仙女)의 의복이 날아오거든, 지체 말고 곧 집어다가 깊이깊이 감추어두십시오. 그날 밤에 의복 잃은 선녀가 찾아와서 애걸할지라도, 그 의복은 주지 마시고 다른 의복을 주시고 동거하셔서, 아들 삼형제를 낳기 전에는 결코 그 의복을 주시면 아니 됩니다."
하고 그만 자기 갈 곳으로 갔습니다.

이 때에는 마침 삼복(三伏)[5] 염천(炎天)이므로, 천상(天上) 광한전(廣漢殿)에 옥황상제(玉皇上帝)가 전좌(殿座)하셨다가, 좌우 시녀들에 더워함을 보시고 말씀하되,

"천상에도 은하수(銀河水)와 같은 좋은 약물이 많거니와, 해동(海東) 삼신산(三神山) 중 금강산에 구룡폭포가 있다 하니, 너희들 중에 아홉 명만 내려가서 시험차로 목욕하고 놀다가 저녁 때에 올라오너라."
하고 분부하셨습니다.

선관(仙官)은 곧 명(命)을 받자와, 구명(九名)의 선녀를 지정하여 구룡연(九龍淵)으로 내려가게 하였습니다.

아홉 명의 선녀들은 즉시 오색 구름을 타고 내려와서, 선복(仙服)을 벗어서 소나무 가지에 걸어놓고 쏟아지는 폭포 밑에 늘어 앉아서, 옥과 같은 고운 몸을, 물을 끼얹어[6] 씻으면서 서로서로 희롱도 하며 혹은 선가

---

5) 원문에는 '三庚(삼경, 三伏)'으로 표기.

6) 원문에는 '썬저'로 표기.

(仙歌)도 부르며, 더위를 모르고 종일 해를 보냈습니다.

구명(九名)의 선녀들은 일제히 몸에 물을 말리고 각기 의복을 찾아 입으려 한즉, 한 선녀의 의복은 간 곳을 알지 못하였습니다. 사면 팔방으로 살펴보나, 찾지는 못하고 시간은 점점 늦어감으로, 할 수 없이 팔선녀(八仙女)는 하늘로 올라가고, 의복을 잃은 선녀만 남아서 이리저리 방황하며 초조하고 있었습니다.

날이 저물매 우연히 공중으로부터 학(鶴) 한 마리가 날아오더니, 선녀를 보고 일러주되,

"이 곳으로부터 한참만 내려가면 인가(人家)가 있는데, 둘째 집이 '김득선'이라 하는 사람의 집인즉, 이 사람을 찾아가서 사정을 자세히 말하고 간청하면 의복을 찾으리다."

하고 도로 날아갔습니다.

이 선녀는 학의 말을 듣고, 어둡기를 기다려서 차츰차츰 찾아 내려온즉, 과연 김득선의 집이 있어서 대문을 두드리고 열어 달라고 하였습니다.

득선은 사슴의 한 말을 잊지 아니하고, 선녀의 목욕한다는 날 숲 속에 숨었다가 바람에 불려온 의복을 집어 가지고 와서, 선녀 오기를 기다리고 있던 차에, 여자의 음성이 남을 듣고 즉시 나가서 문을 열어 주며,

"어떠한 여자가 이와 같이 야심(夜深)한 때에, 산촌에 들어와서 무슨 일로 찾으시오?"

하고 물었습니다. 이 여자는 대답하되,

"나의 급한 사정이 있어서 온 것이올시다. 그것은 다름이 아니라, 나의 의복을 가져 오신 줄 알고 달라고[7] 왔습니다. 속히 주시면 그런 은혜는 더 없을뿐더러 금은(金銀) 보패(寶貝)도 소원대로 드릴 터이오, 부귀(富貴) 공명(功名)도 소원대로 인도하여 드릴 터이니, 제발 이 사람의 곤

7) 원문에는 '달나러'로 표기.

란함을 생각하셔서 의복을 내 주십시오."
하고 간청하였습니다. 득선은,
"그 의복을 본인이 가진 줄은 어찌 분명히 아시며, 설혹 가졌을지라도 금은 보패도 소원이 아니고, 부귀 공명도 바라는 바 아닙니다. 단지 지금 나이가 이십이 넘도록 독신(獨身)으로 있으므로, 천지신명(天地神明)이 도우사 부부(夫婦)로 인도하신 것인즉, 부재다언(不在多言)하고[8] 본인과 동거하시면, 그 천상(天上) 의복은 조만간에 드릴 터이니, 깊이 생각하시고 허락하시기만 바랍니다."
하고 말하였습니다. 선녀가 가만히 생각한즉, 만일 응낙하지 아니하면 의복도 찾지 못할뿐더러, 당장에 거처할 곳이 없으므로 부득이하여 응낙하였습니다.
득선은 마음에 대단히 기뻐서 선녀를 맞아들여 곧 부부가 되어서, 재미있고 화락(和樂)하게 지내게 되었습니다. 선녀의 살림살이하는 법이 매우 숙달하여, 정구지역(鼎臼之役)이며[9] 침선(針線)[10] 방적(紡績)[11]이 보통 사람에 비할 바 아니었습니다. 그리하여 농사를 하든지 육축(育畜)을 하든지, 성적이 양호하여 가세가 점점 늘어 가게 되었습니다. 집안이 늘뿐더러, 어언간(於焉間)에 옥동(玉童)같은 첫아들까지 낳게 되어, 부부는 매일 희희낙락(喜喜樂樂)으로 세월을 보냅니다.
그러나 선녀는 항상 소원이, 잃은 의복을 달라는 것밖에 없습니다. 득선은 이 말을 들을 적마다 대답이,
"염려 마시오. 삼형제만 낳고 보면 반드시 드릴 터이니, 그리 알고 안심하시오."

---

8) 여러 말 할 것 없고.

9) 정(鼎)은 정(井)의 오기로 보임. '정구지역(井臼之役)'은 물을 긷고 절구질을 하는 일. 전하여, 살림살이의 수고로움을 이르는 말.

10) 바느질.

11) 길쌈.

하고 달랬습니다.

광음(光陰)은 유수(流水)와 같아서, 어느덧 사오 년이 지나고 또 아들 하나를 낳았으니, 기골(氣骨)이 비범하여 아들 형제가 다 준수(俊秀)하고 영걸(英傑)스러우므로, 득선은 더욱더욱 향락(享樂)으로 지냅니다.

선녀가 하루는[12] 또 간청하되,

"인제는 우리 부부가 아들을 둘이나 앞에 두고 의식(衣食)에도 걱정이 없으니, 무엇이 그리울 것이 있겠습니까? 일평생을 종신(終身)할 터이니 염려 마시고, 그 의복을 주시면 다시 한번 입어 보고 두겠습니다."
하고 애걸애걸하였습니다. 득선은 부부간에 의(誼)도 좋고 또 형제나 아들이 있으므로, 지금이야 관계없을 줄 알고; 인정에 차마 거절하기가 어려워서 천상(天上) 의복(衣服)을 내주었습니다.

선녀는 대희(大喜)하며 목욕을 정(淨)하게 하고 그 의복을 입은 후에, 뜰 아래로 내려와서 천상(天上)을 향하여 사배(四拜)를 하더니, 득선을 보고,

"안녕히 계십시오. 나는 갑니다."
하고 두 아들은 좌우 겨드랑이에 껴안고, 오색 구름을 내며 그만 공중으로 올라가더니, 차차 보이지 않게 되었습니다.

득선은 멀리 쳐다만 보고 아내와 아들 형제를 순식간에 잃어버렸습니다. 그 동안의 향락도 차후부터는 허사(虛事)가 되어버렸습니다. 사슴의 부탁하던 바를, 지금이야 깨닫고 후회한들 효력이 있겠습니까? 아들 하나만 더 낳기를 기다리지.[13]

---

12) 원문에는 '一日(일일)은'으로 표기.

13) <나무꾼과 선녀> 이야기. 이 이야기는 『한국구비문학대계』에 <나무꾼과 선녀>, <나뭇군과 선녀>, <사슴과 나뭇군>, <선녀와 나무꾼>, <선녀와 나뭇군> 등의 제목으로 약 31편의 각편이 실려있다.

38. 콩쥐 팥쥐*

옛적에 한 사람이 있었는데, 첫부인에게서[1] 딸 하나를 나았으니 이름을 '콩쥐'라 하고, 첫부인 죽은 후에 둘째부인에게서[2] 또 딸 하나를 나았으니, 이름을 '팥쥐'라 하였습니다.

이 부친 되는 사람이 딸 형제를 양육하더니, 콩쥐가 장성(長成)하여 출가(出嫁)하기 전에 그만 세상을 작별하였습니다.

팥쥐의 어머니는 근본 성질이 험악하고 편벽(偏僻)하여,[3] 항상 콩쥐를 음해(陰害)하려 하였습니다. 콩쥐는 이 계모(繼母) 밑에서 자라느라고, 잠시도 마음을 놓지 못하고 무수한 학대(虐待)를 받으나, 친어머니와 조금도 다름없이 효심을 가지고 섬기고 있었습니다.

한번은 팥쥐 어머니가 어디 혼인 구경을 간다면서, 콩쥐를 불러서 밑 빠진 가마솥과 밑 빠진 큰독을[4] 가리키며,

"내가 다녀오기 전에 이 두 그릇에 물을 길어서 채워라. 만일 채우지 못할 것 같으면, 내 손에 죽을 줄 알아라."

하고 분부하며 또 팥쥐를 부르더니,

"너는 저 작은솥과[5] 동이에다가 물을 채워라."

하고 이르고 나갔습니다.

팥쥐는 좋다구나 하고, 곧 어머니가 나가자 물을 길어다 붓기 시작하여, 몇 번 되지 아니하여서 두 그릇에 가득 채우고 마음대로 잘 놀았습

---

* 원문 629쪽. <콩쥐팟쥐>.

1) 원문에는 '初娶夫人(초취부인)에게서'로 표기.

2) 원문에는 '後娶夫人(후취부인)에게서'로 표기.

3) 한쪽으로 치우쳐. 정상에서 벗어날 정도로 지나쳐.

4) 원문에는 '두멍을'로 표기. '두멍'은 '물을 많이 담아 두고 쓰는 큰 가마나 독'을 뜻함.

5) 원문에는 '옹솟과'로 표기. '옹솟'은 '옹솥'으로 추정됨. '옹솥'은 '옹달솥'의 준말. '옹달솥'은 '오목하고 조그마한 솥'을 뜻함.

니다. 그러나 콩쥐는 하도 기가 막혀서 말도 못하고 생각하기를,

"나를 죽이시려거든 그저 죽이시지, 어찌 이와 같은 일을 하라 하시노? 속담에 '밑 빠진 가마[6]에 물 길어 붓기'라는 말은 있으나, 이것이 나에게 당한 말이로구나. 이것을 채우는 장사야 어디 있을꼬? 귀신의 힘이 아니요 하늘의 힘이 아니어든, 별 수 없이 있다가, 돌아오시면 나는 꼭 죽었구나. 아이고, 어머니! 아이고, 아버지! 혼이라도 계시거든, 나의 사정 돌아보사 잠시라도 도와 주셨으면, 엉엉엉…….[7]"

하고 눈물만 흘리고 있었습니다.

미구(未久)에 난데없는 큰 자라 한 마리가 앞으로 엉금엉금 기어오더니,

"얘, 콩쥐야. 울지 마라, 울지 마라. 걱정 말고 어서어서 물 길어라. 내 밑 빠진 곳을 막아 주마."

하고 기어들어가 구멍을 막고 엎드려서 틈이 없게 하였습니다. 콩쥐는 갑자기 이것을 보고,

"생시인가, 꿈인가? 하느님이 보내셨나, 부모님이 보내셨나? 하여간 물을 길어다 붓자."

하고 부지런히 물을 길어다 가마솥이며 큰독에 채워서 죽을 액(厄)을 면하였습니다.

그 후, 하루는 팥쥐와 콩쥐더러 밭을 매라 하는데, 팥쥐는[8] 밭이랑도 짤막하고 김 맬 풀도 과히 없는 것을 쇠호미를 주며 매라 하며, 콩쥐는 몇 배나 되는 밭에 풀이 우거지고 우거져서 억세고 억센 닭풀[9]이 나서,

---

6) 가마솥.

7) 원문에 있는 줄임표인데, 8개의 점으로 표시되어 있음.

8) 원문에는 '팟쥐이'로 표기.

9) '닭의장풀'을 지칭한 듯함. '닭의장풀'은 닭의장풀과의 한해살이풀. 줄기는 마디가 굵으며, 잎은 어긋나고 긴 타원형인데 매끄럽다. 여름에 보라색 꽃이 피고 열매는 타원형의 삭과(蒴果)를 맺는다. 어린잎과 줄기는 식용하고 꽃은 염색용으로 쓴다. 들이나 길가에 자라는데 한국, 북아메리카, 우수리 강, 일본 등지에 분포한다. '계거초, 계장초, 달기씨깨비, 닭의씻개비'라고도 함. 우리 나라의 밭에 발생하는 잡초임. (김길웅, 『최신 잡초방제

아무라도 매지 못할 밭을 나무로 만든 호미를 주며 매라 하였습니다.

팥쥐는 얼른 매고 속히 집으로 돌아갔으나, 콩쥐는 죽을 힘을 다하여 사납고 억센 풀을 뽑아가며 매다가, 나무 호미목이 뚝 부러졌습니다. 맨손으로는 더구나 어찌할 수 없고, 해는 점점 저물어가서 사세(事勢) 난감(難堪)하여 하늘을 우러러 탄식하며 울고 있었습니다.

이 경상(景狀)을 보면, 누구나 참혹(慘酷)하고 측은(惻隱)한 생각이 아니 났겠습니까? 천지신명(天地神明)이 도우셨는지, 양친(兩親)의 영혼이 도우셨는지 알 수 없으나, 어디서 검은 암소 한 마리가 어슬렁어슬렁 오더니,

"애야, 애야. 울지 말아라. 내가 대신 매어주마."

하고 순식간에 밭으로 다니면서 풀을 다 뜯어먹고 뿌리는 모두 뽑아버려서, 도리어 팥쥐가 매는 밭보다 더 잘 매어 놓고,

"애, 콩쥐야. 배가 오직 고프겠느냐? 잠시 기다리고 있거라."

하더니 어디 가서 온갖 과실(果實)을 물어다주며,

"어서 먹고, 나머지는 가지고 가거라."

하거늘, 치마 앞에 받아 가지고 배고픈 판에 실컷 먹고 나머지를 가지고 집으로 돌아갔습니다.

집에 와서 문을 열려 하였더니,

"무엇하느라고 이렇게 저물게 오느냐?"

하며 도무지 열어주지 아니하였습니다. 이 때에 팥쥐를 불러서,

"애, 이것 보아라. 이 과실을 줄 것이니, 좀 열어다오."

하였더니, 팥쥐가 갸웃갸웃하고 내다보며,

"아주 누구를 속이려고? 거짓말하여도 아니 속아."

하며 놀리고 있었습니다.

학원론』, 경북대학교출판부, 1998, 33~35쪽.)

콩쥐는 할 수 없이 문틈으로 과실을 들이밀어 주며 받으라 한즉, 불여우같은 팥쥐는 갸웃이 내다보더니,

"참말!"

하고 받아 먹으며 그제야 문을 열어주어서, 들어와서 가졌던 과실을 어미 앞에 쏟아 놓았습니다.

그 어미가 말하되,

"너 과실은 어디서 나서 가지고 왔느냐?"

하고 의심스럽게 물었습니다.

콩쥐는 할 수 없이 그 자초지종(自初至終)을 일일이 고하였더니, 팥쥐 모녀가 앉아서 맛있게 나누어 먹었습니다.

그 이튿날 팥쥐가 과실 먹을 생각이 도저히[10] 나서, 일부러 나무호미를 가지고 밭에 나가서 거짓 매는 체 하다가, 호미를 부러뜨리고[11] 앉아서 '엉-엉' 우는 형상을 하였습니다. 과연 콩쥐가 말한 바와 같이 난데없는 검정 암소가 오더니,

"얘야, 얘야. 너 왜 우니?"

팥쥐가,

"밭을 매다가 호미가 부러져서 울어요. 그리고 배가 고파 과실 생각이 나서 울어요."

"그래?[12] 그러면 위선(爲先) 과실부터 줄 것이니 염려 말아라. 온갖 과실이 내 뱃속에 있으니, 네 두 손을 내 분문(糞門)에 모아 넣고 있거라. 많이 주마."

하여, 팥쥐는 이 말을 듣고 좋아서 얼른 두 손을 넣었습니다.

이 검은 암소는 이 팥쥐를 한번 속이겠다 하고, 두 다리 사이를 꽉 오

---

10) 참을 수 없을 정도로 많이.

11) 원문에는 '부질르고'로 표기.

12) 원문에 표기된 물음표임.

무려 꼼짝을 못하게 하여 가지고, 가시 덤불로 짓끌고 한참 동안 다니다가, 물찌똥 한 줄기를 홱 갈기고 놓아 주었습니다.

팥쥐는 전신(全身)이 긁혀서 유혈(流血)이 낭자(狼藉)하고, 쇠똥 두루마기가 되어서 울고 집으로 갔더니, 팥쥐어미가 그 모양을 보고 어찌된 곡절을 물어 보더니, 심술이 덜미까지 뻗쳐서 콩쥐를 인정없이 보리 타작하듯 때리면서,

"이년! 네가 어저께 어디를 가서 과실을 훔쳐 가지고 와서 거짓말을 하기 때문에, 팥쥐가 저 모양이 되었구나. 요년! 요년! 죽어 보아라."
하며 야단을 쳤습니다.

콩쥐는 죽은 체하고 한마디 발명도 못하고 매를 죽도록 맞았습니다.

팥쥐어미는 그래도 잘못을 뉘우치지[13] 못하고 콩쥐만 몹시 부려먹고 팥쥐만 사랑합니다.

또 어느 날 팥쥐를 데리고 나가면서 콩쥐에게 이르되,

"내가 오늘 볼 일이 있어서 어디를 가면 내일이나 올 터이니, 곳간(庫間)에 쌓인 벼 열 섬만 내어다가 매통에[14] 갈아서, 나 오기 전에 다 백미(白米)를 만들어 놓아라."
하며 나갔습니다.

콩쥐가 이 말을 듣고, 기가 막히지마는 아니 할 수 없는 일이라, 아무렇든지 시작이나 하여 보리라 하고, 멍석을 마당에 펴 놓고 곳간에 들어가서 볏섬을 끄르고 퍼다가 멍석에 널면서, 신세 타령과 눈물을 섞어서 한바탕 한탄하되,

"이번에 또 내가 죽는구나, 내일이면 내가 죽어. 가도록 태산(泰山)이오, 넘도록 심산(深山)일세. 몇 번이나 죽을 이 인생이, 천지신명 도와주사 아직껏 살았더니, 할 수 없고 할 수 없어, 내일이면 죽는구나. 기운

---

13) 원문에는 '改過(기과)를'로 표기.

14) '매통'은 '굵은 통나무로 만든, 벼의 겉껍질을 벗기는 농기구'임.

세찬 남자라도, 이틀 동안 벼 열섬을, 어찌 말려 어찌 찧나? 하물며 약한 여자, 가망이나 있을소냐? 꼭 죽었지, 꼭 죽었지. 따뜻하고 따뜻한, 부모님의 슬하에서 양육받아, 육칠십을 산다 해도, 생각하면 우스운데, 참혹할사 내 신세는, 부모양친 영별(永別)하고, 실낱같은 모진 숨, 일각 일시 맘 못 놓고, 수풀 밑에 새 몸처럼, 무한 액운(厄運) 한이 없네, 이웃집에 부모 있는 아이들은, 부모님께 귀염받고, 근심없이 지내는 일, 부럽기도 측량(測量)없네, 명천(明天)이 감응(感應)하사, 후생(後生)에나 한을 풀게, 선심(善心) 인도(引導) 하십소사. 애고애고 휘유…….[15)]"

하면서 멍석에 펴 널었습니다. 마르기를 기다리고 있었더니, 어느덧 저녁 곁두리[16)] 때가 되었습니다. 어디서 천둥[17)] 소리처럼 우루루 하더니, 참새 떼가 하늘에 까맣게 뒤덮여 날아와서, 늘어놓은 벼 멍석에 빈틈없이 덮어 앉아서, 재재거리고 똑똑거리더니, 한 시각이 다 못되어서 열 섬 벼를 물방아에 찧은 것 같이, 연자매에 간 것 같이 벼 껍질을 다 까놓고 우루룽 다 날아갔습니다. 콩쥐가 처음에는 쌀을 먹나 하였더니, 날아간 후 가서 보고 신기하여 혼잣말로,

"별일도 많다. 별일도 많구나. 하느님이 도우셨나? 부모님이 도우셨나? 부처님이 도우셨나? 옥황상제(玉皇上帝) 도우셨나? 후토부인(后土夫人)[18)] 도우셨나? 산신령이 도우셨나? 도깨비의 장난인가?"

하며 얼굴에 웃음을 띄우고 키를 들어 툭탁툭탁 장단 맞추어 까불러서, 섬 속에다 퍼부어서 꼭꼭 묶어 쌓아놓고, 그날 밤을 마음 놓고 잘 잤더니, 과연 이튿날이 되어서 팥쥐 모녀 들어오며 첫째 인사,

"쌀 찧었느냐?"

---

15) 원문에 있는 줄임표인데, 8개의 점으로 표시되어 있음.

16) 원문에는 '겻드리'로 표기. '곁두리'는 '농사꾼이나 일꾼들이 끼니 외에 참참이 먹는 음식'임.

17) 원문에는 '天動(텬동)'으로 표기.

18) 토지를 맡아 다스린다는 여신(女神).

하며 죽일 것 같이 조사(調査)를 하였으나, 천만(千萬) 의외(意外) 찧었거늘, 그제야 할 말 없이,

"제법이다."

하고 아무 말이 없었습니다.

이와 같이 여러 번을 죽이려고 별 계책(計策)을 다 내나, 천지신명이 무심치 아니하여 죽을 것을 모면케 하건마는, 팥쥐어미 지금까지 이것을 모르고 천벌을 받지 못하여 여전히 무도한 짓을 합니다.

그 다음 또 하루는 콩쥐를 부르더니, 이 빠진 낫 하나를 주며,

"오늘 안으로 수수밭 하루갈이를 다 베어 묶어 세워라."

하였습니다.

콩쥐가 수수밭을 나가보니 울섶같이[19] 들어서서 엄청나거늘,

"오늘을랑 심산(深山) 궁곡(窮谷)에 주린 범이나 빨리빨리 내려와서, 어서 바삐 나를 물어 가거라. 고생도 한이 있지, 날마다 이 고생은 동두철신(銅頭鐵身)[20]이라도 못 견디겠다. 오늘은 청천강(淸川江)[21] 물에 풍덩 빠져 죽든지, 낙락장송(落落長松) 긴 가지에 목을 질끈 매어 놓고 뚝 떨어져 죽기라도 하겠다."

하며 시름없이 앉았습니다.

이 때에 팥쥐가 아실랑아실랑 뒤를 좇아 나와서 보더니, 복숭아 씨같은 눈깔을 뜨고,

"왜 베지 아니하고 앉았어? 나는 어머니한테 이를테야."

하거늘, 콩쥐 생각하되,

'조 밥풀[22]이 또 나와서 마음대로 못하겠구나.'

---

19) 울타리를 만드는 데 쓰는 나무같이.

20) '성질이 모질고 완강하여 거만한 사람'을 비유적으로 이르는 말.

21) 평안북도 희천군 석립산(石立山) 북서쪽 산록에서 발원하여, 평안북도의 남부를 남서로 흘러 황해로 흘러드는 강. 총 길이는 약 199㎞이며, 유역 면적은 5,831㎢, 가항로는 152㎞이다. 이 이야기의 공간적 배경을 추정할 수 있는 단서가 됨.

하여 핑계하되,

"별안간에 배가 아파서 앉았으니, 좀 낫거든 베겠다."

하며 같이 앉아 있었습니다.

별안간 공중에서 오색(五色) 채운(彩雲)이 떠 오더니, 풍악(風樂) 소리 들리면서 가까이 왔습니다. 자세히 쳐다보니, 성관(星冠) 월패(月佩)한 선녀들이 구름 속에서 동아줄 하나를 내려 보내며,

"콩쥐야, 콩쥐야. 이것을 타고 어서 올라오너라."

하며 재촉하므로, 콩쥐는 얼른 붙잡고 올라갔습니다.

팥쥐가 이것을 쳐다보고 샘이 나서 저도 올라갈 마음이 간절하여 애걸을 하되,

"하느님, 하느님. 나도 좀 올라가게 동아줄을 내려 보내십시오."

하였습니다.

조금 있더니 또 선녀들이 동아줄 하나를 또 내려 보냈습니다. 팥쥐는 기뻐서 얼른 붙들고 올라갑니다. 이 동아줄은 썩은 동아줄이라, 중천(中天)에서 뚝 끊어지며 광풍(狂風)에 낙엽처럼 동동 떠서 내리 박히더니, 수수깡에 배를 찔러 꿰여서, 수수깡에 벌겋게 피가 묻었습니다. 그 피가 전염(傳染)이 되어서 수수깡마다 불긋불긋한 점이 그 때 생겼다 합니다.[23)]

---

22) 밥풀은 '풀 대신 어떤 것을 붙이는 데 쓰기 위하여 밥을 이긴 것.'을 뜻함. 여기서는 이 의미보다는 '일은 못하고 밥만 많이 먹는 사람을 놀림조로 이르는 말.'의 뜻으로 보아야 함. 이를 이르는 말로 제주 방언으로 '밥푸데'가 있고, 경남 창원 방언으로 '밥풀데기'가 있음.

23) 이 이야기는 최인학의 저서에 원문이 인용되어 있다.(최인학, 『韓國說話論』, 형설출판사, 1991, 218~221쪽.)

39. 옹기(甕器) 장사*

어떤 옹기 장사[1] 하나가 옹기 한 짐을 사서 짊어지고 촌으로 팔러 가다가, 무겁기도 하고 다리도 아파서, 길가에 지게를 버티어 놓고 잠시 쉬었습니다.

곰방 담뱃대에 담배 한 대를 턱 붙여 물고, 땀을 씻으며 한숨을 '휘유!' 쉬더니, 자기 신세를 타령하되,

"어떤 사람은 팔자(八字)가 좋아서, 고대광실(高臺廣室) 좋은 집에 금의(錦衣) 옥식(玉食)으로 호강(豪强)을 하고, 나 같은 놈은 팔자가 어떠하기에, 삼간(三間) 초가(草家) 하나 없어 악의(惡衣) 악식(惡食)도 마음대로 못하여, 오뉴월 삼복 중과 동지 섣달 설한풍(雪寒風)에 추위 더위를 무릅쓰고, 이와 같이 등짐 장사로 세월을 보내고 구구하게 살아가니, 참 가련하고 한심한 인생이다. 무엇 하러 이 세상에 나왔던고?"
하고 담배만 퍽퍽 태우고, 먼 산을 바라보며 멀거니 앉아서 있었습니다.

마음을 다시 돌려 생각하더니,

"그리하여 못 쓰겠다. 인제부터는 나도 규모 있게 경제(經濟)하여 돈을 좀 모아보겠다."
하고 독장사로 부자될 예산을 하여 보았습니다. 짊어 놓은 옹깃짐을 가리키면서,

"저 독 한 개를 일원에 사왔은즉, 갖다 팔면 이원은 염려 없이 받을 것이다. 이원을 받거든 또 점(店)에[2] 가서 독 두 개를 받아가지고, 또 촌

---

* 원문 633쪽. <甕器(옹긔)장사>.

1) 일반적으로 '장사'는 '이익을 얻기 위해 물건을 사고 파는 일'이고, '장수'는 '장사를 업으로 하는 사람'임. 하지만 '장사'에도 '장수'의 뜻이 있고, 원문을 살린다는 의미에서 '이익을 얻기 위해 물건을 사고 파는 일'과 '장사를 업으로 하는 사람'을 구분하지 않고, 모두 원형 그대로 '장사'로 했음.

2) 토기나 철기 따위를 만드는 곳에.

으로 가서 팔면 이번에는 사원이 될 것이다. 이와 같이 일원 자본이 이원이 되고, 이원이 사원이 되고, 또 사원이 팔원, 팔원이 십육 원과 같이 자꾸 곱절씩 늘어 가면, 나중에는 독을 여러 만 개 살 수도 있고, 여러 만 원 재산을 만들 수도 있다. 이러고 보면 소원 성취가 될 것이니, 나도 남과 같이 경치 좋은 곳을 찾아서, 고대광실(高臺廣室)을 지어 놓고 문 앞에는 논과 밭을 장만하고, 집 안에는 남노(男奴) 여복(女僕)을 많이 두고 쾌락(快樂)하게 살 것이다. 옳다! 좋다! 이만하면 걱정 근심 없을 것을 이 때까지 몰랐구나. 얼싸, 좋다! 내 팔자야!"

하고 혼자 좋아서 돌아다니며 덩실덩실 춤을 추다가, 옹깃짐 버텨 놓은 지게 작대기를 발로 쳐서, 이 때까지 예산(豫算)하던 옹깃짐이 조각조각 깨어지고, 장래 부자도 허사가 되었습니다.[3)]

3) 이 이야기는 최인학의 저서에 인용되어 있다.(최인학, 『韓國說話論』, 형설출판사, 1991, 105쪽.) 그리고 이와 유사한 이야기가 박희관이 1910년에 저술한 『요지경』(구활자본)과 강의영이 1918년에 저술한 『八道才談集』, 그리고 고유상이 1923년에 저술한 『古今奇談集』에 실려있다. 이에 대해서는 '정명기, 『한국재담자료집성 1』, 보고사, 2009, 78쪽, 493쪽, 604쪽.'을 참조할 것. 또한 『한국구비문학대계』에 <독장사 구구>(1-4권, 174~175쪽.), <옹기 장수>(4-2권, 210~212쪽) 등의 제목으로 2편의 각편이 실려있다.

40. 완고(頑固) 양반(兩班)*

옛적 어느 곳에 한 선비가 있었다는데, 성은 이(李)요, 별호는 장천(長川)이라 합니다. 어렸을 적부터 한문 공부만 전력하여, 늙도록 일시라도 손에 책자(冊子)를 놓은 일이 없고, 주야로 글 소리가 끊인 적이 없었습니다.

그리하여 한문에 대하여는 어떠한 것이든지 조금도 남에게 질 바 없거니와, 다른 사물상(事物上)에는 대단히 어둡고, 또한 정신이 맑지 못하여 왕왕(往往) 다른 사람의 웃음거리가 되었습니다.[1)]

어느 때 과거(科擧)가 되어, 자기도 여기 참석하려고 서울에 올라왔었습니다. 남대문(南大門)을 들어와 남촌(南村) 근처에 주인을 정하고, 저녁밥을 먹은 후에 자연 피곤하여 일찍이 자려고 하였습니다.

이부자리를 펴 놓은 후, 의복을 벗으며 생각하되,

---

* 원문 634쪽. <頑固兩班(완고량반)>.

1) 이장천과 관련된 최근의 구비설화도 있는데, 이 이야기와 일치하지는 않는다. 이야기 내용 중에 '그 이장찬이란 선생님이 그렇게 글은 잘 하셔두 쑥맥여어.'와 '그런디 이 으런이 천치란 말여.'란 부분이 있다. (한국정신문화연구원, <이장찬 일화 (1), (2)>, 『韓國口碑文學大系』 4-4, 1983, 222~226쪽.) 이 부분은 본문의 내용과 비슷하다. 그런데 '이장천(李長川)'이란 유명 인물은 확인되지 않는다. 이두희(外)가 편저한 『韓國人名字號辭典』(계명문화사, 1988), 587쪽에 '장천(長川)'이란 호를 쓴 인물은 '황면주(黃冕周)'로 나온다. 하지만 '이장찬(李章贊: 1794~1860. 호는 薌隱)'은 실존 유명인물로 확인된다. 『한국구비문학대계』에 나타난 구비설화의 <이장찬 일화 (1), (2)> 채록지(충남 보령군)와 실존 인물 이장찬이 살았던 지역(충남 청양군)은 인접해 있다. 『조선동화대집』의 이장천 이야기의 주제와 실존 인물 이장찬 일화의 주제가 비슷한 것으로 보아 화자가(불특정 화자일 수도 있고 심의린일 수도 있음) 이야기 속에 실명이 등장하는 것을 피하기 위해 '이장찬'을 '이장천'으로 바꾸어 기록했을 가능성을 조심스럽게 추정해 볼 수 있다. 특히, 심의린과 같은 집안의 인물인 심기택(沈琦澤: 1826~1895)은 이장찬의 <薌隱文集>에 서문을 썼다. 문집의 서문은 일반적으로 평소에 교분이 있었던 사람이 쓴 관행을 생각해 보면, 이장찬과 심기택은 비록 30여 년의 차이가 있지만, 어떤 식으로든 교류가 있었을 것으로 보인다. 심의린은 한 세대 앞의 실존 인물을 이야기로 기록하면서 실존 인명인 '장찬'을 가공 인명인 '장천'으로 바꾸었다고 볼 수 있다.

"내가 들으니 서울은 인해중(人海中)이라 무엇이든지 잃기가 쉽다 하니, 옷을 벗어 놓아 두면 잠든 사이에 없어질 지 알 수 없다."
하고 사면을 살펴보매, 벽에 들창이 있는 것을 보고,

"옳다. 저 벽장에 넣어두면 염려 없겠다. 설마 저 속에 넣은 것이야 알려고?"
하며 창을 열고 옷을 집어 넣고, 문을 단단히 닫고 누워잤습니다. 길가 들창 밖은 즉, 행길이라, 내어 버린 것을 어련히 잘 집어갔겠습니까? 그 이튿날 아침에 일어나 옷을 입으려고 창문을 열고 본즉, 벽장은 간 데 없고 행길에 사람이 왕래할 뿐이었습니다.[2)]

장천이 하도 기가 막혀서 탄식하는 말이,

"대저 서울 도적놈은 영악도 하다. 벽장에 넣은 것을 어찌 알고 틀까지 빼어갔구나. 참 무섭다."
하며 무한 걱정을 하다가, 주인을 청하여 의복을 빌려 입고 과거장(科擧場) 중(中)에 들어갔습니다.

자기 과거를 다 본 후에 돌아오려 하였더니, 마침 부잣집 자제 하나가 한문(漢文)이 부족하여, 글 한 장 지어주기를 청하였습니다. 장천은 선뜻 응낙(應諾)하고 한붓에 쓱쓱 하더니, 그만 지어 주었습니다. 이 보수(報酬)로 엽전 삼십 냥을 주며 감사함을 말하거늘, 장천은 이것을 받아가지고 과거가 마친 후에 즉시 길을 떠나 내려갑니다.[3)]

얼마쯤을 가다가 한 강을 건너게 되니, 몸에 돈을 지닌 것이 매우 무

2) 시골 선비가 들창을 벽장으로 착각하는 실수를 서술한 화소는, 1912년 4월 10일자 매일신보의 '笑話'에 게재되었다고 한다. 이에 대해서는 '정명기, 『한국재담자료집성 1』, 보고사, 2009, 39쪽.'을 참조할 것.

3) 과거장 부정 행위의 여러 모습은 『靑丘野談』의 <편향유 박생등과(騙鄕儒朴生登科): 박생이 시골 선비를 속여 과거에 급제하다>에 잘 나타나 있다. 어사 박문수(1691~1756)가 주인공인데, 대작(代作)을 담당하는 거벽(巨擘), 대필(代筆)을 담당하는 서수(書手) 등 매문매필(買文買筆)하는 과거장의 문란 행위가 구체적으로 묘사되어 있다.(<과장(科場)>, 이우성·임형택 역편, 『李朝漢文短篇集』 中, 일조각, 1993, 252~257쪽.)

거워서 괴로웠습니다. 그리하여 한 묘책을 생각하였는데, 강가에 모래를 파고 가졌던 돈을 묻고, 또 생각하되 표가 없으면 나중에 찾을 수 없다 하여, 패(牌) 하나를 깍아서 '이장천매문전삼십냥장치(李長川賣文錢三十兩藏置)'[4]라, 써서 꽂고 집으로 내려갔습니다.

집에 가서 하인을 불러 놓고, 돈 묻은 곳을 가르쳐주며 파 오라고 보냈습니다. 하인이 다녀오더니, 패만 남고 돈은 누가 가져갔다고 말 하였더니, 장천이 노하여 말하되,

"세상에는 눈이 먼 놈도 많다. 틀릴까 염려하여 패까지 써 놓아도, 기어코 제 것인 줄 알고 가져갔구나."

하더라니, 참 우습기도 합니다.

어느 때는 하절(夏節)인데, 장맛비가 주야로 조금도 그치지 아니하고 퍼 부을 때였습니다. 밤에 자다가 소변이 급히 마려워서 사랑(舍廊) 마루 앞에 내려와, 마당에다가 소변을 눕니다. 소변을 다 누었건만, 처마의 낙수(落水) 떨어지는 소리를 자기 소변 누는 소리로 알고, 밤새도록 서서,

"이것 큰일 났구나. 무슨 오줌이 이다지 한없이 나오는고?"

한 일도 있었습니다.

또 하루는 친구를 방문할 일이 있어서 당나귀를 타고 출입하였습니다. 얼마쯤을 가다가 우연히 글 생각이 나서, 속으로 글을 짓느라고 나귀의 가는 것을 살피지 않고 있었습니다. 그 때에 집 안에서 나귀 소리를 듣고, 자기 부인과 딸이 문전(門前)에 나와서 맞으며,

"어디 가신다더니, 어찌하여 도로 오십니까? 무엇을 잊은 것이 있습니까?"

하였습니다. 장천은 글 생각만 도저히[5] 하다가 자기 집인 줄은 모르고, 부채로 얼굴을 가리며 혼잣말로,

"그 집 일도 말 아니로군. 남녀가 유별하거든, 부인네가 다른 남자를

---

4) 이장천이 글 판 돈 삼십 냥을 감추어두다.

5) 아주 깊게.

보고 말을 하고자 하니, 참 변괴로구나."
한즉, 모녀가 깔깔거리고 웃으매 비로소 깨달았습니다.[6]
그 후에 또 친구의 집 환갑(還甲)에 갔다가, 날이 저물어서 자기 집에를 가지 못하고 하룻밤 여기서 자게 되었습니다. 밤중에 곤히 자다가, 물것이 물어서 대단 가려워서 긁는 것이, 잠결에 곁에 누워자는 습종(濕瘇) 앓는 사람의 다리를 냅다 몹시 긁었습니다.
이 사람이 가뜩이나 고통하는 것을, 별안간에 벅벅 긁어서 자다가 깜짝 놀라며,
"아이구-! 아파 죽겠다. 어떤 놈이 나의 다리를 해(害)하느냐?"
하며 베고 자던 목침(木枕)으로 방바닥을 치며, 소리를 벽력같이 지르고 야단을 치는 바람에, 방 안에서 자던 여러 손님들이 다 놀라 일어나서, 일시(一時)는 대소동(大騷動)이 되었었습니다. 그 중에도 장천은 누워서 일어나지도 않고 문자(文字)를 쓰되,
"나 몰라. 사람들이 어찌 그다지 경솔한고? 인지위덕(忍之爲德)이라니.[7]"
하였습니다. 참 거짓말같이도 이장천의 하던 일이 두루 우습습니다. 이전(以前) 시대에 한문만 읽고, 다른 사물상(事物上)에 관계하여 보지 못하던 양반들은 대개 이러하였습니다.

6) 이 내용은 최근의 구비설화에서도 확인된다. 하지만 이야기의 대상 인물이 '이장천'이 아니라 '백곡(栢谷) 김득신[金得臣, 1604년(선조 37)~1684년(숙종 10)]'으로 되어 있다. (한국정신문화연구원, <김백곡의 건망증>, 『韓國口碑文學大系』 4-3, 1982, 635~637쪽. ; 한국정신문화연구원, <김득신의 건망증 이야기들>, 『韓國口碑文學大系』 5-3, 1983, 166~168쪽.)

7) 참는 것이 덕이라니.

41. 달떡*

어떤 어린애 하나가 어머니에게 달떡 하나를 얻어 가지고 나와서 노는 것을, 금돌(金乭)이라 하는 큰 아이가 보았습니다.

금돌이는 이 떡을 뺏어먹을 생각이 나서 어찌하면 좋을까 하다가, 어린애를 보고,

"얘- 아가, 내 그 떡을 가지고 반달을 만들어 줄까?"

하고 꾀었습니다.

어린애는 반달 만들어 준다는 바람에 내주었더니, 금돌이는 반을 뭉턱 베어 먹고,

"자아, 이것이 반달이다."

하고 도로 주었습니다.

어린애는 아직 약지 못하여, 반달만 좋아하고 떡 없어진 것을 몰랐습니다.

금돌이는 그래도 나빠서 또 꾀되,

"얘-, 인제는 삼각산(三角山) 만들어 줄까?"

하였더니, 어린애는 역시 떡을 주며 만들어 달라고 하였습니다.

염치 없는 금돌이는, 반달의 반을 또 뭉턱 베어 먹고 주었습니다.

어린애는 여전히 삼각산된 것만 좋아하고 떡이 졸아든 것은 알지 못하니, 참 천진(天眞)의 마음입니다.

세상에는 이와 같이 속임을 받는 사람이 적지 않은 것입니다.

---

* 원문 636쪽. <달떡>.

42. 두 개의 구슬*

옛적에 어느 곳에 우애가 많은 형제가 있었습니다. 그런데 나이가 어렸을 때에 부모가 다 돌아가셨습니다. 집안 형세(形勢)가 본래 간난(艱難)할뿐더러 가까운 친척도 없으므로, 의탁(依托)할 곳이 없어서, 두 아이는 도로 상(上)으로 돌아다니며 슬피 울며 방황하고 있었습니다.

동리 사람들이 이 모양을 보고 참혹(慘酷)하게 여겨서, 데려다두고 심부름을 시키며 옷과 음식을[1] 주었습니다. 이와 같이 구제(救濟)를 받아서 근근(僅僅)이 지내다가, 형제의 우애가 천생(天生)으로 두터워서, 말다툼 한번 하는 일이 없이 서로 불쌍히 여겨서, 형은 아우를 사랑하고 아우는 형에게 공손히 하여, 혹 먹을 것이 생기면 형은 아우를 더 먹이려하고, 아우는 형을 더 먹이려하여, 형제간에 따뜻한 정과 아름다운 행실은 참으로 감심(感心)하지 않는 사람이 없었습니다.

형제간 사이가 좋을 뿐 아니라, 천성이 본래 정직하고 성근(誠勤)하므로, 주인집 일이라도 자기의 힘을 다하여 열심히 몸을 아끼지 아니하고 근실(勤實)하게 하므로, 주인 역시 친자질(親子侄)같이 알고 양육을 하였습니다.

마침 어느 해 봄철을 당하니, 냇가에 버들가지는 녹색을 띠고 축축 드리우며, 개나리와 진달래는 이산 저산에 불긋누릇하게 뭉치뭉치 꽃이 피고, 도화(桃花) 행화(杏花)를 찾아다니는 벌과 나비들은 춤을 추며 노래하고, 꾀꼬리의 꾀꼴 소리, 뻐꾹새 뻐꾹 소리 봄의 시절을 자랑합니다.

이 형제는 이와 같은 춘흥(春興)도 맛보지 못하고, 하루는 모여 앉아서 이야기를 하는데, 아우가,

"형님, 참 날이야 따뜻하기도 하오. 이런 좋은 때에, 어떤 사람들은 팔

---

* 원문 636쪽. <두개의구슬>.

1) 원문에는 '衣服(의식)을'로 표기. '服'은 '食'의 오기로 보임.

자가 좋아서 꽃놀이니 무엇이니 하고 경치 좋은 곳만 찾아다니는데, 우리 형제같은 인생은 이런 시절이 돌아올수록 심란한 생각만 나는구려.”
하고 언짢아 하였습니다.

형은 아우를 위로하되,

“얘, 공연히 맘 상하게 하지 말아라. 사람이 세상에 생겨나서 설마 아주 죽겠느냐? 고진 감래(苦盡甘來)라[2] 하였으니, 나중에는 무슨 끝이든지 있겠지. 우리가 마음만 착하게 가지면 하느님이라도 도와주시겠지. 다시는 그런 걱정하지 마라.”
하여 달랜 후에,

“얘–. 참, 오늘이야 따뜻하기도 하다. 우리 저 산골짜기로 진달래꽃 구경이나 가자.”
하고 아우와 손목을 서로 잡고 산보(散步)하러 나갔습니다.

사면을 바라보니 먼 산에는 아지랑이, 각종(各種) 꽃은 산과 들에 가득하고, 시냇물은 졸졸 퐁퐁 흐르는데, 자연(自然) 흥기(興氣)가 되어서 파릇파릇한 잔디 위에 형제가 느런히 앉아서, 이곳저곳 바라보며,

“얘, 참 좋지?”

“네, 참 좋습니다.”
하고 재미있게 봄빛을 맛보고 있었습니다. 이 이야기 저 이야기하다가, 형이 그 아래 개천을 가리키며,

“얘, 저것이 무엇이냐? 환하게 무슨 광채가 있다.”
하고 아우더러 보라 하였습니다.

아우는,

“어디? 참말, 그것이 무엇이냐? 오색이 영롱합니다. 우리 가 봅시다.”
하고 그 개천을 향하여 내려갔습니다.

---

2) 고생 끝에 즐거움이 온다고.

가까이 가서 물 속을 들여다보니, 웬 구슬 한 개가 놓여 있는데, 광채가 찬란하였습니다. 하도 이상하므로, 형은 물 속에 들이가서 건져 내었습니다. 자세히 들고 본즉, 참 값이 많은 보석 구슬이므로, 형은 곧 그 사랑하는 아우를 주며,

"이것은 참 좋은 구슬이다. 네가 가져라."

하였습니다. 아우는 도로 형을 주며,

"이것은 형님이 얻은 것인데, 어째 제가 갖겠습니까? 만약 제가 얻었더라도 형님을 드릴 터인데, 그런 말씀 마시고 형님이나 가지십시오."

하고 도무지 받지를 아니하였습니다.

이와 같이 형제가 서로 가지라고 사양을 하다가, 아우가 말하기를,

"형님, 그리 마시고 집에 갖다가 두고 같이 보십시다."

한즉, 형도,

"애, 참 그것 좋은 말이다. 그러면 네 것 내 것 할 것 없이 다 좋겠다."

하고 가지고 돌아와서 조그마한 상자 속에 넣어두었습니다.

그 후에 그 구슬 상자를 형이 열어보았더니, 많은 보패(寶貝)가 쏟아져 나왔습니다. 형은 하도 신기하여 그 말을 하며, 아우더러 열어보라고 하였습니다.

아우가 형의 말을 듣고 이 상자를 열어본즉, 역시 금은 보화가 쏟아져 나왔습니다. 형과 아우는 서로 번갈아 가며 닫았다 열었다 하여, 잠시 동안에 많은 재물을 얻었습니다.

지금까지 남의 집에서 밥을 얻어먹으며 고용(雇傭)을 하던 형제는, 갑자기 살게 되어서 서로 얻은 재물을 똑같이 나누어 가지고 세간을 나게 되었습니다.

그러나 그 구슬은 역시 한 개밖에 없으므로 서로 사양하여, 아우는 형을 주고 싶어하며, 형은 아우를 주고 싶어하여 힐난(詰難)을 하였습니다.

형은 다시 생각하여 아우더러,

"얘, 우리 형제가 구슬을 가지고 이와 같이 하다가는 우애가 끊어지기 쉽겠다. 그까짓 구슬이 하상[3] 무엇이냐? 우리 둘이 도로 갖다가 물 속에 넣고 오자."
하였습니다.

아우 역시,

"참 좋은 말씀이오. 우리가 구슬 가지고 말다툼을 하다가 형제간에 의(誼)가 상하기 쉬우니, 그것 제일 좋겠습니다."
하고 두 아이는 손목을 붙들고 그 개천으로 구슬을 넣으러 갔습니다. 그러나 그 곳을 가까이 간즉, 또 이번에도 광채 나는 구슬 한 개가 있는데, 가지고 간 구슬과 똑같았습니다. 형제는 두 개의 구슬을 얻어서 한 개씩 나누어 가지고, 더욱 좋아하며 돌아와서 무한한 향복(享福)을 받게 되었다 합니다.

---

3) 근본부터 캐어 본다면. 何嘗.

43. 혹 달린 늙은이*

옛적 어느 곳에 정직한 늙은이 하나가 있는데, 턱 밑에 큰 혹이 달려서 뒤웅박같이 디룽디룽하므로 항상 괴롭기도 하고, 어디를 좀 가려면 왕래하는 사람들이 유심히 쳐다보고 웃는 고로 부끄럽기도 하여, 주야로 근심을 하며 어찌하면 이 혹을 떼어 볼까 하고, 여러 가지로 생각하여 보았으나 도무지 좋은 도리가 없었습니다.

하루는 볼 일이 있어서 먼 곳에 갔다가 오다가, 중로(中路)에서 날이 저물었습니다. 그러나 근처에는 인가(人家)도 변변히 없고, 사방을 보니 캄캄하여 지척(咫尺)을 분변(分辨)키가 어려워서 곤란이 막심(莫甚)하던 중, 마침 산기슭에 빈 집 하나가 있음을 보고, 여기서 잘 작정으로 들어갔습니다. 빈 집에 들어가서 혼자 있은즉, 무섭기도 하고 적적(寂寂)하여 심심하기도 하므로, 소리를 크게 질러서 노래를 한바탕 듣기 좋게 하였습니다.

그런데 이 집은, 근본(根本) 도깨비가 어찌 많이 있든지 아무도 와서 사는 사람이 없고, 곧 이사를 가므로 항상 집이 비어 있습니다. 이 늙은이가 노래를 할 때에, 여러 도깨비들은 별안간에 듣기 좋은 소리가 나므로, 귀를 기울여서 듣다가 자연 홍이 나매, 어깨를 으쓱으쓱하며 몰려 들어왔습니다. 그 중에 괴수(魁首) 도깨비 하나가 썩 나서서 노인 앞으로 오더니,

"여보시오, 노인. 노래 참 잘도 하시오. 어찌 듣기가 좋은지 저절로 춤이 나갑니다. 그러나 그런 좋은 노래가 어디서 그렇게 자꾸 나옵니까?" 하고 물었습니다.

혹 달린 늙은이는 이치에 맞게[1] 대답하되,

---

* 원문 639쪽. <혹달닌老翁(로옹)>.

1) 원문에는 '理所固然(리소고연)하게'로 표기. '이소고연'은 '이치가 본래부터 그러함'의 뜻임.

"네, 그 노래는 다른 데서 나오는 것이 아니라, 턱 밑에 달린 혹 속에서 나옵니다. 이 혹만 가지면 얼마든지 노래를 할 수가 있습니다."
하였더니, 도깨비는 대단히 반가워하며,

"그러하면 그런 좋은 혹을 혼자만 갖지 말고, 금은 보패를 많이 드릴 터이니 나에게 파시오."
하고 청하였습니다.

본래 혹 때문에 곤란히 지내던 터에, 하물며[2] 보화(寶貨)까지 주고 산다 하므로, 마음에 대단히 기뻐서 곧 응낙하고 팔기로 하였습니다. 도깨비들이 금은 보패를 많이 갖다 주며, 혹을 떼어가는데 조금도 아프지 아니하였습니다.

그 이튿날 이 정직한 늙은이는, 혹도 떼고 많은 보화를 가지고 가서 큰 부자가 되었습니다. 이 소문이 점점 퍼져서, 또 한 곳에 욕심 많고 혹 달린 늙은이 하나가 이 말을 듣고, 혹 떼인 늙은이를 찾아와서 자초지종(自初至終)을 자세히 물어갔습니다.

이 늙은이는 혹을 뗄 생각보다도 금은 보패를 얻을 욕심이 더 있으므로, 곧 그 빈 집을 찾아가서 어둡기도 전에 대청 마루에 누워서, 잘하지도 못하는 노래를 듣기 싫게 꽥꽥 질러서 하며, 도깨비 오기를 기다리고 있었습니다.

밤이 되어서 도깨비들이 놀러오다가 들은즉, 웬 노래 소리가 나는데 별로 듣기 좋지도 못하므로, '어떤 놈이 왔노?' 하고 몰려 들어가서,

"여보시오, 웬 사람이오? 왜 남의 집에 들어와서 소리를 하고 떠드시오?"
하였습니다.

욕심 많은 혹쟁이는 도깨비를 속여 보려고,

"네, 내 턱 밑에 있는 노래가 잘 나오는 혹을 당신들한테 팔러 왔소.

---

2) 원문에는 '況(황)'으로 표기.

만일 여러분이 이 혹을 금은 보패를 주고 사서 두시면, 소리를 듣고 싶은 때에 마음대로 들으실 것입니다."
하였습니다.

도깨비들이 이 말을 듣더니 깔깔 웃으며,

"요전에도 어떤 놈이 와서, 소리 나는 혹이라고 속여서 금은 보패를 뺏어가더니, 이놈도 재미가 나서 또 그 따위 수작을 하는구나. 요전에 산 혹도 아무 소용이 없으니, 너 마저 가져가거라."
하고 그 혹을 갖다가 또 붙여 주어서 쌍혹을 달고 돌아왔다 합니다. 이 때부터 '혹 떼러 갔다가 혹 붙였다'는 말이 생겼습니다.[3]

---

3) <혹부리 영감> 이야기. 이 이야기는 『한국구비문학대계』에 <혹 떼러 갔다 혹 붙인 사람>(1-2권, 176~78쪽.), <혹 떼러 갔다가 혹 붙인 이야기>(3-2권, 212~214쪽. 4-1권, 292~294쪽. 5-3권, 209~210쪽.), <혹 붙인 이야기>(3-1권, 291~294쪽) 등의 제목으로 5편의 각편이 실려있다.

44. 문자(文字) 잘 쓰는 남자(男子)*

옛적에 '목서방(木書房)'이라 하는 사람이 있었는데, 이 사람이 무슨 말을 하든지, 문자가 아니면 말을 못하던 배냇병신이 있었습니다.

어느 날은 자기 장인의 집에 다니러 가서, 며칠 동안 묵게 되었습니다. 그날 밤에 난데없는 호랑이가 내려와서, 장인의 잠든 것을 물고 갔습니다. 다른 사람 같으면 사람 살리라고 떠들어서, 동리 사람들이 이 말을 듣고 모두 쫓아 나와서 호랑이를 잡거나, 그렇지 아니하면 장인의 시체라도 찾을 것을, 이 사위되는 자가 문 밖에 나와서 외우되,[1)]

"遠山之虎(원산지호)가[먼 산의 호랑이가] 自近山來(자근산래)하여,[가까운 산으로부터 와서] 吾之丈人(오지장인)을 捉去(착거)하니,[나의 장인을 잡아가니] 有弓者(유궁자)는 持弓而來(지궁이래)하고,[활이 있는 자는 활을 가지고 오고] 有槍者(유창자)는 持槍而來(지창이래)하고,[창이 있는 자는 창을 가지고 오고] 無弓無槍者(무궁무창자)는 執杖而出(집장이출)하라.[활도 창도 없는 자는 지팡이를 들고 나오라]"

하였으나, 아무도 이 말을 해석하는 자가 없어서 모두 태평히 있고, 누구라 구하러 나오는 사람이 하나도 없게 되어, 그만 범의 밥이 되었습니다.

그 집 식구가 이것을 알고 관청에 고소하였더니, 이 말을 듣고 즉시 잡아다가 볼기를 때리며 수죄(數罪)를 하였습니다.[2)]

이 사람이 또 문자를 쓰되,

"伐南山之楚木(벌남산지초목)하여,[남산의 초목을 베어서] 猛打吾之肥臀(맹타오지비둔)하니[나의 살찐 볼기를 몹시 치니], 哀也臀(애야둔)이야.[아야! 볼기야!]"

---

* 원문 640쪽. <文字(문ᄌᆞ)잘쓰는男子(남ᄌᆞ)>.

1) 외치되.

2) 죄를 물었습니다.

하였습니다.

군수가 이것을 보고 하도 문자 쓰는 것이 미워서, 옥중에 가두라 하여 그만 갇혔습니다.

이 목서방의 부인이 매일 조석밥이며 점심을 갖다가 옥중에 넣어 주는데, 팔이 조금 모자랐습니다. 목서방이 그래도 문자를 쓰는데,

"汝手(여수)가 短(단)커든 吾手(오수)가 長(장)커나[네 팔이 짧거든 내 팔이 길거나], 吾手(오수)가 短(단)커든 汝手(여수)가 長(장)하지[내 팔이 짧거든 네 팔이 길지]."

부인도 노하여,

"여보! 문자 쓰다가 옥중까지 들어오고, 그래도 또 문자를 쓰시오? 글쎄, 남도 부끄럽지 아니하시오?"[3]

하였더니 여전히 문자로,

"誰曰誰曰(수왈수왈)[누가 가로되? 누가 가로되?]"[4]

대답하였습니다.

몇 달 동안을 옥중에 갇혔더니, 군수가 목서방을 불러 주의시키고 내놓으며,

"네가 다시는 쓸데없는 문자를 쓰지 말고, 똑똑히 알아듣기 쉬운 말로 하여라."

하였더니, 또 여전히 문자로 대답하되,

"更不用文字(갱불용문자)하리이다[다시는 문자를 아니 쓰리이다]."

하더라니, 참 배냇병신이오, 식자(識者)가 위환(爲患)이란[5] 말이 이것이올시다.[6]

---

3) 원문에 표기된 물음표임.

4) '누가 그래? 어느 놈이 그래?'의 뜻임.

5) 아는 것이 병이란.

6) 이와 유사한 이야기가 선우 일이 1913년에 저술한 『仰天大笑』와 고유상이 1923년에 저술한 『古今奇談集』에 실려있다. 이에 대해서는 '정명기, 『한국재담자료집성 1』, 보고사,

2009, 293쪽, 633쪽.'을 참조할 것. 그리고 『한국구비문학대계』에 <문자 쓰는 사람>(1-4권, 170~171쪽.), <문자 쓰다가 장인 잃은 사위>(7-18권, 300쪽.), <문자 잘 쓰는 사람>(1-9권, 649쪽.), <문자 좋아하다 동네매 맞은 사람>(7-13권, 274~275쪽.), <문자만 쓰는 사람>(7-6권, 577~578쪽.) 등의 제목으로 5편의 각편이 실려있다.

45. 오리 먹고 알 먹어*

옛적에 군수(郡守) 하나가 있었는데, 숙맥(菽麥)으로는 둘째 가라면 대단히 서러워할 만한 양반이었습니다. 그런데 그 집에 집오리를 많이 길렀습니다.

이 양반이 산술(算術)을 어찌 잘하던지, 날마다 오리를 조수(照數)할[1] 때에, 문득 수(數)는 얼마든지 알지 못하고, 단지 한 쌍식 한 쌍식 짝만 맞추어 보고, 틀리나 아니 틀리나를 조사하였습니다.

하루는[2] 하인이 오리 한 마리를 몰래 훔쳐서 삶아 먹었습니다. 이 날도 군수는 여전히 쌍을 맞추어 세다가 쌍이 틀리니까, 여러 번 짝을 맞추어 보며 무한히 애를 쓰되, 종시(終是) 쌍이 맞지 않고 하나가 남거늘, 그제야 대단히 분이 나서 홍두깨같이 노하여 하인을 불러 난타(亂打)하며,

"너희 놈이 필경 도적하여 잡아먹은 것인즉, 빨리 오리를 채워 놓아라!"

하였습니다.

하인은 곧 응낙하고 나아가서 또 오리 한 마리를 삶아 먹고 들어와서 고하되,

"소인이 잡아먹은 일이 과연 없사온즉, 다시 한번 세어 보시기를 바랍니다."

하였습니다. 군수는 또 자세히 세어보더니 이번에는 쌍이 맞거늘, 하인에게 말하되,

"세는 것을 분명히 못하여 공연히 너를 질책하얐은즉, 너무 노하지 말고 이 오리알이나 먹어라."

하고 십 개를 주었다 합니다. 날마다 한 쌍씩만 잡아먹으면, 도무지 모를 터이지오.

---

* 원문 641쪽. <오리먹고알먹어>.

1) 수효를 맞추어 봄.

2) 원문에는 '一日(일일)은'으로 표기.

46. 토끼의 지혜(知慧)*

어떤 산 속에 여러 해 묵은 토끼 한 마리가 있었습니다. 이 토끼가 여러 날 아무 것도 얻어먹지 못하여, 이리저리 깡통깡통 뛰어 돌아다니며 먹을 것을 찾았습니다. 이 산을 가 보아도 없고, 저 산을 가 보아도 먹을 것이라고는 없다가, 한 곳 인가(人家) 근처에 이르렀더니, 어디서 바람결에 고소한 냄새가 맡기는데, 비위가 동(動)하여 저절로 침이 넘어가게 되었습니다. 이 토끼는 갑자기 우뚝 서서, 귀를 빨쭉 코를 쫑긋쫑긋하며, 냄새 나는 곳을 찾았습니다. 한 발자국 두 발자국 그 곳을 찾아가 본즉, 어떤 사람이 콩을 많이 볶아다 놓았습니다.

여러 날 주려서 시장하던 판에, 그만 달려들어서 먹으려 하였습니다. 이것이 웬일인지, 사지(四肢)가 땅 속으로 들어가며, 전신(全身)은 꼼짝할 수가 없이 되었습니다.

이것은 다름이 아니라, 어떤 사람이 토끼를 잡아서 먹으려고 창애[1]를 놓은 것을, 모르고 갔다가 치인 것이올시다.

토끼는 그제야 깨닫고 후회를 하며 슬픈 소리로 부르짖으며,

"하느님, 살려주십시오! 산신령님, 살려주십시오!"

하고 애원을 하나, 아무 것도 와서 위로 한 마디 하여 주는 자 없고, 대답 한 마디 하여 주는 것이 없었습니다.

할 일 없이 죽을 때나 기다리고 있는데, 그 때에 마침 왕파리 한 마리가 귓가에 '앵' 하고 와서 앉아서 두 발을 비비며, 귀를 간질이고 있었습니다. 토끼는 생각다 못하여 왕파리를 보고,

"여보, 왕파리님. 나를 좀 살려주십시오. 보시는 바와 같이, 나는 이 모양이 되어서 살 도리가 없습니다. 인제는 이 덫 임자가 오면, 별 수

---

* 원문 642쪽. <兎(톡기)의智慧(지혜)>.

1) 덫.

없이 망태기 속에 넣어가거나 사족(四足)을 묶어가거나 하여, 삶거나 볶거나 지지거나 굽거나 하여, 사람의 밥이 될 터입니다. 인자하신 파리님. 나를 좀 살려 주십시오."
하고 애걸하였습니다.

왕파리는 처음에 여우가 걸렸나 하고 고개를 기울여보며 목소리를 자세히 들은즉, 토끼가 걸렸는지라, 가엾은 생각이 나서,

"여보시오, 토끼님. 어찌하시다가 여기에 치이셨소? 대단히 가엾습니다. 저도 도와드릴 마음은 간절하나, 아시는 바와 같이, 평시에 똥이나 먹고 지내는 이 모양의 작은 버러지가, 무슨 힘이 있으며, 무슨 의견이 있겠습니까? 미안하오나 도리가 없습니다."
하고 대답하였습니다.

토끼는 다시 계책을 생각하여,

"여보십시오, 파리님. 당신더러 끌러달라고 하는 것이 아니올시다. 당신의 동무를 많이 불러 오실 수가 있습니까?"
하고 물었습니다.

파리는,

"나의 동무는 얼마든지 불러 올 수가 있습니다마는 무슨 소용이 되십니까?"
하고 물었습니다.

토끼는,

"네, 다른 청이 아니올시다. 나의 몸에 많이만 앉아 주시면 살 도리가 있습니다."
하고 간청을 한즉, 파리는,

"그것이야 무엇이 어려울 것 있겠습니까? 염려 마십시오. 곧 내가 가서 동무를 많이 데리고 오겠습니다."
하고 '윙' 날아가더니, 얼마 아니 하여 왕파리 떼를 몰아가지고 와서, '윙

윙 왱왱'하며 넘어진 토끼 몸에 빈틈없이 시커멓게 붙어서 들끓었습니다. 토끼는 여러 파리에게 수고한다는 치사(致謝)를 한 후에, 거짓 죽은 체하고 있었습니다.

얼마 아니 하여, 산 속에서 사람의 소리가 지껄지껄 나더니, 몽둥이[2]며 올가미를 가지고 가까이 와서 보고,

"웬일이냐? 파리도 많기도 하다."

하며 파리를 쫓았습니다. 파리 떼는 그대로 붙어서 와글와글 하며 토끼 몸을 떠나지 않고 똥냄새를 풍겼습니다.

이 사람들은 말하기를,

"아마 이 토끼가 치여 죽은 지가 오래서 썩은 것이오. 그렇지 않으면 파리가 이처럼 많이 꾀일 까닭이 없소. 썩은 냄새가 코를 찌르니, 그대로 내버려 두고 갑시다."

"글쎄, 이것을 먹고 병이나 나게. 그러나 이대로 두고 가면 다른 짐승까지 잡지 못할 것이니, 다른 데 갖다가 버립시다."

하고 덫을 끌러서 다른 곳에 갖다 버리고 갔습니다.

토끼는 사람이 다 멀리 간 것을 보고, 발딱 일어서서 숨을 '휘유' 쉬고 파리를 대하여,

"인제는 여러분 덕택에 나의 목숨을 구하였습니다. 여러분, 참 고맙습니다. 인제는 안녕히들 가십시오."

하고 웃으며 자기 갈 곳으로 도로 깡통깡통 뛰어갔다 합니다.

위급한 경우를 당할수록, 마음을 침착하여 계책을 생각하면, 혹 모면할 도리가 있는 것입니다.[3]

---

2) 원문에는 '몽동이'로 표기.

3) 이 이야기는 손동인의 저서에 <간사로운 토끼>라는 제목으로 초록되어 있는데, 내용상 약간 차이가 있다. 토끼가 꾀를 부려 호랑이의 두부를 빼앗아 먹는 부분, 호랑이를 속여 꼬리를 얼어 붙게 하는 부분(이 책의 <56. 개와 범>의 내용과 유사함), 호랑이를 불에 태워 죽이고 식칼을 빌려와 호랑이 고기를 먹는 부분, 독수리에게 잡혀 가다가 공중에서 떨

어져 죽는 부분이 없다.(손동인, 『한국 전래 동화 연구』, 정음문화사, 1984, 110~111쪽.) 이 이야기는 박희관이 1910년에 저술한 『요지경』(구활자본)과 강의영이 1918년에 저술한 『八道才談集』에도 이와 유사한 이야기가 실려있다. 이에 대해서는 '정명기, 『한국재담자료집성 1』, 보고사, 2009, 122쪽, 477쪽.'을 참조할 것. 그리고 『한국구비문학대계』에 <토끼에게 속은 호랑이>, <호랑이 욕보인 토끼>, <호랑이 잡아먹은 토끼의 꾀>, <호랑이를 속인 토끼> 등의 제목으로 약 14편의 각편이 실려있다.

47. 말하는 남생이*

옛적 어느 곳에 형제가 있는데, 형은 욕심이 많고 아우는 마음이 대단히 착합니다. 그 부친이 세상을 이별하매, 형은 온 재산을 혼자만 차지하고, 아우에게는 조금도 주지 아니할뿐더러, 노모(老母)와 매제(妹弟)까지도 모두 아우에게 의탁하게 하였습니다. 그러나 아우는 한마디도 원망함이 없고, 부지런히 노동(勞働)하여 그 모친과 누이를 근근(僅僅)이 봉양(奉養)하여 지내갔습니다.

그런데 어느 해 세말(歲末)에, 형의 집에서는 떡도 만들고 돼지도 잡으며, 시장에 가서 쇠고기라든지 각종(各種) 실과를 많이 사다가 과세(過歲)할 준비를 하며, 의복감이며 댕기, 신발같은 것도 사다가 놓고 설빔하려고, 좋아서 '호호', '하하' 하고 모두 떠드나, 이 아우의 집에는 떡할 쌀도 없고 돈도 없어서 대단히 근심이 되나, 할 수 없어 나뭇짐이나 하여다가 팔아서 모친 봉양이나 하리라 하고, 산으로 올라가서 나무를 하였습니다. 나무 한 짐을 해 놓은 후, 시장도 하고 피곤도 하므로 나무 지게를 버티어 놓고, 곰방대에 담배 한 대를 꾹꾹 눌러 담아서 부시를 탁 쳐서 부쳐 물고, 잠시 앉아 쉬며 한숨을 한번 땅이 꺼지게 쉬고 자탄(自歎)하되,

"세말(歲末)은 되었는데 노모를 봉양할 도리가 없으니, 어찌하면 좋을까?" 하였더니, 홀연 등 뒤에서,

"세말은 되었는데 노모를 봉양할 도리가 없으니, 어찌하면 좋을까?" 하고 똑같은 소리로 흉내를 냈습니다.

이 아우는 이 소리를 듣고 깜짝 놀라서 생각하되,

'내가 불초(不肖)하여[1] 노모를 잘 봉양치 못하는 까닭에, 천지신명이 미워하사 산신(山神)께서 이와 같이 흉내를 내시나보다.'

---

* 원문 644쪽. <말하는남생이>.

1) 못나고 어리석어.

하고 그 편을 향하여 재배(再拜)하며,

"죄를 용서하여 주십시오."

하였더니 또 여전히,

"죄를 용서하여 주십시오."

하고 흉내를 냈습니다.

마음에 대단히 괴이(怪異)하여 자세히 살펴본즉, 남생이 한 마리가 바위 돌 틈에서 그처럼 한 것입니다. 앞으로 가서,

"어찌하여 여기 왔나?"

하였더니, 이 남생이가 또 그와 같이 말을 옮겼습니다.

하도 이상하므로 그 남생이를 가지고 집으로 돌아와서 다른 사람들에게 구경을 시켰더니, 이 소문을 듣고 사방에서 구경꾼이 구름같이 모여들었습니다. 대단히 분주(粉走)하므로 장터로 나갔더니, 장꾼들이 모두 몰려들어서 남생이의 말함을 구경하고, 기특한 남생이라 하여 돈을 많이 던져 주었습니다. 이 아우는 남생이에게 말을 시켜서 많은 돈을 벌어 가지고, 그 후부터 살기가 넉넉하게 되었습니다.

허욕(虛慾) 많은 형은 이 소리를 듣고, 곧 아우의 집에 와서 그 남생이를 뺏어가지고 장으로 가서,

"말하는 남생이 보시오!"

하고 외었더니, 구경꾼이 또 몰려들며,

"지난번에도[2] 말하는 남생이가 왔더니 또 나왔구나."

하고 말을 시켜 보라 하였습니다.

형은 염치 좋게 아우가 말한 것 같이,

"세말은 되었는데 노모를 봉양할 도리가 없으니, 어찌 하면 좋을까?"

하고 말을 시켰습니다.

---

2) 원문에는 '向者(향자)에도'로 표기.

그러나 남생이는 못 들은 체하고 있었습니다. 형은 몸이 버썩 달아서 남생이를 들여다보며, 열 번 백 번이나 옮기며 말을 시키려 하나, 영영 아무 말도 없고 목과 네 발까지 움츠려버렸습니다.

구경꾼들은 이 모양을 보고,

"어디서 미친 놈이 와서 사람을 속이려고 그 따위 짓을 하는구나. 그 놈 때문에 공연히 시간만 허비하였도다."

하며 모두 욕을 하고 헤어져버렸습니다.

형은 돈을 벌러 갔다가 욕만 얻어먹고 분이 잔뜩 나서, 남생이를 돌멩이로 짓찧어서 죽여버렸습니다.

아우는 이 말을 듣고 참혹한 생각이 나서, 그 죽은 남생이를 집어다가 자기 집 후원에 묻어주고 기념으로 화초(花草)를 심었습니다. 얼마 후에 여기서 기이한 나무 하나가 나서 무성하여지더니, 나무 가지마다 금은 보패가 주렁주렁 열렸습니다. 어진 아우는 이 금은 보패를 따 가지고 당장에 거부가 되었습니다.

허욕 많은 형은 또 이 말을 듣고, 아우 집에 와서 그 나무 가지를 꺾어다가 자기 집 뜰에 심어 놓았습니다. 과연 나무가 나날이 무성하므로, 마음에 대단히 기뻐서 금은 보패 열리기만 기다리고 있었더니, 의외(意外)에 흙과 모래가 쏟아지며 온 집이 묻혀버리고, 있던 재산까지 다 없어졌습니다.

형은 할 수 없이 처자(妻子)를 데리고 아우의 집으로 머리를 숙이고 들어갔습니다. 아우는 마음이 착한 까닭에 새로 큰 집을 짓고, 자기 재산을 나누어 형에게 주었습니다.[3)]

---

3) 이 이야기는 『한국구비문학대계』에 각편이 전한다. <말하는 남생이>(6-5권, 42쪽.)

48. 삼인(三人)의 학동(學童)*

어떤 서당에 학동 셋이 있는데, 한 아이는 항상 코가 흘러서 훌쩍훌쩍 들여마시고 있는 까닭에 '코훌쩍이'라 하고, 또 한 아이는 머리가 헐어서 언제든지 머리만 긁고 있는 까닭에 '머리헌놈'이라 하고, 또 한 아이는 눈이 짓물러서 손이 평생 눈으로만 가는 까닭에 '눈병쟁이'라 하였습니다.

선생이 이 세 아이의 병을 고쳐주려고 여러 가지로 생각하다가, 하루는 이 아이들을 불러서 이르되,

"오늘 너희들 중에 누구든지 꼼짝 않고 앉아서 공부만 하는 아이가 있으면, 상도 많이 주고 떡을 하여 주겠다. 즉 코훌쩍이는 코를 훌쩍거리거나 씻거나 하지 말고, 머리헌놈은 머리 긁지 말고, 눈병쟁이는 손을 대거나 깜짝거리거나 하지를 말아야 한다."

하고 상품을 준비하여 놓고 떡을 찌며, 세 학동으로 하여금 경쟁을 시켰습니다.

이 아이들은 서로 자기 상품을 타고 떡을 먹고자 하여, 모두 결심하고 자기의 버릇을 참고 내기를 시작하였습니다.

평일에는 잠시를 참지 못하던 것을 억지로 참다가, 몸이 비비 틀리는 것 같아서 아무리 하여도 견뎌낼 수 없으므로, 다 각각 한 꾀를 생각하였습니다.

코훌쩍이는 코가 흘러서 코밑이 근질근질하여 견디기 어려운 것을, 훌쩍거리지도 못하고 씻지도 못하다가,

"얘-, 어저께 활터를 갔더니, 한량들이 활을 쏘는데 이렇게 이렇게 쏘더라."

하며 두 팔로 활 쏘는 형상(形狀)을 하고 소매에다가 모두 씻었습니다.

머리헌놈이 이것을 보고, 자기도 머리가 가려워서 죽겠는 것을 이를

* 원문 646쪽. <三人(삼인)의學童(학동)>.

갈고 참다가,

"응-, 너는 그것을 보았니? 나는 아까 뒷산에서 사슴 가는 것을 보았는데, 뿔이 여기도 나고 여기도 났더라."

하고 뿔난 자리를 가리키며, 주먹으로 툭툭 쳐서 가려운 곳을 잠시 모면하였습니다.

눈병쟁이는 이 두 아이의 모양을 보고, 자기도 눈이 거북할뿐더러 파리가 잔뜩 앉아서 괴로운 것을 쫓지 못하다가,

"얘-, 너희들 말은 다 거짓말이다. 듣기도 싫다."

하며 고개를 좌우로 흔들고 손짓을 하였더니, 앉았던 파리가 다 날아가서 괴롭던 것을 면하였습니다.

선생은 이 거동을 보고 누가 낫다고 하기가 어려워서, 상품을 다 같이 나누어 주고 떡도 같이 나누어 먹었다 합니다.

49. 염소의 환갑(還甲) 연회(宴會)*

옛적에 염소 한 마리가 있는데, 그 어미의 환갑을 당하였습니다. 경사로움을 이기지 못하여, 모든 손을 청하여 축하의 연회를 열기로 하였습니다.

청요(請邀)[1]를 받은 짐승들은 사방에서 모여드는데, 심지어 왕개미, 하루살이까지라도 아니 오는 짐승이 없이 연석(宴席)에 가득하게 모였습니다.

불가불(不可不) 좌석의 순서가 있어야 회장(會場)이 문란치 아니하겠으므로, 연령을 표준으로 하여 나이 차례로 석차(席次)[2]를 정하게 공론이 되었습니다.

이 때에 되지도 못한 불여우 한 마리가 냉큼 수좌(首座)에 뛰어올라 앉으며, 보기 싫은[3] 뾰족한 입을 반짝 들어 앙상한 이빨을 짝 벌려 드러내고, '캥' 하며 '하하' 웃더니 수작하는 말이,

"내가 이 세상에 나서 아니 본 것이 없고, 아니 간 곳이 없고, 알지 못하는 것이 없으니, 아마 나와 같이 많은 열력(閱歷)과[4] 많은 박람(博覽)한[5] 자는 이 좌중에 또 없을 줄 아오. 그러면 나의 연치(年齒)[6] 많은 것은 여러분이 다 알 듯하여, 이와 같이 상석(上席)에 올라앉으니, 여러 손님은 용서하시기를 바라오."

하고 이치에 맞게[7] 속였습니다.

---

* 원문 647쪽. <염소의還甲(환갑)宴會(연회)>.

1) 남을 청하여 맞이함.

2) 자리의 차례.

3) 원문에는 '보고십흔'으로 표기. 문맥상 '보기 싫은'으로 옮김.

4) 경력(經歷)과. 이제까지 거쳐온 학업・직업・지위 따위의 내용과.

5) 책을 두루 많이 읽은. 사물(事物)을 널리 본.

6) '나이'의 높임말.

7) 원문에는 '理所固然(리소고연)하게'로 표기. '이소고연'은 '이치가 본래부터 그러함'의 뜻임.

좌중이 그럴 듯하여 수좌(首座)를 여우의 좌석으로 정하였더니, 홀연 어디서 곡성이 낭자하게 들렸습니다. 모든 손님들이 깜짝 놀라 살펴보니, 넓적한 거북 하나가 뱀같은 목을 길게 빼내고 그와 같이 슬피 울고 있었습니다. 모든 짐승들이 이구동성(異口同聲)으로 대책(大責)하는 말이,

"이것 무례한 짓이며, 무슨 나쁜 심사(心事)인고? 남의 환갑 연석(宴席)에 와서 축하의 노래같은 것을 하는 것은 가(可)커니와,[8] 무슨 일로 울고 있느? 그럴 지경이면 속히 물러가라. 그 심사가 마치 초상집 가서 춤도 추겠고, 불붙는 데 부채질도 하겠고, 자라는 호박에 말뚝도 박겠다." 하고 눈이 빠지도록 북단거동(北壇擧動)에 보군진(步軍陳) 몰듯[9] 몰아댔습니다.

거북이 굽실굽실하며 대답하되,

"대단히 실례하였습니다. 여러분, 용서하십시오. 그러나 잠깐 한마디 여쭐 말씀이 있으니, 자세히 들어주시기를 바랍니다. 나의 아들이 어렸을 때에 은행 두 개를 갖다가 저 곳에 심었는데, 수천 년을 자란 후에 천지개벽(天地開闢)이 된다는 소문이 자자하므로, 나의 아들이 이것을 염려하여 이 나무를 베어가지고 하늘로 올라갔습니다. 말뚝을 깎아 가지고 별마다 돌아다니며 단단히 박아 놓고, 기둥을 만들어서 하늘을 버티고, 은하수가 터지면 온 세계가 홍수에 빠질까 염려하여 나무 가지를 꺾어서 물을 막은 후에 피로하여 죽었습니다. 그 후에 그 나무에 다시 싹이 나서 몇 천 년을 자라더니, 저와 같이도 커지게 되었습니다. 저것을 바라본즉, 자연 죽은 자식 생각이 나서 부지중(不知中)에 서러워서 운 것이니, 참 실례한 것은 무엇이라 말할 수 없습니다. 하여간 저 나무의 역

---

8) 좋은데.

9) 서울 창의문(彰義門) 밖에 있던 북방토룡제(北方土龍祭)의 제단(祭壇) 즉 북단은 매우 비좁은데, 여기에 임금님의 거둥이 있을 때면 보병(步兵)의 많은 군졸들이 급히 달려 갔으니, 무슨 일에 급히 덤비고 법석거림을 이름.

사는 저밖에 아시는 분이 없을 줄 압니다."
하였습니다.

모든 짐승이 이 내력을 듣더니,

"아아! 참 이런 연치를 가진 자는 세계에 또 없겠다."
하고 여우를 향하여 호령하되,

"요 방자스러운 호첨지(狐僉知)는 빨리 내려와서 거북님을 모셔 앉히라!"
하였습니다.

여우가 얕은 꾀로 좌중(座中)을 속이려다가, 의뭉한 거북에게 망신을 당하고 얼굴이 빨개지며 쫓겨 내려왔습니다.[10]

---

10) '나이 자랑' 이야기. 이와 유사한 이야기가 고유상이 1923년에 저술한 『古今奇談集』에 실려있다. 이에 대해서는 '정명기, 『한국재담자료집성 1』, 보고사, 2009, 622쪽.'을 참조할 것. 그리고 『한국구비문학대계』에 <두꺼비의 나이 자랑>(6-5권, 45~48쪽.), <두더지의 나이 자랑>(7-5권, 182쪽.) 등의 제목으로 2편의 각편이 실려있다. '나이 자랑' 이야기는 『고려대장경(高麗大藏經)』 권34 「십송률(十誦律)」에서 제일 처음 확인할 수 있다.

50. 두 형(兄)의 회개(悔改)*

옛적 어느 곳에 삼형제가 살았습니다. 그런데 두 형은 성질이 괴악하고 욕심이 많아서, 친척간에라든지 다른 사람들한테 항상 조명[1]이 났습니다. 그러나 끝에 아우는 마음이 착하고 정직하였습니다. 그리하여 그 두 형제에게 언제든지 충고를 하며 그리하지 못하게 한즉, 도리어 노하며 몹시 미워하기 시작하였습니다.

그 부모가 세상을 이별한 후에 재산을 분배하는데, 두 형만 서로 나누어 가지고 끝에 아우는 조금도 주지 않을뿐더러, 보기 싫다고 그만 내쫓아버렸습니다. 아우는 할 수 없이 쫓겨나서, 이집 저집으로 다니며 일을 하여 주고 얻어먹게 되었습니다.

하루는 어디를 가는데, 늙은 중 하나가 다릿돌[2]에서 떨어져서 발을 다치고 걷지를 못하는 것을 보았습니다. 가엾은 생각이 나서 이 중을 업어다가 절에 두고, 여러 가지로 약을 하여 주며 낫기까지 친절하게 치다꺼리를 하여 주었습니다.

이 늙은 중은 다친 발이 다 낫더니, 이 사람을 불러서 치사하되,

"내가 그대의 어진 은혜를 입어서 이와 같이 완전한 사람이 되었으니,

---

* 원문 648쪽. <두兄(형)의悔改(회기)>.

1) 개인에 대한 좋지 아니한 소문. 조명(嘲名).

2) 다리를 가로지른 상판의 부분으로 쓰인 돌. 원문에는 '다리돌'로 표기. 의미상 '다릿돌'은 '다리' 혹은 '다리 위'로 보면 됨. 사전에 보면 '다릿돌'은 '개울이나 도랑을 건널 때 디디기 위하여 띄엄띄엄 놓은 돌' 또는 '징검다리'로 나와 있으나, 본문의 뜻과 어울리지 않음. '다릿돌'이 '다리를 가로지른 상판의 부분으로 쓰인 돌'로 쓰인 경우는 이태준의 소설 <돌다리>에서 볼 수 있다('동네 사람 수십 명이 쇠고삐 두 기장은 흘러내려간 다릿돌을 동아줄에 얽어 끌어올리고 있었다.' 이태준, 『돌다리』, 다림, 2003, 61쪽). 그리고 수원성의 북쪽 수문인 '화홍문(華虹門)'을 설명한 항목에서도 확인할 수 있다('아치와 아치 사이는 네 개의 돌기둥을 세워 물이 잘 빠지도록 하였다. 아치 위로는 다릿돌을 놓아 사람들이 지나다닐 수 있도록 하였으며, 바깥쪽으로는 벽돌로 낮은 성벽인 첩(堞)을 쌓았다.' 한국정신문화연구원, 『한국민족문화대백과사전』 25, 한국정신문화연구원, 1991, 396쪽).

무엇으로 보은(報恩)할지 모르겠노라. 단지 나에게 있는 것이 이것밖에는 없으니, 변변치 못한 것이나마 정(情)으로 받아가지라. 이 후(後)에 자연히 좋은 일이 있으리라."
하고 자리 한 잎, 바가지 한 짝, 젓가락 한 매를 내어주었습니다. 이 사람은 늙은 중의 발이 완전히 낫게 된 것을 좋아하며, 정으로 주는 세 가지 물건을 받아가지고, 자기 살던 동리를 향하여 내려옵니다.

산길을 내려오다가 배도 고프고 다리가 아파서, 잠시 쉬고 가려고 가졌던 자리를 펴서 깔았습니다. 이것이 웬일인지 별안간에 그 자리가 변하여 궁전과 같은 큰 집이 되었습니다. 이 사람은 깜짝 놀라서 웬 까닭을 모르다가, 마루에 걸터앉으며 바가지를 제쳐 놓았더니, 이번에는 각종(各種) 음식이 쏟아져 나왔습니다. 또 이상한 생각이 나서 들여다보다가, 배가 고픈 김에 먹으려고 젓가락을 한번 굴렀습니다. 갈수록 신기하게, 이 젓가락 소리에 남노(男奴)와 여복(女僕)이 쏟아져 들어와서 앞뒤에 늘어서게 되었습니다. 이 사람은 생시(生時)인지 꿈인지를 모르나, 고루거각(高樓巨閣)에[3] 하인이 구비(具備)하고 각종(各種) 음식이 풍부하여, 금시(今時)에 거부(巨富)의 생활이 되었습니다.

그 동안 두 형은 같이 장사를 다니다가 크게 손해를 보고 집으로 돌아오는데, 그 손해를 서로 물지 아니하겠다고 말다툼을 합니다. 첫째형은 둘째형더러,

"네가 장사를 잘못하여서 손해를 보았으니, 그 밑진 돈을 물어내라."
하며, 둘째형은 첫째형에게,

"형님이 잘못하여서 손해를 본 것이니까, 나는 물어낼 수 없소."
하고 서로 싸우나 도무지 결말이 아니 나던 차에, 마침 관사(官舍)같은 큰 집이 있는 것을 보고, 둘째형은 말하되,

3) 높고 크게 지은 집에.

“우리 그럴 것 없이 저 큰 집에 들어가서, 그 주인 양반에게 시비(是非)를 판단합시다.”
하고 이 집 사랑(舍廊) 앞에 가서 호소를 하였습니다.

이 아우가 내려다본즉, 확실한 두 형인데 자기를 알아보지 못하므로, 시침을 떼고 곡절을 물었습니다.

둘째형이 대답하되,

“소인들이 합자(合資)하여 가지고 장사를 하옵다가 불행히 손해를 보았은즉, 그 손해는 똑같이 부담함이 가(可)하온데,[4] 저더러만 단독히 배상하라 하옵기로 시비가 되었사오니, 밝게 판단하여 주시옵기 바랍니다.”
하였습니다.

아우는,

“너의 말이 당연한 이치다. 만일 이익을 보았을지라도 물론 반분할 것이니, 손해에도 반분함은 당연한 일이다. 부재다언(不再多言)하고 우애 있게 잘 지내라.”
하고 경계하여 들렸습니다.

두 형은 이 말을 옳게 듣고 돌아갔습니다. 그 때에 아우는 깔았던 자리를 말았더니, 고루거각(高樓巨閣)도 어디 가고, 여러 하인들도 간 곳을 모르게 되며, 전과 같이 자리, 바가지, 젓가락만 놓였습니다.

그 길로 세 가지 물건을 옆에 끼고 급히 형 뒤를 쫓아가며, 돈을 좀 달라고 애걸을 하였더니, 두 형은 못들은 체하고 돌아다보지도 않고 갔습니다.

이 아우는 그대로 쫓아가서 형에 집에 들어가려한즉, 모두 문을 닫아 걸고 들이지 아니하였습니다. 이 때에 아우는 가졌던 자리를 바깥 마당에 펴 놓았더니, 또 고대광실(高臺廣室)이 되었습니다. 연하여 바가지를

4) 옳은데.

제쳐 놓고 젓가락을 굴렸더니, 하인들이 나와서 들끓으며 모든 음식이 집 안에 가득하게 되었습니다.

이것을 본 동리 사람들은 신기하게 여기며 모두 우러러 보아서, 전일(前日)의 착하던 일과 복 받는 일을 일컫지 않는 사람이 없었습니다. 두 형도 깜짝 놀라서 전일의 잘못한 것을 사과하며 용서하기를 청하였습니다. 아우는 좋은 말로 우애와 도덕에 대하여 일일이 설명을 하매, 모두 다 옳게 듣고 자기를 반성하여 회개한 후, 삼형제가 한 집에서 우애 있게 같이 살며, 영구(永久)히 화락(和樂)한 가족을 이루게 되었습니다.

51. 꾀 있는 여우*

여러 날 동안 주린 범 한 마리가, 잡아먹을 짐승을 찾아 돌아다니다가 하나도 만나지 못하고, 피곤함을 이기지 못하여 조그만 솔 포기 밑에 누웠다가, 그만 잠이 들어서 한잠을 자고 깨었습니다.

기지개를 펴고 하품을 하며 이리 기웃 저리 기웃하여, 눈을 끔적끔적 사면을 바라보고 있은즉, 홀연히 언덕 밑에 풀밭으로 무엇인지 이상한 자취가 들렸습니다.

혹 잡아먹을 물건이나 있나 하고 반갑게 살펴본즉, 모양이 마치 개와 흡사한 짐승이 할낏할낏 돌아보며 살몃살몃 가는 것을 발각하였습니다. 한참 주린 판에 눈이 변하여 맹렬히 뛰어가서, 주홍같은 입을 딱 벌리고 우렁차게 '어홍!' 소리를 지르며 물려고 달려들었습니다.

여우는 갑자기 변을 만나서, 깜짝 놀라 뾰족한 아가리를 짝 벌리고, 온 몸의 털을 거스르고 오줌을 쫄꼼쫄꼼 갈기며 '캥!' 소리를 질러 앙살하는 바람에, 지독한 노린 냄새가 호랑이의 콧구멍으로 쏙 들어가서 콕 찔렀습니다.

호랑이는 그만 비위가 뒤집혀서 구역이 나며 두통이 생겨서 견디기 어려우므로, 앞발 하나를 들어서 머리를 잔뜩 부둥키고 하는 말이,

"요런 괴악(怪惡)하고도 악독한 짐승을 다 보았다. 무슨 냄새가 요렇게 나나? 세상에 별 냄새도 있구나. 가뜩이나 곪은 속에 비위가 뒤집히고 머리가 아파서 살 수 있나? 이왕이니 조 못된 짐승을 한번 깨물어서 죽이는 것이 마땅할까 보다. 어이고 두통이야!"
하였습니다.

여우는 두 눈을 똑바로 뜨고 무섭게 바라보다가 '헤헤' 웃으며,

"여보아라, 이 용렬(庸劣)하고 미련한 놈아. 내게서 나는 냄새가 향기

---

* 원문 650쪽. <꾀잇는여호>.

롭기 유명하여, 날짐승 길짐승을 물론하고 다 나의 냄새를 즐겨서 맡고져 하니, 니의 위엄이 두려워서 은복(隱伏)하고[6] 감히 나오지를 못한다. 너와 같이 어리석고 못난 놈은 그런 향취(香臭)를 괴악하다며 위엄스러운 나를 능멸(凌蔑)히 여기고, 물어 죽인다고 함부로 말버릇을 하니 참 못난 놈이로다. 너 같은 놈은 천벌(天罰)을 줄 것이되, 첫 번의 일이므로 용서를 한다."
하였습니다.

범은 이 모양을 보고 기가 막혀서 하는 말이,

"조 모양으로 된 것이 능언앵무(能言鸚鵡)[7]처럼 요악하고 간사한 수작을 다하는구나. 짐승들이 너 같은 것을 보고 은복을 한다는 말이냐? 혹 개미 새끼같은 것이나 겁을 낼런지 모르겠다."
하고 웃었습니다.

여우는,

"네가 만일 나의 말을 믿지 못하겠거든, 나와 함께 산중(山中)을 돌아다녀보면 알 터이니, 우리 실지로 시험을 하여 보자. 그래서 만약 다른 짐승들이 나를 보고 무서워하지 않거든 나를 한입에 먹고, 모두 무서워서 달아나거든 나에게 큰 벌을 받을 줄 알아라."
하고 썩 나서면서 범으로 하여금 뒤를 따라오게 하였습니다.

호랑이는 여하간(如何間) 하회(下回)[8]를 보리라 하고 뒤를 쫓아서 이리저리 돌아다닌즉, 과연 여우에 말과 같이 토끼며, 노루며, 사슴이며, 이리며, 늑대며, 모두 만나는 족족 그만 뛰어서 달아났습니다.

범 생각에 처음에는 대단히 의심이 나더니, 하도 여러 번 다른 짐승이 달아나는 것을 보고 생각하되,

---

6) 엎드려 숨고.
7) 말은 잘하나 실제 학문은 없는 사람을 이르는 말.
8) 어떤 일이 있은 다음에 벌어지는 일의 형태나 결과.

"여우는 실로 무서운 짐승이다. 여기 있다가는 벌을 받을 터이니, 속히 달아나겠다."
하고 그만 도망을 하였습니다.

여우는 범의 달아나는 것을 보고 또 웃으면서,

"하하, 참 못난 놈이다. 저의 무서운 것을 생각지 못하고 나에게 그만 속았구나."
하고 죽을 것을 모면하였습니다.9)

9) 남의 권세를 빌려 위세를 부리다는 뜻의 고사성어(故事成語) '호가호위(狐假虎威)'와 관련된 이야기. 『전국책(戰國策)』의 <초책(楚策)>에 나오는 말로, 여우가 호랑이의 위세를 빌려 호기를 부린다는 데에서 유래한다. '호가호위'의 원문 및 번역은 '임동석 역주, 『戰國策』 1, 전통문화연구회, 2002, 361쪽.'을 참조할 것. 이와 유사한 이야기가 박희관이 1910년에 저술한 『요지경』(구활자본)에 실려있다. 이에 대해서는 '정명기, 『한국재담자료집성 1』, 보고사, 2009, 69쪽.'을 참조할 것.

52. 떡보의 실언(失言)*

한 곳에 술 잘 먹는 사람과 떡 잘 먹는 사람이 있는데, 대단히 친밀하게 교제를 하고 지냈습니다.

그러나 술 잘 먹는 사람이 떡 잘 먹는 사람을 보면, 언제든지 조롱하는 말이,

"남자라 하는 것은 술을 먹어야 하네. 과하게 먹는 것은 좋지 못하나, 적당하게 먹으면 기운이 활발하여지고 교제(交際)가 넓어져서, 친절한 친구도 얻을 수가 있네. 그뿐 아니라 자고(自古)로 영웅과 호걸 치고 술 먹지 아니하는 사람이 없으며, 연회(宴會)같은 것을 할 때에는 술을 내지 않을 적이 없다네. 이와 같이 술이라 하는 것은 좋은 것일세. 그러나 떡이라 하는 것은 배고픈 때에 요기나 면할 것이오, 연회석같은 데라든지, 여러 사람 앉은 곳에서 떡을 꾸역꾸역 먹는 사람이 있으면, 보는 사람들이 모두 떡보라 하여 미련한 사람으로 인정하여 버리니, 그런 창피한 일이 어디 있나? 아무쪼록 떡 먹지 말고 술을 먹게."
하고 권고하였습니다.

한번은 떡보가 대답하되,

"붕우책선(朋友責善)이라더니,[1] 참 자네 권고가 적당한 말일세. 인제부터는 나도 떡을 끊고 술을 먹겠네."
하고 결심하고 갔습니다.

그 후 며칠 후에 서로 만나서 떡보가 말하되,

"나는 어저께 술을 먹었더니, 참 맛이 훌륭하데."
하고 자랑을 하였습니다.

술 먹는 사람이,

---

* 원문 651쪽. <떡보의失言(실언)>.

1) 벗끼리 서로 좋은 일을 하도록 권한다더니.

"얼마나 먹었나?"
하고 물었더니, 떡보가,
"다섯 개 먹었지."
하고 황망히 대답하였습니다. 술 먹는 사람이 웃으며,
"자네가 또 떡 먹은 것이 분명하이. 만약 술을 먹었을 것 같으면 다섯 잔이라 할 것인데, 떡을 먹었기에 다섯 개라 하는 것이니, 그런 거짓말하여 사람을 속이지 말게."
하고 또 놀렸습니다.
떡보는 그만 무안(無顔)을 당하고, 이 다음에는 꼭 술을 먹고 오겠다고 장담하고 갔습니다.
그 이튿날 또 만나서 떡보가 말하기를,
"이번에는 참 술 먹고 왔지."
하고 또 여전히 자랑을 하였습니다.
술 먹는 사람이 또 묻되,
"안주는 무엇을 하여 먹었나?"
하였더니, 갑자기 대답이,
"꿀 찍어 먹었지."
하였습니다. 술 먹는 사람은 또 웃으며,
"자네, 또 거짓말하네그려. 술을 어찌 꿀 찍어 먹을 수가 있나? 떡이기에 꿀을 찍어 먹은 것이지. 그 따위 나쁜 말은 다시 하지 말게."
하고 퉁바리를[2] 주었습니다.
떡보는 두 번째 수치를 당하고 가서, 또 며칠 후에 술 먹는 사람을 찾아가서,
"이번에는 정말 술을 먹었네."

---

2) 퉁을. 퉁명스러운 핀잔을.

하고 또 자랑을 하였습니다.

술 먹는 사람이 또 묻되,

"그래, 자네 술을 어디서 먹었나?"

하였더니, 떡보가 또 얼핏 꾸며대되,

"안반[3]머리에서 집어먹었지."

하고 대답하였습니다. 그 때 마침 다른 사람들이 많이 왔다가, 이 소리를 듣고 모두 박장대소(拍掌大笑)하며,

"여보, 술도 안반에서 먹습디까?[4] 상에서 잔에 따라 먹지. 아마 떡 치는 데 가서 먹고 싶으니까 집어 먹은 것이로구려."

하고 놀렸습니다.

떡보는 그만 얼굴이 술 취한 사람같이 붉어지며 아무 말도 못하였다 합니다.

무슨 일이든지 실상이 없는 일을 겉으로 꾸며서 거짓말을 하면, 자연히 탄로(綻露)가 되는 법입니다.

---

3) 떡을 칠 때 쓰는 넓고 두꺼운 나무 판. 떡판.

4) 원문에는 '먹읍든닛가'로 표기.

53. 푸른 구슬과 붉은 구슬*

옛적 한 곳에 형제가 있는데, 형은 재산이 넉넉하여 살기에 걱정이 없으나, 아우는 모든 재산을 형에게 다 빼앗기고 대단히 곤궁하게 살아갔습니다.

하루는 아우가 먹을 것이 없어서 형한테 가서 말하되, 양식이 되든지, 돈이 되든지 좀 꾸어달라고 하였더니, 형은 냉락(冷落)하게[1] 거절하며, 몽둥이를 들고 아우를 두들겨서 쫓아 보냈습니다.

아우는 할 수 없이 돌아오는데, 길에서 수수 이삭이 몇 개 떨어진 것을 보고, 집어들고 오며 생각하되,

"이것을 갖다가 그냥 쪄서 먹으면 창자에 기별도 못할 것이다. 그러나 이것으로 떡을 만들어서 갖다가 팔면 갑절은 남을 것이니, 또 수수를 사가지고 떡을 만들어 팔면 사(四)갑절이 될 것이다. 이와 같이 여러 번 연하여 떡을 만들어 팔면, 내종(乃終)에는[2] 가족이 호구(糊口)는[3] 하여 가겠다."

하고 돌아와서 즉시 떡을 만들어가지고 팔러 나갔습니다.

이 아우는 떡 한 개를 가지고 장을 향하여 팔러 나가는데, 길가에서 어떤 노파 하나가 앉았다가 보고 애걸하되,

"여보시오, 내가 여러 날을 굶었소. 지금 배가 어찌 고픈지 눈이 컴컴하고 정신이 없어져가니, 이 늙은 사람 좀 살려 주시오. 그러면 그런 은공은 또 없겠소."

하며 두 손을 곧추어서[4] 빌었습니다. 이 사람은 마음에 대단히 측은하게

---

* 원문 653쪽. <풀은구슬과붉은구슬>.

1) 쌀쌀맞게.

2) 나중에는.

3) 입에 풀칠은.

4) 굽은 것을 곧게 바로잡아서.

여겨서, 자기의 배고픈 것도 생각하지 아니하고, 가졌던 떡을 내어주며,

"이것이 약소하나 단지 이것뿐이니 시장(澌腸)한 요기나 면하시오."

하였습니다.

이 노파는 기뻐하며 떡을 받아먹고 무한 치사(致謝)하되,

"이와 같이 목숨을 살려주시니 은혜가 태산같습니다. 아무리 생각하여도 은공을 갚을 도리가 없으니, 저 건너 산에 올라가서 큰 나무 밑을 살펴보면, 푸른 구슬과 붉은 구슬 두 개가 있을 것이니, 붉은 구슬은 부디 집지 말고 푸른 구슬만 가지고 가셔서, 마당에다가 한번 던져 보시면 자연 좋은 일이 있을 것입니다."

하고 어디로 가버렸습니다.

이 아우는 이상히 생각하고, 여하간 가서 보리라 하고, 그 산을 올라가서 큰 나무를 찾아가 그 밑을 살펴보니, 과연 아까 말한 것과 같이 푸른 구슬과 붉은 구슬이 놓여 있었습니다. 말한 대로 정직하게 푸른 구슬만 집어 들고 집으로 돌아왔습니다.

시험차로 마당 한가운데에서 한번 던져 보았더니, 난데없는 황소 한 마리가 우뚝 나와 섰습니다. 참 재미가 나서 또 한번 던졌더니, 또 황소가 우뚝 나와 섰습니다. 연하여 백여 번을 던졌더니 잠시 동안에 소가 백여 필이 되었습니다.

지금까지 곤궁하던 아우는 이로부터 부자가 되었습니다. 형이 이 소문을 듣고 욕심이 나서, 아우를 찾아와서 어찌된 까닭을 물으며 자세히 말하라고 호령호령하였습니다. 아우는 본래 정직한 사람이라 전후 내력을 일일이 설명하였습니다.

형은 듣기를 다 하고 금시에 이 구슬을 얻을 생각이 나서, 그 산을 올라가서 큰 나무를 찾았습니다. 아우가 말한 것과 같이 나무 밑에 과연 푸른 구슬과 붉은 구슬이 놓여 있으므로 생각하되, '저 붉은 구슬도 필시 좋은 것이 들었을 것이니, 마저 가지고 가겠다.' 하고 푸른 구슬과 붉은

구슬 두 개를 다 가지고 집으로 돌아갔습니다.

우선 푸른 구슬을 던졌더니, 참 황소가 뛰어나왔습니다. 마음에 대단히 좋아서 이번에는 붉은 구슬을 던져보았습니다. 이것이 웬일인지 산더미같은 대호(大虎)가 뛰어나와서, 황소를 집어 삼키고 달아나 버렸습니다. 욕심 많은 형은 마음에 괴이하게 여겨서, 다시 한번 붉은 구슬을 던졌습니다. 이번에도 대호가 뛰어나오더니, 주홍같은 입을 벌리고 소리소리 지르더니 달려들어서 형을 삼켜버렸습니다.

어진 아우를 박대(薄待)하고 욕심 많던 형은 천벌을 받다 생명까지 잃어버렸습니다.

54. 자리 다톰*

봄이 되어서 날은 따뜻하고, 여러 가지 초목들은 노릇노릇한 새싹이 나오며, 모든 짐승들도 세월을 만난 듯이 양지를 좇아서 이리저리 돌아다닙니다.

이 때에 토끼는 깡통깡통, 거북은 엉금엉금, 두꺼비는 털석털석 흥이 나서 푸른 산과 넓은 들을 산보하다가, 마침 셋이 한 곳에서 만났습니다.

서로 반갑게 인사를 한 후에 앉아서 이야기하기를 시작하였는데, 토끼가 먼저 두 귀를 발쪽하고 입을 쫑긋거리며,

"우리가 모인 중에 내가 제일 잘 뛰니 불가불(不可不) 상좌(上座)에 앉아야 하겠다."

하여 높은 자리에 앉기를 청하였습니다.

거북이 듣더니,

"그렇지 않다. 물론 무엇이든지 귀한 것과 천한 것이 있는 법이다. 나의 조선(祖先)으로 말하면 수궁의 왕작(王爵)인 고로, 지금도 우리가 왕(王) 자(字)를 배에다 가지고 있으니, 두말할 것 없이 나의 신분이 귀함은 누구든지 알 것이라. 내가 상좌를 차지함이 가(可)하다.[1]"

하였습니다.

옆에서 두꺼비가 있다가,

"모두 당치 못한 말들 하지 마라. 우리가 우연히 이 곳에 모였는데, 한 가지 잘 뛰는 것이라든지, 한갓 문벌(門閥)이 좋다 하여 상좌에 앉겠다 함은 너무나 염치가 없는 소리가 아니냐? 둘이 다 나를 당치 못하리라. 나로 말하면 물을 당하면 헤엄을 치고, 육지를 당하면 뛰기를 하여 어떤 곳이든지 자유로 돌아다닐 수가 있으니, 나에게 상좌를 사양함이

---

* 원문 654쪽. <자리다툼>.

1) 옳다.

당연한 일이 아니냐?"
하고 말하였습니다.

토끼가 상좌를 얻을까 하여 자기 재주를 자랑한 것이, 거북과 두꺼비 역시 모두 자기 자랑을 하므로, 다시 한번 계책을 내 가지고,

"그러면 우리가 재주를 비교하여 상좌를 차지하려다가는 서로 자기 재주가 낫다 하여 결말이 나지 못할 것이니, 평일의 행위를 논란하여 제일 얌전한 자가 상좌에 앉게 하자."
하였습니다.

거북과 두꺼비도,

"그리하자."
하고 찬성하였습니다. 토끼가,

"사람으로 말할 것 같으면 술을 많이 먹는 사람이 그 중 좋지 못한 것이다. 그러나 나는 평생에 술이라 하면 먹지도 못할뿐더러, 술집 근처만 지나도 술 냄새에 견디지 못하여 도무지 술집도 못 지나간다. 어찌 나의 행위보다 더 얌전한 자가 있겠느냐?"
하였습니다.

거북이 곧 이어서,

"응, 그러냐? 나는 여름에 도무지 출입하기가 극난(極難)이다. 왜 그러냐 하면, 혹 모르고 밀밭만 지나도 갑자기 취하여 두통이 나고 정신이 없어진다. 이와 같이 나는 술이라면 너보다 더하게 싫어한다."
하고 말하였습니다.

두꺼비는 토끼와 거북의 말을 다 듣기도 전에 벌떡 나가자빠지며, 눈을 흰죽사발을 만들고 다리 팔을 비비꼬며, 턱 밑을 불룩거리고 게거품을 흘리고 있었습니다.

토끼와 거북이는 이 모양을 보고 당황이 여겨서, 일변 두꺼비의 다리 팔을 주물러서 정신을 차리게 하여 놓고, 어찌된 까닭을 물었습니다.

두꺼비가,

"너희들이 술 이야기하는 판에 술이 어찌 취하였든지 그만 인사(人事) 정신(精神)을 몰랐었구나. 나는 본래 술이라면 말만 들어도 그와 같이 취한단다. 그러나 상좌는 내가 앉을 수밖에 없다."
하고 상좌에 털썩 앉았습니다.

꾀 있는 토끼며 의뭉한 거북도 할 수 없이 두꺼비에게 상좌를 빼앗기고 말았다 합니다.

55. 천도(天桃) 얻은 효자(孝子)*

어느 향촌(鄕村)에 착한 아이 하나가 있었습니다. 사람됨이 정직하고 온순하며, 부모에게는 효성이 지극하여 아침이면 밝기도 전에 일어나서 부모 방에 불을 때고, 방 마루며 앞 뒤뜰을 청결하게 소제(掃除)하며, 부모님 주무시고 난 방에 들어가서 이부자리를 개어 얹고, 요강, 타구, 재떨이를 정하게 벌여다 놓은[1] 후에, 비로소 자기 할 일을 시작하며, 조반(朝飯)을 먹고는 지게 지고 산에 가서 나무를 하여다가 팔아 가지고 부모를 봉양(奉養)하였습니다.

이와 같이 하기를 하루도 게으르게 한 적이 없더니, 우연히 그 부친이 병이 들어서 신음하기 시작하였습니다.

이 아이는 열성으로 부친 병환을 간호하고 치료하되, 증세가 점점 우중(尤重)하여[2] 갑니다. 집안 형세는 넉넉지 못하지만 의사도 여럿 보이고, 약도 많이 써서 매일 밤을 새워가며 시탕(侍湯)하나, 도무지 효력이 없고 회춘(回春)하기가 어려워 뵈므로, 이 아이가 생각하되,

"아마 나의 정성이 부족한 까닭에 아버지 병환이 속히 낫지 못하시나 보다. 인제는 산에 가서 기도나 드려보겠다."

하고 그날부터 오정(午正) 때가 되면, 깊은 산 속에 폭포수 이는 곳을 찾아 들어가서, 그 물에 목욕을 정하게 한 후에 향불을 피워 놓고 두 손을 곧추어서 기도하되,

"천지 신명께서 아무쪼록 늙으신 아버님의[3] 병을 낫게 하여 주시옵소서. 비록 제가 불효하와 죄가 많사오나 용서하옵시고, 이번에 꼭 낫게

* 원문 656쪽. <天桃(텬도)어든孝子(효ᄌ)>.

1) 늘어놓은. 원문에는 '버려다노흔'으로 표기.

2) 더욱 심하여.

3) 원문에는 '老父(로부)의'로 표기.

하여 주시기만 빌고 비나이다."
하고 여러 시간 기도를 한 후에 돌아와서 약(藥)시시를[4] 하였습니다.

이와 같이 하기를 여러 날 하는데, 하루는 기도를 드리고 돌아가려 한즉, 갑자기 바람이 불더니, 폭포 위로부터 대단히 이상한 의복이 날아 와서 앞에 떨어졌습니다. 무슨 옷인지는 알 수 없으나, 모양이 곱고 광채가 나며 향기로운 냄새가 코에 진동하므로, 집어 들고 생각하되,

"그 옷이야 이상도 하다. 필시 상류에서 어떤 사람이 와서, 목욕하느라고 벗어 놓은 옷이 바람에 날아왔나보다. 잃어버린 사람이 오죽 애를 쓰겠느냐? 어서 바삐 주인을 찾아 주어야하겠다."
하고 그 폭포 위로 찾아 올라갔습니다.

과연 미묘(美妙)한 선녀(仙女) 하나가 하늘에서 내려와서 목욕을 하다가, 의복을 잃고 어찌할 줄 모르고 애를 쓰고 찾고 있었습니다.

이 아이는 곧 이 선녀에게 얻은 옷을 주었습니다. 선녀는 반색하여 받아 입고 치사(致謝)하되,

"참 고맙다. 네가 아니더면 의복이 없어서 하늘에도 올라가지 못할뿐더러, 상제(上帝)께 득죄(得罪)하여 중한 벌을 받을 것을, 정직한 너를 만나서 이와 같이 모면하게 되니, 그 감사함은 무엇이라 말할런지 알 수 없다. 너의 은공을 만분지일(萬分之一)이라도 갚고저 하니, 너의 소원이 무엇이냐? 나에게 말하면 무엇이든지 갖다 주겠다."
하고 물었습니다.

잠시라도 친환(親患)의 걱정을 잊지 않던 아이는,

"별 말씀을 다 하십니다. 그 만일에 그처럼 치사하시니 도리어 불안하옵니다. 그러나 늙으신 아버님의 병세가 위중(危重)하여 한이 되오니, 신약(神藥)이 있삽거든 가르쳐주십시오. 만약 저의 부친이 회춘되게만 하

---

4) 앓는 사람을 위하여 약을 쓰는 일을.

여 주시면, 저 역시 선녀님의 은혜를 잠시라도 잊지 않겠습니다."
하고 소원을 말하였습니다.

선녀가 듣기를 다하더니,

"염려 말고 이곳에서 잠깐만 기다리고 있으면, 내가 하늘에 올라가서 약을 얻어다 주겠다."
하고 금시(今時)에 오색 구름이 일어나서 하늘로 올라갔습니다.

이 아이는 공중을 바라보고 무수히 재배(再拜)하고 엎디어서 기다렸습니다. 얼마 만에 또 오색구름이 몰려서 오더니, 아까 그 선녀가 와서 두 개의 천도(天桃)를 주며,

"이것을 갖다가 잡숫게 하면 자연 쾌차(快差)하시리다."
하고 도로 올라갔습니다.

이 아이는 무한배사(無限拜謝)한[5] 후에, 천도를 받아 가지고 돌아와서 부친에게 잡숫게 하였더니, 과연 그 중병(重病)이 어디로 가버렸습니다. '지성(至誠)이면 감천(感天)'이란 이런 것이올시다.[6]

---

5) 헤아릴 수 없을 정도로 공경히 받들어 사례한.

6) 이 이야기는 『한국구비문학대계』에 <사람 살린 천도복숭>(6-7권, 56~63쪽), <천도복숭아와 잉어를 구한 정효자>(6-11권, 536~538쪽) 등의 제목으로 2편의 각편이 실려있다.

56. 개와 범*

여러 해 묵은 개 한 마리가 천변(川邊)에 나왔다가, 고기잡이하는 사람의 내어버린 물고기 한 마리를 입에 물고 집으로 돌아오는데, 산모퉁이에서 갑자기 큰 범을 만났습니다.

범이 왈칵 달려들며,

"요놈! 내가 시장(澌腸)해서 못 견디겠다. 너 좀 먹어보자."

하고 입을 벌려 물려고 하였습니다.

이 개는 대단히 능(能)한 까닭에 속으로는 매우 놀랐으나, 겉으로는 조금도 무서워하는 모양을 보이지 아니하며, 범을 보고,

"여보시오, 호랑님. 나를 먹을지라도 나의 말이나 자세히 들어보시오."

하였더니, 범은 잠시 멈추며,

"그래, 무슨 말이냐? 들어보자."

하였습니다.

개가,

"당신이 나를 먹는다 하는 것은 시장한 까닭이 아닙니까? 만약 배가 부르고 보면, 나를 먹을 이치가 없을 줄 압니다. 좋은 방법을 가르쳐 드릴 터이니 어떠하십니까?"

하고 물었습니다.

범은 고개를 끄떡끄덕하며,

"암, 그야 물론이지. 내 배가 부른 것 같으면 무엇 하러 너를 먹겠느냐? 속담에 '비지죽에 부른 배가 만반진수(滿盤珍羞)라도[1] 못 먹는다' 하였으니, 지금이라도 배부른 도리만 있으면 하필 너를 살생할 까닭이 있느냐?"

---

* 원문 657쪽. <개와범>.

1) 상 위에 가득히 차린 귀하고 맛있는 음식이라도.

하고 대답하였습니다.

개가,

"만일 당신 생각이 그러하실 것 같으면 당장에 함포고복(含哺鼓腹)하실[2] 도리가 있습니다."

하매, 범의 생각에 매우 기뻐서,

"그 무슨 도리가 있다는 말이냐? 말하여 보아라."

하고 물었습니다. 개가,

"그것은 다른 것이 아니라, 지금 내가 천변으로 오다가 보니, 물 속에 고기가 어찌 많은지 우물우물하는 것이 참 먹음직하니, 그것을 잡수셨으면 곧 충복(充腹)하실[3] 줄 압니다."

하고 말하였더니, 범이 껄껄 웃으며,

"이놈아, 물 속에 든 고기를 그물도 없이 어찌 잡아먹는단 말이냐? 그런 거짓말은 다시 하지 말아라."

하였습니다.

개가,

"그것은 조금도 염려하지 말으시고, 내가 모두 되도록 주선(周旋)하여 드리겠소. 만약 그렇지 않거든 나를 잡아먹으시오. 하여간 나하고 같이 가서 보십시다."

하였더니, 범이 생각하되,

'어차어피(於此於彼) 저 개는 내 것이다. 제가 도망은 못할 것이니, 동정(動靜)이나 보겠다.'

하고 곧 대답하되,

"그러하면 어디, 가서 보자."

하고 어슬렁어슬렁 개를 따라서 천변으로 나갔습니다.

---

2) 잔뜩 먹고 배를 두드릴.

3) 고픈 배를 채우실.

개는 범을 데리고 고기 있는 곳을 와서,

"호링님, 여기올시다."

하고 고기 잡는 법을 가르쳐주는데,

"이 얼음장에 구멍을 뚫고 그 구멍에다가 당신의 꼬리를 담그고 있으면, 고기라 하는 짐승은 본래 털을 좋아하는 성질이므로, 꼬리털에 와서 모두 매달릴 것입니다. 그러거든 얼른 쳐들어서 꺼내고 보면 그 고기들이 달려 나올 것이 아닙니까?"

하고 설명을 하였습니다.

범은,

"그러면 너는 꼼짝 말고 내 옆에 있어서, 고기 달리는 것을 자세히 보았다가 말하여라."

하며 앞발로 얼음에 구멍을 뚫고 꼬리를 담그고 앉았습니다. 한참 앉았더니 꼬리가 점점 무거워지며 빼근하여 가므로, 개를 보고 묻되,

"어찌하여 나의 꼬리가 묵근한[4] 것이 이상하다."

하였더니, 개가,

"네, 지금 고기가 자꾸 와서 달리는 까닭에 그렇습니다. 잠깐만 더 기다리십시오."

하고 대답하였습니다.

범이 묻는 대로 좀 참으라 하기를 여러 시간 하는 동안에, 범의 꼬리는 그만 얼음에 꼭 얼어붙었습니다. 그 때에 개는 그만 뛰어오며,

"너 좀 견디어 보아라."

하니, 그 범이 분이 나서 와락 뛰어오랴 하매, 꼬리가 켱겨서[5] 꼼짝 못하고 소리만 지르고 있었습니다.

---

4) 좀 무거운. '묵직한'으로 추정됨. 경상남도 창원 지역에서는 '묵직하다'를 '묵지근하다'로 말하기도 함.

5) 단단하고 팽팽하게 되어. 켕겨서.

개는 그 동안에 빨리 집으로 돌아와서, 주인을 보고 꼬리를 치며 의복을 물어 끌었습니다. 주인이 이상히 여겨서 따라가 보았더니 이러하므로, 총을 갖다가 놓아서 힘 안들이고 큰 범을 잡았습니다. 개도 여러 해를 묵으면 이와 같은 지혜가 생기는 것입니다.[6]

6) 이와 유사한 이야기가 박희관이 1910년에 저술한 『요지경』(구활자본)에 실려있다. 이에 대해서는 '정명기, 『한국재담자료집성 1』, 보고사, 2009, 118쪽.'을 참조할 것.

57. 떡보의 성공(成功)*

옛적에 지나(支那)에서[1] 조선(朝鮮)으로 재주를 비교하러 사신(使臣)이 나왔다 합니다. 그런데 이 때에 조선에서는 이 말을 듣고, 정부(政府)의 대관(大官)들이 회의를 열고 재주 있는 사람을 택하기로 작정(酌定)이 되었습니다. 즉시 전국에 발표하되, 지나 사신과 능히 재주를 비교할 자는 성공 후에 많은 상품을 줄 터이니, 누구든지 들어오라 하였습니다.

그러나 한 사람도 자원(自願)하는 자가 없으므로, 누구를 보내야 가합(可合)할[2] 지 완정(完定)이 되지 못하였습니다.

어언간(於焉間)에 지나 사신은 압록강에 당도하였다는 통지가 왔으므로, 정부에서는 우극민망(尤極憫罔)하여[3] 어찌할 줄을 모르고 공론(公論)만 자자하였습니다.

그 때에 마침 의주(義州)[4]에 떡보라 하는 자가 있었습니다. 본래 떡을 잘 먹는 까닭에 이와 같은 별명을 가졌는데, 성질이 둔하므로 글도 잘 배우지 못하고, 평생 소원이 떡밖에는 알지 못하는 무식한 자(者)올시다. 용모도 추할뿐더러 눈조차 하나가 멀어서 할 영업(營業)이 없으므로, 압록강에서 정장[亭長: 뱃사공] 노릇을 하여 겨우 살아갑니다.

이 떡보가 그 소문을 듣고 생각하되,

"내가 만일 지나 사신과 수작(酬酌)이나 하여 천행(天幸)으로 잘 되고만 보면, 평생 먹고 싶은 떡을 실컷 먹을 것이다. 그렇지 못하면 죽기밖에 더 할까?"

---

* 원문 659쪽. <떡보의成功(셩공)>.

1) 중국(中國)에서.

2) 합당할.

3) 더욱 민망하여.

4) 평안북도 북서단에 위치한 군. 동쪽으로는 삭주군 · 구성군, 남쪽으로는 용천군 · 철산군 · 선천군, 북서쪽으로는 압록강을 사이에 두고 중국(만주지방)과 경계를 이루고 있다.

하고 의주 부윤(府尹)[5]에게 들어가서 자원을 하였습니다.

부윤이 보고 웃으며,

"너 같이 용렬(庸劣)한 사람이 무슨 지식이 있기로 그와 같이 장담을 하느냐? 재주를 비교하러 나오는 사신이 여간한 재주를 가졌겠느냐? 네가 생의(生意)함은[6] 당랑거철(螳螂拒轍)[7]이나 다름없다. 그런 쓸데없는 소리는 다시 하지 말아라."

하고 나무랐습니다.

떡보가 대답하되,

"그것은 그렇지 않습니다. 저의 외모만 보시고 그와 같은 말씀을 하시는 것이올시다. 결코 외모만 가지고 무슨 일을 하는 것이 아니올시다. 아무리 좋은 백옥이라도, 진흙 속에 파묻혀 있으면 누구나 보패라 하겠습니까? 그것을 알고, 갈고 쪼아서 비로소 광채가 나는 것이올시다. 또 그뿐이 아니라, 속담에 '항우(項羽)도 낙상(落傷)할 적이 있고, 소진(蘇秦)이도 망발(妄發)할 적이 있다.'하니, 하필 외모가 좋다고 꼭 잘하는 법이 어디 있습니까? 도리어 소인 같은 사람이 성공하는 수가 많으니, 한번 써 보시고 말씀하실 것이오, 미리 안 된다 하심은 도저히 생각지 아니하신 말씀이올시다."

하고 설명을 하였습니다.

부윤이 듣고 중언부언(重言復言)하는 것이 하도 이상하므로 다시 묻되,

"너의 말이 그와 같으나 이 일로 말하면 국가를 대표하여 나가는 것인

---

5) 조선 시대의 지방 관아인 부(府)의 우두머리. 종이품 문관의 외관직으로 영흥부와 평양부, 의주부, 전주부, 경주부의 다섯 곳에 두었다. ; 일제 강점기의 행정 단위인 부(府)의 우두머리. 지금의 시장(市長)에 해당한다.

6) 마음 먹은 것은.

7) 제 역량을 생각하지 않고, 강한 상대나 되지 않을 일에 덤벼드는 무모한 행동거지를 비유적으로 이르는 말. 중국 제나라 장공(莊公)이 사냥을 나가는데 사마귀가 앞발을 들고 수레바퀴를 멈추려 했다는 데서 유래한다. 『장자』의 <인간세편(人間世篇)>에 나오는 말이다. 원문에는 '拒'가 '巨'로 되어 있음.

즉, 대단 중대한 사건이오, 범연(泛然)한 일이 아니다. 만일 낭패를 하면 국가에 수치인즉, 그 때에는 너의 죄는 생명으로 대신할 것이다."
하고 다짐을 받았습니다. 떡보는 단지 떡이나 실컷 먹을 생각이 나서 곧 장담하므로, 부윤은 정부에 보고하여 이 떡보로 하여금 지나 사신을 맡게 하였습니다.

이 떡보는 우선 배가 고프므로, 떡집에 들어가서 큰 인절미 다섯 개를 외상으로 사서 먹고, 지나 사신을 맞으러 배를 저어 압록강을 건너갔습니다. 지나 사신을 배에 태우고 건너오는데, 떡보의 애꾸눈을 보고 지나 사신이 웃으며 놀리는 말이,

"鳥啄亭長目(조탁정장목)이로군.[새가 뱃사공의 눈을 쪼았구먼]"
하였습니다. 떡보는 이 말을 듣고 사신을 쳐다본즉, 입이 좀 비뚤어졌으므로 얼른 대답하되,

"風吹上使口(풍취상사구)로군.[바람이 사신의 입을 불었구먼]"
하였습니다. 지나 사신이 듣고,

"조선에는 뱃사공까지도 이렇게 유식한가?"
생각하여,

"내 어디 우선 시험하여 보리라."
하고 두 손을 들어서 손가락으로 둥근 모양을 만들어 보였습니다.

떡보는 이것을 가만히 보더니 생각하되,

'옳지, 저 사람이 둥근 밀전병을 먹었나보다. 나는 네모진 인절미를 먹고 왔다.'
하고 또 두 손을 들어서 손가락으로 네모를 만들어 보였습니다.

사신이 이번에는 손가락 셋을 뻗쳐들었습니다.

떡보는 또 생각하되,

'옳지, 세 개를 먹었다는 말이로구나. 나는 다섯 개를 먹었다.'
하고 손가락 다섯 개를 뻗쳐들었습니다.

사신이 이번에는 수염을 쓰다듬어서 보였습니다.

떡보가 이번에는 또 생각하되,

'옳지, 맛이 좋다는 말이로구나. 나는 배가 부르다.'

하고 배를 문질러 보였습니다.

지나 사신이 무릎을 탁 치며 감탄하는 말이,

"조선에는 인재굴혈(人才掘穴)이로다. 저와 같이 뱃사공까지 대단히 유식하니, 다시 조선 사람과는 재주를 비교할 수 없다."

하고 즉시 자기 나라로 돌아가려 하였습니다.

대관 하나가 그 곡절을 물은즉, 지나 사신 대답이,

"내가 저 사공의 애꾸눈이 우스워서, 농담으로 '조탁정장목(鳥啄亭長目)'이라 하였더니, 곧 나의 입을 보고 '풍취상사구(風吹上使口)'라 하므로, 한번 지식을 시험하리라 하여, 손가락으로 하늘은 둥그니라 하였더니, 곧 땅은 모가 졌다 대답하며, 삼강(三綱)을 아느냐 하였더니, 오륜(五倫)까지 안다 대답하며, 또 수염을 쓰다듬어서 염제신농씨(炎帝神農氏)를 아느냐 물었더니, 태호복희씨(太昊伏羲氏)까지 안다고 배를 문지르니, 사사(事事)에[8] 모르는 것이 없으므로, 내가 조선에 저와 같은 인재가 많이 있음을 알고 그만 가고저 하노라."

하고 돌아갔습니다.

모든 대관들은 떡보를 대표로 보내고 속으로 매우 염려를 하다가, 이와 같은 결과를 보고 즉시 공신(功臣)이라 하여 높은 벼슬을 삼고, 상급(賞給)을 많이 주었습니다.

떡보의 성공함을 보고 아니 놀라는 사람이 없으며, 전국에 소문이 아니 난 곳이 없게 되었는데, 그 대답한 의미를 물은즉,

"나의 눈을 조롱하길래 그 사신의 입을 흉본 것이오, 둥근 전병을 먹

---

8) 모든 일에.

었다 하기로 나는 모진 인절미를 먹었다 함이오, 세 개를 먹었다 하길래 나는 다섯 개 먹었다 함이오, 맛이 좋다고 수염을 쓰다듬길래 나는 배가 부르다고 배를 만진 것이니, 무엇이 그리 어려울 것 있습니까? 이 다음에 만일 또 사신이 나온다거든 얼마든지 내가 가겠습니다."
하고 큰 소리를 하였다 합니다. 참 우습고도 운수가 좋은 떡보올시다.[9]

9) 이 이야기는 최인학의 저서에 원문이 인용되어 있다.(최인학, 『한국민담의 유형 연구』, 인하대학교 출판사, 1994, 475~477쪽). 또한 『한국구비문학대계』에 많은 각편(各篇)이 전한다. 1-4권 87~88쪽 <떡보와 사신>, 1-5권 92~97쪽 <중국 사신과의 문장 겨루기 (1), (2)>, 2-7권 119~120쪽 <떡보와 문답>, 3-2권 444~451쪽 <떡보와 중국 사신과의 현문우답>, 7-8권 1098~1102쪽 <중국 사신을 이긴 떡보>, 7-15권 472~473쪽 <중국 사신과 뱃사공>, 8-7권 349~353쪽 <떡보와 칙사>, 8-7권 387~390쪽 <칙사를 쫓아낸 떡보>.

58. 군수(郡守)와 어린 아이*

옛적 어느 골에 원님 한 분이 있는데, 성질이 어찌 흉악하든지 공사(公事)며 사사(私事)를 물론하고 자기 마음 나가는 대로만 하여, 한번 발령(發令)만 하면[1] 되지 못할 일이라도 기어코 위력(威力)으로만 시행케 하였습니다.

그리하여 수하(手下)에 있는 관속(官屬)들이라든지, 경내(境內)에 사는 백성들이 가끔 불의(不意)의 변(變)을 당하는 자가 많았습니다.

어느 해 겨울에, 하루는 이 원님이 좌수(座首)[2]를 불러서 분부하되,

"내가 요사이 참외가 먹고 싶으니, 몇 개만 구하여 가지고 오라."

하였습니다.

좌수는 군수 말에 대하여 못한다고 하면 당장에 변을 만나겠으므로, 대답하고 나와서 혼자 탄식하는 말이,

"대체 장비(張飛) 군령(軍令)도 분수가 있지. 이와 같은 엄동설한(嚴冬雪寒)에 참외를 구하여 오라 하니, 어디서 얻어 온다는 말인고? 귀신의 재주라 만들어가나? 이런 답답한 일도 많다."

하고 근심을 하며 잘 먹도 않고 잘 자도 아니하였습니다.

그 좌수의 어린 아들 하나가 있는데, 그 부친의 안색이 좋지 못하고 무엇에 대단히 심려하는 것같이 보이므로, 이상히 여겨서,

"왜 그와 같이 진지도 잘 아니 잡수시고 무엇을 생각하고 계십니까? 어디가 편치 아니하십니까? 무슨 큰 걱정이 있습니까? 뵈옵기에 대단히 황송합니다. 무슨 일인지 저도 가르쳐주십시오."

---

* 원문 661쪽. <郡守(군슈)와小兒(쇼ᄋᆞ)>.

1) 명령을 내리면.

2) 조선시대에, 지방의 자치 기구인 향청(鄕廳)의 우두머리. 수령권을 견제하는 기능을 담당하였다가, 향임(鄕任) 인사권과 행정 실무의 일부를 맡아보았는데, 고종 32년(1895)에 향장(鄕長)으로 고치면서 유명무실한 존재가 되었다.

하고 물었습니다.

좌수는,

“다름이 아니다. 원님께서 참외를 구하여 오라 하셨단다. 이 추운 겨울에 어디서 얻을 수가 있느냐? 그래서 지금 어찌하면 좋을까 하고 생각 중이다.”

하고 대답하였습니다.

이 아이는 이 말을 듣더니,

“아버지, 염려 마십시오. 제가 비록 어리나 들어가서 대답하고, 무사하게 만들어 놓고 나오겠습니다.”

하고 즉시 군청(郡廳)[3] 동헌(東軒)으로 들어갔습니다.

동헌 앞에 가서 군수를 보고 절하고 엎드리니, 군수가 내려다보고 묻되,

“너는 어떠한 아이이며, 어찌하여 왔노?”

하였습니다. 아이 대답이,

“네, 소동(小童)은 본군(本郡) 좌수의 아들이올시다. 저의 부친 일로 왔습니다.”

하였더니, 군수가,

“응, 그래. 그러면 너의 부친이 어찌하여 참외를 아니 가져 왔느냐?”

하고 물었습니다. 아이는,

“네, 참외는 구하여 놓았습니다. 그러나 소동의 부친이 참외 밭에 가서 참외를 따다가, 독사한테 발등을 물려서 꼼짝 못하고 집에 누워있습니다. 그래서 그 말씀을 여쭈려고 들어왔습니다.”

하고 대답을 하였습니다.

군수가 이 말을 듣더니 화를 벌컥 내며 꾸짖되,

---

3) 군청(郡廳)은 일제가 한국 국권을 침탈한 후인 1914년, 지방 행정 구역을 크게 개혁하면서 대체로 오늘날과 같은 골격을 갖추게 되어, 현재까지 지방 행정 구역의 한 단위로 존속하게 되었다.

"네 조그만 놈이 방자스럽게 거짓말로, 내 앞에 와서 그런 버릇없는 소리를 감히 한다는 말이냐? 이 설상(雪上)에 독사가 어디 있단 말이냐? 요놈! 매를 좀 맞고 싶어서 그 따위 말을 하느냐?"
하고 호령을 하였습니다.

이 아이는 다시 무릎을 단정히 꿇고 앉아서 군수를 향하여,

"관장(官長)은 부모와 같사옵는데 거짓 말씀을 여쭈었사오니, 소동의 죄가 죽어도 마땅합니다마는, 원님께옵서는 백성의 부모님이 되시는데, 어찌 거짓 말씀으로 속이십니까? 생각 좀 하여 보십시오. 이 춥고 눈이 쌓인 이 때에 참외가 어디 있겠습니까? 소동의 부친은 원님의 명령을 받자옵고 돌아와서, 어찌할 줄을 몰라서 걱정만 하다가 병이 났사오니, 용서하여 주시기를 바랍니다."
하고 고(告)하였습니다.

군수는 이 아이 말에 반성이 되어서, 그만 얼굴이 붉어지며 아무 말도 못하고, 자기의 과실(過失)을 깨달았습니다.[4]

---

4) 이와 유사한 이야기[어쩔 수 없는 상황을 조리 있는 화법으로 벗어나는 이야기]가 박희관이 1910년에 저술한 『요지경』(구활자본)에 실려있다. 이에 대해서는 '정명기, 『한국재담자료집성 1』, 보고사, 2009, 120쪽.'을 참조할 것.

59. 거짓말 잘하는 아이*

옛적 어느 곳에 거짓말 잘하는 아이 하나가 있는데, 어찌 잘 속이든지 그 동리에 있는 사람들은 누구를 물론하고 속아보지 아니한 사람이 없었습니다.

그 이웃 동리에 어떤 늙은 생원님 하나가 있어서, 일기(日氣)가 따뜻하므로 사랑(舍廊) 문을 열어 놓고 앉아서, 담배를 빨며 사면(四面)을 내다보고 있었습니다.

그 때에 마침 이 아이가 지게를 지고 나무하러 가다가, 이 사랑 앞을 지나게 되었습니다. 이 생원님이 보고,

"이놈아, 너 거짓말 한 마디 하여 보아라. 나를 속이면 용하지."

하고 놀렸습니다. 이 아이가 대답하되,

"제가 언제 거짓말하는 것을 보셨습니까? 별 말씀을 다하십니다그려."

하고 시침을 뚝 떼고 산으로 올라갔습니다.

산에 가서 본즉, 그 생원님의 부인이 산 속에서 나물을 캐고 있었습니다. 이 아이가 생각하되, 한번 거짓말을 톡톡히 하여 보겠다 하고, 지게를 벗어서 수풀 사이에 감추어두고, 대단 위급한 것같이 그 부인한테 달음박질하여 달려들며 소리를 질러서 부르며,

"지금 생원님께서 아침 진지 잡수신 것이, 급한 관격[1]이 되어서 돌아가시게 되었습니다. 마님을 여쭈러 왔으니, 어서어서 빨리 가십시다!"

하고 혼동을 끼쳤습니다.[2]

이 부인이 그만 놀라서,

"웅! 이것 무슨 말이냐?"

---

* 원문 663쪽. <거즛말잘하는兒孩(우희)>.

1) 關格. 먹은 음식이 갑자기 체하여 가슴 속이 막히고 위로는 계속 토하며 아래로는 대소변이 통하지 않는 위급한 증상.

2) 원문에는 '찌엿습니다'로 표기.

하며 나물 바구니를 집어 던지고 집으로 뛰어내려옵니다.

그 때에 이 아이는 앞서 빨리 뛰어내려와서, 이번에는 생원님을 보고 속이되,

"생원님! 생원님! 큰일났습니다. 어서어서 가십시다!"

하고 얼굴빛이 변하여 두 발을 동동 구르며 소리를 질렀습니다. 생원님은 이 말을 듣고 하도 이상하여,

"무슨 큰일이 났다는 말이냐?"

하고 물었더니, 이 아이가,

"댁 마님께서 나물을 캐시다가, 범에게 물려 가는 것을 보고 지금 뛰어내려왔습니다. 어서어서 가십시다!"

하고 먼저 뛰어서 산으로 갔습니다. 생원님은 두 눈이 불끈 뒤집히며,

"응! 무엇이야?"

하고 신발도 미처 신지 못하고 큰 몽둥이 하나를 집어 들고, 아이 뒤를 쫓아서 엎어지며 고꾸라지며, 천지가 아득하여 산을 향하여 뛰어올라갑니다.

이와 같이 생원은 올려 뛰고, 그 부인은 내려 뛰어오다가 중간에서 내외가 서로 마주 딱 만났습니다. 생원님은 우뚝 서서,

"부인, 범에게 물려갔다가 어떻게 살아오오?"

하고 물으며, 부인은,

"당신은 관격으로 돌아가셨다가 어떻게 회생(回生)하셨소?"

하고 펄석 주저앉으며 헐근헐근 숨을 진정하였습니다.

생원님은 그 때에 비로소 그 아이에게 속음을 깨닫고, 분한 생각이 나서 그 아이를 찾아다니나, 어디로 갔는지 부지거처(不知去處)였습니다.[3]

그 후, 수일이 지나매 아이 생각하되,

---

3) 간 곳을 몰랐습니다.

"아마 이 생원님이 인제는 노기(怒氣)가 좀 풀렸겠지?"
하고 짐짓 그 집을 찾아가서,
"생원님, 계십니까?"
하고 문을 갑자기 열었습니다.
생원님은,
"이 괴악(怪惡)한 놈, 무슨 거짓말을 그렇게 한다는 말이냐?"
하고 꾸짖으매, 이 아이가 대답하되,
"황송하오나 생원님께서 하도 거짓말을 하라고 하시기에 그와 같이 한 것이올시다. 하라시는 대로 한 것이 무슨 큰 죄가 되겠습니까?"
하였습니다.
생원님은 아무 말도 못하고, 아이를 조롱하려다가 이와 같이 속은 것을 후회하였습니다.[4)]

4) 이 이야기는 『한국구비문학대계』에 <거짓말 잘하는 하인>(8-3권, 266~269쪽), <거짓말장이 머슴>(2-3권, 127~129쪽) 등의 제목으로 2편의 각편이 실려있다.

60. 천치(天痴) 신랑(新郎)*

어떤 산촌(山村)에서 자라난 아이 하나가 서울로 장가를 갔습니다. 처가에서 신랑을 접대하느라고 여러 가지 음식을 맛있게 차려서 놓았습니다.

신랑이 음식상을 받아 가지고 이것 저것 먹어보는데, 그 중에 장(醬)김치[1] 놓인 것이 맛이 제일 좋았습니다. 맘에는 욕심껏 먹고 싶으나, 이름도 모르고 체면상 더 달랄 수가 없어서 억지로 참고, 어찌하면 저것을 실컷 먹어볼까 하고 생각하다가, 마침 처남 아이가 방으로 들어옴을 보고 속으로,

'옳지. 비록 초면이나 처남이니까 물어 보겠다.'

하고 처남에게 이 이야기 저 이야기하다가 슬며시 묻되,

"얘, 아까 먹던 밥상에 무와 배추를 납죽납죽하게 쓸어 넣고, 실백(實柏)잣과[2] 배, 밤같은 것을 넣고, 국물은 검고 맛은 새곰달콤한 것이 이름이 무엇이냐?"

하고 물었습니다.

처남 아이가 깔깔 웃으며,

"매부도 장김치도 모르십니까?"

하고 대답하였습니다. 이 신랑은,

"응, 그러냐? 그러면 사온 것이냐, 집에서 만든 것이냐?"

---

* 원문 664쪽. <天痴(텬치)新郎(신랑)>.

1) 무, 배추, 오이 들을 잘게 썰어서 간장에 절이고 갖은 양념과 배, 밤, 잣, 석이버섯, 표고버섯 등을 넣어, 간장 탄 물에 설탕이나 꿀을 친 국물로 담근 김치. 조선 시대 궁중이나 대갓집에서 만들던 김치로 재료가 호화로워 서민적이지는 않으나 격식을 차리는 정월 떡국상이나 잔칫상에 올렸다. 젓갈과 고춧가루를 쓰지 않으며 간장의 깊은 향과 달콤한 맛이 별미로, 떡을 먹을 때 곁들여 먹기도 했다. 사계절 모두 먹을 수 있으나 겨울에 더욱 제맛이 난다.(한복진, 『우리가 정말 알아야 할 우리 음식 백 가지』 1, 현암사, 2005, 447쪽. ; (사)한국전통음식연구소, 『아름다운 한국음식 300선』, 질시루, 2008, 334쪽.)

2) 껍데기를 까 버린 알맹이 잣과.

하고 물었습니다. 처남 아이는,

"아니야요. 집에서 만들었지오. 왜, 사오기는 왜 사와요? 지금도 마루 탁자 가운데층에 있는 사기 항아리 속에 많이 남아있는데요."

하고 대답하였습니다.

그날 밤이 되어서 온 집안 식구들은 모두 잠이 깊이 들었는데, 신랑은 한잠을 자고 나서 홀연히 장김치 생각이 도저(到底)하게[3] 나므로, 슬며시 장김치를 훔쳐 먹으러 나왔습니다.

사방을 바라보니 달도 없어 캄캄한데, 방마다 잠이 깊이 들어서 곤한 모양이므로, 탁자를 찾아가서 더듬더듬 만지면서 항아리마다 코를 대고 맡아보며, 김치 항아리를 찾았습니다.

졸지에 떠 먹을 그릇이 없으므로, 얼핏 먹을 욕심이 나서 항아리 속으로 손을 디밀어서, 김치 한 움큼을 덤석 움켜쥐고 꺼내려 하였습니다. 그러나 구멍에 주먹이 걸려서 빼낼 수가 없게 되었습니다. 여러 가지로 꺼내려고 애를 쓰다가, 한 계책을 생각하였는데,

'어디다가 메다치면 깨어지리라.'

하고 부딪칠 곳을 찾았습니다.

그 때에 마침 장인된 영감이 방에서 자다가, 너무 불을 많이 땐 까닭에 더위에 못 견뎌서, 방문을 열어 놓고 문지방을 베고 잠이 깊이 들었습니다. 이 장인은 본래 대머리인 까닭에, 번질번질한 것이 밤에 보면 마치 목침(木枕)과 같이 보입니다. 신랑이 이것을 보고,

"옳다. 목침이 여기 있구나."

하며 김치 항아리를 그만 메다 쳤습니다. 김치 항아리가 깨질뿐더러 장인의 이마가 터지는 바람에 깜짝 놀라서,

"도적이야!"

---

3) 참을 수 없을 정도로 많이.

하고 소리를 벽력(霹靂)같이 질렀습니다.

각 방에서 자던 집안 사람들이 대경(大驚)하여 몰려나와, 일변(一邊) 불을 켜며 몽치를 찾으며 야단이 벌컥났습니다.

자세히 본즉, 장인의 이마가 터져서 유혈(流血)이 낭자(狼藉)하고, 마루에는 김치 항아리가 깨져서 늘어놓였으므로, 모두 웬일인지 몰라서 공론(公論)이 자자(藉藉)한 판에, 미신(迷信) 좋아하는 주인 마누라가 썩 나서더니,

"지껄이지들 마라. 이것이 까닭이 있는 일이다. 대사(大事)를 지내면서 대감(大監) 떡시루[4]를 쪄서 놓지 아니하였더니, 이런 괴변(怪變)이 생기나보다. 내일은 바삐 고사(告祠)를 지내야 하겠다."
하며 설명을 하였습니다.

염치 좋은 신랑은 얼른 자기 방으로 들어가서, 곤하게 자는 것같이 이불 속에 누웠다가, 일어나 눈을 부비며,

"그것 무엇들을 그러시오? 자다가 깜짝 놀랐습니다."
하며 짐짓 모른 체하였습니다.[5]

---

4) 대감신(터줏대감)에게 바치는 떡시루. 집터는 그 집의 운수와 밀접하게 관련된다고 믿어지므로, 대감신은 특히 집안의 재운(財運)을 주관하는 기능이 있는 것으로 보인다.

5) 이와 유사한 이야기가 송완식/강의영이 1921년 저술한 『요절복통 익살주머니』에 실려 있다. 이에 대해서는 '정명기, 『한국재담자료집성 1』, 보고사, 2009, 564쪽.'을 참조할 것. 그리고 『한국구비문학대계』에 <바보 사위>, <바보 사위와 똑똑한 아내>, <바보 신랑>, <장인 욕보인 바보 사위> 등의 제목으로 약 35편의 각편이 실려있다.

61. 쌍꿩의 보은(報恩)*

옛적에 어느 시골에 한량[1] 하나가 있었는데, 활쏘기와 말타기를 다 공부하여 가지고 서울로 과거를 보러 올라왔었습니다. 올라올 그 때에 어느 산모퉁이를 지날 새, 큰 구렁이가 웬 꿩 두 마리를 휘감고 뒤틀어 잡아먹으려 하는데, 꿩이 '꺽꺽' 소리를 지르며 푸드득거리는 것을 보았습니다.

이 한량은, 비록 짐승일지라도 한 놈에게 두 낱 생명을 빼앗기는 것이 아깝기도 하고, 꿩의 살지 못하여 슬피 우는 것도 참혹한 생각이 나서, 용기 있게 자기의 가졌던 활을 꺼내 가지고 구렁이를 겨냥하여 활을 당기어서 한번 쏘았습니다.

본래 잘 쏘는 활이라 시위[2]가 떨치며 구렁이의 명문(命門)을[3] 맞추니, 그만 뒤틀다가 꿩을 놓고 죽어버리고, 두 마리 꿩은 기쁜 듯이 살아 날아갔습니다.

이 한량은 도로 길을 떠나서 종일토록 가다가, 잘 만한 여관도 만나지 못하고 한 강변(江邊)에 이르게 되었습니다. 발도 부르트고 다리도 아파서 더 행보(行步)하기도 어렵던 판에, 마침 배 한 척이 물품을 싣고 경성(京城)을 향하여 올라오는 것을 보고, 선가(船價)를[4] 주고 타고 갈 생각이 나서, 선인(船人)을 불러 삯을 정하고 배에 올라탔습니다.

얼마 아니 되어서 날이 서산에 떨어지고 사면이 차차 컴컴하여 가는데, 마침 풍랑도 일기를 시작하므로, 가던 배를 멈추어서 산벽(山壁)[5] 밑

---

* 원문 666쪽. <쌍꿩의報恩(보은)>.

1) 조선 후기에, 무과의 합격자로서 전직(前職)이 없던 사람. 여기서는 무과의 합격자가 아니라, 응시자로 보아야 함.

2) 활시위. 활줄. 활대에 걸어서 켕기는 줄. 화살을 여기에 걸어서 잡아당기었다가 놓으면 화살이 날아감.

3) 급소를. '명문'은 '명치' 혹은 '생명의 문(門) 또는 생명의 근본이라는 뜻으로, 오른쪽 콩팥을 이르는 말'인데, 여기서는 '급소'의 뜻으로 보았음.

4) 뱃삯을.

에다가 대어 놓았습니다.

저녁밥을 먹은 후에 뱃머리에 앉아서 사방을 바라보는데, 그 산벽 위를 쳐다본즉, 웬 절 하나가 있는데, 산 절벽을 의지하여 정결하게 서서 있었습니다. 주위가 적막한데 바람의 흔들리는 풍경(風磬) 소리, 노승(老僧)의 염불 소리가 은은히 들림은 마치 선경(仙境)에 온 것이 아닌가 하고 의심이 나며, 법당 건너 누각에 달린 종(鍾)은 보기에 웅장하기도 하였습니다.

밤이 점점 깊어가서 절의 염불 소리도 그치고 사방이 고요하므로, 자기도 배 속으로 들어가서 침구(寢具)를 베풀고 누었더니, 곤뇌(困惱)함을[6] 못 이기어 부지중(不知中)에 잠이 깊이 들었습니다.

그런데 낮에 쏘아 죽인 구렁이로 말하면, 자웅(雌雄)이 있었는데 수구렁이가 그와 같이 살을 맞아 죽었음을 보고, 암구렁이는 이 보수(報讎)를[7] 하고자 하여 한량의 가는 곳을 쫓아서 뒤를 밟아 왔습니다.

한량의 배탐을[8] 보고 강가에서 멀리 바라보다가, 배 속 사람들이 모두 잠이 든 줄을 알고, 암구렁이는 독기(毒氣)가 충천(衝天)하여 꼭 한량을 물어죽일 작정으로, 배를 향하여 살같이 들어갑니다.

이와 같이 잠이 깊이 든 한량의 생명은 경각(頃刻)에 위태(危態)하게 되었습니다. 그러나 구원을 받은 쌍꿩은, 자기의 은인(恩人) 한량이 혹 해나 받지 않나 하고 쫓아오며 살펴보다가, 암구렁이의 보수코저 함을 보고 깜짝 놀라서,

"나의 은인을 구하여야 하겠다."

하고 여러 가지로 생각하였으나, 별로히[9] 방책(方策)은 없고 당장에 위

---

5) 낭떠러지. 절벽.

6) 시달려 고달픔을. 피곤함을.

7) 앙갚음을.

8) 승선(乘船)을.

9) 별다른. 특별한.

급하므로, 두 마리 꿩은 목숨을 아끼지 아니하고 절 누각에 달린 큰 종을 주둥이로 부딪쳐서, 종소리가 크게 나도록 전력(全力)을 다하여 여러 번 쪼았습니다.

이 종소리는 잠이 깊이 든 한량의 귀를 울리게 되어서, 깜짝 놀라 잠이 깨매 뱃머리로 나와서 강벽[10] 위를 바라보니, 난데없는 큰 구렁이가 자기를 향하여 살같이 날아오므로, 위급함을 못 이기어 놓였던 삿대를 들어서 냅다 후려쳤습니다. 원래 힘이 많은 한량이라, 암구렁이는 한 허리를 얻어맞고 그만 강물로 떨어져 죽었습니다.

조금만 더 지체하였더면, 잠든 채로 암구렁이 입에 들어갈 것을, 두 마리 꿩의 보은(報恩)으로 화를 면하게 되었습니다. 그 이튿날 아침에, 한량은 자기의 잠을 깨어주던 종각(鐘閣)이 하도 고맙고 이상하여 올라가서 보았더니, 어제 구하여 준 두 마리 꿩이 종 밑에 죽어 떨어졌는데, 한 마리는 주둥이가 깨어지고, 한 마리는 머리가 부서져서 피투성이를[11] 하고 죽었습니다. 비로소 자기를 살려준 의리있는 꿩으로 알았습니다.

'고소성외한산사(姑蘇城外寒山寺)에 야반종성도객선(夜半鐘聲到客船)'[12] 이라는 옛글이 있으니, 아마 이로 말미암아 생긴 듯합니다.[13]

---

10) 낭떠러지. 절벽.

11) 원문에는 '피투생이를'로 표기.

12) 당(唐)나라 때 호북성(湖北省) 양양(襄陽) 사람인 장계(張繼)의 시 <풍교야박(楓橋夜泊)> 중의 일부이다. 전문은 다음과 같다. '月落烏啼霜滿天 江楓漁火對愁眠 姑蘇城外寒山寺 夜半鍾聲到客船(달 지고 까마귀 울고 서리는 가득, 강가 단풍나무와 고기잡이 불, 시름에 졸면서 바라보니, 고소성 밖 한산사에서, 한밤에 종소리 나그네 배에 들리네).' 김달진 역해, 『唐詩全書』, 민음사, 1992, 524쪽 참조.

13) <은혜 갚은 꿩> 또는 <은혜 갚은 까치> 이야기. 이 이야기는 『한국구비문학대계』에 <까치의 보은>(5-7권, 422~423쪽. 6-3권, 442~443쪽. 7-12권, 164~166쪽. 8-3권, 196~198쪽. 8-9권, 274~276쪽. 8-14권, 505~507쪽.), <꿩의 보은>(8-8권, 597~599쪽), <은혜 갚은 꿩>(6-12권, 998~1000쪽.), <은혜에 보답한 꿩>(6-12권, 572~573쪽, 574~577쪽.), <종소리로 꿩이 은인을 살리다>(5-1권, 638~642쪽.), <종을 쳐 은혜 갚은 꿩>(2-8권, 93~95쪽.) 등의 제목으로 12편의 각 편이 실려 있다.

62. 술 나오는 구슬*

옛적에 한 노인(老人)이 있는데, 자녀가 하나도 없고 홀로 고양이와 개 한 마리를 극히 사랑하여 기르며 세월을 보냈습니다.

그런데 이 노인은 술 먹기를 좋아하여, 매일 술이 취하지 않은 적이 없었습니다. 어느 가을밤에 달은 떠서 명랑(明朗)하고, 벌레 소리는 사방에서 장단 맞춰 응하매, 자연 마음에 처량한 생각이 나서, 술 한 병을 가지고 고양이와 개를 데리고 달빛을 구경하러 야외로 산보(散步)를 나갔습니다.

가졌던 술을 따라 먹으며, 혹 노래도 부르고 혹 달을 쳐다보고 한숨도 쉬고, 밤이 깊도록 이리저리 돌아다니다가 집으로 돌아오려 하였습니다.

뒤편에서 어떤 노인 하나가 쫓아오며,

“여보시오, 이 노인. 왜 벌써 가려하시오? 나하고 같이 더 노십시다.”
하고 인사를 청하였습니다.

이 노인은,

“네, 참 좋은 말씀이오. 그러나 가지고 왔던 술을 다 먹어서 빈 병만 남았으니, 무슨 재미가 있어야 아니합니까?”
하고 대답하였습니다.

그 노인이 또 말하기를,

“네, 염려 마시오. 노형(老兄) 술 아니라도 또 술을 얻어먹을 도리가 있소.”
하고 주머니 속에서 큰 구슬 하나를 꺼내더니, 빈 병을 달라하여 그 속에 집어 넣고, 조금 흔들더니, 금시(今時)에 맛 좋은 술이 자꾸 쏟아져 나왔습니다.

두 노인은 술 마시기를 시작하여 서로 권커니 자커니 하며 흥이 나서

---

* 원문 667쪽. <술나오는구슬>.

놀다가, 너무 취함을 이기지 못하여 서로 이별을 하게 되었는데, 그 노인은 그 구슬을 이 노인에게 주며,

"내가 정(情)으로 이 구슬을 주는 것이니, 갖다가 두고 술 생각이 나거든 흔들어서 따라 자시오."

하고 간 곳이 없어졌습니다.

이 노인은 무수히 치사(致謝)를 하고 받아 가지고 돌아와서, 잘 위하여 두고, 술 생각만 나면 병을 흔들어서 실컷 따라먹었습니다.

나중에는 돈을 얻을 생각이 나서 술장사를 시작하였는데, 맛이 매우 아름다운 까닭에, 차차 사러 오는 사람이 많아져서 불과 며칠 동안에 돈을 많이 모았습니다.

그러나 누구를 물론하고 모두 그 노인의 술장사 함을 이상히 여기며 자세히 살피다가, 그 구슬의 조화로 술이 쏟아져 나오는 것을 알고, 어떤 사람이 교묘하게 훔쳐갔습니다.

이 노인이 하루는 술을 팔려고 술병을 흔들어본즉, 술이 도무지 나오지 아니하므로 들여다보았더니, 구슬이 간 곳이 없어졌습니다. 술 사러 온 사람이 많건만 다 그저 돌려 보내고, 혼자 방 속에 누워서 수심(愁心)을 띠고 한숨을 쉬어가며, 웬 까닭을 생각하고 있었습니다.

고양이와 개가 주인의 기색을 보고 서로 의논하되,

"우리 둘이 나가서 이 근처의 집집마다 들어가서 뒤져보고, 기어코 찾아가지고 들어오자."

하며 곧 그 구슬을 찾으러 갔습니다.

동리 집을 모조리 뒤져보았으나 도무지 없으므로, 다시 물 건너 동리로 건너가서 집집에 들어가 수색을 하여 보았습니다. 과연 어떤 집에 있으므로, 고양이는 냉큼 물고 나와서 신기함을 이기지 못하여 빨리 집으로 돌아옵니다.

오다가 개천을 만나서 물을 건너오게 되었는데, 본래 개는 헤엄을 잘

치고 고양이는 헤엄을 못 치는 까닭에, 구슬은 고양이에게 물게 하고, 개는 고양이를 업고 물을 건너옵니다.

혹 실수가 될까 염려하여 물을 건너오면서, 개는 연(連)하여 고양이더러 묻되,

"물었니?"

하고 고양이는,

"물었다."

하고 대답합니다.

이와 같이 개와 고양이는 서로,

"물었니? 물었다. 물었니? 물었다."

하며 물을 건너오는데, 거진 다 건너와서 고양이가 방심을 하고 한눈을 팔다가 그만 부지중(不知中)에 물 속에 떨어뜨렸습니다. 고양이가 깜짝 놀라,

"애고! 어찌하나?"

하며 개 역시 깜짝 놀라,

"무엇! 어째?"

하고 즉시 개는 물 속으로 들어가서 찾아보았으나, 도무지 간 곳을 알지 못하였습니다.

개와 고양이는 기가 막혀서 언덕 위로 올라가 앉아서, 시름없이 그 물가만 바라보고 한탄만 하고 있었습니다.

그 때에 마침 천렵(川獵)하는 사람들이, 그 곳에 와서 낚시로 고기를 잡더니, 일변(一邊) 안주를 장만하느라고 고기의 배를 째고 창자를 꺼내 버리는데, 무슨 구슬같은 것이 든 것을 그대로 집어 버리는 것을 바라보았습니다.

개와 고양이는 마음에 대단히 기뻐서,

"옳지, 옳지! 우리가 떨어뜨린 구슬을 저놈의 고기가 삼켰다가 낚싯대

에 걸린 것이다."
하고 사람이 보지 못할 사이에 슬그머니 와서, 몰래 물고 도망하여 집으로 돌아와서 주인을 주었습니다.

구슬을 잃고 낙담이 되어서 누워있던 주인은 새로이 정신이 나서 즐거워하며, 개와 고양이를 쓰다듬으며 감사한 뜻을 표하였습니다.

주인에게 사랑을 받던 개와 고양이는 이와 같이 은공(恩功)을 갚았으니, 얼마나 아름다운지 생각할 일이 아닙니까?

63. 여우의 변화(變化)*

어느 농촌(農村)에 한 사람이 있는데, 여우를 잡고자 하여, 여우 다니는 길목에다가 통방이[1]를 묻어 놓고, 그 위에는 콩과 깨를 뿌려두었습니다.

하루는 늙은 여우 한 마리가, 사방으로 돌아다니다가 이 곳에 먹을 것이 있는 것을 보고, 배고픈 김에 그 위에 와서 주워 먹다가, 어느덧[2] 앞발이 옭여서[3] 꼼짝하지 못하며 '캥캥' 울고 있었습니다.

통방이 놓은 주인이 혹 여우가 옭이지나[4] 아니하였나 하고 와서 본즉, 과연 늙은 여우가 발목을 옭여서 달아나려고 애를 쓰고 있으므로, 큰 몽둥이를 가지고 때려 잡으려고 쫓아왔습니다.

이 때에 늙은 여우는 이 동정을 보고, 자기의 생명이나 구하여 보려고, 급히 몸을 변하여 그 동리의 집강(執綱)[5] 생원(生員)님 모양이 되어서, 머리에는 관(冠)을 쓰고 입에는 긴 담뱃대를[6] 물고 손에는 지팡이를[7] 짚고 서서 있었습니다.

통방이 주인이 가까이 와서 본즉, 의외(意外)에 동리(洞里)에 있는 집강댁 생원님이 서서 있으므로, 깜짝 놀라서 허리를 굽혀 예(禮)를 하며,

"생원님, 어디 가시다가 여기 서서 계십니까?"

하고 물었습니다.

생원님으로 변한 여우는 눈을 부릅떠서 흘겨보며, 소리를 질러서 호령을 하되,

---

* 원문 669쪽. <여호의變化(변화)>.

1) 쥐덫의 한 가지. 여기서는 '덫'의 의미로 쓰임.

2) 원문에는 '어느듯'으로 표기.

3) 원문에는 '올켜서'로 표기. 올가미 따위에 단단히 매여.

4) 원문에는 '얼키지나'로 표기. 올가미 따위에 걸리지나.

5) 면, 리의 행정 사무를 맡아보던 사람.

6) 원문에는 '담붓대를'로 표기.

7) 원문에는 '집팽이를'로 표기.

“너, 이놈! 양반 다니는 길에다가 이런 괴이한 것을 하여 놓아서 이처럼 욕을 보게 하니, 너 때문에 어디 길이나 다닐 수가 있느냐? 이놈! 어서 바삐 끌러 놓아라. 발목이 아파서 견딜 수 없다.”
하고 꾸짖었습니다.

이 사람은 황송히 여겨서 급급히 통방이를 끌러 놓으며,

“용서하여 주십시오. 소인(小人)이 일부러 그런 것이 아니외다. 여우를 잡고저 하여 만들어 놓은 것이, 생원님께서 오늘 운수가 불길하셔서 그와 같이 된 것이니, 후덕(厚德)하신 처분만 바랍니다.”
하고 애걸하였습니다.

통방이를 벗어나온 여우는 즉시 늙은 여우로 변하여 가지고, ‘캥캥’ 울고 달아나며 할깃할깃 돌아보며 갔습니다.

이 사람이 여우에게 속은 것을 분하여 하며,

“조놈의 여우가 여러 해를 묵어서 사람을 잘 속이는구나. 그럴 줄 알았더면 생원님 아니라 더한 것이라도 막 때려 죽일 것을……. 참 분하기도 하다. 이 다음에는 무엇이든지 통방이에 치기만 하면 막 때려 죽이겠다.”
하고 집으로 돌아갔습니다.

그 후에 얼마 지나지 아니하여, 정말 그 동리의 집강댁 생원님이, 마침 볼일이 있어서 새벽에 길을 가다가, 과연 통방이에 빠져서 발목이 잔뜩 옭였습니다. 생원님은 깜짝 놀랄뿐더러 발목이 잘라질 듯하게 아픈 까닭에, 동리를 향하여 사람 좀 살리라고 소래를[8] 질렀습니다.

통방이 임자가 이 소리를 듣고 나와서 본즉, 전과 같이 집강댁 생원님이 또 통방이에 옭여서 있으므로, 마음에 대단히 기뻐하며,

“옳다! 여우가 또 치였구나.”
하고 몽둥이를 얻어가지고 뛰어갔습니다. 가면서 불문곡직(不問曲直)하고

8) 소리를.

냅다 몹시 후려쳤더니, 생원님은 발목이 얼켜서 아프던 중에 더구나 몽둥이로 매를 맞고는, 더욱 놀라며 아픔을 이기지 못하여 소리를 지르며,

"이놈이 사람을 때려 죽인다!"

하고 호령을 하였습니다.

이 사람은 들은 체도 않고,

"요놈의 괴악한 여우야. 요전에도 생원님으로 변하여 가지고 나를 속이더니, 또 한번 속여 볼려느냐? 인제는 다시 너한테 속지 아니한다."

하고 또 냅다 때렸습니다.

생원님은,

"글쎄, 이놈아! 미쳤느냐? 나중에 네가 어찌 죽으려고 나를 이렇게 때리느냐? 네 눈에는 내가 여우로 보이느냐? 아니다! 나는 사람이다. 아파서 죽겠으니 그만 때려라!"

하고 소리소리 질렀습니다.

이 야단통에 동리 사람들이 모두 모여서 어찌된 곡절을 묻고, 이 생원님의 매 맞아 죽을 것을 구하여 주었다 합니다. 통방이 임자는 고놈의 늙은 여우 까닭에 두 번이나 속았으니, 그런 가엾은 일이 어디 있겠습니까?[9]

9) 원문에 표기된 물음표임.

64. 세도(勢道) 재상(宰相)과 한량*

옛날에 북촌(北村)[1]에 세도 있는 재상 하나가 병조판서(兵曹判書: 軍部大臣)[2]로 있는데, 집의 문객들이며 경향(京鄕)의 아는 사람들이며, 여러 관계있는 자들이 날마다 문이 메이게 드나들며, 각기 소원대로 벼슬을 시켜달라고 졸랐습니다.

재상은 매우 괴로운 고로 한 계책을 생각하여, 여러 사람에게 발표하여 말하기를,

"물론 모인(某人)하고 이야기를 하여 나를 속게 하는 사람이면, 소원대로 벼슬을 시켜주겠다."

고 하였습니다.

사람마다 모두 이야기를 연구하여 가지고, 한번 속여 볼 욕심이 나서 날마다 이야기꾼이 사랑(舍廊)에 답지(遝至)하는데,[3] 별별 이상한 말을 다하여 시험코저 하나, 재상은 번번이 다 듣고 나서는 영락없이 발각하

---

* 원문 671쪽. <勢道(셰도)宰相(직샹)과활냥>.

1) 북촌은 종로구 재동 · 가회동 · 삼청동 등에 걸쳐 있던 마을로서, 이곳이 청계천과 종각의 북쪽에 있는 동네인 데서 마을 이름이 유래되었다. 예로부터 조선시대 왕족이나 고위 관직에 있던 사람들이 많이 거주하였다. 『매천야록』 권1 상에 의하면 "서울의 대로인 종각 이북을 북촌이라 부르며 노론이 살고 있고, 종각 남쪽을 남촌이라 하는데 소론 이하 삼색(三色)이 섞여서 살았다."고 기술하고 있다. 즉 북촌이 권세 있는 양반들이 주로 모여 살았던 데 비해, 남산 기슭을 중심으로 한 남촌은 관직에 오르지 못한 양반들과 하급 관리 · 상인들이 모여 사는 곳으로 알려져 있었다. 후에 일제강점기에는 남촌 지역을 중심으로 일본인들이 많이 거주하게 되어, 조선인 중심의 거주지역으로서의 북촌과 일본인 중심의 거주지역으로서의 남촌으로 불려지기도 하였다. (서울특별시사편찬위원회, 『서울지명사전』, 서울특별시사편찬위원회, 2009, 374쪽.)

2) 병조는 1392년 새 관제가 반포되면서 육조(六曹)의 구성과 더불어 설치되었다. 조선시대를 이어오다가, 1894년 갑오개혁 때 육조제도의 폐지와 함께 없어졌다. 군부는 1895년 4월 관제개혁에 따라 병조의 소관업무를 인계받은 군무아문을 개칭하여 설치하였는데, 국방에 관한 사무와 군정·군인감독 등의 직무를 관장하였다. 1907년 일본이 강제로 대한제국 군대를 해산한 이후 유명무실한 상태를 유지하다가, 1909년 7월에 완전히 폐지되었다.

3) 한군데로 몰려들거나 몰려오는데.

여 내고 한번도 속는 일이 없으므로, 개개(箇箇)[4] 낭패(狼狽)하고 돌아갈 뿐이었습니다.

그 때에 남촌(南村)[5]에 한량 하나가 있었는데, 대단히 간고(艱苦)하여 삼순구식(三旬九食: 밥을 굶는 뜻)으로 지내다가, 이 소문을 듣고 급급히 그 재상집을 찾아가서, 명함(名啣)을 내어놓고 인사를 마친 후에 이야기 하기를 청하였더니, 재상은 허락하였습니다.

한량이 말하되,

"소인(小人)이 오다가 이상한 것을 보았습니다."

하였더니, 재상,

"응, 무슨 일?"

하고 물었습니다. 한량,

"다른 것이 아니라 수표교(水標橋)[6] 중간쯤 오는데, 기러기 한 마리가 공중에 날아오다가 입에 물었던 앵도(櫻桃) 한 개를 소인 앞으로 떨어뜨리기에 집어 보았더니, 어찌 크든지 큰 독만 하였습니다."

하고 이야기를 하였더니, 재상,

"이 사람, 그 무슨 황당한 말인고? 그런 앵도가 어디 있다는 말인가?"

하고 속지 아니하므로, 한량,

---

4) 하나같이.

5) 조선시대에 청계천 북쪽 일대를 북촌, 그 남쪽 일대를 남촌으로 불렀다. 북촌이 권세 있는 양반들이 주로 모여 살았던 데 비해, 남산 기슭을 중심으로 한 남촌은 양반의 자손이긴 하나 몰락한 사람들이거나 과거에 급제하지 못해 '남산골 샌님', '남산골 딸깍발이'라 놀림을 받았던 불우한 선비들이 모여 사는 곳으로 알려져 있었다. 후에 일제강점기에는 이 남촌 지역을 중심으로 일본인들이 많이 거주하게 되어, 조선인 중심의 거주지역으로서의 북촌과 일본인 중심의 거주지역으로서의 남촌으로 불려지기도 하였다. 또한 조선인들이 이 남촌 지역을 '왜놈들마을'이라고 부르기도 하였다. (서울특별시사편찬위원회, 『서울지명사전』, 서울특별시사편찬위원회, 2009, 126쪽.)

6) 서울특별시 중구 장충동 장충단공원 입구에 있는 조선 전기의 다리. 길이 27m, 너비 7m. 서울특별시 유형문화재 제18호. 원래는 현재의 청계 2가에 있었으나, 1959년에 청계천 복개공사를 하면서 지금의 자리로 옮겨놓았다.

"참 독만은 아니하여도 뱃땡이[7]만 하여요."

재싱,

"그것도 거짓말일세."

한량,

"아니, 항아리만 하여요."

재상,

"그것도 안 될 말일세."

한량,

"그러면 사발만은 하여요."

재상,

"그래도 종시(終是) 거짓말인가?"

한량,

"아니올시다. 종자(鍾子)[8]만 하여요."

하고 차차 연하여 줄여가다가 종말(終末)에 가서는,

"참 정말 도토리만 하여요."

하였더니, 재상,

"아마 제일 큰 앵도는 거진 그만하리. 그 말은 옳은 말일세."

하고 고개를 끄덕끄덕하였습니다. 한량,

"그러면 그 말은 거짓말이 아닙니까?"

재상,

"응, 그 말은 참말일세."

하고 대답하였더니, 한량이 다시 말하되,

"대감께서 암만 속지 않으시려 해도, 분명히 속으셨습니다."

하며 웃었습니다. 재상,

---

7) 배[腹].

8) 종지. 식사에 쓰는 작은 그릇. 간장 따위를 담는 데 쓴다.

"앵도의 굵은 것은 도토리만 하다는 것이 무엇이 속았다는 말인가?"
하고 말하였습니다. 한량,

"그것은 그러합니다마는, 이 하절(夏節)에 기러기가 어디 있습니까? 기러기란 짐승은 구시월(九十月)에 남(南)으로 갔다가 이삼월(二三月)에 북(北)으로 향하는 것인데, 요사이 기러기가 왕래할 까닭이 있습니까? 앵도 크다는 것만 아니 속으시려고 주의하시다가, 기러기의 있고 없는 것은 생각지 못하셨으니, 속지 아니하였습니까?"
하고 설명을 하였더니, 이 때까지 속은 일이 없던 재상도 이 말에는 어찌할 수 없이 대답을 못하였습니다.

이 한량은 재상을 속이고 자기 소원대로 군수(郡守)를 얻어가지고 내려가서, 백성도 잘 다스리고 구간(苟艱)하는 것도 면하게 되었다 합니다.[9]

---

9) 이와 유사한 이야기가 박희관이 1910년에 저술한『요지경』(구활자본)과 강의영이 1918년에 저술한『八道才談集』에 실려있다. 이에 대해서는 '정명기,『한국재담자료집성 1』, 보고사, 2009, 106쪽, 469쪽.'을 참조할 것.

65. 완고(頑固) 학자(學者)님*

어떤 향촌(鄕村)에 학자님 한 분이 있는데, 어렸을 때부터 글 읽기만 숭상하고 다른 일은 모두 등한(等閑)히 여겨서, 한문(漢文)에 대하여는 모르는 것이 없으나, 세상 일에 대하여는 대단히 어두웠습니다.

그 때에 마침 조선(朝鮮)에 처음 되는 경인선(京仁線)[1] 철도가 개통되었는데, 모든 사람들이 모두 신기한 일이라 하여, 이 말을 듣고 시골, 서울 할 것 없이 구경하러 오는 사람도 많고, 일부러 관계되는 일 없이, 돈 내고 타 보는 사람도 많이 있었습니다.

한 사람이 이 기차를 타 보고, 자기 고향에 가서 이 사람 저 사람을 보고 기차의 신기한 것과 편리한 것을 설명하다가, 하루는 이 학자님을 보고 기차 타 본 사실을 이야기하였습니다.

학자님이 듣더니 혀를 차며 대책(大責)하되,

"자네, 왜 그런 황당한 말을 하여 사람을 속이려 하나? 그럴 이치가 있나? 밀지도 않고 끌지도 않더라면서, 어찌 저절로 갈 이치가 있나? 옛적에 제갈량(諸葛亮)이가 싸움할 때에, 군량을 운수하느라고 목우(木牛)와 유마(流馬)를 만들어서 사용하였다는 말은 들었으나, 자네가 말한 것과 같이, 짐도 태산같이 싣고 사람도 여러 백 명을 태우고서 그렇게 빠르게 갈 수가 있다는 말인가? 아마 자네가 도깨비한테 홀려서 끌려다녔던 것일세. 남부끄러워. 다시는 그런 미친 소리 하지 말게."

하고 곧이듣지 아니하였습니다.

---

* 원문 673쪽. <頑固(완고)學者(학쟈)님>.

1) 서울과 인천 사이에 부설된 철도. 우리나라 최초의 철도로 서울 구로와 인천 간의 총연장 27㎞의 복선철도이다. 1896년(고종 33) 미국인 모스(Morse, J. R.)에게 그 부설권이 특허되어 이듬해 3월 29일 기공되었고, 1899년 9월 18일 일본의 경인철도합자회사(京仁鐵道合資會社)가 완공시켜 개통되었다. 경인선의 개통은 근대적 교통 기관의 도입이라는 긍정적인 면과, 구미 열강과 일본 제국주의의 본격적인 침투라는 부정적인 면을 역사에 남기게 되었다.

이 사람은 기가 막혀서 입맛을 다시다가, 그처럼 하는 것을 우길 수도 없고, 공연히 책망(責望)만 듣는 것이 분하기도 하여 다시 음성을 높여서,

"그렇지 않습니다. 이 다음에 다른 사람들한테 차차 물어 보시면 아실 것이올시다. 멀쩡한 사람더러, 왜 도깨비한테 홀렸느니 미쳤느니 하십니까?"

하고 다투는 판에, 그 동리에 사는 학자님이 친구 한 분이 들어왔습니다.

이 광경을 보고,

"무슨 일로 이렇게 왁자하시오?"

하고 물었더니, 학자님은 분(忿)이 잔뜩 나서,

"저런 미친 사람 보시오. 기차라 하는 것이 새로 났다는데, 끌지도 않고 밀지도 않고 짐과 사람을 많이 싣고, 한 시간에 거의 백 리나 달아나는 것을 타 보았다고, 턱없는 거짓말을 하기에 좀 나무랐더니, 그리하여도 종시(終是) 자기가 옳다고 한다오."

하고 소이연(所以然)을 설명하였습니다.

이 친구가 듣더니 깔깔 웃으며,

"처음 들으시면 그렇게 여기시기도 쉬운 일이나, 저 사람의 말이 정말이올시다. 나도 어저께 마침 서울에 볼일이 있어서 기차를 타고 갔다왔소이다."

하고 거짓말 아닌 것을 말하였습니다.

학자님은 그래도 곧이듣지 않고,

"노형(老兄)도 저 사람과 같이 나를 속이는 말이오. 도저히 그럴 이치가 없소."

하고 더욱 분을 냈습니다.

이 친구는 학자님의 완고함을 가르쳐주려고 하여,

"그리 마시고, 요사이 일기(日氣)도 좋으니, 내일 우리가 동행하여 가서 실지로 기차를 보면, 거짓말인지 정말인지를 알 것이니, 미리 성을 내시고 속인다고 하실 필요가 없소이다."

하고 말하였습니다.

이 학자님 역시,

"참 그것 좋은 말이오. 내일 부디 같이 갑시다."

하고, 이튿날 삼인이 동행하여 정거장에 나갔습니다.

나와서 본즉, 과연 차의 형상이 기기괴괴(奇奇怪怪)한 것이 짐과 사람을 많이 실었으므로, 학자님 생각에 의심이 나서 하는 말이,

"저놈들이 요술로 저런 짓을 하는 것이오. 사불범정(邪不犯正)인즉, 내가 요귀를 쫓아볼 것이니, 자세(仔細)들 보시오."

하고 귀신 쫓는 진언(眞言)을 외웠습니다.

"角亢氐房心尾箕 斗牛女虛危室壁 奎婁胃昴畢觜參 井鬼柳星張翼軫(각항저방심미기 두우여허위실벽 규루위묘필자삼 정귀유성장익진)"

의 이십팔수(二十八宿)[2]를 바르게도 외우고 거꾸로도 외우며 들여다보는 판에, 차 떠나는 시간이 되어서 호각 소리가 나더니, 기관(汽關)[3]에서 구름 같은 김을 토하며 별안간에 "뛰이-"하고 어찌 몹시 소리를 질렀던지, 이 학자님이 깜짝 놀라서 나가자빠지며 정신을 차리지 못하였습니다.

두 사람이 달려들어 일으키며,

"이것 웬일이오? 참 당신이 도깨비한테 홀렸소구려."

하고 데리고 갔습니다.

---

2) 하늘의 적도를 따라 그 남북에 있는 별들을 28개의 구역으로 구분하여 부른 이름. 각 구역에는 여러 개의 별자리들이 있는데, 그 중 대표적인 것을 그 구역에 있는 수(宿)라고 정하였다. 28수는 편의상 7개씩 묶어서 4개의 사(舍)로 구별하여 각각 동서남북을 상징하도록 하였다. 동방7사: 각항저방심미기, 북방7사: 두우여허위실벽, 서방7사: 규루위묘필자삼, 남방7사: 정귀유성장익진.(한국정신문화연구원, 『한국민족문화대백과사전』 18, 한국정신문화연구원, 1991, 69~70쪽 참조).

3) 汽管이나 汽罐으로 표기해야 함. 汽管은 '증기를 보내는 관'이고, 汽罐은 '증기 기관'을 뜻함.

66. 두꺼비의 보은(報恩)*

옛적에 한 사람이 홀아비로 어린 딸 하나와 의탁(依托)[1]을 하고 지내는데, 가세(家勢)가 적빈(赤貧)하므로[2] 근근(僅僅)이 살아갔습니다. 그러나 그 딸 아이가 효심이 극진하여 그 부친 봉양(奉養)하기를 지성(至誠)으로 하므로, 비록 간난(艱難)하나 남부끄러울 것 없이 부녀(父女)가 서로 재미있게 지냈습니다.

하루는[3] 딸 아이가 부엌에서 밥을 퍼는 데, 큰 두꺼비 한 마리가 뛰어들어와서 부뚜막에 올라앉더니, 쳐다보고 아래턱을 벌떡거리는 것이 마치 밥을 좀 달라는 모양 같으므로, 이 아이 마음에,

'저것이 배가 고파서 불고체면(不顧體面)하고 달려드나 보다.'
하고 불쌍한 생각이 나서 밥 한 덩이를 던져 주었습니다.

밥을 보더니, 그만 넓적 받아먹고 한편 구석으로 가서 있으므로 무심히 두었더니, 기후(其後)부터는[4] 조석밥을 펄 때면, 의례(依例)히 나와서 바라고 앉았으므로, 번번히 한 덩이씩 먹여서 주었습니다.

이와 같이 두꺼비는 부엌을 떠나지 않고 수 년 동안 얻어먹더니, 점점 자라서 어찌 크게 되었는지 솥뚜껑[5]만 하게 되었습니다.

어느 해는 그 아이 부친이 홀연히 병을 얻으니, 오랫동안 신음하므로 딸 아이는 주야(晝夜)로 정성을 다하여, 병 구원과 약(藥)시시[6]를 한결같이 하되, 도무지 차도(差度)가 없으므로 크게 근심하다가, 마침 명의(名

---

* 원문 674쪽. <蟾(둑겁이)의報恩(보은)>.

1) 의탁(依託). 남에게 의뢰하다.

2) 몹시 가난하므로.

3) 원문에는 '一日(일일)은'으로 표기.

4) 그 뒤부터는.

5) 원문에는 '솟뚝게'로 표기.

6) 앓는 사람을 위하여 약을 쓰는 일.

醫)가 있다는 말을 듣고, 찾아가서 보고 왕진(往診)하여 주기를 간청하였습니다. 의사가 와서 진찰한 후에 말하기를,

“이 병이 신체가 허약하므로 생긴 병인즉, 다른 약은 아무리 쓰더라도 소용이 없고, 단지 인삼과 녹용을 많이 써야만 회생(回生)되리다.”

하고 일러주었습니다.

이 아이는 아무리 생각하되, 구간(苟艱)한 처지에 중가(重價)의[7] 삼용(蔘茸)을[8] 얻을 도리가 없으므로, 눈물만 흘리고 날을 보냈습니다.

그런데 그 동리에 곡식을 모아 쌓아두는 창고가 있는데, 언제부터 그리하였는지 해마다 그 동중(洞中)에서[9] 제(祭)를 지내는데, 여아(女兒) 일명(一名)을 갖다가 제물(祭物)과 같이 설비(設備)하여 놓고, 제를 지낸 후에 문을 닫아둔즉, 제물과 여아가 없어지고 그 해는 무사하게 지낼 수가 있으나, 만일 이 제를 아니 지내면 그 동리 인명이 많이 상할뿐더러 괴상한 변이 자꾸 나므로, 불가불(不可不) 제를 지내야만 하게 되었습니다.

그 때에 이 제(祭)가 임박하여 여아를 사러 다니는 것을, 마침 이 딸아이가 보고 자기 부친 병환을 회생케 할 생각이 나서, 자기 몸을 팔아 가지고 인삼과 녹용을 사서 드리려고 팔리기를 자원(自願)하였습니다.

말과 같이 자기를 중가(重價)에 사므로, 그 돈을 받아 가지고 좋은 삼용(蔘茸)을 사서 부친을 먹였더니, 과연 차도가 있어서 불과 며칠 동안에 회생되었습니다.

이 아이는 대단히 기뻐하나, 한편으로는 그 제일(祭日)이 가까워옴을 근심하고 있었습니다. 무정한 세월은 빠르기도 하여, 어느덧 제일을 당하였습니다. 이 아이는 약조대로 목욕을 정(精)하게 하고 의복을 갈아 입고, 부친의 먹을 것을 많이 만들어 놓고, 나머지 금전(金錢)은 찾기 쉬운

7) 비싼 값의.

8) 인삼과 녹용을.

9) 한 동네 전부에서.

곳에 두고 부친한테 들어가서,

"어디 좀 다녀오겠습니다."

하고 여쭈었습니다.

부친이,

"어디를 간단 말이냐?"

하고 물으므로, 슬픈 것을 억지(抑止)하고,

"건넛집 아주머니가 어디 좀 같이 가자 하기로 갔다 오려 합니다. 혹 지체(遲滯)가 될지라도 잡수실 것이 윗방에 있으니, 갖다 잡수십시오."

하고 돌아섰습니다.

눈물이 흘러서 앞이 어두운 것을 억지로 나와 부엌으로 들어가서, 그 두꺼비를 붙들고 어루만지며,

"인제는 너도 마지막 본다. 누구한테 밥을 얻어먹는단 말이냐?"

하고 눈물이 비오듯 하는 판에, 제(祭) 지내는 임원(任員)이 와서 가기를 독촉하므로 떨치고 나섰더니, 그 두꺼비가 뒤를 따라서 나왔습니다.

이 아이 생각에,

"아마 밥 주던 내가 없게 되므로, 밥 얻어먹을 곳을 찾아 나가나 보다."

하고 무심히 있었더니, 줄곧 따라와서 어느 틈에 제소(祭所)까지 이르게 되었습니다.

과연 창고 안에다가 제상(祭床)을 놓더니, 제물과 같이 이 아이를 상위에 올려놓고, 문을 꼭 닫고 나갔습니다. 이 아이가,

"인제는 죽나보다."

하고 자세히 동정을 살피고 있은즉, 어느덧 두꺼비가 창고 안까지 들어와서 구석에 쭈그리고 앉았는데, 두 눈을 금방울같이 만들고 천장만 쳐다보고 있었습니다. 조금 있더니, 천장으로부터 무슨 푸른 기운이 내려옴을 쫓아, 두꺼비는 누런 기운을 내뻗치며, 얼마 동안을 서로 푸른 기운 누른 기운이 다투는데, 그 안이 안개 낀 것과 같이 자욱하여 지며, 독한

냄새가 굉장하게 나더니, 무엇인지 천장에서 '털석' 하고 떨어지는 소리가 났습니다. 자세히 본즉, 큰 들보같은 지네 한 마리가 죽어 떨어졌습니다. 이 아이는 지네 떨어지는 바람에 놀랄뿐더러 독기에 취하여 잠시 인사(人事) 정신(精神)을 모르게 되었습니다.

제(祭) 지내는 임원들이 밖에 지켜 섰다가, 몇 시간이 지나매 전례(前例)에 의하여 창고 문을 열고본즉, 전에는 제물과 여아가 모두 간 곳이 없더니, 금번에는 전부 다 있고 여아는 죽은 모양 같았습니다. 괴이하여 만져본즉, 전신(全身)에 온기(溫氣)가 있으므로 죽지 아니한 줄을 알고, 일변(一邊) 구급하여 회생케 했습니다. 창고 바닥을 본즉, 영독(獰毒)한[10] 지네 한 마리가 죽어 자빠졌으며, 구석에는 두꺼비 한 마리가 정신없이 엎드려 있으므로, 여러 사람들이 모여들며,

"웬 까닭인가? 별일이 다 많다."

하며 공론(公論)이 분분(紛紛)하였습니다.

이 아이가 정신을 차린 후에 세세(細細)히 이야기하므로, 비로소 지네의 작변(作變)인 것을 알고, 두꺼비의 공(功)을 알게 되었습니다. 이후부터는 창고에 제(祭)를 아니 지내도 동리가 무사하게 되었으며, 이 여아도 집으로 돌아가서 부친을 다시 봉양하게 되었습니다.

이 두꺼비의 보은(報恩)이 참 얼마나 장합니까? 이 아이가 살게 됨도, 부녀(父女)가 서로 다시 만나게 됨도, 동리(洞里)가 편안하게 됨도 모두 이 두꺼비의 힘이 아닙니까?[11]

談話材料 朝鮮童話大集 終

10) 모질고 독살스러운.

11) 이 이야기는 『한국구비문학대계』에 <두꺼비와 지네>, <두꺼비와 처녀>, <두꺼비의 보은>, <은혜 갚은 두꺼비> 등의 제목으로 약 50편의 각편이 실려있다.

찾아보기

ㅅ

朝鮮童話大集 原文

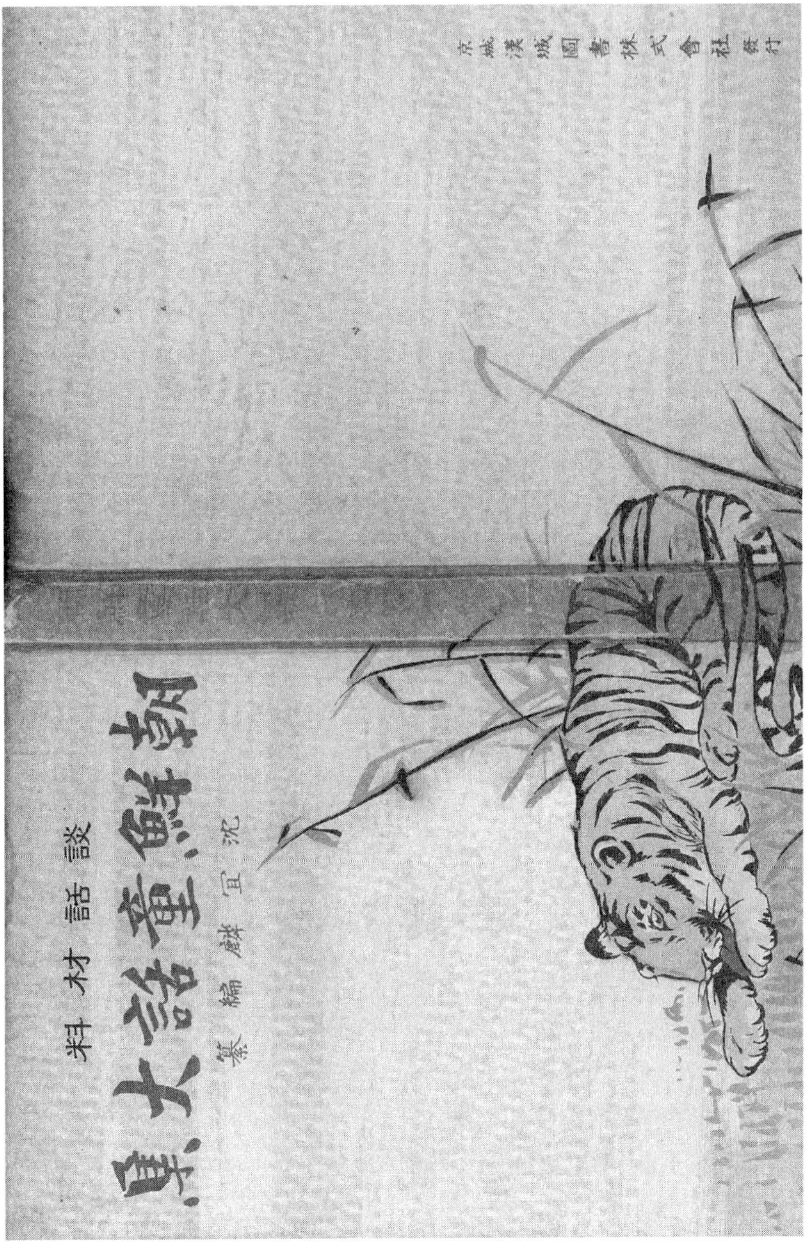
朝鮮童話大集
沈宜麟 編纂
京城 漢城圖書株式會社 發行

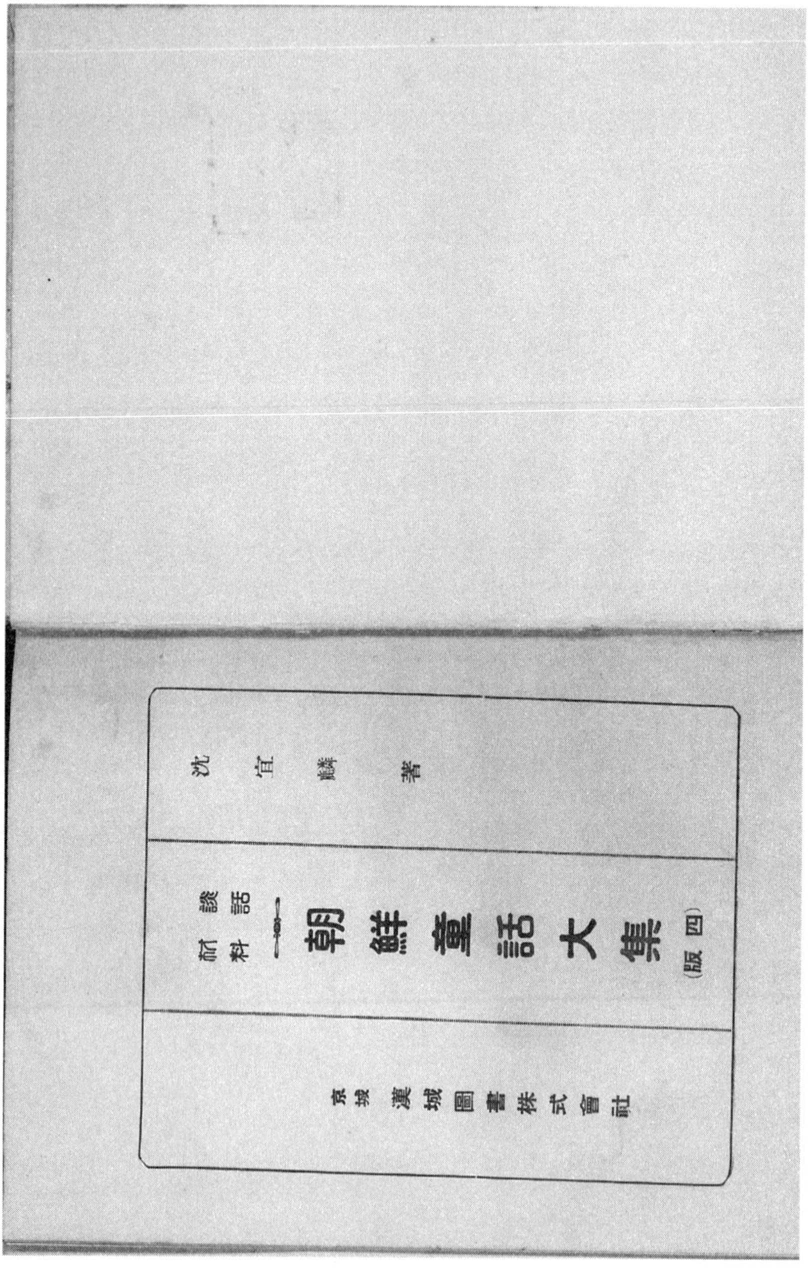
沈宜麟 著

談話材料 朝鮮童話大集 (四版)

京城 漢城圖書株式會社

序

우리가 平生에 腦속에남어잇고, 때때로 生覺이나는것은 少年時代에 行하야오든일인대, 滋味가잇든일이라든지, 무섭든일이라든지, 或은 웃읍든일 忿하든일 슯흐든일 하고십든 일갓흔것은, 도모지 닛지를안습니다。

그中에도 이어렷슬때에, 어른에게나 同伴들에게 滋味잇게 듯고, 올케되엿든 訓話나 童話 갓흔것은 至今까지라도, 그대로 귓속에남어잇고, 마음에먹음어잇습니다。

이와갓치 마음이 正直하고, 精神이 聰明한때에는, 그生活에 適合한思想과 感情을 修養하야, 常識을 豐富케하며, 文章을 鑑賞하야, 文藝의趣味를 엇게함이 무엇보다, 必要합니다。

그러면 少年時代에, 訓話童話가 如何한힘이 잇스며, 如何한影響을 밋침은 뭇지아니하야도 알것입니다。

拙者가 少年時代에、어린동무와 읽어본바中에서、本來부터 우리朝鮮에 流行되든童話로、適當할失한 材料몃가지를 取擇하야모와서 少年諸君에게 參考에供코저、此書를編纂하엿슴니다。

大正十五年八月三十一日

松雲 沈宜麟

目 次

【終】

談話材料

朝鮮童話大集

一、恩惠몰으는虎狼이

넷적에 咸鏡北道白頭山이라하는곳에 石窟하나가 잇는데、그속에 큰虎狼이한마리가 잇섯습니다。이山中에 홀로숨어서、날즘생이나 길즘생을 마음대로 잡어먹고、歲月을보내다가 一日은 忽然히自歎하는말이『내가 이山에서 生長한後로、도무지世上求景을못하고 이와갓치 나히를먹어서 老衰할地境에 닐을엇스니、나야말로 井底蛙에 지나지못하는고나。인제부터는 이곳을떠나서、四方을돌아단기며 山水나求景하겟다』하고 遊覽次로 길을떠낫습니다。

이山저山을 閱覽하되、낫이면 捕手에게잡힐가 念慮하야 몸을감추고、밤이면 내世上으로 알고 마음대로돌아단기다가、江原道로들어가 金剛山을 求景합니다。이봉오리저봉리 이골작이저골작이를 一々히巡回한後에 斷髮嶺을 넘어서 淮陽땅으로 向하얏습니다 여러날

行役에 몸이疲勞할뿐더러 또한먹는것도 不實하야、매우窮盡하든판에、어대서 멀니강아지 우는소리가 날을듯고 卽時그곳으로 向하야갓습니다。 깁흔山속을 次次차저들어간즉 무엇인지 板木으로 맛치 두주갓치 싸아노핫는대、압便에는 門이잇서 열녀잇고、 그속을 삶혀본즉 中강아지 한마리가 목에 노끈을매고 나오지를못하야、소래만질으고 잇슴을 보앗습니다。 여러날斷膓하다가 강아지를본즉、自然히 목구멍에서 자위질을처서 견딜수가 업슴으로 곳들어가서 집어삼키려하얏습니다。

그러나 暫時멈추고 生覺하되『개라하는것은 人家에사는 즘생인대、엇지하야 이러한深山谷裡에 들어와서、저와갓치 갓처잇나? 必然코 엇던사람이 나를巧妙히 속이랴고한것이다。』하고 도로물너스며『아모리 배가곱하도 危方不立이라하얏스니、斷念코 危殆한곳에는 들어갈수업다。』하고 돌아서가랴하얏습니다。

다시生覺을하드니『내가 山中英雄으로 그만것이 두려워서、堂堂히 먹을것을 버리고가는것은、어리석고 또한나의誤解이다。設或무슨싸닭이 잇다하드라도、나의勇猛과 腕力을가지고、한바탕 부서내면、무엇이 두려우며 疑心이잇스리오。하마나의行次함을알고 엇던善心잇는 사람이 待接하랴고 藏置하야논것이다。』하며、입맛이 밧삭당겨서 개를向하야 벗석들어스며、물어낼녀고하얏습니다。

이것이웬일인지 갑작이 널門이썰걱닷쳐지며、一身이 쐭세여져서 조곰도運動할道理가 업게되엿습니다。『아이고 내가속앗구나。』하고 썀짝놀나恨歎하며『인제는 두수업시 죽엇구나。天地神明이 돌아보사 나를살녀줍소서。』하고 두손을들어서 붙으지즈며、눈물만 뚝뚝흘니고 잇섯습니다。

그낫이지나고 그밤이지나도록 地陷속에 갓처서、最後의運命만 기다리고 氣盡하야 渾夢中에잇는대、맛참어대서 사람의자최가 들녓습니다。이虎狼이는 다시生覺하되『이것이必然코 나를잡으려오는 사람인가보다。그러나 내가號令이나 하야보겟다。』하고 朱紅갓흔 닙을 썩벌이고 어흥소리를 몹시질너서、天地가울니게 呼痛을하얏습니다。아모리 勇猛을 낸들 所用이잇슴닛가、헛포장에 지나지안습니다。

그사람은 달온사람이안이라、楡岾寺에잇는老僧하나가 金城地方에 볼일이잇서서、길을써나 斷髮嶺을 넘어서、六環杖을 걸러집고、속베장삼 썰처입고、細대삿갓 숙여쓰고、 山빗탈

올 이리저리 지벅저벅 나려오든길입니다。
瞥眼間獰惡한소리에 山川이 뒤놉는듯하거늘、썀싹놀나 毛骨이송연하나、마음을단단히 가지고 갓가이가서보니、큰猛虎가 地陷속에 들엇는대、썀싹하지못하고 소리만질으거늘、六環杖을 依持하고 有心히보앗습니다。
虎狼이가 惹端을치다 仔細히본즉 중임으로、눈물을흘니며 고개를들어 恭遜히 비는말이 『여보십시오 大師님、大慈大悲하신 거룩하신 善心으로 이러케죽게된것을 살녀주시면、恩惠가 泰山갓삽고 이몸이죽기前에는 刻骨難忘이올시다。 제발德分 살녀주시옵소서。』하고 哀乞하얏습니다。
大師가 한참生覺한즉 『그대로 두고가면、畢竟덧노흔사람이 銃한번만노흐면 죽고말것이요、맛참내가먼저 보앗슨즉 아모리사나운 즘생이라도 내버려죽게하면 亦是生物이라 그안이慘酷한가、佛道는好生之德이 第一이라 내가저놈을 살녀보겟다。』하고 虎狼을對하야 『여보아라 내가 너를 살녀주고십흐나、萬若 네가살녀준恩惠는 生覺치못하고 도로혀 나에게害를세치면 그안이寃痛하냐。』하고 물엇습니다。

虎狼이가 머리를흔들며 『그럴리가 잇습닛가。 아모리盜跖인들 저의恩人을 몰으겟습닛가 大師님의恩德을 니즐리萬無하오니、어서밧비 살녀주십시오。』하고 哀乞哀乞하얏습니다。
大師는 惻隱한마음으로、두말안코 地陷門을 열어주엇습니다。 虎狼이가 地陷을나오드니 이리뛰고 저리뛰며 『大師님이 안이드면 할수업시 죽을것을、이처럼살녀주시니 再生之恩을 무엇으로報答할지 알수업습니다。』하고 두발을 꿋추어들고 無限히致謝하며 各各作別하고 물너갓습니다。 물너간지 十餘步가 지나지못하야、虎狼이의마음이 猝地에變하야 돌처스며、다시大師를불으며 쪼차와서 하는말이 『악가는 살녀주신功德으로 謝禮를하얏거니와、至今은 또한가지功德을하십시오。』하얏습니다、중의말이 『무슨功德을 또하란말이냐』하고 물은즉 虎狼이말이 『當身이 佛法을하시는터에 웨 몰으십닛가。 배곱흔데 먹을것주는것이 饑腸功德이안입닛가。 인제는澌腸하야 寸步를할수가업스니、不可不當身을 먹어야만 내가살겟습니다。』하고 저의못된本色을 나타냇습니다。
大師는 이소리를듯고、氣가막혀 하는말이 『이몹슬놈아、아모리暴惡한즘생인들 너죽을것을 살녀주엇드니、도로혀 나를害코저하니 그러한廉耻업는法이 어듸잇니』하고 삭지랍을

하얏드니, 이惡毒한 虎狼이는 닙을벌녀 달녀들며『이놈아 무슨잔말이냐, 내가地陷속에 싸진것도 너와갓흔 人間이잇는싸닭이다。生覺한즉 人間이라면 하나라도容恕할수업다。』하고 호통을하얏습니다。大師는 이不意之變을 엇지할줄 몰으다가, 그엽헤 큰칙넝쿨 하나가 잇는대,數百年을묵어서 宏壯히 크거늘,生覺에『저 칙넝쿨이 저다지 굵고크니,物久則神이라 저것더러 呼訴나하야 이氣막힌事情을 伸寃하리라』하고『여보葛同知』하고 불넛습니다。葛同知가『엇지하야 불오시오』하고 對答함으로 大師는 前後事勢를 細細히 說明을하얏드니,葛同知가 虎狼이를 불너서『저중의말과 果然갓혼가』하고 물엇습니다。

虎狼이가 對答하되『그러하니 엇지하라는 말인가。』한즉 葛同知가 虎狼이더러 付託하야 말하기를『저중놈의무리가 우리宗族을 도모지 못살게하는대,年年히 우리宗族을 산어다가,썹질을벗겨서 총올치를 만들어 그놈들의 송낙하야쓰기,쎠아서 기직만들어 팔아먹기 그外에 여러가지로 못살게하야,우리宗族이 부지할수업슨즉,그싸위놈은 얼는잡어먹는것이 내에게도조흐니 마음대로하기를 同意하오。』하얏습니다。

갓뜩이나 먹을마음이 잔뜩잇는놈에게 이처럼贊成하니,虎狼이는 漸漸 더意氣가揚揚하야 저고 大師는 아모리生覺하야도,두수업시 쐭죽엇슴으로 입맛만다시고 잇든차에, 어듸서 난데업는 톡기한마리가 쌍충쌍충 뛰여지나가는것을 보앗습니다。

大師가 虎狼이더러 말하되『葛同知는 誤決인즉,저兎先生에게 물어보아서 亦是그러하거든 네生覺대로 하야라。如何間에 불너서 물어나보자。』한즉,虎狼이對答이『물어보아라마는 별수업슬나』하얏습니다。

大師가『여보 兎先生 나의말좀듯고 判決하야주시오。』하고 불넛습니다。톡기는 이말을 듯드니,가든길을멈추고 두귀를쌀죽들고 입을쫑깃쫑깃하며『무슨말삼이오 갈길이밧부니 速히말삼하시오』하고 압흐로왓습니다。

大師가 虎狼이의 前後事實과 當場먹을녀하는 事情을 陳述한대, 兎先生이 한참默言으로 生覺하드니『每事를 말만듯고는 分明치못하니,모다그곳으로 가서 始初부터 하든貌樣과 形便을 그와쏙갓치 하야본然後에야 正當한判決을 하겟슨즉,그地陷잇는곳으로 갑시다。』하얏습니다。

모다 그것참 조흔말이라하고,地陷잇는곳으로 살아갓습니다。톡기가『맨처음에 엇더케되엿섯는지 약 그形像대로 하야보시오』한즉 虎狼이가『별것이안이다 이러케되엿섯다。』하고 地陷속으로 들어갓습니다。 톡기는 또大師더러『門이엇더케 닷쳣섯소。』하고 물은즉 大師는 地陷門을 덜컥닷치며『이러케 되엿섯소。』하얏습니다。

兎先生은 大師더러『이것을 그대로두엇드면 아모是非가 업슬것을 緊치안이한일을 한까닭에 이러한일이생겻스니、아모關係마시고 어서밧비 安寧히가십시오。』하고 虎狼이더러는『너는 이속에서 잘잇거라。』하고 깡충깡충 뛰여서 萬疊山中으로 들어갓습니다。

二、멸치의 꿈

東海바다에 멸치라하는고기가 잇섯는대、나종에잘될가하고 三千年동안 精誠을다하야 道를닥것습니다。무슨조흔일이나 잇슬가하고、每日苦待하고잇섯습니다。

果然一日은 꿈을꾸엇는대、大端히 廣大한꿈이엇습니다。 엇지크고도 넓제꾸든엇지、鴨綠江건너 遼東平野만치、忠淸道江景벌만치、아조넓고크게 꾸엇습니다。 멸치生覺한즉 非凡치안이함으로、여러가지로生覺하야보다가、西海의망동이가 解夢잘한다는말을 들은지라 即時部下에잇는 가잠이를불너서、片紙한장을써서주며 하는말이『西海에 밧비가서 이片紙를 망동公에게들이고、或緣故가잇서서 못오신다할지라도、네가말슴을 手段잇게 잘녀주어서、期於히 모시고와야 狼狽가되지안을터이다。 아모조록 쌜니단겨오너라。』하고 分付하얏습니다。

가자미가聽令하고나와서 밧비밧비 길을차려떠나는대、上下衣를 회매하게團束하고、평양자를 젓처쓰고、집신을감발하고、집팡막대 질질쓸고、날빗字걸음으로 쌍문이에 찬路資서너푼을 연애만지며 회파람을 장단맛추어불면서、片紙를 商店의看板달듯 평양자에붓치고、晝夜로 쉬도안코 西海에到達하야 망동公의住所를 차저갓습니다。

가서본즉、處所가甚히宏壯한지라 仔細히 살혀본즉、한殿閣이 半空에솟앗는대、琥珀柱礎와 珊瑚기동에 琉璃平床을노코、三重席을 도두쌀고、鶴氅衣를입고 白羽扇을 손에들고、緋緞安席에 반쯤기대여안젓습니다。 가잠이가 하도으리으리하야 몸을굽혀 설설기여들어가서 코가깨여지도록 問安을녀주은즉 망동이가 소리를크게하야『너 어듸서온下人인고』하고 물엇습니다。

가.장.이.가 惶恐하야 『나의 小人은 東海에잇삽는 가장이올시다. 멸치公의 分付를 드듸여서 片紙를가지고 待令하얏슴니다.』하고 對答을하얏드니,

망.둥.이.가 『그러면 片紙를올녀라』하야 바더서 써여보고 『이처럼 懇切하게 片紙를하얏스니 엇지안이갈수잇나. 에가.장.이야, 그러면 내暫間가서뵈올터이니, 네가길을案內하야라』하고 即時길을써나왓슴니다. 自働車를잇고동들이 東海에到達한즉, 멸치는 일변準備를하야노앗다가, 大喜하고 門밧게서 마저들여 上座에안쳣슴니다.

모든人事를 다한後에 멸.치.말이 『猥濫하와 書字로 請하얏삽드니, 이처럼 往臨하야주시니 惶感無地로소이다. 그러하나 제가日前에 一夢을어덧삽는데, 大端히 됴코긋긴네 그 緣故를 高名하신公에게 解夢코저하와 請한바이오니, 수고로음을 앗기지말으시고 解夢을하야주시기를 바람니다.』하고 恭遜하게 말하얏드니,

망.둥.이.가 『내가아는것은 업사오나, 이처럼懇請을하시는터에 엇지辭讓을하오릿가. 아는대로 精誠것하야보겟슴니다.』하고 對答을하매,

말이 맛치지못하야 杯盤床이 들어왓슴니다. 水陸珍饌으로 飮食이豊備한데, 大양푼에갈비

찜이오, 小양푼에 煎肉점이오, 青琉璃瓶에는 紅燒酒오, 紅琉璃瓶에는 青燒酒오, 平壤의 甘紅露오, 全州의 竹瀝膏오, 靑陽의 方文酒오, 沔川의 杜鵑酒오, 韓山의 素麯酒오, 日本의 正宗이요, 西洋의 샘펜, 그外에도 일홈몰으는 飮食이 만할수업시 만히노혓슴니다. 가진風樂이며 勸酒歌에 杯盤이 狼藉하고, 醉興이 陶陶하게 잘먹고 다치운後에, 망.둥.이.가 썩나안즈며 하는말이 『여보主人丈 엇지하든지 생이약이를 仔細히하야주시오. 解夢이나하야봅시다.』하고 물엇슴니다.

멸.치.가 생이약이를하는데 『天上에올나도보고, 地下에떨어저서도보고, 남의길을걸어도보고, 白雪이紛紛도하고, 치우락더우락도 하얏슴니다.』하고 일너주엇슴니다.

망.둥.이.가 듯드니, 무릅을탁치면서 하는말이 『참大夢이오. 主人丈이 將次魚變成龍하야 龍門에올나 無限造化를 부리시겟소.』하얏슴니다.

멸.치.가 그말을듯고, 大喜하야 침을게흘니며 하는말이 『그러케되기를 엇지바랄수잇슴닛가. 大體說明이나 仔細히하야주십시오.』하고 선물엇슴니다.

망.둥.이.가 說明하되 『天上에올나보앗스니 龍이되여서 龍門에올올徵條오, 地下에떨어저보

맛스니 龍이비를주려하야 분을자올니ㄴ라고 비러온것이니 地下에써러진貌樣이오, 남의
잡을잡어본것은 龍이구름타고단기지 自己발로 것겟습닛가。 산치우락며우락한것은 龍이
四時造化를 마음대로하는것인즉, 겨울은치웁고 녀름은더운것이오, 白雪이紛紛한것은 겨
울에 비를주면 칩기운에 白雪로變한것인즉, 조금도틀님엄시 龍되기는 分明할줄압니다。
미리致賀합니다。』하고 추어주엇습니다。

별치가 今時에龍이된듯이 흔자조화서 傍若無人으로, 가잠이가生覺하매 일것 며나면깃
에가서, 방퉁이를 다려왓것마는, 午고하얏다 말한마듸엄고, 그豊備한飮食에 술한잔먹으란
말이엄시 저의끼리만먹고 서잠을세기는, 전후怠이나고 괘씸하게녁여서 한번구석에서 보
는데, 龍이되느니 구렁이가되느니하고 녀더거리는꼴이 비위가틀녀서, 소리를버럭질너서
하는말이 『이생쌘놈들아, 解夢도 웃읍고것지안케도한다。 언젱이잇에 簡籬구멍을넘대듯
들너대기는 젼도한다。 龍이무슨귀금한龍이냐, 구렁이도안이된다。 나며러解夢하라면 그
서위로한 놀낫일엄다。』하고 세를엿습니다。

별치가 그말을듯고 怒氣가衝天하야 『여보아라 가잠아。 너이놈 엇더케하는말이냐。 네
가 무엇을안다고 그서위주저넘은 酬酌을하느냐。 네가이놈 解夢을한다고 壯談을하니, 그
러면하야보아라。 萬一못하면 네손씨에 네목이秋風落葉갓치 될줄알어라。』하고 號令을하
얏습니다。

가잠이가 對答하되 『네그리하겟소。 네仔細히 말할터인즉, 注意하야 들어보시오。 한못산
무메의 村색이하나가 서울求景차로 세나을째에 쌍구며진갓에 빼빼쇠인갓모을덥하 벙적
뒤로 제처쓰고, 불네줄로 망중하고, 박쪼가리로 貫子하야 색멸어지게 졸나매고, 다멸어진
베周衣가 무릅에을나오는것을 썰처입고, 석세집신 감발하고, 장광막대 집더집고, 京城에
到達하야, 興仁之門(東大門)을 쑥들어스느니, 大路上左右商店을 求景하며, 벙멍벙멍 鍾路
네거리에서 어릿어릿하다가, 鍾閣鐵덜도 하나 를 하고세여도보고 어릿거리닛가, 各廛市
井들이 말색을 이러읍고 저러읍면서(여보이兩班 무엇을사시라오。 조혼옷감여기잇소。
남바위風遮도 여기잇소。 各色물감도 여기잇소。 조혼西洋針도 여기잇소。)하고 四面에서
잡아다린즉, 할수엄시 쓸녀들어가서, 이것저것 뒤적뒤적하야보니, 모도가지고는싶흐나
사자하니 돈이不足하야, 그中에 第一쓰셤박는 며잇쌈을 사가지고, 그저리로 정한것이나

산것갓치、두주먹을 부릅쥐고 헐너벌떡 나려왓소구려。 그바늘로 낙시를만들어 조흔밋기를 세여서 綠水蒼波에 던젓드니、올나가는숭어、나려가는잉어、떼만흔송살이、數만흔곤장이、눈큰준치、입큰대구、各色水族들이 만히잇지마는、眉連한녀갓흔것이 덥석물엇구나。 낙싯대를 홱채치닛가 天上에올나뵌貌樣이오、뚝떨어젓슨즉 地下에떨어질시 分明하고、남의걸음걸어본것은 漁夫가網라기이에 너어서가지고간즉 自然남의걸음이오、白雪이紛紛한것은 소곰을 훌훌뿌리는것이오、치우락더우락한것은 火爐불에 석쇠를노코 부채질을 활활하면 치우락더우락할시 分明하야 토막토막 술案酒나되여서、나종에는肥料軍수고나 식힐것이니、龍이무슨龍이란말이냐。 그따위못난酬酌들은 하지도마라。」하고 비우젓습니다。

멸치가 일것龍이될줄로 生覺하고 조화하든판에、가잠이가 이처럼 우박을주어서 여지업시 말하닛가、멸치가 두눈이벌컥뒤집히며、주먹을불근쥐여 가잠이의뺨귀를 엇지몹시 후려칫든지、가잠이두눈이 한편으로 몰녀박혓습니다。 이서슬에 쌀뚝이는 危殆하야 미리눈을섬아 꽁문이에 찻습니다。 또이惹端통에 떽이는 대가리를 엇지몹시 발핏든지 넓적하야저서 긔가막혀 仰天大笑하다가 입이귀뒤까지 찌저젓습니다。 벙어란고기는 떽이의입이 찌저진것을보고 입을잔뜩 부둥키고 호호웃엇드니、입이고만 섀족하야젓습니다。 大體이 멸치동틔에 물고기들이 무뎍이病身들이 되엿다합니다。

三、靑褓子

녯적에 홀로사는婦人하나가 잇는대、집안이매우艱苟하야 굶기를밥먹듯하며、困難과愁心으로 歲月을 보냅니다。 그러나 다만어린아들하나가잇슴으로、希望인즉 그아들이 長成하야 家庭을興旺케하며、後日에 孝養이나 바들가하고 바느질품을 팔아가며 지내갑니다。

하로는 쌀도떨어지고 돈도업서서 엇지할道理가업시、終日토록 밥을못닐이고잇는대、철몰으는兒孩는 밥내라고울며 보채기만합니다。 그母親은 自己의 배곱흔것은 姑捨하고、그아들의 形狀이可憐하야、속이쓸여서 悲悵함을 늬이지못하고잇는中에、이웃집의 엇던婦人하나가 들어와서 『이宅의불을 좀어드러왓다』고하얏습니다。

對答하되 『저녁밥을 일죽이하야 먹엇드니、불이다써젓습니다。』하얏드니、『그리면 저兒孩

는 밥을먹고도 왜 밥을달나고 옴닛가, 나를속이십니다 그려。 보아하니 柴糧이 업서서, 저녁을 못하심으로 저兒孩가 저리하는것입니다。 에그불상하고 가엽서라。 婦人께서 다만 저兒孩를 다리시고, 저처럼苦生살이를하시니, 보는사람도 大端히 悶惘합니다。 나에게 寶物하나가 잇스니 빌녀들일터이니, 이와갓흔困難을 좀免하십시오』 하고 풀은褓子를 내여주며 『이褓子를 머리에쓰면, 도모지 사람들이 보지를 못합니다。 어대가서 무슨物件이든지 마음대로가저와도 關係가업스니, 爲先 試驗次로 假家에 나아가 柴糧과飯饌을 갓다가 저녁밥을 지여잡수십시오。』하얏습니다。

그말대로 褓子를쓰고, 나아가서 싸전에가서 쌀을가지고, 나무假家에가서 나무를가지고 飯饌假家에가서 飯饌갑을 마음대로 가지고와도, 모다假家主人들이 못본톄하며 아모말이 업슴으로, 속마음에 『인제는살앗다。』하고 깃븜을니기지못하야 집으로 돌아왓습니다。

靑褓子를 빌녀준婦人이 웃으며 『내말이 거즛말아니지오。 그러나 그褓子를 아모조록 注意하야쓰되, 불을 特히操心하야 쓰십시오。 以後에 宅形便이 페이면 차즈러오겟습니다。』 하고 갓습니다。

이婦人은 그고마옴을 百拜謝禮하고 보낸後에, 生覺하되 『千萬뜻밧긔 일도만타。 나의苦生함을 鬼神이 불상히넉여서, 아마 독갑이褓子를 준것이다。』하고 조화하얏습니다。

그後부터 날마다 그褓子를쓰고 나아가서 마음대로 가저오매, 家勢가 漸々넉넉하야지고 걱정이업게되엿습니다。

그런대 하로는 그褓子를쓰고 人海中에 들어갓다가, 不知中에 담뱃불에 褓子를 태워서 담뱃대통만치 구멍이뚤어젓습니다。 깜짝놀나 집으로돌아와서『이구멍을 기워야쓰겟다。』하고 다홍헌겁으로 기웟습니다。

그後에도 亦是이褓子를 쓰고, 나아가서 物件을 가저오는대, 假家主人이본즉 다홍헌겁 동구란조각하나가 날너들어오면, 零落업시 物件이 업서지는것을보고, 하도怪常하야서 注意하야 직히다가, 또다홍헌겁이 날너오는것을보고, 마조나가며 담뱃대로 그다홍조각을 긁어단기며 『요놈의게 무엇이기에 날너만오면 무엇이업서지노。』 하얏드니, 褓子가 벗어지며 사람이 完然히보엿습니다。

假家主人은 더욱性이나서, 달녀들어 뺨붓들고 辱하야주지즈며 『네가 엇더한盜賊년이기로 이런한 怪術로 남의物件을 마음대로 가저가느냐。임때까지 난損害를 當場에 내여노치안으면、곳警務廳에 보내것다。」하얏슴니다。

이鄕人이 落膽이되여서、哀乞하는말이『여보시오 暫間만 참으시고、나의말삼을 들으시오 그런것이아니랍니다。내가 어린兒孩하나를 다리고사는데、날마다 굶어서 죽을地境에 닐을엇드니、하로는 엇더한女子가와서、이靑袱子를주며 이것을쓰고 나아가면 사람들이 보지못하는 寶物이니、마음대로 飢寒을免하라하기로、내 가난하기는 그리하다가 萬一綻露되면 어느地境에가자고 그런일을하겟느냐하얏드니、그사람의말이 내가 불상하야그리하는것이니、萬一듯지안으면 殃禍를 바드리라하기로、於此於彼 죽을地境인으로 施行은하얏스나 나의마음에도 그른줄은압니다。當身의處分하는대로 生死間에하겟슴니다。그런데 靑袱子주든 독갑이가 말하기를 萬若 누구든지 제物件좀 닐엇다고 害하는者가잇스면、그놈집에는 밤중에불을노와서 沒死케한다합듸다。내가둇고야 바로말삼안켓슴닛가。나는罪로 죽드라도 關係업스니 自量대로하십시오」하얏슴니다。

假家主人이 이말을듯고 怯이 왈칵나서 萬一와저하얏다가 독갑이가 참으로 그리하면 큰일난다하고 조흔말로『혼예선들 오작하야야 그리하엿겟소。已往일은 그만두고、다시나나에게와서 가저가지 말으시오。」하고 노화주엇다합니다。

四、독갑이돈

녯날에 한老人이잇는데、恒常독갑이하고 親하게 相從을하얏슴니다。

어느날은 이야기 저야기하다가、老人이 독갑이더러『여보게 자네는 무엇이第一무서운가?」하고 물엇슴니다。

독갑이對答이『네 나는증생피가 第一무서워요。老人께서는 무엇을그中에 무서워하십닛가?」하고 말하얏슴니다。

老人은『나는世上에 돈갓치무서운것은 업슬줄아네。」하고 아리켜주엇슴니다。

그後老人은 소잡는데가서、선지피한통을 어더다두엇다가、독갑이가 차저오는것을보고、내달아서 쇠피를 뿌렷드니 독갑이는 피투성이를하야가지고 고만놀나서 달아낫슴니다。

독갑이는 大端히 怨이나서、그잇흔날 老人을 놀내랴하야 돈을만히準備하야가지고、그집

오로가서 房門밧게서 老人을 불넛슴니다。

老人은 두가젓는소리가 남으로 窓을열고 내다보앗드니, 독갑이는 가젓든돈을 내다던지며

『나를 속인老人은 한번魂좀나시오。』하얏슴니다。

老人은 이것을보고, 짐짓 무서운것갓치 窓을닷드며 『아이 무서워』하고 숨어잇섯드니, 독갑이는 窓안으로 돈을限업시던지고 가버렷슴니다。

이老人은 갑작이돈이만히생겨서, 고만富者가 되엿다합니다。

독갑이가 잇슬것갓흐면, 나도한번 속여보앗스면, 도모지 볼수가업스니 원일인지 몰으겟슴니다。아마 업는것을 못생긴사람들이 독갑이를 보앗느니, 독갑이한테 홀녓느니 하는것이아닌지 몰으겟슴니다。

五、虎狼이를잡은盜賊

넷적어느해 깁흔겨울에, 눈은차서 견될수업고 힌눈은 왼天地를 뒤덥허서, 날즘생이며 길즘생들이 먹을것이업서 날로困難이莫甚하얏슴니다。

이때에 어리석어먹지못한 범한마리가 澌腸을 못견되여서, 이리저리 돌아단기다가 四面이모다눈인까닭에 어더걸니는것이 하나도업슴으로 『村家에나가서 닭이나개갓흔것을 잡아먹고오겟다。』하고 或산양군이나업나 疑心하야, 燈蓋갓흔 두눈으로 樹林間을 調査하며 이등성이 저등성이를 넘어올새, 한곳을 바라보니, 凋殘한村落이잇는데 果然개와닭의 소리가 들님으로 밤들기를 기다리고 엽드려서 숨어잇섯슴니다。

不知中에 날이저물매 房窓에燈火가 빗추어보이드니, 次次사람의소리도 들니지안케되엿슴니다。山을나려와서 한집을다닥아 울타리틈으로 들어가서 動靜을살펴본즉, 房안에서 文萊질소리가 왕왕나드니, 조금잇다가 갓난애가 잠을깨여서 젓을먹겟다고 울엇슴니다。

兒孩母親이 文萊질하든것을 곳치고, 어린애를 안아서 젓을먹이고 다시재우랴고 귀인즉 그兒孩가 몹시울엇슴니다。쎅쎅 쑤들겨 달내고 재우는말이

『자ㄱ자ㄱ 자는구나, 우리애기 잘도잔다。銀子童아 金子童아、壽命長壽 富貴童아。
銀을주면 너를살가, 金을주면 너를살가。國家에는 忠臣童이、父母에는 孝子童이。
兄弟에게 友愛童이、一家親戚 和睦童이。洞內坊內 有信童아、泰山갓치 굿세거라。

河海갓치 깁고깁허, 有名天下 하야보자。 잘도잘도 잘도잔다, 둥々둥々 잘도잔다。』하고 암만재우랴하야도, 一向울기만하는故로 火症이나서 各色무서운 소래를하야 들닙니다。『애고 저쥐보아라。 고양이보아라。 저긔虎狼이왓다。』하고 別소리를 다하야 들녀도 도모지 울음을긋치지 안이하얏습니다。

이소리를들은 虎狼이는 깜짝놀나며 『내가온줄을 엇지알고 저러케말하노。 그婦人이 참 智鑑이 壯하고나。』하고 生覺하얏습니다。

조곰잇다가 『애고 저긔 쌱쥐가왓다。』하고 말한즉, 그럿케 甚히울든兒孩가 첫마듸에 뚝 근쳣습니다。 虎狼이生覺에 하도異常하야 『世上에 나보다더무서운것은 업슬줄로 알앗드니, 내가왓다하야도 울음을긋치지 아니하든兒孩가 쌱쥐가왓다한즉 저와갓치긋치니 쌱쥐라하는것이 鬼神인지 神仙인지 즘생인지 사람인지는 몰으겟스나, 如何間 自己보다는 힘도만코 무서운物件이다。 내가暫時 몸을避하야 숨는것이올켓다。』하고 그집외양간으로 쑥들어갓습니다。 쌱쥐라함은 即郭再祐의 訛傳인대, 嶺南사람으로 壬辰亂에 義兵大將이 되여서 紅衣를닙엇슴으로 紅衣將軍이라하는 大端히 힘이만흔力士이엇습니다。 그래서 世人들이 이사람을무서워하야, 或小兒가울때에 놀나울음을긋치게하느라고 郭再祐가온다 하야 나려온맘입니다。

그날밤에 맛침 盜賊놈이 들어와서, 무엇이나 훔쳐갈가하고 主人의잠들기를 기다리고, 외양간속에 隱身하야 잇든차에, 瞥眼間에 송아치갓흔것이 쑥들어오는故로, 이놈마음에 『올타 이송아치라도 가저가겟다。』하고 몸을날녀 잔등이우에 올나랏습니다。

虎狼이生覺에 깜짝놀나 가슴이 두근두근하야 『앗가말하든 쌱쥐가 이것이로구나。』하고 엇지할줄을몰나서 躊躇하고잇는대, 盜賊이 한손으로 압덜미를 단단이잡고 한손으로 궁둥이를 한번탁쳣습니다。

虎狼이는 『인제는 내가 쌱쥐에게 죽엇구나』하고 驚怯하야 산똥을확싸며, 그만내여다라 캄캄한밤중에 죽기살기를 헤아리지안코, 논뚜렁밧두덕이모퉁이저모퉁이 山등성이벌판할것업시 냅다뛰기만합니다。 盜賊놈도 어림업시탓다가, 엇지쌜으게 달니는지 精神을 차리지못하는中에도, 썰어지면 닷칠生覺으로 虎狼이목을 잔득제여안고, 어대든지 쏠녀갓습니다。

於焉間에 닭의소리가 멀니들니며 東쪽이번하게되는대, 仔細히본즉 송아치가아니오 虎狼이를 탓는지라。어이업서 『아이고 인제는내가 죽엇구나』하야 뛰여날일녀고하나, 잘못하면 저놈에게 죽을터임으로 進退가兩難입니다。虎狼이亦是 사람인줄을알고 『이런줄알앗드면 그자리에서 잡어먹을것을 空然히 헛애를썻구나。인제야말로 한밥생겻구나。』하며 잡어먹을 生覺을합니다。

盜賊놈은 이눈치를채우고, 한計策을 生覺하야 樹林사이로 지날적에 몸을날녀 늘어진나무가지를 훔켜잡고 몸을솟아 나무위로 긔여올나가서 날여다보앗습니다。

虎狼이는 나무밋헤서 쭈크리고안저서, 燈盞갓흔 兩眼으로 치어다보며, 朱紅갓흔입을 딱벌니고 소리를냅다질으며 나무우를向하야 쏜살갓치 긔여올나옴으로, 盜賊놈도 生覺하되 於此彼 죽기는一般이라하고, 나무가지하나를 꺽거가지고 虎狼이의 두눈을 내리찔으니 不知中에 눈이傷하야, 올나갈수업슴으로 머리를아래로두고 꽁문이를 위로두고 막대를막으며 올나갑니다。

盜賊이본즉 虎狼이의불알이 축늘어젓슴으로, 한計策을 또내여서 주머니끈을 急히꼴녀 올가미를만들어 나무가지에 단단히매여노코, 올나오는 虎狼이의불알을 올가서 냅다잡아단기며 無數히亂打하얏습니다。

虎狼이는 압픔을이기지못하야, 終末에는 땅으로 도로뛰여나리다가, 空中에 꺽구로달녀 鞦韆갓치 대롱대롱흔들녀서 苦痛을못니겨 呻吟하다가, 얼마後에 氣盡하야 絶命하얏다합니다。송아치盜賊이 虎狼이盜賊이되니 힘이듬은 當然한일이안인가합니다。

六、당나귀알

어느鄕村에 한農夫가잇는대, 사람됨이매우正直하고착하나 너무아는것이업슴으로, 각금他人에게 웃음거리가되엿습니다。

하로는그夫人이 白木한疋을싸서주며 『이것을가지고 場에가팔아서 무엇이든지 쓸만한것이잇거든, 한가지사가지고오시오。』하얏습니다。

그男便이바다가지고 나가는대, 정강이에치는두루맥이를 국인채로썰처입고, 다쪽으려진갓을 머리우에젓쳐쓰고, 곰방대에담배부스러기를 쑥쑥눌녀담은後에 火爐불에파무더서 썩

백쌀하부처분고、掘판으로핑근새끈 차저갓슴니다。白木을냉헤서고 어슴녕어슴녕돌아단기며、가가마다기웃기웃 이것도장어만저어보고 저것도장어만저만저하다가、物件냥자에게 편잔이나嘗하고 열골이벌개볼너가다가、夕陽天에야 가젓든白木을 팔아가지고、사가지고 갈物件을 삶히보다가 맛청수박가가앙플갓슴니다。별너노흔수박을보고 平生에보도듯도못하든것임으로『어보이것이무엇이오。』하고 물엇슴니다。

수박장사가 속마음에『저런못생긴놈보아라。수박을처음보나보다 좀속여보겟다。』하고『네 그것이당나귀알이올시다。』하고 對答하얏슴니다。

이農夫가 異常한物件임으로 생각시곳되『그러면엇더케해나오。』하얏슴니다。

수박장사는 더욱웃어워서『네 이것을덧운아랫목에다가 이불을덥허서 三七日만두면 自然히새겨나옵니다。』하고 속여댓슴니다。

이農夫는더욱 당나귀어더가질生覺이나서『하나에갑시얼마요。』하고 물엇슴니다。

수박장사가『네 當身이삭사시려오。의누리하면五十錢이지만 싹바로금三十錢이오。하나갓다가세보시오。당나귀한마리갑시 좀싸오。』하고 말하얏슴니다。

이農夫는확그런줄알고、당나귀알한개를 그중장한것으로 골나사가지고、집으로돌아갓슴니다。그夫人이男便오기를 기다리다가、果然무엇을사들고 들어옴으로 반식을하야 바다들며『이것이무엇이오。』하고 물엇슴니다。이農夫는『그것이당나귀알이오。뜻뜻한아랫목에노코 이불로덥허두면、三七日만에 생나합니다。어서갓다가 아랫목에덥허노코 불좀뜻뜻하게때시오。』하고 일너주엇슴니다。

이夫人은 그말을올케듯고、하라는대로하야두엇슴니다。三七日이되매 엇지되엿나하고、이불을쳐들고보앗드니 수박이썩어서 구린내가 코를찔넛슴니다。깜작놀나서 그男便을보고『당나귀커녕 냄새때문에 견델수가업스니 어서밧비내다버리시오。』하고 재촉을하얏슴니다。

이農夫가 가지고나가며 혼자말로『하라는대로하얏는데 엇지하야 알이골앗노。참분하기도하다。』하고 뒤동산덤부사리밋헤다가 왼내버렷슴니다。

그때에맛침 日氣가몹시더운계절에、그넘어洞里에잇는 당나귀색기가 풀밧흘단기며 풀을뜯어먹다가 더위를避하랴고 그덤부사리속에 누엇다가、이썩은수박내버리는바람에 깜작는나팔아낫습니다。

이農夫는이것을보고『아크 참당나귀가되엿구나。』하고 뒤를쫏차갓습니다。 이당나귀가쫏겨단기다가 맛참이웃집으로 뛰여들어갓습니다。 이사람亦是쫏차 안에지들어가니、主人이보고 나무라되『웨無禮하게 남의집을함부로뛰여들어오시오。』하얏습니다。

이農夫는無顔을當하고 말하되『안이올시다。只今당나귀알이 깨저서 당나귀색기가 뛰여들어온사람에 들어왓습니다。』하고 對答을한즉、그집食口가 모다깔깔웃으며『당나귀알이어대잇담 그밋친사람이로군。』하고 당나귀를내여주엇습니다。

이農夫는 당나귀를붓들어가지고 自己집으로들어가서、夫人에게자랑을하고 조하서매두엇습니다。

정말당나귀임자가 해가지도록 당나귀색기가 들어오지아니함으로、異常히역이여서 四方으로차저단엿습니다。 넘어洞里를 와서본즉 自己집당나귀소리가남으로 이집을차저들어가서 보앗습니다。 果然自己집당나귀색기 를매서두엇슴으로、이農夫를보고『웨남의집당나귀는 잡아가맛소。』하고 물엇습니다。

이農夫對答이『그것이무슨말이오。내가三七日前에 場에가서 三十錢을주고 당나귀알을 사다가 깨인것인데、當身이엇지하야 남의것을탐하노고 내것이라하시오。』하고 벽다소리를질넛습니다。

정말당나귀主人이 이擧動을보고 귀가막혀서 속으로『저놈이精神病者로구나』하고 生覺하야 그대로는是非를 가릴수가업슴으로 그잇흔날洞里사람을 만히불너가지고 境遇를判斷하야 듯닌然後에 艱辛히차저갓다합니다。

七、바보사위

녯적어느곳에 늙은이內外가 無男獨女를두고、配匹을골으고골으다가 바보로들제가리면 매우寃痛하다할만한 사위를엇게되엿습니다。 그러나할수업시 한집에서同居하는데、丈人과丈母가 무슨일을식히면 한번도바로한적이업습니다。 假令불좀세오라하면 불세오기가일수오 門닷치라면 여러노키가일수올시다。 이와갓치事々에 못난짓을하는새람에、화가나서 내쏘초라하나 딸이불상하야 그대로두엇습니다。

하로는丈人이 사위를불너서일으되『애나가서 쑥박이한개와 갓한닙만 사가지고오나라.』하고 돈을내여주며 仔細히當付하얏습니다。

이바보사위는 對答은썩잘하고、自己夫人房으로 들어가서 衣服을가라입고 나가랴하매、그夫人이마음에 念慮가되여서 또한번付托하되『여보시요 쑥박이라하는것은 보기에貌樣도妙할뿐더러、혼이모래구멍이 잇서서 안팟흘보고도 속기가쉬우니、물을부어보고 새지안는것을사오、또갓으로말하면 탄탄하고 칠도잘하고 머리에쓱마저야하는것이니、부대써보고사오시오。아모조록잘사가지고와서、이번에는稱讚을 듯게하오。平生잘못만하고 丈人丈母에게 수지람만들으니、보기에딱해서 어대견듸겟소。』하고 일너주엇습니다。

바보男便은『옹그래 내이번에는꼭 夫人하라는대로 잘하야오지。念慮마러 己往이라도진작그러케 좀잘가르쳐주지。』하며 못난소리를하다가 먹고십흔生覺이나서『어구배곱하밥좀주어야 먹고가지。』하고 졸낫습니다。

夫人이밥을차려다주엇드니 둑겁이파리잡아삼키듯 밥한그릇을 눈늠먹고 심부름을나갓습니다。

爲先쑥박이假家를가서、쑥박이한개를 집어들고 안팟흘삶혀보드니、이바보가 일너준말을박구어生覺하야 머리에뒤집어쓰고、맛나안맛나 만적만적하다가 고만노쳐서 쏘각쏘각세젓습니다。

假家主人이 그꼴을보고『여보시오이兩班 왜精神病이들녓소。무슨까닭에 쑥박이는쓰고주물으다가 세트려노시오。어서갑슬물어내시오。』하고 惹端을칠으로 할수업시 세진쑥박이갑만 물어주엇습니다。

또갓전으로가서 한닙을집어들고 이리보고저리보드니、속마음에『악가이저버리고 물을부어보지안라가 狼狽하얏지。이번에는生覺이낫스니 꼭물을부어보겟다。』하고 四面을차저물그릇을가져오드니、번적들어 갓모자에다 들어붓고 휘휘둘녀보앗습니다。물이샘으로『옹이갓은못쓰겟다。』하고 또달은갓을들어서 물을부랴하니、主人이내다르며 보기조케싸귀를 한번붓치며『이놈아 네가아모리 밋친놈이기로 남의物件을 왜버려놋니。어서갓갑슬 물어내라。』하고 눈이빠지도록 나물하얏습니다。

엇지할수업시 이갓갑슬물어주고、뒷통수만툭々치며 그대로집에돌아왓습니다。丈人이기다리다가 사위가빈손으로 들어오는것을보고 『네엇지하야 안이사가지고 빈손으로들어오느냐。』하고 물엇습니다。

이바보가 입맛을썩썩다시며 하는말이 『제안해가식히는대로하얏드니 돈도다쌔앗기고 매만마젓습니다。』하고 쏘어리석은소리를함으로 丈人이화가나서 『이번에는容恕할수업다。』하고 몽둥이로 두달겨서 내쏘찻다합니다。

八、개구리神仙

넷적에 엇던나라에 한貴族의달 金愛라하는兒孩가잇는대、하로는 散步하러나와서 련못가에서 놀다가、自己父親이 사서주신 寶石반지를 물속에 써러트렷습니다。

이兒孩는 自己가 가장사랑하는 반지일뿐더러、父親께서 손수사다가주신것을 몃칠이못되야서 일어버렷슴으로、악가운生覺 걱정들을生覺에 엇지놀낫든지、입살이 하얏케되여서 울고잇섯습니다。 그때에 맛참 개구리한마리가 물속에서 솟아나오드니 이리저리 헤염을치며 돌아단겻습니다。 이兒孩는 울다가 그개구리를보고 『애 개구리야 너는무엇이 그러케조흐냐。 너도同情心이잇거든 나의말을 좀들어다구』하고 말을하얏습니다。 개구리가 이말을듯드니、곳『무슨말을 드르라하시오』하고 對答을하얏습니다。

金愛는 개구리의 말하는것을 반갑게녁여서、 쏘말을하되 『애 달은말이아니다。 내가只今寶石반지하나를 물속에쌔트리고、건지랴고하나 물이깁허서 들어가지를못하고잇든터이다 네가맛참 잘나왓스니、그반지를 건저다다고、그리면그恩惠는 참엇겟다。』하고 付托을하얏습니다。

개구리는『내가 寶石반지 쓰내오기는 어렵지안소。 그러나 아무報酬가업시는 건져줄수가업소。』

金愛는『애그러면 맛잇는飮食을 만히갓다줄거시니 어서쓰내다고』 개구리는『나는飮食을 바라지안소。 當身이 나를宅으로 다리고가서서 갓치한상에서、朝夕도먹고 갓치한房에서 잠도자게하야주면 只今곳쓰내오겟소。』하얏습니다。

金愛生覺에 『별웃은소리가 다만쿠나。 저놈을속여야하겟다。』하고 곳개구리더러 『오냐 그것어려울것업다。 너하라는대로 할것이니 어서건져다고』하야 개구리와 갓치가서 갓차

박고 갓치자기를 約條하얏슴니다。

개구리는 金愛의 約條함을보고, 곳물속으로 뛰여들어가드니, 卽時그寶石반지를 찻저가지고와서 金愛에게 주엇슴니다。

金愛는 寶石반지를 바다가지고『개구리놈이 쏫차오지는 못하리라』하고, 그만내버리두고 自己집으로 돌아가버렷슴니다。

正直한개구리는, 저를다리고 가라니하고 기다리다가, 金愛의혼자만가는것을보고, 여러번소리를질너서 갓치가자고 불넛스나, 돌아다보지도 안코감으로, 그만뒤를 쌀아서 폭폭뛰여뛰여 쏫차갓슴니다。

金愛는 집으로 돌아가서, 大門을닷고 들어가앗지드니, 몃時間이 지나지못하야 大門을흔들면서 門을열어달나는 소리가 들녓슴니다。

貴族은 門흔드는소리를 듯고, 쌀金愛더러『예 누가왓나보다, 나가서보아라。』하고 밧갓헤 내여보냇슴니다。

金愛가나가서 門을열고본즉, 아가보든 개구리가 왓슴을보고, 그만凶하고 무서운生覺이나서, 도로門을닷고 그대로뛰여들어가 버렷슴니다。

개구리는 如前히大門을 덜컹덜컹하고 냅다흔들엇슴니다。

貴族은 쌀의顔色이變함과 門흔드는소리를듯고, 異常히 녀기여서 金愛에게 웬셈인지를 물은즉, 寶石반지 써트린일과, 개구리와 約條하고 寶石반지 찻은일과, 只今쏫차온일을 一一히 말하얏슴니다。

이말을들은貴族은 곳大怒하야, 金愛을大責하되『개구리는 너의큰恩人이며 微物의즘생이나 約條를하얏거든 엇지그와가치 薄待하며 約條를저바리지 아니한단말이냐。그것은 큰罪惡의行動이다。 어서나가서 門을열어주고 갓치다리고 들어오너라。』하고 식혓슴니다。

金愛는 실치만은 嚴한父親의말삼인게닭에, 마지못하야 나가서 열어주엇드니, 개구리는 깃버하며뒤를쌀아서 방안까지 폭폭뛰여 들어왓슴니다。해는벌서 저물어서, 저녁밥을먹을세가 되엇는데, 개구리가 金愛를向하야『여보 아가씨 저녁밥을나좀수시려오。나하고 한床에서먹읍시다。』하고 재촉을하얏슴니다。

金愛는 이런소리를 들을수록 더욱징그럽고 더러운生覺이나서, 말對答도 아니하고 밧그로나가랴할제에 貴族은산 뒤를나른하며『여서 約條한대로 實行하야라。』하고 下人을불너서 저녀밥을 가저오게하얏습니다。

金愛는 亦是父親의말삼이라 어찌수업서서、개구리를 床엽헤노코 밥을먹은즉、개구리가 산하는말이『키가적어서 먹을수업스니、밥床우에 올녀노아주세오。』함으로 床우에올녀노앗드니、근영을벌니고 넙적넙적 밥을몰어다 먹엇습니다。

밤이 夫夫깁허지매、개구리는 산金愛를보고『여보 아가씨 안니주무시려오。나는좀니서 잘텔수업소。어서 아가씨방으로 갓치갑시다。』하고 말하얏습니다。

金愛는 개구리를 담내며『에 고만니갈데로가거라。낫에한約條는 지켯다 實行하얏스니 구태여 한房에서까지 잘必要가무엇이냐。맛잇는飮食을 만히준것이니、어서가지고가거라。』하얏스니、개구리는 고개를흔들며『그런소리는 두번도마시오。나는 約條한일은 조흔일이든 언짠은일이든 한번도實行치 안은적이업소。내가차라리 죽드라도 오날約條한일은 하나라도 색드릴수업소。』하고 두눈을부릅뜨고 말對答을하얏습니다。

金愛는 이模樣을보고、더욱더욱 무서운生覺이나서、自己房으로 뛰여들어가서 房門을닷다

걸고 이불을뒤집어쓰고 누엇습니다。

개구리는 房門밧게서 門을열어달나고 여러번불으다가、아무消息이 업슴으로 고만窓戶紙를뚤코 뛰여들어갓습니다。

金愛는 이불을 잔득붓들고 죽은체하고잇섯드니、개구리는 房웃목에서 눈을껌벅껌벅하고잇다가、정안食口가 다잠들이들어서 고요할제에、다시 金愛머리맛헤와서、뒤집어쓴이불을제여쓰드며『여보 아가씨 나를보시오。나는개구리가 아니오。하날우에서나려온 神仙인데、當身을다리고 하날로 가랴하야、이와갓치 개구리로變하얏섯소。그러나 저와갓치拒絕을하고 約條를實行치아니하니 나는못가겟소。』하고 훌늉한神仙이되여서 房門을열고 나갓습니다。

金愛는 이제야 約條實行치 못한것을後悔하고、쫏차나가서 神仙을 붓들고 謝罪하랴하나 神仙은 뒤도 돌아다보지아니하고 空中으로 올나가버렷습니다。

九、金椎 銀椎

녯적어느곳에 兄弟가잇는대、弟는사람됨이 正直하고溫順하야 父母에게도孝誠스럽고、兄은頑惡하고慾心이만을뿐더러、父母에게도不孝가 莫甚하얏습니다。

하로는弟가 깁흔山으로가서、나무한짐을잔뜩하야노코 나무밋헤안저서잠시쉬랴닛가、忽然위로부터 굵은가얌한톨이 압헤뚝떨어젓습니다。

이아우는곳손에집어들고、 父母갓다들일生覺이나서 『하하이것보아라。 아버지갓다가들이겟다。』하얏습니다。 또한톨이떨어지매 『옹이것은 어머니들이겟다。』하고、또한톨이떨어지매 『이것은 兄님들이겟다。』하고、또떨어지매 『이것은兄嫂들이겟다。』 또떨어지매 『이것은나먹겟다。』하고 모다집어서 주머니속에 단단히너헛습니다。

나무짐을지고 自己집을向하야 돌아오다가、自然遲滯가되여서、어느덧날이저물어서 四面이캄캄하고 山길은險惡하야、大端히困難하든中 千萬意外에 山밋헤빈집하나가 잇슴을보고、여긔서날을새우고 갈가하야 나무짐을나려노코 집으로들어가서、大廳들보우에 올나가隱伏하얏습니다、

밤이깁히지매 門밧게서 짓걸짓걸하는소리가나드니、독갑이무리가 몰녀들어와서、大廳마루에 우득우득늘어서서 무엇인지 쌘썩쌘썩하는 방망이를 하나式들고、뚝딱뚝딱두다리며銀나거라뚝딱 金나거라뚝딱하며 여러가지作亂을하얏습니다。들보우에잇든아우는 이것을보고 엇지무서운生覺이나든지、가얌한톨을쓰내서 입에물고 잔뜩입을옴으리고 두손으로들보를꼭붓잡고、숨소리를가만가만이 쉬다가 不知中에가얌이쌔지며 딱소리가몹시나며大廳이울녓습니다。

독갑이들은 이소리를듯고、깜짝놀나서 『에그이것이 무슨소리냐、아마집이문어지나부다。』하고 모다一齊히 作亂하든방망이를 내버리고 달아낫습니다。

그이튼날 날이밝기를기다려서 나려와보니、金방망이銀방망이가 여긔저긔노이고、金쎙이銀쎙이가 수북하게싸혀잇섯습니다。이사람은 나무짐을내버리고、金방망이銀방망이 金쎙이銀쎙이를 모다묵거서 지게에지고 집으로돌아왓습니다。

돌아와서 金과銀을팔아가지고 논과밧흘만히사고、큰집에조흔세간을 作滿한後에 돈을일이잇스면, 방망이를가지고 銀나거라뚝딱 金나거라뚝딱하고 두다려서, 마음대로 金과銀을 어더서 팔아삼으로 갑작이富者가되엿슴니다。

그兄은이것을보고 엇지된까닭을물너서 아우를차저가서 『네가 卒地에 富者가되엿스니 엇지된일이냐。大端殊常한일이니 조곰도숨기지말고 석바로말하야라。』하고 星火갓치督促하야 물엇슴니다。아우가對答하되 『내가兄님께 조곰이라도 거즛말을할理致가 잇겟슴닛가。』하고 그所以然을 仔細히 말하야드려주엇슴니다。

兄은一々히 이말을다듯드니, 今時에慾心이불갓치나서 그길로自己집에가서, 衣冠을벗어놋코 一邊지게를짊어지고 그山을向하야올나가서, 나무하는것은 부리낫케하야서벗퇴여노코 가얌나무잇는데차저가서 안저기다렷슴니다。

얼마아니하야 果然가얌한톨이 쎌어젓슴니다。얼는집어들고 『이것은나먹겟다。』하고 저밋흔生覺부터하얏슴니다。그다음쎌어지매 『이것은子息주겟다。』『이것은녀편네주겟다。』하고, 그다음에쎌어지매『이것은아버지드릴가?』『이것은어머니드릴가?』하야 주머니에집어너코, 날이저물지도 아니하야 그빈집을차저가서 들보우에엇드려서 독갑이오기를 기다리고잇섯슴니다。

於焉間에날이저물고 밤이깁허지매, 정말아우가말한것과갓치 독갑이무리가 몰녀들어오드니, 金나거라뚝딱 銀나거라뚝딱하고 滋味잇게놀앗슴니다。이것을기다리고잇든兄은 속으로『올치인제는되엿구나, 너좀속아보아라。』하고 가얌한톨을 몹시세게물어서, 딱하고소리를내엿슴니다。

독갑이들이 고만逃亡할줄알앗드니, 이소리를듯고 四面을살피며『이놈이또왓구나。요前에도 우리를속이고, 金방망이銀방망이를 쌔서가드니, 이놈이또속여볼녀고하는구나。』하드니, 들보에잇슴을보고 붓들어내려노코 여러놈이달녀들며 방망이로두다리며 『너이놈좀되여보아라。』하고, 뭉쳐저라뚝딱한즉 혹나무갓치되야지고, 길어저라뚝딱한즉 뱀장어갓치기단사람이되엿슴니다。

이後부터 頑惡하고慾心만흔兄은 뱀장魚사람이되여가지고, 全身을마음대로 쓰지도못하고 溫順한아우한테가서, 一平生을어더먹고 前日의잘못한것을 後悔하다가죽엇다합니다。

一〇、李 鰲 城

李鰲城이라면 여러분도 여러번 들으셧슬줄압니다。일홈은 恒福이오、宣祖大王째에 大端功勳이만하서 鰲城府院君이되엿섯습니다。

나물될것은 썩닙부터안다고、偉人될사람은 어렷슬쩍부터 作亂하는것을보아도 普通兒孩들과는 달나서、度量이크고 意思가 大端히 깁흔것입니다。

李恒福氏가 兒孩쩍에는、作亂잘하기로 有名하얏습니다。하로는 그父親이出入하며 鰲城의作亂을 禁키爲하야 불너 일으되『애아、내가 어듸를좀갓다가 저물게 돌아올터이니、그동안에 글도읽고、놀쩍에 空然한作亂말고、이좁쌀(粟)수효가 얼마나되는지 計算하야노하라。萬一數가틀이면 종아리를 마즐것이니 注意하야라』하고、좁쌀두되를 내여주며 嚴하게 團束을하얏습니다。

鰲城은 선선히對答을하고、父親이 出入하신後、卽時 作亂만하고 太平히 놀앗습니다。下人들이 보다가、딱하고悶悶하야『여보 道令님、좁쌀은 세지도안코 作亂만하면、大監께서 들어오셔서 물으시면、무엇이라고 對答하시랴고 그리하시오』하고 말한즉、對答하되『걱정말아라、매를마저도 내가맛지 네가맛겟늬 하고、如前히 作亂만 하얏습니다。

저녁째가 다되닛가、비로소『좁쌀을 시여볼가』하드니、壁欌에서 저울하나를 쓰내노코 좁쌀한저울을 듬뿍떠서 달아노코、下人들을 불녀서『너의들 이것을 시여라』하야、한저울이 멧個인지를 計算한後에는、멧저울이되나를 달아보고 九九를불너서 統計答을 내인後에『올타 되엿다』하며、쏘나가서 作亂을하얏습니다。

未久에 그父親이 들어오드니、鰲城을 불너뭇되『너 오날 글도잘읽고、좁쌀도 시여노핫느냐』하얏습니다。

鰲城對答이『네 글도만이읽고 좁쌀수효는 암만〳〵이올시다。』하거늘、父親이 疑心이나서、慇懃히 鰲城의하든動靜을 探知하얏습니다。

下人들이 終日토록 作亂하든일과、저울로 달아서 箇數를 計算하든말을 하얏드니、父親生覺에 鰲城의窮量이큼을 大端히 깃버하얏습니다。

그後에하로는 鰲城이 舍廊房에서 글씨쓸冊子를 매이다가 본즉、난데업는벼룩(蚤)한마리가 압흐로 톡톡쒀여가거늘、손에들엇든 송곳츠로 偶然히 찔너 잡을生覺이나서、찔너본즉 요리조리 톡톡쒀면서、잘잘히지아니하얏습니다。

속에 화가나서、긔여코 이송곳츠로 찔너잡고야 말겟다하는 生覺이나서、되배장판한지가 몃칠도아니된 새방바닥을 송곳츠로 벼룩(蚤)쒸는대로 찔으기始作하야、몃時間동안을 벼룩은톡톡 송곳소린는푹푹 윈방안을 돌아단기며、쒸거니 찔으거니、그통에 윈장판이 송곳구멍에 헌사롱이되엿습니다。그러나 終末에는、畢竟송곳씃헤 벼룩이 찔녀젓습니다。鰲城이 決心한것은 成功하얏스나、새장판을 버려서、父親께 걱정들을生覺하고 悶悶히 안저잇섯습니다。

父親께서 出入하얏다가 들어와서보니、그模樣인새닭으로 하도怪異하야 웃지한曲折을 물엇드니、對答하되『벼룩이 잇기로、맛참 송곳츨 가젓다가、찔느기始作을하얏드니、잘찔니지가 아니함으로、掛心하게녀기여 그이코 잡으랴고 장판生覺은못하고 이와갓치 되엿스니、容恕하야주십시오。』하얏습니다。

父親이뭇되『그래 그이코 찔너잡앗느냐』하얏드니『네 이와갓치 찔너잡앗습니다。』하며 송곳씃헤 벼룩찔닌것을 내노핫습니다。

父親이 이것을보드니、生覺하되『이兒孩가 무엇에든지 有始有終할뿐더러、前進性과 決斷性이 잇겟다。』하며、장판버린것을 過히 나물치아니하고、속으로 조화하얏습니다。

또鰲城집 이웃에 말대갈製造하야、營業하는사람이 잇섯습니다。鰲城이 여긔를 날마다 가서 求景하고 놀다가、올때면 作亂으로 대갈한箇式을 반다시 糞門으로 훔쳐세고 갓다가 모와두기를 始作하엿습니다。그리하기를 몃해동안이나 하엿든지、自然主人이 次次 눈치를 채이고、한번 단단히、혼을내일作定으로 鰲城을깨쏨하야、먼저 만든대갈을 멀니 치고、풀무에서 갓쓰내인 쓰거운대갈 몃箇를 가져가기쉬운곳에 노하두고、前파갓치 일만하며 잇섯습니다。果然 鰲城이 저벅저벅 들어오드니、대갈노흔곳으로가서 털석 안젓습니다。糞門으로 대갈을 훔쳐세랴한즉、엇지 쓰거운지 견될수업섯습니다。그렇치만 억지로참고 잇스며、짐짓 달은이약이를 하다가 돌아왓습니다。

그리하야 몃칠동안은 데운곳을 몹시알앗습니다。마음에 大端히 掛心하지마는、몰내가저오든것이라、表面的으로 설치하면、도로혀 自身의人格이 썰어질가하고、한計策을 生

覺하야 속이여 버릇을 가르칠녀하얏슴니다。

몃칠後에 조혼살구(杏)를 사가지고、한個는 곰게 쪼개서 씨는빼여버리고 전강쏭을 그속에 넛코 감쪽갓치 마추어서 한편에 단단이 쥐고、남어지 살구몃개를 소매속에 너코 맛잇게 먹으면서 대갈장이집으로 들어갓슴니다。

들어가서도 如前히 작구쩌내여먹으닛가、대갈장이가 보드니『道令님、맛조혼살구를 혼자만먹고、한개먹어보라는말도업소。한개주구려、먹어봅시다。』하얏슴니다。

鰲城이對答하되『앗차이젓네 그래하나맛이나보게。』하며、準備하얏든 살구를 내밀어주엇슴니다。

대갈장이가 바다서、疑心업시 입에다 집어녀코、두어번 씹드니、전강쏭 범새가 코를찔으는것갓고、구역이나서 웩─웩─하며、已往에 먹엇든밥까지 다 토하고、머리를 흔들면서『애고애고 아니쎠아서 죽겟네 웩─웩─』하얏슴니다。

鰲城이 이模樣을보고『네가 兩班을 속혀서、데우게하얏스니、쏭좀먹어보아라。』하고、돌아왓슴니다。即時 대갈갓다 모혼것을 仔細히 본죽、빈독에다 너흔것이 그독안에 거진한독이나 되엿슴니다。生覺하되『어허 내가作亂으로 집어다논것이 이처럼 만햇스니、무엇이든지 貯蓄하는것밧게 업구나、塵合泰山이란말이 이것이다。또 대갈장이로 말하면、하로에 몃個式 일허버린것이、큰損害는업섯다。그러나 이것을보면 큰資本이 된다고하겟다。』하며、感歎하얏슴니다。

그이튼날 下人을 보내여、대갈장이를 불넛슴니다。이者가 무슨죄나 當할가惶恐히와서『엇지하야 불으셧슴닛가、小人왓슴니다。』하얏슴니다。

鰲城이뭇되『네가 營業한지가 몃해나되며、그동안 資本은 얼마나 貯蓄하얏느냐。』하고 물엇드니、對答하되『小人이 近十年을 營業하얏슴니다마는、날마다 벌어서、艱辛히 저의食口가 사라가느라고 한푼貯蓄도 업슴니다。』하얏슴니다。

鰲城이『그게무슨말인고、사람이 或집안에 憂患疾苦가 잇든지、瞥眼間意外之事가 잇스면 엇지할녀고。』? 대갈장이『그러한줄은 압니다마는 糊口之責을 겨우하야감으로、自然그럿케 되엿슴니다。』하얏슴니다。

鰲城이 이말을듯고、또다시뭇되「대갈한독이면 갑시얼마나되느냐。』하엿드니、『네 그것참 적지안습니다。그만하면 小人은 한資本이 되겟습니다。』하고 對答하얏습니다。
鰲城이『내 그러면 한資本을 주마。』하고 下人을불너 대갈한독을 運轉하야다노코、대갈장이를 내여주며『내가 한資本을 貯蓄하야 주는것이니、가지고가서 아모조록 以後에는 이와갓치貯蓄하야 잘살아라。그러나 내가 네게속은것이 掛心하야、그代身에 너를 생을먹여서 설치한것이다。』하고、注意를 식혓습니다。
대갈장이가 千々萬意外之事를當하야『꿈인가 生時인가』하며、한참은 입만싹벌니고 잇섯다합니다。

二、孝子의 도음

녯적에 한孝子와孝婦가 잇섯습니다。그父親은 일즉이 世上을 리별하고、홀로잇는老母를 봉양至誠으로 밧들어섬겻습니다。
그母親이 어느날우연히 病이들드니、여러날이지나고 여러달이지나도록 도무지 차도가 업서서、醫師라는醫師는 다불너보고、藥이라는藥은 다써서보앗스나、여러날이될수록 병세만 더욱중하야갈뿐이오 아모效力을엇지못하얏습니다。
이孝子內外는 밤낫으로 옷은도못벗으고、一心으로 정성을다하야 救護하나、이와갓치 減勢의希望이 업습으로、하로는 內外가안저서 議論하되、
『病患이 점々더하야가시기만하고 조곰도 감세하시는모양이 보이지아니하니、必是우리內外의 誠意가不足한싸닭이라、不可不 오날부터 긔도나하야보자。』
고하며、夫婦가 冷水에 沐浴齋戒를 精히하고、後園에들어가서 壇을모고 香燭을갓추어 하로三時로 焚香再拜를하며、天地神明께 母親病患이 낫게하야달라고、바람이부나 비가오나한결갓치 熱心으로 긔도하기를 百日이나하얏스되、終是母親의 病患이 감세하지 아니하얏습니다。
하로는 門前에 乞僧하나가와서、木鐸을치며 南無阿彌陀佛觀世音菩薩을 외우면서 동량을달나고하얏습니다。
이孝子는 이소리를듯고、정한그릇에 精한쌀을 써서내다가 주엇드니、乞僧이 恭遜하게 바다가지고、孝子를向하야 百拜謝禮를하며 말하되『施主님께서 무슨根心이 게십닛가。

顏色이 大端和平치못하십니다。』

對答하되『親患으로 너러분을焦悶케 지내는까닭에, 自然그러하오。大師가或 神効한藥을 알거든 가르켜주시오。』하얏슴니다。

僧이 病의前後症勢를물어보고, 仔細히한後에 말하되『藥이잇기는잇지마는 當身께서 能히 엇으실는지오』하얏드니, 孝子는 그말 귀가번쩍하야 徨急히묻되『무슨藥인지 갑시 太過하다는말삼이오。』僧『아니오。』孝子『그러면 엇기가어렵다는 말삼이오。』僧『아니오』孝子『그러면 무엇이오。大師님 뵌니가르켜주서서 親患을 낫게하야주시면 그恩德은 泰山보다 더놉겟슴니다。萬分之一이라도 恩德을報答할터이니, 어서가르켜주십시오』하고 눈물을흘니며 哀乞하얏슴니다。

僧은 이정상을보고 가르치되『이藥을쓰시면 곳回復되실터인즉, 安心하시오。그른藥이 아니라 當身의 아드님(兒子)을 삶아드려야 곳나실터인데, 말삼하기도 어렵고 산한當身께서 하실는지도 알수업슴니다。小僧은물너감니다。』하고 그만 自己갈길로 가버렷슴니다。

이孝子는 이말을듯고 곳 안으로 들어가서, 夫人과議論하고 죵의말대로 實行하기를 決心하고 아들이 書堂에서 돌아오기만 기다리고 잇섯슴니다。

얼마아니하야 그아들兒孩가 點心을먹으라고 얼골에喜色을띄우고『어머니할주머니! 나글방에서 글만히닑고왓지! 아이고배곱하!』하며 들어오는態度를보니, 참으로 어엿부고 사랑스러우며 생똑한情과 귀여운孝誠은 엇지自然히 決心을 품지안켓슴닛가。

普通사람으로는 到底히 이일을엇지하리오마은, 이孝誠이至極한 夫婦는 但只母親生覺뿐임으로, 不問曲直하고 急히 나아가서, 그아들兒孩를잡아서 저펄펄끌는 가마솟긔운속에 텅벙집어너코 몃時間을 끌여서 곰국과갓치 삶은後에 이국물을母親에게 들이어 잡수시게하얏슴니다。

그母親이 이국을마시고 한잠을困히 자드니, 얼마後에 그夫婦를 불너말하되『애 그것이 무슨藥인지 그것마신後는 내病이大端히 나진갓다。견될수업는 고통도 매우업서지고 精神도발짝난다。인제는살앗다。』하고 깃버하엿슴니다。

그夫婦는 그病親의 차도가잇슴을보고, 그藥의効力이잇슴을 조와하며, 속으로 自己의 아들을 가엾게 녁이고잇섯슴니다。

어느뎌 날이저물매、문밧게서 난데업는 自己아들이 색々 들어오며『어머니 염려맙주오! 오날은 큰방에서 큰잣는會가잇서서 인제왓수우! 그래서 내가잣원햇지」하고 어린광을 피엿슴니다。

이 夫婦는 大膽히 놀나고괴이하게 녁이며『이게웬일인가 참알수도업다。 죽인가生時인가 그죽은놈이 寃魂이되여서 이와갓치 왓게나」하며 저녁밥을 준즉、如前히 다잡먹고 방으로들어가서 눕고잇섯슴니다。

이 見孩어머니는 눈물을흘니며 부억으로 나려가서 아들삶든솟을 열고본즉、見孩삶은것이 아니오 큰山蔘을삶은것이엿슴니다。

이 夫婦는 이제야 神明이 도으심을알고、空中을向하야 無數히 절을하고、고마음과 깃븜을 이긔지못하얏슴니다。그날이저 藥을다먹엇드니、그重하든病患이 全快되엿슴니다。

이것은 山神이 그孝子의至誠에 感應하야 乞僧이되여서、門前에와서 問答한後 山蔘을 그아들模樣으로 變하야 들여보낸것입니다。

三、베모진 寶石

녯적에한사람이잇는데、自初로엇지艱難하든지 곰기를富者될바라지못하며、或朝夕을하야 먹는다할지라도 우거지죽한이면 모밀落麵로 세끼에우며、正月初生이나되여서 밥맛을보면 還甲이나쉰듯이조하하며、衣服을볼것갓흐면 다해지고흘가리만남은것을 四面을얽어남엇는데、膏藥덩이갓치 께가부터서、萬一藥局을지나면 藥稅主人이 달녀들어 팔나고할 至境이엿슴니다。

이사람은 이 苟艱한것이 心中에恒常 徹天之恨이되여서、혼자말로『엇지하면 좀잘살아볼고、잘먹어볼고、잘닙어볼고、잘써볼고。』하며 밤이나낫이나 귓것들닌사람갓치 넘은늘서들서 소리를수구력수구력하얏슴니다。

하로는자다가 꿈을꾸는데、紅袍玉帶에金冠을쓰고 흰鬚髥이훗날니는仙官이 정잔히와서 이사람을보고말하되『너의艱難하게지내는것이 너무나가엽기로 이寶石을가지고왓다。그러나 너를確實히밋지못하야 주기가어렵다。이寶石으로말하면 베모가졋는데、모다各

々불으는대로 여러가지가나오는것이다。한모는穀食이나오고、한모는衣服이나오고、한모는金錢이나오고、한모는미운사람을보고 너죽으라면죽는것이다。』하고 보엿습니다。

이사람이본즉 果然네모가젓는대 光彩가燦爛함으로、仙官에게恭遜하게말하되『저의艱難함을 불상히녀이사 仙官셰압서 가저오신것이오니、저에게주실것갓흐면 달은苟艱한사람의 救濟도잘할것이오、남에게對하야 非理의일도안을것이오、驕慢한態度도안을것이오、極盡히善心功德을하올터이오니 河海갓흔德澤을닙사와 저를주셔서 이困窮함을免케하옵소서。그恩惠는白骨難忘이올시다。』하고 哀乞哀乞하얏습니다。

仙官은『그럴것갓흐면 내가너를주는것이니、네가한말을닛지말아라。』하고 寶石을내여주엇습니다。이사람은바다가지고 깃븜을니기지못하야 한바탕춤을추고 뛰놀다가 깜짝놀나 쌔여보니、하낫꿈을꾼것입니다。

한참즐겁든판에 잠이쌔니、大端히섭섭하야 입맛을다시고 잠쌔인것을앗가워하다가、벌떡닐어나서 베개녑흘보니、꿈에仙官이주든寶石이 노혀잇섯습니다。얼마나깃부겟습닛가 爲先試驗次로 한모를가르치며、平生에所願이든 金錢나오나라하고불넛습니다。果然쑤역쑤역나오는대 當場에돈이房안에가득하얏습니다。

날이밝은後에 이모저모가르치며、穀食나오너라、衣服나오너라、金錢나오너라하얏드니 暫時間에巨富가되엿습니다。

一邊木手를불너서 數百間기와집을짓게하고、갓가지治裝을다한後에 男女下人을갓추두고 衣服飮食을 마음대로입고 마음대로먹엇습니다。

自由로쓰고 自由로입고 自由로먹드니、次々便한生覺 奢侈할生覺뿐이오、남의事情은 조곰도알아주지안이하고 自己의貴한生覺밧게는 아모것도몰으게되여서、仙官에게하든말도 어느덧니저벌이고、但只늘어가느니 驕慢한態度뿐임으로、自然洞里사람에게 人心을닐케되여서、한사람도往來함이업고 怪惡하기로所聞이藉藉하얏습니다。

하날이無心치안이하얏든지、하로는猝地에 火災가나게되엿습니다。이것을본洞里사람들은 平日의怨望을닛지안코 하나도가서救하는사람이업슴으로、이驕慢한巨富는 財産을全部태우게되엿습니다。

普通사람갓흐면 이때에自己를反省하고 悔改함이當然하건만、다만寶石가진것만밋고 洞

里사람들을辱하되『너희들이 나의이至境된것을 大端히 조화하는模樣이나, 너희들갓흔놈들이 암만그리하야도 쓸데가업다。내가이寶石을 가젓슨닛가 조곰도念慮가업다。이寶石은무엇이든지 불으는대로 나오는것이다。너희들仔細히보아라。』하고 寶石한모를가르치며 쌀나오너라하얏드니 今時에쌀이 우덕우덕나왓습니다。

洞里사람들은 異常히녁여서, 적구모혀들며 求景하기始作하얏습니다。엇던사람은 무엇이나고뭇기도하고, 엇던사람은 무엇하는것이냐고 뭇기도하야, 어느덧사람이 잔득들어섯슴니다。

이驕慢한富者는 自己의寶石을 자랑하기爲하야, 이모를가르치고 衣服나오너라, 저모를가르치고 돈나오너라하야, 세모만다가르치고 한모는가르치지안이하얏습니다。

求景하든사람中에서 한모를마자가르치며『이모는무엇하는것이오。』하고 물엇습니다。

이富者는對答하되『너희들갓치 미운놈을 죽으라면 곳죽게되는것이다。』하고 웃으며주엇습니다。그제야맛침 이富者를몹시미워하든者가 낼늬섯다가『그러면네가미우니죽어라。』하고 그모를가르첫드니, 寶石을가지고 자랑하는富者는 어느덧죽어버렷습니다。

二三、외쏙의 꾀

어느시골한兩班의집에 외쏙이라하는 下人이잇섯습니다。그런데 이主人兩班이 下人부리기를 牛馬와갓치하야, 조곰도私情이업고 虐待가莫甚하얏습니다。그러하야 이외쏙이는 主人을보기만하면 空然히죄진것갓치 벌벌쩔엇습니다。

어느날은主人兩班이 科擧를보랴고 서울로올나가는데, 이외쏙이도 말경마를들녀가지고 길을써낫습니다。얼마쯤을가다가 한낫이되매, 場거리酒幕을차저가서 말을놀녀 외쏙이는 밧게두고 自己혼자만들어가서 點心을사서먹고, 외쏙이더러는 술한잔밧으란말이업섯습니다。

외쏙이가무엇이나 사서좀먹하고 기다리다가, 하모말이업슴으로 배도곱흐고 화가벌컥나서, 혼자말로『넘은한가지오 쇠스랑은세가지라는데, 배곱흐기야 彼此一般이지 人心도사나웁다。이러든지저러든지 먹어야하지。』하고, 말을쌀고場판에가서 팔아가지고 술과밥을실컷사먹고, 말굽쎼만짤너서손에쥐고, 건너편언덕에누어서 거즛자는貌樣을하고 코를드르릉 드르등 골고잇섯습니다。

이兩班이 잔뜩먹고 다리도가신後에 외쏙이를부르셧스나、對答이업슴으로 밧게나와서찻다가、건넌편언덕에 누은것을보고 쌔여와서발길노차며『이놈아무슨잠이며 말은어대두엇느냐。』하고 소리를질넛습니다。

외쏙이는 깜짝놀나서 벌덕니러나며『애고이말이어대를갓나。맛셰를손에잔뜩쥐고누엇드니、잠든동안에 엇던盜賊놈이 말꼽비를잘느고 쌔어갓습니다。엇지하야요。』하며 이川으로 저山으로 가로색고세로색며、惶々奔走하게 차저단기는貌樣을하얏습니다。

이兩班이우둑하니보고 하도어이가업서서、외쏙을불너일으되『이런버린말을 그와갓치어린애계차저단기면 어대서생겨나느냐。이眉連한놈아 그만두어라。』하얏습니다。

외쏙이『그러면엇지합닛가、爲先무엇을타시고 行次를하서요。』하고 無限凶物을피엿습니다。

이兩班은 가기는가야만科擧에參席하겟슴으로、할수업시다시 말을求하야타고 길을써낫습니다。

어느덧京城에到着하야 旅館을定하고 科擧날을기다리고잇는데、어느날 이兩班이 외쏙이를식혀서 팟죽을사오라하얏습니다。외쏙이가나가드니 팟죽을사들고 들어오며、눈물을흘니고 훌쩍훌쩍울엇습니다。이兩班은怪異하야 그曲折을물엇드니、외쏙이對答이『말슴이안이오라 感氣가든개닭에 콧물이나와서、셋을세엇시흘니서 이粥그릇에떠러젓습니다。小人이돈이나잇스면 다시나사가지고 오겟습지오마는 할길업서그대로가지고왓습니다。엇더케잡수실는지 罔悶하와 울음이나온것이올시다。』하고 對答하얏습니다。

이兩班이 화를벌컥내며『이놈네나먹어라。』하고 粥그릇을도로내여주엇습니다。

외쏙이는 머뭇머뭇하다가 들고門밧그로나가서、맛잇게먹으며『서울인절미는 엇지오련케 노글노글한고。참맛이썰맛이로구나。』하며 혼자먹어버렷습니다。

그後이兩班이 科擧를보는데、失手를하얏든지 고만落第를하고、화김에四面으로 遊覽이나단길가하야 自己만머무르고、下人외쏙이는 먼저날여보내는데、등에다가 무엇이라고글씨를써서주엇습니다。

외쏙이는멀쩡하미운 놈이지만兩을두엇다가、나려가는길에 용가루한항아리를 사가지고、가면서먹을酌定인대、그대로먹으면 無味할뜻하야、살파는집을차저가서 살을사는대、爲先항아리에다가 가득히담아노코 갑슬定하얏습니다。너무몹시갑슬싹그랴한즉 살主人이 그럿케는팔수업다함으로、외쏙이는빗싸다하야、도로살을쏘다느코안이산다하얏습니다。그러나항아리밋헤는 콩가루가잇서서 살이만히損害가낫습니다。외쏙이는그대로 살무든콩가루를 가지고가며、뭉처서썩갓치、만들어가지고 배곱흔때면 이것을끄내서 한뎡이씩먹엇습니다。한곳을지나다본즉 書堂하나가잇는대、學童들이만히나와서 놀앗습니다。등에쓴것이무엇인지 無識한새닭에몰나서 大端히궁금하든次에 이兒童들을보고『애 맛잇는살썩한個줄게 내등에무엇이라고씻는지알으켜줄념』하고 셰엿습니다。

한學童이등에쓴것을보고、읽켜들니는대『이놈이집에들어가거든 두말말고 箱子속에너어잔뜩동여매서 江물에던져서 죽여벌이라。』하고 써잇다하얏습니다。

외쏙이가썰썰웃으며『애 썩한個더줄터이니、이왕쓴것을 지워버리고、다시나불으는대로써서다오。』하얏습니다。

學童이봇에먹을찍어가지고『무엇이라고 쓰란말이오。』한즉、이외쏙이가 불으는대『이놈이집에들어가거든 곳사위를삼으라。』하얏습니다。學童은웃으며 그대로써서주엇드니、뱃심조케主人宅으로 쑥들어가서 問安을녓주엇습니다。

안婦人이『서방님께서는 엇지하야안이오시고 너만왓느냐。』하고 물엇습니다。

외쏙이『서방님께서는 볼일이기시다고 저먼저가라하시며、제등에다가 片紙를써주시고 그대로하라고하셔요。무슨말삼인지 보십시오。』하고 돌아서서 등을내보엿습니다。이婦人이본즉 이놈으로 사위를삼으라하얏거늘、고만大驚失色하야『罔測한일도만하라、저兩班이서울을가시드니 갑작이換腸이되섯나、저놈으로사위가 다무엇이야。』하고 異常하야主人兩班날여오기를 기다리고잇섯습니다。얼마後에 主人兩班이날여와본즉、외쏙이가집에그저잇슴으로 夫人을보고『웨 저놈을죽여업새라하얏드니、엇지하야그저두엇소。』하고 물엇습니다。夫人이듯고 웬까[illegible]을몰나서『언제는사위삼으라고써서보내고、至今와서는 죽이지안이하얏다하니、참換腸을하셧소。』하고 責望하얏습니다。

이主人兩班이 忿氣가大發하야 即時그날밤으로 외쏙이를箱子에녓코 싹싹동여매서 江물에너허죽일酌定인대、밤이어두어서 江에까지는가지못하고 그잇흔날갓다벌일녀고、洞口

밧게 큰버드나무가지에매달어두엇습니다。

외쏙이는 箱子속에들어서 밧게도통매달녓는대, 칩하게밤을새웟하야 그洞里의老婆하나가 물을길너가다가, 그箱子의흔들흔들 매달닌것을보고, 異常하야갓가이가서 치여다보며『그것異常도하다。무엇을저러케 매달앗길내 흔들흔들하나。저속에무엇이들엇나。』하고 혼자말로지걸엿습니다。

외쏙이가音聲을들은즉 아는사람인대, 眼疾잇는 친절개할멈임으로『친절개할머니오, 물길너가십닛가。』하고 人事를하얏습니다。

이할멈이들은즉, 箱子속에 외쏙이가들어잇는지라『오냐 너엇지하야 저模樣이냐。』하고 물엇습니다。

외쏙이『네 제가眼疾을 종잇는약님에 이러케豫防을합니다。』하고 속엿습니다。

할멈은『응그래, 그러하닛가엇더하냐。』하고 반가워서물엇습니다。

외쏙이는 능청스럽게『네 참잘낫습니다。』하고 말하얏습니다。

할멈은매우 自己눈곳칠生覺이나서『에그러면 나도좀하야주렴』하고 말하얏습니다。

외쏙이『그러면 이것을풀으시오。』함으로, 이할멈은 줄동이를닉여노코, 줄이나케그箱子를닉너서 닉여노하주엇습니다。외쏙이가 뛰여나오며 그老婆를代身집어너코, 前과갓치쏙쏙묵거서 나무에매달고, 自己는먼곳으로 避身을하얏습니다。

未久에主人兩班이오드니, 매달어노흔箱子를쎄여가지고 쏜살갓치江으로가서, 큰돌을箱子에동여서 물속에던젓습니다。애매한老婆는 외쏙에게속아서, 曲折업시 외쏙이代身으로 목숨을물속에 버리게되엿습니다。

외쏙은멀니숨어서 이動靜을살피다가, 얼마後에 뻔석조케 主人兩班의집을 차저들어갓습니다。

안팟에서깜짝놀나며『네엇더케왓느냐。』하고 疑心이나서물엇습니다。

외쏙이는시침을쎽세우고『네 제가水宮에들어갓드니, 그길로龍王께서 사위를삼으서오。그리고 主人宅말삼을하얏드니, 그러면나가서 모시고오면 조흔寶貝를만히 들이겟다하기로 존수모시려왓습니다。』하고 말하얏습니다。

이慾心이만흔主人은 寶貝준다는말에 욕고지듯고, 회장한食口들말이고 벙하린들이 어미

許多듯 외쏠의귀를 밧아섯습니다。

이兩班이가면서 水宮일이궁금하야 련해뭇는데『그래寶貝는 무엇이엇느냐。들어가면 열마나좋은가 하고조토록말응젼해서 조흔寶貝를 만히어더오게하야라。』하고 잔소리를합니다。

외쏠이는漸漸 主人이미워에팡기도록『네 龍宮속에는 여러百間倉庫가잇는데 모다寶貝가 가득하게싸혓습니다。들어만가시면 아마한庫間이야 金櫃명시들이겟지오。』하고 큰세를 하얏습니다。

이主人의食口들은 모다딩이벌어져서 조하하며가는데、不知中에江邊에 나왓습니다。엇더케들어갈것을 물엇드니、외쏠이가가르켜주는데『이삿갓을머리에쓰고 눈을딱감고 작구들어가십시오。깁흔곳에닐으면 龍宮下人들이 마중을나와서 引導합니다。』하고 삿갓을 씌워주며『어서들어가십시오。』하고 재촉을하얏습니다。

이어리석은兩班은 장님과밧헤들어가듯 절벅절벅물속으로들어가서、漸々깁흔곳으로 들어가드니、고만등실등실 떠나갓습니다。

외쏠이가 그家族을보고 하는말이『저것보십시오 龍宮下人이와서 모셔갑니다。어서次例로 들어가십시오。』하고 재촉을하야、그主人의夫人이며 아들셔지다 물에떠나가게되엿습니다。

마주막에는 主人의딸하나가 남엇는데、이색시가 딸아들어가랴할즉、외쏠이는『애너는 들어가지말고 나와갓치집으로들어가서 기다리다가 龍宮에서寶貝를 가저오거든、富者노릇을하자。』하고 쎄여서 다리고들어가 夫婦가되엿습니다。

이와갓치 외쏠을虐待하든 主人兩班은 도로혀외쏠의凶計에싸저서 한집안食口가몰鬼神이 되여버리고 말셔지게되얏습니다。

一四、착 한 아 우

녯적에兄弟가 잇섯는데、兄이恒常그아우를미워하야、衣服과飮食도 잘주지안이하며、작하고못함을勿論하고 무슨일에든지몹시나물만하고 구박이매우甚하얏습니다。

그러나그아우는 마음이大端히착하야、兄한테恭遜하며 무슨일이든지하라는대로 잘施行하얏습니다。一日은그아우가 배곱흠을니기지못하야 밧그로부터들어와서 兄嫂를보고 밥을닫나고좋났습니다。그兄이듯고、房에서뛰여와서 소리를버럭질너『무엇이놉아 밥이다 무엇이냐。』하고 火爐에셔치엿든 火箸를들어서 그아우의눈을찔너서 내여쏫첫습니다。

그아우는 압흠을견데지못하야、손으로눈을부둥키고 쏫셔나와서、뒷山으로올나가 終日토록苦痛을하얏습니다。날이저물고 밤이깁허지며、압흔中에도生覺한즉『自己身勢가 말할수업시可憐한中에 尤極눈하나까지 멀엇는지라。이러고야차라리 죽는이만갓지못하니、나무에올나가 목이나매여달고 世上을닛는게조켓다。』하고 놉흔나무를더듬어 겨우올나가안저서、將次죽을것을酌定으로 허리셔를풀으는데、瞥眼間에 虎狼이한쌍이 그나무밋흐로 우다다뛰여왓습니다。

이아우는 그中에도 異常한生覺이나서、죽으랴하든것을멈추고 仔細히삷혀 보앗드니、한참뛰놀고 作亂을하다가 안저쉬우며、이약이를하는데『예 사람들은 아모것도몰으드라。저山봉오리뒤에 샘물이잇는데、눈먼사람이씨스면 눈이떠지는것도몰으고、정녕이 되여서단기드라。』또한호랑이가『그럿사람갓치 眉連한것이 섯어대잇다드냐。그샘만이아이다 그샘물잇는곳에서 좀넘어오면、큰바위밋헤 金과銀등이 파뭇친것도몰으드라。참내가사람

갓흐면 곳파다가富者가되겟다。』하고 짓거리드니、교만가버렷습니다。

이아우는 썩죽으랴고하다가、이虎狼이의말을듯고 다시生覺하되『眞正그럿것갓흐면 何必죽을것이엄다。그샘물에눈을씻어 고치면그만이오。金과銀을파가지면 富者가될것이다。何如間來日가서 차저본然後에 죽드라도하겟다。』하고 허리셔를도로매고 밝기를기다려서그곳을 차저갓습니다。

果然샘물이잇슴으로 눈을씻어 보앗드니、멀파갓치멀엇든눈이 卽時에잘보이게되고、좀나려와서 바위를밋흘 파서보앗드니、金과銀등이 가득하게뭇쳣슴으로、一邊밧과논을만히사고 큰집도짓게하야 今時에富者가되엿습니다。

兄은이所聞을듯고 와서본즉、宏壯히잘사는故로 異常하고놀나워서、아우에게그緣由를물엇습니다。아우는本來어진사람이라 조곰도속이지안이하고、正直하게一々히 일너주엇습니다。兄은곳慾心이 불곁갓치나서、그아우더러 自己눈을찔너달나고하얏습니다。

그아우는『그런當치안은 生覺은맙으시오。저의財産을 半分하야드릴터이니、그런말심은 다시마십시오。』하고 無限挽留하얏스나、조곰도듯지안이하고 期於히自己손으로 自己

눈을씰으고, 그나무를차저가서, 밤들기를기다려가지고, 나무우에올나가안저서 虎狼이 오기를 기다리고잇습니다。

果然虎狼이가 몰켜와서 作亂을합으로, 이사람은 大端히 깃버하얏드니, 조곰잇다가 이 虎狼이들이 코를쫑긋거리며 범새를맛드니 『애 어대서人범새가난다。』『참글세 어대서나니。』하고、四面을차저보다가 나무우를처다보고 『저긔잇구나。』하며 썽청뛰여올나와서 물고나려가서 먹으랴다가 『한번더容恕하는것이니 아우의말잘들어라。』 하고 고만간곳이업서젓습니다。

一五、富者되는法

어느시골 한村落에 한農夫가 잇서、農事에 勤實함은 勿論이요、그外에 副業으로 冬節에는 집신삼기 자리매이기 멍석겻기 맷方席만들기를 부즈런히하야、每年穀食과 手工品을 팔아서 金錢을 만이만들엇습니다。

이러케 작만한 金錢은、한푼도 쓰지안코 싹々뭉처서 깁히깁히 감추엇다가、싸게파는 밧치나 논이 잇스면、슬적슬적사서 멋해를 모앗든지、어언간에 富者가되엿습니다。

그러나 衣服飮食은 極히 츄악하야、별로히 돈주고 사먹는法 조곰도업스며、이웃파親戚間에 그사람의 술한잔파 담배한대 어더먹은 일이 업섯습니다。

그리하야 洞里사람들이 미워서 別名을 『쌀쏘아지』라하얏습니다。 그러나 田畓이 만하서 이쌍을 어더農事하는 小作人이 만은새닭에、自然히權利가 잇슴으로 미워는하나 交際를 아니치못하얏습니다。

그洞里에 또 한農民이 잇는데 農事도 그와갓치하고、副業도 그사람에게 지지아니할만콤 부즈런히하나、每樣貧寒하고 困窮하야、年々히 한模樣으로 조곰도 모이는것이 업섯습니다。

그리하야 흥샹晝夜로흔란하다가、어느날줄디에 한계최을 싱각하고、自己와가치 農業하야 富者가된 악가그사람을 차저갓습니다。

들어가서 이말저말하다가 말말씃헤 『여봅시오。오날은 老兄에게 問意할일이 좀잇서서 왓스니 겸소치마시고 조세히 가르쳐주시기를 바랍니다。』하얏습니다。

그사람이 對答하되『내가 무엇을 한다고 가르쳐드리겟소, 엇지하얏든지 이약이나 하시오. 들어 봅시다.』

이사람이 말하되『내가 農事에든지 副業에든지 힘쓰는게, 生覺하야 보면, 老兄에게 조곰도 질것이 업는것갓흔데, 老兄은 富者가漸漸되고, 나는 한模樣으로 困難하니, 必是무슨方法이 잇기에 그런한즉, 아모리 힘이 좀들지라도 자세히 說明하야 주시면 참으로 적지아니한 惠恩가 되겟슴니다.』하얏슴니다.

그사람이 듯기를다하고 말하되『方法이 잇기는하지마는 富者되는方法을 아모리親하기로서니 그저야가르쳐드리겟소. 親한處地에 만히 바랄수야업스닛가, 빗을질지라도 술한동이하고 도야지고기 한마리만가져오면, 다 먹고 자세히 說明하야 드리지오. 空으로는 할수업소』하고 썻슴니다.

이사람이『술과 도야지고기를 가지고오면 果然 숨김업시 明白히 가르쳐주시겟슴닛가.』하고 다짐을 바닷슴니다.

그사람이 말하기를『老兄이 精誠것 굿기로, 나도 盡心것 說明하야드리겟다 한것인데, 왜, 이처럼 重言復言하시오. 大端異常도하오, 疑心스럽거든 그만 두구려.』

이사람이 깜짝 놀내며『그것이 무슨말슴이오. 내가 疑心날 리치가잇겟슴닛가.』하고, 作別하고 돌아왓슴니다. 卽時 東西貸取를하야, 술과 도야지를 작만하야가지고, 그잇흔날 다시 그사람을 차저가서 情다웁게 人事를하고, 이것을 내노핫드니, 그사람이 이술과 고기를 실컷 먹은後에 말하되『老兄의 精誠이 이와갓흔즉, 不可不 가르쳐 드릴수밧게업소. 그러면 나를따라오시오.』하고 다리고 나갓슴니다.

이사람은 웬일인지 하지못하야, 或 조용한곳에 가서 가르쳐주나 하고 따라간즉, 뒷東山으로 올나가드니, 큰나무밋헤가서 웃옷을벗기며 하는말이『여보 이나무로 올나가시오.』하얏슴니다.

엇지한 曲折인지는 알수업스나, 하라는대로 動靜이나 볼니라하고, 나무를 올나가서 뭇되『그만 올나갈가요.』『아니오 上上가지로 올나가시오.』이사람이 속에는 괴괴이하나 그대로 上上가지못처지 올나가서『인제는 엇지하리오.』하고 물엇슴니다.

그사람이 처다보고『그러면 두손으로 나무가지를 단단 붓들고, 空中에 매달니시오.』

그대로 매달녓드니, 『이번에는 한손을 노코 한손으로만 매달니시오.』 여러차지는 영해
허갓치 하라는대로 하얏습니다.

언제나 富者되는法을 알어켜줄가하고, 매우힘드는것을 한손으로 매달녀잇는데, 오히려
그래도 다못하야, 이번에는 하는말이『한손을 마자노흐시오.』하얏습니다.

이사람이 하도氣가 막혀서 하는말이『여보 이사람 놉흔데서 한손을 마자 노흐면 떨어
저죽는것은 定한일인데, 나더러 죽으란말이오.』하고 소리를 바락 질럿드니, 그사람이
웃으며『그러면 고만 내려오시오.』하얏습니다.

이사람은 氣盡하야 억지로 내려와서, 한참 精神이업서 잇다가『내가 동강이에게 혼낫
나 참 어려서운 일이로군, 그래이것이 富者되는 方法이란말이오.』『果然 그럿소. 아가
한손으로 나무가지에 매달녓슬적에, 마자 노흐라한즉, 萬若 노흐면 떨어저 죽을것은 定
한것이라하니하엿소. 老兄이 富者가 될녀거든, 이와갓치 돈이 손에들어올때에 나무가
지잡듯 꼭잡고 노치아니하면 되는것이오. 돈업스면 죽는것은 定한일이아니오. 그러한것
을 마음대로 쓰고야 엇지 貯蓄할수잇겟소. 老兄이 農事凡節에는 大端히 勤實하나, 所出
보다 消費가 훨신더하야 그러한것이니, 日後에는 至今 言論과갓치 實地施行을하야 보시
오, 엇지한될리치가 어듸잇스릿가.』하얏드니, 그제야 이사람이 깨닷고, 感心하야 致
謝를無數히하고 돌아갓다합니다. 무엇이든지 自己손의것을 내여노면 손들어오기는 매
우 어려운일입니다.

一六、熊 과 猪

여러百年前은 곰과山도야지가잇섯습니다. 이山저山를아단기다가, 偶然히한곳에서 서로
맛나게되엿습니다. 곰이도야지더러『도야지님이시오.』

도야지는『네 곰서방이오. 그러나 엇던山에놀아 계시오.』

곰『네-나는濟州漢拏山에잇습니다.』

도야지『조흔곳에서 놀아계셧나보구려. 나의故鄕은 山의祖宗되는 白頭山이올시다.』

곰『참 큰山에계셧나보구려. 우리가오날날여기서이러케맛나게되니 참반갑습니다.』

도야지『그래올시다. 彼此에다맛찬가지올시다. 오날日氣가 大端히조와서 이곳에서맛나

재되엿나봅니다。

곰『우리서로南北에 헤저잇다가、이러케맛난것은 참적지안이한緣分이올시다。내가平生所願이 世界를한번돌아단기며、人情風土와山川景槪를 求景코저하얏스나、機會가업서못하든터에이와갓치맛낫스니、이번에둘이同行하시면 엇더하십닛가。』

도야지가 기단주둥이를 쎡벌녀침을세―흘니며『참조흔말심이올시다。나亦是世界를遊覽할마음이 恒常이섯스나、可合한同行이업서서 恨歎하든次에 그런말슴을드르니、두말업시贊成이올시다。그러면곳써나십시다。』하고 곰파갓치길을써낫습니다。

곰파도야지는 山돌님을하야가며、方々谷々이뒤저서 景致를玩賞합니다。얼마즘돌아단기다가 곰이말하기를「우리가이模樣으로 돌아단기어보매、關係되는일만하서 便利치못한일이만흐니、本色을變하야 사람이됩시다。나는漢拏山神仙에게 變化하는道術을 배웟스니새 어려울것업소。」

도야지『참그生覺잘하셧소。나도白頭山道師에게 사람되는法을 배웟습니다。그러면나는喪人이될터이니 當身은무엇이 되시렵닛가。』

곰『네 나는少年이되겟습니다。』하고、곰파도야지는 妙한少年파 늙은喪人으로變하야再次돌아단깁니다。

一日은날이저물어 한村落을차저들어가서、主人을보고 하로밤자기를請한後에、저녁밥을먹고 困함을이기지못하야 곳자랴하얏드니、忽然히이웃집에서 哭聲이翕흐게낫습니다。大端히怪異함으로 主人에게 그緣故를물엇습니다。

主人對答이『달음이안이라、이뒷山밋헤 큰窟하나가잇는대、그속에여러해묵은 큰개가잇서서、作亂이甚하고 人命을만히 傷害함으로、洞里사람들이 이것을防禦하기爲하야、年々히사람하나式을 갓다가窟압헤노코 祭를지내는傳例가되엿습니다。그리하야집집마다돌녀가며 사람하나式을내기로酌定이되엿는대、이번에는저우는집次例가되엿습니다。아마그집색시兒孩를 보내게된새닭에、그와갓치설어서 우나봅니다。』하고 說明을하야들녓습니다

도야지가이말을듯고、마음에慘酷도할뿐더러 一邊게의所行이란말을들은즉、괘심하고忿한生覺이나서 곰을보고『저런소리를듯고 救援치안을수업스니、우리그개란놈을 업새버리고쏘그런弊端이 업게하겟스니 내갓다오리다。』하고 그집으로가서 主人을차젓습니다。

主人은顔面에 愁色을띄우고, 눈물을흘니며나왓슴니다. 人事를請하고曲折을물은즉, 果然짜님이엿슴으로, 도야지는主人을對하야『念慮마시오. 내가壯談하고 셔님을救하야드릴터이니, 걱정마시고 갓치들어가십시다.」하고 請하얏슴니다.

主人은곳문이고들어가서 셔님과面會를식혓슴니다. 도야지는 색시를보고『애쓴지마라. 내가너를도와줄터이니 나하라는대로만하야라. 너의옷을나를주면 내가代身닙고가겟다. 그러거든너는나의옷을 닙고숨어잇거라.」하고 옷을밧귀닙엇슴니다.

그잇흔날果然 洞里사람들이 셔님을다리러왓슴으로, 도야지는색시模樣으로잇다가 이사람들을짜라가서, 窟압헤안저 기다리고잇섯슴니다.

조곰잇드니, 陰冷한氣運이 窟속에서 쏘다저나오며, 凶惡한게한마리가 입을벌리고, 自己를向하야 달녀들엇슴니다. 도야지는색시形狀을벗고 本像이되여서, 쌀물갓흔날카로운左右어금니로 물녀들며 부다물니고하얏슴니다. 달녀들든게도 어쩌에는痛이나서, 그만窟속으로 쏘처들어가서숨엇슴니다. 도야지는 그게를잡아죽이지못한것을 忿히역이고돌아갓슴니다.

그잇흔날 곰과도야지는 산너머길을떠나서가는데 압헤큰내를맛낫슴니다. 맛침다리도업고 배도업슴으로, 건너갈일을생각하다가, 거북으로變하야가지고 헤엄을처서 물을건너갓슴니다. 中間쯤와본즉, 큰거북하나가옴으로, 서로人事를하고 어데를가느냐고 물엇슴니다. 이거북對答이『네―저건너山에잇는게가, 어적게重傷을하얏다고 通知가왓슴으로, 親한터에그냥잇슬수가업서서, 診察이나하고 藥을부처서 治療하야주랴고감니다.」하고 말하얏슴니다.

두거북은『네―그럿슴닛가. 참조흔일하심니다. 우리도彼此에 親한터이니, 갓치가서慰問함이 엇덧슴닛가.」하고 물엇드니,

거북은『참조흔말삼이오. 그러면갓치가십시다.」하고 두거북을다리고 窟에가서, 먼저들어가서 게를보니, 果然重傷을하얏슴으로 人事를한後에 밧게두親舊가 問病하러옴을 말하얏드니, 게가들어오라함으로 이거북은나와서, 두거북을案內하야 들어갓슴니다.

두거북은드러가며 곳곰과도야지로變하야, 그게를물어서 짝간짝간내여죽엿슴니다. 이洞里에對하야는 이런積善이어데잇겟슴닛가. 곰과도야지는 또로少年과美人으로變하야가

지고、그런도洞里사람을차저보고 그게의주여영생일을 말하얏드니、모든사람들이깃버하며 모다붓너와서、窟속을調査하야 보고、정말게가죽어서 쪽각쪽각이낫슴을보고、洞里사람들은 贖罪도할겸 報恩도하기爲하야 議論한結果宴會를열기로하얏슴니다。

宴會를연뒤에 商人과少年을請하야、無數히致謝하고 所願을물엇슴니다。두사람의對答이『우리는아모것도실코 소두마리만잇스면함니다。』하얏드니、當場에白丁을불너 황소두마리를잡아서 갓다노핫슴니다。

두사람은도로 꿩과도야지로變하야、그황소고기를먹고 自己잇든곳으로갓슴니다。洞里사람들은 하도異常함으로 生時인지꿈인지를 알지못하얏슴니다。

一七、烏鵲橋

녯적에玉皇上帝께서 따님한분을두엇는데、外模가어엽부고 才質이特異하얏슴니다。그런데恒常緋緞짜기를 조와함으로、上帝께서 일홈을織女라하시고 大端히貴愛하섯슴니다。次々年光이차매 믄을뵐나와의 牽牛라하는仙人과갓치 配疋을삼게하얏슴니다。이사람은어렷슬제부터 소를매우사랑하야 每樣몰고단기는故로 일홈을牽牛라하얏슴니다。

牽牛와織女는 夫婦가되여가지고、玉皇上帝압헤서 無數한寵愛를밧드니、牽牛가漸々마음이驕慢하야가며 作亂이尤甚하야저서、上帝의命令을 조곰도듯지아니하고 自己의마음대로 諸般惡症의짓을 다함으로、上帝께서大端히忿怒하사、牽牛와織女로하야금 귀향을보내게하얏슴니다。

牽牛는南極으로 織女는北極으로 永久히보내되、一年에한번식七夕날에맛나보게함을容恕하엿슴니다。그러나 이南極과北極이엇지먼든지、갓다가오기에만一年이걸니고、또千辛萬古하야 갓다가오드라도 中央에銀河水라하는 大端히크고廣荒하게 버처잇는큰河水가잇서서건너지도못하고、또左右便에서 멀니ㅅ도엽만 바라볼뿐이오、音聲을내서 이약이한마듸하지도못함으로 牽牛와織女는 슯흠을이기지못하야 눈물을흘니며울엇슴니다。그런데그눈물이 이世界에써러지면、暴風雨로變하야 갑작이洪水가넘어남으로、植物이며動物할것업시 모다七夕날이되면 큰變을맛나게되여서、大端히困難한地境에 빠지엇슴니다。

그러하야어느해에 여러禽物들이모여서 會議를열고、이洪水의防備할道理를 여러가지로

議論한結果、七夕날에暴雨가오는것은 牽牛와織女가 銀河水를건너지못하야 슯히우는눈물이니、올나가서다리를놋는것이 第一조흔方法이라하야、가마귀와까치로하야금 銀河水에가서 다리를놋케決定이되엿슴니다。

烏鵲은이새부터 每年이날이되면、世界의萬物을代表하야、銀河水로올나가서、돌을머리로나르다가、臨時로烏鵲橋를노하서、牽牛와織女가 다리를건너서 서로맛나보게하얏슴니다。그後부터는 暴雨와洪水를 謀免하게되엿다합니다。

그럼으로 只今도七月七日이면 烏鵲을보기가어렵고、七夕後는 烏鵲의머리털이 싹저서써젓하다합니다。또이날아침과저녁에 오는비는、牽牛와織女가서로맛난즐거움에 깃버서우는눈물과、또作別할때에 슯허서우는눈물이 떠러지는것이라합니다。

一八、鼈主簿

四海龍王中에 廣德王이라하는 龍王이忽然히 病을어드니、湯藥이며 丸藥이며、온갖藥을至誠으로服用하야、여러가지治療를다하야보아도、조곰도減勢함이 보이지아니하고、갈사록漸々더尤重하야갓슴니다。

左右에여러臣下며 모든皇族들이 宮中에모여서、全國에 有名한醫師들을 불너가지고、龍王의病을 期於코 治療를잘하야 全快케하기를 議論하얏슴니다。

그中에高明한 醫師하나가 말하되『今番大王의病勢가 大端히 怪常하야、水中藥品으로는到底히못치기가 어렵우시니、陸地에나가서 조흔藥한가지를 어더다쓰시면 곳快差하실줄암니다。그러나 그藥으로말하면 山속에잇는 산톡기의肝이아니면 所用이업슴으로 엇기가極難합니다。』하고 意見을提出하얏슴니다。

龍王이 이말을들으시드니、여러臣下를 對하야『나의病이 大端히危殆한데 저醫師의말이산톡기肝이 藥이라한즉、누가나를爲하야 톡기를어더오겟나뇨。萬一나의病만 낫게하야주면、그恩功은 厚하게갑하줄것이니、可憐한나의 生命을救濟하야주기 千萬바라노라。』하고 公布하얏슴니다。

左右에잇든 여러臣下들이 듯고그럼을그림 서로보기만하고 아모應答이업드니、其中末席에잇든 鼈主簿가 出班奏하야 壯談하되『大王께서 이러틋懇切히 말슴하시는데、平日에

祿奉만 만히먹고 權利다툼만하든、所謂國家의責任을가진 大官들이 이럿타말한마듸가업슨즉、참可痛할일이올시다。小臣이 비록微官末職이나 저에게다 責任을命令하시면、죽을힘을다하와 大陸에가서、톡기를어더 大王께밧치겟습니다。』하고 알외웟습니다。

龍王이깃버하시며 『참너의말이可謂忠心의말일다。아모조록 톡기를어더오면、그功勞는特別히 報答하마。』하고 거북으로하야끔 執兎官을命하얏습니다。

鼈主簿가 即時出發코저하다가、다시生覺하되 톡기라하는말은 들엇스나 한번도본적이업슴으로 畵本을 請하얏습니다。

急々히 畵工을불너들여서 톡기에畵像을 그리게하얏습니다。두귀는쌜쭉 두눈은똥굴똥굴 님중은쌀고 수염은새지고 털은포곤포곤 압다리는쌀고 뒷다리는긴데、花林叢中으로생퉁생퉁 뛰고단기는形狀을 한붓으로그려서 鼈主簿에게 주엇습니다。

鼈主簿는 톡기의畵本을 바다서 깁히깁히감추고、목을길게쌔고 네발로헤엄을처서 넓으나넓은바다를둥실둥실써서 얼마쯤을나와서 陸地에到着하얏습니다。

陸地에올나와서 깁흔山속을 이리저리엉금엉금차저단기며、온갓즘생을보는대로 畵本과比較하야보되 도모지갓흔것이업드니、太陽은西山에걸치고 바람은쌀쌀하게 불어서 나무가지를 한들한들 흔드는대、싸리나무숩풀속으로부터 한즘생이 생퉁생퉁뛰여나오는대、두귀를발죽 처들고 닙을쫑긋쫑긋하며 四面을요리조리 삶혀보며 나려오는것을보앗습니다。

急々히 畵本과對照하야보앗드니、틀님업시 톡기가分明함으로 大端히깃버서 生覺하되 『저놈을 엇더케請하야야 반갑게듯고 얼핏올고。萬一듯기에 귀가거실녀서 感情이날것갓흐면、맛나보지도 못할뿐더러 目的한일이 狼狽되기가 十常八九니、아모조록 尊敬하리라。』하고、압발을번쩍들고 뱀의머리갓흔목을 길게빼서 『여보시오、톡기할아버지。』하고 크게불넛습니다。

톡기가 이소리를듯드니、異常히녁여서 『무엇이 날더러 할아버지라하노。』하고、두귀를쌜쭉처들고 四方을삶혀서 보앗습니다。

이때에 거북은再次 큰목소리로 『톡기할아버지』하얏드니、톡기는 비로소깨닷고 바라보앗습니다。무엇인지 첨보는物件인대、검고넓적한즘생이 뱀갓흔목을 기단하게빼고 恭遜

하게 禮를하드니 『初面에 大端失禮올시다마는 조곰넛주어볼말삼이 잇기로 唐突히請하얏사오니 容恕하야주시고 暫時談話하시기를 바랍니다。』하고 말하얏습니다。

톡기가 이擧動을보고、ᄭᅩᆯ에比하야 人事하는法이며 酬酌하는것이 제법임으로、고만仰天大笑하며 『大體너의일홈이 무엇이냐。쇠똥ᄯᅩ각갓기도하고 煎餅ᄯᅩ각갓기도한것이、의쌀만피는구나。』하고 물엇습니다。

鼈主簿生覺에는 自己를 凌蔑히녁여서 戲弄하는것이 매우忿하나、目的을達키爲하야 十分참고 音聲을柔順하게하야 『初面에弄談도 너무하십니다。暫間만안즈십시오。次次일홈도 아르켜들이고 여긔온ᄭᅡ닭도 말삼하겟습니다。』하고 말하얏습니다。

톡기는 방정맛게 할석안즈며 『그래失禮햇소。姓名이무엇이오。』하고 再次물엇드니、鼈主簿가 對答하되 『나는水宮龍王을 모시고잇는鼈主簿올시다。』、톡기는 『나는 山中豪傑의兎先生이라하오。그런대 水宮에잇는어른이 무슨일로 이곳에오셧소。』하고 물엇습니다。

鼈主簿는 『네ㅡ달음이아니오라、우리 水宮龍王에 公主한분이계신대、人物이天下에 絕色이오、聰明과德行과才能이 모다凡人에지납니다。그리하야 龍王께서는 合當한駙馬를

求하고저하시나、水中에는 至今ᄭᅡ지도 駙馬될만한 資格가진者를 엇지못、햇습니다。그러나龍王께서 兎先生의高名하심을들으시고、날로하야끔 모셔오라하야 이와갓치 온것이올시다。나와함ᄭᅴ가셔서 駙馬가되시고富貴를누리는것이 엇더하십닛가。』하고 說明을하얏습니다。

톡기가이말을듯고 大端히반가우나、半信半疑하야 ᄯᅩ뭇되 『그대의말이 事實일것갓흐면 좃커니와 萬一그럿치못하면 그런亡身이 어대잇겟소。차라리羞恥하느니보다、아니가는것이조흘듯하오。』하얏습니다。

鼈主簿는 큰소리로盟誓를하되 『一國의大事를 엇지秋毫라도 속일理致가 잇습닛가。萬一그와갓치 疑心하시고 決斷치못하시면 엇지山中豪傑이라하겟습닛가。龍王께가서 그대로말삼하와 破婚되게하겟습니다。』하고 快快하게말하얏습니다。

톡기는이말에 밧삭고지듯고 항여나狼狽될가 念慮하야 『여보鼈主簿 그러면 저茫々한 大海를 엇더케들어간다는말삼이오。』하고 걱정을하얏습니다。

鼈主簿가 『그것은조곰도 念慮말으시오。여긔서 바라보기에는 무서운것갓흐나、들어만

가면 陸地보다도 몃倍나더조숩니다。내등에만 업히시면 瞬息間에到達할터이니、두말마시고 어서등에업히십시오。』하고 재촉을하얏숩니다。

독기는조와서 거북등에 덥석업혓드니、鼈主簿亦是 自己의目的을 到達하얏슴으로、깃붐을세우고 萬頃蒼波에 둥실둥실써서 水宮을向하야 들어갓숩니다。

龍宮門前을 當到한즉 金銀寶貝로만진宮闕이 燦爛하고宏壯한대、闕門압헤는 여러물즘생들이 鎗釰을가지고 警戒가嚴重하얏숩니다。

거북이업힌독기를 나려노코、暫時門前에서 기다리라하고 宮中으로들어가드니、얼마後에 웬魚鬼무리가 몰켜나와서、독기의두귀를 반작들어닐고 뒤에서는 꼭뒤를집허 風雨갓치 몰아다가、龍王잇는殿閣압헤 살녀안치고、독기잡아들엿다고告하얏숩니다。

독기는魂이써져서 엇지할줄몰오고 가만이잇섯드니、忽然히殿上에서 큰소리로『네가 독기냐』하고 물엇숩니다。독기가精神을차려서 치여다본즉 龍王은龍布金冠으로 龍床에안저잇고、鯉魚秀魚魴魚大口魚고래갓흔것이 左右에늘어섯고 鼈主簿는그中末席에 업되여잇는대、

龍王이말하되『朕이무순病인지 알수가업스나、醫師의말이 독기의肝이 藥이라하기로 너를불너온것이다。空然한목숨을 쌧기는것이 寃痛하나、나를爲하야 生命을버릴수밧게업다。』하고、여러臣下에게 命令하야 독기를結縛하고 배를갈나서 肝을쓰내올니라하얏숩니다。

독기가生覺한즉 별수업시꼭죽엇슴으로 한計策을生覺하야가지고、龍王을쳐다보며『大王은 나의肝을엇고저하야 이와갓치 죽이랴하시나、當場은배속에 갓지아니하얏숩니다。그것은달음아니라、저는本來 先보름에는 肝을腹中에두고、後보름에는 肝을쓰내서 바위틈에두엇다가 잘때만녀코자는색닭에 只今은山에두고와서 업숩니다。』하고 말하얏숩니다。

龍王과左右에잇든 여러臣下들이 모다수짓되『요妖惡한놈아 네가세로生命을 求하랴고 그와갓흔거짓말을 하는것이나、到底히容恕할수업다。』하고 빨니肝을쓰내라고 號令을하얏숩니다。

독기가『업는肝을 억지로죽이시면 生命만殺害될뿐이오、무슨利益이잇숩닛가。도로혀大王의病患에 쓸藥을엇지도못하고 말써름이니、차라리小人을살녀주셔서 鼈主簿와갓치 肝

둔곳을가서 가저오게하시는것이 좃치아니합닛가。萬一밋지못하시거든 小人의糞門을 調査하야보시면 確實한證據가 分明히잇습니다。구멍이셋이잇는대、한구멍은大便하는것이압고、한구멍은小便하는것이압고、또한구멍은 肝을넛다쓰냇다하는구멍이올시다。仔細히보시고 마음대로 죽이시고狼狽를하든지 살니시고肝을어더잡수시든지 하십시오。」하고 糞門을내노핫습니다。

여러臣下들이 들여다본즉、果然구멍이 셋이잇슴으로 인제봇터는 톡기를잘달내가지고 肝을엇고저하야、結縛하얏든것을 끌으고、無禮히한것을 謝過하며、조흔飮食을차려서 잘먹이고、鼈主簿와함쎄 肝을가저오라고 出發케하얏습니다。

톡기는龍王쎄『꼭肝을갓다가 들일터이니 賞이나만히주십시오。 쌀니단겨오겟습니다。」하고 거북등에업혀서 監獄署謀免한것을 깃버하며、넓은바다를 출넝출넝 나왓습니다。

陸地에到着하야 거북이나리라하매、톡기는精神이 반짝나서 쌍충쒸여나리면서『애고인제는 내가살앗구나。이凶惡하고恠惡한놈아、네가나를 쎄여다가肝을쓰내랴고 한다는말이냐。너의들이아모리 약은체하야도 나한톄속앗다。이곰갓치眉連한놈들아。肝을쓰내노코 단기는즘생이 어대잇단말이냐。이놈아어서 네갈대로가가라。所行을生覺하면 當場에살여죽일터이나、너도너의龍王을爲하야 그와갓치한것이니、너의忠心을生覺하야 容恕하야보낸다。」하고 쌩을한번쏩시봇치고 自己갈곳을 쌍총쌍총쒸여갓습니다。

거북은엇지몹시 어더마젓든지、그쌔부러폭이 들낙날낙하게되엿다합니다。

無論무슨일이든지 남을속이랴하면 自己도속는法이오、正當한일을行하면 決코남이自己를 속이는일이업는것입니다。

一九、頭巾쓴고양이

엇더한사람이 고양이삿기한마리를 사랑하야길느는대、朝夕밥상을 바다서먹을적마다 고기飯饌파 맛잇는飮食을 恒常먹여서 길넛습니다。고양이는習慣이되여서 밥먹을째면、依例상념헤와서 주기를바라고 처여다보고안젓다가、或잇고밋처주지못하면 야옹야옹하고 졸나서어더먹고 잘아낫습니다。

어느해에 그主人이 偶然히病이들어서 呻吟呻吟알키를 여러달하야 四方으로 어진醫師를

請하야 診察하고 여러가지藥을써도、도모지效力이업고 조곰도 減勢가업스니、엇던한醫員이말하되『이症勢에는 엇던藥을쓰든지 所用이업슬것입니다。다만한가지 조흔것이잇스나 瞥眼間에어드실길이 걱정이올시다。쓰기만하시면 卽時快差하시겟지마는 엇기가 極難입니다。』하고 걱정을하며 입맛을다시고잇섯슴니다。

主人은이말을듯드니『大體그藥이 무슨藥이길내 그럿케엇기가 極難하단말삼입닛가? 速히일음이나 아르켜주십시오。』하고 뭇엇슴니다。

醫師對答이『딴은것이아니라 쥐千마리를 어더잡수시면、그後는곳快復되실것입니다。』하고 일너주고갓슴니다。

病人은 정한食口를 모아노코、쥐千마리 어들公論을하나、도모지道理가업서서 모다걱정만하고 終乃에는 殞命할일을歎息하고잇섯슴니다。

고양이가 그엽헤안저서 그光景을보드니、혼자말로『올치내가 이機會를타서 主人의恩惠를 報答하겟다。』하고 밧그로뛰여나갓슴니다。

어대가서 喪人의頭巾하나를 어더가지고 들어와서、머리에뒤집어쓰고 쥐구멍을차저가서

쥐나오기를기다리고 안젓슴니다。

얼마잇드니 쥐한마리가 나오다가、고양이의노리고안즌것을보고 깜짝놀나서 뒤여들어갓슴니다。조곰잇다가 다시궁금한 生覺이나서、가만〱나와서 구멍밧그로 대가리를내여밀고、고양이가잇나업나를 探知하라고 엿〱하며 내다보앗슴니다。

이때에고양이가보고、소래를질너 우지즈되『네요놈、하모리妖妄한 생구멍속으로만 숨어서단기는놈이기로、내가오새當故를하야 喪制로잇는데、너의무리가 찻는도와서 弔喪하는것을 보지못하니 그런變이 어대잇단말이냐。萬若一向그러할것갓흐면、너의가아모리 굴속으로 숨어단긴다하드라도 내가喪軍을불너서、괭이나곡괭이로 굴을모조리 파가며 모조리한놈도 남기지아니하고 沒殺을식히겟다。』하고 號令하얏슴니다。

쥐는고만怯이나서 쏙겨들어가서、여러쥐들을불너서 會議를열고 이일을相議하얏드니、其中에 局量잇는쥐 한놈이말하되『여보아라、그럿치안타。守人事待天命이란말도잇슨즉 제아모리惡毒한놈이기로 弔禮갈것이야 설마害할理가 잇느냐、萬若疑訝하야 아니가면 우리들이 도로혀全滅을 當할는지도 몰으니、내려가서 弔禮를하고 저놈의動靜을 보

고들어오겟다。」하고 구경밧게 석나왓슴니다。

고양이는 如前(여전)히 頭巾(두건)을쓰고 안저서, 조곰도 잡아먹고저하는 態度(태도)가 보이지안음으로, 쥐는 맘을노코 압흐로가서, 절을하고 弔喪(조상)을分明(분명)히한後(후)『無識(무식)하와 尊位(존위)에압서 喪事當(상사당)하신後(후) 卽時(즉시)弔禮(조례)를 못하얏사오니 萬々罪悚(만만죄송)이올시다。容恕(용서)하야주시압기 懇切(간절)히바랍니다。」하고 謝罪(사죄)하얏슴니다。

고양이는 極(극)히恭遜(공손)한態度(태도)로 弔禮(조례)를바듬으로, 이쥐는마음에 大端(대단)히깃버서 卽時(즉시)돌아와서 여러쥐에게 公布(공포)하기를, 조곰도疑惑(의혹)할배업스니 速(속)히들가서 弔喪(조상)하고오라하얏슴니다。

여러쥐는 番次例(번차례)로 가서人事(인사)를하고오되, 고양이는 待偶(대우)를如前(여전)히하드니, 나중에하는말이『여러분은數(수)가만코 나는獨身(독신)임으로, 一々(일일)히 答禮(답례)하기가大端(대단)히困難(곤란)한즉, 말은方針(방침)을 찰여야하겟소。좀先禮(선례)의말삼이나 여러분의種族(종족)을 모다一時(일시)에 訓鍊院(훈련원)넓은마당으로 請(청)하야가지고한번에弔禮(조례)를 밧게함이조흐니, 某日某時(모일모시)에 一齊(일제)히來集(래집)케하심이엇더시오。」하고 請(청)하얏슴니다。

여러쥐들도 그것이便利(편리)할뜻하야 고양이에게 應諾(응낙)하야約條(약조)하고, 各處(각처)에잇는쥐에게 이것을通知(통지)하얏슴니다。

約條(약조)한날이되매 果然四面八方(과연사면팔방)에서 쥐무리가 訓鍊院(훈련원)을向(향)하야 連(련)니어서몰켜들어 넓은마당이 가득하게되얏슴니다。

그때에 그고양이는맛참담은同伴(동모)고양이 數十(수십)마리를미리불너서, 보이지안는곳에埋伏(매복)하야두엇다가, 여러쥐가다와서 正列(정렬)하고 고양이오기를 기다릴째에 頭巾(두건)쓴고양이는 弔喪(조상)바들어 가는것갓치 한가운데로 점잔히들어갓슴니다。

이고양이가 놉흔곳에 올나서드니, 갑작이큰소리를질너서 埋伏(매복)하얏든 고양이들을 모다 불넛슴니다。

이고양이들이 뛰여나오며 낫다쥐를 물어죽이기始作(시작)을하드니, 暫間(잠간)동안에 數千(수천)마리가되엿슴니다。이고양이가 집에돌아와서, 집안사람의 衣服(의복)을물어잡아단김으로, 怪異(괴이)하야 알너가서 보앗드니, 쥐를잡아논것이 여러千(천)마리임으로, 그만깃버서 卽時(즉시)저고리를벗어 갓다가 藥(약)에쓰고, 果然病(과연병)이 快差(쾌차)하게되엿다합니다。이고양이의報恩(보은)하는마음이, 엇더하며 재가 엇더합닛가。

二〇、遺腹子의孝誠

녯적에 한婦人이잇섯는대, 일즉이寡婦가되고 遺腹子하나를 두엇습니다. 이兒孩가 漸漸자라서 十餘歲가되드니, 父親의形容보지못함을 恨歎하며, 다만그母親섬기기를 至誠으로하얏습니다.

於焉間에 나이가二十이넘으매, 그母親조차 偶然히病을어더 世上을離別함으로 情誠을다하야 三喪을밧들엇습니다. 그後로는 어대를가든지 恒常生覺하되『내가世上에 나온後에도모지父親의얼골을 보지못하야 平生에 遺恨이되고 寃痛하든초父親삼아섬기는 母親조차돌아가시고 歲月이덧업서 三喪싸지지냇쓰니, 父母에게依支할곳이永永업고나』하고 슯허하며눈물을禁치못하얏습니다. 하로는 어대出入을하얏다가 집으로돌아오는길에, 한山모롱이를 돌아오자닛가, 웬조고마한 돌부처한個가 잇슴을보고, 곳집어안아가지고 집으로돌아왓습니다.

집으로돌아와서는 곳自己집後園에다가 집한간을淨潔하게짓고, 그부처를位하야노코 父親이라일컬으며, 夫婦가沐浴을淨히한後 새옷을갈아입고, 祭物을차려노코 見身하는禮를마친後에 밧들기로하얏습니다.

날마다아침이면 들어가서『安寧히주무섯슴닛가. 간밤에치웁지나아니하섯슴닛가. 오날은무엇이잡숫고십흐십닛가』하고, 저녁이면 또들어가서『安寧히주무십시오. 저는가서자겟습니다』하고, 昏定晨省을 分明히하야 비록더운때나치운때나 하로라도 厥함이업스며 어대를갈때라든지돌어올때에는 반다시들어가서告하야, 出必告反必面을 잇지아니하얏습니다.

이와가치 이夫婦는 이부처밧들기를 生存하신父親과갓치至誠으로하야 歲月을보내드니, 하로는洞里사는 親切한親舊하나가 차자와서, 主人의업슴을알고 作亂이나하야보겟다하며『내들은즉이집後園에 무엇을位하야 노핫다하니, 暫時들어가보겟다』하고 들어갓습니다. 果然집을짓고 石佛을位하야노핫거늘, 本來실업슨사람이라 가젓든담뱃대로 石佛의頭上을툭치며『아아미친子息이로다, 이것이다무엇이라고 이리하야노핫노』하고, 戲弄한後 自己집으로돌아갓습니다.

未久에 主人이들어와서、自己의父親 石佛을 들어가본즉 面上에流血이狼藉하거늘。大端히놀라서 仔細히삷혀본즉、무엇에마즌자리가 分明하며 씻어도連하야흘으거늘、自己婦人을急히불너서 물을갓다씻으며 솜불로지저도、도모지그치지아니하얏습니다。

이사람은하도怪異하야 婦人에게엇지된曲折을물은즉、婦人은 아지못한다하며 親舊어른이들어와서 求景하든이약이를하얏습니다。

그만이사람은 이말을듯고 忿氣가나서、下人을보내그사람을 불넛드니、이사람이오거늘 大責하되『내가 네父母를알至境이면 他人의父母도 恭敬할것인대、무슨까닭에 나의父親 面上을 쌔려傷하게하야 피가작구나오게하니、무슨心情이 그러하냐』하얏드니、親舊는코로웃으며『별웃은소리가다만타、너는미친놈이다。石佛模型가튼것을 父親이라함도 精神病者의짓이오、設或당볏대로 조곰건듸렷다한들 돌에서 피가날理致가 잇느냐。그런狂言은다시하지말어라。』하얏드니、이사람은 더욱忿이나서『너는 나와 不恭戴天之讐다、너좀죽어보아라』하고 찻든갈을쌔여서 찔려죽여버렷습니다。그리고 들어와서 婦人에게付託하되『내가 아버지의怨讎를갑느라고 사람을죽엿소。殺人者는死라는法이잇스니、나는죽을터이오。나죽은後라도 父親을잘섬기어서、잇지안키를 千萬번이나 바라오。』하고、當付한後 法庭에 自現하야 罪를請하얏습니다。

法官은 이말을듯고 前後事實을調査한後에 獄에가두고 上府에報告하얏드니、그孝誠의至極함을 感動하야 死刑處分을減하고 數年後에 放免하야주엇다합니다。

二、將丞解夢

엇더한곳에 解夢을썩잘하는 사람이잇섯습니다。엇지용하든지 遠近을勿論하고、異常한꿈을꾼사람이면 모다或慶事가잇나 或厄運이돌아오나 알고저하야、날마다어른兒孩할것업시 모여들엇습니다。

엇던作亂잘하는 靑年들이 이所聞을듯고、하로는세사람이모여서 議論하되『여보게 저긔解夢잘하는사람의말이 썩썩맛는다하니、우리가한번 試驗하야보세。세사람이 날마다번갈나가서、거즛將丞꿈을 꾸엇다고하야 解夢하야달내보세。무엇이라고 말하나보아서、乃終에갓치가서 惹端을치고、달은사람을 속여서먹지 못하게하세。』하고 約束을하얏습니다

한사람이먼저가서 解夢者를보고『昨夜에 꿈을꾸되 將丞을보앗스니, 來事가엇더케되겟나 仔細히말삼하야 주시시오.』하고 解夢을請하얏습니다.

解夢者는 곳對答하되『그꿈이 吉夢이지 안소이다. 오날은어데를가든지 술과떡을 배불니어더잡수시리다.』하얏습니다. 이사람말이『分明히그리하오릿가.』『엇다두말할것업시 지내만보시오. 꼭틀님이업스리다.』함으로, 속으로生覺하되『내가무엇을알겟니. 거즛말을듯고 解夢을하니, 참웃으운일도만타.』하고 나왓습니다.

이사람이돌아오다가, 意外에情다운 親舊를맛나서, 그사람에게 쓸녀가서, 果然술과떡을 잔뜩어더먹엇습니다. 그리고돌아와서 두사람에게 하는이약이와 지난이약이를하며 必是偶然히 맛게된것이라고하야 모다웃엇습니다.

잇흔날쓰한사람이 解夢者를 차저가서, 前日과갓치 將丞본꿈을꾸엇다고하얏드니, 對答이『이번꿈은 不吉하외다. 오날落傷할 念慮가잇스니 매우操心하시오.』하고 注意를식혓습니다.

이사람도 속으로大端히 웃으워서『빌어먹을놈을 다보앗다. 어듸보자.』하고 돌아오다가, 길에개똥잇는것을 못보고밟아서, 미그러지는통에 코만잇드러저서 面像에傷處가나고, 두팔을데엿습니다. 精神이번적나서『이解夢쟁이는놀외말이 落傷한다드니 참마젓구나』하고 稱讚을하며, 곳집에돌아와서 鍼醫를불너 鍼을맛고, 다른同謀에게 그이약이를하얏습니다.

마즈막에한사람이 壯談하되『그런理致가 잇슬가 할수업는일이로군. 거즛말이 무슨解夢이될가. 내가가서 속이고오겟다.』하고, 그잇흔날 쓰解夢者를 차저보고, 如前히 將丞꿈의이약이를하고 解夢을請하얏드니, 解夢者가 얼굴을찡그리면서『아조大不吉이오. 오날宅에서 火災가잇겟소이다.』함으로, 이사람은 解夢者에게『丁寧히 그러하겟소.』하고 다짐을밧고 돌아와서, 세사람이 한데모혀서 解夢者의이약이를 始作하얏습니다.

瞥眼間에사랑정에서 下人이쒸여오드니, 『書房님어서게십시오? 어서어서나오십시오. 宅에서 只今불이나서 거진다된地境이올시다.』하고 通知하얏습니다.

瞬息中에 집은붙나며 모다쒸여가서 艱辛히불은껏으나, 生命과財産에 그다지損害는 보지안케하얏습니다.

그잇흔날 세사람이산모여서 말하되『大体이 解夢쟁이가 如合符節로 잘맛처내니, 웬셰語인가 가서물어보세。』하고 解夢者의집을차저갓습니다。 곳뒤『우리三人의움이 다解夢대로마첫스나, 알수업는일이올시다。 움은다갓치將丞을보앗는데, 運數는다各々달으니, 그것이무슨理致오닛가。』하고 말하얏습니다。

解夢者對答이『네 말삼할터이니 仔細히들으시오。將丞이라하는것은 쳐음만들어다세우고는 술과떡을차려노코 告祀를지내는法인故로, 첫번에將丞을본사람은, 그와갓치 술과떡을잘먹은것이오, 두번재將丞을 본사람은 落傷할시分明한것이, 將丞을세워두면지가오래되면, 自然風磨雨洗하야 저절로너머지는것인즉 그와갓치될것이오, 세번재본사람은웨火災를當하는고하니, 將丞들가지가 째근때근 길가에둔니잇스면, 길가는行人이나 나뭇軍들이 갓다가불을째기가 쉬운것이니, 火災를免치못할것이아니오。』하고 說明을하얏습니다。

선뭇되『우리가 정말움을 본것이아니오, 거즛말을하얏는데 엇지解夢할수가잇습닛가。』하얏드니, 如前히對答을하되『움이라하는것은 달은것이아니오, 平素에生覺한것이 잠잘째에 움으로變하는것인즉, 生覺한것이 即움이올시다。』하고 仔細히아리켜주엇습니다。

세사람은 作亂하랴다가 옷삿네魂이나고 고만허를들으고 돌아갓습니다。

三, 少年郡守

녯적에한少年이잇는데, 風神이美麗하고 才質이聰明하고敏捷하야, 十五歲에科擧를보아서 壯元으로及第를하고 即時翰林學士벼슬을하얏습니다。

몃해後에 큰地方의郡守로轉任이되여서 到任하얏드니, 下吏들이 郡守의나히가어린것을보고, 마음에凌蔑히녁여서 擧行凡節에 大端頑慢한態度가 만히잇섯습니다。

이小年郡守는 그下吏輩의버릇가 보다생하고 조금도공경히지안음을 掛心하게녁여서, 一日은吏房을불으드니『石工을쓸일이잇스니 速히불으라。』하고 分付하얏습니다。

吏房은即時 使令을불너서『石手한名을 即時불으랍신다。』하얏드니, 使令은『녜의』하고 긴對答을하고, 風雨갓치나가서 곳잇슬고들어오며『石手불너待令하얏소。』하얏습니다。

郡守는石工이 들어옴을보드니, 東軒의窓을열고『여一官家에서急히쓸일이잇스니, 너못令

부러틀포갓멋개만 만들어서 밧처라。』하얏슴니다。

石手는即時 틀을갓다가 석석석석쌍와서、멋절이못되여서 틀갓여러개를 만들어밧첫슴니다。

郡守가모든下吏들을 불너세우고、分付하되『내가이골에 와서본즉、너의들의목이 너무뻣뻣하야 매우頑慢하게보이니、너의들은一齊히 이틀갓을 한箇式써라。』하얏슴니다。

下吏들은 命을어길수업서서 한箇式정어썻드니、수時에엇지무겁든지 목이삭불어지며、부러지는듯 쌔지는듯하야 견될수가업게되엿슴니다。

여러下吏는 前日의잘못함을反省하고『小人들이 죽을죄라잘못하얏사오니、前德澤에 이목이붙어지지안키를바람니다。이번만살너주십시오。』하고 哀乞哀乞하얏슴니다。

郡守는『인제는너의들의 목고는病이 좃난듯하니 쓰는틀갓을벗어라。 그러나萬一 다시그런病이잇스면、그째에는 永久히씨우겟다。』하고 容恕하얏드니、그後부터는 모다注意하야 恭遜히擧行하게되엿슴니다。

그러나흠은아전들은 아즉도郡守의年少함을 蔑視히生覺하야、무슨일에든지 能滑한手段으로 郡守를소며속에 너허보랴하얏슴니다。

元來색색한郡守임으로 한번도속지아니하다가、맛참 들에붓일이잇서서 여러下吏와 갓치 나갓다가 들어오는길에 수수밧을 지나게되매、흠은아전더러『저밧헤심은것이 무엇인고。』하고 물엇슴니다。

아전對答이『그것이 수수라는穀草올시다。』

또뭇되『그러면 멋해나자랏길래 저다지키가큰고。』하얏슴니다。

아전對答이『그것이 當年에그러케 자란것이올시다。』하얏드니、

『그러하면 한나무밧잇는들을베혀서 묫치지말고 곱게가지고오너라。』하고 식혓슴니다。

其中에第一큰 수수나무를 잘나오매、흠은아전들을 불너서뭇되『너의들은 이수수대를 소며속에넛되、부러트리지말고 보이지아니하게 너허보겟느냐?』하얏슴니다。

하나도對答하는아전이업슴으로、少年郡守는 音聲을놉혀서『너의들이 하나라도 萬一소매속에 넛치못하는놈이잇스면 重한罰을 當할줄알아라。』하고 號令을하얏슴니다。

여러아전들은 들너가며넛어보는形容을하야보앗스나、到底히能力이업슴으로 모다엎들여서『너흘수업사오니 容恕하얏주십시오。』하고 빌엇슴니다。

郡守는웃으며나서 말슴하되『이怪異한놈들아、一年쯤자란수숫대도 너희들소매속에 들어가지아니하거든、하물며十七年이나자란나를 소매속에다 너라고하니너희들의罪가、죽어可하나容恕하는것이니、此後에는 그런못된버릇을 다시하지마라。』하고 容恕하야주엇슴니다。

이訓戒를밧는 모든下吏輩들은 前日의잘못한것을께닷고 百拜謝禮를하고、그다음부터는 少年郡守를 매우서워하고尊敬하야 무슨일에든지 恭遜하게伏從하얏다합니다。

三、惡毒한 범

녯날어느山村에寡婦하나가잇는데、아들딸男妹를다리고 僅々히살아갓슴니다。하로는떡장사나하야 利益을보가하고、떡을만들어가지고、村家에가서팔酌定으로 집을나갓슴니다。男妹를불너서付托하되『나업는동안에大門을단단히걸어두고、或누가와서 열어달나고할지라도 아무도열지말고하야 열어주지말아라。그러고萬一배가곱흐거든 부억시렁우에 밥하지명허는밥을쇠내서 들이먹고、適히作亂말고 집잘보고잇거라。내가이것을 팔아가지고、多하오라면 自然늣기가쉽다。부대집잘보아라。』하고 門밧을나갓슴니다。

떡함지를머리에니고 山길을가는데、한고개마루턱을넘어가니、숩풀속으로부터 큰범한마리가 뛰여나와서、가는길을가로막앗슴니다。이寡婦는魂飛魄散하야 벌벌떨고엇지할줄을 몰으다가、머리에니엇든 떡함지를범압헤내려노흐며『여보범님 이것이나잡수시고 나는살녀주시오。내가죽고업스면 아모도업는어린것男妹가 마저굶어죽겟스니 제발살녀주오。』하고 빌고잇슴니다。

범은이떡을다주어먹고 냠냠을짭짭다시며『아그것맛잇다、어미의왼팔하나만떼여다구』하얏슴니다。

寡婦生覺에 팔하나를주더라도 사는것만多幸하게여겨서『그러면이팔을떼고 나를살녀주오。』하며 왼팔을내밀엇슴니다。

범은덥석에 호박셧듯씩뎨어떼고 냠냠을짭짭하더니『그러나모자란다、왼팔하나마저떼어야하겟다。』하얏슴니다。

寡婦는아이나서『두팔이업드라도 다리로거러가서 兒孩들이나보리라。』하고 남은 외팔을마저내밀엇슴니다。

惡毒한범은如前히 입을벌니서 씹어먹드니, 그래도廉恥가업시『에이번에는 너의몸을 다먹어야만 쓰겟다。』하얏슴니다。

寡婦가生覺한즉, 다리마저업서지면 조곰도動作할수가업고, 다시어린것男妹를 맛나볼道理가업슴으로, 어찌에넘을어서는 天地가무너지는것갓흐며 五臟이쏘어지는듯하야, 엉엉痛哭을하다가 精神을닐어바렷슴니다。

이無情하고惡毒한범은 단녀들어서 모조리全體를다먹고, 그래도마음에 滿足치못하야서 그男妹兒孩까지 잡아먹으랴고, 한번才操를넘어서 變化를부리드니 사람의貌樣으로되엿슴니다。그寡婦의옷을 차저입고, 門을두들어열나하니, 兒孩들은 母親이 온줄알고『누구요』하고 물으며내다보앗슴니다。『내다』하는 對答소리가 달은듯하매, 兒孩가『목소리가 어머니아닌데。』범은『아니다내다。』하고목소리를지어냇슴니다。

兒孩들은그래도疑心이나서『그러면門틈으로 손을들이미시오。』하얏드니, 범은얼는하나를 들여보냇슴니다。

兒孩들이보고『손바닥에 웬흙이무덧서。』하매, 범은얼는쏘내서 흙을뭇질너씻고, 다시들이밀엇슴니다。兒孩는또仔細히보드니『손가락에 웬털이낫서。』하매, 범은쏘내서 斫刀날에다대고 쓱쓱문질너서 털을말금업시하고, 또다시들이밀매『에仔細히보아라。내가맘은사람보고 門열어주지말나하얏지, 어미보고門열어주지말나하얏니? 어서열어다고。들어가서밥주게。』하고재촉햇슴니다。

兒孩들은 그럴듯하야 門을열어주며 母親인가하얏드니, 들어오는것을본즉 生面不知몸이는사람이오, 몸에서범새가나는데 누린내가코를찔넛슴니다。怯이나서 얼는房안으로 쏘셔들어가매, 범도뒤를쏘차들어왓슴니다。

兒孩들은漸漸더놀나서 便所에간다하고, 房뒷門을열고 뒷뜰로나가서, 놉흔나무우로 男妹가귀여올나가숨어서 動靜을살폇슴니다。

범은房속에서 기다리고잇섯스나, 도모지안이들어옴으로 뒤를쏘차서 뒷門으로차즈러나갓슴니다。四面을차즈며 돌아단기나 간곳을알지못하드니, 맛침나무밋헤잇는 움물속을 들여다본즉、男妹가불에벗추어서 보이엿슴니다。그제야비로소 나무우에잇슴을알고、치여다보며 뒤쫏차올나가랴하얏슴니다。암만애를썻고 올나가랴하야도、밋그러저서 올나갈수가업슴으로、兒孩들에게뭇되『얘너희들참용하구나。엇더케올나갓니。』하얏슴니다

큰兒孩는범을속히려고 『두손에기름칠을하고 올나왓지。』하고 對答하얏슴니다。

범은곳房으로들어가서 기름甁을차저가지고、암만애써다가 기름을칠하고 올나가랴하얏슴니다。이번에는맛치 얼음짓치는形狀으로 발만올녀놋치면 냄다밋그러짐으로、범生覺에속은줄알고 다시안저서 치여다보며『너희들은무슨궤조를 가젓길내 그럿케잘올나갓니。나좀알이켜주렴。』하고 달내엿슴니다。

아즉것이엽는 적은兒孩가속아서 얼는對答하며『독기로찍어서 자국을내고 드듸고올나왓지。』하고 알으켜주엇슴니다。

범은곳독기를 차저가지고와서、一邊나무를찍어서 자국을내며 올나옵니다。男妹의목숨도頃刻에잇스니、이情狀의慘酷함은 무엇이라하겟슴니가。

두兒孩는精神이아득하야 손을모고추어들고 하나님께빌되『비나이다비나이다、하나님께비나이다。하나님하나님 굽어살피사、이불상한男妹를 살녀주시옵소서。어머니를依支하고살아오다가、어머니도엇지되엿는지、범을피하야가진다드니 至今셔지消息업고、산중에범이와서 우리男妹를 害하랴고올나옵니다。하나님하나님 살녀주실려이면、當場에동아줄을나려보내주시오。』하고 슯히슯히울엇슴니다。

天神이感應하얏는지 참으로空中에서 동아줄두個가 나려왓슴니다。男妹는얼는붓들고 매달녀서、범의禍를謀免하고 天上으로올나가서 仙人이되엿슴니다。

惡毒한범은 男妹를마저먹으랴고 거진다올나와서、이模樣을보고 念하기도할뿐더러 하날에올나가는것이 부러운生覺이나서、저도그模樣으로 두손을모고추어들며『하나님하나님비나이다、배가곱흔兒孩나먹을가하다가 그것도못되엿스니、저도동아줄이나 나려보내시면 天上에가서 仙人노릇이나하겟슴니다。』하고 哀乞하얏슴니다。

果然이번에도 동아줄이써나려옴으로、自己罪도몰으고 廉恥업는범은 올려조라하고 동아줄을믿어붓들엇슴니다。얼마쯤올나가는데 갑작이동아줄이쓴어지며、八九月에 밧일을엔어지듯 냅다떨어지다가 수수깡밧해떨어지며、수수깡이肛門으로 꾀들어박혀서 참자개지

셰샘엇습니다。惡毒하든범도 天罰에는할수업시 죽어버렷습니다。

이세에수수깡에 무든피가 걱고傳染되어서、수수깡마다 붉은點이박히게되엿다하며、두兒孩는 天上에올나가서、仙人이되엿다가、나중에는 玉皇上帝의命을바다서、사내兒孩는 햇님으로變하고、기집兒孩는 달님으로變하야、至今까지 낫에는해가비추고 밤에는달이비추어서、우리世界가 光明하게지낼수잇다합니다。

二四、다람쥐의報恩

江原道山村에 한늙은夫婦가잇는데、아들하나딸하나가업시 寂寂하게 歲月을보내며、늙은令監은 집신이나 삼아서팔고、마누라는 이웃집의 절구질품이나 팔아서僅僅히生活을하얏습니다。

하로는 집뒷東山밧위들에서 족제비한마리가 어린다람쥐한마리를 쫏차와서 물고 가는것보고、마누라가急히 몽동이를가지고 족제비를쫏차가서 다람쥐를뺏엇습니다。

다람쥐는 엇지몹시 물녓든지 거의죽게되엿슴으로、大端히가엽슨生覺이나서、방속아루목맛뜻한곳에 솜을덥허두엇드니、얼마後에 回生하얏습니다。

두늙은이는 神奇하게녁여서 일로부터 도토리며밤갓흔것을갓다먹이며 愛之重之하야 아들과갓치 길넛습니다。

그다람쥐가 한一年쯤지나드니 삿기다섯마리를 나앗습니다。늙은이內外는 더욱더욱 귀엽게녁여서 모다먹여서 길넛드니、그것이잘아나서 또삿기를치고 또그것이삿기를쳐서、不過十餘年동안에 여러百마리가 되엿습니다。

그럼으로 이늙은이집은 恒常房안에 다람쥐가가득하야잇서서、늙은夫婦는 맛치 다람쥐에祖先갓치되엿습니다。

어느덧 두늙은이는 漸々老衰하야 집신도잘삼지못하고 품파리도 잘하지못함으로、生活하기에困難이莫甚하게되엿습니다。

하로는 다람쥐들을 모다압헤불너안치고、눈물을흘니며 하는말이『우리夫婦가 子息이업시 손수勞働을하야 살아가든處地러니、至今와서는 筋力이업서서 절구질을 못하는사람에糊口할道理가업스니 어느겨를에 너의들을 먹여살니겟느냐。인제부터는 모다山中으로들아가서 다各其벌어먹고 잘살아라。우리는 인제가만이잇다가 굴머서죽겟다。』하고 大聲痛哭을하얏습니다。

다람쥐들이 이景狀을보고、모다짜라서 눈물을흘니며 슯허하드니、조곰잇다가 沒數히어대로가버렷습니다。두늙은이는 이것을보고、더욱悲悵히녁이며 精神업시 時間을보내고 잇슨즉、저녁때쯤되드니 다람쥐무리가 하나식둘식 몰너들어오기始作하는대、모다입속에穀食을한닙식 물어가지고、房속으로들어와서 吐하야노핫습니다。여러마리의 물어온穀食을모아노핫드니、塵合泰山으로 暫時동안에 여러말이되엿습니다。

늙은夫婦는 깃븜을이기지못하야 다람쥐들을 어루만지며『너의들이 報恩을 하는구나。」우리가 굶어죽을것을 謀免케하니 大端고맙다。그러나 달은사람의穀食을 훔쳐왓슬것 갓흐면 到底히못될일이다。우리夫婦가 차라리굶어죽을지언정 그런 非理의것은 먹을수업다』하고 물은즉 一齊히머리를흔들며、그럿치안타는 票示를하얏습니다。仔細히調査하야본즉 果然다람쥐들이 四方에서 떨어진穀食만 물어온것이오 달은사람에것을 훔처온것이아님으로더욱깃버하얏습니다。

일로부터는 다람쥐들이각금 나가서、糧食을벌어가지고 옴으로 두늙은이는 걱정업시返哺를 밧고歲月을보냇습니다。

몃해를살다가 病이들어 죽게될지음에 다람쥐들에게 付托하되『나죽은後에는 뒷東山에다무더다고』하얏드니、果然그遺言과갓치 두늙은이가 죽은後에、여러다람쥐는 모다슯허하며뒷東山에다가 山所자리를 파서노핫습니다。洞里사람들이 이것을보고 埋葬하야주엇드니모다 밤이며 대추며 胡桃와갓흔 實果를만히갓다가 山所압에노코 祭를지낸後에 山中으로들어갓다합니다

二五、원숭이裁判

이리와여호가 山길을지나다가 맛참 길가에떨어진 고기한뎅이를 갓치어뎟습니다。서로혼자만 먹으랴하야 내것이니 내것이아니니』하며、싸홈과 是非를 여러時間하얏스나 마참내 結末이나지못하고 裁判을하야 이기는者가 먹기로 酌定이되엿습니다。이리(狼)와여호(狐)는누구에게 裁判을할가하고 여러가지로 生覺하다가『第一智慧가만코 境遇가밝기는 원숭이니

이것한테 裁判을請하면 틀님이업스리라」하야, 함께 김흔山속으로 원숭이를 차저가서 訴訟을하얏슴니다。

원숭이는 裁判官이되고 이리와여호는 原告와被告가되여서 여는교짓말이를 가운데에 갓다노코 裁判을始作햇슴니다。

원숭이가 이리(狼)와여호(狐)에게 고기어든形便과 事實을 仔細히 訊問하드니,判決하기를『이고기는 本來主人이 업는것을 同月同時에 함께어든것이니,반반시 一毫라도 틀님업시 똑갓치나누어야 될것이라」하고 칼을쓰내가지고 고기를썩베혀서 두조각을만드럿슴니다。

그런後에 새 저울을가저오드니,둘을써로써로달아보고,한편이가 버무어운것을보고 한납을 잘나먹엇슴니다。그리고또달아보아서 무거운편이면 싹잘나먹고싹잘나먹고하기를 이편저편이번갈나가며 여러번하야 고기는漸漸적어갓슴니다。나종에엇지되엿슬가요?

二六、바 보 募 集

【一】 닭의알落胎

한곳에 性味가 大端히急한 사람하나가 처음으로 養鷄를하얏슴니다。얼마아니하야 어린암닭들이 每日알을 나키始作하얏슴니다。

이사람이生覺하되『올치、저암닭들이 每日저와갓치 알을낫는다、必是 저뱃속에는 알이만히 든것이다。저것을 여러날두고 보는것보다 한거번에 알을取하야 팔고보면 큰利益이 날것이니,저암닭들을 모다잡겟다』하고어리미린암닭의배를모다갈낫슴니다。

배를째고 본즉,自己가 生覺한바와는 全혀달나서 完全한 닭의알이라고는 하나도업섯슴니다。이사람은 입맛을 썩쩍다시며『응 내가너무 닭을들네서 잡앗드니,고만落胎를하얏구나。그런줄알앗드면 잡지나말것을,응 참 怨하다』하고,後悔하며 그뒤로 게엇지못하얏슴니다。

【二】 人力車三等

村에서 사는사람이 처음서울을 다녀오는데,萬一自己가 돈을다하면 시골셔기소리를 들을가하야,가장아는체갓치 뭇지도안고 뭇난지도안엇슴니다。停車場에나와서 三等車票하나를사가지고 汽車가 停車場도하기前에 몬저들어서 저곳一等客車로 올나갓슴니다。車掌이

보고 천천이라하고 소리를질으며 쪼차와서 車票檢査를하드니, 三等으로 가라고惹端을 첫슴니다。

이사람은 고만三等소리에 魂이나서, 입속으로『三等을타야한다。三等을타야한다』하고 恒常외고잇슴니다。京城驛을 나려서 人力車를타는데, 또三等生覺이나서 人力車아래層 발놋는데에 타라고하얏슴니다。

人力車軍이 보다가딱하야 이웃層으로 타라고한則『나는실소。이三等이조소』하며, 敢히 올나타지를 못하얏슴니다。구구로볼은다하야 못기나하얏스면 조흘것을, 하는게하고 미리自己마음대로하다가 羞恥만當하얏슴니다。

【三】 郵票旅行

山谷에서만살고 조흔世上求景을 하지못하야, 恒常有恨으로 生覺하다가, 못늑한研究를 하되『올치되엿다。내가只今엇 金錢이업는처지에 한번世上을 遊覽고저하얏스나 마음대로못하얏다。그러나 金錢이아니라도 旅行할수가잇는것이다。우리가 각금 남에게보기도하고 밧기도하는 저郵便物은, 不過郵票몃장만 붓치고보면 갓가운데도갈수가잇고 西洋과 갓흔 먼곳이라도 갈수가잇는것이다。내가萬一暫時 郵便物이되엿스면 어데든지 갈수가 잇다。』하고, 郵票를사서 面上에붓치고, 白紙에는 金剛山旅行이라써서 웃가슴에붓치고, 郵便所小包係로 차저들어가서 小包붓처 달나고하얏슴니다。小包係員은 이것을보드니, 남[illegible]는圖章으로 面上을 두어번되게치고『精神病者는가거라』하얏슴니다。

【四】 電信線應用

한사람이 먼地方으로 볼일이잇서서 단겨나갓다가 여러날이되여, 衣服이 더럽게되며, 새옷을 가라입고 벗은옷을 집으로 보내라하얏슴니다。이사람이 生覺하되『急한片紙를하라면 電報를應用하니, 萬約急한物件을 보내라할때라도 저電報를 應用하면 반다시될것이다。電報라함은 먼것이아니라 저電報줄을 通해가는것인즉, 나는郵便所에 갈것도업시 이電報줄을 直接으로 應用하겟다』하고, 벗은옷을 싹싹뭉거서 自己집 番地를써 가지고 電報줄에다가 매달아노코 들어왓슴니다。

얼마잇다가 나와본즉 매달아논衣服이 간곳이업슴을보고, 몹은사람이 가저간줄은몰으고 『미단옷이벌서집에 到着되엿구나』하고 깃버하얏다합니다。

【五】 總角의讀書

넷적에 나히가만은 總角이잇섯는대、늣게글을 배우고저하야 父親에게 글배우는法을 물엇습니다。 父親對答이 『別것이아니라。 先生이하라는대로만배우고보면 조곰도 어려울것이업다。』하고 일너주엇습니다。

總角은 이말을듯고、 卽時 千字한권을 사가지고 書堂을차저가서 先生님께절을한後에 글을배우기始作합니다。

先生이 冊을다거노코 아리키되 『하날텬하렷다』하니、總角은 하라는대로만 하느라고 『하날텬하렷다』 하얏습니다。

先生이 다시일너주되 『하날텬만하렷다』 한즉、總角亦是 『하날텬만하렷다。』先生이 『하렷다소리는빼렷다。』總角이또 『하렷다소리는빼렷다』하얏습니다。 先生이 화가나서 『이놈아 하렷다소리는빼여』 하고 소리를질은즉、 總角이如前히 큰소리로 『이놈아 하렷다소리는빼여』 하얏습니다。

先生이 매로머리를치며 『글세이놈아、 하날텬만해』 하얏드니、 總角도 매로先生머리를치며 『글세이놈아、 하날텬소리만해。』、先生이大怒하야 뺨을절거부치며 『이놈이밋첫구나 冊가지고가거라』 한즉、 總角도또 先生하는대로 뺨을부치며 「이놈이밋첫구나、 冊가지고가거라』 하얏습니다。

先生은 엇지할수가업서서、忿을참고 헐떡거리고 잇슬지음에、 總角의父親이 글배우는 求景을왓다가 이光景을보고、 즉시 그아들을 끌고나오라한則 總角對答이 『참글배우기 힘들어못하겟습니다』 하얏다합니다。

【六】 두술장사

맛참 술장사둘이 술을甁에 너허가지고 팔녀가다가 한곳에서 맛낫습니다。

그런대 두술장사가 다술을조화하나 팔生覺이만하서、敢히自己의술을 먹지못하고 잇섯습니다。그리하다가 한술장사가 달은술장사의 술가진것을보고、먹고십흔生覺이나서、 自己주머니에서 돈한푼을 쓰내가지고 술한잔을사서 먹엇습니다。 돈을밧고 술을판술장사도 亦是이술장사의술이 먹고십허서、그돈으로 도로술을사서 먹엇습니다。 이술장사는 또돈푼이생김으로、술을또한잔사서 먹엇습니다。 달은술장사도 돈한푼이 생김으로 또한잔사서

버렷습니다。

이와갓치 돈한푼을가지고、번갈나가며 서로술을 사먹어서、두사람의술이 다업서젓습니다。

그제야 두술장사가 말하기를『우리가 술도다팔고、샛술도만이 먹엇스나、外上한푼을 아니젓소구려』하얏습니다。

【七】 집찻기

시골사람하나가 처음서울을 단겨나왓는데、엇던집에主人을 定한後에、볼일이잇서서 出入을하게되엿습니다。

서울은집찻기가 어렵다는소리를듯고、그집大門엽헤 사람畵像을 그려노코 나갓습니다。

볼일을 다본後에 主人한집을 차저오느라고、無限애를쓰고 畵像그린집만 찻느니、僥倖으로 한집에畵像그려붓친것을 보앗습니다。

이사람은『올치 이집이로구나』하고 쑥들어가본즉、그집主人이 모르는사람인것을보고 無顔을當하야 도로나와서『異常한일이다 집은確實히 이집인데 벌서主人이 갈니엇이로구나』하고、그畵像을 仔細히 들여다보며、누가상눈은 알아서 豫防한줄은몰으고 혼자말로

『이집에도 나와갓흔 사람이잇스니 나도그러치 바보는아니다』하얏다합니다。

【八】 아는것이病

시골兩班한분이 下人을다리고 서울로오는데、團束하는말이『내가처음 서울을가니 大端 操心을하야라。서울이란곳은 눈만감아도 코를베혀가느니라』하얏습니다。

於焉間에 이兩班이城中을 到達하야 한旅館에 들어가서、暫時床밥을 사먹고잇슬제에 下人놈이한計較를내서、上典이타고온말을 팔아서 돈은自己주머니속에너코、말꼬삐만 쌍문이에차고 코를칭칭싸쥐고 門밧게서 업되여잇섯습니다。

이兩班이 나오다가보고『이놈아 너말은어듸두고 여긔엎드렷느냐』하고 물엇드니、下人놈은 如前히 코를쥐고 도리다보며『이런 엇던놈이 공비를쓰고 말을가저갓습니다그려 小人은 코를일어버릴가 念慮하야 두손으로 코만쥐고 잇섯습니다。말일어버릴줄은 조곰도生覺하지 아니하얏습니다。』하고 上典을속여도 이兩班은 정말로알앗습니다。

【九】 盜賊에놀나

엇던사람이 한번어대를 갓다오다가 盜賊놈에 혼이난뒤로는 다시門밧글 나가지못하얏습

니다。어느날親舊가 이것을보고 일너주되『여보게 그러케盜賊을 마즐念慮가 잇거든 큰 몽동이나 하나가지고 단기게그려』하얏드니, 그사람對答이 그몽동이까지 빼앗기게』하얏답니다。

【十】 못난이의特徵

못난이라함은 腦속이 남과갓치 생겨나지못한사람에 마음과生覺하는것이 恒常普通사람과는 달너서, 말하는것이든지 하는일이든지 다어리석고 웃읍게되는것입니다。말하는것을 보면 分明하지를 못하고 입속에 넣고 어물어물하며, 空然히 웃읍지도아니한데에 실실 웃으며, 입을벌니고 침을세에 흘니며, 무엇보는것도 精神氣가업고 멍거니보며, 남의하는말을 仔細히듯고, 注意하지아니하며, 갑븐가다가 헛짓을잘하며, 동갓는것도 뜻뜻하지가못하고 흔들적흔들적하며, 남에눈치와 自己의辱되는것을 몰으는것입니다。그럼으로 못난이를 檢査할때에는『눈 입 몸 말』을 注意하야보면 아는것입니다。

二七、돌 쭉 졍 이

녯적에어느洞里에 돌이라하는兒孩와 쭉졍이라하는兒孩가잇는데, 서로情誼가 大端히두터워서 親兄弟나다름업시지냇습니다。

그런데돌이집은 財産이만코 쭉졍이집은 大端히艱難한사람에, 돌이는恒常 쭉졍이의貧寒한 것을 同情하고根心하야「엇지하면저쭉졍이도 나와갓치生活에困難치안토록하야줄고」하며 여러가지로 生覺하다가 하로는한計策을내여서, 自己父親의 銀湯器하나를 훔처다가 어느밧머리에다가 감쪽갓치파뭇어두고, 쭉졍이를불너서 조용하게일으되『내가너를爲하야 한計策을냇스니 내하라는대로만하야라。그러고보면 무슨道理가 잇슬듯하다』한즉 쭉졍이가『나를爲하야 그처럼心慮하야 周旋하야주니 참感謝한일이다。그래무슨일이냐 仔細히아리켜다고。』하얏습니다。

돌이『내가집의銀湯器하나를 아모밧머리에 무더두엇다。必是찻느라고 惹端이날것이니, 그때에내가父親께 넛즈시 내가卜術이神通하다고하야 불너다 물어보게하겟다。그러거는 시침을뚝떼고 卜術하는模樣으로 중얼중얼지거리다가 分明히 가르쳐면, 오작神奇하게 아실리이냐. 너도아는바와갓치 나의父親께서 이洞里에서는 第一有力한處地니, 너의卜術이神奇하다고 所聞을낼것갓흐면, 네게로問卜하러오는사람이 적고모여들것이아니냐. 그러고보면 次次살道理가잇슬것이안이냐.』하고 說明하야주엇슴니다.

둑겁이가 大驚하며『내가벡판아모것도 알지못하는데 그러케되고보면, 뒷일을엇지 감당한다는말이냐하고 拒絶을하랴하얏슴니다.

돌이웃으며『에그것은조곰도 念慮하지마라. 占冊몃卷만사다가노코 을들이닑으면 될것이안이냐. 그러고나도 너와갓치助力하겟다. 두말말고 나하라는대로만하야라.』하고 아리켜주엇슴니다.

둑겁이『올으겟다 너하라는대로만할것이니, 나중에後患이잇것은 네가잘말하야다고.』하고 付托을단단히하얏슴니다.

그잇흔날果然돌의집에서 銀湯器를잇느러고, 한바탕서로킨惹端이낫슴니다. 그때에 돌이가 父親께엿주기를『저둑겁이를불너서 물어보시지오.』하얏슴니다.

父親께서『그까진놈이 무엇을안단말이냐.』함으로,

돌이는『그럿치안슴니다. 그見識가 卜術工夫를 到底히한見識올시다. 아는테만이하는셔람에 남들이몰음니다.』하고 仔細히엿주엇슴니다.

父親이「그럴것갓흐면 가서불너오너라.』하얏슴니다. 돌은卽時가서 둑겁이를불너가지고와서, 事實을말하며 차자달나고하얏슴니다.

둑겁이는約條한것과갓치 한참동안중얼중얼하다가, 마모뒷뫼리를 파서보면 잇스리라하얏슴니다.

그말대로가서 파보앗드니, 果然銀湯器가잇슴으로 모다놀나며, 참神奇한卜術이라하야 그제부터所聞을엇게되엿슴니다.

그後로이所聞이 次次널니퍼저서, 四方에서問卜하러오는者가 만케되엿슴니다. 돌과둑겁이는 占冊을가지고 눈치잇게그럭저럭지내가며, 自然生活도 넉넉하게되고 卜術도漸漸熟達하야저서, 朝鮮內에所聞이藉藉할뿐더러 外國에까지알게되엿슴니다. 그때에맛침 支那에서 皇帝의玉璽를닐코 四方으로卜術神通하다는사람은 모다불너물어스되, 도모지찻지를 못하야 全國이 惹端이드니, 이두졍이의 所聞을듯고 불너오라고하얏슴니다。

두졍이는 뮌셰닭인지도모르고 불녀갓섯드니, 皇帝가 親히 불너안치고 뭇되『네가 朝鮮에서 卜術이 매우 有名하다하기로 불은것이니, 나의 玉璽를 차저노흐라。』하얏슴니다。

두졍이는 이말을듯고 氣가막혀서 엇지할줄몰으다가, 限이나 넘게하야 生死間에 決斷하리라하고『猝地에는 할수업는일이니, 百日限을하야주시면 나가서 차즈러 내겟슴니다。』하고 엿자오매, 皇帝께서 許諾하고 處所를 定하야 잘 對接하게하얏슴니다。 두졍이는 이곳으로 나와서, 愁心에 싸혀서 잠도 잘못자고 밥도잘못하며, 방낫生覺하느니『엇지하면 玉璽를찻는단말인고。 내八字가 엇더길내 여긔와서 죽는다는말이냐。』하고 뭇친사람갓치 그럭저럭 百日이 갓가와서 九十九日이 되엿는데, 아침에 닐어나서 洗手를합니다。 그때에 난데업는 구렁색이 젼벼를넘사귀하다가 바람에 날녀와서 물우에 쎄어젓슴니다。

두졍이가 이것을 보고 精神업시말하기를『柳孔葉이로구나。』하얏슴니다。

그런데 정말 玉璽가저간놈의 姓名이 柳孔葉입니다。 이놈이 神奇한 卜術者가 百日限하고 찻는다는말을듯고, 每日와서 動靜을 살피다가 暗暗間에 저의 姓名을 불음을듯고, 속으로 깜

작놀나서 生覺하되『참鬼神갓치도 아는구나。 인제는 저와갓치 왼갓소니 두수업시 죽엇구나。 오나저사람한테가서 빌어나보겟다。』하고, 밤되기를기다려, 사람업는틈을타서, 두졍이房으로들어가서 恭遜하게 問安을들이고 업듸여서『살녀주셔시오。 죽을죄는 저질 못하얏스니, 德澤을 닙사와 容恕하야주시기만 바람니다。』하고 哀乞을하얏슴니다。

두졍이는 뮌셰닭인지도몰으고 하도 異常함으로『너의 姓名이 무엇이며 무슨 理由로 이깁흔 밤에와서 살녀달나고하는고。』하고 물엇슴니다。

이놈이 對答하되『小人이 果然 柳孔葉이올시다。 죽을죄를 犯하얏사오니, 河海갓흔 德澤이나 바람니다。 果然 玉璽는 東便 못속에 넛사오니, 차즈시고 목숨만살녀주셔시오。』하고 哀乞哀乞하얏슴니다。

두졍이는 精神이 번젹나서『分明 그러냐。 萬一 조금이라도 틀니고보면 죽느니라。』하고 容恕하야 보냇슴니다。

두졍이는 喜色을 씌우고 기다리고잇섯드니, 그잇흔날 百日限이 되여서 果然 皇帝가 불너서 차즌 方策을 물음으로 곳對答하되『네 차젓슴니다。 東便 못속에 잇슴니다。』하고, 일의엿ᄌᆞ

니다。

그시로軍丁들을 불너가지고, 편뭇불을 다퍼내고보앗드니, 참玉璽가잇서서 皇帝를갓다들엿습니다。皇帝가깃버하사 滿朝百官을불너 萬歲를불으시고, 독겁이에게賞給을 만히주게하셧습니다。

하도神奇함으로, 閣老하나가 독겁이더러말하되, 네가그와갓치 卜術이용하니, 다시한번試驗하겟다하고 돌로만든盒한個을 갓다노코「저속에 무엇이들엇는지아르켜내라。」하얏습니다。

독겁이는 天幸으로死地를 벗어낫드니, 또이러한 답답한境遇를 當함으로, 두눈이캄캄하야지며 가슴이쌀여서 속으로生覺하되『이제는꼭죽엇구나 엇지한다는말이냐。當初에그돌이때문에 이地境이되엿구나。』하며 嘆息을하되『애고曖昧한독겁이가 돌에치엇구나。』하고 不知中에 소리를크게내엿습니다。

閣老은이소리에 拍掌大笑를하며『참神奇하다』하고 돌盒을열어논즉, 독겁이가 달석뛰여나갓습니다。무순일이든지 運數가조흐면 그와갓치偶然히잘되는것입니다。何必돌盒속에다가 독겁이를넛튼지 이독겁이는 만흔賞品과 만흔名譽를 어더가지고 朝鮮으로돌아와서 돌이와갓치 富貴를누렷다합니다

二八、鰲城의독갑이制禦

前에朝鮮에서 淸國에使臣을 갓다올때에, 山海關이라하는 使館에서 반다시宿泊을 하게되엿다합니다。그런대 이집에서독갑이作亂이 엇지甚하든지 갓다오는使臣마다 모다독갑이에게 홀녀서魂이나고 왓다합니다。

맛참鰲城李恒福氏가 使臣을가게되엿는대, 壯談하는말이『내가들으니 年々히使臣들이山海館使館에서, 독갑이에게홀녀서 辱을當한다하나 大抵膽氣가弱하기에 그런것이지, 마음을굿세게가지면 邪不犯正이라니 그런理致가 잇스리오。』하고, 달는사람을 凶보앗습니다。

그때에錦南鄭忠信이 겻헤잇다가 이말을듯고『大監께서 豫言하실것이아니라, 지내보시고 하실말삼이올시다。』하고 말하얏드니, 鰲城이 고만怒하야變色하고 하는말이『오작못낫서야 변변치못하게 그런독갑이한테 속는단말이오。그대는 나를不足히보길내그런말

을하는것이로구려。그런客說은다시하지마오』하고 大責하얏습니다。錦南은 다시두말하지 아니하고 鰲城이出發할때에 갓치길을떠낫습니다。여러날만에 義州鴨綠江을건너서 遼東의山海關을 當到하얏습니다。使館에서 留宿하게되매 鰲城은燈燭을밝히고 端正히안저서 밤을지내랴하얏습니다。

밤이깁허지매、갓치갓든一行들은 다疲困함을 이기지못하야 잠들이깁히들고、四方은 寂寞하얏습니다。이때에 房안天井에서 웬사람의다리하나가 부스럭부스럭하고 次次나려오드니、空中에 되룽되룽매달넛습니다。鰲城은 이것을보고、눈을크게부릅뜨고 大責하되『邪不犯正이어든 저것이무엇이냐。네速히물너가거라。』하얏드니、忽然히 업서지고 아모것도보이지 아니하얏다합니다。鰲城마음에 大端히神奇하야『그러면그럿치 妖鬼갓흔것이야 敢히 나에게侵犯할理致가잇스리오。』하고 잠을자랴하얏습니다。얼마後에 또窓밧게서 웬신발소래가나드니 방문을슬몃이열고 老人하나가 들어오는대、仔細히본즉自己의도라가신父親이엇습니다。鰲城의손을붓들고 한숨을휘이쉬드니 눈물을흘니며『내가世上을永別한後에 恒常너의生覺이 속에그득하나、幽明이달은째닭에 마음대로 보지를못하얏드니、오날여긔서 맛나볼줄意外로구나。나는世上을바리고 이곳에와서山海關독갑이가되여가지고、집에消息을 알고저하야 使臣往來할적마다 들어와서물으랴한즉 모다避하는故로 仔細히듯지못하드니、天幸으로 너를맛낫슨즉 나의所願을 인제야풀엇다。그러나집에家族들이 다잇느냐。』하고 多情하게 물엇습니다。

鰲城은 고만父親압헤 업듸여서 放聲大哭을하얏드니、그父親이 붓들어이르키며『擾亂하다 우지마라。갓치온一行들이듯고보면猖披하다』하고말넛습니다。鰲城이울음을긋치고 父親에게『何必이곳에오서서독갑이가되십은 엇지한일이십닛가?』하고 물엇드니、對答이『하날이定한 運數를 엇지避할수잇느냐。몃해만더지나면 故鄕으로 돌아가랴한다。』하고 여러가지집안일에對하야 問答하는것이 하나도틀님이업고 조곰도疑心이업슴으로、確實히 父親으로알고모시고이약이를 하얏습니다

不知中에 時間이느저서、닭이울고 새벽이되매、父親이 이러나가랴하얏습니다。鰲城이 挽留하며 더기시기를請한즉、父親은『애 못될말이다。나亦是너와함씌잇슴을조화한다마는 幽明이달으니까 任意대로못한다。使臣단겨서 나올때에 또다시맛나자。아모조록몸성

히잘단겨오나라」하고 문을열고나갓습니다。

鰲城은 父親을모시고 뜰아래에 날여와서 作別하고、自然마음이 悲悵하야、밝은달밤에아래를 이리저리거닐며 왓다갓다하얏습니다。

鄭錦南은 처음부터 鰲城의動靜을 大廳밋헤서 숨어엿보앗습니다。그런대鰲城이 뜰을거닌다는것이 蓮못에들어가서 물속으로 절버절버 돌아단겻습니다。錦南이 속으로 鰲城이 독갑이한테 속지아니한다고 壯談하든것이웃어워서、큰소리로『大監저것이 웬일이십닛가。독갑이한테 단단히속으십니다그려』하고 말을하얏습니다。

鰲城은 그제야쌈싹놀나 精神을차려서본즉、果然自己가 독갑이에게홀녀서 련못속에섯습으로 붓그러운生覺이나서 臨時處變으로 말하되『그대가 알지못하는소리오。山海關독갑이는 이러케制禦하는法이오』하고 對答하얏습니다。事實인지는몰으나 이런傳說이잇습니다。

二九、반쪽사람

녯적에 한사람이 첫아들을 長成식힌後에、또 둘재아들을 出生하얏습니다。

이兒孩는 배너病身으로 다리만 둘을가젓스나、그外에 머리며 몸통은、모다 달은사람보다 반을적게가젓습니다。

그리하야 일홈을 반쪽이라하고、大端恠異하지만은 어머니되는마음에는、一邊불상도하고 그것도生命일샌더러、또한 血肉인까닭에 保護하야養育합니다。

그러나 그父親되는이와 兄되는사람은 가금 말하기를 病身도 分數가잇지、저러케 애를써서養育한들、사람노릇 못할것을、진작 내다버리면 남도붓그럽지아니하고 空然한 心力도虛費치아니한다하얏습니다。

반쪽의 母親되는이는、그럴수록눈물을 흘니며、엇지나의血肉을 病身이라하야 참아人情에 내다버리여서、生命을끈으리오、내生前에는 내가어더먹이다가、나죽은後에는 엇지되든지 到底히되지못한다하며 엄허하얏습니다。

어느덧 반쪽이는 한해두해 漸漸長成하야 十餘歲가되매, 비록 半쪽이나 氣運이라든지 힘이라든지 普通사람의 몃갑절이되며 可謂力士라하게되엿슴니다.

맘은착하나, 장래갓흔 바위라도 밀치면 흔들니고, 큰나무라도 흔들면 뿌리채쌔저갓하서, 每樣氣運에 못견듸여서 作亂이 無雙햇슴니다. 그리하야 洞內사람들이 그危殆함을 根心햇슴니다.

하로는 압山에올나갓다가 독기한마리가 쒸여가는것을 보고, 잡으랴쏫차갓스나 독기가 요리조리 피하야, 마츰나종에 큰 바위밋흐로 들어가숨엇슴니다.

반쪽이는 그조고마한 독기를잡지못하야, 忿이잔쑥나서 발길로 그바위를 한번찻드니고만 데굴데굴 굴너나려와서, 한人家에 부듸치서, 벼락치는소리가나며 破壞가되엿슴니다 洞內사람들이 크게놀나서, 엇진原因을調査한則 반쪽이 作亂임으로 모다 반쪽의집에 가서, 惹端을치고 破壞한집갑시며 세간의깨진나-損害를賠償하야달나고하얏슴니다.

반쪽이兄은 이變을만나, 여러사람에게 손이닳도록 빌어서 겨우賠償할것을 謀免하고『이놈으로하야 큰辱을보앗다. 이놈을 두엇다가는 장차이亡할터이니, 하로밧비 죽여버릴것다』하며 忿이나서 반쪽이를 붓들어가지고, 東山에올나가 튼튼한 참바로 아람들이 솔나무에다 人情엄시 친친감아서 꼼작을못하게하야노핫슴니다.

반쪽이는 눈물을졀졀흘니며『여보시오 兄님 죽으라고 이리케묵시동이시오. 좀 누귀주시오』하고 빌엇슴니다.

兄은『앗다이놈 잔말마라. 너갓흔놈은 죽어도 일업다. 큰범이나와서 잡어갓스면네가 죽을주겟다』하얏슴니다.

반쪽『여보시오 이놈을兄님, 同氣間에 그리한말삼이 어듸잇스며, 또人情이 그다지도업고 그리케無道하신말삼이오. 나는 꼭죽엇슴니다그려, 아무리든지 安寧하나려가십시오』

兄『이놈아 그래도 무엇이라고 지절이느냐, 病身고든데 엽다고 곳처의作亂이 어듸잇느냐. 너를 집에두엇다가는 큰일이날터이니, 가엽지마는 여긔서죽어라』하고나려왓슴니다

반쪽이어머니가 큰아들들아오는것을보고, 『네가 반쪽이를 엇지하고왓느냐』물은즉, 對答하되『그자식놈을 묵어두엇하얏지요. 하도忿하길래 東山나무에 붓들어매엿슴니다』

母『예 그본샹한것을 너무롱시구지마라。 벌서정한運數로 그러한病身이난것을 너는너무 롱시하느라。 忿김에 힘것부는데 비엿스면, 呼吸不通되여 죽엇겟구나。 쎈니가서 쉬너노 하라。』

兄『하니올시다 분을여비엿드니, 죽기커녕 이샹만부리고 잇습니다』하얏습니다。

이러케 母子가 이약이를 할지음에, 뒤便에서 무엇인지 큰바람소리 갓흔것이 남으로 셩 셩는너서 돌아다보앗습니다。

千萬意外에 반쪽이가 소나무를 뿌리채쌕아질머지고 나러와서, 門압마당에 광 내려노 흐며『어머니 우리집압헤는 亭子나무가 업기로, 하나 가져왓습니다。日氣가 甚히 더운 졔에, 이나무밋헤서 낫에나잠수시고, 시원한 바람이나 쏘이시오』하며, 쾅하고 그루 바으넛가 뿌리압질너 나무중등에지 네리박히며, 동여맷든바가 탁 쓴어젓습니다。

그러하야 반쪽이는, 웃음 툭툭털고, 어머니 엽헤와 웃쌕스며『어머니 내가 죽을줄알고 餘히하셧소 果然兄이 忿하얏든것이아오。아주참 몹시동입되다。여보어머니 여보兄님, 그러 튼지러튼 내나히가 벌서二十이되도록 도무지 장가들인단말은 한번도 들어볼수업스니 원일이오。萬一父母께서 내가病身이라고 장가를 아니들이실것갓흐면, 내가내手段으로 들러입니다。

어서左右間 시원하게 말섬하야주시시오』하고, 엉청되게 그와갓치, 귀엽는말을 하얏습 니다。

이말을 들은兄은 하도갓지안아서 코방귀만 뀌고, 그母親은 한편으로 惻隱한生覺이 懇 切하야 조흔말로 달내여 말하되『앗다 이子息아, 父母된마음에 長成한子息 장가들일마 음이야 懇切할생이면, 네의마음보다 더하지마는, 말하자면이지 病身도이지간하야야 生 意나하야보지, 누가 딸가진사람이 너갓흔반쪽놈을 줄理致가잇서야 말이나하야보지, 氣 막힌말 다시는말아라』하얏습니다。

반쪽이가 이말을듯드니, 화를벌컥내며『父母도 답답하엽소。내行動대로 할터입니다。』

母『이子息아 네行動대로하면 엇지할터이냐。』

반쪽『아주쉽습니다。내몸이 이와갓치 兇한病身이오, 財產도 남과갓치업스나, 但只힘 하나는 남붓그러운것이업슨則, 일로부터 이 나의힘을가지고, 저건너말사는 富者집主人

의알하고 婚姻을하겟습니다。

母『애 쓸데업는소리마라、힘이잇스면 엇지할려이냐。』

반쪽『오날저녁에 그집食口가 다잠들거든 슬쩍뛰여들어가서、색시를 넝큼업어가지고 올터이올시다。아무참견 마십시오。』

반쪽이어머니가 이말을듯고、깜짝놀나서 또하는말이 무엇 엇재 이 無識한놈아、그것이 될일이냐、그러하면 힘만잇스면 못할것 업겟구나。아모리法을 몰으기로、그싸위말이어듸잇늬。매마저 죽을소리마라라。』하고責을하얏스나 반쪽이는『앗다어머니가 암만못하게 말심하실지라도、나는속마음에 酌定하얏슨잇가 다시두말마십시오。이싸위病身이 그리안코야 장가들수잇개소。그리하다가 마자죽드라도、입뿐색시한례 장가나 들어보겟습니다。그러치마는 멋十名놈 갓흔것이야、내가비록病身이나 한주먹으로 개색기싸려잡듯하겟습니다』하고 썹내고잇섯습다。

반쪽이어머니는 반쪽의行動을 보고、生覺하되『큰일낫구나、저病身놈이 한갓 제고집대로 行動할지경이면、집이 瞥眼間에亡하겟스니、미리富者집에 通知나하야 멧칠동안 건장한사람들로 守直을 잘하게하야 반쪽의作變을 막게하리라』하고、큰아들에게 슬며시約束하야 富者집으로 보내엿습니다。

富者집에서는 이말을 듯고、깜짝놀나며、即時모든食口와、모든下人을 불너서、一場說話를하드니、各々團束을하얏습니다。

健壯한 男下人은 門把守며 巡更을 命하고、또其外에 곳곳에 埋伏을식혀노코、집안에는 이房저房에 家族이며 계집下人들이밤마다 番次例로 守直을하고、防禦할準備를 하야노하서、나는새라도 들어갈수업시 하야노핫습니다。

그날밤에 반쪽이가 집에서 슬며시나와서、富者집洞內로 건너가서 멀니 動靜을살펴본즉 그집안팟헤 燈燭이 휘황하고、뭉치든壯丁이、四面에埋伏한것 갓거늘、한참보드니『아아 이놈들보아라、너의가 나를속여볼녀고、암만그리하기로 될말이냐 견듸여보아라』하고 건너왓습니다。

그 잇흔날 또가본즉、如前히 守直을하고잇슴으로『오날은 내가 저놈들을 좀놀내보겟다』하고 절구만한바위 하나를 번적들어 富者집 뒷마당에다가 광하고 메다첫습니다。

瞥眼間(별안간) 大砲(대포)소리갓치, 쟝이울니고 擾亂(요란)함으로, 守直(슈직)하든 사람들은 大驚(대경)하야 소리를지르고 惹端(야단)을치며, 차지러들아단겻슴니다。

반쪽이는 이것을보고 웃으며『이놈들좀속아보아라。아모리하야도 주고야말겟』하며 벼르저거리며 집으로 돌아왓슴니다。

大體(대톄)이러케하기를, 몃칠동안이나 하얏든지, 巡更(슌경)하든사람이며 그동안食口(식구)가모다 잠을자지못하야, 上下所率(상하소솔)이잠에醉(취)하야, 말이아니엿슴니다。

반쪽이가 날마다 밤중이면, 가서動靜(동정)을보다가, 하로는 고요하야 아무 긔척이 업슴으로 漸漸(졈졈)갓가이 가서보앗드니, 안팟헤 守直(슈직)하든사람이며 上下男女老少(상하남녀로소)업시 잠에醉(취)하야 모다쓰러저서 코고는판이오, 가서근되려보아도 도모지人事精神(인사정신)을몰낫슴니다。 반쪽이는『올라 인제되엿구나』하고 巡更(슌경)을돌든놈들은 쟝에말쇡을박고 상투를풀어매여노코, 大門間(대문간)에 把守(파슈)보든두놈은 상투를풀어문찌방에 걸처매고, 안으로들어가 마루밋헤숨은놈은 부억에가서 가마솟출 씌여다가 업퍼노코, 舍廊(샤랑)으로들어가서 富者令監(부쟈령감)은 鬚髥(슈염)에다가 硫黃(류황)을발나노코, 그아들에게는 두손에방맹이를 붓들어겹처매고, 전넌방으로 들어가서, 主人(쥬인)의며누리두손에는 小鼓(소고)와小鼓(소고)채를 붓쏠어매여서, 두팔을느직하게 동여매여 복고개에매달아노코, 안방으로들어가서 富者(부쟈)의마누라는 허리를매여방추돌에 붓쏠어매고, 압헤는 놋대야를노코 두손에는 다듬이방추를 붓잡아매고, 압뒤뜰로 돌아단기며 各々(각각)결박하야 노흔後(후)에, 다시안방으로들어가서, 색시자는것을 이불에돌돌말아 외팔로둘너메고 나오면서『반쪽이新郞(신랑)이 색시업고行次(힝추)하신다』하고, 소리를 크게질느며 守直(슈직)하든놈들은닥치는대로, 발길로 한번식 툭툭거더차며 집으로돌아왓슴니다。

이통에 富者(부쟈)집에서는 모다놀나며잠이쌔기始作(시작)하며惹端(야단)법석이낫슴니다。

爲先(위선) 主人令監(쥬인령감)이 먼저일어나서, 불을켜느라고, 火爐(화로)를찻다가, 鬚髥(슈염)에 불이단기여서『에쓰거〱』하고 惹端(야단)이며, 이것을본아들은 손에방추든채로 『아버지탄다아버지탄다』하며, 불쓰느라고 합부로두다리여 그중에도압파서 엑크덱크소리요, 안방마누라는방치돌에 매인새닭에 이러나지는못하고 두손만허위저거리는대로 압헤노힌대야가마저서쨍쨍소리요 전넌방며누리는 복고개에 매인채로 두손을흔들어서 小鼓(소고)소리둥당둥당長短(장단)을맛치며, 마루밋헤 가마솟쓴놈은『아이구 天地開闢(텬디개벽)을하얏구나』하며, 門把守(문파슈)보든두놈은 서로상투를 잡아켕기며 『앗다이놈아 노하라。이놈아네가 안노치내가안놋늬』하며 싸홈이오, 그外에 巡更軍은 『하나님 사람살니시요』하며 상투를 붓잡고우는光景, 一時는可觀이엿슴니다

반쪽이는 집으로돌아와서, 自己房에 색시를 내려노코, 마당으로 나아가서, 한번才操를 넘드니 반쪽이變하야 妙한男子가되여서, 어머니와 兄님을 불으며 『인제도 病身이라하실터이오』하며, 또색시한테 들어가서 『無禮함을 容恕하시오』하니 母親과兄은勿論이오 색시도 깃뷔하야 夫婦가되엿다합니다。

三〇、乭夫와 興夫

녯적에乭夫와興夫라하는 兄弟가잇섯습니다。兄乭夫는 心事가엇지怪惡하든지, 어렷슬때붓허 남의잘되는것을실혀하며 못되는것를조화하야, 萬一달은사람의 잘되는일이잇스면 妨害을노코야비로소 滿足하재녀이는 凶惡한性質을가젓습니다。그러나그아우興夫는天性이恭遜하고厚德하야, 無論누구든지 稱讚아니하는사람이업섯슴니다。財産도 乭夫에게모다쌔앗기고 困窮하게지내되, 조곰도兄을탓하는일이업시, 妻子를거나리고 和樂하게살아갑니다。

어느해三月三日에 江南으로부터 제비가날녀오드니, 興夫의집 簷下기슭헤 집을짓고, 삿기를낫습니다。

이삿기들은어미제비의 保護를바다서 나날이무럭무럭잘아드니, 不幸히하로는큰뱀에게들켜서 모조리잡혀먹고, 맛침한마리가 땅에썰어져서 다리가부러지며 피를흘니고 발발썰고잇섯습니다。

그때에興夫가들어오다가 이模樣을보고, 大端히慘酷하재녀이며 당사실로잡아매고, 合瘡藥을발나주엇습니다。이제비는興夫의救濟를바다가지고, 불어젓든다리가 次次낫재되며 몸도充實하게 자라서 自由로날나단기게되엿습니다。於焉間에 九月九日이되매 이제비는 故國으로 들어가서, 江南王께一場來歷를 告한後에 興夫에게報恩할것정을하얏습니다。江南王이듯드니大端히깃뷔하며, 興夫의恩功이 참으로만흐니 이박씨나갓다주라하며박씨한개를주엇습니다。

이제비는잘맛하두엇다가, 그이듬해봄에 이박씨를물고 興夫집을차저와서, 興夫를보고 반

기는듯 무엇이라고 지저거리드니, 興夫압헤다가 박씨를떠러트렷습니다。
興夫는이 模樣을보고 異常하야 집어본즉, 등넘셩셔시박씨임으로 울밋헤다가심어두엇습니다。
며칠을지나드니 果然박나무하나가나서 漸々茂盛하야 집웅우로 넝쿨을벗드며, 몃치퍼여서 박이열니고, 여러箇열닌박이 모다탐々하게 굿엇습니다。하로는 興夫內外가 박통을따지보고 모다셔 넘인後에 통을들어박창통을켜보앗습니다。박통이갈나지며 上品材木이 막막쓰다저잇습니다。산한통을켯드니 一等木手들이 막막나오더니, 瞬息間에 高臺廣室을지어노코, 산한통을켯드니 各色세간이쓰다지며, 산한통을켯드니 男女下人이 막막나와서 막벅막벅問安을들이고, 산한통을켯드니 各色布木이쓰다지며, 산한통을켯드니 金銀寶貝가 막막나오며, 산한통을켯드니 五穀이泰山갓치쓰다저서, 暫時동안에家宅과婢僕이며 衣服과飮食準備며 金銀寶貝가庫間에가득싸히 猝地에巨富가되엿습니다。
興夫內外는 일로부터喜々樂々으로 날을보내는데 이소리를怒夫가듯고 뛰어와서보드니, 大驚失色하며 怒氣騰々하야 興夫더러 『이놈이웬일이냐, 네가어듸서이와갓치盜賊질을하엿느냐。썩발무말하야라。』하고 물엇습니다。

興夫는恭遜하게對答하되, 제비의報恩으로 이와갓치된것을 一々히說明하야들녓습니다。
怒夫는귀를기우려서 仔細仔細듯드니, 그제야알앗다는드시 곳집으로들어가서, 제비오기를 날로날로기다렷습니다。果然春三月이되드니 제비한마리가와서, 둥지를짓고삭기를처노핫습니다。怒夫는일부러 삭기한마리를쓰내서 다리를부질너가지고, 실로매어서藥을발른後에 도로집어넛으며 하는말이『나는뭇은것은그만두고, 金銀寶貝만쓰다지거나울박씨를갓다가다오。』하고 祝願을하얏습니다。그제비는 여러날을알타가겨우蘇生이되어가지고 가을철바람이날을할아 故國으로돌아가서, 江南王의게뵈온後에 怒夫를맛나서苦楚當하든이약이를一々히報告하얏습니다。
江南王이듯드니 大怒하며 『그런惡한놈은 이런박씨를갓다주어서 苦痛을無限맛게하야라』하고 박씨한개를주엇습니다。
그이듬해에 이제비는박씨를물고나와서 怒夫에게주엇드니, 怒夫는바다가지고 揚々自得하야 둣기워서하는말이『인제는나도所願成就하얏구나』하며 가로색고세로색다가 陽地쪽울타리에 구멍이뚤짓케파고 생거름도만히친後 이는박씨를심어노코, 날마다아침저녁으

도가져보며、박통열기만기다립니다。싹이나서자라드니 꼿치피여數十통의박이열렷습니다。乭夫는박이여물기도前에 役軍을사가지고 박을따서노흔後에、통들을슬근슬근박을타며、눈을똑바로뜨고서 金銀寶貝나오기만기다리고잇슴니다。한통이뻑갈나지드니 굿중패가數百名이쏘다저나오며한바탕춤을추고나서 돈을달나하야 뺏어가고、또한통을탓드니초라니이라는놈들이쏘다저나와서 各色才操를 한後에또돈을뺏어가고、또한통을탓드니各色乞人이며別々病身이 다쏘다저나와서 동냥을달나고 惹端을치서、穀食을만히뺏어가고。그다음에도 여러통박을탓스나번번이乭夫의財産만뺏어갈뿐이오 하나도金銀寶貝는求景을못하얏습니다。여러통박을다타고 但只한통이남앗는데、그래도未練하고 慾心만은乭夫는 生覺하되『이통에는꼭金銀寶貝가 만히들엇지지』하고 期於코타자서 보앗습니다。이번에는强盜떼가쏘다저나오며 一齊히몽동이를들고 乭夫를두들기며 金銀寶貝를내노라함으로、매에못니겨서 逃亡하얏드니、이놈들이집에불을노코가서 乭夫는집도업게되엿습니다。할수업시아우興夫한테가서 밥을엇어먹고 어더먹다가죽엇습니다。

三一、老父를내다버린者

어떤山村에 無道하고不測한農民하나가잇는데、어렷슬때부터 父母의말이라면 도모지듯지아니하고、성슬이나뻐며 怪惡한作亂이나하야 恒常父母의 걱정을식혓습니다。

於焉間에 저의父親이늙어서、벗게나와서 일도못하며、病이나자조알코、房속에서 大小便이나하야진한사람을 피롭게하며、맛잇는飮食만차저서 艱難한生活에 치다거리하기가 귀찬은生覺이나서고만화를내며 하는말이『말은늙은이들은別로알지도아니하고、얼는들죽드그면 저늙은이는 밥낫마을깃만찻고、房속에서 똥오좀만싸노흐니、괴로워서 살수가잇나。』하고 한참야단을하드니、子息甲得을불넛습니다。

甲得이卽時對答을하고 압흐로갓드니『얘─외양간녑헤잇는 천지게가저오나라。』하고 식혓습니다。甲得이는『별眼間에 지게는가저오라하야 무엇에쓰시렵닛가。』하고 물엇습니다。

아비놈이 화를벌컥내며『이놈아、애비가하라는대로 할것이지、눈을똑바로뜨고무슨잔말을하느냐』하고 악지를뚝뚝히 하얏습니다。

甲得은다시 묻지도못하고、急히가서 지게를가지고오든、이 無道한놈이 명하노코房안으로들어가서누어잇는 지의아비를 빈젓들어다가 지게우에얹지노코, 손으로이리저리 흔들어매서, 搖動(요동)을하드라도떨어지지아니하게 단단히묵거노코, 甲得(갑득)이더러 『녕큼지다가 먼江邊(강변)에버리고 그지게까지그곳에노하두고오너라。』하고 시켯슴니다。

甲得(갑득)이가 아비의擧動(거동)을보니, 귀가막히고도 慘酷(참혹)하야 무엇이라할수업스나, 敢(감)히挽留(만류)치도못하고 속으로生覺(생각)하되 『아마父親(부친)께서 擴朦(확몽)하신것이다。아무말도못하고지고가서, 別(별)로히計策(계책)이나 내여보겟다』하고 지게를지고이러나서, 門(문)밧글나갓슴니다。하라버지는 이模樣(모양)을보드니, 지게우에서 大聲痛哭(대성통곡)을하면서 『이놈들아, 世上天地(세상텬디)에 이런怪變(괴변)이어듸잇느냐。너의들을養育(양육)하야 이地境(디경)을當(당)할줄 누가알앗던말이냐。몹슬놈들아, 그런말고이자리에서어서어서죽여다고。』하고 恨歎(한탄)을하엿슴니다。甲得(갑득)이가 『여보십시오 하라버지。安心(안심)하시고우지마십시오。남붓그럽소이다。아비가暫時(잠시)擴朦(확몽)이되여서 그러하오니容恕(용서)하시고조용히나를으게가시면, 조흔道理(도리)가잇슴니다。아비의마음이 悔改(회기)하도록하와 도로모셔올터이오니굿치십시오。』하고 哀恭(애공)히빌며서울음을굿치게하고, 江邊(강변)으로나갓슴니다。沙場(사장)에나려노코, 江(강)물을움켜다가 面像(면상)이며手足(수족)에세를 精(정)精(정)히씻기고, 옷을벗겨서이(虱)를잡아닙힌後(후)에 『하라버지 여게서안저게십시오。아비한테갓다가 다시모시러오겟슴니다念慮(념려)마시고 暫時(잠시)기다리십시오。』하고 맘상을붓주엇슴니다。

하라버지는 『에ー그러말고, 조흔일생아 나를지게속에 풍덩집어너허다고。괴로운世上(세상)살기실타。이대로두고가면, 얼는죽지도안코 苦生(고생)을오래할터이니, 어서죽이고가거라。』하며섧엇슴니다。

甲得(갑득)이는 『하라버지를속일理致(리치)가잇슴닛가。그런말삼 맙으시고, 단겨오기까지 혼자게십시오。』하고 하라버지를남겨며 지고나왓든 지게를 도로가지고 들어옴니다。

하라버지가이것을보드니 생疑心(의심)이나서 『네가올것갓흐면, 그지게는 외가지고가느냐。』하고물엇슴니다。

甲得(갑득)이 『아니올시다。이지게를 가지고가야 다시뫼시러나옴니다。아모말삼도마시고 暫時(잠시)계십시오。』하고 바로제집으로 들어와서 기침을캑캑하고, 지게를벗어서 도로외양간벽에매엇슴니다。

아비가房(방)문을열고 내다보며 『너나하라는대로하고왓느냐。』하고 뭇다가, 지게매다는것을

보고 望遠을하야 말하되 그지게저지 내버리고 오라하얏드니, 엇지하야 도로가지고와서 지고다가 메다느냐. 얼는내다가 버리고오너라」하고 우지젓습니다.

甲得이 對答이 『이다음에 쓰일것을 空然히 내다버리면요.』하얏드니, 아버지가 『무엇에 쓴단말이냐.』하고물엇습니다. 甲得은 『이다음에 아버지가 늙으시면 이지게로지다가 버릴나고 가져왓습니다.』하고 對答을하얏습니다.

그아버지가 이말을듯고, 고만反省이되여서 아모말도못하고 얼골이붉어지드니, 한참만에 甲得을보고 『예ㅡ앗가내가 暫時잇저서 그런容納치못할不孝의짓을하얏다. 이제가서 도로뫼시고오너라. 내가죽을때라 잘못하얏다.』하고 모시오게하얏습니다. 그後부터는至誠으로老父를 奉養하야 甲得에模範이되게하고 뭇사람의 칭찬을이되게하얏다하니 改過爲善이란말이이런것이올시다.

三一、土木公伊와自能高比

春川에土木公伊라하는사람이 잇섯는데, 어렷슬때에는 家勢가大端히 艱難하얏섯스나, 自己손으로財產을만히作滿하야 나중에는큰富者가되엿습니다. 사람들이 엇지獰惡하든지, 술한잔 남에게 밥한술 남주는일이 업슴으로, 洞里사람들한테 매우人心을일헛습니다. 그러하야 누구든지 吝嗇한것을보면 土木公伊갓다고말하야 有名한別號가되여서, 京鄉을勿論하고 못오는사람이 업섯습니다. 또忠州에自能高比라하는 사람이 잇스니, 獰惡하기가 土木公伊以上가는사람으로 所聞이나서, 自能高比라면 모르는사람이 업게되엿습니다.

土木公伊는 아들이잇고, 自能高比는 딸을가젓는데, 恒常適當한 婚處가업서서 걱정을하드니, 서로신남에規模가 잇다는말을듯고, 彼此마음에可合하게녁여서 通婚한結果兩方이다結婚키로決定이되엿습니다.

婚禮를지낸後 自能高比의딸은 媤집살이하러土木公伊집으로 들어갓습니다. 들어가든잇흔날부터 살님을맛하서하는데, 土木公伊夫婦는 그며누리의 살님사리하는것을 살펴서보매, 百事가모다規模가잇고 다시며할말이업스나, 다만한가지 잘못을보는데 간장을종지에 가득하게 떠서노흔것을 보앗습니다. 성이나서 며누리를訓戒하되 『간장을만히 떠서 엇지한다는말이냐. 敗家할張本이로구나. 나는 간장을 파리가안젓다가 날너가드래도, 期於

고 그러면불붓잡아서 밥북에부튼장을 씻어내고야말며、밥상에간장을 노흐랴도、겨우종지밋바닥에만 생니게노흐면、수저락으로 저서먹으랴다가도 젓세우지안으면 그만두는까닭에、그장은언제든지 업서지지안는다。이다음에는 간장논는법은나와갓치하야라。」하고 일럿습니다。

며누리가 잠잣고다른은後에 對答하되『그럿치안습니다。規模를채하시지못하는 말삼이올시다。제들그런炎涼이 업겟습니가。지령을종지바닥에만 생니게담어노흐면 수저락으로 쓰다가젓세우면期於코저내랴고 수저락으로자조긁어서 수저락이달아업서질것이오며、정하니세우면 종지를기우려서발아먹는법이오니、그러고보면損害가 두가지로나는法이올시다。그러나종지에 간장을가득하게 저서노흐면、수저락만은理致도업삽고、좀저서먹으랴다가도 가득함을보고 自然生覺이나서 안저서먹기를할합니다。」하고 說明하얏습니다。

土木公伊內外가 이말을듯드니、무릅을탁치며『올타올타、너의말이참올은말이다。이제부터는 두말할것업시 모든살님을 너의마음대로하야라。너의規模에는 밋츨수업다。」하고大端히깃버하얏습니다。

그後멧칠지난다음에、自能高比가 自己덕을聽졍보내고 궁금한生覺이나서、맛나보랴고 査頓집을가서、土木公伊와가치 이酬酌저酬酌을하다가 살님살이에 規模잇는니약이가 始作되여가지고、서로自己자랑을합니다。

土木公伊가 붓채질하는法을 말하는데『나는붓채하나를사면 멧十年式씁니다。엇더케쓰는고하니 붓채를왼통다펴서 붓치는것이아니고、한쪽을펴서붓침니다。그래서 그쪽이다헤지면신한쪽을펴서붓침니다。이와갓치 한쪽式펴고次例次例로 펴서붓치면、一平生에붓채멧개아니가저도됨니다。」하고 자랑을하얏습니다。

自能高比는 이말을듯고 웃으면서『그것이무슨大端한經濟가 되겟습닛가。나는붓채하나만 가젓스면、一平生이라도 쓰겟습니다。날이더워서 붓채를쓸일이잇스면、붓채를활신펴가지고 面上을左右로흔들어서 바람을내는시늉에、고개는좀압흐나 붓채는언제든지 멀졍하게잇습니다。」하고 자랑을하얏드니、土木公伊는 고만歎服하얏습니다。얼마아니하야저녁밥상이 나오는데、자반조기로써개를하야 반찬을노핫습니다。自能高比가 有心히보드니、土木公伊더러『여보시오、査頓令監이러케規模가업서서 엇지사시려오。」하고 말하앗슴니다。

土木公伊는『엇지하야 그런십닛가。』하고 물엇드니, 自能高比가 對答하되『이와갓치 빈々히 飯饌을 상에다노흐면 쇠줄갓흔날에 그드이엇지 嘗할닛가。이런자반조기라도 한번사서 天井에 매달아노코, 朝夕때면 밥상을그밋헤노흔後에, 밥한수갈락씩먹고는 조기를치어다보고 머이고새다하면, 自然히 生覺에밥이잘넘어간것이 아닙닛가。이와갓치하면 반찬갑슨 모일것이아닙닛가。』하고 說明하얏슴니다。

土木公伊가 이말을듯고, 별써넘어나서 절을하며『참 査頓님말삼이 올슴니다。 간곤간곤가릇처주십시오。』하고 大端히 崇拜하얏슴니다。

三、虎狼이 募集

(一)시골한村에 女子하나가 잇는데, 하로는바구니를씨고 나물을캐러나갓다가, 돌아오는 길에 한바위밋흘 지나려할즉, 흰 강아지갓치생긴 어엿분증생이 너덧마리잇는것을보고 귀여운生覺이나서 가는길을멈추고, 쓰다듬으면서『아이고 입부기도하다。엇지면이럿케

뻔이고흘가』하고 잇슨즉, 절곤에 윙블빵울이 처진처진떨어지는것을보고 異常히녁여서 처다보앗슴니다。

바위우에 큰호랑이가 안저서, 저의색기를 貴愛함을보고 조와서 허허웃음을 밧고웃다가 침이흘너서 떨어진것입니다。

이女子는 고만혼이나서 바구니를 내버리고 집으로뛰여갓슴니다。호랑이는 보다가 가엽슨生覺이나서 나물바구니를 그女子집에까지 갓다주엇슴니다。

호랑이도 제색기사랑하는사람은 害를아니하는것갓슴니다。

(二)엇던山村에서 農夫하나가 밧흐로 일을갓다가 저물게 自己집으로 돌아올때에 道中에서색기를다린 어미호랑이를 맛낫슴니다。

어미호랑이는 색기를다리고 밧을것을 어드려들하던가다가, 이와갓치 사람을맛남으로 깃버서 소리를치고 넘나뛰여왓슴니다。

이農夫는 갑작이 엇지할줄을 몰으다가, 맛참큰나무가 길가에 잇슴을보고 그나무우로긔여올나갓슴니다。

어미호랑이는 이模樣을보고, 못백여섯차셔 몸이델어들엇너고 귀여운나갓니다。이農夫는 아모리하야도 살수업슴으로 한셰를生覺하야,自己가 입엇든바지를 벗어가지고,귀여운나오는호랑이대가리에다가 바지허리를 뒤집어씌웟드니,호랑이는 뵈이지안음으로 고개를 흔들고 앞발을 허위적허위적하다가,고만 몸뚱이들어가서 바지를 뒤집어쓴채 나무밋흐로 썩떨어젓슴니다。

그때에 맛참 산기호랑이들이 나무밋헤잇다가,사람이 떨어지는줄알고 모다달녀들어서 싸흘어쳐 제어미를 씨붙어 먹엇슴니다。

그사람은 이것을보고 큰나무가지를 꺽거가지고 나려와서 모다두들겨잡아죽엿슴니다。

(三)엇던사람이 호랑이를 만히잡으랴고,강아지한마리를 긴노끈에 매여서 기름칠을하야 가지고,호랑이만흔山으로 올나가서 나무에붓들어매두엇슴니다。

조곰잇드니 호랑이새가 지나가다가 이강아지를보고,서로먼저잡아먹으랴고 달녀들어서 한놈이 날름삼켯슴니다。강아지는 기름칠을한까닭에 미끄러워서 쉽게로 빳숭에를 어갓슴니다。담은호랑이들이 분이나서,싸호랴고 소리를질으고 달녀들째에 이호랑이가

갓치싸홈을 하는바람에 氣運이들어서,강아지는 생구멍으로 튀여나왓슴니다。

담은호랑이가 이강아지를 산산길승,싸홈하는바람에 생생구멍으로 튀여나오고,생멈은 호랑이가삼긴즉 생둥여나와서,이기름칠한강아지는 여러호랑이 빳속을 들어갓다가 나왓슴니다。

그런까닭에 노끈이 여러호랑이의 입과생구멍을 꾀이게되여서,마치 굴갓꿰치와갓치 호랑이를 만히잡앗슴니다。

(四)兵丁하나가 어데가서 술을잔뜩먹고 오다가,엇지醉하얏는지 山고개마루턱이에서잠이저서 잠이들엇슴니다。

그때에 맛참 호랑이한마리가 지나가다가,이것을보고 잡아먹으랴고 갓가이와서 냄새를 맛맛하보앗슴니다。

그러나 호랑이라는 즘생은,죽은사람이나 술이醉하야 精神몰으는사람은 잡아먹지안는세음에,술이깨인後에 잡아먹을녀고 개천에가서 꼬리에물을적시여다가 그사람의머리를 적셔주며 速히술깨우기를 기다리고 잇섯슴니다。

이사람이 머리가 쥐ㅅ든쥐ㅅ든하는바람에 精神이나서 눈을떠서보고, 호랑이가 몽둥이를둘너메고 셔리로 自己머리를 치려홈을 깨닷앗습니다.

이사람은 大膽하무서지마는, 精神을더욱단단히 차려가지고 일부러죽은톄하고 잇섯습니다.

호랑이는 總是 숨이제지안는것을보고, 셔리에몸을웅크리어 개천으로 나려갓습니다.

이째에 이사람은 힘을生覺하아가지고, 自己가가젓든『바랑』을 전뜩두손으로쥐고 호랑이오기를기다리고 잇섯습니다.

果然호랑이가와서 셔몽둥이를 둘너메고 셔리로 머리를 치시랴할지음에, 自己의全力을다하야 『바랑』로 호랑이똥구멍을 私情업시 찔럿습니다.

엇지 몹시찔럿든지 호랑이는『바랑』이 똥구멍에박힌채로 몸서생을쓰고 달아낫습니다.

그리하야 이사람은해물에생감팽이가되여서, 엇지구르며가나든지 머리가다 께여저버리고, 호랑이는죽을때까지『바랑』이박혀서 숨을쉬는때로 뿌뿌를불이고 돌아단겻다합니다.

(五)오지독장사가 짐을지고 山길을가다가 큰호랑이를 만나서, 엇지危急하든지 독속으로 들어갓습니다.

호랑이는 엇지 성미가 急하고 양이크든지 독에든채로 삼켯습니다.

이사람은 정신업시 호랑이 뱃속에 들어가서, 굴속과갓치 캉캉함으로 성냥을거여서 燭불을켜노코 잇섯습니다. 하도처처한생각에 담배를피고 불을켓엇드니, 호랑이는 뱃속이 뜨거워서 이리뛰고 저리뛰고 야단이엇습니다.

生自然 滯勝한生覺이나서, 주머니에서 칼을쇠내가지고 번치는대로 고기를쟁어버렷드니, 호랑이는 압흠을 이기지못하야 들부딧다가 죽어버렷습니다.

이사람은 호랑이뱃속을 다쟁어버리고, 배부르게 먹은동안을 지내다가 구멍이생겨진것을보고 기여나왓습니다.

(六)호랑이한마리가 먹을것을 차자돌아단기다가, 사람이 지나가는것을보고 달녀들어 물어가지고 산기슭을 쫏녀고 힘여가지고 갓습니다.

이사람은 물녓스나 生命에는 關係가업슴으로 서북어젓다가 精神을차려서 그대로잇엇습니다.

이호랑이가 깊은山속큰바위우로 올나가드니 한참생각하고 삿기호랑이를 불너서, 조고만한강아지갓흔놈들이 대여섯마리 빠져나왓습니다.

이사람은 죽은톄하고 잇섯드니, 어미호랑이가 발톱으로 面上을 드윽긁어서 피를내여보고 삿기들로하야곰 빨아먹게하얏습니다. 대단히 압흔것을 그대로 참고잇섯드니, 어미호랑이는 삿기에게 맛기고 썩먼곳으로 사냥을갓습니다.

이사람은 이때를타서 삿기호랑이를 모다때려서 죽여버리고 自己집으로 돌아왓습니다.

어미호랑이가 찻다가와서본즉, 삿기들이 늘어저 죽어잇는것을보고 성이불엇나하야 할커보기도하고 흔들어보기도하다가 죽은것을보고, 그만눈에뵈이는것이업서서 이리저리 뛰여단기다가, 이사람이가는것을 보앗습니다.

이사람은 호랑이가 쫏처오는것을보고, 날세게도 빠져나리다가 큰젹이속 소나무가지에 걸치고 호랑이는 갓치쫏처빠져나리다가지넝쿨에 네발이쎄여서 空中에매달녀잇섯습니다. 잇흔날 나무軍들이 올나오다가보고, 砲手를불너서 호랑이를잡게하고 사람은 안아내려서 救濟하얏습니다.

(七) 시골한선배가 서울와서 科擧를보고 나려가다가, 날은저물엇는데 酒幕을 맛나지못하야 山골에 한빈집이 잇는것을보고, 여기들어가서 밤을새게되엿습니다.

밤중이되드니, 어듸서 부스럭부스럭 소리가남으로 仔細히 살혀서본즉, 호랑이가 중방밋츠로들어올녀고 구멍을뚤으며 긴꼬리를 되밀어서 속에무엇이 잇는것을 檢査하고잇섯습니다.

이사람은 보다가『엇제되죽기는 一般이다』하고, 그꼬리를 두손으로 꽉붓들고 두발로벗ᄐᆡ며『이어차』하고 힘껏 잡아당겻습니다.

호랑이는 그만놀나며『어흥ー』하고 소리를지르며 달어나갑니다. 이사람과호랑이는 서로『이어차』『어흥』하고 당기거니당기거니하야 오래동안 야단이드니, 호랑이꼬리가 중방에슬근긁혀서 껍질이홀낭벗겨지고 그만逃亡하야버렷습니다.

이사람은 날이밝은後에 생각을해서 한고개를 넘으란즉, 웬사람들이 고개밋헤만히모여서잇섯습니다. 異常하야 물어보앗드니, 고개마루턱이에 꼬리가진호랑이가잇서서, 넘어가지를 못한다함으로 生覺하되『올치되엿다』 그놈이 어제밤에 왓든놈이로구나, 한번

며놀내보겟다」하고, 가젓든 쇠뭉치를 휘둘으며『이여차」소리를 질넛드니, 괴만호이나서 逃亡하야 버렷다합니다.

(八)엇던兒孩하나가 山에서 노는것을 호랑이가 보고 쪼차와서 내리덥혓슴니다.

이兒孩는 호랑이배다리틈으로 들어가서 엇지할줄을몰으다가 불알이 늘어진것을보고, 불알밋흘 살살긁엇슴니다.

호랑이는 시원한바람에 가만이잇섯슴니다. 이兒孩는 이틈을타서 한손으로는 불알을긁으며, 한손으로는 주머니에서 노끈을쓰내서, 한쯧은불알을 슬그먼이매여노코 한쯧은나무에 붓들어매여노핫슴니다.

그리고 몸을슬몃이 쌔저나가다가 후다닥달아낫드니, 호랑이는 이것을보고『어흥―」하며 쫏차오다가 고만 불알이쌔저나가서 데굴데굴굴다가 죽엇슴니다. 참可笑하고 꾀가만흔兒孩올시다.

(九)山村한집에 女子하나가 저녁을먹은後에, 설거질을하고 마슬꾼이 쳐저갓으로 등키를 가지고 마슬을쏘게고잇슨즉, 외양간에 잇든소가 空然히놀나서 식식하고 코를불고 잇섯

슴니다

이女子는 異常히녁여 엿가하가서본즉, 호랑이한놈이 외양간구멍으로 들어오랴고 두앞발을너어서 부부긁고잇섯슴니다.

가젓든등키로 힘껏쌔렷드니, 두발이몽창쌔저나가며『어흥」소리를 질으고 쌔여가드니, 딴호랑이와 싸호는소리가 들녓슴니다.

그잇흔날 나가서본즉, 앞발쌔진 호랑이와 딴호랑이가 함께죽어잣바젓슴니다.

이것은딴놈이 하나라, 앞발을쌔닌호랑이가 갓치잇든同伴가 그리운일고만내들어문셰랍셔 그와갓치싸호다가 氣盡하야 죽은것입니다.

三四, 산양軍의 所願

녯적에 한깁흔山村에 다쓰러저가는 조고만草家집속에 산양이나하야 僅僅히버러먹고사는늙은이 內外가잇섯슴니다.

이산양軍은 每日山에올나가서, 陷穽을파노코 山즘생이싸지기를 기다리거나, 銃을가지고

날증생을잡거나하야 歲月을 보냇습니다。

하로는 이산양軍이 무엇이나 地陷에 세져나하고 山에올나가본즉 果然地陷門이 닷처잇는 것을보고 마음에 大端히깃버서 地陷門을조곰때들고 보앗습니다。

한마리 큰사슴이들엇는데 산양軍을 보드니、두앞발을모아서 절을하며 하는말이『여보시오 令監님 나를容恕하야 내노하주시오。나는決코사슴이 아니올시다。本來하날우에잇는仙女로서 玉皇上帝께 得罪한일이잇서서、이와갓치 사슴형겁을 쓰고단기다가 깁흔쟝못듸어 이럿케된것이올시다。萬一나를 살녀주시면그런積善이 업슬줄압니다』하고 哀乞하얏습니다。

이소리를 들은산양군은 크게놀나며、속으로『참 異常한일도만타。사슴이 사람과갓치 말을하며 저와갓치容恕하야달나하니 必是까닭이 잇는것이다』하고 사슴을 對하야『그러면 네가 사슴이아니라 仙女라는말이냐。너를살녀줄것이니 다시는빠지지안토록 注意하야라』하고 내노하주엇습니다。

사슴은『참고맙습니다。이다음에 또봅시다』하고、껑청껑청뛰여서 놉흔山속으로들어갓습니다。

산양군은 아무것도 잡은것이업서 빈손으로 自己집에 돌아간즉、그기다리고잇든 마누라가 男便의 아무것도 안가진것을보고、성을내며『오날은무엇을햇소。山에서 낫잠만주무섯소。오죽하니 하나도못잡아가지고 빈몸으로들어오신담』하고、잔소리를 하얏습니다。

산양군은『아니오、그런것이아니라 地陷속에 사슴한마리가 빠진것을 잡앗섯소。그러나사슴은 普通사슴이아니오、仙女가變한것이라 하기에 참아 잡아오지못하고 노하주엇소』하고 對答하얏습니다。

마누라가 이말을듯드니『그럿컷 갓흐면 왜그저노하보내엿소。所願이나 말하고 그대로하야달나고하지』하고、못난것을 責하얏습니다。

산양군『所願이라니 무슨所願말이야』한즉、마누라가 화를벌컥내며『當身도 生覺좀 하야보시구려 그래所願을 몰은다는말이오。집이라고조고마한것이 모야지우리갓흐니 平生을이模樣으로살터이오。이런機會를타서 집이나 하나어더가질것이지、어리우시지만 또다시가서서 사슴을 불너가지고 큰기와집이나 하나달나고하시오。말만하면 勿論주리다』하고 계속을 하얏슴니다。

이산양軍(군)은 될는지안될는지는 몰으나, 何如間(하여간) 마누라의말대로 그山(산)에올나가서『사슴사슴』하고 불넛드니, 果然(과연)앗가 노하주엇든사슴이 어듸서뛰여나오며『令監(령감)님 웨불으셧슴닛가』하고 물엇슴니다。

산양군은 마누라가 하라는대로『내가 앗가너를 살녀주엇스니, 그代身(대신)에 큰기와집을 한아 다오』하얏드니, 사슴은『그것이야 쉬운것임니다。어서돌아가 보십시오。큰기와집이 잇슬터이니』하고 점점점점 뛰여갓슴니다。

이산양軍(군)은 速(속)히自己(자긔)집을 돌아와서보즉, 이것이야말로 꿈인지生時(생시)인지 앗가까지잇든집은 어대로 가버리고 고래등갓흔 큰기와집이 노혓는데, 솟을大門(대문)을들어서서 中大門(중대문)을들어서고 안中門(중문)을들어선즉, 마누라가 大廳(대텽)마루에 안젓다가 男便(남편)의손을붓들고깃버하며, 자아 인제는 말과갓치 큰집이생겻스니 보시오』하고, 집안求景(구경)을식히는데, 안채로는 六間大(륙간대)廳(텽)에안ㅅ방건는방, 골방, 웃방, 부엌ㅅ방, 샛다락방, 舍廊(사랑)채로 큰사랑 작은사랑 中사랑 守(수)廳房(텽방), 뒷간채로 줄行廊(행랑) 마구간 그外(외)에도 큰광작은광 여러百間(백간)집을 暫時(잠시)동안에 엇게되엿

슴니다。

산양군內外(내외)는 큰집이든것을 조흔게넉여서 每日(매일)滋味(자미)잇게 살드니, 하로는 마누라가 산하는말이『여보시오。令監(령감)은몰지마하야서조흐나 세간이도모지 업스니, 산한번다시사슴을 차자가보시고, 이번에는 집세간을 作滿(작만)하야 달나고 하시오』하고 졸낫슴니다。

산양軍(군)은『나는실소。큰집을어덧스면 고만이지, 산세간까지 달나면 너무過(과)하지안소』하얏드니 마누라가『별말을 다하시오。죽을것을 살녀주엇는데 그것도못해요。念慮(념려)마시고 나하라는대로만하시오。이번에도 석되리다』하며 어서가보라고 하얏슴니다。

산양軍(군)은 마지못하야 山(산)에올나가서『사슴사슴』하고 불넛드니, 사슴은 산에서 뛰여나오며『令監(령감)님 오셧슴닛가。웨 하실말삼이잇슴닛가。웨 불으셧소』하고 恭遜(공손)히물엇슴니다。

산양軍(군)은『애 여보아라。요전에는 큰집을주어서 大端(대단)히고맙다, 그러나 집만잇고 세간이 업슨즉 이번에는 여러가지 조흔세간을 만히다오』하고 사슴에게 請(청)하얏슴니다。

사슴은 如前(여전)히『네 그리하십시오。어려운것업슴니다。어서宅(댁)에가보십시오』하고 對答(대답)함으로 산양軍(군)은 마음에大端(대단)히깃버서 卽時(즉시)집으로 돌아와서보앗드니, 果然(과연)이번에도 所願(소원)

때로 各色세간이 집안에가득하얏습니다。

안방을들여다보니 자개函籠 반다지 三層欌 柳衣欌이며 어른어른 體鏡이거리 櫛比하게노혀잇고、마루에는 桃木두지 三層饌欌 卓子우에 롱중항아리 雙雙이노혀잇고、舍廊간을 들어보니 길이넘는 오지독과 항견한층두리가 가득하게 노여잇고、舍廊을나아가보니 山水屛이둘너잇고 緋緞보료方席이며 椅子冊床 案席四方枕 요강타구재썰이가 노혀잇고 자게文匣衣거리에 萬卷詩書싸혀잇스며、四面壁을둘너보니 付壁書畵燦爛하게 어리둥보는지 으리으리하게 세간이싸혀잇섯습니다。

산양군內外는 여긔저긔한 줄기웅이업서 멋칠동안을지내드니、마누라가 또不足한마음이 생겨서、이번에는 自己손수 산낭을하는것이 괴로옵다고 男便을對하야하는말이『여보시오。令監님、사승한테 또한번만 가보시오。이번에는 가서서 下人을맛히달나고하시오』하얏습니다。

산양軍은『여보신소、그러다가 사승이怒하야 준것까지 다빼스면 엇지하게』하고 말하얏드니、마누라는『念慮마시오、이번에도 쉬외리다。오젼에도 아니됫다드니、나하라는대로 하기째문에 이와갓치 집이며 세간이 생기지아니하얏소。어서잔말마시고 밧비가보시오』하고 졸낫습니다。

산양軍은 마지못하야 또山에올나가서『사승사승』하고 불넛드니、亦是어되서 사승이 톡뗘여나오며『令監님또오셧습닛가、왜 무슨할말슴이 또잇습닛가』하고 물엇습니다。

산양군은 말하기가 어려운것을 마누라가 어려워서 억지로 사승에게『예 이번에는 우리집에 下人이업스니 婢僕을좀보내다고』하얏습니다。

사승은 如前히『네 그러케하지오』함으로 산양군은 깃븜으로 뛰여왓습니다。그러나이번에는 웬일인지 그조흔집과 세간은 다어데로가고、면셔움파갓흔 쓰러져가는 草家집에 마누라가 홀로안저서 울고잇섯습니다。只今와서 慾心이過한것을後悔한들 무슨効力이 잇겟습닛가。

三五、똑 갓 흔 才 操

녯적에 엇더한나라에 한農夫가 잇는데、아들四兄弟를 두고살앗다 늙어서남으어서、하로는 아들을 모다 불너가지고、하는말이『얘들아 내가 별서 나이가六十이넘엇스니、죽을 날이 얼마안이남엇다。나의財産을 너의들에게 논아주려한다。그러나 너의들이 아주아모才操가업스니 일로부터 三年을限하고 各各맘에온곳으로가서、제各其 무슨才操든지 배워가지고오너라。그러면 내試驗하야보고 그才操를보아 財産을 논하주겟다。』하얏습니다。

이말을 들은 네아들들은 다各各길을떠나서、모다自己의 長所를딸아 才操를배워가지고三年後에 아버지께 돌아와서 告하얏습니다。

그告하는말을들은즉、맛아들은그동안훔치기工夫를하얏다는데、아모것이라도 훔치라고만하면 못훔칠것이업시 용하게 훔쳐내는才操를 가젓고、둘재아들은 알아내는工夫를하얏는데、아모리 멀니잇는 보이지안는것이라도 自己가 눈을감고 生覺만하면 百번에 한번도틀니는일이업시 똑々하게 알아내는才操를배웟고、셋재아들은 銃노키工夫를하얏다는데、갓가운데것이든지 먼곳에 잇는것이든지 한번만노흐면 그로맛치는일이업시 百發百中하는 용한才操를 가젓고、넷재아들은 바누질을研究하얏는데、바늘이 한번만지나가면、헝겁은 勿論 쇠나돌갓흔것이라도 감쪽갓치 꾀여매는才操를 가지고 돌아왓습니다。

이農夫가 네아들의 하는말을 듯드니、才操를 比較하야보라고 멀니보이는 저山을 가르치며『얘、저山꼭댁이에 무엇이 잇는지 알아내여라』하고 둘재아들더러 물엇습니다。

둘재아들은 곳바라보고 눈을감고 生覺을하드니、아버지에게 告하는말이『저山꼭댁이에 솔개집이잇고、그속에 알세개가 잇는데 어미가품고잇습니다』한즉、아버지가 이번에는 맛아들에게 일으되『얘 너는어미에게들키지안코 알만 훔쳐오너라 하얏습니다。』맛아들은 今時에 그말대로 감쪽갓치 솔개알세개를 훔쳐다가 아버지에게 들엿습니다。

이아버지는 또이번에는 알세개를 뒤東山바위우에 늘어노코、셋재아들더러 식히기를『너는 銃한방을노하서 대번에 알세개를 깻드려노하라』하얏습니다。

아모리 銃을잘놋는사람이라도、알세개를 맛치라하면 적어도 세방은노하야할것이언마는 이사람은 한방에 알세개를 보기조케 맛처서、깨트렷습니다。이것을본 아버지는 곳넷재아들더러『너는 그깨진알조각을 모아서 前과갓치 꾀여매노하라』하얏드니、넷재아들은 눈깜작할동안에 감쪽갓치 본模樣과 갓흔알을만들어노핫습니다。그리하야 그아버지는다시 맛아들더러 알을도로갓다두라하야、곳그곳에 갓다가두엇습니다。이와갓치 네아들의才操

를比較하야 본즉, 누구나 才操가 더하다 덜하다 할수업서서, 自己財産을 네아들에게 다똑갓치 논아주기로 約條를하얏슴니다.

이때에 맛참 이나라 님금님께서 大端히 貴愛하시는 짜님이 잇는데, 어느날밤에 엇던 이무이(구렁이큰것)가와서, 고만 이짜님을안아가지고 달어낫슴니다. 님금님께서는 고만 愛之重之하시든 짜님을 일으시고, 精神을 차리지못하시며 每日心慮로만 지내시고 빅셩에게 命을내려, 萬一 公主를 차저오는사람이 잇스면 駙馬를삼을뿐더러 나라의 절반을주리라 하셧슴니다. 이말을 들은빅셩들은 여러가지로 公主를차즈랴하나 도모지 消息을 아지못하얏슴니다.

이所聞이 農夫의집에 들니매, 農夫가 네아들을 불너서 일으되『에 너의들의 배운才操를 쓸긔회가 되엿다. 마음을 단단히하고 各其才操를試驗하야 成功한後 幸福을 누리게하야라』하얏슴니다. 맨먼저둘재아들이 눈을한번씩감고 生覺하드니, 하는말이 公主가여긔서 한千里쯤되는 東海바다속에 잇는섬속에서, 이무이에게 잡혀가서 설어한다하야, 模樣을 똑똑하게 알아내엿슴니다. 곳四兄弟는 배한척을 어더가지고 이公主를 차즈러 떠나갓슴니다. 여러날 배를타고 無事히 차차 그섬에 到着하얏슴니다.

맛아들은 배에서 나리자마자 곳 이무이의하는擧動을 엿보다가, 감쪽갓치 公主를 훔쳐와서 그자리로 배를돌니라고 들어왓슴니다.

얼마쯤을 오자니가, 이무이는 公主의 쌔앗긴을깨닷고, 四面을둘너보다가, 이배속에 잇슴을알고, 即時 空中으로 쏜살갓치 날너쫏차와서 아슬아슬하게 배꼿우에서 빨간혀를날늠거리며 큰입을벌니고 모다 잡아먹으려고 하얏슴니다. 이광경을 當한사람들은 精神이 아득하야 엇지할줄을 몰으나, 셋재아들은 곳 銃을들어 한방을탕 노핫드니, 고만 이무이는 대번에 살마을맛고 피를펑펑쏘드면서 풀석 돗우에서 죽어버렷슴니다.

그러나 이무이가 엇지크든지 떨어지는 바람에 배가 깨저서, 고만 속속이나고 公主며四兄弟는 간신히 널조각을 어더붓들고 둥실둥실물결에떠서 生命을 求할道理가 업게되엿슴니다.

이번에는 넷재아들이 『올타 인제는 내次例다』하고 바늘과 실을 꺼내드니 흐터진 배딴가는널쪽각을 하나식 맛추어보다가 꿰매여서 本貌樣과 갓흔배를 만들엇슴니다.

그리하야 죽은줄알앗든 사람들이다시살아서、배를타고 公主와함쎄 집으로 돌아왓습니다。돌아와서 님금님쎄뵈오니、그 깃버하십은 엇지말할수가 잇섯겟습닛가。爲先四兄弟에서前後事實을말하게하야、그功勞의 만코 적은것을 比較하야 보시나 누가 더하다 들하다하기가얼여움으로、션님을아무에게도 주지아니하시고 나라만 넷에나누어주셧습니다。

이와갓치 四兄弟는 恒常 떠도들도안코 압도뒤도업시、和睦하게 서로 도와 잘 살앗다합니다。

三六、駄傳軍의 꾀

朝鮮에서 古來로 食盤이 有名한곳은 全羅道羅州와 慶尙道 統營입니다。녯적에 羅州에 한守令(至今郡守)이、京城의 엇더한勢道잇는 宰相집에 膳物하기爲하야 本土의名産인 羅州盤數十個를 上上品으로 取擇하야서 보낸일이잇섯습니다。이소반을보낼쩍에 駄傳軍(서울시골로올으날이며、짐삭을밧고、품팔이하는사람)에게 申申付託하되『짐이 붐혀서 다치기가 쉬운즉、特別히 操心하야서 京城北村 齋洞沈大監宅에 갓다가들이고、잘바드신標를 맛하가지고 오면、짐삭을 만히 주겟다。』하얏습니다。

駄傳軍은 이付託을 바다가지고 짐을지고、몃칠동안을 步行하다가、洞雀江에 다달아서 나루배를타고 건너온後 모래沙場을 지나는대、짐은묵업고 다리는압파서、暫時동안 쉬일녀고 작대기로 짐을버틔고 쌍문이에 짤넛든手巾을 쌀너서 비지땀을씻으며『휘유』하고 숨을쉬며『인제는 京城을 거진다왓구나』하고、바라볼동안에 작대기끗치 모래밧헤 드틔여서 짐짝이 휘닥 넘어가며 소반이 折半이나 傷하얏습니다。

駄傳軍은 이것을보고 고만魂이 싸져서 넘어진 짐을이리켜노코、이리만적만적 저리만적만적하며、歎息하는말이『몃百里 먼길에 애를쓰고 곱게곱게지고와서、漢陽城을 발아보고 이모양이되엿스니、將次엇지나 한다는 말인가。애고답답 서른지고、내팔쟈가 엇지하야이러한고、江물에나 풍덩싸져 이피로운 世上을 니저버림이맛당하겟다。휘유—』하며、곰방담뱃대에 담베를붓처물고 한참동안을 안저서、한숨만쉬고잇드니 무엇을 生覺한것갓치『올라되엿다』하며、담뱃대를 툭々 썰며 쌔여진 소반을 감쪽갓치 다 맛추어질머지고、그 宰相집으로 向하야 갓습니다。

이 駄傳軍은 宰相宅에 닐으매, 大門을 쑥들어서서 舍廊中門을들어가며 廳直이房을向하야 큰소리를질너서 『예—廳直아—』하고 불넛습니다。廳直이는 이소리에 깜작 놀나서 大監께서 역정이나서서 부르시는줄알고 房門을急히열고 뛰여나왓습니다。

나와본즉 웬 駄傳軍놈이 그와갓치 불으거늘, 괘씸하고 忿이나서 不問曲直하고 나가며, 『이놈아 무엇이야 눈에보이는것이 업늬』하고, 눈에불이나도록 뺨을 두어번 되게 부쳣습니다。

駄傳軍은 이機會를타서, 소반짐을 힘껏 집어던지며 『아이구 나는죽겟다』하고 소리를 霹靂갓치 질으며 엄살을 하얏습니다。

이소리를들은 主人宰相은 瞥眼間에 異常한소리가 들님으로, 놀나서 房門을열고 내여다보매 웬놈이 소반짐을 집어던지고 죽는形狀을하는데, 그조흔소반이 쌍쌍이깨진것을보앗습니다。보기에 詑異하야廳直이를불너서 엇지된셈을 물엇드니,

廳直이對答이『그놈이 小人더러 제下人불으듯이 廳直아 불으기에 忿하와 뺨한번을부쳣드니 저놈이저러케 엄살을합니다』하얏습니다。

宰相이 廳直이를 꾸지즈되『還鄕賤民이 뒤두어서 불으고 그러면 조흔말로 가르쳐주지는것이올치 저것이 무슨模樣이냐, 지각도업다。쌘너저놈을 닐으켜라, 과히傷하지아니하얏나보아라』하고 일넛습니다。

大監의分付대로 닐으키고『果然傷한데는업습니다』하고 엿주엇드니, 『예, 그소반짐은 엇지되엿는지 보아라』하시거늘 뒤적뒤적하야보드니, 『다깨지고 성한것이 三四個뿐입니다』하고 엿주엇습니다。

大監이 駄傳軍더러『예 이리오너라。너어듸서왓느냐』물엇드니,

이 駄傳軍은 全羅道사투리로對答하되『小人 羅州읍에서왓지라오』

大監이『누가 보내든고。』

『예—원님이 보냇지라오。여긔片紙잇지라오』하고 果然片紙를 내노핫습니다。宰相이 본즉 羅州郡守가 보낸것이 確實하거늘 마음에화증이나서『이놈아 그런貴重한物品을질머지고, 여간 뺨좀마졋다고 그와갓치짓바져 다깨트렷스니, 멀니서 보낸사람의 貌樣이무엇이냐』하고 나물하얏습니다。

駄傳軍은 어리석은 목소리로 怯을내며말하되『小人이랑 서울처음 오는놈이지라오。小人의골에서 원님압헤는 勿論누구든지 불으면、吏房아 戶長아 이러케만 불으는것만 보앗지라오。서울兩班의宅에서도 그런줄만 아랏지라오。그래서 廳直아 불넛지라오。그랫드니 눈을부릅뜨고 내달으며 뺨을엇지나 사납게 패는지오、두여지는줄알고、엇더케잡바젓는지알수업지라오。萬若 小人놈이 나려가면 원님한테 매마저죽고 말지라오。大監님小人놈의목숨이 大監님片紙에 달녓슬지라오。잘바덧다고 하시면 小人놈이 사는것이압고 바로말삼하시면 죽지라오。머나먼길에 내려가서、죽을것 업지라오。이자리에서 大監님이 죽여주실지라오。』하고 죽기를 決心하얏습니다。

宰相이 生覺한즉 駄傳軍의景狀이 가엽서서 잘바든양으로 回答을 써서주엇습니다。그놈의쎄가엇더합닛가?

三七、金得仙의後悔

三神山(金剛의蓬萊山、智異의方丈山、漢拏의瀛州山)의하나인 金剛山밋헤 姓은金이오 일홈은 得仙이라하는兒孩가잇섯습니다。일즉父母를 離別하고 홀로親戚의家에 依托하야 困窮하게 生長하나 天性이純良하고 心法이正直하야 洞里사람들이 모다稱誦이藉藉하얏습니다。

一日은 自己身勢의可憐한것을 生覺하고 自然슯흔마음에 門밧게안저서 먼山을 바라보고 한숨을쉬고 슬음업시 잇섯습니다。

이때에 瞥眼間 큰사슴한마리가 山속에서 惶急히뛰여나려오니。得仙의압헤 屈伏하고하는말이、

『나를暫時 숨겨주시면、그런恩惠는 업겟습니다。내가죽고사는것은 只今 當身손에 달녓스니、願컨대살녀주시기를 바랍니다』하고 눈물을흘니며 哀乞哀乞하얏습니다。

得仙은 사슴의哀乞함이 大端異常스럽고 또景狀이 惻隱함으로 仁慈한마음에 사슴을引導하야 부억안나무단뒤에 감추어두고 動靜을삷히고 잇섯습니다。

조곰잇드니 果然捕手하나가 쏘차오며 得仙더러뭇되『只今이곳으로 사슴가는것을 보지못하얏느냐』함으로、得仙은『只今고대 저山으로 뛰여넘어갓습니다』하고 對答하야 산양軍은 곳 고마옴을謝禮하고 가르치는대로 뛰여넘어갓습니다。

捕手가 멀니간뒤에 사슴을불너내여서 無事함을일너주니、사슴은 저의목숨을 도아준恩惠를 百拜謝禮하되『나의生命을 保存하게됨은 當身의恩德이올시다。조곰이라도 報恩코저하오니、저의일너들이는말삼을 仔細히들으시고、銘心하야 잇지마시기를 바람니다『某月某日에 金剛山九龍瀑布近處 北쪽으로 나무숩풀속에 숨어잇다가、午正쌔쯤되여서 갑작이바람이불며 仙女의衣服이 날나오거든、遲滯말고 꼿집어다가 깁히깁히감추어두십시오。그날밤에 衣服닐은仙女가 차저와서 哀乞할지라도、그衣服은 주지마시고 달은衣服을주시고同居하서서 아들三兄弟를 낫키前에는 決코 그衣服을 주시면아니됩니다。』하고 고만自己갈곳으로 갓슴니다。

이째에는맛참 三庚(三伏)炎天임으로、天上廣漢殿에 玉皇上帝가 殿座하셧다가、左右侍女들에 더워함을보시고 말슴하되『天上에도 銀河水와갓흔조흔 藥물이 만커니와 海東三神山中金剛山에 九龍瀑布가잇다하니、너의들中에 아홉名만 나려가서 試驗츠로沐浴하고 놀다가 저녁때에 올나오나라』하고 分付하셧슴니다。

仙官은 곳 命을밧자와 九名의仙女를 指定하야 九龍淵으로 나려가게하얏슴니다。

아홉名의仙女들은 即時五色구름을 타고나려와서 仙服을벗어서 소나무가지에 걸어노코쓰다지는 瀑布밋헤 늘어안저서、玉과갓흔고흔몸을 물을선저싯으면서、서로서로戲弄도하며或은仙歌도불으며 더위를몰으고 終日해를보냇슴니다。

九名의仙女들은 一齊히 몸에물을말니고 各其衣服을차자 입으랴한즉、한仙女의衣服은 간곳을알지못하얏슴니다。四面八方으로 살혀보나、찻지는못하고 時間은漸漸느저감으로 할수업시 八仙女는 하날로올나가고 衣服을일은仙女만 남아서 이리저리 彷徨하며 焦燥하고잇섯슴니다。

날이저물매 偶然히 空中으로부터 鶴한마리가 날나오드니 仙女를보고 일너주되『이곳으로부터 한참만나려가면 人家가잇는대、들재집이金得仙이라하는 사람의집인즉 이사람을차자가서 事情을仔細히말하고 懇請하면 衣服을차즈리다』하고 도로날나갓슴니다。

이仙女는 鶴의말을듯고、어둡기를기다려서 차츰차츰차저날여온즉 果然金得仙의집이잇서서、大門을두다리고 열어달나고하얏슴니다。

得仙은 사슴의한말을 잇지아니하고 仙女의沐浴한다는날 숩속에숨엇다가 바람에불녀온

衣服을집어가지고와서, 仙女오기를 기다리고잇든초에 女子의 音聲이 나는듯하고, 即時나가서門을열어주며『엇더한女子가 이와갓치 夜深한때에 山村에들어와서 무삼일로차즈시오』하고 물엇습니다。

이女子는 對答하되『나의急한事情이잇서서 온것이올시다。그것은달음이아니라, 나의衣服을가저오신줄알고 달나러왓습니다。速히주시면 그런恩惠는 더업슬샏더러 金銀寶貝도所願대로들일터이오, 富貴功名도 所願대로引導하야 들일터이니, 제발 이사람의困難함을生覺하셔서 衣服을내주십시오』하고 懇請하얏습니다。

得仙은『그衣服을 本人이가진줄은 엇지分明히아시며 說或가젓슬지라도 金銀寶貝도所願이아니고 富貴功名도 바라는배아닙니다。但只至今 나히가二十이넘도록 獨身으로 잇슴으로天地神明이 도으사 夫婦로 引導하신것인즉, 不在多言하고 本人과同居하시면 그天上衣服은 早晩間에 들일터이니 깁히生覺하시고 許諾하시기만 바랍니다』하고 말하얏습니다

仙女가 가만히生覺한즉 萬一應諾치아니하면 衣服도찻지못할샏더러, 當場에居處할곳이업슴으로 不得已하야 應諾하얏습니다。

得仙은 마음에大端히 깃버서 仙女를마저들여 꼿夫婦가되여서, 滋味잇고 和樂하게지내게되엿습니다。仙女의 살음살이하는法이 매우熟達하야 鼎臼之役이며 針線紡績이 普通사람에比할배아니엿습니다。그리하야 農事를하든지 育畜을하든지 成績이良好하야 家勢가漸漸늘어가게되엿습니다。집안이늘샏더러 於焉間에 玉童갓흔 첫아들까지 낫게되여 夫婦는每日喜喜樂樂으로 歲月을보냅니다。

그러나仙女는 恒常所願이 일은衣服을 달나는것밧게 업습니다。得仙은 이말을들을쩍마다 對答이『念慮마시오。三兄弟만낫고보면 반드시들일터이니 그리알고安心하시오』하고 답냇습니다。

光陰은流水와갓하서 어느덧四五年이지나고 또아들하나를나앗스니, 氣骨이非凡하야 아들兄弟가다俊秀하고 英傑스럼으로 得仙은더욱더욱 享樂으로지냅니다。

仙女가 一日은또懇請하되『인제는우리夫婦가 아들을둘이나 압헤두고 衣食에도 걱정이업스니 무엇이그리울것이 잇겟습닛가。一平生을終身할터이니 念慮마시고 그衣服을주시면 다시한번 입어보고두겟습니다』하고, 哀乞哀乞하얏습니다。

得仙은 夫婦間에 誼도조코 뎌兄弟나아들이 잇슴으로, 至今이야 關係업슴줄알고 人情에자마 拒絕하기가 어려워서 天上衣服을 내주엇슴니다。

仙女는 大喜하며 沐浴을淨하게하고, 그衣服을닙은後에 생아래로나려와서 天上을向하야 四拜를하드니 得仙을보고『安寧히 기셔시오。나는갑니다。』하고, 두아들은 左右겨드랑이에 세여안고 五色구름을내며 고만空中으로 올나가드니 次次보이지 안케되엿슴니다。

得仙은 멀니쳐다만보고 안해와아들兄弟를 瞬息間에 일허버렷슴니다。그동안의幸樂도 此後부터는 虛事가되어버렷슴니다。사슴의付托하든바를 只今이야 깨닷고後悔한들 效力이잇겟슴닛가, 아들하나만 떼나키를기다렷지。

三八, 콩 쥐 팟 쥐

녯적에 한사람이 잇섯는데, 初娶夫人에게서 딸하나를 나앗스니 일홈을 콩쥐라하고, 初娶夫人죽은後에 後娶夫人에게서 또딸하나를 나앗스니, 일홈을 팟쥐라하얏슴니다。이父親되는사람이 딸兄弟를養育하드니, 콩쥐가 長成하야 出嫁하기前에 고만 世上을作別하얏슴니다。

팟쥐의 어머니는 根本 性質이 險惡하고 偏僻하야, 恒常콩쥐를 陰害하랴하얏슴니다。콩쥐는 이繼母밋헤서 자라느라고, 暫時도 마음을노치못하고, 無數한 虐待를바드나, 親어머니와 조곰도 다름업시, 孝心을가지고 섬기고잇섯슴니다。

한번은 팟쥐어머니가, 어듸 婚姻求景을 간다면서 콩쥐를불너서 밋빠진가마솟과 밋빠진두멍을가르치며『내가단겨오기前에 이두그릇에 물을길어서 채워라。萬一 채우지못할것갓흐면, 내손에 죽을줄알아라。』하고 分付하며, 또 팟쥐를불으드니 너는저웅숫파동의에다가, 물을채워라。』하고이르고 나갓슴니다。

팟쥐는 조리구나하고 곳 어머니가 나가자, 물을 길어붓기始作하야, 몃번 되지안이하야서 두그릇에 갓득채우고 마음대로 놀고잇섯슴니다。그러나 콩쥐는 하로氣가맥혀서 밤도못하고 生覺하기를『나를 죽이시려거든 거저죽이시지, 엇지 이와갓흔 일을하라하시노俗談의밋빠진 가마에 물길어붓기라는 말은잇스나, 이것이 나에게 當한말이로구나。이것을 채우는 將士야 어듸잇슬고, 鬼神의 힘이안이오 하늘의힘이아니어든, 별수업시잇다가 몰아오시면, 나는 얘죽엇구나。하이고 어머니, 하이고 아버지 혼이라도 계시거든, 나의事情(사정)좀아보사 暫時(잠시)라도 도와주셧스면, 엉엉엉……』하고, 눈물만 흘니고 잇섯슴니다。

未久(미구)에 난데업는, 큰 자라한마리가 압흐로 엉금엉금긔여오드니『애 콩쥐야 우지마라 우지마라, 걱정말고 어서어서 물깃어라。내 밋헤 구녕을막아주마。』하고 긔여들어가 구멍을 막고 업듸려서 물이잘괴게하얏슴니다。콩쥐는 깜작이 이것을보고『生時(생시)인가 꿈인가 하나님이보내셧나, 父母(부모)님이보내셧나, 何如間(하여간) 물을깃어다붓자』하고, 부지런히 물을깃어다 가마솟치며 두멍에채워서 죽을厄(액)을免(면)하얏슴니다。

그後(후)부터는 팟쥐와콩쥐더러 밧흘매라하는데, 팟쥐의 밧니랑도 평하고 잔돌도 하나 업는것을 쇠호믜를 주며 매라하며, 콩쥐는 몃해나 되는밧헤 풀이우어지고우거저서 어세고 어세인돌들이나서 하로라도 매지못할밧츨 나무로 만든호믜를주며 매라하얏슴니다。

팟쥐는 일즉매고 速(속)히 집으로들어갓스나, 콩쥐는 죽을힘을다하야, 사나운돌 어셴풀을상하가며 매다가, 나무호믜목이 쏙 부러젓슴니다。맨손으로는 매구나 웃지할수업고 해는 漸漸(점점)저무러가서 事勢難堪(사세난감)하야 하날을 우르러 歎息(탄식)하며 울고잇섯슴니다。

이景狀(경상)을 보면, 누구나 慘酷(참혹)하고惻隱(측은)한 生覺(생각)이 아니낫겟슴니까, 天地神明(텬디신명)이 도우섯는지, 兩親(량친)의靈魂(령혼)이 도으셧는지는 알수업스나, 어듸서 검은황소한마리가 어슬렁어슬렁오드니, 『애야 애야 울지말아라 내가代身(대신)매여주마。』하고 瞬時間(순시간)에밧흐로 단기면서 풀을 다 씻어매고 색키는 모다생키면서, 도로혀 팟쥐가 매는밧보다도 더잘매여노코『애 콩쥐야 해가오래곱흐겟느냐 暫時(잠시)기다리고 잇거라。』하드니 어듸가서 온갓果實(과실)을 물어다주며어서먹고 남어지는가지고 가거라하거늘, 치마앞헤싸다가지고 배곱흔판에 실컷먹고 남어지를가지고 집으로들어갓슴니다。

집에와서 門(문)을열나하얏드니 『무엇하느라고 이리케 저물게오느냐。』하며 도모지 열어주지안이하얏슴니다。이때에 팟쥐를불너서 『애 이것보아라, 이實果(실과)를 줄것이니, 좀 열어다고』하얏드니 팟쥐가 가웃가웃하고내다보며『아주누구를속일라고 거짓말하야도 아니속아。』하며 울니고잇섯슴니다。

콩쥐는 할수업시, 門(문)틈으로 果實(과실)을 들이미러주며 바드라。한즉, 들여주갓든 팟쥐는 가웃이 내다보드니『참말』하고 바다먹으며, 그제야門(문)을 열어주어서, 들어와서 가젓든果實(과실)

을, 어미압헤 쓰다노핫슴니다。

그어미가 말하되『너 果實(과실)은 어듸서나서 가지고왓느냐。』하고 疑心(의심)스럽게 물엇슴니다。

콩쥐는 할수업시 그自初至終(자초지종)을 一一(일일)히告(고)하얏드니, 팟쥐母女(모녀)가 안저서 맛잇게논아먹엇슴니다。

그잇흔날 팟쥐가 果實(과실)먹을 生覺(생각)이 到底(도뎌)히나서 일부러 나무호미를가지고, 밧헤 나아가서 거짓매는테하다가 호미를 부질르고 안저서, 엉―엉우는 형상을하얏슴니다。 果然(과연)콩쥐가 말한바와갓치 난데업는검정암소가 오드니『애야 애야너웨우니。』, 팟쥐가『밧흘매다가호미가 부러저서울어요。 그리고 배가곱하 果實生覺(과실생각)이 나서울어요。』『그래? 그러면 爲先果實(위선과실)부터 줄것이니 念慮(념려)말어라。 온갓果實(과실)이 내뱃속에잇스니, 네두손을 내糞門(분문)에 모아너코 잇거라。 만이주마。』하야, 팟쥐는 이말을듯고, 조와서 얼는 두손을너엇슴니다。

이 검은암소는 이팟쥐를 한번속이겟다하고 두다리사이를 꽉옴우러 꼼짝을 못하게하야 가지고 가시덤풀로 짓쓸고, 한참동안 단기다가 물찌똥한줄기를 홱깔기고 노하주엇슴니다。

팟쥐는 全身(전신)이 걸켜서 流血(류혈)이狼藉(랑자)하고 쇠똥두루매기가 되여서. 울고집으로 들어갓드니 팟쥐어미가 그貌樣(모양)을 보고, 엇지된曲折(곡절)을물어보드니 심술이덜미까지 뻣처서 콩쥐를人情(인정)업시 보리打作(타작)하듯 싸리면서『이년 네가어적게 어듸를가서 果實(과실)을 훔쳐가지고와서 거짓말을 하기때문에 팟쥐가 저貌樣(모양)이 되엿구나。 요년요년 죽어보아라』하며, 惹端(야단)을쳣슴니다。

콩쥐는 죽은테하고, 한마듸 발명도못하고, 매를 죽도록 마젓슴니다。

팟쥐어미는 그래도 改過(기과)를못하고 콩쥐만 몹시부려먹고 팟쥐만 사랑합니다。

또어느날 팟쥐를 다리고나가면서 콩쥐에게이르되『내가 오날 볼일이잇서서 어듸를가면 來日(래일)이나 올터의니 庫間(고간)에싸힌 벼 열섬만내여다가, 매롱에가라서 나오기前(전)에 다 白米(백미)를만들어노하라』하며 나갓슴니다。

콩쥐가 이말을 듯고, 氣(기)가막히지마는 아니 할수업는일이라, 아무려튼지 始作(시작)이나 하야보리라하고 멍석을 마당에펴노코 庫間(고간)에 들어가서 볏섬을쏠으고 펴다가 멍석에널면서 身勢(신세)타령과 눈물을섞거서 한밧탕恨歎(한탄)하되『이번에또내가죽는구나。 來日(래일)이면내가죽어, 가도

두 泰山이오, 넘도두 深山일세, 몃번이나 죽을이 人生이 天地神明도와주사 아즉것사랏드니 참수업고 참수업서, 來日이면 죽는구나, 氣運세친男子라도 이 어둥한 버렬경을 웃지 견듸오리잇가, 하물며 弱한女子 可憐이나 잇슬소냐, 엇주엇지 엇주엇지, 서럽하고 섯글혼 父母님의 膝下에서 養育마다 六七十을 산다해도, 生覺하면 꿈으로운데 뉴階할새 내身勢는 父母兩親永別하고, 살살갓혼 모진숨 一刻一時 맘못노코, 숨을 밋해 세울처럼 無限厄運 限이업네, 이웃정에 父母잇는 兒孩들은 父母님께 귀염밧고, 根心업시지내는일 부럽기도測量업서, 明天이感應하사 後生에나 호올통게, 善心引導하실소사 어고어고 죄우……」하면서 밤서에 괴로워엇습니다。 마르기를 기다리고 잇섯드니, 어느덧 저녁쌔드리해가 되엿습니다。 여리서 天動소리처럼 우루루하드니, 쿵세 세가 하늘에서 만리 큐당한 날나와서 내려노흔 뱃덩석에 빈틈업시 벙벙안저서, 재재거리고 쏙쏙거리드니, 한時刻이 다못되여서 열섬 벼를 곤방아에 썬것갓치 엽지미에 갓것갓치 벗쎌을 다 세노코 우루룽 다 날너갓습니다 콩쥐가 처음에는 꿈을꾸나하얏드니, 날너간後 가서보고 神奇하야 혼자말로「별일도만타, 별일도만두나, 하나님이 도우셧나, 父母님이 도우셧나, 부처님이 도우셧나, 玉皇上帝도우셧나后土夫人 도우셧나, 山神靈이 도우셧나, 동정이의 作亂인가」하며, 얼골에 웃음을 씌우고 키를들어 후런후런 長短맛처 까불너서, 섬속에다 퍼부어서, 쪽쪽듯기싸하노코, 그날밤을 마음노코 잘잣드니, 果然잇흔날이되여서 팟쥐母女ㅣ 들어오며 첫재人事빗씌 엿보하며, 죽은것갓치 調査를하얏스나, 千萬意外에 엇지는, 그제야 할말업서 재벌이 다하고 아무말이 업섯습니다。

이와갓치 여러번을 죽일녀고, 별計策을 다 내이나 天地神明이 無心치 아니하야, 죽을것을 謀免케하겟마는 팟쥐어미 至今까지 이것을 모르고, 天罰을 밧지못하야 如前히 無道한짓을합니다。

그다음 생하로는 콩쥐를부르드니, 이제진 낫하나를 주며「오날안으로 수수밧 하로갈이를 다 베혀두거라」하얏습니다。

콩쥐가 수수밧을 나아가보니, 울성갓치 들어서서 엉청이나가는「오날은낭 深山窮谷에 주린범이나 쨋너쨋너 내려와서, 이사밧에 나를물어가거라。 苦生도 限이잇지, 날마다 이 苦生은 銅頭鐵身이라도 못견듸겟다」오날은 淸川江水에 풍덩싸저 죽든지 落落長松진가지에부을 질근매여노코 색엘어저 죽기라도하겟다」하며 시름업시 안젓슴니다。
이제에 팟쥐가 아실낭아실낭 뒤를쫏차 나와서 보드니、부숭아시 갓흔 눈깔을뜨고、『웨
베허지아니하고 안젓서。나는 어머니한테 일느리이야」하거늘、콩쥐生覺하되『조 방울이
색나와서 마음대로못하겟구나」하야、꾀게하되『瞥眼間에가압파서 안젓스니 좀낫거든 베
히겟다」하며 갓치안저잇섯슴니다。
瞥眼間空中에서 五色彩雲이 써오드니、風樂소리들니면서 갓가이왓슴니다。仔細히치여다
보니、星冠月佩한 仙女들이、구름속에서 동아줄하나를 내려보내며『콩쥐야 콩쥐야 이것
을타고 하늘로 올나오너라」하며 재촉함으로、콩쥐는 얼는붓잡고 올나갓슴니다。
팟쥐가 이것을 처다보고 샘이나서 저도올나갈마음이 간절하야、哀乞을하되『하나님 하
나님 나도좀올나가게 동아줄을 내려보내주시오」하엿슴니다。
조금잇드니 또仙女들이동아줄하나를 또내려보냇슴니다。팟쥐는 깃부어서 얼는붓들고올
나갓슴니다。이동아줄은 썩은동아줄이라、中天에서 쎅은어지며 狂風에落葉처럼 둥둥써서
내려박히드니、수수썽에배를찔녀 죽어서、수수썽에 붉엇케 피가 무덧슴니다。그피가傳

染이되여서 수수썽마다 붉읏붉읏한點이 그때생겻다합니다。

三九、甕器장사

엇던甕器장사하나가 甕器한짐을사서 질머지고、村으로팔너가다가 무겁기도하고 다리도
압허서 길가에지게를 벗텨노코 暫時쉬엿슴니다。
공방대빗대에 담베한대를 피여물고 연을예이며 한숨을쉬우섯드니、自己身勢를打令하
되 엇던사람은 八字가조와서 高臺廣室조흔집에 錦衣玉食으로 豪强을하고、나갓흔놈은八
字가엇더길내、三間草家하나업서 惡衣惡食도 마음대로못하야 五六月三伏中과 冬至섯달
雪寒風에 치위더위를 무릅쓰고 이와갓치 옹기장사로 歲月을보내고、區々하게 살아가니
참可憐하고 寒心한人生일다。무엇하러 이世上에나왓는고」하고、담베만펴펴피우고 먼山
을바라보며 멀거니안저서잇섯슴니다。마음을다시돌녀生覺하드니『그러하야못쓰겟다、인
제부터는 나도規模잇게 經濟하야、돈을좀모아보겟다」하고、옹기장사로 富者될豫算을하야
보앗슴니다。

진대上는 鍮器짐을 가르치면서『저놋한個를 一圓에사왓스니、갓다팔면 二圓은念慮업시 바들것이다。 二圓을밧거든 店에가서 놋두個를바다가지고、村으로가서팔면 이번에는 四圓이될것이다。 이와갓치 一圓資本이 二圓이되고、二圓이 四圓이되고、四圓이八圓 八圓이十六圓과갓치 작구작구늘어가면、나중에는 돈을여러萬個산수도잇고 여러萬圓 財産을만들수도잇다。 이러고보면 所願成就가될것이니、나도남과갓치 景致조흔곳을차저서、高臺廣室을 지어노코 門압헤는 논과밧을作滿하고、집안에는男奴女僕을만히두고 快樂하게살것이다。 올타조타 이만하면걱정 根心업슬것을 잇제서지못낫구나。 얼시조타 내八字야』하고、혼자조와서들아단기며 덩실덩실춤을추다가、鍮器짐벗티여 노흔지게작대기를 발로차서、이세상지職業하든 鍮器짐이 쏘각쏘각깨여지고 將來富者도 虛事가되엿습니다。

四〇、頑固兩班

녯적에 어느곳에 한선배가 잇섯다는데、姓은 李요 別號는 長川이라합니다。 어렷슬적부터 漢文工夫만專力하야、늙도록 一時라도 손에冊子를 노흔일이업고、晝夜로글소리가 끈인 적이업섯습니다。

그러하야 漢文에熟하야는、엇더한것이든지 조곰도남에게 질배업거니와、다른事物上에는 大端히 어둡고、또한精神이 밝지못하야、往々다른사람의 웃음거리가 되엿섯습니다。 어느해科擧가되여、自己도여긔參席하라고、서울에올나왓섯습니다。南大門을들어와 南村近處에主人을定하고、저녁밥을 먹은後에 自然疲困하야 일즉이잘녀고하얏습니다。

이부자리를펴고노흔後、衣服을벗으며 生覺하되『내가 들으니 서울은 人海中이라 무엇이든지 일키가쉽다하니、옷을벗어노아두면 자는사이에 업서지지안을수업다』하고、四面을삷혀보매、壁에들窓이잇는것을보고『올타、저壁장에 너어두면 念慮업겟다。 설마 저속에 넌것이야일나고』하며 窓을열고 옷을집어넛코 門을단단히닷고 누어잣습니다。 긴가 들窓밧근 卽行길이라 내여버린것을 어렵지안계어갓겟습닛가。 그잇흔날 아참에 이러나옷을입으랴고 窓門을열고본즉、壁장은간데업고 行길에사람이 往來할뿐이엿습니다。

長川이 하도氣가막혀서 歎息하는말이『大抵서울盜賊놈은 영악도하다。 壁장에너흔것을엇지알고 통채지 메여갓구나 참무섭다』하며、無限걱정을하다가 主人을請하야 衣服을빌어

입고 科擧塲中에 들어갓습니다。

自己科擧를 다본後에 돌아오랴하얏드니、맛침富者집 子弟하나가 漢文이不足하야 글한장지어주기를請하얏습니다。長川은 선뜻應諾하고 한붓에 쓱쓱하드니、고만지어주엇습니다 이報酬로 葉錢三十兩을주며、感謝함을말하거늘 長川은이것을바다가지고、科擧가맛친後에即時길을떠나 나려갑니다。얼마쯤을가다가 한江을건너게되니、몸에 돈을지닌것이매우묵어워서 괴로웟습니다。그러하야 한妙策을生覺하얏는대、江ㅅ가에 모래를파고 가젓든돈을뭇고、또生覺하되 票가업스면 乃終에차질수업다하야、牌하나를깍가서 李長川寶文錢三十兩藏置라、써서꼿고 집으로나려갓습니다。

집에가서 下人을불너 돈무든곳을 아리켜주며、파오라고 보냇습니다。下人이 단겨오드니 牌만남고 돈은누가가저갓다고 말하얏드니、長川이 怒하야 말하되『世上에는 눈이 먼놈도만타、글님가 念慮하야 牌까지써 노하도 그여코 제것인줄알고 가저갓구나。』하드라니、참웃읍기도합니다。

어느때는 夏節인대、장마비가 晝夜로 조곰도긋치지아니하고 퍼붓때엿습니다。밤에자다가 小便이急히마려워서 舍廊마루압헤나려와、마당에다가 小便을눕니다。小便을다누엇것만초마의落水떨어지는소리를、自己小便누는소리로알고 밤새도록서서『이것 큰일낫구나무슨오줌이 이다지 限업시나오는고』한일도잇섯습니다。

또하로는 親舊를訪問할일이 잇서서、당나귀를타고 出入하얏습니다。얼마쯤을가다가 偶然히 글生覺이나서、속으로글을짓느라고 나귀의가는것을 살피지안코잇섯습니다。나귀가제물로 얼마쯤가다가 돌쳐서서、도로 自己집을向하야 앙앙울며왓습니다。그때에집안에서 나귀소리를듯고、自己夫人과딸이 門前에나와서 마즈며『어듸가신다드니 엇지하야、도로오십닛가、무엇을 이진것이잇습닛가』하얏습니다。長川은 글生覺만 到底히하다가 自己집인줄은몰으고 붓채로 面上을가리며 혼자말로『그집일도 말아니로곤、男女가有別하거든、夫人네가 달은男子를보고、말을하고저하니 참 변괴로고나』한즉、母女가 깔깔거리고 웃으매 비로소 깨달앗습니다。

그後에 또親舊의집 還甲에갓다가 날이 저물어서 自己집에를가지못하고、하로밤 여긔서자게되엿습니다。밤中에 困히자다가、물것이 물어서 大端가려워서、긁는것이 잠결에겻

최두어자는 濕瘡알는사람의다리를 냉다붓치럿엿슴니다。
이 사람이 갓득이나 苦痛하는것을、瞥眼間에 벅벅긁어서 자다가 깜작놀나며『아이구-- 앙파죽겟다。엇던놈이 나의다리를 害하느냐。』하며 베고자든木枕으로 房바닥을치며、소리를버럭버럭지르고 야단을치는바람에 房안에서 자든여러손님들이 다 놀나닐어나서 一時는大騷動이되엿섯슴니다。그中에도長川은 누어서닐어나지도안코 文字를쓰되『나뿐나、사람들이 엇지 그다지경솔한고、忍之爲德이라니』하엿슴니다。참거짓말갓치도 李長川의하든일이두루웃읍니다。以前時代에 漢文만읽고담은事物上에 關係하야 보지못하든 兩班들은 大槪이러하엿슴니다。

四一、달 떡

어떤어린애 하나가 어머니에게 달떡하나를 어더가지고 나와서노는것을、金乭이라하는 兒孩가보앗슴니다。
金乭이는 이떡을 뺏어먹을 生覺이나서 엇지하면조흘가 하다가、어린애를보고『예ー아가 네그떡을가지고 반달을 만들어줄가』하고 뭇엇슴니다。
어린애는 반달만들어준다는 바람에내주엇드니、金乭이는반을뚝떼여먹고『자아 이것이 반달이다』하고 도로주엇슴니다。
어린애는 아조막지가못하야 반달만조화하고 떡업서진것을몰낫슴니다。
金乭이는 그래도부족해서 생각이되『예ー 인제는 三角山만들어줄가』하엿드니、어린애는亦是떡을주며 만들어달나고 하엿슴니다。
廉恥업는 金乭이는 반달의반을 또뚝떼여먹고 주엇슴니다。
어린애는 如前히 三角山된것만 조화하고 떡이줄어드는것은 알지못하니、참 天眞의마음입니다。
世上에는 이와갓치 속임을밧는 사람이 적지안는것입니다。

四二、두 개 의 구 슬

넷적어느곳에 友愛가만흔 兄弟가잇섯슴니다。그런데 나히가어렷슬째에 父母가다돌아가셧슴니다。집안形勢가 本來艱難할뿐더러、갓가운親戚도업슴으로 依托할곳이업서서、두

兒孩는道路上으로 돌아단기며 飢하으며彷徨하고잇섯습니다。

洞里사람들이 이貌樣을보고 慘酷하게녀여서, 다려다두고 심부름을식히며 衣服을주엇습니다。이와갓치救濟를바다서 僅僅히지내가나 兄弟의友愛가 天生으로두터워서, 말닷흠한번하는일이업시 서로불상히녀여서, 兄은아우를 사랑하고, 아우는兄에게 恭遜하야, 或먹을것이생기면 兄은아우를 먹이랴하고, 아우는兄을 먹이랴하야, 兄弟間에따뜻한情과아름다운行實은 참으로感心하지안는 사람이업섯습니다。

兄弟間에 사이가 조흘뿐아니라, 天性이本來 正直하고 誠勤함으로, 主人집일이라도 自己의일을다하야 熱心으로몸을앗기지아니하고 勤實하게함으로, 主人亦是親子갓치알고 養育을하얏습니다。마참어느해 봄철을當하니, 내가에버들가지는 綠色을씨우고 축축들이우며, 개나리와진달내는 이山저山에 붉은듯흰듯하게 봉처봉처왓치피고, 桃花杏花를 차저단기는벌과나븨들은 춤을추며 노래하고, 새들이의제곱소리 쌕쌕쌕쌕소리 봄의時節을자랑합니다。

이兄弟는 이와갓흔春興도 맛보지못하고, 하로는모여안저서 이약이를 하는대 아우가『兄님참날이야 따뜻하기도하오。이런조흔때에 엇던사람들은 八字가조와서 꼿노리너무엇이니하고 景致조흔곳만 차저단기는대, 우리兄弟갓흔人生은 이런時節이돌아올수록 心亂한生覺만나는구려。』하고 탄식하얏습니다。

兄은아우를 慰勞하되『애 空然히맘傷하게하지말아라。사람이世上에생겨나서 설마아주죽겟느냐。苦盡甘來라하얏스니, 나종에는 무슨생치든지잇겟지。우리가맘만착하게가지면 하나님이라도 도와주시겟지。다시는그런걱정하지마라』하야 달낸後에『애―참오날이야따뜻하기도하다。우리저山골작이로 진달내꼿求景이나가자。』하고 아우와손목을서로잡고散步하려나갓습니다。

四面을바라보니 먼山에는아지랑이 各色꼿흔山과들에 가득하고, 시내물은 졸졸퐁퐁흘으는대, 自然興氣가되여서 팔닥팔닥하는 잔듸우에 兄弟가느런이 안저서, 이곳저곳바라보며『애참조치。』『네 참좃습니다』하고, 滋味잇게 봄빗흘맛보고 잇섯습니다。이이약이 저이약이하다가 兄이그아래개천을가르치며『애 저것이무엇이냐。환하게무슨光彩가잇다。』하고 아우더러 보라하얏습니다。

아우는『어듸 참말、그것이무엇이냐、五色이玲瓏합니다。우리 가봅시다。』하고、그개천을 向하야나려갓슴니다。

갓가이가서 물속을들여다보니、힌구슬한個가 노혀잇는데光彩가 燦爛하얏슴니다。하도異常함으로 兄은 물속에들어가서 건저내엿슴니다。仔細히들고본즉 참장시만흔 寶石구슬임으로 兄은곳 그사랑하는아우를주며『이것은참조흔구슬이다。네가 가저라。』하얏슴니다

아우는 도로兄을주며『이것은兄님이 어든것인데、엇재제가갓겟슴닛가。萬若제가어덧드래도 兄님을들일터인데、그런말슴마시고 兄님이나가지시오』하고、도모지 밧지를아니하얏슴니다。

이와갓치兄弟가 서로가지라고 辭讓을하다가 아우가말하기를『兄님그러마시고 집에갓다가두고 갓치보십시다。』한즉、兄도『애 참그것조흔말이다。그러면 네것내것할것업시 다조켓다』하고 가지고돌아와서 조고만한箱子속에 너허두엇슴니다。

그後에 그구슬箱子를兄이열어보앗드니、만흔寶貝가쏘다저나왓슴니다。兄은하도神奇하야 그말을하며 아우더러열어보라하얏슴니다。

아우가兄의말을듯고、이箱子를열어본즉 亦是金銀寶貨가 쏘다저나왓슴니다。兄과아우는 서로번갈나가며 다섯번열엇다하야 暫時동안에 만흔財物을 어덧슴니다。

至今까지 남의집에서 밥을어더먹으며 雇傭을하든 兄弟는、갑작이 살게되여서、서로어든 財物을똑갓치는아가지고 세간을나게되엿슴니다。

그러나그구슬은 亦是한개밧게업슴으로 서로辭讓하야、아우는兄을주고싶허하며、兄은아우를주고싶허하야、詰難을하얏슴니다。

兄은다시生覺하야 아우더러『애우리兄弟가 구슬을가지고 이와갓치하다가는 友愛가업서지기쉬웁겟다。그까진구슬이 하상무엇이냐、우리들이 도로갓다가 물속에너코오자。』하얏슴니다。

아우亦是『참조흔말슴이오。우리가구슬을가지고 말다툼을하다가 兄弟間에 誼가傷하기쉬우니、그것第一조켓슴니다』하고、두兄弟는 손목을붓들고 그개천으로 구슬을너흐러갓슴니다

그러나 그곳을갓가이간즉、또이번에도 光彩나는구슬한個가잇는데、가지고간구슬과똑갓햇슴니다。兄弟는 두個의구슬을어더서 한個式논아가지고、더욱조화하며돌아와서、無限

한享福을 밧게되엿다합니다。

四三、혹달닌老翁

넷적 어느곳에 正直한늙은이하나가잇는대、턱밋헤큰혹이달녀서 뒤웅박갓치 듸룽듸룽함으로 恒常피롭기도하고 어대를좀가랴면 往來하는사람들이 有心히 치어다보고웃는故로 붓그럽기도하야 晝夜로根心을하며 엇지하면 이혹을떼여볼가하고 여러가지로 生覺하야 보앗스나 도모지조흔道理가업섯습니다。

하로는볼일이잇서서 먼곳에갓다가오다가、中路에서 날이저물엇습니다。그러나近處에는 人家도변변히업고、四面을보니 캄캄하야 咫尺을分辨키가어려워서、困難이莫甚하든中、마침山기슭에 빈집하나가잇슴을보고、여긔서잘酌定으로 들어갓습니다。빈집에들어가서 혼자잇슨즉、무섭기도하고 寂々하야심심하기도함으로、소리를크게질너서 노래를한바탕 듯기좃케하얏습니다。

그런대이집은 根本독갑이가잇지 만히잇든지 아무도와서사는사람이업고 곳移徙를갈으로 恒常집이비여잇습니다。이늙은이가 노래를할때에、여러독갑이들은 瞥眼間에 듯기조흔소리가남으로、귀를기우려서듯다가 自然興이나매 억개를웃쓱웃쓱하며몰켜들어왓습니다。그中에魁首독갑이하나가 썩나서서 老人압흐로오드니『여보시오老人、노래 참잘도하시오엇지듯기가 조흔지 저절로춤이나갑니다。그러나그런조흔노래가 어듸서 그럿케작구나옵닛가。』하고 물엇습니다。

혹달닌늙은이는 理所固然하게 對答하되、「네그노래는 달은데서 나오는것이아니라 턱밋헤달닌혹속에서 나옵니다。이혹만가지면 얼마든지노래를할수가잇습니다」하얏드니、독갑이는大端히반가워하며 그러하면『그런조흔혹을 혼자만갓지말고 金銀寶貝를 만히들일터이니 나에게파시오。』하고、請하얏습니다。

本來혹세문에 困難히지내든터에、況 寶貨까지주고 산다함으로 마음에大端히깃뷔서 곳應諾하고 팔기로하얏습니다。

독갑이들이 金銀寶貝를 만히갓다주며、혹을떼여가는대 조곰도 압흐지아니하얏습니다。

그잇흔날 이正直한늙은이는 혹도떼고 만흔寶貨를 가지고가서、큰富者가되엿습니다。

이所聞이 漸々퍼져서、산 한곳에 慾心만코 혹달닌老人이하나가 이말을듯고、혹세인老人이를차저와서 自初至終을 仔細히 물어갓슴니다。

이老人이는 혹을셰일生覺보다도 金銀寶貝를 어들慾心이더잇슴으로、곳 그빈집을차저가서 어둡기도前에 大廳마루에누어서 장하지도못하는노래를 듯기실케꽥꽥질너서하며、독갑이오기를 기다리고잇섯슴니다。

밤이되여서 독갑이들이 놀너오다가들은즉、웬노래소리가나는데、別로히듯기조치도못함으로 엇던놈이왓노하고 몰녀들어가서「여보시오、웬사람이오、왜남의집에들어와서 소리를하고게시오。」하얏슴니다。

慾心만흔혹쟁이는 독갑이를속여보랴고『네 내배속에잇는 노래가저나오는혹을 擔身을한께팔너왓소。萬一여러분이 이혹을金銀寶貝를주고 사서두시면、소리를듯고십흔째에 마음대로들으실것임니다。』하얏슴니다。

독갑이들이 이말을듯드니、껄껄웃으며『요前에도 엇던놈이와서、소리나는혹이라고 속여서 金銀寶貝를쌔서가드니、이놈도滋味가나서 또그서와酬酌을하는구나。요前에산혹도아무所用이업스니 너마저가저가거라。』하고 그혹을갓다가 또붓처주어서 雙혹을만들고 몰아왓다합니다。이째부터혹세러갓다가 혹붓첫다는말이 생겨낫슴니다。

四、文字잘쓰는男子

녯적에 木書房이라하는 사람이잇섯는데、이사람이무슨말을하든지、文字가아니면 말을못하는 내病身이 잇섯슴니다。

어느날은 自己丈人의집에 단길너가서、몃칠동안 묵게되엿슴니다。그날밤에 난데업는虎狼이가 나려와서、丈人의잠든것을 물고갓슴니다。뭇는사람 갓흐면 사람살니라고 써들어서 洞里사람들이 이말을듯고、모도쪼치나와서 虎狼이를 잡거나、그럿치아니하면 丈人의屍體라도 차즐것을、이사위되는者가 門밧게나와서 외우되、

遠山之虎가 (먼山의호랑이가)

自近山來하야 (갓가운山으로부터와서)

吾之丈人을提去하니 (나의丈人을잡아가니)

有弓者는持弓而來하고 (활이잇는者는활을가지고오고)
有槍者는持槍而來하고 (창이잇는者는창을가지고오고)
無弓無槍者는執杖而出하라 (활도창도업는者는지팡이를들고나오라)』

하얏스니, 아모도 이말을解釋하는者가 업서서 모다太平히잇고 누구라救하러나오는사람이 하나도 업게되여, 그만범의밥이 되엿슴니다。

그적食口가 이것을알고, 官廳에告訴하얏드니, 이말을듯고 即時잡아다가, 볼기를셔대며 數罪를하얏슴니다。

이사람이 또文字를쓰되,

『伐南山之楚木하야 (南山의楚木을베혀서)
猛打吾之肥臀하니 (나의살진볼기를시치니)
哀也臀이야 (아야볼기야)』하얏슴니다。

郡守가 이것을보고 하도文字쓰는것이 미워서, 獄中에가두라하야, 그만갓첫슴니다。

이木書房의, 夫人이每日朝夕밥이며 點心을갓다가 獄中에너허주는데, 팔이좀모자랏슴니다。木書房이 그래도 文字를쓰는데,

『汝手가短커든吾手가長커나 (네팔이짧거든내팔이길거나)
吾手가短커든汝手가長하지』(내팔이짧거든네팔이길지)

夫人도怒하야『여보 文字쓰다가 獄中에지금어오고, 그래도 또文字를쓰시오, 글세남도못 그렁지아니하시오?』하얏드니, 如前히 文字로

『誰曰誰曰』(누가말하오며누가말하오며) 對答하얏슴니다。

몃달동안을 獄中에갓첫드니, 郡守가木書房을불너 注意식히고 내노흐며『네가다시는 쓸데업는 文字를쓰지말고, 똑똑히 알아듯기쉬운말로 하야라 하얏드니,

또如前히 文字로 對答하되,

『更不用文字호리이다』(다시는文字를아니쓰리이다)

하드랍니다 참 배내病身이오 識者가爲患이란말이 이것이올시다。

四五、오리먹고알먹어

녯적에 郡守하나가잇섯는데, 數學으로는둘재가라면, 大端히셈에할만한 兩班이엇습니다.
그런데그정에 짐오리를 만히길넛습니다。
이兩班이算術을엇지잘하든지, 날마다오리를照數할째에, 몃두數는얼마든지알지못하고, 但只한雙式한雙式짝만맛추어보고, 둘니나 하나둘니나를調査하엿습니다。
一日은下人이, 오리한마리를몰내훔쳐서 잡아먹엇습니다。이날도 郡守는如前히雙을맛추어照數하다가 雙이둘너보가, 여러번짝을맛처보며, 無限히애를쓰되, 終是雙이맛지안코하나가남거늘 그제야大端히忿이나서, 흥흥거리고怒하야, 下人을불너亂打하며너희놈이畢竟盜賊하야 잡아먹은것인즉, 빨니오리를채워노흐라」하엿습니다。
下人은곳應諾하고 나아가서, 생오리한마리를잡아먹고 들어와서告하되『小人이잡아먹은일이果然엄사온즉 다시한번照數하야보시기를바랍니다。』하엿습니다。郡守는생仔細히세여보드니 이번에는雙이맛거늘 下人에게말하되『照數를分明히못하야, 空然히너를叱嘖하엿슨즉, 너무怒하지말고 이오리스한이나 먹어라。』하고, 十個를주엇다합니다。날마다한雙式만잡아먹으면, 도모지몰을터이지오。

四六、兎의智慧

엇던山속에 어리석은톡기한마리가잇섯습니다。이톡기가 어린날아모것도어더먹지를못하야, 이리저리헝흥〳〵뛰여돌아단기며, 먹을것을차젓습니다。이山을가보아도업고, 저山을가보아도먹을것이라고는 업다가, 한곳人家近處에 일으럿드니 어대서바람결에 고소한냄새가맛치는데 비위가 動하야, 저절로침이넘어가게 되엿습니다。이톡기는 강작이욕심서々, 귀를쫑긋 코를쫑긋〳〵하며, 냄새나는곳을차젓습니다。한발작두 발작 그곳을차저가본즉, 엇던사람이 콩을만히볶가다노핫습니다。
어린날주려서, 渴腸하든판에, 고만반가워서 먹으랴하엿습니다。이것이웬일인지, 四肢가꽝속으로들어가며 全身은꼼작할수가업시되엿습니다。
이것은다름이아니라, 엇던사람이 톡기를잡어서먹으랴고 창애를노흔것을 몰으고, 갓다가치인것이올시다。
톡기는 그제야깨닷고, 後悔를하며 애타는소리로 불으지즈며『하나님살녀주십시오。山神靈

님살녀주십시오。」하고哀願을하나 아모것도와서、慰勞한마듸하야 주는者업고、對答한마듸하야주는것이、업섯습니다。

할일업시 죽을때나기다리고잇는대、그때에맛참、왕파리한마리가 겻가에 앵하고와서 안저서、두발을부뷔며、귀를간지리고잇섯습니다。독기는生覺다못하야、왕파리를보고『여보왕파리님、나를좀살녀주십시오。보시는바와갓치、나는 이貌樣이되여서、살道理가업습니다。인제는이창애임자가오면、별수업시 망태기속에 너어가거나 四足을묵거가거나하야、삶거나복거나 지지거나 굽거나하야、사람의밥이될터입니다。仁慈하신파리님 나를좀살녀주십시오」하고 哀乞하얏습니다。

왕파리는 처음에여호가걸녓나하고、고개를기우려보며 목소리를仔細히들은즉、독기가걸녓는지라 가엽슨生覺이나서『여보시오 독기님엇지하시다가 여긔에치셧소。大端히가엽습니다。저도도와들일마음은 懇切하나、아시는바와갓치、平時에똥이나먹고지내는、이貌樣의적은버러지가、무슨힘이잇스며、무슨意見이잇겟습닛가。未安하오나 道理가업습니다。」하고 對答하얏습니다。

독기는 다시計策을 生覺하야『여보십시오 파리님 당신더러살녀달나고 하는것이아니올시다。당신의同伴를 만히불너 오실수가잇습닛가。」하고 물엇습니다。

파리는『나의同伴는 얼마든지 불녀올수가잇습니다만는 무슨所用이되십닛가。」하고 물엇습니다。

독기는『네、달은請이아니올시다。나의몸에만히만안저주시면 살道理가잇습니다。」하고 懇請을한즉、

파리는『그것이야、무엇이어려울것잇겟습닛가。念慮마십시오。곳내가 가서同伴를만히다리고오겟습니다。」하고 윙날녀가드니、얼마아니하야、왕파리떼를 몰아가지고와서、윙々윙々하며 너머진독기몸에 빈틈업시시컴엇케 붓허서들엇습니다。독기는 여러파리에게手苦한다는 致謝를한後에、거짓죽은해하고 잇섯습니다。

얼마아니하야、山속에서 사람의소리가지썰〳〵나드니、몽동이며 올개미를가지고 갓가이와서보고『웬일이냐、파리도만키도하다。」하며、파리를 쪼찻습니다。파리떼는그대로 붓혀서 와글〳〵하며、독기몸을떠나지안코 똥냄새를풍겻습니다。

이사람들은 말하기를『아마 이혹기가 저어주은지가 오래서 썩은것이오。그렇치안으면 파리가이처럼 만히세일새닭이업소。썩은냄새가코를찔으니、그대로 내버려두고갑시다。』『글세、이것을먹고病이나나게 그러나 이대로두고가면 다른증생까지 잡지못할것이니、멀은데갓다가 버립시다。』하고 창애를열너서 멀은곳에 갓다버리고갓습니다。

혹기는 사람이다멀니간것을보고、벌썩닐어서서 숨을휘우쉬고、파리를對하야『인제는、여러분德澤에나의목숨을 求하얏습니다。여러분참고맙습니다。인제는 安寧히들가십시오。』하고、웃으며 自己갈곳으로 도로섕〳〵뛰여갓다합니다。

危急한境遇를當할수록、마음을沈着하야、計策을生覺하면脫謀免할 道理가잇는것입니다。

四七、말하는남생이

녯적어느곳에 兄弟가잇는데、兄은慾心이만코 아우는마음이 大端히착합니다。그父親이 世上을離別하매、兄은왼財産을 혼자만秉知하고、아우에게는 조곰도주지아니할뿐더러、老母와妹弟까지도 모다아우에게依托하게하얏습니다。그러나아우는·한마듸도怨望한일이업고、부즈런히勞働하야 그母親과누의를 僅々히奉養하야지내갓습니다。

그런데어느해歲末에 兄의집에서는、떡도만들고 도야지도잡으며、市場에가서 쇠고기와 돈지 各色實果를만히사다가 過歲할準備를하며、衣服감이며방기신발갓흔것도、사다가노코、설빔하라고조화서 흥흥하하고보다세드니、이아우의집에는 떡할쌀도업고 돈도업서서 大端히根心이되나、할수업서 나무장이나하야다가 팔아서 母親奉養이나하리라하고 山으로올나가서 나무를하얏습니다。나무한짐을하야노흔後 疲勞도하고 疲困도함으로、나무지게를버틔여노코、곰방대에 담배한대를 석々눌너담아서 부시를탁처서 부처물고、暫時안저쉬우며 한숨을한번 쉬이쉬지재쉬고 自歎하되『歲末은되엿는데 老母를奉養할道理가업소니、엇지하면조흔가。』하얏드니、忽然등뒤에서『歲末은되엿는데 老母를奉養할道理가업소니、엇지하면조흔가』하고 똑갓흔소리로 흉내를냇습니다。

이아우는 이소리를듯고、생각을나서生覺하되『내가不肖하야 老母를잘奉養치못하는까닭에天地神明이 미워하사、山神께서 이와갓치흉내를내시나보다。』하고、그편을向하야 再拜하며『罪를容恕하야주십시오。』하얏드니 또如前히『罪를容恕하야주십시오』하고、흉내를냇습니다。

마음에大端(대단)히恠異(괴이)하야 仔細(자세)히삷혀서본즉、남생이한마리가 바위돌틈에서 그처럼한것입니다。압흐로가서 『엇지하야 여긔왓나』하얏드니、이남생이가 또그와갓치 말을옴겻습니다。

하도異常(이상)함으로 그남생이를가지고 집으로돌아와서 달은사람들에게 求景(구경)을식혓드니、이所聞(소문)을듯고 四方(사방)에서求景軍(구경군)이 구름갓치모혀들엇습니다。大端(대단)히紛走(분주)함으로 場(장)터로나갓드니、場軍(장군)들이모다몰녀들어서 남생이의말함을求景(구경)하고、奇特(기특)한남생이라하야 돈을만히던져주엇습니다。

이아우는 남생이에게 말을식혀서 만흔돈을벌어가지고、그後(후)부터 살기가 넉넉하게되엿습니다。

虛慾(허욕)만흔兄(형)은 이소리를듯고、곳아우의집에와서 그남생이를 쌧어가지고 場(장)으로가서 『말하는남생이보시오』하고 외엿드니、求景軍(구경군)이 또몰녀들며『向者(향자)에도 말하는남생이가 왓드니 또나왓구나。』하고、말을식혀보라하얏습니다。

兄(형)은廉恥(렴치)조케 아우가말한것갓치「歲末(세말)은되엿는대 老母(로모)를奉養(봉양)할道理(도리)가업스니、엇지하면 조흘가。』하고 말을식혓습니다。

그러나 남생이는못들은톄하고 잇섯습니다。兄(형)은몸이벗석달아서 남생이를들여다보며、열번百(벽)번이나 옴기며말을식히랴하나、永々(영영)아모말도업고 목파네발싸지 옴치려버렷습니다。

求景軍(구경군)들은 이貌樣(모양)을보고『어대서미친놈이와서 사람을속이랴고 그짜위짓을하는구나、그놈때문에 空然(공연)히時間(시간)만 虛費(허비)하얏도다。』하며、모다辱(욕)을하고 헤져버렷습니다。

兄(형)은돈을벌너갓다가 辱(욕)만어더먹고 忿(분)이잔뜩나서、남생이를 동맹이로짓땅여서 죽여벌엿습니다。

아우는이말을듯고 慘酷(참혹)한生覺(생각)이나서、그죽은남생이를 집어다가 自己(자기)집後園(후원)에 무더주고 記念(기념)으로花草(화초)를십엇습니다。얼마後(후)에 여긔서奇異(기이)한나무하나가나서 茂盛(무성)하야지드니、나무가지마다 金銀寶貝(금은보패)가 주렁주렁열녓습니다。

어진아우는 이金銀寶貝(금은보패)를쌔가지고 當場(당장)에巨富(거부)가되엿습니다。

虛慾(허욕)만흔兄(형)은 또이말을듯고、아우집에와서 그나무가지를 꺽거다가、自己(자기)집뜰에십어노

햇습니다。果然나무가나날이茂盛함으로、마음에大端히깃버서 金銀寶貝보다기만기다리고잇섯드니、意外에 홍파도래가쓰다지며 일껏이못쓰게버리고 잇는財産까지 다업서젓습니다。

兄은할수업시 妻子를다리고 아우의집으로 머리를숙이고 들어갓습니다。아우는마음이착한사람에 새로큰집을짓고 自己財産을 난호아兄에게주엇습니다。

四八、三人의學童

엇던書堂에 學童세사람이잇는데、한兒孩는恒常코가흘너서 훌쩍훌쩍들여마시고 잇는사람에 코훌쩍이라하고、또한兒孩는 머리가헐어서 언제든지머리만긁고 잇는사람에 머리헌놈이라하고、또한兒孩는 눈이진물어서 손이平生 눈으로만 가는사람에눈병쟁이라하얏습니다 先生이 이세兒孩의病을 못쳐주랴고 여러가지로 生覺하다가、하로는 이兒孩들을 불너서 일느되『오날 너의들中에 누구든지꼼작안코 안저서工夫만하는 兒孩가잇스면、賞도만히주고 벽을하야주겟다。卽코훌쩍이는 코를훌쩍거리거나 씻거나하지말고、머리헌놈은머리긁지말고、눈병쟁이는 손을비비거나 얼적거리거나하지를 말아야한다。』하고、賞品을準備하야노코 벽을세며 세學童으로하야곰 競爭을식혓습니다。

이兒孩들은 서로自己賞品을타고 벽을타고저하야 모다決心하고 自己의버릇을참고、내기를始作하얏습니다。

平日에는 暫時를참지못하는것을 억지로참다가、몸이비비틀니는것 갓하야、아모리하야도 견딀수업슴으로 다各各 한꾀를生覺하얏습니다。

코훌쩍이는 코가흘너서 콧속이근질근질하야 견듸기어려운것을、훌쩍거리지도 못하고 씻도못하다가『에一 어적게 활터를갓드니、활냥들이 활을쏘는데 이러케이러케쏘드라』하며 두팔로 활쏘는 形狀을하고 소매에다가 모다씻엇습니다。

머리헌놈이 이것을보고、自己도 머리가가려워서 죽겟는것을 이를갈고참다가『응一 너는 그것을보앗니、나는아가 뒷山에서 사슴가는것을 보앗는데、뿔이여기도나고 여기도낫드라』하고 뿔난자리를아리키며 주먹으로둑둑치서 가려운것을 暫時謀免하얏습니다。

눈병쟁이는 이두兒孩의模樣을보고 自己도 눈이그냥할수업서 파리가잔뜩안저서 괴로운 것을쏫지못하다가『애― 너의들말은 다거짓말이다。듯기도실타。』하며、고개를左右로 흔들고 손짓을하얏드니、안젓든파리가 다날나가서 피롭든것을 免하얏습니다。

先生은 이擧動을보고 누가낫다들하다 하기가얼여워서、賞品을 다갓치논아주고 떡도똑갓치논아먹엇다합니다。

四九、염소의還甲宴會

녯적에염소한마리가잇는대 그어미의還甲을 當하얏습니다。慶事로움을 니기지못하야、모든손을請하야 祝賀의宴會를 열기로하얏습니다。

請邀를바든즘생들은 四方에서모혀드는대、甚至於왕개미하로살이새지라도 안이오는즘생이업시 宴席에가득하게모엿습니다。

不可不 座席의順序가잇서야 會場이紊亂치안이하겟슴으로、年齡을表準으로하야 나히次例로 席次를定케 公論이되엿습니다。

이때에되지도못한 불여호한마리가 냉큼首座에뛰여올나안즈며、보고십흔ᄲᅭ족한닙을 반짝들어 앙상한니빨을 짝발녀들어내고。 캥하며하하하〻드니 酬酌하는말이『내가이世上에나서 안이본것이업고 안이간곳이업고 아지못하는것이업스니、아마나와갓치 만흔閱歷과만흔博覽한者는 이座中에 또업슬줄아오。그러면나의年齒만흔것은 여러분이다알듯하야、이와갓치上席에 올나안즈니、여러손님은 容恕하시기를바라오。』하고、理所固然하게속혀습니다。

座中이그럴듯하야 首座를여호의座席으로 定하얏드니、忽然어대서 哭聲이浪藉하게 들녓습니다。모든손님들이 깜짝놀나삶혀보니、넙썩한거북하나가 뱀갓흔목을 길게빼내고 그와갓치 슯히울고잇섯습니다。모든즘생들이 異口同聲으로 大責하는말이『이것무無禮한짓이며、무슨낫븐心事인고。남의還甲宴席에와서 祝賀의노래갓흔것을 하는것은可커니와、무슨일로울고잇노。그럴地境이면 速々히물너가라。그心事가맛치 初喪집가서 춤도추겟고、불붓는대 부채질도하겟고 자라는호박에 말뚝도박겟다。』하고、눈이빠지도록 北墻擧動에步軍陣몰듯 몰아댓습니다。

거북이 굽실굽실하며 對答하되『大端히失禮하얏습니다。여러분容恕하십시오。그러나暫

間 한마리되엿줄말삼이잇스니 仔細히들어주시기를바랍니다。 나의아들이어렷슬때에 銀杏두個를갓다가 저꼿에심엇는대 數千年을잘안後에 天地開闢이된다는 所聞이藉藉함으로 나의아들이 이것을念慮하야 이나무를베혀가지고 하날로올나갓습니다。 말뚝을깍가가지고 별마다돌아단기며 단단히박아노코 기동을만들어서 하날을버틔고 銀河水가려지면 위世界가洪水에 싸질가념려하야 나무가지를썩거서 물을막은後에 疲勞하야죽엇습니다。 그後에그나무에 다시싹이나서 몃千年을잘아드니、저와갓치도커지게되엿습니다。 저것을바라본죽、自然죽은子息生覺이나서 不知中에설어서운것이니、참失禮한것은 무엇이라말할수업습니다。 何如間저나무의歷史는 저밧게는아시는분이 업슬줄압니다。」하얏습니다。

모든즘생이 이來歷을듯드니、아아참이런年齒를 가진者는 世界에또업겟다하고、여호를向하야號令하되 요방자스러운狐僉知는 쌜니나려와서 거북님을모셔 안치라하얏얏습니다。 여호가얏혼쌔로 座中을속이라다가、의뭉한거북에게 亡身을當하고 얼골이쌜개지며 쏙겨나려왓습니다。

五〇、두兄의悔改

넷적어느곳에 三兄弟가살앗습니다。 그런대두兄은 性質이怪惡하고 慾心이만하서、親戚間에라든지 달은사람들한테 恒常조명이낫습니다。 그러나쏫헤아우는 마음이착하고 正直하얏습니다。 그리하야 그두兄에게 언제든지 忠告를하며、그리하지못하게한죽 도로혀怒하며 몹시미워하기始作하얏습니다。

그父母가世上을離別한後에 財産을分配하는대、두兄만서로 논아가지고 쏫헤아우는 조곰도주지안을뿐더러 보기실타고 고만 내쏘차버렷습니다。

아우는할수업시 쏙겨나서、이집저집으로단기며、일을하야주고 어더먹게되엿습니다。 하로는어대를가는대、늙은중하나가 다리돌에서 썰어져서 발을닷치고 것지를못하는것을보앗습니다。 가엽슨生覺이나서 이중을업어다가 절에두고 여러가지로藥을하야주며 낫기까지親切하게 치닥거리를하야주엇습니다。

이늙은중은 닷친발이다낫드니、이사람을불너서致謝하되 『내가그대의 어진恩惠를닙어서 이와갓치 完全한사람이되엿스니、무엇으로 報恩할지 몰으겟노라。 但只나에게잇는것이이것밧게는업스니 변변치못한것이나마 情으로바다가지라。 이後에自然히 조흔일이잇스리라」하고, 자리한닙 방아지한쌍 젓가락한매를 내여주엇슴니다。

이사람은 늙은중의말이 完全히낫게된것을 조화하며, 情으로주는 세가지物件을 바다가지고 自己사는洞里를向하야 나려옴니다。山길을나려오다가 배도곱흐고 다리가압하서, 暫時쉬고가랴고 가젓든자리를펴서 깔앗슴니다。이것이웬일인지 瞥眼間에그자리가 變하야宮殿과갓흔 큰집이되엿슴니다。이사람은생각는나서 웬셰란말은으다가 마루에 걸터안즈며 방아지를 꺼내노핫드니, 이번에는各色飮食이 쏘다저나왓슴니다。새異常한生覺이나서들여다보다가 배가곱흔김에 먹으랴고 젓가락을 한번쿡찌릿슴니다。갈수록神奇하게 이젓가락소리에男奴와女僕이 쏘다저들어와서 압뒤에 늘어서게되엿슴니다。이사람은 生時인지꿈인지몰으나, 高樓巨閣에下人이具備하고 各色飮食이豐富하야, 今時에巨富의生活이되엿슴니다。

그동안두兄은 갓치장사를단기다가 크게損害를보고 집으로돌아오는데, 그損害를서로몰지안이하겟다고 말닷홈을합니다。첫재兄은둘재兄더러 『네가장사를잘못하야서 損害를보앗스니 그밋쳔돈을물어내라」하며 둘재兄은첫재兄에게『兄님이잘못하야서 損害를본것이니

저나는물어낼수업소」하고, 서로싸호나 도모지結末이안이나는츠에 맛침官舍갓흔큰집이잇는것을보고, 둘재兄은말하되『우리그집엘가서 저큰집에들어가서, 그主人兩班에게是非를判斷합시다。」하고, 이집舍廊앞헤가서 呼訴를하얏슴니다。

이아우가눈에다본즉, 確實한두兄인데 自己를알아보지못함으로 시침을떼고 曲節을물엇슴니다。

둘재兄이對答하되『小人들이合資하야가지고 장사를하옵다가 不幸히損害를보앗슨즉, 그損害는쪽갓치負擔함이可하온데, 저便이만單獨히賠償하라하옵기로 是非가되엿사오니, 밝게判斷하야주시압기바람니다。」하얏슴니다。

아우는『너의말이當然한理致다。萬一利益을 보앗슬지라도 勿論半分할것이니, 損害에도半分함은當然한일이다。不再多言하고 友愛잇게잘지내라。」하고, 警戒하야돌녀보냇슴니다。

두兄은 이말을듯고 돌아갓슴니다。그씨에아우는 엇엇든자리를말엇드니 高樓巨閣도어데가고 여러下人들도 간곳을몰으게되며 前과갓치 자리, 방아지, 젓가락만노혓슴니다。

그길로세가지物件을몽케고 急히兄들을 쏫차가며, 돈을줌만더고 哀乞을하얏드니, 두兄

은못들은톄하고 돌아다보지도안코갓슴니다。

이아우는 그대로쪼차가서 兄에게울든이가라한즉、오다門을다다걸고 들이지안이하얏슴니다。이제야아우는 가젓든자리를 밧갓마당에괴노핫드니、산高臺廣室이되엿슴니다。連하야박아지를깨처노코 젓가락을꼰젓드니下人들이나와서들닐으며 모든飮食이잔안에가득하게되엿슴니다。

이것을본洞里사람들은 神奇하게녁이며 모다우러러보아서、前日의착하든일과 福밧는일을 일컷지안는사람이업섯슴니다。두兄도생각는나서 前日의잘못한것을謝過하며、容恕하기를請하얏슴니다。아우는조흔말로友愛와道德에對하야 一々히說明을하며、모도다울케듯고 自己를反省하야 悔改한後 三兄弟가한집에서 友愛잇게잘지내며 永久히和樂한家族을닐우게되엿슴니다。

五一、꾀잇는여호

여러날동안 주린배를 참다못하야、잡아먹을즘생을 차자들아다니다가 하나도 맛나지못하고 疲困함을 이기지못하야、조고만 솔포기밋헤 누엇다가 고만 잠이들어서 한잠을자고깨엿

슴니다。

기지개를펴고 하품을하며 이리기웃저리기웃하야、눈을말똥말똥 四面을바라보고 잇슨즉 忽然히 저편밋에 풀밧흐로무엇인지 異常한자취가 들녓슴니다。

或잡아먹을 物件이나 잇나하고 반갑게쉽혀본즉、貌樣이 맛치 개와恰似한 즘생이할짓할짓들아보며 살몃살몃가는것을 發覺하얏슴니다。한참주린판에 눈이번하야 猛烈히뛰여가서 朱紅갓흔닙을벌니고 우렁차게어흥소래를 질으며 물녀고덤벼들엇슴니다。

여호는 깜작이 變을맛나서、생각는나 생죽할아가리를 벗벗니고、왼몸의털을 거슬으고 오줌을 쫄쫄쫄쫄싸기며 캥소래를 질너 항상하는바람에 지독한노린냄새가 호랑이의코구멍으로솟들어가서 콕찔넛슴니다。

호랑이는 고만 비위가뒤집혀서 口逆이나며 頭痛이생겨서 견듸기어려움으로、황망하나물들어서 머리를천두부둥키고 하는말이『오랜 性惡하고도 惡毒한즘생을다보앗다。무슨냄새가 요러케나나。世上에 별냄새도 잇구나。갓등이나 흠은속에 비위가뒤집히고 머리가압허서 살수잇나。己往이나 조곰된즘생은 한번세불어서 죽이는것이맛당할가보다。어이쿠

頭痛이야」하얏습니다。

여호는 두눈을 똑바로뜨고· 무서웁게 바라보다가 해해웃으며『여보아라 이庸劣하고眉連한놈아 내게서나는냄새가 香氣롭기有名하야、 날즘생 길즘생을勿論하고、 다 나의냄새를 즐겨서 맛고저하나 나의威嚴이들여워서 隱伏하고 敢히나오지를못한다。 너와가치어리석고 못난놈은 그런香臭를 怪惡하다하며 威嚴스러운나를 凌蔑히녁이고、물어죽인다고함부로말버릇을하니、참못난놈이로다。 너갓흔놈은 天罰을줄것이되 첫번의일임으로 容恕를한다」하얏습니다。

범은 이貌樣을보고、 긔가막혀서 하는말이『조貌樣으로 된것이 能言鸚鵡처럼妖惡하고 奸詐한酬酌을다하는구나。 즘생들이 너갓흔것을보고 隱伏을한다는말이냐。 或개미삿기갓흔것이나 怯을낼는지몰으겟다。』하고 웃엇습니다。

여호는『네가萬一나의말을 밋지못하겟거든 나와함씌山中을 돌아단겨보면 알터이니、우리實地로 試驗을하야보자。 그래서 萬若다른즘생들이 나를보고무서워하지안커든 나를한닙에먹고、 모다무서워서 달아나거든、 나에게 큰罰을바들줄알아라。」하고、썩나서면서 범으로하야곰 뒤를쌀아오게하얏습니다。

호랑이는 如何間下回를볼리라하고 뒤를쪼차서 이리저리돌아단진즉、 果然여호에말파갓치 족기며、 노루며、 사슴이며、 이리며、 늑대며 모다맛나는족족 고만뛰여서 달아낫습니다。

범生覺에 처음에는 大端히 疑心이나드니、 하도여러번 닯은즘생이 달아나는것을보고、生覺하되『여호는 實로 무서운즘생이다。 여긔잇다가는 罰을바들터이니 速히달아나겟다』하고、고만逃亡을하얏습니다。

여호는범의달아나는것을보고、 또웃으면서『하하참못난놈이다。 저의무서운것을 生覺치못하고、 나에게 고만속앗구나。」하고、죽을것을 謀免하얏습니다。

五二、떡보의失言

한곳에 술잘먹는사람과 떡잘먹는사람이 잇는대· 大端히親密하게 交際를하고 지냇습니다。

그러나 술잘먹는사람이 떡잘먹는사람을보면、언제든지嘲弄하는말이『男子라하는것은 술을먹어야하네。過하게먹는것은 조치못하나、適當하게먹으면 氣運이活潑하야지고、交際가圓어저서 親切한親舊도 어들수가잇네。그뿐아니라 自古로英雄과豪傑치고 술먹지아니하는사람이업스며、宴會갓흔것을 할때에는 술을내지안을떡이업다네。이와갓치술이라하는것은 조흔것일세。그러나 떡이라하는것은 배곱흔때에 요긔나免할것이오 宴會席갓흔데라는지여러사람안즌곳에서 떡을우역〳〵먹는사람이잇스면、보는사람들이 모다떡보라하야 眉連한사람으로 認定하야벌이니 그런猖披한일이 어대잇나。아모조록 떡먹지말고 술을먹게。하고 勸告하얏습니다。

한번은떡보가 對答하되『朋友責善이라드니 참자네勸告가 適當한말일세 인제부터는 나도 떡을끈코 술을먹겟네』하고、決心하고 갓습니다。

그後몃칠후에 서로맛나서 떡보가말하되『나는어적게 술을먹엇드니 참맛이훌늉하데。』하고 자랑을하얏습니다。

술먹는사람이『얼마나 먹엇나』하고 물엇드니、떡보가『다섯개먹엇지』하고 황망히對答하얏습니다。술먹는사람이 웃으며『자네가 떡먹은것이 分明하이。萬若술을 먹엇슬것갓흐면 다섯잔이라 할것인대、떡을먹엇길내 다섯개라하는것이니、그런거짓말하야 사람을 속이지말게。』하고 또놀녓습니다。

떡보는 고만無顔을當하고 이다음에는 꼭술을먹고 오겟다고 壯談하고 갓습니다。

그잇흔날 또맛나서 떡보가말하기를『이번에는 참술먹고왓지。』하고、또如前히 자랑을하얏습니다。

술먹는사람이 또뭇되『安酒는무엇을하야 먹엇나。』하얏드니、갑작이對答하되『꿀찍어먹엇지하얏습니다。술먹는사람은 또웃으며『자네또거짓말 하네그려。술을엇지 꿀찍어먹을수가잇나。떡이기에 꿀을찍어먹은것이지。그싸위낫분말은 다시하지말게』하고、퉁바리를주엇습니다。

떡보는 두번재羞恥를當하고가서、또몃칠後에 술먹는사람을 차저가서『이번에는 정말술을먹엇네。』하고、또자랑을 하얏습니다。

술먹는사람이 또뭇되『그래 자네술을 어대서먹엇나。』하얏드니、떡보가 또얼핏 숨여대이되『안반머리에서 집어먹엇지。』하고、對答하얏슴니다。 그때맛참달은사람들이 만히왓다가 이소리를듯고、모다拍掌大笑하며 『여보술도 안반에서 먹읍든닛가、상에서盞에딸아먹지。 아마떡치는대가서 먹고십흐닛가 집어먹은것이로구려』하고 놀녓슴니다。

떡보는 고만얼골이 술취한사람갓치 붉어지며 아모말도못하얏다 합니다。

부슨일이든지 實狀이업는일을 것흐로꿈여서 거짓말을하면 自然히綻露가 되는法입니다。

五三、풀은구슬과붉은구슬

녯적한곳에 兄弟가잇섯는대 兄은財産이넉넉하야 살기에걱정이업스나、아우는모든財産을兄에게다빼앗기고 大端히困窮하게 살아갓슴니다。

하로는아우가 먹을것이업서서 兄한테가서말하되、糧食이되든지 돈이되든지 좀무여달나고하얏드니、兄은冷落하게 拒絕하며、몽둥이를들고 아우를두들겨서 쫏차보냇슴니다。

아우는할수업시 돌아오는대、길에서 수수이삭이 몃個떨어진것을보고、집어들고오며 生覺하되『이것을갓다가 그냥쎠서먹으면、창자에奇別도 못할것이다。 그러나이것으로 떡을만들어서갓다가팔면 갑절은남을것이니、또수수를 사가지고 떡을만들어팔면 四갑절이될것이다。 이와갓치여러번連하야 떡을만들어팔면、乃終에는 家族이糊口는하야가겟다。』하고 돌아와서、卽時떡을만들어가지고 팔너나갓슴니다。

이아우는 떡한個를가지고場을向하야 팔너나가는대、길가에서 엇던老婆하나가안젓다가 보고哀乞하되『여보시오 내가여러날을굶엇소。至今배가엇지곱흔지 눈이캄캄하고 精神이업서저가니、이늙은사람좀 살녀주시오。 그러면그런恩功은 또업겟소。』하며、두손을꼿추어서 빌엇슴니다。 이사람은 마음에大端히惻隱하게녁여서、自己의배곱흔것도 生覺하지아니하고、가젓든떡을 내여주며『이것이弱小하나 但只이것뿐이니 澌膓한요긔나 免하시오。』하얏슴니다。

이老婆는 깃뻐하며 떡을바다먹고、無限致謝하되『이와갓치 목숨을살녀주시니 恩惠가泰山갓슴니다。 아모리生覺하야도 恩功을갑흘道理가업스니、저건너山에올나가서 큰나무밋흘삷혀보면、풀은구슬과 붉은구슬 두個가잇슬것이니、붉은구슬은 부듸집지말고 풀은구슬만가지고가셔서、마당에다가 한번던저보시면 自然조흔일이 잇슬것입니다。』하고、어대로가버렷습니다。

이아우는異常히生覺하고、如何間가서보리라하고 그山을올나가서、큰나무를차저가 그밋흘 살펴보니、果然엇가말한것과갓치 흰은구슬과 붉은구슬이노혀잇섯습니다。말한대로正直하게 흰은구슬만집어들고 집으로돌아왓습니다。

試驗次로 마당한가운데에서 한번던저보앗드니、난데업는黃소한마리가 웃뚝나와섯습니다 참滋味가나서 또한번던젓드니、또黃소가 웃뚝나와섯습니다。連하야百餘번을 던젓드니暫時동안에 소가百餘匹이되엿습니다。至今까지困窮하든아우는일조부러富者가 되엿습니다

兄이 이所聞을듯고 慾心이나서、아우를차자와서 엇지된사닭을물으며 仔細히말하라고號令號令하엿습니다。아우는本來正直한사람이라 前後來歷을 一一히說明하엿습니다。

兄은듯기를다하고 今時에이구슬을 어들生覺이나서、그山을올나가서 큰나무를차젓습니다。아우가말한것과갓치 나무밋헤果然 흰은구슬과붉은구슬이 노혀잇슴으로、生覺하되저붉은구슬도 必是조흔것이들엇슬것이니、마자가지고가겟다。하고 흰은구슬과붉은구슬 두個를다가지고 집으로돌아갓습니다。

爲先흰은구슬을 던젓드니、참황소가 색여나왓습니다。마음에大端히조화서 이번에는붉은구슬을던저보앗습니다。이것이웬일인지 산뎅이갓흔大虎가색여나와서、황소를집어삼키고 달아나버렷습니다。慾心만은兄은 마음에恠異하게녁여서、다시한번 붉은구슬을 던젓습니다。이번에도 大虎가색여나오드니、朱紅갓흔닙을벌니고 소리소리질으드니 달녀들어서 兄을삼켜버렷습니다。

어진아우를薄待하고 慾心만튼兄은 天罰을바다 生命까지일허버렷습니다。

五四、자리다툼

봄이되여서 날은서늣하고、여러가지草木들은。노릇노릇한 새싹이나오며、모든즘생들도歲月을맛난듯이 陽地를쏘차서 이리저리돌아단김니다。

이때에토기는 깡충깡충거북은 엉금엉금 두겁이는펄석펄석 興이나서 푸른山과 넓은들을 散步하다가 맛참셋이 한곳에서 맛낫습니다。

서로반갑게人事를한後에 안저서이약이하기를 始作하엿는데、토기가 먼저두귀를벌쑥하고 닙을뾰죽거리며「우리가 모힌中에 내가第一졂엇니 不可不上座에 안저야하겟다。」하야 농

ᄒᆞᆫ자리에안기를請하얏습니다。

거북이듯드니『그럿치안타。勿論무엇이든지 貴한것과賤한것이 잇는法이다。나의祖先으로말하면 水宮의王爵인故로 至今도우리가 王字를배에다 가지고잇스니、두말할것업시나의身分이 貴함은누구든지알것이라。내가上座를차지함이可하다』하얏습니다。

녑해서 두겁이가잇다가『모다當치못한말을 하지마라。우리가偶然히 이곳에모혓는데、한가지잘생긴것이라든지 한갓門閥이 조타하야上座에안겟다함은 너무나廉恥가 업는소리가아니냐。둘이다나를 當치못하리라、나로말하면 물을當하면 헤엄을치고、陸地를當하면 뛰기를하야엇던곳이든지 自由로돌아단길수가잇스니、나에게上座를辭讓함이 當然한일이아니냐』하고 말하얏습니다。

톡기가上座를 어들가하야 自己才操를자랑한것이、거북과두겁이亦是 모다自己자랑을함으로、다시한計策을내가지고『그러면 우리가才操를 比較하야 上座를차지하랴다가는 서로自己才操가 낫다하야 結末이나지못할것이니、平日의行爲를論難하야 第一양전한者가 上座에안게하자』하얏습니다。

거북과두겁이도『그리하자』하고、贊成하얏습니다。톡기가『사람으로 말할것갓흐면 술을만히먹는사람이 其中조치못한것이다。그러나는平生에술이라하면 먹지도못할뿐더러 술집近處만지나도 술냄새에 견듸지못하야、도모지술집도 못지나간다。엇지나의行爲보다 더양전한者가잇겟느냐』고하얏습니다。

거북이웃니여서『응그러냐。나는녀름에 도모지出入하기가 極難이다。웨그러냐하면 或몰으고밀밧만지나도 갑작이醉하야 頭痛이나고精神이업서진다。이와갓치 나는술이라면 너보다도더하게 실혀한다』하고 말하얏습니다。

두겁이는 톡기와거북의말을 다듯기도前에 벌서나가잡바지며、눈을휘둥사발을만들고 다리팔을 벌벌썰며 허리춤을붓두거리고 게거품을 흘니고잇섯습니다。

톡기와거북은 이貌樣을보고 唐荒하여서、얼넌두겁이의 다리팔을 주물너서、精神을차리게하야노코、엇지된세음을 물엇습니다。

두겁이가『너희들이 술이야이하는판에 술이엇지醉하얏든지 고만人事精神을 몰낫섯구나 나는 本來술이라면 말만들어도 그와갓치醉한단다。그러나上座는 내가안질수밧게업다。』

하고 上座에럽석안젓습니다。

쎄잇는혹기며 의뭉한거북도 할수업시 독갑이에게 上座를 빼앗기고 말앗다합니다。

五五、天桃어든孝子

어느鄕村에 착한兒孩하나가 잇섯습니다。사람됨이正直하고 溫順하며、父母에게는 孝誠이至極하야 아침이면 밝기도前에 닐어나서 父母房에불을때고、방마루며압뒷뜰을 淸潔하게掃除하며、父母님주무시고난房에 들어가서 이부자리를개언고 요강타구재썰이를精하게 버려다노흔後에、비로소自己할일을 始作하며、朝飯을먹고는 지게지고山에가서 나무를하야다가팔아가지고 父母를奉養하얏습니다。

이와갓치하기를 하로도게을으게한적이 업드니、偶然히 그父親이 病이들어서 呻吟하기始作하얏습니다。

이兒孩는 熱誠으로 父親病患을 看護하고治療하되、症勢가 漸々尤重하야갑니다。집안形勢는넉넉치못하지만 醫師도여럿보이고 藥도만히써서 每日밤을새워가며 侍湯하나、도모지効力이업고 回春하기가 어려워뵘으로 이兒孩가生覺하되『아마나의精誠이 不足한쌔닭에 아버지病患이 速히낫지못하시나보다。인제는山에가서 祈禱나들여보겟다。』하고、그날부터午正쌔가되면 깁흔山속에瀑布水이는곳을 차저들어가서、그물에沐浴을 精하게한後에、香불을피여노코 두손을곳추어서 祈禱하되『天地神明께서 아모조록 老父의病을낫게하야주시압소서。비록제가不孝하와 罪가만사오나、容恕하옵시고 이번에만낫게하야주시기만 빌고비나이다。』하고、여러時間祈禱를한後에 돌아와서 藥시시를하얏습니다。

이와갓치하기를 여러날하는대、하로는祈禱를들이고 돌아가랴한즉 갑작이 바람이불드니 瀑布위로부터 大端히異常한衣服이 날나와서 압헤썰어젓습니다。무슨옷인지는 알수업스나貌樣이곱고 光彩가나며 香氣로운냄새가 코에振動함으로、집어들고生覺하되『그옷이야 異常도하다。必是上流에서 어떤사람이와서、沐浴을하느라고 벗어노흔옷이 바람에날나왓나보다。닐허버린사람이 오작애를쓰겟느냐。어서밧비主人을 차자주어야하겟다。』하고、그瀑布위로 차자올나갓습니다。

果然美妙한仙女하나가 하날에서날여와서 沐浴을하다가、衣服을일코 엇지할줄몰으고 애를쓰고 찻고잇섯습니다。

이兒孩는 곳이仙女에게 어든옷을주엇습니다。仙女는반석하야 바다입고、致謝하되『참고맙다。네가아니드면 衣服이업서서、하날에도 올나가지못할번더러 上帝세得罪하야 重한罰을 바들것을、正直한녀를맛나서 이와갓치謀免하게되니、그感謝함은 무엇이라말할는지 알수업다。너의恩功을 萬分之一이라도 갑고저하니、너의所願이무엇이냐。나에게말하면 무엇이든지 갓다주겟다。』하고 물엇습니다。

暫時라도 親患의걱정을 닛지안는兒孩는 『별말십을 다하십니다。그만일에 그처럼致謝하시니도로혀不安하옵니다。그러나老父의病勢가 危重하와 恨이되오니、神藥이잇삽거든가릇쳐주십시오。萬若저의父親이 回春되게만하야주시면、저亦是仙女님의恩惠를 暫時라도닛지안켓슴니다。』하고 所願을말하얏습니다。

仙女가듯기를다하드니 『念慮말고이곳에서 暫間만기다리고잇스면、내가하날에올나가서藥을어더다주겟다。』하고、수時에五色구름이 이러나서、하날로올나갓습니다。

이兒孩는 空中을바라보고 無數히再拜하고 업듸여서 기다렷습니다。얼마만에또五色구름이몰녀서 오드니、앗가그仙女가와서 두個의天桃를주며 『이것을갓다가 잡수게하면 自然快差하시리다』하고 도로올나갓습니다。

이兒孩는 無限拜謝한後에 天桃를바다가지고 돌아와서、父親에게잡수게하얏드니、果然그重病이 어대로가버렷습니다。至誠이면 感天이란 이런것이올시다。

五六、개 와 범

여러해묵은 개한마리가 川邊에나왓다가、고기잡이하는사람의 내여버린물고기한마리를입에물고집으로돌아오는대、山모롱이에서 갑작이큰범을 맛낫습니다。

범이살칵달녀들며 『요놈내가 澌腸해서못견듸겟다。너좀먹어보자。』하고、입을벌녀물녀고하얏습니다。

이개는大端히能한까닭에 속으로는 매우놀낫스나、것흐로는 조곰도무서워하는貌樣을보이지안이하며、범을보고 『여보시오 호랑님、나를먹을지라도 나의말이나仔細히 들어보시오』하얏드니、

범은暫時멈추며、『그래무슨말이냐 들어보자。』하얏습니다。

게가『當身이나를먹는다하는것은 斯臘한사람이안입닛가。萬若배가곱흐시고보면 나를먹을理致가 업슬줄압니다。조흔方法을알으켜드릴터이니 엇더하십닛가。』하고 뭇엇습니다。

범은고개를 끗덕끗덕하며『암그야勿論이지。내배가불을것갓흐면 무엇하러너를먹겟느냐。俗談에 비지죽에불은배가 滿盤珍羞라도 못먹는다하얏스니、只今이라도 배불을道理만잇스면 何必너를殺生할까닭이잇느냐。』하고 對答하얏습니다。

게가『萬一當身生覺이 그러하실것갓흐면 當場에合飽鼓腹하실道理가잇습니다。』함에、

범의生覺에 매우깃버서『그무슨道理가 잇다는말이냐。말하야보아라。』하고 뭇엇습니다。

게가『그것은 어려운것이안이라。只今내가 川邊으로오다가보니 물속에고기가 엇지만흔지 우물우물하는것이 참말놀랍하니 그것을잡수셧스면 곳充腹하실줄압니다。』하고 말하얏드니、

범이셜々웃으며『이놈아 물속에는고기를 그물도업시 엇지잡아먹는단말이냐。그런거즛말은 다시하지말아라。』하얏습니다。

게가『그것은조금도 念慮하지맙으시고。내가모다되도록周旋하야 들이겟소。萬若그러치안커든나를잡아먹으시오。何如間나하고 갓치가서보십시다。』하얏드니、

범이生覺하되『於此於彼 저게는내것이다。제가逃亡은 못할것이니、動靜이나보겟다。』하고、곳對答하되『그러하면 어듸가서보자。』하고、어슬렁어슬렁 게를딸아서 川邊으로나갓습니다。

게는범을다리고 고기잇는곳을와서『호랑님 여긔올시다。』하고、고기잡는法을알으켜주는데 이얼음장에 구멍을뚤고 그구멍에다가 當身의꼬리를 넣고잇스면、고기라하는즘생은本來떡밥을조와하는性質임으로 꼬리끗에와서 모다매달닐것입니다。그런거든 얼는잡아당겨서 쳐내고보면 그고기들이 달녀나올것이안입닛가。』하고 說明을하얏습니다。

범은『그러면 너는잠깐말고 내엽헤잇서서、고기달니는것을 仔細히보앗다가 말하야라。』하며、얼는 얼음에구멍을뚤코 꼬리를넣고 안젓습니다。한참안젓드니 꼬리가漸漸무거워지며 제근하야감으로 게를보고뭇되『엇지하야 나의꼬리가 무근한것이 異常하다。』하엿드니、

개가『네、只今고기가 작구와서 달니는때닭에 그럿슴니다。暫間만더기다리십시오』하고 對答하얏슴니다。

범이못는대로 좀참으라하기를 여러時間하는동안에、범의쏘리는 고만업슴에쓱얼어붓헛슴니다。그때에개는 고만뛰여오며『너좀견듸여보아라。』하니、그범이忿이나서 와락뛰여오랴하매 쏘리가꺽겨서 꼼짝못하고 소리만질으고잇섯슴니다。

개는그동안에 빨니집으로돌아와서、主人을보고 쏘리를치며 衣服을물어잡엇슴니다。主人이異常히녁여서 쌀아가보앗드니、이러함으로 銃을갓다가노하서 힘안들이고 큰범을잡앗슴니다。개도여러해를묵으면 이와갓흔 知慧가생기는것입니다。

五七、떡보의成功

넷적에支那에서 朝鮮으로才操를比較하러 使臣이나왓다합니다。그런대이때에 朝鮮에서는이말을듯고、政府의大官들이 會議를열고 才操잇는사람을 擇하기로 酌定이되엿슴니다 即時全國에發表하되 支那使臣과 能히才操를比較할者는 成功後에 만흔賞品을줄터이니、누구든지 들어오라하얏슴니다。

그러나한사람도 自願하는者가업슴으로、누구를보내야可合할지 完定이되지못하얏슴니다。於焉間에 支那使臣은 鴨綠江에當到하얏다는 通知가왓슴으로、政府에서는 尤極悶悶하야 엇지할줄을몰으고 公議만藉藉하얏슴니다。

그때에맛침 義州에떡보라하는者가 잇섯슴니다。本來떡을잘먹는때닭에 이와갓흔別名을 가젓는대、性質이鈍함으로 글도잘배호지못하고、平生所願이 떡밧게는알지못하는無識한者올시다。容貌도醜할뿐더러 눈조차하나가멀어서、할營業이업슴으로 鴨綠江에서 亭長(뱃사공)노릇을하야 겨우살아감니다。

이떡보가 그所聞을듯고 生覺하되『내가萬一支那使臣과 酬酌이나하야 天幸으로잘되고만보면、平生먹고십흔떡을 실컨먹을것이다。그럿치못하면 죽기밧게더할가。』하고、義州府尹에게 들어가서 自願을하얏슴니다。

府尹이보고웃으며『너갓치庸劣한사람이 무슨知識이잇기로 그와갓치壯談을하느냐。才操를比較하러나오는 使臣이 如干한才操를 가젓겟느냐。네가生意함은 螳螂巨轍이나달음업다。그런슬데업는 소리는 다시하지말어라。』하고、나물하얏습니다。

떡보가對答하되『그것은그럿치안습니다。저의外貌만보시고 그와갓흔말삼을 하시는것이올시다。決코外貌만가지고 무슨일을하는것이 안이올시다。아모리조흔白玉이라도 진흙속에파뭇처잇스면 누구나寶貝라하겟슴닛가。그것을갈고쏘와서 비로소光彩가나는것이올시다。쏘그뿐이안이라、俗談에項羽도落傷할적이잇고、蘇秦이도忘發할적이잇다하니、何必外貌가조타고 썩잘하는法이 어대잇슴닛가。도로혀小人갓흔사람이 成功하는수가만흐니、한번써보시고 말삼하실것이오、미리안된다하십은 到底히生覺치안이하신 말삼이올시다。』하고 說明을하얏습니다。

府尹이듯고 重言復言하는것이 하도異常함으로 다시뭇되『너의말이그와갓흐나 이일로말하면 國家를代表하야 나가는것인즉、大端重大한事件이오 泛然한일이안이다。萬一狼狽를하면 國家에羞恥인즉、그때에는너의罪는 生命으로代身할것이다。』하고、다짐을바닷습니다

떡보는但只떡이나 실컨먹을生覺이나서、콧壯談함으로 府尹은政府에報告하야 이떡보로하야금支那使臣을 맛게하얏습니다。

이떡보는爲先배가곱흠으로 떡집에들어가서 큰인절미다섯개를 外上으로사서먹고、支那使臣을마즈러 배를즈어鴨綠江을 건너갓습니다。支那使臣을 배에태우고 건너오는대、떡보의색구눈을보고 支那使臣이웃으며 놀니는말이『鳥啄亭長目이로군』(새가뱃사공의 눈을쏘앗구면)하얏습니다。

떡보는이말을듯고 使臣을치여다본즉、닙이좀빗뚤어젓슴으로 얼는對答하되『風吹上使口로군』(바람이사신의 입을불엇구면)하얏습니다。

支那使臣이듯고『朝鮮에는뱃사공싸지도 이러케有識한가』生覺하야 『내어대爲先試驗하야보리라。』하고、두손을들어서 손가락으로 둥근貌樣을만들어보엿습니다。

떡보는이것을 가만이보드니、生覺하되『올치저사람이 둥근밀전병을먹엇나보다。나는네모진인절미를먹고왓다。』하고、쏘두손을들어서 손가락으로 네모를만들어보엿습니다。

使臣이이번에는 손가락셋을 맷처들엇습니다。

떡보는쏘生覺하되『올치세個를 먹엇다는말이로고나。나는다섯個를먹엇다。』하고、손가락다섯個를 재쳐들엇습니다。

使臣이 이번에는 鬚髥을쓰다듬어서보엿습니다。

석·보가 생生覺하되『숭치맛이조타는말이로구나、나는배가불으다。』하고、배를문질너보엿습니다。

支那使臣이 무릅을탁치며 感嘆하는말이『朝鮮에는 人才가 窟穴이로다。 저와갓치 벗사공까지 大端히 有識하니、다시朝鮮사람과는 才操를比較할수업다。』하고、即時自己나라로 돌아가랴 하얏습니다。

大官하나가 그曲折을물은則、支那使臣對答이『내가저사공의 얼굴이 웃으워서、弄談으로 鳥啄亭長目이라하얏드니、곳나의입을보고 風吹上使口라하는고로、한번知識을試驗하랴 하야、손가락으로하날은둥그니라하얏드니、곳땅은모가젓다 對答하며、三綱을아느냐하얏드니、五倫까지안다對答하며、鬚髥을쓰다듬어서 炎帝神農氏를아느냐 물엇드니、太昊伏羲氏까지안다고 배를문질으니、事事에몰으는것이 업슴으로、내가朝鮮에 저와갓흔 人才가만흐엿슴을알고 그만가고저하노라。』하고 돌아갓습니다。

모든大官들은 석·보를代表로보내고、속으로매우念慮를하다가、이와갓흔結果를보고、即時 功臣이라하야 놉흔벼슬을삼고 賞給을만히주엇습니다。

석·보의成功한것을보고 안이놀나는사람이업스며 全國에所聞안이난곳이 업게되엿는데、그 對答한意味를물은則 나의눈을嘲弄하길내 그使臣의입을흉본것이오、둥근떡을먹엇다 하기로 나는모진인절미를먹엇다 한이오、세개를먹엇다하길내 나는다섯개먹엇다함이오、맛이조타고鬚髥을쓰다듬길내 나는배가불으다고 배를만진것이니、무엇이그리어려운것잇습닛가。이다음에萬一 또使臣이나오더라도 얼마든지 내가가겟습니다。』하고、큰소리를하얏다합니다。 참우읍고도 運數가조흔석·보올시다。

五八、郡守와小兒

녯적어느골에 원님한분이잇는데、性質이 엇지凶惡하든지 公事며私事를 勿論하고 自己마음 나가는대로만하야、한번發令만하면 되지못할일이라도 期於코 威力으로만 施行케 하얏습니다。

그리하야 手下에잇는 官屬들이라든지、境內에사는 百姓들이 갑작不意의變을 當하는者

가 만핫숨니다。

어느해겨을에 하로는이원님이 座首(좌슈)를불너서 分付(분부)하되『내가 요사이참외가 먹고십흐니, 몃個(개)만求(구)하야가지고오라。』하얏숨니다。

座首(좌슈)는郡守(군슈)말에對(딕)하야 못한다고하면, 當場(당장)에 變(변)을맛나겟숨으로 對答(딕답)하고나와서, 혼자 嘆息(탄식)하는말이『大體張飛軍令(대톄장비군령)도 分數(분수)가잇지, 이와갓흔嚴冬雪寒(엄동셜한)에 참외를求(구)하야오라하니 어듸서어더온다는말인고。鬼神(귀신)의才操(징조)라 만들어가나。이런답답한일도만타。』하고 根心(근심)을하며, 잘먹도안코 잘자도안이하얏숨니다。

그座首(좌슈)의어린아들하나가잇는대, 그父親(부친)의顏色(안식)이 조치못하고 무엇에大端(대단)히 心慮(심려)하는것갓치보임으로, 異常(이상)히넉여서『왜그와갓치 진지도잘안이잡수시고 무엇을生覺(성각)하고 기십닛가。어듸가便(편)치아니하십닛가。무슨큰걱정이잇숩닛가。뵈옵기에大端(대단)히 惶悚(황송)합니다。무슨일인지 저도알으켜주십시오。』하고,물엇숩니다。

座首(좌슈)는『달음이안이다。원님께서 참외를求(구)하야오라하셧단다。이치운겨울에 어듸서어들수가잇느냐。그래서只今(지금)엇지하면조흘가하고 生覺中(성각즁)이다。』하고, 對答(딕답)하얏숨니다。

이兒孩(아히)는 이말을듯드니『아버지念慮(념려)마십시오。제가비록어리나 들어가서對答(대답)하고, 無事(무사)하게만들어노코 나오겟숩니다。』하고,即時郡廳東軒(즉시군령동헌)으로 들어갓숩니다。

東軒(동헌)압헤가서 郡守(군슈)를보고 절하고업듸니, 郡守(군슈)가 날여다보고뭇되『너는엇더한兒孩(아히)이며 엇지하야왓노。』하얏숩니다。

兒孩對答(아히대답)이『네小童(쇼동)은 本郡座首(본군좌슈)의아들이올시다。저의父親(부친)일로 왓숩니다。』하얏드니, 郡守(군슈)가『응그래, 그러면너의父親(부친)이 엇지하야 참외를안이가저왓느냐。』하고,물엇숩니다。

兒孩(아히)는『네 참외는求(구)하야노핫숩니다。그러나 小童(쇼동)의父親(부친)이 참외밧헤가서 참외를짜다가 毒蛇(독샤)한테발등을물녀서 꼼짝못하고 집에누어잇숩니다。그래서그말심을 엿주랴고 들어왓숩니다。』하고, 對答(디답)하얏숩니다。

郡守(군슈)가이말을듯드니 화를벌컥내며 수짓되『네조고만놈이 방자스럽게 거즛말로 내압헤와서, 그런버릇업는소리를 敢(감)히한다는말이냐。이雪上(셜상)에 毒蛇(독샤)가어대잇단말이냐。요놈매를좀맛고십허서 그싸위말을하느냐。』하고,號令(호령)을하얏숩니다。

이兒孩(아히)는 다시무릅을 端正(단정)히꿀고안저서, 郡守(군슈)를向(향)하야『官長(관장)은父母(부모)와갓삽난대 거즛말산을 엿주엇사오니, 小童의 罪가 죽어도맛당합니다마는, 원님께서는 百姓의父母님이 되시는데, 엇지거즛말삼으로 속이십니가. 生覺좀하야보십시오. 이저고는이세첩이제에 쳠의가어되엿겟습닛가. 小童의父親은 원님의命令을 맛자옵고 들아와서, 엇지할줄을몰나서 걱정만하다가 病이낫사오니, 容恕하야주시기를바랍니다.』하고,告하얏습니다.

郡守는 이兒孩말에 反省이되여서, 고만얼골이 붉어지며 아모말도못하고, 自己의過失을 깨닷앗습니다.

五九, 거즛말잘하는兒孩

녯적어느곳에 거즛말잘하는 兒孩하나가잇는데, 엇지잘속이든지 그洞里에 잇는사람들은 누구를勿論하고 속아보지안이한사람이 업섯습니다.

그이웃洞里에 잇던늙은生員님하나가잇서서, 日氣가서늘함으로 舍廊門을 널어노코안저서 담배를빨면 四面을내다보고 잇섯습니다.

그때에 맛참이兒孩가 지게를지고 나무하러가다가, 이舍廊앞을지나게되엿습니다. 이生員님이보고『이놈아 너거즛말잘한다하니 한마듸하야보아라. 나를속이면용하지.』하고,놀녓습니다.

이兒孩가 對答하되『제가언제 거즛말하는것을 보셧습닛가. 별말삼을 다하십니다그려.』하고 지게를벗세고 山으로올나갓습니다.

山에가서본즉 그生員님의婦人이 山속에서 나물을캐고잇섯습니다.

이兒孩가生覺하되 한번거즛말을 훌륭히하야보겟다하고, 지게를벗어서 숩풀사이에 감추어두고, 大端危急한것가치 그婦人한테 달음박질을하야 달녀들며, 소래를질너서 불으며『只今生員님께서 아청지정우헌것이 急한편지이되여서 들아가시게되엿습니다. 마님을보주려왓스니 어서어서빨니가십시다.』하고,재촉을하엿습니다.

이婦人이 고만놀나서『응 이것무슨말이냐』하며,나물바구니를 집어던지고 집으로뛰여날엿습니다.

그때에 이兒孩는 압서빨니 뛰여나려와서, 이번에는 生員님을보고속이되『生員님生員님 큰일낫습니다. 어서어서가십시다.』하고,얼골빗치變하야 두발을동동굴으며 소래를질넛습니다.

生員님은 이말을듯고 하도異常하야『무슨큰일이 낫다는말이냐。』하고 물엇드니, 이見孩가『宅마님께서 나물을캐시다가 범에게물녀가는것을보고 只今뛰여왓슴니다。어서어서가십시다。』하고, 먼저뛰여서 山으로갓슴니다。

生員님은 두눈이둥그래지며『응 무엇이야』하고, 신발도미처신지못하고 큰몽둥이하나를 집어들고, 見孩뒤를쪼차서 엎푸러지며곱구러지며 天地가아득하야 山을向하야 뛰여올나갓슴니다。

이와갓치 生員은올나뛰고, 그婦人은나려뛰여오다가 中間에서 內外가서로 마주뛰맛낫슴니다。生員님은 숨쉬면서『婦人범에게 물녀갓다가 엇더케살아오오。』하고 물으며, 婦人은『當身은 광경으로돌아가셧다가 엇더케回生하셧소。』하고, 벌서주저안즈며 헐근헐근숨을鎭定하얏슴니다。

生員님은 그제야비로소 그見孩에게 속은줄을깨닷고, 忿한生覺이나서 그見孩를 차저단기나, 어대로갓는지 不知去處이엿슴니다。

그後數日이지나매 見孩生覺하되『아마이生員님이 인제는怒氣가좀풀니셧지。』하고, 정짓

그집을 차저가서『生員님계십닛가。』하고, 門을갑작이 열엇슴니다。

生員님은『이怪惡한놈, 무슨거즛말을 그러케한다는말이냐。』하고 꾸지즈매, 이見孩가 對答하되『惶悚하오나 生員님께서 하도거즛말을 하라고하시기에 그와갓치한것이올시다 하라시는대로한것이 무슨큰罪가되겟슴닛가』하얏슴니다。

生員님은 아모말도못하고, 見孩를嘲弄하랴다가 이와갓치속은것을 後悔하얏슴니다。

六、天痴新郞

엇던山村에서 자라난見孩하나가 서울로장가를갓슴니다。妻家에서 新郞을接對하느라고 여러가지飮食을 맛잇게찰여서노핫슴니다。

新郞이 飮食床을 밧아가지고 이것저것먹어보는데, 그중에 醬김치노흔것이 맛이第一조핫슴니다。맘에는慾心것 먹고십흐나, 일홈도몰으고 體面上에 무를수가업서서 먹지도못하고, 엇지하면 저것을실컨먹어볼가하고 生覺하다가, 맛참妻男見孩가 房으로들어옴을보고, 속으로『올치비록初面이나 妻男이닛가 물어보겟다。』하고, 親切하게 이야기 저이

맛이하다가 슬몃이웃되『여 잇가먹든밥상에、무와배추를 납죽납죽하게 썰어너코、黃栢 잣과 배 밤갓흔것을너코、국물은짐고 맛은새콤달콤한것이 일홈이무엇이냐。』하고、물엇습니다。

妻男兒孩가 생긋웃으며『妹夫도 醬김치도몰으십닛가。』하고、對答하얏습니다。

이新郞은『응그러냐。그러면사온것이냐 집에서만든것이냐。』하고 물엇습니다。

妻男兒孩는『아니야요 집에서만들엇지요。왜사오기는왜사와요。只今도 마루卓子가운데 層에잇는 사기항아리속에 만히남아잇는데요。』하고、對答하얏습니다。

그날밤이되여서 왼집안食口들은 모다잠이깁히들엇는데、新郞은한잠을자고나서 忽然히 醬김치生覺이 到底하게남으로、슬몃이醬김치를 훔쳐먹으러나왓습니다。

四方을바라보니 괴괴하고 캄캄한데、房마다잠이 깁히들어서 困한貌樣으로、卓子를차저가서 더듬더듬만지면서 항아리마다 코를대고맛하보며、김치항아리를 차젓습니다。

猝地에세먹을그릇이 업슴으로、엇재마음을慾心이나서 항아리속으로 손을디밀어서、김치한움큼을 덥석움켜쥐고 쉬내랴하얏습니다。그러나 구멍에주먹이걸녀서 빼낼수가업게되

엿습니다。여러가지로 쉬내랴고애를쓰다가、한計策을生覺하얏는데、어듸다가 깨다치면 깨여지리라하고、부듸칠곳을 차젓습니다。

그째에 맛침丈人된令監이 房에서자다가、너무불을만히때인까닭에 더워서못견되여서、房門을열어노코 문지방을베치고 잠이깁히들엇습니다。이丈人은 本來머리벗은사람에 번질번질한것이 밤에보면 맛치木枕과갓치 보엿습니다。

新郞이이것을보고『올타木枕이 여긔잇구나。』하며、김치항아리를 고만메다첫습니다。김치항아리가 깨저산산되며 丈人의이마가 터지는바람에 깜작놀나서『盜賊이야』하고、소리를 霹靂갓치 질넛습니다。

各房에서 자든집안사람들이 大驚하야、몰녀나와 一邊불을켜며 몽치를차즈며 惹鬧이벌러 낫습니다。

仔細히본즉 丈人의이마가 터져서 流血이狼藉하고、마루에는 김치항아리가 깨저서 늘어 노혓슴으로、모다웬일인지몰나서 公論이藉藉한판에、迷信조와하는 主人마누라가 썩나 스드니『깃거리지들마라。이것이사람이 잇는일이다。大事를지내면서 大監셕시루를에서

노치아니하얏드니、이런怪變이생기나보다。來日은 밧비告祠를 지내야하겟다」하며、說明을하얏슴니다

廉恥조흔新郞은 얼는自己房으로들어가서 困하게자는것갓치 이불속에누엇다가、일어나 눈을부비며『그것무엇들을 그리시오。자다가깜짝놀낫슴니다。』하며、정신업슨톄하얏슴니다。

六一、생쥐의報恩

녯적에어느시골에 활냥하나가잇섯는데、활쏘기와말타기를 다工夫하야가지고 서울로科擧를보려올나왓섯슴니다。올나올그때에 어느山모퉁이를 지날새、큰구렁이가 쥐두마리를 칭칭감고뒤틀어잡아먹으려하는데、쥐는찍찍소리를질으며 부드득거리는것을보앗슴니다。이활냥은 비록증생일지라도 차마눈에게 두산生命을 빼앗기는것이 앗갑기도하고、쥐의살지 못하야 죽히우는것도 慘酷한生覺이나서、勇氣잇게 自己의가젓든활을쏘아가지고 구렁이를겨냥하야 활을당기어서한번쏘앗슴니다。

本來잘쏘는활이라 시위가썰치며 구렁이의命門을맛치니、꼬리를뒤틀다가 쥐를노코죽어버리고、두마리의쥐는 깃븐듯이 살아낫나갓슴니다。

이활냥은도로길을떠나서 終日토록가다가 잘만한旅館도 만나지못하고、한江邊에이르게되엿슴니다。날도저물고 다리도압흐셔서 더行步하기도어렵든판에 맛참배한隻이物品을싯고 京城을向하야 올나오는것을보고、船價를주고 타고갈生覺이나서、船人을불너 삭을定하고 배에올나탓슴니다。

얼마안이되여서 날이西山에써러지고 四面이次次캄캄하야가는데、맛참風浪도닐기를始作함으로 가든배를멈추어서 山壁밋헤다가 매여노핫슴니다。

저녁밥을먹은後에 뱃머리에안저서 四方을바라보는데、그山壁우를치여다본즉、절한아가잇는데 山絶壁을依支하야 精潔하게서서잇섯슴니다。周圍가寂寞한데 바람의흔들니는 風磬소리、老僧의念佛소리가 隱隱히들님은 맛치仙境에온것이안인가하고 疑心이나며、法堂저녁樓閣에 달닌鐘은 보기에雄壯하기도하얏슴니다。

밤이漸漸깁허가서 절의念佛소리도쯧치고 四方이고요함으로、自己도뱃속으로들어가서

寢具를베풀고누엇드니、困惱함을못니기여 不知中에잠이깁히들엇슴니다。

그런대 낫에쏘아죽인구렁이로말하면、雌雄이잇섯는대 수구렁이가 그와갓치 살을마저죽엇슴을보고、암구렁이는 이報讐를하고저하야 활냥의가는곳을쪼차서 뒤를밟바왓슴니다。활냥의배탐을보고 江가에서멀니발아보다가、뱃속사람들이 모다잠이든줄을알고 암구렁이는 毒氣가衝天하야 꼭활냥을물어죽일酌定으로 배을向하야 살갓치들어갑니다。

이와갓치잠이깁히든 활냥의生命은 頃刻에危態하게되엿슴니다。그러나救援을바든쌍꿩은 自己의恩人활냥이 或害나밧지안나하고 쪼차오며엽혀보다가、암구렁이의報讐코저함을보고、깜짝놀나서『나의恩人을救하야야하겟다。』하고、여러가지로生覺하얏스나 別로히方策은업고 當場에危急함으로 두마리꿩은 목숨을앗기지아니하고、절樓閣에달닌큰鍾을 주둥이로부되져서 鍾소리가크게나도록 全力을다하야 여러번쪼핫슴니다。

이鍾소리는 잠이깁히든활냥의귀를 울니게되여서、깜짝놀나잠이쌔매 뱃머리로나와서江壁우를바라보니、난데업는큰구렁이가 自己를向하야 살갓치날녀옴으로、危急함을못니기여 노혓든삿대를들어서 냅다후려쳣슴니다。元來힘이만흔활냥이라 암구렁이는 한허리를어더맛고 고만江물로 썰어져서죽엇슴니다。

조곰만더遲滯하얏드면、잠든채로 암구렁이입에들어갈것을、두마리꿩의報恩으로 禍을免하게되엿슴니다。그잇흔날아침에 활냥은自己의잠을 쌔여주든鍾閣이 하도고맙고異常하야 올나가서보앗드니、어제救하야준두마리꿩이 鍾밋헤죽어썰어젓는대、한마리는주둥이가 쌔여지고、한마리는머리가부서져서 피투성이를하고 죽엇슴니다。비로소自己를살녀준 義理잇는꿩으로알앗슴니다。

『姑蘇城外寒山寺에夜半鍾聲到客船』이라는 넷글이잇스니、아마일로말미아마 생긴듯합니다。

六二、술나오는구슬

넷적에한老人이잇는대、子女가하나도업고 홀로고양이와개한마리를 極히사랑하야길으며 歲月을보냇슴니다。

그런대이老人은 술먹기를조화하야、每日술이醉하지안은적이 업섯슴니다。어느가을밤에 달은때서 明朗하고、버레소리는 四方에서 長短맛춰應하매、自然마음에 悽凉한生覺이나서、술한瓶을가지고 고양이와개를다리고 달빗출求景하러 野外로散步를나갓습니다。

가젓든술을말아먹으며、或노래도불으고 或달을치여다보고 한숨도쉬고、밤이깁도록 이리저리돌아단기다가 집으로돌아오랴하얏습니다。

뒷편에서 엇던老人하나가 쪼차오며『여보시오 이老人、웨벌서가랴하시오。나하고갓치떠노십시다。』하고、人事를請하얏습니다。

이老人은『네참조흔말심이오。그러나 가지고왓든술을 다먹어서 빈瓶만남앗스니、무슨滋味가잇서야 안이합닛가。』하고 對答하얏습니다。

그老人이 또말하기를『네念慮마시오。老兄술아니라도 또술을어더먹을 道理가잇소。』하고 주머니속에서 큰구슬하나를 쓰내드니、빈瓶을달나하야 그속에집어너코、조곰흔들드니、今時에 맛조흔술이 작구쏘다져나왓습니다。

두老人은 술마시기를始作하야 서로勸커니자커니하며 興이나서놀다가、너무醉함을이기지못하야 서로離別을하게 되엿는대、그老人은 그구슬을 이老人에게주며『내가情으로이

구슬을 주는것이니、갓다가두고 술生覺이나거든 흔들어서 빨아자시오。』하고、간곳이업서젓습니다。

이老人은 無數히致謝를하고、바다가지고 돌아와서、잘위하야두고、술生覺만나면 瓶을흔들어서 실컨빨아먹엇습니다。

나종에는 돈을어들生覺이나서 술장사를始作하얏는대、맛이매우 아름다운까닭에 次々사러오는사람이 만하져서 不過몃칠동안에 돈을만히모앗습니다。

그러나 누구를勿論하고 모다그老人의술장사함을 異常히녁이며 仔細히삷히다가、그구슬의造化로 술이쏘다져나오는것을알고、엇던사람이 巧妙하게 훔쳐갓습니다。

이老人이 하로는술을팔녀고 술瓶을흔들어본즉、술이도모지 나오지아니함으로 들여다보앗드니、구슬이간곳이업서젓습니다。술사러온사람이 만컨만 다그저돌녀보내고、혼자방속에누어서 愁心을씌우고、한숨을쉬여가며 웬까닭을 生覺하고잇섯습니다。

고양이와개가 主人의氣色을보고、서로議論하되『우리들이나가서 이近處의집집마다 들어가서 뒤저보고、期於코 차자가지고 들어오자。』하며、곳그구슬을 차즈러갓습니다。

洞里집을 모조리뒤져보앗스나、도모지업슴으로 다시물건너洞里로 건너가서、집집에들어가 搜索을하야보앗습니다。果然엇던집에 잇슴으로 고양이는 냉큼물고나와서、神奇함을이기지못하야 빨니집으로돌아옵니다。

오다가개천을맛나서 물을건너오게되엿는대、本來개는헤엄을잘치고、고양이는헤엄을 못치는새닭에、구슬은고양이에게 물게하고 개는고양이를업고 물을건너옵니다。

或失手가될가念慮하야 물을건너오면서、개는連하야 고양이더러뭇되『물엇니』하고、고양이는『물엇다』하고 對答합니다。

이와갓치 개와고양이는 서로『물엇니、물엇다。물엇니、물엇다』하며、물을건너오는대、거진다건너와서 고양이가 放心을하고 한눈을팔다가 고만不知中에 물속에떨어틀엿습니다。

고양이가 깜짝놀나『애고엇지하나』하며、개亦是깜짝놀나『무엇엇재』하고、即時개는 물속으로들어가서 차저보앗스나、도모지간곳을 알지못하얏습니다。

개와고양이는 긔가막혀서、언덕우로 올나가안저서、시름업시 그물가만바라보고 恨歎만하고잇섯습니다。

그때에맛참 川獵하는사람들이 그곳에와서、낙시로 고기를잡드니、一邊安酒를 작만하느라고 고기의배를째고 창자를 쓰내버리는대、무슨구슬잣흔것이 든것을 그대로집어버리는것을 바라보앗습니다。

개와고양이는 마음에大端히깃버서 『올치올치 우리가떨어틀인구슬을 저놈의고기가 삼켯다가 낙싯대에걸닌것이다。』하고、사람이보지못할사이에 슬그먼이와서 몰내물고 逃亡하야 집으로돌아와서 主人을주엇습니다。

구슬을일코 落膽이되여서 누어잇든主人은 새로이精神이나서 즐거워하며、개와고양이를쓰다듬으며 感謝한뜻을表하얏습니다。

主人에게 사랑을밧든 개와고양이는 이와갓치恩功을갑핫스니、얼마나아름다운지 生覺할일이아닙닛가。

六三、여호의變化

어느農村에 한사람이잇는대、여호를잡고저하야 여호단기는길목에다가 총방이를 무더노

쿄, 그우에는 풀과새풀을덥허두엇슴니다。

하로는 前은여호한마리가 四方으로돌아단기다가 이곳에먹을것이잇는것을보고, 배곱흔김에 그우에와서주어먹다가, 어느듯함정에빠져서 움작하지못하며 캥캥울고잇섯슴니다。

둥방이는主人이 或여호가걸리지나 아니하얏나하고 와서본즉, 果然前은여호가 발목을물려서 망하날니고 애를쓰고잇슴으로, 큰몽둥이를가지고 새려잡으랴고 쏘저왓슴니다。

이때에 前은여호는 이動靜을보고, 自己의生命을 求하야보랴고, 急히몸을變하야 그洞里의執綱生員님의貌樣이되여서, 머리에는冠을쓰고 입에는긴담뱃대를물고 손에는집팽이를집고 서서잇섯슴니다。

둥방이主人이 갓가이와서본즉, 意外에洞里에잇는 執綱宅生員님이 서서잇슴으로, 생각는나서 허리를굽혀禮를하며 『生員님 어대가시다가 여긔서서계심닛가。』하고 물엇슴니다。

生員님으로變한 여호는, 눈은부릅뜨셔 흘겨보며, 소리를질너서 號令을하되 『너이놈, 兩班단기는길에다가 이런怪異한것을하야노하서, 이러한辱을보게하니, 너때문에 어대길이나단길수가잇느냐。이놈어서밧비 풀너노하라。발목이압하서 견델수업다。』하고, 쑥지젓

슴니다。

이사람은 惶悚하여서, 急々히 둥방이를 풀너노흐며, 『容恕하야주십시오。小人이일부러그린것이아니외다。여호를잡고저하야 만들어논것이, 生員님께서 오날運數가不吉하서서 그와갓치된것이니 厚德하신處分만 바람니다。』하고, 哀乞하얏슴니다。

둥방이를 벗어나온여호는, 卽時前은여호로 變하야가지고, 캥캥울고달아나며 힐긋힐긋돌아보며갓슴니다。

이사람이 여호에게속은것을 忿하야하며 『조놈의여호가 여러해를묵어서 사람을잘속이는구나。그럴줄알엇드면 生員님아니라 더한것이라도 마렵여주일것을 참忿하기도하다。이다음에는 무엇이든지 둥방이에 치기만하면 마렵여주이겟다。』하고, 집으로돌아갓슴니다。

그後에 얼마지나지아니하야, 정말그洞里의 執綱宅生員님이 맛참볼일이잇서서, 새벽에길을가다가 果然둥방이에 색져서, 발목이잔뜩물렷슴니다。生員님은 엉겹결에뛰다가 발목이잘나질뜻하게 압흐서, 洞里를向하야 사람좀살니라고 소래를질넛슴니다。

둥방이任者가 이소리를듯고 나와서본즉, 前과갓치 執綱宅生員님이 쇠둥방이에 물려서

잇슴으로、마음에大端히깃버하며『올타、여호가셕치엿구나。』하고、봉이를어더가지고 돌여갓슴니다。가면서不問曲直하고 남다물시 후려쳣스니、生員님은 벌눈이엄켜서 앙호는中에、머구나봉이로 매를맛고는、며우놀나며 앙픔을이기지못하야、소래를질으며『이놈이사람을 찔여죽인다。』하고、號令을하얏슴니다。

이사람은 들은테도안코『요놈이怪惡한여호야。오전에도生員님으로變하야가지고 나를속이드니、또한번속여볼녀느냐。인제는다시 네한테속지아니한다。』하고、연방다렷슴니다。

生員님은『글세이놈아 미첫느냐。나중에네가엇지주울녀고 나를이렷케함이느냐。네눈에는내가여호로보이느냐。아니다나는사람이다。암하서주겟스니 고만둘녀라。』하고、소리소리질럿슴니다。

이惹端통에 洞里사람들이 모다모여서 엇지된曲折을듯고、이生員님의 매마저죽을것을、求하야주엇다합니다。동방이任者는 고놈의몸은여호게되에 두번이나속앗스니、그런가엽슨일이 어듸잇겟슴닛가?

六四、勢道宰相과할냥

넷날에 北村에 勢道잇는 宰相하나가 兵曹判書(大軍部大臣)로잇는때、그의 門客들이며 京鄕의 아는사람들이며 여러關係잇는者들이 날마다門이메여지게드나들며 各其所願대로 벼슬을식혀달나고 졸낫슴니다。

宰相은 매우괴로운故로 한計策을生覺하야、여러사람에게 發表하야말하기를『無論某人하고 이약이를하야 나를속게하는사람이면 所願대로벼슬을 식혀주겟다。』고하얏슴니다。

사람마다모다 이약이를硏究하야가지고 한번속여볼慾心이나서 날마다이약이軍이 舍廊에 遝至하는데、別々異常한말을다하야 試驗코저하나、宰相은番々히다듯고나서는 零落업시 發覺하야내고、한번도속는일이업슴으로 箇々狼狽하고 돌아간뿐이엿슴니다。

그때에南村에 할냥하나가잇섯는데、大端히艱苦하야 三旬九食(밥을굶는뜻)으로지내다가 이所聞을듯고、急々히 그宰相집을차저가서、名啣을내여노코 人事를맛친後에 이약이하기를請하얏드니、宰相은許諾하얏슴니다。

활냥이말하되『小人이오다가 異常한것을보앗습니다。』하얏드니、

宰相『웅、무슨일』하고 물엇습니다。

활냥『달은것이안이라 水標橋中間쯤오는대、거럭이한마리가 空中에날나오다가 입에물엇든櫻桃한箇를 小人압흐로떨어틀이길내 집어보앗드니、엇지크든지큰독만하얏습니다。』하고、이약이를하야들녓드니、

宰相『이사람 그무슨荒唐한말인고。그런櫻桃가 어듸잇다는말인가。』하고、속지아니함으로

활냥『참독만은안이하야도 벗탱이만하야요。』

宰相『그것도 거즛말일세。』

활냥『안이 항아리만하야요。』

宰相『그것도 안될말일세。』

활냥『그러면 사발만은하야요。』

宰相『그래도 終是거즛말인가。』

활냥『안이올시다、鍾子만하야요。』하고、次次連하야 주려가다가 終末에가서는『참정말 도토리만하야요。』하얏드니、

宰相『아마第一큰櫻桃는 거진그만하리、그말은 올은말일세。』하고、고개를끄덕끄덕하얏습니다。

활냥『그러면 그말은거즛말아닙닛가。』

宰相『웅 그말은참말일세。』하고、對答하얏드니、

활냥이다시말하되『大監께서 암만속지안으시랴하서도 分明히속으셧습니다。』하며、웃엇습니다。

宰相『櫻桃의큰것은 도토리만하다는것이 무엇이속앗다는말인가。』하고、말하얏습니다。

활냥『그것은그러합니다마는 이夏節에 기럭이가 어대잇습닛가。기럭이란즘생은 九十月에南으로갓다가 二三月에北으로向하는것인대、요사이기럭이가 往來할세닭이잇습닛가。櫻桃크다는것만 안이속으시랴고 注意하시다가、기럭이의잇고업는것은 生覺치못하셧스니、속지안이하셧습닛가。』하고 說明을하얏드니、이때꺼지 속은일이업든宰相도 이말에는 엇지할수업시 對答을못하얏습니다。

이할남은 宰相을승이고 自己所願대로 郡守를어더가지고나려가서、百姓도잘다스리고 苟且하든것도 免하게되엿다합니다。

六五、頑固學者님

엇던鄕村에 學者님한분이잇는데、어렷슬세부터 글닑기만崇尙하고 다른일은모다等閑히 녁여서、漢文에對하야는 몰으는것이업섯스나、世上일에對하야는 大端히어두엇슴니다。

그제에맛참 朝鮮에처음되는 京仁線鐵道가 開通되엿는데、모든사람들이 모다神奇한일이 라하야、이말을듯고、시골서올라갈것업시 求景하러오는사람도만코 일부러關係되는일업시 도내려가보는사람도 만히잇섯슴니다。

한사람이이汽車를타보고 自己故鄕에가서、이사람저사람을보고 汽車의神奇한것과 便利한것을 說明하다가、하로는이學者님을보고 汽車타든事實을 이약이하엿슴니다。

學者님이듯더니 성을내며大責하되『자네왜그런荒唐한말을하야 사람을속이랴하나。그런理致가잇나。말지도안코 끌지도안는다면서、엇지제절로 간理致가잇나。녯적에諸葛亮이 가 싸홈할제에、軍糧을運輸하느라고 木牛와流馬를 만드러서使用하엿다는말은들엇스나 자네가말한것과갓치 저도泰山갓치실고 사람도여러百名을태우고서 그러케빨으게갈수가 잇다는말인가。아마자네가 동강이한테홀녀서 말너는것은것일세。남듯그러케。다시는그런 미친소리하지말게。』하고、고지듯지아니하엿슴니다。

이사람은 氣가막혀서 말맛을다시다가、그사람하는것을 웃을수도업고 空然히責望만 듯는것이 졸하기도하야、다시音聲을놉혀서『그럿치안슴니다。이다음에 믈은사람들한테 次次 次問하여보시면 아실것이올시다。몃명한사람만더 에동강이한테홀녓느니 밋첫느니하겟슴닛가。』하고、다투는판에 그洞里에사는 學者님의親舊한분이 들어왓슴니다。

이光景을보고『무슨일로 이러케와자하시오。』하고 물엇드니、學者님은 怒이잔득나서『저런미친사람보시오。汽車라하는것이 제로난다는데、끌지도안코 밀지도안코 저절로사람을 만히실고 한時間에거의百里나 달아난다는것을 타보앗다고、허망한거즛말을하기에 좀나물하얏드니、그러하야도總是 自己가올타고한다오。』하고、所以然을說明하얏슴니다。

이親舊가듯드니、싱긋웃으며『저믈은이시면 그러케만이시기도 쉬운일이나、저사람의말이 졍말이올시다。나도어적게 맛참서울에볼일이잇서서 汽車를타고 갓다왓소이다」하고 거즛말아닌것을 말하얏습니다。

學者님은 그래도고지듯지안코『老兄도저사람과갓치 나를속이는말이오。到底히그런理致가업소。」하고、더욱怒을냇습니다、

이親舊는 學者님의頑固함을 알이켜주랴고하야『그러마시오、요사이日氣도조흐니、來日우리가同行하야가서 實地로汽車를보면 거즛말인지 졍말인지를알것이니、너머性을내시고 속인다고하실必要가업소이다。」하고 말하얏습니다。

이學者님亦是『참그것조흔말이오。來日부터갓치갑시다。」하고、잇흔날二人이 同行하야 停車場에 나갓습니다。

나와서본즉 果然車의形狀이 奇々怪々한것이 점과사람을 만히실엇승으로、學者님生覺에 疑心이나서 하는말이『저놈들이妖術로 저런짓을하는것이오。邪不犯正인즉 내가妖鬼를 쏘차볼것이니、仔細를보시오。」하고、鬼神쫏는眞言을 외웟습니다。

『角亢氐房心尾箕斗牛女虛危室壁奎婁胃昴畢觜參井鬼柳星張翼軫」의二十八宿를 바로도외

우고 멱구로도외우며 들여다보는판에、車떠나는時間이되여서 호각소리가나드니、汽關에서 구룽갓흔김을만하며 瞥眼間에『쌕이」하고、엇떠몽시소리를질넛든지 이學者님이 깜짝놀나서 나가잡바지며 精神을차리지못하얏습니다。

두사람이달녀들어 일으키며『이것웬일이오。참當身이두창이한뎨 홀넛소구려」하고、다리고갓습니다。

六六、蟾의 報恩

녯적에한사람이 홀아비로 어린딸하나와 依托을하고지내는데、家勢가赤貧함으로 僅々히살아갓습니다。그러나그딸兒孩가 孝心이極盡하야 그父親奉養하기를 至誠으로함으로、비록艱難하나 남붓그럽을것업시 父女가서로滋味잇게 지냇습니다。

一日은딸兒孩가 부억에서 밥을푸는데、큰두겁이한마리가 색어들어와서 붓쑤막에올나안드니、처어다보고 아래턱을 벌석거리는것이 맛치밥을좀달나는 貌樣갓홈으로、이兒孩마음에『저것이배가곱하야 不顧體面하고 들녀드나보다。」하고、불상한生覺이나서 밥한덩이를

먼저주엇습니다。

밥을보드니 고만넙적바다먹고、한편구석으로 가서잇슴으로 無心히두엇드니、其後부터는 朝夕밥을풀째면 依例히나와서 바라고안젓슴으로、번번히한덩이式 먹여서주엇습니다。

이와갓치 두껍이는 부억을떠나지안코 數年동안을 어더먹드니、漸漸잘아서 엇지크게되엿는지 솟뚝게만하게되엿습니다。

어느해는 그兒孩父親이 忽然히病을엇드니、오래동안呻吟함으로 딸兒孩는晝夜로 精誠을다하야、病救援과藥시시를 한결갓치하되、도모지差度가업슴으로 크게根心하다가、맛침名醫가잇다는말을듯고、차자가서보고 往診하야주기를 懇請하얏습니다。醫師가와서 診察한後에말하기를『이病이身體가虛弱함으로 생긴病인즉、달은藥은 아모리쓰드라도 所用이업고、但只人蔘과鹿茸을 만히써야만 回生되리라。』하고 일너주엇습니다。

이兒孩는 아모리生覺하되、苟艱한處地에 重價의蔘茸을 어들道理가업슴으로 눈물만흘니고날을보냇습니다。

그런대그洞里에 穀食을모아싸두는 큰倉庫가잇는대、언제부터 그리하얏는지 해마다그洞中에서 祭를지내는대、女兒一名을갓다가 祭物과갓치 設備하야노코 祭를지낸後에 門을다다둔즉、祭物과女兒가업서지고 그해는無事하게 지낼수가잇스나、萬一이祭를안이지내면 그洞里人命이 만히傷할뿐더러 恠常한變이 작구남으로、不可不 祭를지내야만 하게되엿습니다。

그때에 이祭가臨迫하야 女兒를사려단기는것을 맛참이딸兒孩가보고、自己父親病患을回生케할生覺이나서 自己몸을팔아가지고、人蔘과鹿茸을사서들일녀고 팔니기를 自願하얏습니다。

말과갓치自己를 重價에삼으로 그돈을바다가지고 조흔蔘茸을사서 父親을먹엿드니、果然差道가잇서서 不過몃칠동안에 回生되엿습니다。

이兒孩는 大端히깃버하나、한편으로는그祭日이 갓가워옴을 根心하고잇섯습니다。無情한歲月은빨으기도하야 어느덧祭日을當하얏습니다。이兒孩는 約條대로 沐浴을精하게하고衣服을가라입고、父親의먹을것을 만히만들어노코 남어지金錢은 찻기쉬운곳에두고、父親한데들어가서『어듸좀단겨오겟습니다。』하고、녀주엇습니다。

父親이『어듸를간단말이냐。』하고 물음으로、命혼것을抑止하고『전녁집아주먼이가어대좀 갓치가자하기로 갓다오랴합니다。或遲滯가될지라도 잡수실것이 옷방에잇스니 갓다잡수십시오。』하고、돌아섯습니다。

눈물이훌너서 압히어두운것을 억지로나와 부억으로들어가서、 그둑겁이를붓들고 어루만지며『인제는너도 마주막본다。누구한테밥을어더먹는단 말이냐。』하고、눈물이비오듯하는판에 祭지내는任員이와서 가기를督促함으로、 썰치고나섯드니 그둑겁이가 뒤를쌀아서나왓습니다。

이兒孩生覺에『아마밥주든내가 업게됨으로、밥어더먹을곳을 차자나가나보다。』하고、無心히잇섯드니、 줄곳쌀아와서、어느틈에祭所까지 일오게되엿습니다。

果然倉庫안에다가 祭床을노트니、祭物과갓치 이兒孩를床우에올녀노코、 門을쏙닷고나갓습니다。이兒孩가『인제는죽나보다。』하고 仔細히動靜을삷히고잇슨즉、 어느덧둑겁이가倉庫안까지들어와서 구석에쭈쿠리고안젓는대、 두눈을금방울갓치만들고 天井만치어다보고잇섯습니다。 조곰잇드니 天井으로부터 무슨풀은氣運이 날여옴을쏘차 둑겁이는 눌은氣運을올니뿜치며、 얼마동안을 서로풀은氣運눌은氣運이 다투는대、그안이 안개씬것과갓치자옥하야지며 毒한냄새가 宏壯하게나드니、무엇인지 天井에서 덜석하고 썰어지는소리가낫습니다。 仔細히본즉 큰들보갓혼 지네한마리가 죽어썰어젓습니다。 이兒孩는 지네썰어지는바람에 눌납쌘더러 毒氣에醉하야 暫時人事精神을 몰으게되엿습니다。

祭지내는任員들이 밧게직혀섯다가 몃時間이지나매、前例에依하야 倉庫門을열고본즉、前에는祭物과女兒가 모다간곳이업드니、今番에는 全部다잇고 女兒는죽은貌樣갓흠으로 恠異하야만저본즉、全身에溫氣가잇슴으로 죽지안이한줄을알고、一邊救急하야 回生케하고、倉庫바닥을본즉 獰毒한지네한마리가 죽어잡바젓스며、구석에는둑겁이한마리가 精神업시업듸여잇슴으로、여러사람들이모여들며『웬싸닭인가。 別일이다만타。』하며、公論이紛紛하얏습니다。

이兒孩가 精神을차린後에 細々히이약이함으로 비로소지네의作變인것을알고、둑겁이의功을알게되엿습니다。이後부터는 倉庫에祭를안이지내도 洞里가無事하게되엿스며、 이女兒도집으로 돌아가서 父親을다시奉養하게되엿습니다。

이독겁이의報恩(보은)이 참얼마나장합닛가。이兒孩(우히)가살게되도 父女(부녀)가서로다시맛나게되도 洞里(동리)가便安(편안)하게되도 모다이독겁이의힘이안입닛가。

談話材料 朝鮮童話大集 終

大正十五年十月二十日 初版發行
昭和四年六月十日 再版發行
昭和九年七月二十五日 三版發行
昭和十二年七月二十六日 印刷
昭和十二年八月二日 四版發行

版權所有

定價 一圓

編輯者 京城府勸農町三八番地 沈宜麟

印刷 發行者 京城府堅志町三二番地 漢城圖書株式會社 右代表者 韓奎相

發行 印刷所 京城府堅志町三二番地 漢城圖書株式會社 電話(光)一四七九番 振替京城七六六〇番

▮ 신원기

부산대학교 국어국문학과(문학박사).
현재 부산 동천고등학교 교사.

논저
『문학수업방법』(공저, 박이정, 2000)
『조선동화대집』(譯解, 보고사, 2009)
「〈단군신화〉의 여성상과 소설 수용」(1994)
「설(說)의 표현 방식과 문학성에 관한 일고찰」(1996)
「넓은 '읽기'를 위한 〈차마설(借馬說)〉 해석」(1999)
「설화의 교재화 양상에 대한 고찰」(2006)
「7차 교육과정 국어 교과서에 대한 비판적 검토」(공저, 2007)
「한·일(韓日) '늘어난 코' 설화의 문학교육적 가치에 관한 고찰」(2008)
「한·일(韓日) 초등학교『국어』 교과서의 설화 교재 고찰」(2009)

우리말 최초의 동화집·설화집
조선동화대집과 설화교육

2017년 9월 25일 초판 1쇄 펴냄

지은이 신원기
펴낸이 김흥국
펴낸곳 보고사

책임편집 이경민
표지디자인 손정자

등록 1990년 12월 13일 제6-0429호
주소 경기도 파주시 회동길 337-15 보고사 2층
전화 031-955-9797(대표)
02-922-5120~1(편집), 02-922-2246(영업)
팩스 02-922-6990
메일 kanapub3@naver.com / bogosabooks@naver.com
http://www.bogosabooks.co.kr

ISBN 979-11-5516-730-4 93810

정가 38,000원